繁梅清韵

曾繁梅 著

中国海洋大学出版社
CHINA OCEAN UNIVERSITY PRESS

·青岛·

图书在版编目(CIP)数据

繁梅清韵 / 曾繁梅著. —青岛:中国海洋大学出
版社,2021.10

ISBN 978-7-5670-2977-4

Ⅰ.①繁… Ⅱ.①曾… Ⅲ.①散文集－中国－当代

Ⅳ.①I267

中国版本图书馆 CIP 数据核字(2021)第 217820 号

出版发行	中国海洋大学出版社			
社　　址	青岛市香港东路 23 号		邮政编码	266071
出 版 人	杨立敏			
网　　址	http://pub.ouc.edu.cn			
电子信箱	cbsebs@ouc.edu.cn			
订购电话	0532－82032573(传真)			
责任编辑	孙宇菲　赵孟欣		电　　话	0532－85902469
特约编辑	郑　鑫			
印　　制	青岛国彩印刷股份有限公司			
版　　次	2021 年 10 月第 1 版			
印　　次	2021 年 10 月第 1 次印刷			
成品尺寸	170 mm×240 mm			
印　　张	23.25			
字　　数	406 千			
印　　数	1～1000			
定　　价	98.00 元			

发现印装质量问题,请致电 0532－58700166,由印刷厂负责调换。

情深意切话人生

——曾繁梅文集《繁梅清韵》序言

又是一年芳草绿,依然十里杏花红。

据说这是一位画家门前的对联,生动地描绘出大地回春、万物复苏的景色:满地绿茵茵的春草,树树姹紫嫣红的花枝,表达了人们历尽严寒迎来春光的欣喜。

然而,2020年庚子之春却是一个不平常的、令人惊心动魄的季节。虽说大千世界按照自然的规律照样春暖花开,但天地人心却再也没有往年冬去春来时的愉悦与温馨。

不过曾经一度封闭在家足不出户的我,却从电脑邮箱里收到了一束来自远方的艳丽红梅,整个身心立时感受到了明媚和芬芳,宛如进入了古人诗词中的意境:满园春色关不住,一枝红杏出墙来。这是因为我读到了潍坊女作家曾繁梅的文集《繁梅清韵》。

纵观整部书稿,大体分为三辑,均为作者曾繁梅的散文随笔及小说集锦。从描绘四季景致以及往事悠悠、岁月悠悠的抒怀,到观察社会上人间百态、品味生活中酸甜苦辣的感悟,还有或因工作、个人旅游中的所见所闻、心得体会等。按说内容较为广泛、文体也不太统一,有别于传统的散文集、小说集或诗集、报告文学集,但文无定法,亦可自成一家。这对于本身不是文学专业的作者来说,业余时间酷爱文学且辛勤笔耕,积累如此丰厚的文稿作品,相当不容易,应该为她点赞。

长期以来,我为作者写序或者评论文章,往往首先是作为一名读者,仔细阅读全部作品,细致体味,再作为一名编审或评委掩卷深思,从容挥笔,从不强调忙碌没有时间而应付了事。因为,我在不同的作者笔下读到了不同的人间烟火,感受到了另外的人生况味,既是一种欣赏、对话与交流,也是对作者和作品的尊重。曾繁梅的文集亦是如此,具体来讲,我认为具备如下特色。

一是童心未泯、返璞归真。

文集中有大量作品回顾自己的青少年时代,以及读书学习和参加工作以来的成长历程,其中不乏妙趣横生的生活细节和人物素描,也有难以忘怀的悲欢离合、喜怒哀乐。看得出来,曾繁梅是一位真诚朴实、阳光向上的有心人,家乡的一草一木、儿时的一枝一叶均长久地留在她的记忆里。这类作品尤为引人入胜,比如《儿时趣事》《村东头的那口老井》《家乡的小豆腐》《今日芒种》《清明忆》等等。

特别是那篇《滚烫的热炕头》中的描写:

寒风刺骨的冬日,我们最喜欢的是晚上在滚烫的热炕头上听爷爷讲那些神鬼故事,什么嫦娥奔月啊,牛郎织女啊,秀才赶考遇狐仙啊……最难忘的是,我们睡一觉醒来,朦胧中发现母亲深夜却仍然坐在炕头的煤油灯下给我们缝补衣裳……

字里行间透着那么一种对儿时的美好回想与眷恋。

二是情感丰富、生动感人。

如果说作者喜欢回忆、十分念旧,曾经岁月中的点点滴滴时常像电影闪回镜头似的,一幕幕地在脑海中回放,那么最使人印象深刻的,还是其中饱含着的深深的乡情、亲情和友情。好的文学作品就应该这样:讲述故事、塑造人物以及描绘环境、渲染气氛,重点是要有能够引起人们共鸣的感情。

此书中的《又到端午》《姥爷的美味家常菜》《匆匆又五年——35 年高中同学聚会有感》《一幅画的诉说》《给天琦的新婚寄语》等篇章,即是抒发家国情怀、动人心弦的佳作。那篇《母亲节的思念》中的片段尤其典型:

娘,从小我们兄妹回家,人没进门,"娘,我回来了"的喊声已响彻门里门外,最先见到的也是欢天喜地迎出来的您……多少年了,我在心里无数次呼喊娘,却再也听不到您欢快的应答声,再也见不到笑盈盈出来迎我们的娘了。

谁言寸草心,报得三春晖!听,窗外飘雨了。娘,那是您也想念女儿的眼泪吗……

是啊,"树欲静而风不止,子欲养而亲不待",这是儿女最为痛心的遗憾了。上述怀亲之语,富有催人泪下的艺术感染力。

三是热爱生活,情趣广泛。

人生是条单行道,从来到这个世界上便如一列火车似的,隆隆向前奔向终点。沿途有美丽的风景,也有多变的天气,性情开朗、充满阳光的人会乐观向上地度过每一天。可以说,本文集的作者曾繁梅具备这样的气质。她是一位资深财会人员,在本职岗位上的表现堪称优秀,业余爱好读书写作、听歌旅游,面对四季风光和美好河山均兴致盎然,如泉水般涌到笔端。诸如《春到涅河》《烟雨西湖》《朋友的园子》《窗外是泰山》《台湾八日》等等,即便是所居住的小区庭院,她也能捕捉到生活的韵味。

请看《雨中观景》：

细雨，飘飘洒洒，家属院中树木花草在细雨的冲洗下，更加青翠欲滴、娇艳绚丽。我徜徉在楼前屋后的小径中，漫步在一片片花草树木中，欣赏着生机与美丽，享受着"润物细无声"的静谧与幽深……

清新自然的语言、如诗似画的描绘，充分体现了一位观察细致、情感丰富的女作家的爱心。虽说人生苦短，只要真诚地热爱生活、笑对世界，就会感到欣慰和满足。

此外，《繁梅清韵》还有许多令人激赏的篇章，对于亲人同事的情意、文朋诗友的交往、社会现象的观感和出差参观的体会，都有笔力不俗的抒写。比如《独墅湖边好读书》《霞明玉映傅彩霞》《曾经年少》等，无论是写人记事、抒情达意，还是工作日志、读书心得，都用恰如其分的文字语言表达了出来。

阅读此书，如同倾听一位邻家大姐侃侃而谈她的过往、她的人生、她的感想，情真意切娓娓道来，读者会从中得到有益的启迪。如果说缺憾的话，那就是把不同的文体全都归纳在一起，显得有些纷杂。倘若精练一下，只保留文学性较强的散文随笔，或许更为纯粹一些。当然，这样也有其合理性，会完整地了解作者的历程和正确的"三观"。

记得十几年前，我曾为一位临沂女作家的散文集写过序言，她的名字叫王梅芳，书名是《走过岁月的小巷》，同样对生活有深刻的感悟。她在文中写道："花儿有千年的轮回，而我一个女人，只有一季的花期……"这使我十分感叹，一定要珍惜时光、珍惜人生。如今审读这部《繁梅清韵》，又是一位与梅花有缘的文友，大有异曲同工之感。

祝福曾繁梅保持这种生活状态，不负韶华，再接再厉，在享受美好生活的同时，留下丰富多彩的人生足迹……

许　晨

2020 年仲春于青岛

（许晨系中国作家协会会员、鲁迅文学奖获得者、第六届山东省作家协会副主席、青岛市作协名誉主席）

目　录

第二辑　颖悟梅语

第三辑　游记学得

第一辑　景韵情思

温馨的家,滚烫的热炕头,成就了我的人生我的梦,也成就着无数像我一样的农村孩子的人生和梦想。在北风呼啸、白雪飘飘的二九天,滚烫的热炕头,就是寒冷的日子里最温暖平静的所在⋯⋯

景韵:"春有百花秋有月,夏有凉风冬有雪。"一年四季,景韵各异。春花开时,赏烂漫;夏雨飘时,赏激情;秋叶落时,叹离别;白雪飞时,叹孤芳。"留痕岁月墨不尽,花落花开总关情。"大美山河,四季风光,以愉悦之情素纸浅写⋯⋯

情思:"举头望明月,低头思故乡。"离开故乡愈久,愈容易触新景而生旧情。"悠悠情思漾我心",在美好感情的百花园中,有一枝尤为鲜艳芳香的花,那就是最炽热的、最深挚的、最无私的亲情⋯⋯时光飞逝,日子总是在不经意中悄然离去,一切都无声无息地在成为过去。"自处超然,处人蔼然,无事澄然,有事斩然,得意淡然,失意泰然。"智慧人生,记住六个"然"⋯⋯

春到淀河

今年的春天,仿佛来得格外早,元宵节一过,气温就不断升高。春风暖暖一吹,沉寂一冬的淀河,活了。

"漏泄春光有柳条",步入淀河,首先映入眼帘的是那些泛青的垂柳,剪刀似的二月春风,已经将那河边的垂柳裁出片片细细的叶芽儿。微风一吹,万条垂下的绿丝绦摇曳舞动,仿佛向人们宣告,春天来了,春光美了。

慢慢行,仔细瞅,更是惊喜不断。河边的玉兰、樱花、榆叶梅等,还没等叶子萌生却已含苞待放。"嫩蕊商量细细开",再过几天,那纯洁美丽的玉兰花、烂漫淡雅的樱花、娇美艳丽的榆叶梅,就会恬静地绽放开来。

连翘是急性子,按捺不住了,乱枝中绽开了几朵娇嫩美艳的小黄花,不禁使我想起了诗句"东风随春归,发我枝上花"。蔷薇已经长出了片片稚嫩的小小的叶子,微黄泛绿,为初春增添着生机绿意。枯黄的草地里,已经钻出了一片葱嫩色的新草,在阳光下,显得生机勃发。我不禁感叹,那外表枯黄的小草也在孕育着更美的春天呢。

河里的冰早已融化,微风吹拂,泛起层层涟漪。候鸟归来,与留守的鸟儿亲热地团聚,彼此招呼着,快乐地歌唱着,呼啦啦一群,叽叽喳喳,飞起又隐没……啊!淀河活了起来。

沐浴在春光中,徜徉在淀河边,寻觅一枝一叶一花一草。累了,将目光收回,寻一块平滑的石头坐下。抬头,天空如洗,湛蓝清爽得令人心旷神怡,云朵悠然地点缀在碧空中,宛如淀河即将盛开的白玉兰。恍惚间,我仿佛看到淀河变成了姹紫嫣红的花海……

(2016 年 3 月)

春来这边风景独好

春风缓缓吹,吹融了冰,吹绿了树,吹萌了芽,吹艳了花,吹开了一幅饱含着生命繁华的画卷,吹得家属院这边风景独好。

春风中,3 号楼前那一片片"黄色花中有几般"的金灿灿的迎春花,正烂漫绽放,那朵朵金黄的花儿,宛如吹响了春天号角的小喇叭。春天来了,春天来了,春来花开了。就在迎春花猛劲吹响春天号角的时候,1 号楼前,那片曾经傲雪吐艳、凌寒芳香的蜡梅,无意苦争春的她,在用尽最后的美丽迎接春姑娘的到来后,渐渐"零落成泥碾作尘"了。落红不是无情物,蜡梅用一路芬芳迎来春回大地。

蜡梅花儿凋谢了,一旁的宫粉梅(红梅的一种)却开出了粉嘟嘟艳丽幽香的花儿,绚烂了春,美丽了家属院。宫粉梅不似蜡梅耐寒,能在寒冷的冬天傲雪绽放。宫粉梅是春来才吐芳展艳。她开花繁密,花色淡红,令人赏心悦目。她也是我们这里早春三月最为常见的城市绿化观赏花之一。尤其难得的是,她能散出阵阵清香,一种使人精神饱满的芳香。走进家属院,她那阵阵清香就会扑鼻而来,使人心旷神怡。我每次走近她,就会想起"零落成泥碾作尘,只有香如故"的诗句。是啊,不管是蜡梅还是宫粉梅,只要是梅花,哪有不超凡脱俗、暗香浮动的呢?

"开花占得春光早,雪缀云装万萼轻。凝艳拆时初照日,落英频处乍闻莺。"2 号楼下,那片石榴树仍在沉睡,山楂树刚冒嫩芽,海棠花正在含苞,樱桃树却悄悄地绽开了粉嫩的笑脸炫美家属院了。"借暖冲寒不用媒,匀朱匀粉最先来。玉梅一见怜痴小,教向傍边自在开。"瞧!那樱桃花是那么纷繁淡雅,绚烂美丽。热烈却不张扬的她,沁人心脾的芳香吸引着蜜蜂上下飞舞,吸引我下班后一次次来欣赏满树的素雅与绚烂。

最惊喜是 1 号楼前地下那一大片不知名的小小的绿色植物,瞧,她是那么不甘落后,嫩绿的叶儿间开出了一朵朵蓝色小星星似的花儿,淡雅温馨美丽,使我情不自禁跪在地上弯腰轻轻地亲吻起她嫩嫩的笑脸来……

2 号楼下的西府海棠正在含苞,1 号楼前的那片贴梗海棠已经慢慢吐出点点嫣红。她的邻居,那片牡丹,花苞已有大樱桃大小,想必在春风的吹拂下,沐浴春日暖阳的牡丹不久将花开富贵吧。期待着!

西围墙边那一排樱花,刚刚鼓出小小的花苞,东围墙边那几株素装淡裹的

3

玉兰花,已经优雅地俏立枝头,有的已经恬静绽开了花瓣,有的吐出了淡雅的花蕊。"霓裳片片晚妆新,束素亭亭玉殿春。已向丹霞生浅晕,故将清露作芳尘。"亭亭玉立的玉兰花,是那么素雅美丽,给人一种从容淡定、超然物外之感。

家属院最前面,在一片看上去仍然萧条的树林中,我突然发现了一团淡粉色的云雾,走近才知道原来是"杏子梢头香蕾破"。真是"一段好春藏不住,粉墙斜露杏花梢"。瞧!一株正在慢慢绽开笑颜的杏树,虽然还未绽花如海,却也是"红杏枝头春意闹"呢。

5号楼前的紫荆、6号楼前的丁香,以及门口那几株高大粗壮的木瓜树,正努力萌发,待绽放开来,再掀花浪,炫美家属院。

美的不仅是竞相开放的花儿,更有家属院的管理措施。年前车辆的乱进乱停乱放没有了,家属院整洁了,安静了。环境好,人的心情就好,生活才能感觉到美好。正如潍坊市正在开展的解放思想优化环境加快高质量发展活动,营商环境好了,经济发展了,收入增加了,才能增强全市人民群众的幸福感啊。

春风习习中,家属院风景好,姹紫嫣红的潍坊大地风景更好。人勤春来早,奋进正当时。努力,莫辜负大好春光!

(2017 年 3 月)

家属院里春光美

三月春风,吹开了姹紫嫣红花满鸢都,吹得家属院里春光无限。

瞧!那一片几天前还吸引着蜜蜂上下飞舞的烂漫樱桃花,已经化作春泥,只留下花蒂处豆粒大的青青果子正猛劲膨胀。你走了,我来了。看,近邻的那片海棠已然成了家属院里最绚烂的主儿。我们院里的海棠有四种,1号楼前有片贴梗海棠,2号楼前有一片西府海棠、北美海棠和垂丝海棠。贴梗海棠,虽也开得红红火火,但因低矮,又处在不显眼的家属院里面,便不太引人注意。最美的还是这一大片西府海棠、北美海棠和垂丝海棠了。由于海棠树冠被修剪成圆球状,只见那繁星点点、娇艳粉嫩的小花儿簇拥成一个个美丽的大花球,那可真是鲜艳夺目。花开似锦的海棠花,给烂漫的春天家属院增添了无限的生趣和美感。徜徉在那片"占尽春色最风流"的海棠花丛中,我情不自禁地用脸颊轻轻亲吻那娇柔柔的花儿,一会儿用鼻子嗅嗅那清清淡淡的香味,一会儿又忘情咏读起海棠名诗句。苏轼是"只恐夜深花睡去,故烧高烛照红妆",我是只恐花儿凋谢,流连忘返不愿离开。

恋恋不舍地走出海棠花丛,来到它的邻居山楂树下。山楂树的枝杈上已是满满的锯齿状绿叶,一片葱茏生机。仔细一瞧,那绿叶之间竟然藏着一簇簇小小花苞呢。原来,山楂树也不甘落后,含苞待放了。山楂树的西邻是片石榴树,却刚刚冒出一点点细芽。看来石榴是个慢性子。也许它是更用心,怕百花散去人伤怀,到时来个独放异彩,给你个红红火火热烈的拥抱呢。

1至4号楼的西边,也就是家属院的西围墙栅栏里边,紧靠栅栏是一排一年四季长有苍翠叶子的广玉兰。可能不是很适应北方的气候,我没有见那片广玉兰像南方的那样,在五六月份,满树开放素装淡裹、晶莹皎洁的白花。紧挨着广玉兰的是一排高大繁茂的晚樱花树。这几天气温高,许多樱花被催开了艳丽绯红的花儿,那可真是"似锦嫣红盈媚眼,幽香淡淡逗蜂癫"。但也有些花苞还在似开非开地逗你玩呢。晚樱花盛开虽然也绚烂,却不像已经凋谢的人民广场及广通街那些早樱花那么淡雅清丽,宛如淑女。它的花色犹如桃花般粉嫩,花朵却比桃花丰满大气,有点儿像蔷薇花。那片晚樱全部绽放开来,繁花满枝,远远看去,宛如一片粉红色的美丽云霞,令人赏心悦目。

一进家属院,也就是1号楼、5号楼与大门之间的绿化带里,有一排10棵高大粗壮的木瓜树。仔细瞧,在还不是很茂盛的芽叶间、树干上,竟然也稀疏开出了朵朵粉红色娇美的小花。"簇簇红葩间绿荄,阳和闲暇不须催。天教尔艳呈奇绝,不与夭桃次第开。"粉嫩、娇艳、温柔、美丽的木瓜小花朵儿,宛如婴儿娇嫩的肌肤,看着就令人心生爱恋。

1号楼前是一片在寒冬时就绽放美丽的蜡梅花,如今花儿早已没了踪影,满枝杈是茂密的绿叶。那片蜡梅花的西边,是我非常喜欢的牡丹。那些牡丹如今正孕育着苞蕾,但等四月底,就会雍容绽放,红色的、黄色的、白色的、粉色的,高贵艳丽,真是"唯有牡丹真国色"。

5号楼前的那些紫荆花已经一簇簇、一串串地开满了枝头。娇艳美丽的花儿,犹如一位身披紫色衣裙飘逸潇洒的仙子,无忧无虑,漫步在快乐的时空中。6号楼前的那片丁香,优雅、安静、美丽地绚烂绽放着。它那沁人心脾的幽幽香气,弥漫在家属院中,不禁使我想起了王冕《墨梅》中的诗句:"不要人夸好颜色,只留清气满乾坤。"丁香也如梅花一样,"只留清气满乾坤"呢。

3号楼前的那片迎春花,已经"化作春泥更护花"了,叶儿却葱绿一片。那两棵刚刚拆掉护棚的美国红枫,叶儿红彤彤的,宛如盛开的红花。4号楼、8号楼前是一片片绿油油的竹子,在春风中更显生机勃勃。

院中主干道两边是两排茁壮的五角枫,人们往往关注它秋天叶儿的华美绚丽,岂不知春天它拥有的淡雅安静之美,亦令人心动。瞧!它满枝头一簇簇跟新芽一个颜色的米黄色小花儿,就那么静静地毫不张扬地绽放着,散发着诱人的清香,引来许多辛勤的小蜜蜂,给家属院的春天增添了不少生机和希望。

家属院里的各种花儿,在绿叶的陪衬下,正徐徐展开一幅美丽的春之画卷。家属院是潍坊的一个小小的角落,是伟大祖国的一个小小缩影。家属院里春光美,潍坊乃至整个中国大地无处不是鲜花烂漫、春光无限。正如见到我在微信朋友圈发的家属院娇艳花儿的美图后,朋友李给我赋的诗:

> 家属院里春光美,
> 五彩缤纷惹人醉。
> 大美潍坊妙绝伦,
> 万紫千红满眼春!

(2018年4月)

小小牡丹园

　　喜欢疏影横斜、暗香浮动的梅花,也喜欢"夺目霞千片、凌风绮一端"的牡丹。喜欢梅花的孤傲冷艳,也喜欢牡丹的雍容华贵。因为喜欢,2000 年拥有了带小院的房子后,我就在小院里栽上了一株牡丹。这株牡丹不但花大色艳,更是芳香浓郁。花开时节,这株牡丹不但惊艳左邻右舍,也惊艳了我。但有时一忙,我也会遗憾错过花期,错过一季的美丽。

　　心中有风景,人生有诗意。自从科长位置上退下来,我便不再忙忙碌碌在没完没了的工作中,不用操心没完没了的考核督导,变得清闲自在了。清闲了,面对世间的熙攘往来,心倒是诗情画意起来。觉得小院里这株养了多年的牡丹有些孤单,我就好想建一个小小的牡丹园,待牡丹花开,搬一把藤椅,泡一杯清茶,捧一部好书,惬意地躺在摇椅上,在暖融融的春阳下,温柔柔的春风中,置身于牡丹花丛中,品茗、读书、赏花、闻香、观蝶、听蜂儿歌唱……这样的一天,这样的生活,想想就美极了、妙极了。

　　原本想退休搬过去住时,再规划设计并多栽植几株牡丹。不承想,今天我一师弟,为小院那株牡丹送伴来了。因为他们院子规划重建,已经栽植的牡丹需要挪移。他知道我特别喜欢花草,就给我送来了六株牡丹和芍药。于是,成就了我真正拥有一个小小牡丹园的梦想。

　　"绝代只西子,众芳惟牡丹。"待明天春来牡丹开,我泡上好茶,邀请朋友一起来欣赏那国色天香……

（2018 年 11 月）

家里那些兰花

假期在家有些闷,趴在电脑前或瞅着电视、手机也很累,于是起身活动活动并欣赏家里的花花草草,以舒爽心情。仔细观赏,忽然发现家里这几盆或以前就养着的或春节前才买来的,属于"兰"一类的花,各具特色,各有韵味呢。

"美艳浓彩舞翩迁,悄然斑斓春头颜。不以芳香博君悦,最喜绚丽作歌眠。"这蝴蝶兰,虽然我嗅不到丝丝香气,但它却特别绚烂美丽,宛如翩翩起舞的彩蝶,给我们温馨的家增添着喜庆。只是它太难伺候,花期虽长,但花谢后很难养活。也许它是想以自己短暂的绚丽的一生来告诫我们,幸福就像飞舞的彩蝶,飞来不多时,飞去无觅处。它告诫我们要好好珍惜眼前的幸福,不要总是不满足,要知足常乐!

这盆"香妃"蕙兰,鹅黄色的花开得素洁,柔和雅致,亦芳香宜人。"伤彼蕙兰花,含英扬光辉。"据说它的花语是丰盛祥和、高贵雍容。而像家里这盆黄色大花蕙兰,寓意万事如意。是啊,丰盛、祥和、如意、安康,是我们都期盼的。希望我们都能吉祥如意、平安健康!希望我们的国家安宁昌盛!

君子兰是我喜欢的,亦是我家傅同志的最爱,更是他最上心侍弄的。家里养了很多君子兰,有养了多年的,也有今年刚买的。君子兰以傲然的姿态,丰满的花容,淡雅的清香,不媚俗,遗世而独立,似高洁谦和、努力奋进的君子为人们所喜爱、称颂。正如张学良的诗中赞誉的:"芳名誉四海,落户到万家。叶立含正气,花研不浮花。常绿斗严寒,含笑度盛夏。花中真君子,风姿寄高雅。"

我最喜欢的当数这棵墨兰了。这是上年九月底搬新家时外甥玉明送来的,送来时还开着花。它的花虽然不起眼,却幽香四溢,沁人心脾,不愧"天下第一香"的美称。没想到的是,立春时,它又开花了。瞧它,叶姿飘逸洒脱,花姿端庄、色彩淡雅,叶片细长而潇洒,真正的谦谦君子矣。墨兰,精致又大方,还好养。不像那艳丽的蝴蝶兰、那雍容的蕙兰等,花儿凋谢后,我再怎么用心侍弄也很难将它们再养活。即使有那么几株养活的,再开花也难。所以,我喜欢墨兰。喜欢它只要记得偶尔给它浇上点淘米水,它就还你盎然绿色和娇俏花儿;喜欢它典雅脱俗、居静而芳的情操和柔中带刚的气质,更喜欢它"幽兰只自薰"。因为它,我想起了孔子"不以无人而不芳,不因清寒而萎琐。气若兰兮长不改,心若兰兮终不移",是啊,做人当如兰,淡泊无争。

那棵蟹爪兰最为普通,最不珍贵,但也最好养活,即使你想不起它,两三周忘了给它浇水，它也不会自暴自弃，更不会抱怨，总是默默地生长着。到一定时候，它会绽放出属于自己的鲜艳娇美的花朵，美丽我的心情。它的花儿嫣红无香，上年初春开了一次，冬末又开了一次，一年开了两次，而且没有赶热闹在春节时开。在最不经意的时候怒放，给我带来无限的美好和欢悦。它如同我们千千万万普普通通平平凡凡的人，只是默默地无怨无悔地工作着、生活着……

听说蟹爪兰的花语是：鸿运当头、运转乾坤。我不期望什么鸿运当头，只愿山河无恙，国泰民安！

（2020 年 2 月）

千岛湖

　　周日来浙江大学培训，这也是我第一次来到仰慕已久的浙江大学。周六没什么事，只从电视中观赏过千岛湖的我，为亲睹它的芳容，约了也没有到过千岛湖的一起培训的李姐，提前一天赶了过来。

　　近6个小时的动车，上午7点48分从潍坊登车，下午1点38分到达杭州东站，出站坐上朋友接我们的车，观赏着高速路两边的江南特有的山水民居和金灿灿的油菜花，又花了两个多小时，才赶到千岛湖镇。这是一座很美很安静的小镇，一座春意盎然的小镇，到处盛开着玉兰、桃花、绣球花、茶花等，特别是那茶花，白的如玉、粉的似霞、红的像火，那可真是"万绿丛中秀靥留，更著嫣和俏"。春不语，春天却能催醒百花；花不语，花儿却能醉人心田。

　　一看时间，已经是下午4点多了。游湖已经来不及，我和李姐只好沿着湖边漫步，赏花观景，竟忘了一天的疲劳……

　　第二天，一早起来，我们准备游览千岛湖。

　　上午9点40分，我们刚上游船，雨就来凑热闹了。风微微吹拂，雨滴不温不火飘洒，碧绿平静的湖面宛如撒下万千珍珠，溅起水花朵朵。近处岛上绿树葱茏，远处群岛云雾升腾，虽坐船游行其中，身若置仙境游画中呢。

　　第一站是梅峰岛，据介绍，这是千岛湖里最高的岛屿。站在岛顶端的观景台上，放眼望去，但见大大小小千姿百态的岛，疏密有致，如星星般散落在万顷碧波之中。雨雾缭绕中，锦岛秀水，宛如一幅幅水墨画，令人陶醉……

　　第二站是渔乐岛，该岛的地势平缓，故而景区在该岛建了餐厅，既方便游客午餐，也为保护环境。餐后，起风了，雨却停了。大风吹皱了一湖碧水，波光粼粼，美丽如绸缎……

　　还未到第三站龙山岛，细雨又飘洒起来。龙山岛的旖旎风光继续吸引着我们冒雨登临，并徒步环岛一周。那秀美风光，那负氧离子，使我们身心舒畅，脚步轻松。青山不墨千秋画，绿水无弦万古琴。置身美丽的千岛湖，那万顷碧水千翠岛，使你不得不惊叹自然风光的婀娜多姿，烟雨蒙蒙的千岛湖令我们流连忘返。正如李姐即兴作的诗：

　　　　千岛湖上千个岛，梅峰渔乐龙山娇。

　　　　各有特色领风骚，八方游客乐逍遥。

　　已是傍晚，意犹未尽的我们，恋恋不舍地匆匆赶往培训学习之地。

（2017年3月）

雨中观景

飘雨了，今天立夏，这雨应该是一场辞春迎夏的雨吧。

喜欢在细雨中漫步，喜欢细雨的丝丝绵绵，喜欢听那清婉迷离的声音，喜欢雨中独行的妙处与欢乐。午饭后，家人休息了，我却拿起一把花伞下楼来到院子中。

可能人们都在午休，家属院里很寂静，悄无一人，正是我喜欢的氛围。先到我们楼下的树林里瞧瞧。只见那片洁白的山楂花儿，不知何时已经凋谢，尚有残花缀在小小青青圆圆的果儿处，可能不忍离开自己的果实吧。山楂树的邻居石榴，已经含苞待放，还有那么一两朵儿急不可待地绽放开来，红艳艳独放异彩。最令我开心的是那片樱桃树，满树是红、黄宝石似的樱桃，累累果实将枝条都压弯了。晶莹的小雨滴点缀的那些樱桃，更加令人垂涎欲滴。顺手摘一颗放嘴里，酸酸甜甜的，那滋味，妙不可言。

从樱桃林里出来，绕到 1 号楼前。那片牡丹早已化作春泥，那些芍药却是花开正艳。大朵大朵紫色的花儿，虽然被小雨逼低了头，却仍然不失美丽妖娆。欣赏着芍药花儿，脑海里咏出柳宗元的诗"凡卉与时谢，妍华丽兹晨。欹红醉浓露，窈窕留馀春"，眼前却浮现出《红楼梦》中史湘云醉眠芍药茵的美丽情景来……

那一片一冬长满红玛瑙似的小红豆是我叫不上名字的植物，今天突然发现小红豆没了，满满的是绽放的朵朵小白花。那一片曾经粉红地毯似的绚烂美丽的小花凋谢了，独剩有些凌乱的茎。曾经美丽过，已经无憾了。倒是相邻的那片草坪里，长出了一些杂草，杂草中长出了很多美丽的小野花，为草坪增添了几分亮丽色彩。

慢慢地，我来到了 8 号楼前，因为我知道这里曾经有一簇三角梅，前段时间还被遮在棚子里，今天我来碰碰运气。惊喜的是竟然还有几朵红艳艳的花儿等着我欣赏呢。与 8 号楼隔路相望的 4 号楼前，是一片蔷薇，那些蔷薇可能想要沐浴更多阳光，也可能要更高地展示自己的美丽，竟然爬到了高高的树上，不仔细瞧，我还以为是那树开满了娇艳的花儿呢。

3 号楼前鱼池里的鱼儿，因为细雨，正游得欢着呢。旁边的那棵红枫，也因为细雨，显得更加润泽红艳。而家属院里那排五角枫，满是葱茏的叶儿，一片绿意盎然令人心怡。最喜前头那棵黄栌，竟然开出了粉红色羽毛状的花儿，在雨雾中显得更加似云似雾，宛如万缕罗纱缭绕树间。难怪文人墨客把黄栌花比作

11

"叠翠烟罗寻旧梦"和"雾中之花"呢。

  细雨,飘飘洒洒,家属院中的树木花草在细雨的冲洗下,更加青翠欲滴、娇艳绚丽。我徜徉在楼前屋后的小径中,漫步在一片片花草树木中,欣赏着生机与美丽,享受着"润物细无声"的静谧与幽深……

(2017 年 5 月)

清明忆

　　清明阴雨绵,梨花芳华绽;折柳相思寄,满盏故人思。今又清明。

　　清明小长假第一天,人们纷纷回乡扫墓。我们也回老家,按照习俗给逝去的亲人上坟添土。扫墓祭祀寻来路。只有站在先人的墓碑前,你才能知道自己是从哪里来的,将来的归宿在哪。你也才能更加珍惜现在,更加珍惜身边人。

　　上完坟,看到路边茅草长出了一根根茅针,我们家乡的人叫它"扎仁",一下子勾起了我的回忆。

　　清明忆,除了忆起小时候清明这天放在衣兜里半天不舍得吃的鸡蛋,忆起那大门口、屋门口门框上爷爷一大早插在上边的柳枝、松枝以及中午我们家必吃的排骨炖黄豆芽,忆起和小伙伴一起到田野里拔的、嚼一嚼满嘴淡淡的甜甜的青草味道的"扎仁",最忆的就是秋千了。

　　"满街杨柳绿烟丝,画出清明二月天。好是隔帘花树动,女郎撩乱送秋千。"清明为什么荡秋千,我没有深入考究,但我知道清明时节荡秋千是我们最高兴的事情了。

　　小时候,清明前后,几乎每个村里都扎秋千。在一个开阔的场院里,队里集体扎一个高高大大的秋千,有的还是转秋千,吸引男女老少过来荡秋千,瞧热闹。清明节前后的两三天里,欢声笑语最多的是荡秋千的地方。当然,队里的大秋千,小孩子多没敢上去荡的,主要是大人们玩,因为荡起来太高太险。那时大人们会在自家房前屋后或院子里,借助两棵树或者用几根木棍为孩子扎个小秋千,满足自家孩子玩的心愿。我最喜欢爷爷为我们在院子里扎的秋千了。爷爷在村里人还没有动手扎秋千的时候,就下手为我们扎好了。我还小的那几年,他是借助窗台前的磨和窗台,用磨辊和绳子给三姐和我扎个小秋千。细心的爷爷会在绳子上串上一块平滑的小木板,屁股坐在小木板上当然比坐在绳子上舒服畅快多了。于是,我们家的秋千会引来许多小朋友和我们姐妹一起玩耍。我们大几岁后,爷爷就借助院子里的一棵大树,用几根大木头,扎一个大秋千。这个大秋千,荡起来到最高处可以望到街上的景致呢。我们小姐妹和要好的小伙伴们,一会儿坐着荡,一会儿站着荡,一会儿来个双人表演。双人荡,有两种,一种是一个坐着一个站着,站着的那人使劲蹬,越蹬荡得越高;一种是两人相对站着,相互使劲蹬,越蹬荡得越高。胆大的三姐说:"荡得越高有种飘飘欲仙的感觉呢,美妙极了。"我胆小,喜欢自己慢慢荡悠。如果有人使劲推我,我准会被吓得嗷嗷叫停。因此，那些大秋千、转秋千，我从来不敢上，自家秋千也不让他们使劲推我，也就体会不到那种飘飘欲仙的感觉，只能凭想象了。

清明忆，很多很多年了吧，老家周围再也没有村里扎秋千的了，也没有了全村人无拘无束热热闹闹欢天喜地地抢着荡秋千的场景了。

清明忆，小时候清明前后的快乐事儿一幕幕宛如放电影一样在我眼前晃过，晃得我热泪盈眶……生活，一半是回忆，一半是继续。回忆，是种美好；继续，更加美好。瞧，路边桃红柳绿梨花白，莺飞草长麦儿青，多么美好的春日时节啊！只有继续努力活好当下，才是对逝者的最好怀念，才不辜负这无法重来的短暂人生。

（2018 年 4 月）

今日芒种

今日芒种!

家里老人常说:芒种三日见麦茬。大意是说芒种过后,田里的麦子成熟收割,只剩麦茬了。

少小时,我们那里,诸城潍河北部,可是大粮仓。这个时节,一望无际的麦田,翻着金灿灿的波浪,美丽诱人。丰收的田野里,是社员们抢收小麦的身影。那时人们高涨的劳动激情,总是感染着我……

那时,小孩子,特别是上学的孩子也不闲着,学校会组织大家到刚刚收割完的麦田里拾麦穗。这是快乐的劳动,因为有收获,更有快乐。是啊,小小年纪的我们,能身体力行地为集体拾麦穗作贡献,还能体验"粒粒皆辛苦",能没收获?能不快乐? 除了劳动时的欢歌笑语,更有大人们给的收割麦子时发现的鸟蛋或者小鸟,抑或其他小动物。那时的麦田里,常常有鸟儿在里面筑巢下蛋孵小鸟呢。

收割打成捆的麦子,被马车或者拖拉机拉到大队的晒麦场,由那里负责脱粒的社员脱粒、摊晾……在摊开的金黄的麦粒里玩耍,或帮助大人翻晒麦子,也是我们这些小屁孩的一大乐趣……

说实话,收获丰收,是喜悦的快乐的,何况那新麦子馍馍是真正的香甜好吃呢。但弯腰收割小麦真是辛苦,又累又腰疼。这活儿我应该在十三四岁时干过,就干了一上午,还累哭了,从此家人再没有让我割过麦子。后来,上学、工作在外,加之机械化也逐步将人从繁重的劳动中解放了出来,再后来,想割也没的割了。因为家乡那金黄的麦田被开发了,曾经的麦田上已经建起一片片厂房了。

少小时,收割完麦子,就是种玉米、大豆等农作物。记得好像那时的麦垄上有套种玉米的,收割完麦子,就见青青的小玉米苗了。真是芒种,忙当下,种希望啊。

有20多年没有见故乡那充满希望的麦田了,那一望无际的麦田已经被一座座厂房等取代,没有取代的,只有美好的回忆……

时光匆匆,季节更替,可无论如何变迁,每年的"芒种"不变。愿我们在收获的同时,再种下自己心中所愿,并努力期待下一个丰收日吧。

(2018年6月)

朋友的园子

周日下午,相约去了一朋友的园子小聚。

园子位于郊区,很大,十几亩地的样子。里边盖了六七间房,房子宽敞明亮,装饰得很雅致,特别是茶室。房子正面是一座小石拱桥,连接房子和园子。房子门口两大盆金银花,那花儿虽已过了旺花期,香气却依然沁人心脾。有一人造小水渠环绕房子四周,里面满是旺盛的荷花。正是荷花绽放的时候,那一朵朵或含苞或盛开的荷花,美丽洁雅,真正是"接天莲叶无穷碧,映日荷花别红"。房子后边有一片竹子,竹林边拴着一只小狗,看见我们是陌生人,就叫了起来。有两大一小三只鹅正在水渠边玩耍,看到我们走近,两只大的伸长脖子呱呱叫着向我们冲来,吓得我们赶紧远离它们。可能这些鹅以为专心欣赏亭亭玉立之荷的我们要侵犯它们的领地呢。真没想到,鹅的自我保护意识和战斗性这么强。

拱桥南边是一排葡萄架,一串串未成熟的葡萄用牛皮纸包着,看不到其真面目,却能想象到它成熟后的甘甜。走过葡萄架,就是一大片菜地。有一些大棚,大棚里种着很多蔬菜瓜果。由于天很热,我们没有进大棚参观。除了大棚,还有很多露天种植的蔬菜,韭菜、黄瓜、茄子、土豆等,还有花生、玉米。那些露天的茼蒿杂乱无章地长着,开出了一片金黄的小花,吸引着蜜蜂上下飞舞。那芸豆则开出一串串粉红的小花,鲜艳娇美且不张扬。几架黄瓜正是结果的时候,一根黄瓜看着好像老了,摘下来一吃,味道正好呢。菜地边上是一排果树,桃子、杏儿早没了影儿,那梨树上却挂着一个个如婴儿拳头大小似的梨子,虽然青青的,却仍然吸引我们摘了几个品尝,不但不涩,还甜丝丝的呢。

过了菜地还有一个水池,水池里仍然是挨挨挤挤的荷叶。圆盘似的荷叶碧绿碧绿的,开出的花儿却不多,就那么六七朵。那半开着的荷花,像一位纯洁的少女,用双手托住脸庞;那完全盛开的,脸儿粉嫩更加秀美动人。水池边上是一排十几株向日葵,向日葵结满果实的硕大花头沉沉地低垂下去,不屑理睬我们。树林边的围栏里养着几只鸡,还有一只孔雀单独在一个笼子里。那只孔雀有些孤傲,你对它示意友好,它却对你爱搭不理。在靠墙的那片小小的土坡上,满是五彩缤纷的月季,月季花儿正招蜂引蝶烂漫着呢……

久居城市之人,渴望有一院落,有水、有树、有花,还可种菜、养鸡。树荫下品茶读书,水池边赏鱼观花,抑或种种蔬菜,除除杂草,活动活动筋骨,不为尘世繁华，只为心之安宁。职场打拼的我们，自己难得拥有这样的地方，却可在周末偶于朋友园子中享受一下归隐田园、独自逍遥的滋味。蓝天白云下漫步，夕阳余晖中徜徉，赏花儿烂漫，品果蔬清香，走走停停，看看拍拍，闲将时间赋予这样静美之处，心亦足矣。

知足才能常乐。

（2018 年 7 月）

壶口瀑布

朋友,你到过壶口瀑布吗?你体会过站在它面前的心境吗?休假来西安,在去圣地延安的路上,我们先去领略了如"奔腾急,万马战犹酣"般的壶口瀑布的雄姿。

车在山路上穿行了一段时间后,"黄河奇观"——著名的壶口瀑布突然出现在眼前。车门打开的刹那间,还未看清楚瀑布的模样,震天的轰鸣声已经传入耳朵。我们急不可待地下车,激动地尖叫着,奔向瀑布而来。只见黄河宛如一条从天际奔腾而来的巨大黄龙,以排山倒海之势,呼啸着跃入深潭,溅起浪涛翻滚,银光闪闪。激起的水雾腾空而起,恰似从水底冒出的滚滚浓烟,"水烟"使未曾靠近它的我们仿佛洗了桑拿。听导游说,五六月多雨,前几天下了几天雨,所以瀑布水势尤其壮观。

自然是多么伟大啊!它造就了黄河,也造就了势如千山飞崩、四海倾倒的壶口瀑布。站在壶口瀑布旁,脚下是惊心动魄的波涛,耳边是震耳欲聋的轰鸣,放眼望去是那跌宕起伏、奔涌向前的滚滚黄河水。被溅起的阵阵黄白色烟雾笼罩的我,被深深震撼的我,心灵仿佛被冲刷了,什么烦恼苦闷,什么凡间俗事,统统没有了,唯有雄浑、豪迈之气激荡在心头。突然,耳边仿佛响起了《黄河大合唱》威武雄壮的旋律,激情澎湃的我不由自主地唱起来:"风在吼,马在叫,黄河在咆哮……"

壶口瀑布不愧为天下一大奇观,不愧被描述为"万里黄河一壶收"。只有亲临壶口瀑布,领略那骇浪翻滚、惊涛拍岸、云雾排空的雄壮之势,你才能真正懂得黄河,更懂得什么是自然的力量。为与亲朋好友分享我此时此刻激动的心情,我将壶口瀑布的照片一张又一张地发给他们,最后附上这么一段文字:壶口瀑布,那叫一个气势磅礴,那叫一个美丽壮观,那叫一个恢宏震撼,那叫一个……亲们,我无法形容了。但我知道,不站在它面前,你不会懂为什么"黄河之水天上来,奔流到海不复回";不站在它面前,你体会不到李白当时写这首诗的心情;不站在它面前,你无法体会我看到它的激动与震撼,因为只有站在飞流直下的它面前,你才能更加明白什么是壮观,什么是力量,什么是自豪。为我们的母亲河——黄河,点赞!为祖国的壮丽山河点赞!

(2017 年 8 月)

盛夏,那些远去了的趣事

2018 年的盛夏特别闷热,十几天连续的高温湿热,使不喜欢吹空调又感冒的我有些透不过气来,禁不住怀念起盛夏那些已经远去了的趣事来。

40 年前,四季分明,盛夏也热,却没有现在这般热。那时的热,不那么燥,也不那么潮,温度不会像现在动辄三十四五摄氏度,甚至更高。这可能得益于那时好的生态环境吧。那时,我们老家那里还没有成为开发区,没有工厂和大厦,只有一望无际的庄稼地,有葱茏茂密的树木,有长流不息的清澈的河流、溪水。那时,每个村庄几乎都被树木笼罩。葱茏的夏天,透过绿荫才能隐约看见村舍。那些环绕村庄的泉水,清澈见底,人们劳动口渴了,捧起就能喝,水质比现在的矿泉水还要好。

夏天,最快乐的当数孩子们了。

游泳戏水应该是盛夏第一趣事了。那时,雨水多,村子周围到处是小河、小溪、池塘,水清澈见底,鱼虾更是自由自在地在水里游来荡去。玩水当数我们小伙伴最喜欢的了。不用花钱请教练教,仰泳、蛙泳、自由泳、踩水、潜水等,几乎样样精通,都是自学成才,只是游姿不怎么标准罢了。

小时候,我是村里有名的笨小孩,上墙爬树之类的都不行,游泳却是强项。我们村前的池塘很大,南北有 100 多米,东西有 200 多米,我能从南岸一个猛子潜水到北岸。当然,村里的孩子基本都会。那时盛夏,没事干的小孩子,特别是男孩子,在水中一玩就是一天,皮肤光滑,晒得黝黑,像泥鳅一样。大人担心孩子的安全,就到池塘喊我们回家。谁的父母找孩子,谁就会憋足气一个猛子扎到水底。我们打掩护说,谁谁不在这儿。父母东瞅西望,没发现,只好怏怏地到别处找了。等父母走了,我们就会为这小小的"胜利"而欢呼。有时候被父母发现,准会惹一阵喊叫责骂。父母怕孩子出危险,随时随地叮嘱我们不要下水,哪个孩子又能听进大人的规劝呢,趁大人看不见的机会,准溜水里玩去了。

那时的水清澈,有时我们这些会潜水的孩子,一个猛子扎入水底,能摸上拳头大小的河蚌来。池塘周围是一棵棵粗壮的大树,玩水玩累了的我们会跑上岸,躺在树荫下休息,树荫下还有眯缝着眼睛抽着旱烟乘凉的老爷爷和飞针走线纳鞋底的婶子、大娘。

随着年龄的增长,知道害羞的我们这些女孩子,不再到池塘里玩水了,而是几个好朋友相约到我们的秘密"浴池"去玩水。那是村东茂密的树林中的一条小溪,因常年流水,水底的岩石被冲刷得光滑平整。中午,我们赤身躺在滑溜溜的石头上,任清清的水流抚摸着我们的身体,凉凉的,舒服极了。我们望着蓝天白云,幻想着、叙说着未来……

夏天是捉知了的好时节。捉知了,是那时盛夏我们的又一大趣事。黄昏时,小伙伴约好,拿着小锄头去村边树林里挖知了龟。只要发现一个花生米般大的小洞,一挖,准是一个肥胖的知了龟(金蝉若虫)。雨后的傍晚,知了龟自己就能爬出来,天还没黑,我们就已经抓了半瓶子。中午,大人们找个阴凉处睡大觉了,我们小孩子却冒着酷暑兴高采烈地奔走在树林中,仰着被太阳晒得红红的小脸,认真仔细地顺着知了的歌声,搜索着树梢。粘知了"神器",就是用一根竹竿,细头绑上一个撑口的塑料袋或粘上面筋,这"神器"逮知了十有八九会成功。有趣的是,知了也会与你玩游戏呢。你正聚精会神地仰脸粘知了,知了却翘起尾巴洒一把"神水"于你脸上,待你无可奈何地摇头或抹脸时,它却另攀高枝了。

"高蝉多远韵,茂树有余音。"因为树多,知了也就特别多。中午你想休息,最怕的是房前屋后树上知了那此起彼伏的尽情歌唱声,天热让人烦,会格外觉得吵得慌。那时不像现在有空调,你打开空调,闭门关窗,外边即使吵破天也耽误不了你舒服睡大觉。那时,大热天,人们多是开窗在炕上或铺一凉席躺树荫下休息。于是,那些想睡个懒觉的人,睡前会使劲晃动大树,或者用竹竿敲打树冠,尽力将树上热情高歌的知了赶走。那样做也就安静一会儿,没多久树上会再次响起那嘹亮的鸣唱。在大热的天里,一天到晚,蝉声如沸,织成了一片交响乐,闹得有人心烦有人欢喜。欢喜的唯有天真快乐的孩子们。

有时候我们也到树林里抓"登登山"。"登登山"是蚂蚱的一种,生活在灌木丛上,又肥又大,油一炸,那美味就甭提了,现在想起我还会流口水。现在,因为化肥农药用得多了,蚂蚱都少见,"登登山"更是难觅身影。当然,还有更用功的孩子,就是那些认真撸国槐种子、晒干卖钱的。那时的小孩子,不可能像现在的孩子一样,手里都有零花钱。但自己劳动所得,一般被家长允许用来买零食。夏天的零食也就是几分钱一只的冰棍儿,现在的孩子对那样的冰棍儿是不屑一顾的。而那时,对于很多农村孩子,能吃上支清凉止渴解暑的冰棍儿,也算是高档消费了。

说起吃,盛夏最好吃的要数在井水里泡过的西瓜了。那时的西瓜,特别是村里沙窝地里种出的大西瓜,味道可甜了。吃西瓜前,爷爷都是先放井水里泡着,井水凉啊,放井水里待会儿,那西瓜是又凉又甜,格外爽口,每次吃得我小肚子都圆了。这些年,西瓜新品种层出不穷,且四季不缺,却再也没有少小时老家那沙窝地里长出的西瓜的味道了。

夏天,得雨水的庄稼撒着欢儿长。草,亦是撒着欢儿蹿。夏天的劳动,主要任务是除草。因为那时是没有什么除草剂的,不及时除掉庄稼地里的草,草就会欺负庄稼,抢庄稼地的营养,使庄稼减产。所以,大热天,大人们会去除草,因为中午太阳毒,会将拔出的草晒死。我们小孩子也会去拔草,特别是上学后,暑假是有拔草任务的,就是给生产队拔草喂牛。那时,在玉米地、谷子地里拔草,烈日下,我仿佛能听到玉米和谷子嘎巴嘎巴的拔节声。在地里劳动,最有趣的要数夏天的雨了。刚刚还艳阳高照,一不留神,马上就是瓢泼大雨。落汤鸡似的你,立马往家跑,还没出地头,太阳又出来了。夏天,时常是这头倾盆大雨,那头却阳光灿烂。

那时,蚊子跟现在一样,是夏天的常客。那时没有灭蚊药、蚊香等,驱蚊的办法,就是用艾草熏。将端午时节收获晾干的艾草编成粗粗的艾草辫子,晚饭后出去凉快前在卧室点上一段。可能蚊子不喜欢艾草的烟味,闻到就会往外飞。记得我们家的卧室都挂有蚊帐,但因为睡觉不老实,我们的手脚仍然会被蚊子咬到。所以,每天晚上,母亲都会点艾草熏蚊子。我非常喜欢艾草那种独特的香味,可能是自小在艾草熏过的屋子里睡觉的缘故吧。

夏天的晚上,人们一般睡得比较晚。那时,没有电视、电脑、手机,电影只是偶尔能在村子里看一场,更没有现在风靡城乡的广场舞。那时,晚饭后,大人孩子不是在自家天井里乘凉说话,就是在外边大街上四邻八舍地聚一堆乘凉拉呱。这时候,我们小孩子最喜欢的是或躺或坐在大人们给铺的蓑衣或凉席上,听爷爷讲《岳飞传》《三国志》《西游记》以及那些神话传说了。岳母刺字、火烧连营、三打白骨精、黑尾巴老李、牛郎织女、柳毅传说、白蛇传、嫦娥奔月、狐仙等,这些脍炙人口的故事,因为爷爷一遍遍不厌其烦地讲,自小就根植于我的脑海中。在繁星闪烁的夏夜,听手摇蒲扇的爷爷娓娓动听地讲那些或惊心动魄或缠绵感人或惊悚恐怖的故事,成了我记忆深处最美好的事情……

时光飞逝,一晃40多年过去了,随着城市的扩张,随着世事变迁,小时候故乡那一望无际的农田消失了,那清澈的河流溪水不见了,少小时的那些趣事也远去了……没有远去的,是那一颗追求美好生活的心。

(2018 年 8 月)

立　秋

斗转星移，四季交替，今又立秋！

常说，一叶知秋！今年的阴天多，雨水大，少有外出的我，上下班看到的树木几乎都还是郁郁葱葱。加之上年搬家后，离开那最知秋的一排排银杏树的住处，忙忙碌碌间，我竟然不知道秋已至。昨天白天一天阴雨，晚上，不大不小的雨继续下着。

深夜，淅淅沥沥的雨声中，朦胧间我突然听到了过去立秋前后常常听见的土蜇的鸣叫声："拆拆浆浆，姐姐洗洗，兄弟穿上。"

"拆拆浆浆，姐姐洗洗，兄弟穿上。"这是小时候我听到这很具音律的鸣叫，因好奇问娘时，娘告诉我的。

小时候，每到立秋时节，不知蛰伏何处的土蜇就会冒出来不停地"唧唧唧唧、唧唧唧唧"叫个不停，声音特清脆。好奇心重的我曾经问娘："这虫不停地叫唤什么？"娘微笑着对我说："这是土蜇。你听，它是不是在叫'拆拆浆浆，姐姐洗洗，兄弟穿上'？秋天来了，冬天就不远了。它这是在大声告诉我们，别忘了将冬衣拆洗一下，天冷了好穿。"我仔细用心听后，高兴地告诉娘，它还真是叫的"拆拆浆浆，姐姐洗洗，兄弟穿上"呢。

如同所有好奇心重的小孩子一样，那时心中亦有十万个为什么的我继续不解地问娘："土蜇为什么不叫别的，而只叫'拆拆浆浆，姐姐洗洗，兄弟穿上'？"娘慈爱地抚摸着我的小脑袋，说："姐姐爱劳动，针线活还好，瞧你身上的衣服，不就是大姐给缝的吗？"说完，娘停下手里的活计，抬起头望了望无垠的天空，然后收回目光，意味深远地又说了句："老姐如母啊。"

长大了，特别是娘离开我们后，时时感受姐姐们关爱的我，更是体会到了娘当初说的"老姐如母"这句话的真正含义。

"秋风吹雨过南楼，一夜新凉是立秋。"雨急匆匆飘着，告诉我们秋来了，天气要凉爽了；蟋蟀急匆匆叫着，告诉我们秋来了，要准备冬衣了。

光阴飞逝，季节更替，仿佛才赏了姹紫嫣红的春花，观了亭亭玉立的夏荷，今又立秋！立秋了，朋友们，你听，是不是爱操心的土蜇又在大声催促"拆拆浆浆，姐姐洗洗，兄弟穿上"呢。

岁华过半，朋友们，珍惜珍重！

（2019 年 8 月）

秋 雨

傍晚，飘雨了，蒙蒙细雨飘飘洒洒落下。

秋雨迷离，烟云笼罩中，鸢都这座城市如梦如幻，在斑斓中若隐若现。眼前的一切在霓裳飞逸的虚幻之中，犹如一帘温柔的幽梦，把一切都毫无遮拦地写意在雨幕之间。

站在窗前，仰望苍穹，蒙蒙的夜空深不可测，沐浴着秋雨带来的凉爽与惬意，释怀之感涌上心头。秋雨，人生，人生，秋雨。人生多么需要具有秋雨那种沉着、柔韧、冷静的个性，如果我们的人生多一点秋雨的那份缠绵，那我们人生将会平添多少欢乐与开怀。我们之所以有那么多的忧愁与烦恼，或许跟我们有时太急躁、太急功近利有关。

"秋雨，秋雨，无昼无夜，滴滴霏霏。暗灯凉簟怨分离，妖姬，不胜悲。""梧桐更兼细雨，到黄昏，点点滴滴。这次第，怎一个愁字了得？""秋雨经三宿，无人劝一杯。""雨色秋来寒，风严清江爽。"秋雨，虽然会给我们带来许多伤感，但秋雨总会让我们在伤感中产生许多感悟，许多对人生、对生命的感悟。站在雨幕前，感受着仲秋的阵阵凉意，一颗躁动的心渐渐归于宁静与安逸……

秋雨是恣意的，不急不躁，不温不火；秋雨是浪漫的，细细飘洒，柔柔滴落。秋雨，润了草儿，美了花儿，红了石榴，斑斓了叶子，欢爽了鱼儿。瞧！烟雨蒙蒙的家属院，在秋雨飘落下显得更加缤纷多彩，生机盎然。

喜爱秋雨，喜爱在秋雨中漫步，在雨中感受秋天的诗情画意，更喜欢雨夜的寂静与安详……

（2014 年 9 月）

烟雨西湖

跟随市里组织的考察学习团来杭州,动车晚上 10 点才到站。因次日上午的活动 9 点 20 分开始,我们住的地方离西湖不远,在动车上,认识的两位同伴就约我明天早起去西湖。没见过西湖清晨妆容的我,好睡懒觉的我,被他们鼓动得心动的我,竟然不嫌累,5 点早早起床,随他俩奔西湖而来。

记得三月上旬来浙大参加培训,课程紧而且培训地离西湖较远,直到集体参观完临近西湖的财税博物馆,我们几位便相约来到了西湖。那天下午,风很大,天却晴好。但见夕阳照耀下的西湖,水波荡漾,游船穿梭,两岸桃红柳绿,玉兰花儿芬芳烂漫,西湖宛如俊俏少女正沐浴在无限春光中。时隔两月,今天清晨的西湖,景色已迥然不同。岸边草木葱茏,垂柳依依,仔细瞧那岸边的桃树,绿油油的枝叶间缀着一个个青青的如鸽子蛋大的桃子。白玉兰、紫玉兰洁雅的花儿没了踪影,高大茂密的广玉兰却开出了一朵朵洁白硕大的花儿,芳香扑鼻。岸边公园里仍然有许多花儿绚烂绽放,唯五彩缤纷的艳丽绣球花儿在那一片片浓绿中最吸引人。

天有些阴,湖面上有些许雾,淡淡的,薄薄的,若有若无,与西湖捉着迷藏,倒使我想起"淡妆浓抹总相宜"这句诗来。说来也奇怪,刚想到这句诗,雨就飘洒了起来,可能西湖或苏轼老先生怕我忘了"山色空蒙雨亦奇"这句诗吧。绵绵的细雨在树叶上、花朵中,凝成水滴。点点晶莹,装点得树叶更油绿,花儿更妩媚。我边欣赏边用手机拍下含珠凝露的一朵朵花儿,也抢拍着烟雨西湖的片片美丽。仔细瞧,烟雨中的西湖,虽少了少女般的俏丽,却多了几分温润娴静,像刚出浴的新娘,羞答答地蒙着一层轻纱,柔美而风韵。

这个时间,岸边游人极少,多是晨练之人,以中老年人居多。鸟儿们最可爱,看来早已与人和谐相处惯了,或树间叽喳招朋唤友,或悠然漫步草坪,或展翅戏水湖上,一点儿也不畏惧人。湖边时常有鱼跃起,"扑通"一声,将一心在岸边游走观景的我们吓一跳。游船刚刚开启,准备迎接山南海北的游人。那些茶庄、酒吧,可能是夜里生意结束得晚吧,已是早上六七点钟了,还在闭门关张,一片寂静。

因看过天气预报,我预见性地带了伞,同伙却没有带。看时间还早,我们游兴不减,见雨没有停的意思,同伴匆匆找了个卖东西的亭子买了把伞。烟雨西湖,更加恬静迷人,吸引我们撑伞继续冒雨前行观赏。蒙蒙细雨中不辨方向的我们也不知是往东还是往西，更不知处在西湖的什么位置，只是兴致勃勃地沿着岸边小径漫步欣赏，还不时拍照留念。走着走着，猛抬头，我惊喜地发现雷峰塔隐隐约约出现在不远的前边，于是兴奋地喊道："快看，雷峰塔！前面是雷峰塔。"

我曾经三次来到西湖，却都无缘见到雷峰塔。今早来的路上，同样没有见过雷峰塔的同伴还说不知往哪边走能到雷峰塔呢。不想任选一个方向，走了近两个小时，快打道回府时竟然见到了它。烟雨中的缘分，怎能不惊喜？仰望雷峰塔，想那美丽善良的白娘子，不知是否还修行在塔下？

雨渐渐大起来，雨线如一串串珍珠似的落在湖面上，溅起无数朵美丽银色小花。杭州有句老话说：日西湖不如夜西湖，夜西湖不如雨西湖。我们有幸领略了雨西湖的美景。其实，西湖的美，在于晴中见潋滟，雨中显空蒙。无论春夏秋冬，无论雨雪阴晴，西湖在落霞、烟雾下都能成景；在春花、秋月、夏荷、冬雪中各具美态。我四次观西湖，第一次被黑车司机忽悠，仅仅乘车隔树偶尔远远眺望西湖的身影；第二次是傍晚匆匆路过，用半个多小时的时间，在湖边看落日余晖绚丽地洒在平镜似的湖中；第三次，就是今年三月那次，欣赏到的是夕阳下春风将湖面吹起粼粼波光的美景；这次是清晨观烟雨西湖，各有收获，各有美的享受。

游在心境。虽然今早我们仍是匆匆游览，虽然我们没走断桥苏堤，没见三潭印月、平湖秋月，但我们怀着对西湖的敬爱之心、敬慕之情游西湖，所以，两个小时晨游，我们仍不乏闲情逸致，不少诗情画意……

西湖美，烟雨西湖更美！

（2017 年 9 月）

一片落叶

一片银杏叶调皮地轻轻拂了一下我的长发,飘落地下。

那是一片刚刚被风吹落的叶子,金黄、柔软,像一把小小的黄金扇子,美得令人爱怜。一叶知秋,不知是秋天成就了叶子的金色,还是叶子成就了金色的秋天。

我停住匆匆赶路的脚步,弯腰将叶子捡起,温柔地凝视它良久,又恋恋不舍地把它轻轻放在了路边的草丛中,让它与它的兄弟姐妹一起化作秋泥。

绵绵秋雨,不温不火,恣意而不张扬地飘洒着。烟雨蒙蒙中,那排银杏树的叶子,有的还绿意正浓。秋雨漂洗,秋阳照晒,秋风轻抚,有的银杏叶子被秋染黄,随风飘落,投入大地母亲的怀抱,回归大自然了。中秋临近,秋意越来越浓,越来越多的银杏叶,在秋风中将片片金黄奉献给了大地。一片落叶,一个美丽的秋天。

秋风中,银杏叶子逐渐飘落。但来年春风吹拂,银杏叶又将开始萌芽,生长、斑斓。一年年,它会随着春夏秋冬四季变化,生生不息。只要大树不死,叶子的生命便始终轮回。

人从婴幼儿成长为青年,再步入中年、老年,最后两眼一闭,回归大地。像极了银杏叶,春之萌芽,夏之茂盛,秋之飘落,冬之回归大地。叶子虽然秋飘落冬化泥,但来年春风起,它又会萌芽、生长。而人呢,生命却只有一次,仅有的一次。

人的生命只有一次,它是宇宙间最宝贵的、最值得珍惜的。我们有什么理由不珍爱它、善待它?又有什么理由浪费它、糟蹋它呢?生命珍贵,各有风采,让我们善待自己,做好自己,以不同凡响的姿态,摇曳在红尘中吧。

(2016 年 9 月)

又到秋叶红了时

看到楼前的柿子红了,我想那秋叶应该也红了吧。

"停车坐爱枫林晚,霜叶红于二月花。"秋天最有代表性的,应该是那红彤彤、黄灿灿、烂漫多姿的红叶了。美丽的红叶是秋天的赋予,是大自然最好的调色盘。秋天,我最喜欢欣赏的,莫过于那如蝴蝶般摇曳在秋风中的枫叶了。一片叶子,从绿到黄或红,装点了不同的季节,也给予了生命最美好的色彩。

又到秋叶红了时。不说大美临朐那秋天万山红遍、层林尽染的美丽石门坊、官护山等赏红叶最佳处,但说身边的那些"二月花"吧。于我看来,第一当数市地税局家属院那两排粗壮的枫树。非常庆幸,曾经居住了 10 多年的地税局家属院有两排粗壮的五角枫。这两排春嫩绿、夏葱茏、秋斑斓的枫树,陪伴我走过了美好的 10 多年光阴。一年四季,我最喜欢的是它们秋天的模样。虽然秋风瑟瑟中,最终是落叶飘零,可当秋色染红了叶子时,那一树树枫叶,那灿若云霞的枫叶,不仅浪漫多情,而且宛如团团燃烧的火焰,凝聚着激情,挥洒着自信,给人无穷力量。每年秋天,每天路过,我都会驻足凝望,凝望那满树绚丽,凝望那叶儿飞舞,凝望那落叶如毯……那两排枫树,给我留下了许多美好的记忆。

曾经,我也为淠河岸的一排枫树着迷。多年前,无数个秋天,枫叶红了时候,周末我与爱人都会驱车而去,徜徉河边欣赏其美丽。近几年,淠河两岸被开发建设得大变样了,原生态的景色已不再,但每个秋天,怀旧的我还是会抽空去一趟,只为瞧一眼曾经迷醉我的红叶。

秋叶静美! 欣赏叶子,特别是秋之叶。生于春,长于夏,落于秋,葬于冬的叶子,不似花儿般争奇斗艳,它总是安安静静地生长于天地之间,从从容容地经历着春夏秋冬,无意于得,无所谓失,一季又一季,一年又一年……一叶知秋意,一树识菩提! 人生的美丽,不也是不在于争,而在于守吗? 走过春华,度过盛夏,方有静宁的秋实!

"一叶知的不是秋,而是又一轮岁月的碾过。"这是许友文章中的一句话,我很欣赏。是啊,"山僧不解数甲子,一叶落知天下秋"。

又到秋叶红了时,让我们静赏红叶舞,静待梅飘香吧。

（2019 年 10 月）

深秋再醉官护山

深秋时节,再次到访临朐官护山,再次目酣神醉官护山。

上次来官护山,是 2014 年金秋时节。那时的官护山,外地还少有人知其美,而且正待开发时。那是我第一次听说,第一次来。刚到这里,我就被其怡人的秋色迷醉,感叹大美临朐竟然还有这么一处风景独特的原生态山林。于是,我回潍坊后写了篇随笔《秋醉官护山》。因这篇随笔,我的好多朋友才知晓临朐有座美丽的官护山,也都纷纷利用节假日过来一睹其芳容。2019 年 10 月,在临朐参加完侄女的婚礼,我抽空再次亲近官护山,再次陶醉其迷人秋色中。

这时的官护山,已经被临朐县政府以建设"山乡生态休闲、山林康体养生、山水逍遥度假"乡村旅游区为目标进行了保护性开发建设。开发后的官护山,虽然略少了点儿原生态的韵味,却多了番别样的美。山门口处建起了高大气派的景区门楼,设有售票处,建有停车场。原来的谷底小径也拓宽了,路两边那两排金秋时节叶儿枯黄随风飞舞的白杨树,换成了叶儿似金灿灿蝴蝶般的银杏树。风起,那玲珑的银杏叶儿翩翩舞姿远胜原来的白杨叶子。"又见金风绣锦杉,一生炫彩最开颜。虽惜迟暮才圆梦,终把辉煌戴桂冠。"银杏树确实美,特别是在金秋十月,但因为太喜欢茅盾的《白杨礼赞》,加之青少时就深深烙印心底的那首《校园里有一排年轻的白杨》歌曲,多少年了,我对"参天耸立,不折不挠,对抗着西北风"的白杨树,总有着一种特殊的情感。每次在山间田野遇见那挺拔的白杨,就宛如遇见老朋友般感到亲切。如今,那挺拔、伟岸的白杨树少见了,特别在城镇、景区,可能是因为杨絮,可能是因为树种不珍贵,很多白杨树被其他绿化树置换了。

"只许云天分野艳,不同梅李竞香尘。"最惊艳、最令我流连忘返的,莫过于官护山路两边那大片大片五彩缤纷、笑傲秋风、寓意吉祥幸福的格桑花了。记得上次来,仅稀疏的几小片,就已经令我心旷神怡了。如今,直通山里的路两边全被种上了烂漫美丽的格桑花。我第一次见到格桑花,是 2013 年去西藏的时候,只是当时正经受高原反应的我没有精神欣赏它灿若朝霞般的美罢了。秋深了,这里的格桑花虽然有些已经凋零,但大部分还在笑迎游人呢。喜欢花的我,感觉那大片大片五彩缤纷的格桑花绝对艳压山坡上红彤彤的红叶,竟然使我流连花海而无心爬山赏满山红叶。倒是时而相遇的一棵棵粗壮的柿子树,那沧桑的枝干,那丰盈的黄澄澄的高傲地挂满树枝的柿子,不时令我驻足仰视赞叹。

更令我心动的,是那山坡上枯草丛中不卑不亢怒放着黄灿灿小花的野菊花。"晚艳出荒篱,冷香著秋水。忆向山中见,伴蛩石壁里。"那一簇簇、一丛丛、一朵朵秀丽淡然的野菊花,虽然没有格桑花的婀娜多姿、绚丽夺目,却自有一种朴实素雅的美。这是一种净化心灵、熏陶情操的美。具有顽强生命力且默默绽放的野菊花,给官护山带来了无限的生机和美感⋯⋯

霜降至,秋已暮。暮秋虽渐萧条,却亦拥有其美丽的色彩。非节假日,且过了观赏红叶的旺季,官护山游人极少,山里很清幽。安静的深秋山林,阳光下五彩斑斓的花儿、火红的叶儿,还有那如小红灯笼似的柿子,使得官护山更似一幅静美迷人的山水画卷。我悠然地走着,抑或静静地站着、坐着,或近或远地欣赏着官护山那迷人的秋色,生怕打搅了这份静美⋯⋯

(2019 年 11 月)

窗外是泰山

来泰安市财政局学习,在泰山附近的东岳山庄居住一晚。东岳山庄窗外,就是名扬天下的泰山。

刚入住,同伴晓宁朝窗外瞅了瞅远处连绵起伏的山脉,自言自语般说了句:"这是泰山? 泰山怎么看上去这么矮呢?"我笑了,使劲点着头,肯定地回答她:"是的,是泰山。你瞧它重叠的山势,厚重的形体,唯泰山才有呢。"

隔窗遥望,泰山确实不高。可能因为距离尚远,可能窗子上厚厚的玻璃也有收缩视线的感觉。实际上,气势雄伟磅礴的泰山确实挺高,主峰玉皇顶海拔1545米。泰山不但高,山势更是壮丽、巍峨、雄奇、沉浑、险峻,要不哪儿有"五岳之首""天下第一山"之称谓呢。

记得1986年初冬,21岁的我第一次登上泰山。在山顶一望,才真正体会到了"登泰山而小天下"的含义。泰山真高啊,我站在山顶,自然而然就想到了我时常傻傻地看的大树上来回穿梭忙碌的蚂蚁。与巍峨雄壮的泰山相比,我不就是一只小小的蚂蚁吗? 第一次登泰山,我虽然累得几次想放弃登顶,虽然在十八盘走走停停,但在同伴们的鼓励下,在那些泰山挑山工的影响下,在自己的坚持下,我最后终于登上了山顶。是啊,唯有登上五岳独尊的泰山之顶,你才能真正知晓什么是"一览众山小"了。

后来,我又两次登临。两次都是乘索道到南天门,因为没有毅力再爬十八盘。一次登顶,奇遇美丽雾凇,惊艳了一回。一到南天门,只见玉树琼花,美不胜收。置身其中,宛如置身仙境。另一次登顶,巧遇漫天大雾,郁闷了一回。那天,一到南天门,只见雾气腾腾,古刹树木都像遮着一层虚无缥缈的白纱,置身其中,亦宛如置身仙境,因为五六米以外的东西只能看出个轮廓……这已是10年前的事了。以后,只是与泰山擦肩而过,却亦无憾。因为我曾经走过十八盘,曾经登顶远眺过,更为泰山挑山工感动过。

"会当凌绝顶,一览众山小。"泰山的博大壮美和特有文化内涵,激励人生、启迪人生,陶冶人之情操。故而为古今中外文人墨客所歌颂。而埋头苦干、勇挑重担、永不懈怠、一往无前的"泰山挑山工"精神,更是我们应该好好学习的。

在秋叶飘飞的时节,作为中华民族精神象征、华夏历史文化缩影的泰山,我虽与你隔窗相望,却能感知你景色奇美与峰峦雄伟,感知你的沉稳、神圣以及厚重的文化底蕴……

(2019年11月)

雪

冬天来了，你是不是和我一样，最期盼最喜欢的，当数壮丽无比的雪中景色了。

2018年的第一场雪，终于在期盼中，于"小雪"未走、"大雪"来临之际飘飘然而来。飘舞的雪花，小小的，柔柔的，飘落地上，融化了，不见了。待雪儿累了，走了，留下的唯有湿漉漉脏兮兮的地面。欣慰的是，还有清爽的空气和含玉凝珠的冬青等植被。

过去，我们这里的雪，极具山东大汉的秉性。不来则已，来则气势磅礴，如鹅毛般纷纷扬扬，漫天卷地飘落下来。不长时间，地上、房上、树上就会铺上厚厚的一层雪，洁白、素雅、美丽，真正银装素裹的世界。

那时的"千里冰封，万里雪飘"，不是现在书本上由孩子们想象的情景，也不是只能在电视上欣赏的情景，那是实实在在的，是每年冬天最常见的情景。那时的雪，也不知为什么那么多，时常飘飘洒洒，有时小，有时大，大时甚至能下一两天。过去，我们老家那里有句俗语："大雪不封地，不过三两日。"意思是说，"大雪"节气这天，如果大雪还没有覆盖大地，顶多两三日的时间，绝对会下一场纷飞大雪，给大地铺上厚厚的棉被。天冷雪大，一场接一场雪，一个冬天，厚厚的积雪都不曾融化。放眼望去，白茫茫一片，银装素裹，美不胜收。

雪，多数时候是自己静悄悄地飘洒，有时候却是有风伴舞。那时的风格外强劲，"呼呼"的北风，像小薄刀似的扫拂着面颊，再加上凉飕飕的雪花拂面，你就知道什么是"生疼"了。风雪交加天，是最考验人的意志的时候。无论过去，还是现在，总有这样一些人，一些值得我们敬佩的人，在寒风暴雪中，始终坚守在自己的岗位上……

喜欢雪，不仅仅是因为雪使天、地、河、山清纯洁净，没有泥潭；不仅仅是因为雪中梅花傲雪吐艳、凌雪飘香；不仅仅是因为冰雪覆盖的世界幽雅恬静、分外妖娆；不仅仅是因为"瑞雪兆丰年"……重要的是因为，唯有晶莹剔透的雪，能净化一切，升华一切，包括心灵。洁白的雪，使一切变得纯洁而又美好。

如今的雪，犹如过去闺阁中的小女子，虽然也来，却太羞涩太含蓄太温柔，总是羞羞答答，零零落落，小小的，又轻又柔，很难再现粉妆玉砌的世界了。

（2018年12月）

2020年的第一场雪

2020年的第一场雪,在人们的期盼中,在淅淅沥沥的雨水净街洗地后,终于没有辜负人们热切的期望,于今天,2020年1月7日中午,飘飘洒洒地来了。

2020年的第一场雪,虽然千呼万唤始出来,来的却是气势磅礴。瞧!她洋洋洒洒,漫天飞舞,潍坊大地很快就银装素裹洁白妖娆起来,真乃"雪粉华,舞梨花"。原本我还以为,这雪仍会像近些年的雪一样,来时飞舞一阵,还未等我们喜欢够,就匆匆离去。2020年的第一场雪,很够意思,中午铺天盖地地来,直到傍晚都没有停。晚上,望着窗外白茫茫的天地和仍在飞舞的雪花,我惊慕雪的魅力,感动雪的神奇。唯有雪,能给予我们一个晶莹剔透的世界,令我们梦回童年;唯有雪,能给我们营造一个幽雅恬静的境界,令我们获得心灵的抚慰;唯有雪,能洗涤过滤一切,净化升华一切,令我们的心灵变得纯洁而又美好。2020年的第一场雪,伴我入了甜甜的梦乡……

1月8日清晨,醒来的我急匆匆穿上衣服就往院子里跑。自从9月份搬到坊子这套带小院的房子,我就期盼着瑞雪纷飞时一睹雪中小院的俊美模样。2019年初冬,未见雪飞舞;2019年末,未见雪飞舞;2020年元旦,亦未见雪飞舞。元旦过后的第七天,终于迎来了2020年的第一场雪。终于,我要一睹雪中小院的模样了。推开门的一刹那,我被小院之美惊艳了。

小院银装素裹,分外妖娆。白雪覆盖的地上,有几个猫爪印,宛如盛开的朵朵小花。我知道,一定是时常光顾我们家的那只大花猫先我来欣赏了小院之风光。院子里那五六株牡丹,枝干上枯了的花壳里缀满了雪,宛如盛开的朵朵白牡丹。心旷神怡间,眼一花,我真的以为是"雨艳寒轻清入骨,雪肤香蒙白含间"艳而不俗的白牡丹呢。手指轻抚间,仿佛能嗅到牡丹花的芳香,沁人心脾。抬望眼,院子里的玉兰、木瓜、石榴等树木上,满是雪白雪白的"梨花"呢。而院中最美的还是那两株四季桂,严冬仍然散发着幽香的四季桂,在白雪的映衬,花儿更加娇艳,香气更加浓郁,叶子更加绿意盎然。

望着这雪中飘香的桂花,陶醉在小院景致中的我,想到了原来居住的市地税局宿舍院中的那片蜡梅,那片我最爱最迷恋的疏影清雅、刚柔散淡的蜡梅花。想必她傲放雪中,开得更加艳丽迷人了吧。我知道,她越是迎着漫天飞舞的雪花,越是傲然挺立在凛冽的寒风中,越是风欺雪压,她开得就越有精神,越美丽动人,越能送你一股别具神韵、清逸幽雅的清香。想到这儿,要不是还要上班,我都要飞奔过去了。我决定,中午下班后,不吃午饭,我要先去欣赏那片我最爱的蜡梅花,我要把她雪中最美的身姿留下,并与她来个亲密合影。

2020 年的一场雪,美丽了潍坊大地,美丽了我家小院,美丽了我最爱的蜡梅,更美丽了我的心灵⋯⋯

(2020 年 1 月)

最初的记忆

人静下来时，心情不错时，那些躲藏在记忆角落里的事情，那最初的记忆，就会自己悄然爬上心头……

老屋

老屋，是我出生的地方。最初的记忆，我们家也就是我所说的老屋，在村子的东北角，说东北角也不准确，因为隔着一片菜园和小树林，离老屋百米远偏东南处还有一户刘姓人家，我们兄妹称之为刘大爷家。那时的村子，特别是我们村这样不到百十户人家的小村子，不像现在拥挤，户与户之间几乎没有多少相连的，除了村中心万姓、曲姓等几大家族。老屋很旧，且低矮。什么时候盖的我不知道，哥哥姐姐们也记不太清楚了。记忆中，老屋的地基是露出地面一点点的石头，很普通的形状不规则的石头，墙是土坯墙，房顶除了最底下两层是红瓦，其他全是麦秸铺就。那瓦应该是老屋盖了几年后才弄上去的吧。

四间正房，分别是东屋、正屋、西屋、里屋。正屋，我们那里叫"当门"，就是连接屋门与院子相通的那间，如同现在的客厅和餐厅。里屋就是最西边的那间，可住人，可当储藏室。记得我们家的正屋，一边一口锅，一大一小。大锅边有一个风箱，做饭拉风箱对于当时还是小孩子的我来说，觉得特别好玩，故而在大人做饭时，我好抢着拉风箱。拉风箱与做饭的火候掌握也有一定的技巧，我比较笨，有时连拉风箱这点儿活亦干不好，因此时常被大人认为是捣蛋而被撵出去玩。正屋北墙的东北角处有一个用土坯、水泥块垒就的放碗碟的台子，西北角放饭桌和凳子。那时的饭桌是长方形的矮腿的，凳子也是小板凳。其实，因为有炕，大半年时间，吃饭我们是将饭桌放炕上吃。就是在这样简陋的厨房里，在物质极不丰富的那个年代，我那和蔼可亲的爷爷，用他的巧手和普普通通的食材，做出了很多至今令我们兄妹回味无穷的饭菜。东屋、西屋、里屋都有炕。我们那里家家睡炕。对于儿时的我，炕不仅仅是睡觉的床，它也是会客厅，是爷爷搓麻绳讲故事、母亲纺线缝补衣裳、姐姐纳鞋底绣花织毛线、我们小孩子嬉闹玩耍的场所，更是父亲回来讲外面精彩世界的地方。一方小小的温暖的炕，凝聚了多少亲情、友情和爱情啊。

东屋，平时母亲带我和三姐这两个小孩住，父亲休班回家时也住东屋。"慈母手中线，游子身上衣"，东屋的油灯下，母亲纺线缝补衣服的情景，多少年了，仍然时常出现在我梦中……

西屋，姐姐们住；里屋，爷爷住。那时哥哥已经考学出去在外地工作，哥哥是中专毕业工作后又去当兵的，复员后到了潍坊工作。在老屋里居住时，年龄太小的我对哥哥几乎没有什么印象。唯一与哥哥有联系的事情，就是我的第一张照片，一张少了哥哥的全家福。那是家人为了给工作后又参军的哥哥寄的全家福，是大人步行，爷爷、四五岁的我和三姐由骑自行车的父亲来回倒着载，专程到城里国营照相馆照的。我记事时，因为母亲、大姐、二姐是家里的劳力，要参加生产队里的集体劳动，只有爷爷在家做家务并照看年纪尚小的我和三姐。记得大队长一吆喝上工，她们就拿工具干活去了。那时我们村共四个小队，我家是四队的。那时，社员们的集体意识特别浓厚，他们热火朝天劳动的场面，特别是大冬天在池塘边沤绿肥的场景，给小小的我留下了深深的印象。

老屋有一个宽敞的大院子。院子西北边有一棵粗壮的梧桐树，笔直、伟岸，还有些寂寥，一棵没有多少人关注的梧桐树。这棵梧桐树，一定是爷爷因了"家有梧桐树，招来金凤凰"而栽植的。什么时候栽的我不知道，记事时，那棵梧桐树已经是院子里最粗壮高大的树了，比屋后的白杨树还魁梧。记得梧桐树干周围堆满了做饭用的麦秸秆。每年四五月，梧桐就会绽开淡紫色的花儿，仿佛吹起小喇叭唱春之赞歌呢；又仿佛向我们诉说："你们别只看到杏花艳桃花红梨花白，我的花儿亦美丽绚烂，是春天不可少的色彩。"是啊，姐姐们并不在意它，我却很喜欢。梧桐那像一串串紫色风铃般的花儿，那独特的芬芳，那"不与百花争春早"的恬静，总能吸引我。到现在我还时常忆起老屋院子里那一片片淡淡的紫，那一缕缕奇异的香……

老屋的西南角是猪圈。记得都是春天买上小猪仔，喂养一年或更多时间，腊月里小猪仔就长成了大肥猪。那时，农村人都指望养头猪，春节时卖个好价钱，过个好年。也有春节将养的猪杀了过年的，那样的年更丰盛。在老屋时，我家的猪是卖还是杀，我没有太深的印象了。因为父亲在外工作，家里每年过年都有猪头吃，其他吃食上也没有怎么缺着我们小孩子，我也就不那么关心。但我知道，那时村里还有许多小伙伴，过年能好好吃顿肉，就是最大的满足了。所以，我很知足，也非常感恩父亲。

西屋于我印象最深的，是窗外的磨盘和磨盘附近的鸡窝。磨盘给我留下的不仅是母亲起早摊煎饼的记忆，还有那时爷爷会在磨盘与窗台之间给我和三姐搭个小秋千玩耍的记忆。是啊，谁的记忆深处没有少小时快乐玩耍的印象呢。鸡窝的印象深，是因为那时只要母鸡"咯咯哒"叫，我们就知道鸡下蛋了，三姐和我就会争先恐后地伸进小手去摸鸡蛋。当然，鸡对我的吸引力，就是每年八月十五,爷爷、父亲就会杀只当年生长得不大不小、不肥不瘦的小公鸡,不煮也不炖,而是剁成块炸着吃。香脆可口还不油腻,好吃极了。每年八月十五,最令我们回味无穷的,就是这炸小公鸡了。二三十年了吧,自家不再养鸡,我也买不到自己养的那样的半大小鸡,也就再也吃不到这样的美味了。美味不再,也许还有油的原因。那时,我们那地方的食用油主要是棉籽油,偶尔家里也吃豆油,但花生油极少。我们那里是棉区,秋天,白花花的棉花收获上交国家后,国家反馈的应该就是年底大队里分的棉籽油了吧。20世纪80年代,土地承包后,棉籽油才从家庭用油中慢慢淡出。

那时,没有谁家不养鸡。最好奇的是,每年春天,都有说是从寿光来的推着小推车,或者用自行车,载着几个木制笼子,笼子里满是叽叽喳喳的可爱小鸡仔的人,到村里赊小鸡。一听到赊小鸡的吆喝声,大娘、婶子就会端着瓢出来挑小鸡,娘也是如此。挑好后,既不用给钱,也不用给粮食。那人只是在小本子上记下,谁谁谁家几只,几只公的,几只母的。到秋收后,再来收钱。秋天,那人来收钱,公鸡母鸡基本对上,买小鸡的人也没有赖账,不是给钱就是给粮食。

老屋院子大门口朝向西南,门口有棵大槐树,槐树底下堆了很多自带美丽花纹的大石头,那是父亲攒下来准备盖新房子用的。槐树周围是一小块平整夯实的6平方米左右的小广场,可能是为晾晒粮食,抑或家人乘凉、方便我们小孩子玩耍吧。走过小广场,是一条微微狭窄的偏西南的下坡小土路,是通向村里和出村子的道路。记得老屋处于偏高的位置,加之那时村里的房子都低矮,倘若爬上那棵大槐树,就能俯瞰村子的大部分。所以,每当听爷爷或母亲对我们说,你父亲应该今天歇班回来时,我和三姐就会站在槐树底下的石头上,会爬树的三姐还会爬到槐树上,伸着脖子朝村外张望。只要远远地望到骑自行车回来的父亲,我们就会欢天喜地大声呼喊着跑下坡去迎接。小屁孩的我和三姐期待父亲经常回来,还有一个重要原因,那就是父亲每次回来不仅带来新鲜故事,而且带来新奇的好吃的糖果和点心。早期,父亲在工厂负责供销业务,难免天南地北地跑。父亲不但见多识广,而且每次回来都会买一些当地特产给我们品尝。记得就在老屋里,我第一次吃到了如蜜般甜的哈密瓜,第一次知道了世上还有这么香甜的奇特的瓜。那是父亲去新疆出差坐了五六天火车带回来的。那次也是父亲第一次去新疆,是夏天,父亲说,他可是体会到了什么是"早穿皮袄,午穿纱,围着火炉吃西瓜"了。那时,上海的大白兔奶糖、北京糕点、天津麻花等在我们那里农村是难得一见的稀罕食品,因为父亲,我们都见过并吃过。更重要的是,父亲每次回来,都会给我们讲他出差外地时的见闻趣事。即使父亲不出差,回来时也会从县城带些糕点给爷爷和我们吃。父亲就是这样,自己不舍得吃，也要给爷爷和我们最好的。

　　老屋正南是一片菜园，菜园南边是个 1 米多深的坡，坡下就是姑姑妯娌两家的房子。那片菜园，是姑姑家的。那时，小小年纪的我以为我就这一位姑姑。后来才知道，这是二姑，大姑一家闯关东去了，平时几乎不回来，只有每年春节前，爷爷会收到装有木耳、松菇等东北山货的邮包，爷爷说是大姑寄来的，我才想起自己还有个大姑。我第一次见到大姑，已经是 20 世纪 80 年代了。因为整天在一起，我们与村里的二姑特别亲。家里做了好吃的，不用大人吩咐，我们一溜烟就跑去叫姑姑来吃，要不就盛了送去。姑姑手巧，她的剪纸很出名，过年我们家贴的窗花等都出自她的巧手。打小我就知道我们家是从邻村吉家屯迁来的。由于奶奶去世得早，父亲还小，爷爷就随嫁到我们村的姑姑迁到了这里。自小拜年，我们都是到邻村吉家屯去拜年，我们曾姓在这个村也算数得着的大姓。现在，父亲的堂兄弟们都在这个村。说起姑姑，记忆最深的是，姑姑赡养着的两个老头，一高一矮，一胖一瘦。一位是姑姑的公爹，一位是姑姑公爹的单身兄弟。那时的老人好留胡须，那是两位留着长长胡须的和善老人。菜园，是他们最愿意待的地方，即使不侍弄那些蔬菜，也要坐在那里晒太阳。记忆最深刻的是冬天天好时，两位爷爷就会将菜地下白菜窖里收藏的白菜拿出来晾晒。可能担心被偷，两位爷爷就会拿着长长的旱烟袋和小凳子坐在隆起的地窖前，晒太阳，看白菜。暖暖的太阳下，他们难免打瞌睡。瞌睡的他们给了我们这些淘气孩子取乐的机会。那时二姑家的小表哥和我们年龄差不多，都是五六岁的孩子，淘着呢。见两位老爷爷瞌睡，我们就偷偷靠近，去拔胡须玩。做贼心虚地选一根，一使劲，胡须还没有拔下来，爷爷已经大眼一瞪，吓得我们一窝蜂似的四处奔逃躲藏。逃不快的，一定会被醒来的爷爷用长长的旱烟袋轻轻敲脑袋。虽然敲我们的小脑袋，但却非常欢快。因为这一闹，定会惹得爷爷们捋着胡子笑骂我们小淘气鬼，而我们则是心满意足做着鬼脸嬉笑着跑开……

　　老屋东北边是刘大爷家，我记忆最深的应该是他们家院子里的那棵高大粗壮的樱桃树了。那棵樱桃树，好像是我们村唯一的一棵，很是稀有。我从小就知道"樱桃好吃树难栽"这话。因为馋樱桃，我就缠着爷爷也种棵樱桃。爷爷跟我说他曾经种过，但是没种活。我不明白，现在怎么这樱桃树到处都是了，难道是转基因了？刘大爷家的这棵樱桃树，大大的树冠高出低矮的土墙一大截。初春，花开烂漫；初夏，果儿红艳，惹得我们这些小屁孩们直流口水。刘大爷家在村子的最东北边，可能出于安全考虑，他家的院墙外挖有一道深沟。刘大爷是残疾军人，参加抗美援朝战争时伤了腿。可能也是出于腿疾，他家才挖了沟吧。刘大爷本身自己就长着一张非常严肃的脸，使人难接近，他家里还养着一条非常厉害的大狗,更是少有人敢靠近。这沟,这狗,使我们每年只能"望樱兴叹"了。

老屋正西边同样隔着一大片菜园,百米远处还是一户刘姓人家,我称呼为刘爷爷家。印象最深的是刘爷爷家菜园里那几棵山药。那时的孩子们,无论吃的玩的,都没有现在的孩子们多而广,知道的也少,何况那时山药在我们那里极少见。记得他家的那几棵山药种在园子的东边,却离东边篱笆墙还有那么一点距离,一点对于我们小孩子很难逾越的距离。所以,每年山药架上的山药长满山药豆时,我和三姐就趁没有人时偷偷站在篱笆外深情地凝望它们……

我们家的菜园在老屋的东边。记得我们家的菜园总是被爷爷或歇班的父亲整理得生机盎然。菠菜、韭菜、葱,白菜、萝卜、蒜……时令蔬菜几乎都有,就是没有山药。不知是嫌种着麻烦,还是什么原因,反正没有山药。这就不奇怪为什么我们对刘爷爷家的山药豆特别眼馋了。嘿嘿!小孩子嘛。其实,只要刘爷爷在园子里,他就会摘山药豆给我们吃。我喜欢山药豆那软软的黏黏的感觉。现在出去玩,我还时常会买串糖山药豆吃呢。

老屋后边,是一片20米宽的天然树林,多是高大粗壮的刺槐。紧靠屋后的那排高大白杨树是爷爷、父亲他们栽植的。树林后边,就是一条东西很长的沟壑。这条沟壑,西高且浅,深度也就1米左右;东低且深,最深处达10米左右。老屋后边,深度也有五六米。这条沟壑不仅是我们村与外村土地的分界线,还是"深挖洞、广积粮"时留下的防空洞。可能挖了没有用,后来就废弃了。我记事时,这里就是我们小孩子们捉迷藏的好地方。

说起沟壑是村与村的分界线,我就奇怪,那时怎么有那么多深沟啊。除了老屋后边这条,村东、村西都有一条又深又宽的沟壑,村子中间也有一条。村东这条与老屋后边这条,是我们村与东北方位吉家屯村的分界线。村西那条是与西南方位的陈家屯村、西北方位的常家庄的分界线。与南边万家庄的分界线的沟,在我的印象中比较浅。因为,万家庄的地与我们村的地几乎连成一片,似个大平原,是粮食主产区域。记得东边与吉家屯分界线的那条大沟,是我们两个村孩子们"开战"的壕沟,不知道为什么,我们两个村的孩子,时常隔着沟"开战",特别是冬天和春天,好玩又刺激。胆小的我是从来不敢往前冲的,冲在前面投掷小石头、土坷垃的,一般是大点的男孩子以及胆大的女孩子,我和一些胆小的女孩,多是给他们找点"武器"——小石头、土坷垃,要不就远远地坐着瞧热闹。虽然我们两个村子的小孩子隔沟"开战",却是不打不相识,越打越亲,很多都成了好朋友。不"开战"时,大家还在一起玩耍呢。因为我们都要在吉家屯上联中(即现在的初中),"开战"的大孩子中,有的还是同学呢。

那时地广人稀树木多,村与村之间的道路也是高低不平的乡间小路,于是我总感觉距离挺远,即使是两个相邻的村。不像现在,与我们村相邻的这几个村,要不是有工厂相隔,房子几乎都连成片了。也不知道从什么时候开始,那些沟壑,那些清流,那些树林,都消失了,无影无踪。那时我感觉有些远,还有一个原因,就是过年不情愿走亲戚的缘故。自我能自己出门,每次过年走亲戚,我都是被安排去不远的吉家屯叔伯姑家、小后沟姑妈家。那时没有什么交通工具,自行车都是稀罕物件,出门就是步行,还要挎个筬子。筬子里最先是自家炸的油条、蒸的馒头,后来变成了饼干、点心。过年出门去亲戚家,一般不可能只有你自己,人家还有其他亲戚。去了,亲戚不让你立马回去,要招待喝酒吃饭。我这个软绵内向的性格,去做客还要和不熟的人在一起吃饭,怎么能吃饱?而且他们喝酒吃饭,往往需要很长时间。肚子里本就吃得不多,等往回走时已是下午3点多了,小寒风一吹,往往是又冷又饿,我就感觉路途怎么那么长,怎么还走不到家啊。有时候实在忍不住,就找个背风的地方,从筬子里拿根油条或拿块点心吃上两口,补充能量再走。回家苦诉苦求,再过年我不去出门了。白搭,再过年,还得去。因为姐姐们大了,后来出嫁,即使她们在家,走的也是远点的亲戚。爷爷、父母亲要在家招待客人。所以,过年的时候,我还是很不情愿地拿起筬子去走亲戚。好在后来习俗也改了,去看望亲戚,只坐会儿就走了,少有住下吃饭的了。

应该是我四岁时,我们村的菜园又重新分了,我家的菜园分到了村里偏东南处。我五六岁时,父母征得大队同意,拆了老屋,到菜园那里盖新房了。这次盖房,是我出生后我们家第一次盖新房。那时盖房子是大事,需要用老屋的一些石头、木料,是需要先拆老屋的。为此,我们在盖新房的前一年冬天借住到一万姓叔叔家。那时二姐在县城工厂上班了,不住在家。仍然在家住的大姐只好借住到好姐妹家。爷爷要看守老屋的东西,就在老屋那里搭棚子住。只有母亲带着三姐和我住万叔叔家。记得就在借住万叔叔家时,有天母亲正在炕上擀面条,我坐在炕上看小人书,大姐突然回来了,一见大姐,母亲就拿擀面杖满炕追着打大姐,嘴里还责骂大姐不听话。原来是母亲听一婶子说,大姐看上了本村一个在北京当兵的小伙子。而那时,父母希望大姐在城里找个对象,而且父亲的工厂里也有看上她的小伙子。女大不由娘,后来,这位当兵的小伙子成了我的大姐夫。如今姊妹相聚时我说起这件事,大姐都没有印象了,我却记忆犹新呢。

第二年的二月二动工,二月底,我们家的新房子就盖好了。虽然墙还是土坯做的,但高高的地基是大槐树下那些宛如大理石的坚硬石头铺就的,屋顶全部是红红的瓦。那时,我们家的新房令村里人羡慕了好一阵子呢。对于我,新房的意义不是宽敞明亮了,而是由村子外围搬到了村里面,我不用再害怕晚上出来与小伙伴们玩耍了。在老屋,天一黑,即使我跟着姐姐,我也是提心吊胆,一步三回头。搬新家后,渐渐懂事的我有了更多更美好的记忆。在新房子里,我成了姐姐。搬新家的第二年,小妹来到了我们家。第三年,我有了嫂子,不常见面的哥哥带回来个漂亮的嫂子。而搬新家后我与小伙伴们满村满坡疯玩的画面,尤其清晰。只要想到这些,那和煦的阳光、绿色的田野、潺潺的溪流、丰收的果实,那欢乐的笑声、袅袅的炊烟、暖心的呼喊以及各种味道就迎面扑来……

新房子

1970 年,老屋拆了,补添建起了我出生后的第一栋新房子。

新房子位于村子东半部分的西南角位置。我们家的新房子初建成时,周围房子并不多,仅后边有三四排魏姓家族的房子。东边那几户也是后来逐渐拆迁建成的。我家新房子门前整个是一大片菜园和杂树林。过了菜园和杂树林就是那曾经给我留下无数快乐的清澈的大水塘,我称之为湾。那湾不但是我们夏天的游泳池,也是我们冬天的溜冰场。那湾从哪一年开始没了,我没有太关注,但我知道它消失已经有些年头了。

我为什么说新房子是在村子东半部分的西南角位置呢,因为那时我们村子的中间被一些土岭、树林及小河沟分隔成了东西两部分。那时新房子西临小街的西面,是个有三个篮球场那么大的秃岭。秃岭形似没有发好的馒头,不高,趴趴着,上面是坚硬的沙石,少见寸草生长的痕迹。秃岭上有十几个大小不一的坑,好似很久之前被挖掘遗留的坟坑。一下雨,这些 1 米左右的长方形的坑就会灌满雨水。坑干了的时候,就成为孩子们疯玩的好地方。秃岭南边是一条东高西低的沟,也可以叫作路,一条坑坑洼洼不平坦的小路,我们必须经过这条路才能到村中心或村西。记得有一年,好像是 1972 年,乍暖还寒的初春,有解放军拉练,中午走到我们村,还在这条沟里休息呢。应该就是那时,我第一次直面飒爽英姿的女兵。从此,我对女兵有了一种莫名的崇拜,有了长大后当一名女解放军战士的愿望,只可惜这个愿望只能是一辈子美好的愿望了。

新房子西临一条小街才是秃岭,这是条南北走向的街,也是我们村庄东半部分的主街。沿着这条街往南,走过那湾上的小桥,就是生产队的队部及饲养场、打麦场了。过了生产队队部就是田野了,那是一望无际的平整的田野,犹如翻腾着金灿灿波浪的海洋,那是真正的大粮仓啊。只是二三十年工夫,随着开发区的建设,随着一座座厂房和高楼的耸立,那或绿油油或金灿灿的麦田,那白花花的棉田,那大片大片的玉米地,那村西岭上最吸引孩子们、令我们时常结伴溜去窥视或者偷吃瓜果梨桃的大果园，都消失了，再无踪迹。

秃岭的南边又是一个大大的土岭，面积比秃岭大。之所以称它"土岭"而非"秃岭"，是因为它的土质好，上面长满树木，以刺槐、棉槐居多。这个岭顶部比较平缓，似爷爷蒸的四方形的面卷子。嘿嘿！可能那时生活困难，印象中总也离不开吃的。说起吃的，就不得不说起爷爷，他旧社会时就在青岛资本家厨房做长工，新中国成立后在九台砖瓦厂当厨师，三年大饥荒时，为了支持父亲工作，更为了我们这个家，为了我们这些孩子们，爷爷自动放弃工作，回家帮母亲照顾孩子。因为爷爷做的一手好饭菜，不但家里的饭菜他做，而且村里只要有结婚的，甚至外村熟悉爷爷的，基本都是请他去做主厨。爷爷去给人家做喜宴，那时小屁孩的我和姑姑家的小表哥可没少跟着爷爷解馋虫。说来也怪，再简单普通的食材，爷爷都能做出别样味道的美食，那味道至今我们都难以忘怀。今天，我们兄妹在老曾家家庭微信群中闲聊、晒美食，三姐晒出了一种烙的面食让大家猜，竟然没有猜对的。我只瞥了一眼，就知道这是爷爷做的那种"狗舌头"。就是用鸡蛋、面（用玉米面、高粱面等混合而成）、糖等和面，再做成狗舌头的样子，用锅烙熟。做"狗舌头"最重要的是烙的技巧，烙出的"狗舌头"既要酥又要脆还要香甜。这种技巧，我们家只有爷爷能掌握。小时候，爷爷时常烙给我们小孩子吃。我虽然不记得姐姐、邻居们给我讲的爷爷背着我烧火做饭的样子，但爷爷后背上背着小妹麻利做饭的情景还时常浮现在我眼前。可以说，我们是吃着爷爷做的饭菜长大的。直到20世纪80年代初父亲退休，父亲才替代了爷爷做饭。父亲因为在外工作，时常自己做饭吃，加之受爷爷的影响，也练就了一手好厨艺。

说到做饭，因为母亲是家里主要的劳动力，那时要到生产队劳动挣工分。而且母亲是独女，父母、哥哥疼爱有加，在娘家时就没有怎么练就厨艺。母亲做饭菜的水平确实不如当厨师的爷爷，但家里摊煎饼都是母亲的活儿。为了摊煎饼，不耽误劳动，母亲睡很少的觉，鸡刚叫就起来推磨碾煎饼糊糊。推磨对于我来说可是最煎熬的活儿了，一则转那个小圈圈，不一会儿我就头晕了。现在想想，我可能自小脑子里哪根神经就不对付，要不就是平衡能力太差劲，从小转圈比如推磨就头晕，坐车则晕车呕吐，还恐高。到50岁上，更年期的毛病仍然是头晕呕吐，好一个折腾。二则那么早从被窝里被叫起来，特别是冬天，我很不情愿，推不了几圈就瞌睡得拿不住磨棍，弄得磨棍上全是糊糊。所以，母亲一般能自己干就不会叫我们干，但要赶时间时，比如她推一些要先摊着，就会叫我们起来推。当然，被叫起来次数最多的是姐姐。爷爷如果醒来得早，他心疼我们，也不会让我们推，而是自己来。那时候，只要不是夏天，每次摊煎饼，母亲就会摊很多,够吃好几天的。那时,煎饼是我们的主食,储藏时间长,还好吃。我最喜欢吃母亲摊煎饼时用摊煎饼的草木灰烧的地瓜、土豆了,更喜欢摊煎饼时鏊子边上焖的罐子里的腌刀鱼头、黄豆了。就着焖熟的刀鱼头、黄豆咸菜,这刚摊的煎饼小小年纪的我都能吃三个。快30年没有吃到这样的饭了,自己也做不出那个味道,只能时常回忆那个味道了。

土岭上因为长着些刺槐,槐花开时,花香四溢,吸引我们小孩子爬上爬下摘槐花玩呢。土岭是我们村四个大队的地瓜储备库,集体种的地瓜就被放置在这里储藏。那时,这个土岭里面对于我们小孩子而言是神秘的,因为不让小孩子进去,可能担心小孩子进去会偷地瓜吧。那个时候,生活还是比较困难的,青黄不接时有些人家真的吃不饱。那个地瓜储备库的门是个大铁门,平时锁着。深秋收获后社员往里运地瓜,春天往外拿地瓜做种子时,铁门开着,门口却有看门的。看门的往往是像老屋东邻刘大爷这样的一脸严肃,小孩子见了就害怕的主。好奇心满满的我们这些小孩子,总是远远地偷偷地窥视着,悄悄议论着,绞尽脑汁想象着。记得我上二年级,有一次地瓜清空时,忘了是叫人还是做什么,进去过。一看,里面其实就是像我们自己家的白菜窖,只不过要大很多很多,还被分割为八个区域,一个生产队两个区域。这次进去,才满足了我心中的那份神秘好奇心。

这个岭比北边的秃岭高半截儿,四周坡很陡,而且长着很多扎人的小刺槐树,对于小小年纪的我来说,登上去有一些困难,所以我很少上去。这个岭的南部仍然是条大沟,雨季有时候有水,旱季的时候是一条路。这条大沟的南边又是一个小土岭,岭上仍然是郁郁葱葱的树木。这个小岭的南边就是与我说的那个大湾一座石桥相连的小湾。那时候,怎么就那么多树木,那么多沟壑,那么多湾,那么多水啊。几乎所有村子都是被葱茏的树木和清澈的水流包围。那可真的是只见树木、不见村庄呢。傍晚,袅袅炊烟都是从树林中升起,而不是从房舍间升起。不知从什么时候开始,我们的村庄成了只见房屋,不见葱茏树木、河流湾塘,更不见那些我们捉迷藏、"溜滑梯""拔扎仁"以及捉鱼虾的沟沟壑壑、小溪清流了。

言归正传,说新房子。前面说过,新房子虽然墙还是土坯,但高高的地基是大槐树下那些宛如大理石的坚硬石头,屋顶上铺的全部是那时村里最时尚的红红的瓦了。说起土坯,我还记得盖房打夯的情景。两块有两三米长、半米宽的结实木板,两头用半米长左右的两块木板插上,放好后用粗绳子扎好,往里填土。填上一些,夯实再往上挪,再夯实。新房子仍然是四间正房,仍然是东屋、正屋、西屋、里屋。不同的是,正屋(即"当门")的地面不再裸露,而是铺了红砖。

饭橱不再是土垒的,而是木头做的。屋门口外的院子用水泥铺出长宽各有 3 米左右的地方,春、夏、秋时,我们一家可以在外面吃饭、乘凉等。特别是夏天,晚上我们拿个凉席铺在水泥地上,听大人们谈天说地,或听爷爷讲故事。这里暂不说那些斩妖除魔的英雄、那些神仙眷侣的故事,也不说孝老敬老、弃恶从善的故事,单说一个纠结了我很久的,长大后想起,我又对祖先的智慧佩服得五体投地的故事。这个故事估计和我差不多年龄的人都听说过,故事名叫《借箩》。大致讲的是一户人家挖井,挖了很深了却还没出水,就继续挖。又挖了好多天,仍然没有挖出水。这天,继续在底下挖井的人,忽然听见井底下面有人说话,是一个大娘问另一个人借箩用。挖井的人听得真真的,以为要把地挖穿了,吓得赶紧上来,就把井填了。为什么我说古人充满智慧?因为这个故事流传了不知道几代人了,我们的祖先竟然知道地能被穿透,说明他们知道地球是圆的。当然,挖井挖穿地是不可能的,听到借箩声更是虚构了。可是,那时还是小屁孩的我们听了这个故事,绝对深信不疑,还时常想象地底下那边的人到底长什么样子呢。

新房子的大门朝向东南角,连着大门的是两间南屋。一间是"过当"(诸城方言),一间是带炕的小南屋。南屋的小炕上没人住,只是方便放东西。"过当"北正对着影壁墙,爷爷在墙前栽上了蔷薇。每年粉嘟嘟的蔷薇花开,我不仅会长时间凝视它们的美丽,还会带那些羡慕不已的小朋友们一起来赏花呢。有时,我会傻傻地蹲在蔷薇花前,疑惑这蔷薇怎么开出这么娇艳的花儿?为什么要长那么多刺?西墙中间处盖了间小西屋,用于储存粮食之类的物品。磨、鸡窝、猪圈的位置与老屋没什么差别。院里也有几棵树。记得好像是南边靠近猪圈那里有棵毛白杨,还有一棵桃树,新房子屋后也种上了一排毛白杨。那些白杨树仿佛永远充满激情与活力,只见它们一年年茁壮成长,几年工夫,就长成挺拔、伟岸的高大的白杨树了。东墙外有棵百日红,也就是学名紫薇的花树。每年花开时节,一簇簇红艳艳的花儿特别招人喜爱。东屋窗外,父亲用砖垒了个四方形的矮墙,上面放上水泥板,水泥板上全是一盆盆花花草草,有月季、仙人掌、海棠、茉莉等,那个小四方形的矮墙里面也栽着月季、夹竹桃等,把院子装点得格外温馨。外甥们到现在还记得,他们小时候喜欢站在花墙上或者墙前照相呢。院子里的西边还有一个大麦秸垛。记得那年防震,应该是唐山大地震那年,爷爷将那个大草垛掏空了一部分,搭建了一个防震棚,我在里面睡了很多天呢。因为新房子的整体院落比老屋大了许多,所以虽然多了很多东西,院子却并不拥挤。

新房子除"当门"外,其他三间仍然都各自盘有炕。炕,在我们老家,是一生为伴的东西。像爷爷、母亲他们这些没有离开过农村的人,真正的炕上生、炕上死。我是在炕上生的,虽然自十六七岁起求学在外,几乎不再睡炕,但炕给我的永远是温暖和绵绵的爱。

说到炕,我想起两件记忆较深的趣事。

1971年,也就是我们搬进新房子的第一年的冬天,有一次晚饭后,我们姊妹正在热炕上围着搓麻绳的爷爷,听他笑眯眯地讲故事。我们正听得入迷呢,突然外面有人大声哭喊:"救人啊,有人跳井了!"唬得我们的心一下子悬了起来。爷爷、母亲扔下手里的活,慌忙下炕穿鞋往外跑,姐姐们也都急乎乎紧跟了出去,我却吓得浑身像筛糠似的,鞋怎么也穿不上,又不敢自己在家,只好光着脚丫就追他们。那时,前几天下的雪还没有完全消融,地上全是冰,晚上特别冷,可谓天寒地冻,我被吓得六神无主,竟然没有感觉到凉。等我跑到门口,没有穿好外套就跑出去的姐姐们已经冻得跑回来了。看我这样,她们都笑了。也不回答我"谁跳井了?救上来了吗?"的着急询问,拖着我就跑回了热炕上。随后,爷爷、母亲也相继回来了。我这才知道,邻居一位魏姓家的姑娘,因为搞对象,与父母起了矛盾,晚上又吵了起来。这位姑娘也不知是性子烈还是想吓唬父母,一气之下跑了出来,跳进了我们家南边那片菜园子里的一口井里。其实,那是口不很深却挺宽的枯井。追出来的妹妹弟弟吓蒙了,见姐姐跳井,吓得大声哭喊呼救。很快,这位姑娘就被赶来的人拉了上来。通过这件事,我突然明白了,原来爷爷讲的梁山伯和祝英台等那些悲情故事不是虚构的,现实中也会发生呢。你想,如果那是口深而且有水的井,这样的寒夜,这姑娘如果跳下去,即使救上来了,也得冻个半死。所以,我很佩服这位姑娘的勇气。虽然这位姑娘经过这样的争取,得到了父母的妥协。但这种极端争取的方式,我还是希望他人都别用,因为那是拿生命开玩笑,毕竟生命只有一次。

另一件事情发生在1972年的夏天,也就是我们搬进新房子的第二年的夏天。早上,我刚起床不久,还没见到在东屋睡觉的母亲,就被在正屋里急得团团转的爷爷撵着快去叫姑姑。只听爷爷嘴里还嘟囔着说什么快生了。姑姑家也盖了新房,在我们家五六百米远的北边。7岁的我看爷爷那个样子,知道有很急的事,就一溜小跑出门往姑姑家去。一出门就碰上急乎乎领着村里接生婆(也是我们村的妇女主任)往家赶的大姐,我对大姐说:"我去叫姑姑。"就没再理她们,我跑到姑姑家,叫上姑姑就往回跑。回来我才知道是母亲要生了。就在这天,小妹出生在新房子的炕上。她有幸成为新房子里出生的唯一一个孩子。她的五位哥姐,大哥、我和我的三位姐姐,都是出生在老屋炕上的。

人有生就有死。人生就是这样,生生死死,死死生生,万物轮转。1984年,我亲爱的爷爷在新房子的炕上病逝了。爷爷是位非常坚强的老人,即使被癌症折磨得皮包骨头,在我们面前,他也没有哼过一声疼,还时常微笑着让我们该干啥干啥,别老照顾他操心他。最让我难忘的是,爷爷知道自己不久人世,就时常对高考完在家照顾他的我说:"四儿,我死了后你别哭。我死了后就用席子卷巴卷巴送火葬场一烧了之。人啊,就是一口气、一缕烟啊。没什么好哭的。"因为我在女姊妹中排行老四,家里人都爱称我"四儿",或者"小四""老四"。爷爷每次对我这样讲,我都难过地偷偷找个地方哭好一阵子。慈善开明的爷爷离开了,我唯一遗憾的是没能让一直牵挂我高考结果的爷爷看到我的中专录取通知书。我知道,爷爷虽然没能看到录取通知书,但天堂里的爷爷一定知道他的四孙女已经经过努力实现了爷爷的愿望。我也相信,天堂里的爷爷会保佑他心爱的四孙女的。

爷爷的病逝,是我第一次遭遇至亲的离去,第一次体会到什么是生离死别,什么是悲痛欲绝。爷爷的去世,使我真正懂得了亲情的重要,更知道了必须珍惜当下,珍惜当下拥有的。因为有时你错过了一时,真的就错过了一世啊。

新房子里更多的是欢乐。新房子建成后,哥哥结婚了。虽然他是在潍坊而不是在新房子里举行的结婚仪式,但也是我们家的特大喜事。因为哥哥是我们家的长子更是独子,所以哥哥结婚对于年龄小而且与哥哥不怎么见面的我来说没感觉有什么大变化,但对于爷爷和父母,那可是打心眼里喜欢,也了了他们一桩心头大事。哥哥结婚,最令我高兴的是因为嫂子在新华书店工作,我得以很早就阅读了四大名著,其实那书是嫂子回家时带给喜欢看书的爷爷的。

没过几年,大姐、二姐从新房子里出嫁了。大姐虽嫁的是本村,但姐夫家仍然是用当时最时兴的装扮成花轿的马车来娶的。几年后,在县城工作的二姐出嫁则用的是县城最时兴的自行车。三姐结婚时,因为爷爷去世还没有一周年,按照习俗,是不能在自己家发嫁,而是在邻居家发的嫁,也是用的自行车。我和小妹因为在潍坊,也都没有从家里出嫁。我闺女两岁时,因为没人看孩子,我们把她送回老家待了一年多。闺女在老家跟着姥姥姥爷玩得可开心了。我们回去看她都不怎么理我们。每次回去,闺女都会拖着我们看看她长高了没。原来,姥姥时常让在炕上玩耍的小不点儿闺女站窗台上,给她画出身高,每次都会对她说:"天琦又长高了。"有次回去,天琦竟然有模有样地给我们学姥爷吆喝:"救火呀!救火呀!"原来,有一天,村里有户人家摊煎饼,摊完煎饼的草灰没有灭好就出去了,结果不小心着火了。火将屋里的草烧着,又烧到屋顶的草,刚好被在街上看天琦的姥爷看见,于是大声呼救并拿水桶救火。幸而救得及时,才保住了其他的房子。于是,天琦竟然对姥爷的呼喊声好多年不忘。大姐家、二姐家、三姐家的外甥都特别喜欢姥姥家,特别喜欢小时候在姥姥家热炕上翻滚闹腾、在院子里追逐打闹的热闹劲,可见我们家的吸引力有多么强了。我现在还时常翻看我们以及孩子们小时候,在老家的一张张照片。因为,那里有我太多太多美好的记忆……

随着改革开放步伐的加快,随着农村经济的发展,村里盖新房的人多了起来。这时村里也有了统一规划,盖的房子都是一排排一行行的。因为在外求学、工作多年,我都不知道从什么时候开始,我们房子西边的秃岭、土岭以及前面的菜园等竟然没了,都整平盖上了房子。于是,1997年,我们也按照规划,重新翻盖了新房。这次翻盖,彻底告别了土坯,房子真正成了宽敞明亮的大砖瓦房,至今这房子都不过时。说起土坯,我记得小时候谁家要是想盖房垒墙,都是在当年冬天农闲时,在打麦场上打一片土坯。一个长方形模子,用麦糠和泥,用锨将和好的泥铲进模子,用手或者抹板抹平,将模子快速拿起,一个土坯就做成了。一上午,他们能做很多。等半月二十天土坯完全干了,人们就收起摞好,再盖上厚厚的麦草,来年盖房垒墙用。这活儿我没干过,却看到人家干,觉得好玩,所以印象很深。

这次的翻盖房子,是我记忆中我们家第二次盖房,也是至今老爷子仍然居住、我们时常回去的房子。虽然村子在、房子在,但和善的爷爷、慈祥的母亲、美丽的二姐,那茂密的涵养水土的树林,那潺潺的清澈的溪流、湾塘,那青青的果园、金黄的麦田,那些儿时的欢声笑语都不在了,永远……

不变是相对的,变是绝对的,变化决定发展,我家50多年来房子的变迁,不也是中国的发展变化的一个缩影吗?变化发展必然带来一些问题,比如环境问题等。但社会一直在发展,在向前,这些问题既然是发展中的问题,相信也会在发展中解决。习近平总书记不就强调"让居民望得见山、看得见水、记得住乡愁"了吗?坚信我们的国家会越变越强盛,我们的社会会越变越安宁,我们的生活会越变越美好!

岁月流逝,随着变迁,我们会越来越老,可我们不后悔,因为我们经历过,努力了,我们没有枉活。我们老了,我们的孩子们却成长起来了,他们也陆续有了自己的孩子。子子孙孙无穷也,这就是生命的生生不息。

那些花儿

女孩子一般都喜欢花,我就是特别喜欢"拈花惹草"的一位。对花儿最初的记忆,除了那时农村最常见的娇艳的杏花、桃花、梨花、槐花等,当数老屋院子里的梧桐花,以及第一次迁建的新房子院子里的爬墙梅、百日红、月季、茉莉花了。

爬墙梅,学名叫蔷薇;百日红,学名叫紫薇,这都是后来长大了知道的。

老屋的那棵梧桐树开的花儿,那像一串串紫色风铃般的花儿,那独特的芬芳,那"不与百花争春"的恬静,不再细说。但说一说1970年搬迁新房子后,给我留下深刻印象的几种美丽花儿。

爬墙梅,即蔷薇,烂漫的花儿应该是我记忆深处最早认识的、感觉最美的花儿。记得搬入新房子后,家里影壁墙前面就被爷爷栽上了一簇蔷薇。那时候生活不富足,人们对于花花草草不像现在特别关注,种花养花的极少。不似现在,不仅城乡公共街道边是美丽的花儿,而且农家也都在庭院养儿棵心爱的花儿。因热爱生活的爷爷喜欢花,在老屋时,院子里就种着些花儿,只是那时我年龄小,印象不深。1970年建好新房子后,种养的花多了,我印象也深了。这些花儿美丽着我家的庭院,也美丽了我的记忆。

"朵朵精神叶叶柔,雨晴香拂醉人头。石家锦幛依然在,闲倚狂风夜不收。"每年四五月,院子里的蔷薇花开,那影壁墙就成了赏心悦目的花墙,惊艳了四邻八舍。

记得那些蔷薇花,不是常见的淡粉红色,而是深粉红色的。盛开时,密密匝匝的花朵铺满了整个院墙,鲜艳夺目,满溢的都是芬芳。不但吸引了辛勤的小蜜蜂嗡嗡围着花儿翩翩飞舞,还吸引了村里小伙伴们欢喜地跑来欣赏玩耍。我们这些小淘气有时想摘几朵玩一玩,蔷薇可能不希望我们糟蹋它娇艳的花儿,就时常用小刺儿提醒我们呢。

蔷薇花虽然算不上佳花名卉,但是在我心里,在老家院子边的蔷薇花却是独具一格。自那时起,美丽的蔷薇花儿不仅是令我心旷神怡的娇艳花儿,更是我儿时最美的记忆。

因为喜欢蔷薇总是在春末夏初,在寂静的院子边、篱笆上,安静地默默绽放自己的美丽。所以在收拾坊子带院的那套房子时,爱人要将小院南篱笆上的蔷薇换掉,像我们的左邻右舍那样,我坚决予以反对。在我的坚持下,这些蔷薇每年都花开烂漫,令我心旷神怡。蔷薇花开,是那么恬静美丽,那么温馨浪漫啊。看到那些绚丽的花儿,总会让我忆起老屋院子里那美丽的蔷薇花儿……

有道是花无百日红,但我们家那棵百日红,即紫薇,确确实实百日后仍然灿烂娇艳。正如宋代杨万里的诗云:"似痴如醉弱还佳,露压风欺分外斜。谁道花无红十日,紫薇长放半年花。"

家里这棵紫薇是刚盖好新房子不久,在城里上班的父亲带回来栽上的,就栽在院子偏西处。那是一棵从底部就分成两个树干的紫薇,像一对亲密无间的双胞胎姊妹。树冠宛如馒头,圆圆的。随着时间的推移,紫薇树越长越旺盛,树干由婴儿的小手臂粗长成了成年人的臂膀那么粗,我一双手刚刚能掐过来。记得紫薇的树干呈奶白色,每年都蜕皮,故而光滑干净。那圆形的树冠亦越来越大,并高出了院墙。每年六至九月花开,在夏日的万绿丛中,似万片丹霞,灿烂绚丽,很远就能瞧见。紫薇一小朵一小朵的花儿密密匝匝地挤在一起便成了一个花球,一个个烂漫艳丽的大花球聚成的树冠宛如美丽的大花轿,真正是"盛夏绿遮眼,此花红满堂"。

每年紫薇花开,不仅吸引得蜜蜂嗡嗡飞,蝴蝶翩翩舞,更吸引得路过的大人、孩子们驻足欣赏。因为那时,村里就我们家有紫薇。而紫薇花儿又是在盛夏其他花儿少有时绽放,这么娇艳美丽花儿怎么能不招人喜欢呢?

什么也没有十全十美。紫薇这么美丽,在它盛开的夏天,树冠上却长有一种吓人的毛毛虫。胆小的我往往因为那些可怕的蠕动的毛毛虫,而不敢太亲近绚丽的紫薇花儿。

家里这棵紫薇不仅成了我们家人人喜爱的花儿,更因为它独特的风采和别样的美丽,我初中、高中曾经两次专门在作文中写它,都被当成范文在班里读,甚至还被其他班传阅。这也成了我成长中的一点小骄傲。

紫薇花在我的生命中,在我成长的路途中给我带来的一切都是那样美好幸福,它默默陪伴着我,一起走过成长的春秋岁月!

这棵紫薇,家人都喜欢的紫薇,1997年家里翻盖房子,没有挪动它,它依然每年盛夏在老家院子里绽放着属于它的美丽。只可惜,在20世纪中后期城市建设的狂盛年代,在大搞城市绿化的年代,在人们越来越多对美好树木或者老树木进行疯狂收购的年代,在我们兄妹不知情的情况下,年纪越来越大的父亲,竟然没有经得住早已瞅好这棵紫薇、多次上门鼓动的树贩子的巧舌,把紫薇卖给了不认识的树贩子。等我们兄妹回家时,这棵陪伴了我们几十年的紫薇,这棵美丽的紫薇树,已经不知去向。好在这些年,紫薇成了很多地方的绿化树,每年夏天,我都会遇见并流连在紫薇树下,欣赏那绚烂的紫薇花儿……

"花开花落无间断,春来春去不相关。""只道花无十日红,此花无日不春风。"月季,是很普通平常的花儿,亦是最好养的花儿。月季花妖媚艳丽,芳香浓郁。可能缘于此,小时候家里还栽有好几棵月季。当然,那时的月季没有现在的五彩缤纷、花朵艳丽。记得那些月季被种在东屋窗外,花儿是单色的紫红,花朵也小巧。有次聊起过去老家的花儿,1985年出生的外甥宁宁,第一个喊出的就是姥爷家的月季。可见月季花给这些孩子们的童年亦留下了美好而深刻的印象。

最后,我想说说过去家里的那棵盆栽的茉莉。那是父亲买回来的,什么时间买回的已经不记得了。为什么要说那棵茉莉呢？因为有个特殊的缘故。记得小时候，爷爷夏天爱喝茉莉花茶，就是里面有茉莉花的普通茶叶，那是父亲出差时给带回来的。冲一壶茉莉花茶，那迷人的茉莉花的清香马上弥漫了开来，久久不散。我最喜欢这沁人心脾的清香，常常从茉莉花茶中偷偷挑出洁白的干茉莉花，放在鼻子上嗅，并想象着茉莉花的真容。后来，父亲买回了这盆茉莉花，我才一睹它的芳容，并一下子迷恋上了它。

父亲带它回来，我记得是初夏。绿绿的叶子间已经有了几朵清秀、素洁、芳香的小花朵。第一次见到这么楚楚动人的素雅花儿，这么浓郁芬芳的花儿，我迷恋地守在那花旁目不转睛地瞅，饭都顾不上吃，觉都不想睡，惹得家人说我魔怔了。

"虽无艳态惊群目，幸有清香压九秋。应是仙娥宴归去，醉来掉下玉搔头。"轻盈雅淡、美丽娇艳的茉莉花，怎能不叫人迷恋呢？

花儿亦有灵性吧。这盆茉莉花，在家人特别是爷爷的精心呵护下，好几年都生机盎然地生长着绽放着。1984年农历八月，就在爷爷病逝的前三天。记得那晚，老家吉家屯的叔叔们又过来探望爷爷，因为天热，从爷爷屋里出来，他们与父亲坐在院子里边喝茶边低声谈着爷爷的病情。高考完在家等通知的我也坐在院子里，就坐在茉莉花的旁边，专心欣赏月光下那朵朵娇小洁白的茉莉花。突然，我见那些盛开的茉莉花不知何故纷纷飘落下来，惊得我一下子站了起来，大声喊道："快看，这花儿怎么了？"

其中一位叔叔看了看，将头摇了摇，叹了口气，小声对父亲说："哥，这不是好征兆，这几天要好好注意大爷。"

第三天清晨，我那慈爱的爷爷就永远地闭上了双眼……

说来也怪，爷爷去世后，那盆茉莉花不久就慢慢枯萎死了。可能它怕爷爷寂寞，陪他去了。自此，我们家再也没有养过茉莉花。后来，父亲又买了些海棠花、长春花、长寿花、芦荟等。到现在，家里这些花儿仍然每年烂漫绽放。每次回老家，父亲养的花儿都会竞相怒放着笑盈盈地欢迎我们呢。

消失的溪流

又一次梦见与小伙伴们在清澈的溪流中嬉戏，我们相互用脚踢水或者弯腰用手撩起水，欢笑着洒向对方，抑或坐在溪边光滑的石头上，任那婴儿肌肤般柔软的清澈溪水俏皮地轻轻抚摸着我们的腿脚……

过去，虽然我们那里不是江南水乡，却一点不比江南水乡差。因为无论在村子里，还是村子四周的田野里，溪流很多。我记得，我们村中间被一条常年有清流的大沟隔为东西两部分,这条清流一直流入村南的大湾。这个大湾很大,是我们村最大的湾塘,也是大人和小孩子夏天的游泳池。湾上有一座南北走向的桥,连接道路。大湾的上游,是连着村西的河沟,下游有大队安装的一个闸口,水多时就溢出流到村东的河沟。那时,不知道为什么,有特别多的河沟。在田里劳动的人们口渴了,就直接捧起溪水喝。我们小伙伴春、夏、秋在田野玩耍或者拔草,亦是这样找水喝。那时也从来不知道还有拉肚子一说,因为那些水清澈甘甜,我觉得比现在的矿泉水好喝多了。

村南这个大湾紧靠村子,大湾南边是生产队队部及场院等。离村远些的地方还有一个大水塘,这个水塘呈四方形,水挺深,主要是天旱时抽水浇地用。因为水深,水塘里的水呈碧绿色。除一些大人夏天来游泳外,小孩子是被大人严格禁止到这里玩耍的。我从没有到这里玩过,因为母亲不知道是吓唬我们还是怕我们下水,说这里曾经淹死过人。胆小的我走到这里,总是躲远远的。

村西边同样有一个水塘,那是西边河沟溪流汇入的地方。这个水塘溢出的水,通过村南半部的一条大沟流入大湾。为什么说是村南半部呢?因为这条沟将村南部分开了。我们家在村东部,西边的水塘我只是偶尔路过,基本不去。只有村南的大湾,我小时候时常在里面游泳,那时我还是村里很多小伙伴仰慕的游泳健将呢。

村子东北边也有一个水塘,那是由村北沟壑中的溪流与村东边的溪流汇聚而成的,是一个比村南边的大湾小一点的水塘。提起这个水塘,我心里不免难过,因为这个水塘令一个天使般活泼可爱的小女孩转眼失去了生命。

1986年,我毕业到单位报到后,被批准休假一周回家办理一些事情。应该是回去的第二天下午,我和母亲及一些邻居的大娘大嫂在门口树荫下乘凉聊天。姑家表姐的四五岁女儿,长得水灵灵的、小嘴甜甜的小燕子,刚刚还跟着奶奶与我们玩耍,也就一个小时工夫,我还在外边,母亲她们都回家忙家务了,突然传来了撕心裂肺的哭喊声,吓得我腾地站起来。村子里的好多人都因这惊人的哭喊声跑了出来,我吓得站在那里腿都迈不动。很快,消息传来,哭喊的人是表姐,因为小燕子没了。原来,刚才还在这里玩耍的燕子,后来跟着10岁大的哥哥及小伙伴玩去了。哥哥与小伙伴玩着就跑到了村东北角的水塘里。哥哥也小,不听大人不让下水玩的叮嘱,更不懂得照顾妹妹。他与小伙伴只顾兴奋地跑进水里,竟忘了手里拿着一根黄瓜跟在他后边的妹妹。妹妹见哥哥往水里跑,就边喊着哥哥边跟着也往水里跑,谁知道一下子跌倒了,被水呛着了。待这些孩子喊来大人,小燕子已经完全没有了呼吸……生命无常,水火无情啊。

那时的村与村之间也多是沟壑溪流间隔。溪流多,树木自然就多而茂盛。

那可真是只见树木,不见村庄。因为溪流多,冬天的冰就多。我们这些小孩子在春、夏、秋季玩水,冬季除了玩雪就是滑冰。那时的冰因为水清澈,显得特别晶莹剔透。树林里有些人迹罕至的小溪结的冰都能吃。当然,最好吃的,还是家里水缸里结的冰以及屋檐上的冰凌,那可堪比现在的冰激凌呢。

那丰润的大地上的一条条沟壑河湾,那绿树环绕的村庄里的清澈溪流,那小伙伴们曾经追逐的明澈翻腾的浪花……什么时候,不见了,消失了,无影无踪……

针线活儿

有句老话:"一母生百般,百般各不同。"真是的,就说我们老曾家这五朵金花吧,不仅相貌身长、性格脾气、兴趣爱好等各不相同,这针线活儿,更是天壤之别。

针线活儿,大姐从小无师自通。她那针线活儿,无论是描花刺绣、纺纱织布,还是裁衣缝纫,在村里还真没个敢跟她比试的。从我记事起,就知道大姐的本事。蕙质兰心的她,只要看到人家谁穿的衣服好看,哪怕是路过的陌生人,就那么看上两眼,回家弄块布,大姐马上就能剪裁做出来。她不但能模仿,而且通过她慧心巧思设计剪裁,能做出独具花样的漂亮衣服来。从我记事起,我们姊妹穿的衣服都是她做的。我们姊妹只要穿出去,就是村里最时尚、最美丽的。特别是过年,我们穿着大姐做的漂亮新衣服,拜年走在街上,被人们夸奖得心里那个美啊,都快要飘起来了。小时候,端午节时兴做荷包,大姐端午给我们绣的荷包也是最漂亮的,是小朋友们都羡慕的。她钩、织的毛线衣物,更是漂亮。不但钩、织上一些美丽的花样,而且每件花样都不重复。那时,村里的大姑娘小媳妇都喜欢来找大姐玩,让大姐给她们画漂亮的鞋样子、鞋垫花样或者找大姐剪裁衣服,找大姐教她们钩、织毛线衣服。

大姐小学都没上几天,大字识不了几个,小小年纪的我怎么也搞不明白她为什么就那么心灵手巧。那时,常听婶子大娘与娘夸大姐:"大嫚心里真出活儿,做什么都好看。你有福啊,有这么个巧闺女。"是啊,心灵手巧的大姐很是令人仰慕。为此,父亲专门为大姐买了台缝纫机。那是台蝴蝶牌的缝纫机,好像是 1970 年前后,父亲去上海出差并看望他南下后留上海工作的老首长,首长赠给他票买的。后来,那位老首长还给父亲一辆凤凰牌自行车票。要知道,在那年代,这些东西可是紧俏物资,是真正的奢侈品呢。那台蝴蝶牌的缝纫机是我们村的第一台缝纫机。大姐如获至宝,有了这台缝纫机,大姐更加得心应手,也更加忙碌,因为很多人上门来求她做衣服。大姐白天参加生产队劳动,晚上还要无偿给那些求上门的人做衣服,我都觉得累。可大姐不觉得,因为她喜欢。

每一件经她手做出来的衣服，无论谁穿上，都是那么得体那么亮眼。人家穿上高兴，她比人家更高兴，更有成就感。

我想，对于大姐，没有什么比干自己喜欢的事情更能给她带来快乐和幸福感的吧。大姐的热心也得到了村里人的称赞和喜欢。至今，怕冷的我们一家三口每年冬天在家穿的棉裤棉袄，也是大姐给缝的。三九严寒日，下班回家就换上，暖和轻快又舒服。

我曾经听娘说，大姐心灵手巧随奶奶。奶奶早逝，娘也没有见过奶奶，娘嫁过来后，听姑姑说，奶奶的手可巧了，做什么都是那么好，无论吃的穿的。那时在家娇生惯养的娘刚嫁过来，连煎饼都摊不好，常常被姑姑数落。所以说，娘的针线活儿也一般。记得姑姑的手也挺巧，记忆最深的是她的剪纸。一张纸、一把剪刀，到她手中，很快就能变成活灵活现的花、草、动物。姑姑剪的那些窗花，一点儿也不比那非遗高密剪纸差。过去，每年春节，我们家漂亮的窗花都是姑姑亲手剪的。现在想想，可能姑姑、大姐都遗传了奶奶的巧手基因吧。大姐家外甥丽萍也如同大姐，对服装有着天生的爱好。可能耳濡目染，也可能遗传，丽萍也是打小就喜欢，上学学的服装设计，工作也一直从事服装业务。

二姐的针线活儿虽然比不上大姐，但我记忆中二姐毛衣毛裤织得非常好。我家三口都曾经穿过二姐织的毛衣毛裤。我家里有一条多年没有穿的、二姐给我家傅同志织的毛裤，只不过后来拆洗了，二姐又给重织过。闺女天琦那张百岁照片上穿的漂亮的粉色小毛衣，就是二姐给织的。

三姐的针线活儿，虽然比我强，但比大姐二姐还是逊色很多。我很笨拙，针线活儿那叫一个稀松平常。十二三岁时放假在家，我跟着大姐学蹬缝纫机，想做条内裤，也没有做成功。倒是跟着姐姐学着做过几双鞋垫，还将就说得过去。我第一次织毛裤，是在商校跟室友胡秀珍学的，后来总算织成一条毛裤，松垮垮的，没法穿，被二姐拿去拆了又重织。工作后，我织过一两条围巾。围巾好织，上下平针织，松垮些紧致点都无所谓，重要的是暖和。闺女的小衣服什么的，我更是一件也不会做。闺女小时候穿的衣服，不是姐姐们给做的，就是买的。我生孩子后，父亲曾经觉得家里那台没人要的蝴蝶牌缝纫机闲置着浪费，没有征求我的意见，就给我捎来让我给孩子缝补个衣服。拿来后，仅当时在潍坊还没有结婚的小姑子用了几次。后来我嫌占地方，又将缝纫机送回了老家。这20多年，生活富足了，衣服都是买现成的，几乎没有谁再手工做衣服。虽然买着穿，但我家傅同志还是喜欢穿手工织的毛衣。冬天，他常会说，很想穿件手工织的毛衣，只遗憾我不会织，不过我答应他，有时间了，我就去找个织毛衣的店，给他手工织一件。

小妹出生晚,又有父母惯着,四个姐姐宠着,那针线活儿更是一般,还不如我呢。反正我没有见到她有什么拿得出手的针线活儿。加之改革开放后,物质逐渐丰富起来,衣服也少有自己做的了。我记忆中,我结婚时到缝衣店做了身红衣服,后来好像就没再买布做过。倒是这两年,又时兴起高端定制,我偶尔也去定做两件裙子。

有时候我想,姐姐,特别是大姐,除天生心灵手巧外,还有一个原因,就是她善于学习吸收。大姐和二姐虽然没有上过几天学,但那时没有什么娱乐活动,村里大姑娘小媳妇们凑一起,多是讨论、交流、评价针线活儿,这也提升了她们的手艺水平。三姐和我,还有小妹,平时穿戴都由姐姐做,还做得那么漂亮,自己根本不用为此操心劳神。加之上学,我们的心思也不在这方面上。不学习、不实践、不用心,针线活儿怎么会好呢?

世上无难事,只怕有心人。有心、用心,笨手笨脚的我,针线活儿一塌糊涂的我,应该也能完成一件心仪的针线活儿吧。努力!

快乐游戏

20世纪六七十年代,像我们这些农村娃娃,还真不知道什么是芭比娃娃,什么是电子游戏,但我们的快乐,却比现在的孩子多很多。这除不用被望子成龙、望女成凤的父母逼迫学这学那外,更与那时单纯的快乐的不物质的游戏分不开。

"拾果果"游戏是小女孩的最爱。那时的小女孩,不但口袋里都会带着自己精心捡拾的、如同后来的孩子玩的溜溜球大小的、光滑圆润且五彩缤纷的小石子,即所谓的"果果",而且家里某个角落里也会收藏着些这样的小石子。这些小石子就是"拾果果"游戏的必备。"拾果果"游戏时需要5粒石子,游戏可以两人、三人、四人或多人坐在一起进行,主要看你的手、眼的灵活和专注劲。这个游戏因为可在炕头、门前、路边、地头、校园,任何平坦的地方进行,故而小朋友们的兜里会随时装有"果果",以便开始快乐游戏。

女孩子还有一个很喜欢的游戏,就是翻绳。翻绳,这也是家里大人喜欢陪孩子玩的游戏。就那么一根细小的毛线绳,两人对坐,用灵巧的双手就能翻出许多新奇的花样。小时候的冬天,我和三姐在热炕头上,玩得最多的就是"拾果果"和翻绳。就三姐的机灵劲儿,玩这游戏,我也基本是输家。

玩毽子亦是小姑娘们最爱的游戏活动。我们那时的"毽子",可不是那种羽毛做的。那是我们自己动手,或央求母亲、姐姐,用家里的碎布缝制而成的,里面装有玉米或大豆或沙子。布片一般是六片,也有四片的,是最好玩的毽子。

沙子沉且不散，不好踢，一般我们不缝这样的。记得我小时候，三姐和我最多时每人手里有四个毽子。玩法亦多样，可踢、可扔。踢，可踢一个、两个，多则三个、四个。踢的花样亦很多，如同现在玩毽子。扔，可单手，亦可双手。单手，一般是玩两个毽子；双手，则是三个或四个。水平高的，玩起来那可真是令人眼花缭乱，围观者拍手叫好。小伙伴们玩游戏对决，主要是看谁踢或扔毽子坚持的时间长，毽子不掉地上。

小女孩爱美，爱显摆，谁要是得到了漂亮的"果果"或毽子，一定会主动挑战。这些漂亮的游戏物件，一定会惹得小伙伴们羡慕好几天。当然，最主要的还是玩游戏的过程最令小伙伴们开心。友爱的相好的小伙伴们，还会相互交换这些游戏爱物。

女孩子喜欢的游戏还有跳房子。这是个有些智力性的体力活动游戏，在这儿就不细说了。

拥有个弹弓是那时男孩子的最爱了。玩弹弓主要为打鸟，这有不爱护鸟类的嫌疑，就不说了。再说说那时男孩女孩都能玩的其他游戏吧。

先说"打尖"和"打溜"。"尖"和"溜"，都是用树木做的。尖，就是可粗可细的一拃长的一根树枝，将两头削尖，用一根长且粗的木棍一敲尖的一头，尖头就会被敲得跳起，敲尖者就顺势将尖打远。谁打得远，谁就是赢家。我也常玩，却从来打不远。溜，也是用木头做的，一头是削尖的，用鞭子抽着玩。主要是冬天在冰上玩。现在仍然有玩的，只是现在的溜好像更高级了。

再聊聊"打猪拱鼻"和"赶唠唠"。"打猪拱鼻"游戏一般都是在深秋和初春时玩，因为这个游戏需要宽阔的地方。深秋、初春，村外的大片田野是空闲的，最适宜玩这个游戏。这个游戏还适合多人玩耍。每次玩，大半个村子的孩子会集聚在空旷的地方或参与或看热闹。该游戏就是将一块或者半块砖竖起来，然后在 15 米左右处画上线，在线外抛石头打那块砖，谁打倒了谁就是赢家。没打倒的，则要跑过去竖起来。每次有人打倒时，定会赢得一片欢呼声。

这个游戏，我记得好像就玩了一次，一次已经让我记忆犹新。因为这次我就闯了大祸。那时我上小学二年级，我们放学后在村东的空地上玩。轮到我打时，因为玩得开心且太急于打倒，我没有注意到前边跑过去扶砖的小伙伴还没有躲开，就把石头扔了出去，竟然打到了小伙伴的头部。幸亏我的力气不大，但仍然将小伙伴的头击出了一个大包，疼得她哇哇大哭。我也吓坏了，忙和三姐过去安慰她。那天傍晚，我躲在家门口不敢进门。三姐回家告诉了娘，我被娘揪回家，责备了一通，嫌我做事不当心，又领我到邻居家赔礼道歉。其实，小伙伴及她的家人并没有怪我。从此，胆小的我是一朝被蛇咬，十年怕井绳，再也没玩过这个游戏。

"赶唠唠"应该属玩得最热火朝天的游戏,而且是大人和孩子们一起参与、一起疯玩的游戏,特别是在农闲时节。所谓"赶唠唠",就是有几人玩,就在一圈均匀挖几个小洞,其中中间有一个。比如:十个人玩,就在一圈挖九个小洞,中间有一个。找一块不大不小的石头当作"唠唠",参与者每人手里拿着一根磨辊。那时磨是家家都有的物件,是磨面磨煎饼磨豆腐等的必备工具。游戏开始前,每个人先用磨辊掂石头,谁掂的石头个数最少,谁就是"赶唠唠"者。其他人则每人用磨辊占一个小洞,一起努力,阻止"赶唠唠"者将"唠唠"赶进中间的洞里。如果"唠唠"被赶进了洞,则都要抢新洞。抢不到的,成为新的赶"唠唠"者。现在想想,这个游戏与"丢手帕"游戏相似。

那时,大街上一旦聚堆玩"赶唠唠",往往看热闹的比玩的还多。那吆喝声、欢笑声定会响彻半个村子的上空。

当然,最热闹的当数晚上小孩子、大孩子们一起玩的猫抓老鼠的游戏了。确定一棵树当家守,先玩剪子包袱锤,最后输的两个人,一个人守"家",另一个人则找人。被找到的人要跑回来想办法拍到树,拍到不算输,拍不到即输了。输者轮换守家。那时晚上在小树林里玩这游戏,他们都不知道害怕,除了我这个胆小鬼,要么每次拖个一起的小伙伴,要么不参加。

最有智力的游戏应该就是"捆四蹦"了。这个游戏不用精心准备玩具,无论什么时候玩,顺手能捡起来的就是玩具。在意点的,顺手掰根小树枝,或捡几块小石子。不在意的,拔棵那种有骨节的草,或用小土块都行。具体怎么玩,我已经记不清了,有点像下棋似的。但我记得,常见地头干活累了的大人,或者我们一起拔猪草的小伙伴,找个地方坐下玩。有时候,还有大人和孩子博弈的呢。

这些快乐游戏,远离我已经40多年了,而玩游戏时的小伙伴们欢快专注的样子,却时常浮现在我的眼前……

那时的娱乐文化

我们小时候,没有歌舞厅、电影院、大剧院,没有电视、手机,更不知什么是抖音、快手。我们曾经的娱乐节目亦丰富多彩,令人回味无穷。

最初记忆的文艺节目,是身背三弦的盲人来村里说唱。小时候,农闲时节,时常有两三个盲人结伴来村里。身背三弦的盲人只要远远地出现在村头,有小孩子瞧见,就知道他们是来说唱的,便会马上跑过去,引导他们到大队部。这些盲人都是有介绍信的。大队里安排他们在大队部住下,晚上铺场子给社员说书唱戏。每次节目开始,不宽敞的大队部里总是人头攒动,热闹程度堪比现在的追星演唱会。我和爷爷这样的忠实听众总是会早早吃饭，早早来占个好位置。那些盲人的说唱水平很高，一点也不亚于现在的什么明星大腕。他们那一段段、一句句或高亢或低吟的说唱，总会使你感觉到它独有的魅力和深奥。

有时候，一晚上没有听够，大队还会留他们再加说一晚上。第二天，大队会安排人带着他们去到邻村的大路上。

现在，有些电影、电视剧中还会出现这样的镜头。每次看到这样的镜头，我都会想起早早拿着小板凳，兴高采烈跑到大队部听盲人说唱的情景。通过听这些盲人的说唱，我知道了岳飞、穆桂英、红娘、窦娥等人物的故事，更知道了很多有关长征的、抗日的英勇故事。他们或悲壮或英勇或机智或冤屈的故事总是感动着我。于是，我更喜欢缠着爷爷讲故事，也开始千方百计讨书来看。这些盲人，虽然看不见光明，可是在他们的心里却燃着一盏明灯，一盏将我幼小心灵照亮的明灯……

说到千方百计讨书来看，那时的农村，书籍还真是少得可怜。小人书都很稀罕。我看的小人书很多，这得益于舅家表哥与我和小妹差不多大的三个儿子。

那时，姥姥家在紧邻县城的大华村。因为姥姥姥爷去世得早，记忆中每年母亲带我们走姥姥家，去的是妗子健在的表哥家。表哥比母亲小不了多少岁，两人非常亲。表哥家有三个非常懂事而且喜欢看书学习的男孩，家里有一盒子一盒子的小人书。我们去了，都会住几天。于是，有了时间一起玩耍一起看小人书。其实，对我们喜欢的小人书，这些表侄也会很痛快地送给我们。加上父亲给买的，我也有不少小人书看。只是后来不懂得珍惜，这些小人书都不知去哪里了。

除了小人书，还有爷爷收藏的旧书，以及后来嫂子给爷爷的四大名著。这些书真是使我受益匪浅。

四邻八村追一部电影，应该是少小时最辛苦却又最兴奋的娱乐了。那时的电影，都是露天的，有时正面人太多，还要到反面看。我曾经看过好几回反面的，挺有趣的。那时电影片子少，一部电影两三个月才轮到村里放一次。因为是每个村子都轮到，于是在自己村里看完了，不过瘾，第二天到邻村放映时，喜欢的观众，比如我和爷爷，是绝对不会错过的。特别是爷爷，他太喜欢看电影了。于是，我就成了必须陪伴他老人家四邻八村追看电影的最忠实的孙女。

那时我们的邻村可不像现在的邻村，因为开发区建设，几乎都连在一起了。那时的邻村感觉挺远，不但距离远，路也没有正儿八经的路，都是乡间小土路，而且两村之间往往不止是有一条沟壑或一条小溪，而是几条。到相邻的村子，要上沟爬坡几次，何况是晚上。所以，我说看电影是辛苦的娱乐，但又很快乐，很开心,因为有那喜欢的电影,有那动人的电影故事。何况有时去邻村看的电影,正片前放的纪录片,有时与前次放的并不相同。

说起过去看电影,想起曾经写过一朋友讲的真实故事。那时青州山区的一村民,看完一部战争片后,几乎一夜没睡,天没亮就到放电影的地方去捡子弹壳,确是一无所获。他还叹惜自己起晚了,让别人捡去了。原来,他将影片里的故事当成真实的了,觉得那么些子弹壳,如果去卖废品,一定能卖个好价钱呢。

其实,过去最酷的娱乐,是看村里青岛知青们和大姐他们村里青年一起排演的样板戏了。当然,还有我们小学生演出队到农业学大寨工地上演出。你别说,没有多少音乐、表演细胞的我,每次都是必选演员。从小学到高中,有什么演出,我多是被选拔参加。因为那时年年村演的样板戏、革命现代京剧《红灯记》《智取威虎山》《沙家浜》等一些经典片段,我自小就会唱。嘿嘿!虽然唱得不好,但也有板有眼。如今去 K 歌,我还能来上段呢。

那时的县剧团,即诸城茂腔剧团,有时也会到村里演上一两场。那时的我们对于那些剧团演员的仰慕,如同现在的孩子们对于开演唱会的影视明星的喜爱,但没有现在孩子们的盲目和痴迷。诸城茂腔留给我印象最深的是《墙头记》《小姑贤》等。这些弘扬中华民族传统美德、培育尊老敬老风气的传统文化戏曲,对我们的成长和素质培养都有着非常重要的作用。

每年正月里,村里的高跷队与邻村的高跷队,会锣鼓喧天地热闹到十五元宵节。那时,只要一听到锣鼓声,就知道高跷队开始表演了。大人小孩,不管在家干什么,哪怕正在家热闹喝酒呢,也会放下手里的酒杯往外跑。那些扮成不同人物的高跷队员,那些骑着纸毛驴的非高跷队员,他们滑稽的表演,总能引来阵阵欢笑声、喝彩声。

小时候,收音机就是家里的奢侈品。我因为时常听收音机听得入迷,特别是听收音机里的小说或故事联播,没少挨父母的责备。可我往往是委屈地流着泪,仍然坚持听。这些优秀的小说、故事联播,给了我很多文化滋养……

有人说:“不要总在过去的回忆里缠绵,昨天的太阳晒不干今天的衣裳。”是的,岁月带走了纯真,时光苍老了容颜。然而,过去却给我留有一段段难忘的美好的时光,使我时常在恬淡安逸的日子里,回味那些远去的快乐……这些最初的记忆,更能使我珍惜当下,珍惜现在拥有的。回忆,亦是一种幸福。

(2019 年 11 月)

村东头的那口老井

我们村东头的那口老井，什么年代有的，我不知道，因为从我记事时它就有了。家人说，老井老早就有了。老早是什么时候，谁也说不清楚。后来什么时候没有了，我也没有注意，问家人，也没有谁能说清楚。可能是自家压水井的出现，可能是自来水的使用，可能是开发区的建设，将老井填埋了，还是如何处理了……反正那口老井没有了，被村民遗忘了。昨天，在老家，我们兄妹与老爷子高兴地聊着旧事，聊起曾经习惯将老井的水打上来就喝，有的人即使月子没有坐完也照喝，比如到现在88岁仍然康健的邻居魏奶奶。这口水又清又甜的老井，这口曾经滋养着我们村的村民的老井又重回我的记忆中。

从我记事起，村民喝水，都是去这口井挑水喝。村西还有两口井，但都没有这口井里的水好喝，所以人们几乎都是喝这口井里的水。这口井也奇怪，再旱的年份，它只是水位下降一些，但用扁担或井绳就能够到水面；再涝的年份，它只是水位高一点点，人弯腰伸手就能够到水面。雨水再大，井里的水也不会浑浊。记得老井的井口铺着几块青石头，方便人们雨天取水。它的井口没有任何遮挡，就那么长年累月地敞开着，白天赏云看飞鸟，夜晚望月数星星。

小时候，跟着大人去挑水的我，曾经趴在井边，望着那深不见底的悠悠井水，傻乎乎地想象着井底里是住着神仙还是妖怪，想象着它们在干什么；有时和小伙伴们到井边玩，我们会为井水是从哪里来的而争得面红耳赤。因为我们好奇，为什么老井附近没有水源，井里的水却曾不枯竭？上学后，学了"井底之蛙"的故事，每次到井边，听着井里青蛙的叫声，我又会傻傻地想，这里面的青蛙真的很傻，有腿能跳，为什么非在井底？可能是因为井里凉快，抑或因为井水甘甜，不舍得离开井底呢。否则，它就知道天有多高地有多大了……老井很善良，它的井口虽然敞开着，却从不伤人。村里有人在河里或其他井里伤亡的事故，却从没有听说谁在这口老井中受伤。由于它对村民的贡献，村民也都非常敬重这口老井。新年后都会带点纸钱先来敬拜老井，才打新年后的第一桶水。老井就这么安静地守在村东头，默默地奉献着清澈甘甜的井水，滋养着全村的老老少少。

时光如梭，多少年没有再喝老井的水了，应该有三十年了吧。随着时光流逝，随着时代变革，随着喝矿泉水、纯净水成了习惯，随着村里原有面貌的消失，老井也消失了。我又一次傻傻地想，即使老井还在，那水还清冽吗？还甘甜吗？人们还敢喝吗？我真的不知道……

（2017年6月）

滚烫的热炕头

不知道你们是不是都睡炕，我们诸城那里基本上家家睡炕。炕，冬暖夏凉，冬天的热炕头更是人们的最爱。也许我们是炕上出生、炕上生长的一代，对于那滚烫的热炕头，总有一种说不出的情怀。

四五十年前，怀我们的母亲，哪儿知道什么产检啊什么基因检测啊，更不可能到医院待产。那时村里都有会接生的接生婆。当然，这些接生婆不是电影上演的旧社会那样的，而是经过正规培训的。我记得为小我六岁的小妹接生的，是村里的妇女主任。那是位干练利索又很和善的妇女，是本村万家的姑娘嫁给张家的男子，按照本村辈分，我得称呼她姑姑。听母亲说，我出生也是由她接生的。记得母亲生小妹时，母亲在炕上，那炕是已经被烧热乎的炕，家人将妇女主任请到家里，屋里炕上只有母亲和早被叫来帮忙的姑姑，以及接生的妇女主任。待一声婴儿的啼哭打破寂静，我知道，小妹如同我们兄妹五个一样，诞生在了炕上。我们在热炕头上学会了爬，学会了站，学会了走，更学会了做人、做事。

那时的冬天特别长特别冷，真的是千里冰封，万里雪飘。寒风刺骨的冬日，我们最喜欢的是晚上在滚烫的热炕头上听爷爷讲那些神鬼故事，什么嫦娥奔月啊，牛郎织女啊，秀才赶考遇狐仙啊……最难忘的是，我们睡一觉醒来，朦胧中发现母亲深夜仍然坐在炕头的煤油灯下给我们缝补衣裳……

多少年没在老家的热炕头上睡觉了，很多很多年了。仔细想想，应该有 18 年了吧。记得那是个刚下过雪没几天的很冷的一个周末，听说父亲身体不舒服，我们相约赶回家看望父亲。那时母亲还健在，那个冬天《还珠格格》正在热播。那晚，二姐、我、小妹我们三个住下，与母亲挤在一个炕上睡。我们或躺或趴或坐在滚烫的炕上，时而与母亲兴奋地回忆那些过去的事情，时而与"格格"迷二姐讨论屏幕上飞来跳去、淘气可爱的小燕子。那晚，我们聊到很晚才睡。后来，母亲病逝。再后来，父亲有了婶子陪伴，我们虽然回家看望父亲很勤，几乎两三个周一趟，却总是来去匆匆，吃顿午饭就回潍坊了，即便偶尔住下，也是在城里住宾馆，再没睡过家里的热炕头了。

今陪伴父亲 12 年的婶子病故，我们兄妹赶回诸城送婶子最后一程。担心老爷子的身体，也为了多陪陪有些落寞的老爷子，我与小妹及哥哥又住下了，又一次睡在暖乎乎的热炕头上。晚上睡觉容易腰背疼的我，在热乎乎的炕上竟然不疼了。晚上好做梦睡不沉的我，在热炕头上竟然睡得特别沉特别香。热炕虽然有些硬有些板,没席梦思的厚软,但却使我睡得很舒服很安宁,宛如少小时在热炕头上依偎在母亲身边。

天亮了,90 岁老爷子和 70 岁的大哥早早起来忙活了,生炉子,做早饭。我和小妹还赖在被窝儿里,一如小时候那样,父母早早起来忙,却惯着我们窝在热被窝儿里打闹。我翻身趴在枕头上,环顾四周,目光再一次落在东北墙那个镜框里的老照片上。我无缘相见的老爷爷,曾经伴我成长的和蔼可亲的爷爷,慈祥的母亲、亲亲的二姐、漂亮的嫂子、帅气的大姐夫和二姐夫,还有和善的大姑和二姑,曾经坐在炕头上热闹地聊家常的他们,一个个都走了,永远地走了。可那一位位活泼可爱的小辈们,曾经在这热炕上翻腾嬉闹的小可爱们却茁壮成长起来。

一个家庭就是这样繁衍生息着,一代又一代,成就着这个大家庭;一个个家庭组成的社会大家庭,我们的中华民族,不也是一代又一代传承,生生不息,繁荣昌盛着吗?

温馨的家,滚烫的热炕头,成就了我的人生我的梦,也成就着无数像我一样的农村孩子的人生和梦想。在北风呼啸、白雪飘飘的三九天,滚烫的热炕头,就是寒冷的日子里最温暖平静的所在……

(2017 年 12 月)

熊猫头坐垫

回家看望老爷子,看到大姐帮老爷子收拾家收拾出的这个旧了的熊猫头坐垫,我很惊喜。你们可能要说,不就是一个破坐垫,有什么惊喜的。对于你们来说这是个破坐垫,于我,却是一段美好的记忆。

年轻人,可能对国库券会陌生,在 20 世纪八九十年代工作的人应该记忆犹新吧,因为发的工资有一小部分要买国库券。国库券的期限一般为 5 年左右,不到期不能兑付。1986 年上班的我,正赶上改革开放大潮推动沉寂的国库券可以提前兑付。1988 年,潍坊市唯一的国库券转让服务部成立,该机构设于市财政局,挂靠预算外资金管理科,即我们科。于是,我们成为最早接触国库券转让兑付的一批人。服务部工作人员没有到位前,我与科里的其他两位年轻人帮忙干过一两个月。那时,因为设立了国库券转让服务部,我们科一起从局办公大楼搬到了位于民生街潍柴附近那个十字路口处人防的一栋二层小楼办公。一楼是服务部,二楼是我们预算外资金管理科。那时,科里和服务部里基本上都是年轻人。办公场所南邻当时潍坊最大的菜市场——民生街市场,门口对面就是个大商场。年轻人除了工作热情高,还好热闹。夏天想吃雪糕了,大家开始抓阄儿,抓"出钱"的出钱,抓"白吃"的白吃,抓"跑腿"的跑腿。不一会儿清凉解渴的雪糕就有了;冬天,想吃烤地瓜了,还是抓阄儿,热乎乎香喷喷的烤地瓜就到了嘴边;因为离家远,如若下雨飘雪,大家中午就不回家,仍是抓阄儿,一桌好吃的凑齐。一科人,团结得像一家人。

因为设立了国库券转让服务部,我们科独立于局办公楼在外办公 6 年时间;因为国库券,我们有了一些令人羡慕的小福利,那就是国库券纪念品,比如我说的这个熊猫头坐垫。那时,我们科负责国库券的发行,国库券转让服务部负责转让、兑付。由于潍坊市发行国库券量大、工作突出,省里会给我们一些奖品和纪念品,也会给部分宣传奖励资金。我还没有到科里来时,我们科因发行国库券就已经有令人羡慕嫉妒恨的纪念品了,其中之一就是自行车。要知道,那时能拥有一辆自行车,好比现在拥有一辆二三十万元的车呢。我上班时间不久,也因此有了一辆"小金鹿"。20 世纪 90 年代初期,刚刚时兴变速自行车,我们科因此也拥有了一辆粉红色的变速自行车,大大方便了我们在外办公离家远的同事。记得我们科因国库券发行量大,省里还奖励了一台四通打印机,那时很多单位还没有呢。四通打印机,大大提高了工作效率,我们科里的几位同事也都学会了四通打字。"大哥大",我们科也是最早见到的稀罕物。发行国库券奖励,省里奖励我们科大多是办公用的大件。市里没有那么多钱宣传和奖励单位,就订一些时兴的实用物件,比如印有宣传语的布袋、小包、台历,还有这样的坐垫……

30年了,我都忘了有这个坐垫了。现在看见感到格外亲切,却又感慨万千。熊猫头坐垫还在,人防那个二层小楼还在,曾经在小楼里快乐地工作过的人却已散在了天南地北,有的已经处在异国他乡。国库券转让服务部消失了,相邻的市场、商场消失了,那二层小楼里的欢声笑语消失了,那些年轻的身影消失了……但是,永远消失不了的,是那些美好的回忆……

(2017年12月)

儿时趣事

中年人，好怀旧，聚在一起一聊就容易聊到儿时趣事。今天我们几个好朋友一落座，看到桌子上的美味佳肴，不觉就又忆起儿时那些旧事来……

看着那盘山鸡蛋炒苦瓜，庆梅说："什么山鸡蛋、笨鸡蛋，我怎么吃也吃不出小时候偷着炒鸡蛋吃的那个香味了。"庆梅三岁时便没有了母亲，虽然是家中年纪最小的，却很自立，也很大胆。父亲、哥哥、姐姐不是上班就是上学，家里往往剩她一人看家。她说："那时家里穷，没有什么好东西。当然，就是不穷，也买不到多少好吃的，因为20世纪六七十年代，物质仍然匮乏。"那时，她觉得家里唯一特别好吃的就是大人给奶奶买的桃酥，桃酥是被父亲锁在抽屉里的，是为奶奶从叔叔家到她家赡养时，早上冲鸡蛋汤泡上桃酥给奶奶吃的。家里其他人只能饱眼福了，可想而知，锁在抽屉里的桃酥对于独自在家的小庆梅的诱惑力有多么巨大了。她说她总是在大人们走了后，琢磨那个锁着的抽屉，绞尽脑汁想得到一块想起就流口水的香甜桃酥。几天后，她看到了希望。因为经过她仔细鼓捣发现，她使劲拉那锁着的抽屉，总能拉开一点点缝隙。那时的老家具的锁是那种有鼻扣的，不像现在的锁是镶嵌里面的，一锁就严丝合缝。庆梅被自己的发现兴奋着。可那缝隙太小，即使是四五岁的庆梅，她的小手也很难伸进去。桃酥的诱惑，使庆梅锲而不舍地试探着往里伸手。一次，二次，三次，当她再次忍痛将那被挤被拉得有些红肿去皮的小手伸进去时，庆梅激动得心都快跳出来了。她说，当她第一次摸索出一小块桃酥，第一次将那小小的桃酥放嘴里时，她为自己的胜利而自豪。于是，在大人上班后，她便一而再，再而三地偷着将那抽屉里的桃酥一小块一小块地往外掏，满足着自己的"馋虫"，直到最后那包桃酥只剩下了一些渣子，再也摸索不出来了，她才不再关注那抽屉。当奶奶从叔叔家接来，爸爸早上冲好鸡蛋，开锁准备拿桃酥时，打开抽屉，老爸愣住了，好好放进去的那包桃酥，仅剩下包装碎纸和桃酥渣了。左看右看也没有发现老鼠钻进来的地方和痕迹，老爸就知道这铁定是庆梅偷吃的，有些气恼，有些心疼，就佯装生气地给了庆梅轻轻一巴掌，然后罚她再跑腿去给奶奶买桃酥。庆梅接过爸爸给的钱，还要噘着小嘴委屈地对爸爸说："为吃几块桃酥，我手上还磨破皮了呢。"不打自招，惹得家里人都哭笑不得。

庆梅说，小时候偷桃酥吃还不算什么，最刺激的是偷炒鸡蛋吃了。庆梅从小性子野，耍火动土比男孩子都狂野。她说，小时候，大人上班顾不上她，独自在家守家的她，上午十点半多，肚子里的"馋虫"有些饿醒了，她就会满屋找吃的。有次，她翻遍家里犄角旮旯儿也找不到好吃的，却听到了鸡窝里刚下蛋的母鸡正咯咯哒、咯咯哒"报喜"呢。她兴奋地趴到鸡窝旁掏出那个还热乎的鸡蛋，学着大人，将锅里放上点油。庆梅说，那时家里吃的主要是豆油，她往锅里放了一点点豆油，然后拿来麦秸，放锅底点燃，油香就飘出来了。她学着大人把打好的鸡蛋倒上，趴在锅上用勺子一拌，鸡蛋还没熟，就已经进肚子里了。虽然鸡蛋炒得不咋样，可那个香啊，那个好吃啊。庆梅边说边啧啧发声，边闭着眼睛深深呼吸，那个陶醉的样子，就知道那时的她偷炒鸡蛋吃是多么幸福美妙了。

做贼总是心虚。因为偷炒鸡蛋吃，搞得满屋里都是炒鸡蛋的香味。为了尽快消除味道，不让中午下班回家的大人闻到。庆梅自作聪明地将锅用水刷了又刷，洗了又洗，又把门窗全部打开，并找来爸爸的大褂子，使劲甩着往外扇，希望把味道赶走。油烟却不太听庆梅指挥，只是由原来浓浓的变得淡淡的了。这天，爸爸与哥哥是一起进的门。一进门，爸爸就边扇动鼻翼，边自言自语似的问："什么味？"哥哥鼻子尖，早就闻出来了，瞅了一眼紧张兮兮的庆梅，笑着说："啥味？炒鸡蛋的味呗！"老爸一听，瞪眼看着庆梅，吓得庆梅赶紧跑里屋去了……

庆梅边说边双手模仿那时拿衣服赶气味的样子，惹得在座的各位捧腹大笑。笑出眼泪来的瑞兰边擦眼泪边笑着说："我们家没你们家富裕，还有鸡蛋让你偷着炒。记得那时我们家也养鸡，可是那鸡蛋是有数的，是要被拿出来换油盐酱醋的。那时，家里最好的零食也是桃酥。那桃酥不是被锁在抽屉里，而是放在竹篮里用麻绳吊在高高的房梁上。"说着，瑞兰还抬头看了看平平的屋顶，仿佛看那时自家高高的房梁。瑞兰继续说："那时我年纪小，比我大三岁的哥哥心眼多。总是在父母到地里劳动后，拿根竹竿，搬个凳子，站凳子上仰着小脸，使劲戳那篮子。篮子拴得结实，戳不下来，但能戳得东歪西斜。哥哥就让我在下面双手兜着上衣，接着那些可能掉出来的桃酥。你别说，因为桃酥是散着放到竹篮里的，每次总能在哥哥锲而不舍的努力下，从左右晃悠的篮子里掉下块来，解我们的'馋虫'……"

瑞兰的叙述，使我仿佛看到她扯着小褂、仰着小脸、瞅着竹篮的情景，也使我想起了自己小时候的那些趣事来……

我小时候因为爸爸、哥哥在外工作，爸爸那时又是工厂里的供销科科长，时常跑外采购物资或推销产品，也就时常带回些稀罕的零食，比如北京、上海、新疆的糖果糕点等，解我们的"馋虫"。加上爷爷特别疼爱我们，他的点心也就是我们的点心，有爷爷吃的就有我们吃的，所以，那时村里其他小朋友难得一见的糖果点心，我们并不怎么稀罕。对于小时候好吃的，我记忆犹新的是7岁那年，第一次吃到爸爸从新疆带回的哈密瓜,那是爸爸第一次去新疆。他是和他的同伴坐了好几天的火车才到新疆的,真正地经历了"早穿皮袄午穿纱,围着火炉吃西瓜"。爸爸说,当他第一次吃到那甘甜的哈密瓜时,就决定回程时一定带个回来,让家人特别是辛苦一辈子的爷爷品味一下那传说中的哈密瓜,于是,我们第一次见到了只有在图画上才见到的哈密瓜。当时,我惊奇于怎么有这么甘甜的瓜,比我们之前一直以为最好吃的沙瓤西瓜要好吃百倍。那种味道,后来几十年里常吃哈密瓜的我却再也没有品味到了。虽然我对零食不那么馋,但看到今天桌上那碟甜酱,倒使我想起了一件关于大我 3 岁的三姐小时候的趣事。

过去我们那里好像是一过三月三,家家好"割酱",就是自己做面酱。爷爷做的面酱,可是村里的一绝,绝对的又香又好吃。那时,到了做面酱的时节,就要炒五谷,然后碾成面,用五谷面做酱。具体怎么做我不记得了,只记得发酱时是将酱放在一个大盆里晒,上面盖着纱网以防蝇虫等。酱是用炒熟的五谷面做的,能不香吗?既香还咸,颜色还特别像红糖,也就特别诱人,吸引我们小孩子偷吃也就是必然的了。可能少喝了水,三姐竟然因为偷酱吃齁得咳嗽了好久,差点成了痨病。到现在,这事还是我们家的小趣闻。

现如今,没有谁家再"割酱"了。那天女儿买了瓶甜酱,我和爱人还都感叹,过去自己家里做的酱是多么好吃啊。

(2018 年 7 月)

家乡的小豆腐

今天大姐为回家看望老爷子的我们兄妹做了一大锅小豆腐,用的是今年的新豆子和萝卜。那飘着浓浓豆香和亲情的小豆腐,使我吃出了家乡的味道……

不知道有什么讲究,每年的立秋这天,我们那里好吃小豆腐。小时候,记得立秋的前一天,母亲就会将自家刚刚收获的新豆子,用簸箕将杂草簸出,用手仔细将沙子拣出,放一边备用。爷爷则到菜园里掰一些鲜嫩的萝卜或辣菜缨子,回来用水烫好,用刀剁细,在刚打上来的井水里泡着。晚上,母亲将备好的豆子泡上。早上,我们这些小懒虫还未起床,母亲就已经自己将豆子磨成浓稠的浆了。那时,农村家家院子里有盘石磨,用来磨玉米摊煎饼、磨豆子做豆腐。有磨面机前,还用来磨面。别看这盘石磨小小的,小时候我最头疼的事情,就是被母亲大清早叫起来推磨了。一来没有睡醒,瞌睡得很,眼睛也睁不开,有时推着推着一打盹,弄得磨辊全是浆;二来推磨转圈我容易头晕。也因此,母亲很少叫我推磨。其实,母亲宁愿自己少睡点儿觉,多受点儿累,一般不叫我们姊妹早起推磨。

豆子磨成浆后,母亲就用大锅煮。顿时,新豆子特有的香气弥漫全屋。开锅后,爷爷会将头天剁好的菜放进去。母亲继续烧火,爷爷则在锅台旁用大铁勺搅拌,这样做的目的是尽量减少糊锅,豆浆也不至于沸腾溢出来。我是非常喜欢吃小豆腐底下的糊锅层。每次做小豆腐,最后那层像锅巴似的糊锅都被母亲用铲子铲出,最后进了我的肚子。小时候,父亲在外工作,做小豆腐的活多是母亲和爷爷干,后来父亲退休了,这活就成了母亲和父亲的了。

除了立秋必吃小豆腐,我们家几乎每隔半月二十天就会做一次小豆腐。做小豆腐的菜,有萝卜缨子、萝卜、辣菜缨子、白菜、小油菜,还有荠菜和蒲公英等野菜。父母知道我们姊妹特别喜欢吃,所以时常变着花样做给我们吃。每次家里做小豆腐,我都会吃撑着。因为不但家里做的小豆腐好吃,爷爷或父亲做的小配菜也好吃。爷爷是村里有名的厨子,旧社会在青岛给人家打长工就是做饭的,后来进工厂在食堂工作,再后来放弃工作回家照顾家,成了家里的厨师。父亲一直工作在外,吃食堂吃够了的时候,就自己做饭吃,可能也受爷爷耳濡目染的原因,父亲只要休班回家都是他做饭,而且做得也特别好吃。母亲的菜做得非常一般,在家里做饭母亲只是配角,但母亲是家里挣工分的壮劳力。小时候,尽管生活困难,物质不丰富,但爷爷却总能变着花样做饭吃。何况自己家的小菜园被爷爷侍弄得特别好，还有父亲出差带回的龙口粉丝、蚕豆、海米、小干鱼等。所以，家里饭桌上常常有各种各样的可口小菜或小咸菜：胡萝卜或白菜拌龙口粉丝、海米炝芹菜、小葱拌豆腐、油炸花生米、油炸小干鱼、咸鸡蛋、香菜辣椒拌咸菜疙瘩等。煎饼、小豆腐，再就着这些小菜，即使是在物质丰富的现在，我依然觉得那是最好吃的饭菜。

这些年，父亲年纪大了，大姐又因为要照顾生病的大姐夫以及年幼的小孙女，加上村里的地好多年前就被征用了，盖上了厂房，没有自己种的豆子和菜，也就没有吃上正宗的小豆腐了。最近，在家照顾老父亲的大姐，知道我们兄妹喜欢吃家乡小豆腐，前天特别来电话说，如果我们周末回家，一定提前告诉她，她买了人家自己种的新豆子，准备给我们做小豆腐吃。于是，今天我们又吃上了那种多年没有吃到的小豆腐了。

因为我爱吃小豆腐，爱人在家有时也会为我做。爱人先用豆浆机把豆子打成豆渣，再放上菜，但我怎么也吃不出家乡那种自己做的小豆腐的味道。是没有过去的那种纯天然的豆子和蔬菜，没有经过石磨碾压的豆渣，还是没有父母他们亲手制作的缘故？应该都有，但最主要的是没有那浓浓的亲情乡味吧。

（2017 年 11 月）

诸城辣丝

　　诸城的朋友来潍坊,带来了我爱吃的老家特色小吃。诸城辣丝,那可是一种非常可口的美味小菜。特别是春节,人们油腻饭菜吃多了,喜欢来一口酸辣可口的小菜——辣丝,既开胃又助消化。

　　过去,做辣丝是我们诸城人家春节必备,与蒸馒头、做豆腐、煮肉烤肉、炒花生瓜子一样重要。记得小时候,每到腊月,爷爷就会让父亲休班时带回许多白醋、白糖备用。辣菜是在自家菜园里种的,秋末收割后,辣菜缨子被晾干,春节时包菜包子用;辣菜疙瘩,小的用来腌咸菜,大的则和萝卜一起埋在土里备用。记得那时做辣丝,数九寒天,外面也许大雪飘飘,也许北风呼啸,炕上却热乎乎的。爷爷去世后,是退休在家的父亲,在炕上放上桌子,将母亲洗净除皮的辣菜一刀刀切成丝。我们家人都好吃辣丝,所以会做好几坛子。辣菜需要切很多,很费工夫,从准备到完成一般要花费两三天的时间。辣菜切成的丝先放在一个干净的大盆中,预备装坛子。切辣菜丝,刀工要好,切得要细要匀称。不像现在,好多辣丝是用擦子擦出来的,没有刀切的味道好。

　　爷爷是村里有名的厨子,刀工自不必说。可能遗传,可能在外工作有时自己做饭锻炼,父亲的刀工也不错。切完辣菜,再将几个萝卜切片备用。萝卜片是为放坛子底层用的,就是在装辣菜丝前,必须先在坛底垫上一层萝卜片,不让辣丝接触坛子。为什么要这样做,我不清楚,也没有问过。但我知道,我们家每年做辣丝都是这样。辣菜丝装坛后,就会倒入按照一定比例兑好的白醋和凉开水,好像还要加上些许盐,还要放入一些生花生米、八角等。然后将坛子封好,放在阴凉处。一般小年前后就可以拆封开吃了。我们家吃辣丝时,好倒入几滴香油,那可真是酸、辣、甜、香,既清淡爽口又使人胃口大开,我们一顿能吃两三盘呢。

　　我们兄妹成家后,每年父母总是给在外工作的我们兄妹都做一坛。母亲去世后,父亲仍然不辞辛劳给我们做。直到前些年,父亲年纪大了,我们担心他身体,坚决不让他做了。再说,我们老家的土地上基本都建起了大工厂,也没有谁家自己种辣菜了。

　　现在辣丝几乎没有自家做的了,可能都嫌麻烦。何况已经有了加工厂,原本只有在春节前后吃的辣菜,现在各大超市都能见到。虽然我们也常买来吃,但总是觉得少了那么点味道。少了什么呢? 想必是少了那浓浓的亲情吧。

(2018 年 1 月)

又到端午

又是一年端午节。农历五月初五端午节,是与春节、清明节、中秋节并列的四大传统节日之一,故而我们也就有了端午小长假。因为小长假,就有时间回老家看望老人,有了空闲玩玩逛逛,也有了闲暇回忆故乡的端午节,那浸透着一种浓浓的乡情、亲情的端午节……

我们老家过端午,虽说没有热闹的赛龙舟,但挂艾叶、做荷包、戴五丝线、吃粽子、煮鸡蛋等,一样也不少。记得包粽子往往是大人们在端午节前好几天就开始忙活的事情。小时候我们家在端午节的前两天,爷爷就会将父亲休班时买回的粽叶用井水泡上,母亲则将一大盆老早就备下的糯米淘好也用井水泡上,再泡上早准备好的大红枣、花生等。第二天一大早,也就是端午节的前一天,爷爷、母亲就开始包粽子,往往一包就是两锅。我们老家的粽子与其他地方的粽子不一样,这是我离开家乡后才知道的。因为来潍坊后见到的粽子,都是小小的三角形,粽叶多是芦苇叶子。我们老家诸城的粽子则是长四方形,粽叶是大大的槲叶(小时候,我们只知道叫粽叶;外出上学后,才知道叫槲叶。)。两小包一对,用五彩线系好。包好的粽子放进大铁锅里,再将已经洗干净的两三把(一把十个)鸡蛋放在锅的中间,然后开始烧火。随着柴草的减少,锅盖四周开始出现了缕缕蒸汽,粽子特有的香气慢慢地随蒸汽溢了出来。那粽香很快就弥漫了整个屋子,并飘散到了屋外。粽香总能吸引左邻右舍的孩子们跑回家催促大人也赶紧包粽子。其实,粽子熟了,爷爷总是让我们用碗给邻居家送两对过去。这也是我们家一贯的作风,用现在的时髦词讲这就是分享。因为我们家在外工作的人多,稀罕东西多点,有什么好吃的,爷爷、父母都要与邻居分享。邻居也是,下来新鲜蔬菜水果都送些过来。到现在,我们仍然保持着这种和睦的邻里关系。

端午这天,天微微亮,爷爷就到地里拔回一大抱艾草,选出一些插在大门和屋门外。待我们这些小"懒虫"醒来,锅里的粽香合着艾叶的香气直扑鼻子。看我们醒来,母亲把早准备好的五彩丝线系在我们手腕上,有时也戴脚腕上,姐姐会把她们用各色花布精心缝制的一个个美丽的小荷包分给我们。那时,端午手上、脚上戴五彩丝线对于我们这些毛孩子来说只是觉得漂亮,但不明白是什么意思,只知道大人讲,戴上这些能辟邪,防毒虫咬。可笑的是,我那时非常坚信大人说的话,所以总是虔诚地戴上,然后期盼农历六月的第一场雨。因为打小过端午,母亲给我们戴五彩丝线时总会认真地对我们讲,端午节戴在手上、脚上的丝线,等到六月的第一场雨,把它剪下放入雨水中,它就能变成小蚯蚓,变成蚯蚓,说明我们的愿望就实现了。于是,在六月的第一场雨中,我会小心翼翼地把五彩丝线剪下来,再小心翼翼地放入院子里的雨水中,还要傻傻地站在雨中,傻傻地看雨中的丝线如何变化成蚯蚓,可往往是一场空。

"彩线轻缠红玉臂,小符斜挂绿云鬟。"其实,那时戴在我们小手臂上、脚腕上的五彩丝线真是很美呢。现在回想起来,觉得我们戴的五彩丝线,比现在戴的玉镯等还美还有韵味。那是父母期盼我们平安长大,希望五彩丝线能给我们带来吉祥好运呢。

荷包应该是我们女孩子们的最爱。我们总会在小姐妹之间显摆自己胸前的荷包,比较谁的漂亮谁的精巧。而荷包里面散发出的独特的香味,更让我们精神饱满,一个个宛如美丽的小仙女,神采奕奕。

小时候,端午节对于我们这些小屁孩来说,就是粽子、鸡蛋、荷包、五彩线。上学后,端午节又增添了屈原、伍子胥和曹娥的故事。"竞渡深悲千载冤,忠魂一去讵能还。国亡身殒今何有,只留离骚在世间。"特别是屈原,从上小学开始,老师就讲他的故事,五月初五,他在写下了绝笔《怀沙》之后,抱石投汨罗江而死,以自己的生命谱写一曲壮丽的爱国主义乐章的故事,令我至今难忘。

30多年蛰居在城里,见到、吃过各式各样的粽子,有豆沙的、五仁的、八宝的、鸡蛋的、腊肉的……但我最难忘的、最爱吃的还是爷爷、父母用槲叶包的粽子。唯有吃着老家的粽子,才真正感受到端午节的味道。

(2017年5月)

姥爷的美味家常菜

每次我费心费力做出闺女、外甥他们点名想吃的,以前回老家老爷子时常做的家常菜,总是得到一句打击我情绪的话:"没有姥爷做的菜好吃。"

姥爷的家常菜,其实就这么几个普通菜:拌三丝、拌黄瓜、辣椒炝拌韭菜或者菠菜、海米炝芹菜、油炸花生米、炸茄盒、炸藕盒、炸辣椒盒、炸丸子、煎刀鱼、煎鱼扁豆、猪蹄冻、辣丝、鸡蛋醋鱼、清炒芸豆丝、醋熘土豆丝、炖排骨、小豆腐等。就是这些再家常不过的菜,可我确实做不出老爷子做的美味。

拌三丝,即蒜泥拌白菜丝、胡萝卜丝、龙口粉丝。这个菜,我与老爷子做的最大区别应该在刀功。正如孩子们说的,姥爷切的白菜丝、胡萝卜丝宛如龙口粉丝,用热水焯后拌上蒜泥,再滴上香油,看着就想吃。而我切得像一根根小棍子似的,看着就没食欲。辣椒炝拌韭菜或者菠菜,就是将嫩韭菜或菠菜(韭菜最好是红根的头刀鲜嫩韭菜,菠菜最好是冬天地里或者春天刚刚生长的嫩菠菜)用热水一焯,然后用铁勺热好油、盐和红辣椒浇上拌匀。嘿嘿,不用下筷,闻着就香,吃着更是开胃,这可是我的最爱。我也在家做这道菜,可能韭菜或菠菜不是老家自己种的那种,抑或没有铁勺,油是用炒锅热的,怎么做也做不出老爷子做的鲜美味道。

油炸花生米,我做时总是掌握不好火候,不是炸焦了,就是炸生了。没有老爷子炸的火候刚刚好,吃着又脆又香。炸茄盒、藕盒、辣椒盒、鸡蛋醋鱼等菜,我就没有尝试过。因为我一说要做,爱人、闺女他们都让我别糟蹋东西,不但做得不好吃,还要邀功似的吆喝自己干活多累。也是,忙活半天,累得够呛,做出来的菜还不好吃,真是糟蹋东西。

因为喜欢吃猪蹄冻,一入冬,我就好买来猪蹄学老爷子那样做,但做出来的猪蹄冻总是软塌塌的,得用小勺舀着吃。不像老爷子做的,能切成一块块的,拌上蒜泥用筷子夹着吃。猪蹄冻虽然得不到夸赞,但他们仍然吃得津津有味,吃完了还要我做。这说明我做的略微有了姥爷做的味道。唯有这煎刀鱼、炸丸子,我还算学得了老爷子的真传,每次做都能受褒奖。于是,隔三岔五,闺女、外甥他们馋了,就嚷嚷着想吃煎刀鱼或炸丸子了,还不忘恭维我几句,说我做得多么多么好吃,比大酒店甚至比姥爷做的都好吃,以激励我时常做给他们这些小馋猫吃。

虽然特别喜欢吃辣丝,但工序太烦琐,我是不可能做的。说白了,也不会做。这几年市场上有卖的,虽然味道没有老爷子做的辣丝好吃,但我们还是时常买着吃,因为喜欢这个酸辣味。而煎鱼扁豆,我是好多年没吃到了,也就特别怀念老爷子做的比煎刀鱼还好吃的煎鱼扁豆。不光我怀念这道菜,爱人、闺女、外甥等都怀念。我不知道你们吃过没,但从我记事起,我们家就时常吃,可以说百吃不厌。

过去生活困难,吃的东西少,爷爷,后来是父亲,就把做鱼时洗鱼的水及鱼下水等放上盐,装在陶罐里。柴扁豆(我们老家把那种篱笆上长的宽扁豆称为柴扁豆)快成熟时,将它们摘下来,放到装有洗鱼水的陶罐中腌着。过上个把月后,拿出洗净,用油煎着吃,煎时沾上用鸡蛋和的面糊糊,香咸可口,绝对的美味。过去,老爷子每次煎鱼时,都会煎上一些鱼扁豆,最后绝对是鱼有剩余,扁豆早就被吃没了。

这两年,老爷子年纪大了,我们坚决不让他再下厨房。从此回老家看望老爷子,进家门,再也没有老爷子做的一桌子我们爱吃的家常菜了。于是,小时候多数时间在姥爷家度过的闺女、外甥,更是时常念叨姥爷做的那美味家常菜。

姥爷做的菜其实并没有多么珍贵,也没有多么难的技巧,为什么孩子们就说我做的没有姥爷做的好吃呢?我想,不仅是我手艺和现在的原材料问题,应该是因为姥爷给他们的那份浓浓的爱,以及那种纯真的快乐吧。

老爷子的美味家常菜,更是值得我用一生品尝的家乡的味道……

(2017 年 6 月)

再说老父亲

　　良好的心态,成就着老父亲的高寿和高质量的生活状态。中秋小长假,我们回去看望老父亲,一进家门,看到精神矍铄的老父亲正高兴地迎接他的儿女,我笑着说了声:"老爷子,您更精神了。"老父亲开心地笑了,笑脸宛如院子里他整天侍弄的那些烂漫绽放的花儿。

　　经历过生离死别,经历过苦难人生的人,感悟人生要比常人透彻得多,对生活的满足感也比常人强,也更容易保持良好的心态,知足常乐。91岁的老父亲之所以这么精神、健康,主要得益于他的良好心态。父亲是1949年前参加革命的老同志。在参加革命前,小小年纪的他就跟随爷爷给地主、资本家打长工,经受过欺压,经历过苦难。参加革命后,父亲参加过解放临沂的战役,是从枪林弹雨中走出来、从死人堆里爬出来的人,所以他非常乐观豁达,很容易知足。

　　父亲宽宏大量,从来不和人家斤斤计较,宁肯自己吃亏,也不愿让别人说半个不字。听他单位的叔叔阿姨讲,在单位工作时,他真是冲锋在前、享受在后。因为这,他落下了风湿的老毛病,膝盖一到阴天就疼。他获得了很多荣誉,最高的一项是全省学大庆标兵。父亲50岁那年,他将提拔重用的机会让给了比他年小而且有文化的年轻人。后来因为机关事业单位与企业退休工资的巨大差异,我们曾经问他后不后悔,他说不后悔。他说自己是个大老粗,非常钦佩有文化的人,觉得有知识的年轻人才是事业发展的主力军。所以,当工业局要将他调局里委以重任时,他力荐了别人。他从工厂退休,与他一起参加革命的几位朋友或是离休或享受机关事业退休金,工资相差甚大,我们想给他找组织反映一下,他却说:"满足吧,这些工资够吃够喝的了,何况你们也都上班挣工资。"他又说:"这样的好社会,这样的好生活,过去地主、资本家也没有享受过啊。过去没有的好东西,现在我们都见过吃过享受过。想想那些牺牲的战友,我们还有什么不知足呢?"他非常知足,心怀感激,更是时常教育我们兄妹要懂得感恩,要善待别人,不要争强好胜。他让我们认真做好工作,不要给单位和领导添麻烦。要知足,不要攀比,更不要贪婪,要我们保持平和的心态走人生之路。

　　老父亲对共产党怀着一份特别的感情,对领导人们更是非常崇敬。不信,你到我们家看看,屋里墙上到处贴满了领导人的画像,中国共产党的历任领导人都有。堂屋正中间贴着毛泽东、周恩来、朱德的个人画像,西墙上挂着一幅镶镜框的画像;上面是毛泽东、朱德和手捧鲜花的周恩来在飞机前的合影。东边墙上偏北处,是邓小平、江泽民、胡锦涛的画像;偏南处是一张习近平、李克强等七位领导人集体的挂历图片。最吸引眼球的是东边墙上最南部,那张习近平总书记与夫人彭丽媛的特大图像,那是前年春节,老父亲专门去集市上买的。"满屋领导人的图片,宛如到了党校。"我开玩笑这样说。身为老共产党员的父亲却一本正经地说:"没有这些好领袖,哪能有这样的好生活?"是啊,没有共产党,就没有新中国!没有这些党的领导人一心一意为百姓谋福利,也就没有现在这么安宁幸福的生活。

老父亲珍藏了两套《毛泽东选集》(共四卷),1967年的普遍版和1968年精装版。今年元旦,回家的我对老父亲说:"现在正开展'两学一做'呢,您老反正也将毛泽东思想学透学精了,也该传给我们好好学习了吧。"于是,这两套书被我和三姐一人讨了一套。

《新闻联播》是父亲每天必看的节目。作为一名老党员,父亲不但非常关心国家大事,对村里的事也很热心,总是积极参加党小组活动。居住在老家的父亲是多么希望村里能出位好的带头人,不但能带领村里人发家致富,更能将村里建设成为真正的社会主义美丽新农村。

老父亲对我们家庭、对母亲、对子女也是尽职尽责,从不抱怨。我忘不了,父亲给肩周不好的母亲穿衣服、脱衣服的样子;忘不了,父亲像哄小孩子似的给生病的母亲喂药的样子;忘不了,父亲用三轮车拉母亲逛街的样子……我忘不了,我上中学时,父亲风雨无阻站在离村一千多米远的公路旁迎我回家的身影;忘不了每年寒食、端午,父亲乘公交车,从诸城来潍坊给我们兄妹送的一包包单饼、粽子;忘不了我们回家,父亲忙碌准备的那满满一大桌子可口的饭菜;忘不了,老父亲看着孙辈成家立业时脸上满足的笑容……每次,看着洋溢在老父亲脸上那知足的微笑,我就特别欣慰,特别感慨,也特别佩服老父亲的良好心态。

我曾经很多次想抽空好好坐下来,静静地倾听老父亲讲他打长工、参加解放临沂战斗、参加"三反""五反"运动、工业学大庆等的精彩人生故事,可是总以忙为借口将想法归于了想法。前几天看到日本作家川端康成的一段话:"什么时候,你能与一个老人待一个下午,饶有兴趣地听完他精彩或不精彩的人生故事,那说明你已经成熟。"50多岁的我,因为有老父亲的呵护,所以仍然不成熟吧。

老父亲,虽然你很平凡很普通,但你身上却有很多闪光点,值得我学习一辈子。

(2018年10月)

又到父亲节

好写点小文章,写亲情的颇多,单写父亲的就有好几篇,可怎么写也写不出那种如山的父爱。又到父亲节,我又感慨起我那老父亲……

从小,父亲对爷爷的孝,对母亲的爱,对姑姑、对儿女、对孙辈的呵护,对邻里的友善,对工作的认真负责和对党的忠诚,以及父亲的乐观、豁达,对我影响颇深。亲戚朋友都说,我的性情很像父亲,善良、率真、执着又容易知足,可能因为自小耳濡目染的原因吧。

父爱如山,我忘不了,我在诸城九中上学每周骑车回家时,还没下公路,就已远远望见站在村头迎接的父亲。特别是雨天,父亲总是迎到公路上给我扛自行车。那时村里到公路的小路(3千米长)非常泥泞,一下雨,自行车基本需要肩扛。父亲肩扛自行车的背影,我至今难忘。父亲从来没有对我直说过要好好学习啊,考上大学啊的话,但我从这背影里已感知到了父亲对我的期望和激励……

父爱如山,我忘不了,成家后,每年端午,父亲坐一上午公交车送来的父母亲亲手包的粽子。因为我们兄妹大多在潍坊,父亲每次都是带满满两大纸箱粽子。每年送爱心粽子的父亲,直到最近几年,才被我们力劝住。这几年,吃的粽子总觉得不如父亲送来的好吃。也许粽子多了父亲在家辛苦包好又不辞辛苦乘公交车送来的太多浓浓的父爱。我更忘不了,每次我们还未进家门,父亲已准备了满满一桌子我们爱吃的饭菜。为此,惹得他的外孙们老嫌我做饭做不出姥爷做的味道。

父爱如山,我忘不了,1988年,我第一次分到属于自己的房子,里面比较像样的大件只有一套廉价的布艺沙发和一台算奢侈品的青岛牌电视机。父亲来时,转了一圈,听我说了句"也没什么家什"时,他说:"知足吧,过去地主、资本家也没你们现在的条件。真要好好感谢共产党,感谢社会主义,才有今天的好日子。"

新中国成立前入党的父亲,过去跟爷爷给人打过长工的父亲,对党对领袖有着特殊的情感。父亲这位老共产党员时常教育我们要听党话跟党走,要老实做人扎实做事。父亲,您老放心,您的儿女孙辈们受您言传身教,都是善以待人,严于律己,做人做事,无愧于自己的良心,更无愧于父亲的教导。

父亲节,还是唱一首我最喜欢的刘和刚的那首《父亲》,献给我那敬爱的老父亲吧。愿老父亲健康长寿! 愿天下父亲幸福、安康!

老爷子,听好,您四姑娘开唱了:"想想你的背影,我感受了坚韧。抚摸你的双手,我摸到了艰辛……"

(2019 年 3 月)

小年仪式

每个节日都有着专属的仪式、味道和回忆，人生的旅途上，也因为这些才拥有了别样的温情。今天，2019年农历腊月二十三，小年。小年，我记忆中最隆重的仪式就是辞灶，最美好的滋味就是甜。

自我记事起，每年腊月二十三，爷爷就会将灶王爷的画像，应该是杨家埠木板年画那样的灶王爷画像，工工整整贴在灶台一边的墙上，并早早地在画像下摆上三双筷子和三个碟子。三个碟子里分别是糖果、苹果、柿饼。那时我小，最关心的是什么时候撤下碟子里的东西，因为那是我们最爱的又很少吃的好东西。虽然关心吃的，但求知欲比较强的我还是不解地问爷爷为什么摆上这些东西。爷爷慈祥地微笑着说："摆这些东西，是为了让上天庭的灶王爷甜甜地吃了，好上天言好事，下界带吉祥啊。"

小年晚上，无一例外地吃小年饺子。饺子也是先供灶王爷，供上饺子后，爷爷会拿把干豆秸和一些烧纸，在灶台边先点燃豆秸，再用点燃的豆秸点燃烧纸。一边做这些，爷爷一边念叨：送灶王爷上西天了，希望灶王爷上天多多言好事，下界多多带吉祥……后来，爷爷去世，以后我们家的辞灶仪式，便成了父亲的活儿。

可能自小耳濡目染，可能觉得这种美好期盼给人以慰藉，也可能觉得这种仪式比较隆重应该传承，成家后，每年小年这天，我也有模有样地学着爷爷，在灶台摆上三个碟子。当然，我没有和爷爷、父亲他们那样、烧豆秸和纸钱。我只是摆上盛有糖果、苹果、柿饼的三个碟子，因为我知道，糖果寓意甜蜜，苹果寓意平安，柿饼寓意如意。因为我心底也期望传说回天庭述职的灶王爷可以上天言好事、下界送吉祥呢。其实，我期望的是我们生活的世界美好安宁，期望人人都吉祥如意、平安康乐，更期望我们的国家更加繁荣富强，人民更加安居乐业。

前天与好友青吃完午饭，因走谷德广场，我让她开车捎我到谷德佳乐家超市买点柿饼。她问我："你还愿意吃这个？"我说："买了过小年用。"她不明白过小年为什么要买柿饼。我给她讲了讲，不懂的她才恍然，说有些仪式真的应该知道并保留。她说，从今年起，她也要辞灶。我到超市，超市里买柿饼的人不少。我遇到另一朋友也在买柿饼，她还买了一种如大蒜似的白白的东西。我问她是什么，她说是糖瓜，买了辞灶用的，并建议我也买些。我第一次注意到了糖瓜，知道潍坊人是用糖瓜辞灶呢，于是我也买了些糖瓜，决定替换我的糖果。

　　时光总是匆忙,匆忙得让你我总是回味,对过去回味,回味当年,那些浓郁而甜入梦的过去。过去的已经过去,还是让我们欢乐在今朝吧。小年,我也给亲朋好友送上我最真挚的祝福:愿大家都吉祥、如意、平安、幸福、康乐!

（2020 年 1 月）

想起"赊小鸡"

　　我正翻看《潍坊建市六十周年大事记》，看到了 1958 年 6 月记载"全国养鸡现场会在寿光召开"这件当年的大事，就想起小时候的"赊小鸡"来……

　　难怪小时候我们诸城老家那里，麦收前后，那些骑车载几篓小鸡仔满大街吆喝"赊小鸡"的，都是从寿光来的。今天，我才找到原因。

　　那时，一听到"赊小鸡"的吆喝声，那些买鸡仔的大娘婶子就会端着个瓢，围着满篓子叽叽喳喳叫的小鸡挑来选去。那时，还是小屁孩的我满脑子就想寿光在哪？为什么来个赊小鸡的就说是寿光的？为什么村里的人都喜欢寿光鸡？为什么抓了小鸡不给钱而要等到秋收以后？嘿嘿！真是满脑子十万个为什么。

　　赊，就是买货延期交款。那时人们是多么诚实守信。赊小鸡，记得好像还要承诺母鸡占几成，秋收后，小鸡变成了大鸡，公母分明。赊小鸡的来了，赊过小鸡的人都会非常认真自觉地交鸡钱。从没听说谁弄虚作假，谁赖账的。那时，民风是绝对的古朴纯正善良，村民都非常诚实守信。

　　岁月荏苒，"赊小鸡"的声音早已远去。没有远去的，是那美好的记忆……

（2019 年 7 月）

清明节感思

谁家没有故去的亲人？谁能忘记祖宗？谁不怀念那些流血牺牲的烈士？清明时节，对于我们这些普通人，回家上坟祭祖是必须的。清明，是哀思的代名词，是回家上坟的日子。清明小长假第一天，我们先回诸城为娘上坟。

那晚看《朗读者》，斯琴高娃深情地朗读贾平凹的《母亲》，电视机前不知有多少人泪如泉涌，我就是其中之一。为什么？因为母亲，慈祥而伟大的母亲。只有触动心灵，你才会潸然泪下。我这位失去母亲的人，那晚在电视机前，深深地被斯琴高娃的朗读感动，被贾平凹的《母亲》感动，更为自己没有了母亲而流泪。52岁的我，不年长也不年轻的我，却失去母亲多年了。像我这个年纪，经历生死依然平常。可是，当自己亲人离去，心里那种悲痛是难以言表的，那种哀思是一辈子的啊。

我第一次经历亲人离去，是1984年爷爷病逝。爷爷是位非常和善的老人，不但性情好还做得一手好菜，在我们周边村子的声誉很高。因为我们家孩子多，父亲在县城上班，母亲是家里的主要劳力，需要下地劳动，所以照顾我们的重任自然而然就落到了爷爷身上。爷爷不但要照看我们，还要做我们一家人的饭。爷爷做什么都好吃，他除了会变着法儿做各种面食、小菜，做的面酱更是绝。那份香甜，常常吸引邻家孩子来偷吃。爷爷发现后，总是给他们装些，然后乐呵呵地说："可不能这样吃，当心齁出痨病来，这些拿回去吃饭就干粮吃……"当我以为留着白胡子、天天乐呵呵的爷爷，真的会像童话里的白胡子老爷爷一样长命百岁、永远不老时，爷爷却病了，诊断为食管癌晚期。虽然爷爷非常坚强乐观，虽然我们积极为他治疗，可是83岁的老人还是很快就被病魔夺走了生命。虽然爷爷知道时日不多时，还乐观微笑着对我们说："我死后你们不许哭，不许花钱买棺木，就用席子一卷，送火化场一烧了之。"可是当爷爷真的离开我们，永远离开我们时，我们还是忍不住放声痛哭。因为我们再也没有爱我们的爷爷了，再也不能听爷爷讲故事了，再也不能缠着爷爷给扎秋千、做各色小吃了……

爷爷的去世，使我懂得了我们的亲人原来不可能如我们所愿，陪伴我们一辈子。于是，我们更加珍惜与亲人们在一起的日子。

2004年，宛如晴天霹雳，我的母亲，慈祥的母亲，因心脏病发作突然离开了我们。母亲去世那天下午，我本来是要去新疆公干的。我刚从办公室收拾完东西，准备回家拿行李，突然接到三姐夫的电话，电话里三姐夫平静地说："咱娘病了，你通知大哥和小妹，赶紧回来趟。"三姐夫虽然尽力用平常口气跟我讲，但我的心还是咯噔一下，浑身一阵发冷，一种不祥的预感充满全身。挂断电话，我匆匆和科长打了个招呼就往外跑，边跑边给爱人、大哥、小妹打电话，等我打完电话，我一瞄时间，下午两点钟，爱人已经开车过来，我们马上往诸城赶。边走，我还边催促坐大哥车的小妹快点儿走。路上，三姐夫两次打来电话，问我们走到哪儿了，更使我预感事情的严重，我哭了。爱人边开车边安慰我说："没事的，前几天回去，娘还好好的呢。"可是，等我们赶到家，母亲已经静静地躺在炕上，任我们哭喊，她再也听不到了。其实，二姐大打电话时，母亲就已经走了，他们从县城赶回家，也没能见上母亲最后一面。母亲是午休后起来与父亲吃了块西瓜，从沙发上一起身，突然心脏病发作，便再没有醒来。

72 岁的母亲突然离世，对我的打击很大。从小，我因身体娇弱，在家里是最受关照的。上学上到 20 多岁，没能帮助家里多少，反而还要家里人照顾我。工作后，忙工作，忙恋爱，忙结婚，忙孩子，仍然没能好好照顾父母。父母却时常帮我带孩子，给我们送吃的。刚刚生活宽裕了，孩子也大了，想好好陪陪父母了，母亲却突然走了，怎不令我们伤心欲绝。

我们还没有从失去母亲的悲痛中走出来，半年后，二姐又病倒了，卵巢癌晚期。二姐在与病魔顽强抗争了两年后，走了。我的又一个亲人，才刚刚 50 岁的二姐走了。一年后，二姐夫紧随二姐而去。

去年，刚刚 63 岁的大姐夫又被癌症病魔夺走了生命……一个个亲人相继离去，使我更加珍惜生命，更加珍惜当下拥有的，更加关爱身边的亲人。

母亲的突然离世，令我们悲痛，但我们觉得照顾好老父亲是对母亲最好的报答。十几年了，我们兄妹不但在物质上给予父亲最好的关照，还在精神上给他以支持，为他找了位善良的阿姨陪伴。我们觉得，精神的安抚比物质的东西对于失去伴侣的人更重要。瞧！老父亲 90 岁了，仍然身体康健。而大姐因为有了萌嘟嘟可爱的孙女的陪伴，脸上的笑容也多了，心情也舒畅了。今年清明回家，看到老父亲与大姐孙女在一起欢笑的场景，我流泪了。什么是幸福，老的身体健康，少的活泼可爱，一家人和和睦睦，就是幸福！

站在母亲坟前，望着那一片片墓地和来往祭祖的人流，我感慨万千：那一堆堆黄土下是一个个故去的人，一堆堆黄土前是一群群祭奠的人。人，不论你是帝王将相才子佳人，还是九流人物平头百姓；不论你是功高盖世财富成山，还是默默无闻一贫如洗，最终的归宿就是那一堆黄土。祭奠，不仅仅是为了缅怀逝者，更是为了善待生者。逝者已矣，活着的人才是我们应该珍惜的。

（2017 年 4 月）

清明哀思

时光匆匆,又是一年清明至。每到清明,我就会特别思念那些逝去的至亲。清明,我站在爷爷、奶奶、母亲他们的墓地前,那过往的一幕幕就如放电影似的浮现脑海。亲爱的爷爷、母亲、二姐……你们在那边还好吗?我想念你们。

爷爷,孙女想念您。孙女忘不了,留着白胡子、脸上总是挂着和蔼笑容的您,一身浆洗干净衣裤,腰系一块白围布,一天到晚忙忙碌碌照看我们这些孩子并做家务的样子。我记事时,爸爸、哥哥、二姐已经在外工作,大姐出嫁了,三姐、我和小妹都还小,娘是家里挣工分的主要劳力,家务就是爷爷您的了。我们小孩子,您要照看。一天三顿饭,除了摊煎饼是娘的活,其他的活儿都是您的了。忘不了,您精心为我们做的各种精致美味小吃食,还有您给我们精心扎制的秋千、风筝等玩具;忘不了,爸爸或哥姐带回什么好吃的,您总是先包上一些,督促我们送给邻居家老人尝鲜;忘不了,您生动地给我们讲一个个或妙趣横生或惊恐吓人的故事的样子;忘不了,我陪您到周围村庄兴致勃勃追看电影的样子;忘不了,病痛折磨得您眉头紧蹙,但只要我们在您面前,您总是强忍病痛,微笑着让我们别担心,该干啥干啥,别为他耽误事情的乐观样子……爷爷,我最难忘的是,您知道您时日不多时,您对我们说:"我去了,你们不要哭,活着的时候,你们都尽心了,哭什么。也不要浪费,就用一张席卷起送去火化即可。人啊,就是一缕烟呢。活过了,就不可惜。"这就是我那勤劳、友爱、和善、乐观、豁达,肚子里有讲不完的神奇故事的爷爷。

娘,女儿想念您。女儿忘不了,深夜油灯下您为我们缝补衣袜的样子。慈母手中线,游子身上衣啊;忘不了,清早我们起来,满院子飘荡着煎饼的香气。那是早起的您自己推磨将晚上泡的玉米磨成浆,并已摊了厚厚一摞香喷喷的煎饼了。我们不知道您是什么时间起来的,但却知道这一夜,您睡的时间很少很少,因为您干完这些,总是耽误不了队里出工;忘不了,因为我们偷摘邻居家的杏、桃,您严厉地责备我们并带领我们登门道歉的样子。您说,人家的就是人家的,一根草都不能偷拿;忘不了,有什么好吃的,您总是让爷爷和我们吃,自己却说不喜欢吃,转身又去忙碌的样子;忘不了,我只要咳嗽,您就用铁勺煎好香油鸡蛋,站在炕前轻轻叫醒我,催促我趁热吃,说是能治咳嗽;忘不了,您时常将那些我们穿不上的衣服浆洗干净,送给村里特别需要的人家。我们工作后,您又将我们给您买的穿不了的新衣服,送给隔壁的大娘和婶子。您说:"人家不嫌弃,能用上,我就心安了。"忘不了,老父亲用三轮车拉着晕车的您逛开发区,您幸福满足的模样……娘,女儿想念您。女儿还未完成带您坐火车、乘飞机去北上广看看的愿望,您就突然离开了我们,永远离开了我们。

二姐,妹妹想念你。妹妹忘不了,我在诸城九中上学时,无论下来什么时令水果,还是包个包子、水饺,你都骑车给我送来;忘不了,我周末放假去你家,你给我改善生活时在厨房忙碌的身影;忘不了,勤快干净的你总嫌我埋汰,只要你来我家,就马不停蹄地给我收拾家的身影;忘不了,你被病魔折磨得皮包骨头了,却仍然乐观开朗的样子……二姐,你走得太急,没能看到儿子成家立业,没能见可爱的孙女。但请你放心,因为你的儿子儿媳非常优秀,孙女更是聪慧伶俐。二姐,也请你放心,我也不会辜负你的嘱托,会一直照顾好培林他们的。

苏轼说:"十年生死两茫茫,不思量,自难忘。"我却是 35 年生死两茫茫,不思量,自难忘。怎能忘啊,1984 年爷爷病逝,那是我有生以来第一次经历与亲人的生死离别。2004 年母亲因心脏病突发离世,后来,姑姑、二姐、二姐夫、大姐夫、嫂子等至亲又相继离开我们。多少年,多少天,我都不曾停止想念你们,那可真是"梨花自寒食,进节只愁余"啊。

清明,无论多忙,无论多远,只要条件允许,我们都会尽可能回家上坟扫墓。不仅仅是悼念和哀思,重要的是,只有站在坟前,人们才能知道自己从哪里来,最后归于何处。才能理解生命的无常,才能明白活着的意义。朋友,且行且珍惜吧!

(2019 年 4 月)

母亲节的思念

当一天的喧嚣渐渐远去，当热闹的欢聚早已散场，我更加思念我的母亲，特别是在母亲节的今天。

我的娘亲要是健在，应该 87 岁了。可是，娘没有如我们所期望的，给我们更多孝敬她的机会，而是早早地离开了我们。15 年前，2004 年农历六月初三，一个我永生难忘的日子，我亲爱的娘亲，突发心梗离开了我们。太突然，给我们留下了无尽的悲伤和思念。因为娘去世，是在家午休后突然发生的事情，只有父亲与她在一起，而她爱的也同样爱她的六个子女及孙辈，一个也没能在她身边。所以，娘亲的突然离世，我们更加悲痛，更加难过，很长时间，我都走不出娘去世的阴影。那时劝我们不要难过的邻居们说："人修个好死不容易，你娘心眼好，没有受罪，前世修来的啊。"娘是没有受罪，可是她才 72 岁，我们整天为学习为工作为小家忙忙碌碌，还没有好好陪伴她孝敬她啊。我还计划着有时间带娘逛逛首都、看看大上海呢。

诚然，我知道，就是我有时间带娘去，娘也不去。因为她晕车晕得太厉害，我们看着都难受。因为晕车，潍坊这么近的城市娘总共来了不到五次，即使她的三个子女在潍坊。坐十几分钟车，她能晕吐得一天爬不起来。来趟潍坊，要不舒服两三天。我也知道，曾经天南地北出差去过很多地方的父亲，时常在家拿着那些他出差拍的照片给她讲北上广以及武汉、新疆等地的趣事。所以，每当我回家与娘说有空带她出去玩玩时，娘会微笑着说，她哪儿也不去，说她已经跟父亲神游北上广了。

娘，勤劳、善良、宽厚、仁爱，做事特别有耐心。娘话少，不像父亲，性情耿直，心里不藏事。娘有事多放心里，从不论人长短、说人是非，即使有委屈自己也憋在心里，不与我们说愁事，可能怕我们分心。我这点没有遗传娘，倒是遗传了直脾气的父亲。但是我受到委屈很少对外人说，顶多自己暗暗流眼泪，可能这点儿随娘吧。有时我想，娘的去世，与她的性情可能有一定的关系。因为娘总是对子女牵肠挂肚，今天担心这个，明天又操心那个，没完没了。操心受累，心脏负担能不重？劝她别操心，我们都挺好。可是只要谁有一点点事情，哪怕一点感冒她知道了，她都会牵挂，甚至休息不好。比如我们家小时候似男孩性格的天琦，因为回姥姥家常欺负表姐哭鼻子，娘就时常为我操心这个皮孩子。特别是 2002 年，嫂子突发脑出血，并留下了严重的后遗症，生活不能自理，对母亲的打击应该最大。因为我哥哥是她唯一的儿子,儿媳生活不能自理,全靠哥哥伺候。做娘的她,怎能不心疼不担心啊。就这样,为儿女操心受累的娘,加上年轻时生育我们兄妹六个,那时生活困难,没能很好地调养身体,大集体时娘又是家里挣工分的主力,劳动多,身心负累多,身体就不是很好,特别是心脏。虽有退休后的父亲无微不至的关照,最后娘还是突发心梗离世。

娘,女儿忘不了您慈祥的面容,和蔼的笑脸。娘对我们说话总是柔声细语,很少见娘似我这样粗喉咙大嗓门地说话。除非我们做错了事,娘才会对我们严厉地责备。娘,女儿忘不了您里里外外忙忙碌碌的身影。只要娘自己能干的活,她总是默默地干,不会叫我们帮忙,无论家务还是地里的农活。

娘,您虽是一位普通的农村妇女,在我心里却是最伟大的人,因为是您给了我这个世界。娘,您虽大字不识几个,在我心里却是满腹诗书,因为是您最先教给了我做人做事的道理。娘,您对我们虽不会千叮咛万嘱咐,女儿却知道,您温柔的眼神已告知了您对我们的关心惦念。娘,您的双手虽然粗糙,女儿却觉得那么光滑柔软。您是知道的,女儿最喜欢牵您的手撒娇,最愿意依偎着您并握着您的手。娘,从小我们兄妹回家,人还没进门,"娘,我回来了"的喊声已响彻门里门外,最先见到的也是欢天喜地迎出来的您……多少年了,我在心里无数次呼喊娘,却再也听不到您欢快的应答声,再也见不到笑盈盈出来迎我们的娘了。

娘,女儿明白,您最大的期望,是您的儿女能实诚做人,用心做事;您最大的心愿,是您的儿女都平平安安、幸福快乐。娘,我们没有辜负您的期望,我们都老老实实做人,踏踏实实做事。虽然我们没有作出多大成就,但正如您老人家曾经对我们说的,只要用心做了,而且做的事情对得起自己的良心,就心安了。娘,我们兄妹也如您所期望的,都过得很幸福。虽然您走后,二姐、二姐夫、大姐夫、嫂子相继因病去世,可这也是没办法的事。世事本无十全十美啊,但活着的我们都很好,我们都非常珍惜现在拥有的。娘,我们兄妹之间非常亲,孩子们也都很好,都非常团结。并没有像有人说的"娘在,兄弟姐妹是一家;娘不在,兄弟姐妹是亲戚"。因为,虽然您不在了,我们还有老父亲呢。我们不但非常孝敬老父亲,也非常孝敬自己爱人的父母。娘,您瞧!连您曾经牵挂的外孙女天琦,都成了孝顺的儿媳妇了,而且快做母亲了。母亲节,懂事的她又给我们送花来了。

谁言寸草心,报得三春晖!听,窗外飘雨了。娘,那是您想念女儿的眼泪吗?娘,您可知道,女儿更加想念您。娘,虽然您在世时,我们不知道什么是母亲节,也没有给您过回母亲节。但今天,想念您的女儿,遥望九天,仍然如平时般在心里默默地思念您,并遥祝天堂里的您快乐!女儿相信,天堂里的您一定会收到我的祝福,女儿也知道,您在天堂正护佑着我们呢。

母亲节,一年仅一天。可是,对母亲的感恩感念却是一辈子的事。岁月匆匆,愿岁月给天下母亲的全是温馨、幸福、安康!

(2019 年 5 月)

七夕之痛

别梦依稀又一年,今夕肃立墓碑前;新荷雨后芬芳吐,天上人间泣如雨。七夕,一个美好却又令我伤心的日子。

美好,缘于从小就知道的牛郎织女的凄美爱情故事。少小时,七夕之夜与小伙伴们趴在草垛上,遥望璀璨银河边那闪烁的牛郎织女星,由此产生一系列美好的联想。伤心,是因为11年前的今天,我亲爱的二姐永远离开了我们,离开了她眷恋的亲人和世界。从此,天上人间,唯留思念不断⋯⋯

想当年,我们曾经是父母骄傲的女儿,是相亲相爱的五姐妹,是村里人羡慕的"五朵金花"。小时候,我和小妹跟着姐姐们串门拜年,穿得漂漂亮亮的我们五姐妹,总是村里最靓、最受年轻人羡慕的姐妹。我们的纯真、和善和谦逊,也使我们成了最受村民特别是长辈们喜欢的姐妹。出嫁后,我们五姐妹隔个十天半月就相约一起回家看父母。村里人没见我们回来,但只要听到我们家传出的开心笑声,就会相互笑着说:"一听老曾家的热闹劲,就知道曾家'五朵金花'又回来了。"

一听见我们的说笑声,村里那些要好的小姐妹就会过来找我们玩。一屋子人,嘻嘻哈哈,好不热闹。二姐病逝后,我们五姐妹成了四姐妹,老曾家凋谢了一朵再也无法寻觅的金花。从此,老父亲身边少了那个特别爱笑爱干净又最爱帮着干这干那的二女儿,我们再也没有疼爱我们的二姐了。我们回家,仍然有欢声笑语,只是觉得没有二姐在时那般热闹。二姐走时才52岁,她还没有看到刚刚大学毕业的儿子成家立业,还没有享受儿孙绕膝的天伦之乐啊。七夕日,怎能不令我们伤感⋯⋯

人这一辈子,有些事是出乎意料的,有些事是情理之中的,有些事是难以控制的⋯⋯生老病死,虽说是自然规律,是人之常情,然而"常情"并不意味着"必须发生",特别是生病。现实中,很多病往往是自己不太注意、不重视身体造成的。比如二姐的卵巢癌,身体已提前告知她了,她开始消瘦,腰疼肚子疼等。身体消瘦,她以为是自己刚好想减肥,正在适当控制饮食而致;时常腰疼肚子疼,她以为是自己来例假时的老毛病等。我们刚一发现她消瘦,就催她去看看医生,她没心没肺地笑着说:"没病去医院干啥。"于是,她一拖再拖,直到自己腰疼肚子疼得忍不了了才去医院。一查,已经是癌症晚期。其实,卵巢癌若早发现,癌细胞没转移,切除后积极治疗,人是可以生活很多年的,何况二姐是那么好的性情。但由于她太不在乎,等自己身体吃不消了,一查癌细胞已扩散,虽然积极治疗,两年后的七夕,她还是走了,永远永远地走了……

什么最重要?身体!都知道,都清楚,都明白,可还是有许多人,或为名,或为利,或为房,或为地,或为儿孙,不珍惜自己的身体。身体是革命的本钱,没有健康的身体,你还有啥呢?

今天的朋友圈中有朋友说:"何谓七夕?一惜父母、二惜妻儿、三惜兄弟姐妹、四惜同学朋友、五惜帮助过你的人、六惜不离不弃的贵人友人、七惜缘分!人生短暂,勿忘珍惜。"虽然这些都是应该珍惜的,但我觉得,最应该珍惜的还是身体。因为你没有健康的身体,就不会有高质量的生活,也就不会给父母、妻儿、朋友带来快乐。假如你身体不好,父母、妻儿、朋友因为你的缘故,又怎么会开心快乐?所以说,人生短暂,珍惜身体!

(2017 年 9 月)

今又七夕

　　牛郎织女鹊桥相会,是我小时候最早从满腹故事的爷爷处听到的美丽神话故事之一。七夕,也成为我小时候印象最美好的节日之一。

　　少小时,每年七夕,我们小姐妹就会趴在高高的麦秸垛上,仰望璀璨的银河,寻找着牛郎星和织女星,展开想象的翅膀,尽情想象着爷爷讲的挑着孩子的牛郎与美丽的织女相会的情景。有时候,我们还会相互争论牛郎织女相会后会说些什么。

　　杜牧诗曰:"天阶夜色凉如水,坐看牵牛织女星。"只不过我们那时候是在凉爽的秋夜趴在草垛上"卧看"牵牛织女星罢了。

　　时光飞逝,天真稚嫩的我们渐渐长大了。随着知识的丰富,我们对七夕从人文、星象、民俗等方面有了更加深入的了解,但牛郎织女鹊桥相会这个最具浪漫色彩的美丽爱情故事,却深深地影响着我。我一直为他们坚贞不渝的爱情故事感动着。七夕于我,仍然是一个美好的日子。

　　世事难料,七夕,一个后来成了"中国情人节"的美好日子,自 2006 年起却成了我最伤心的日子。我亲爱的二姐,才 50 岁的二姐,在与癌症病魔抗争了两年后,灯枯油尽,于 2006 年七夕这天的早上 7 点多走到了生命的尽头,抛下了疼爱她的亲人,离开了她热爱的人世间。虽然二姐不再受病痛折磨,可她却让老父亲白发人送黑发人,让我们姐妹再也见不到二妹或者二姐,让尚未成家立业的外甥年纪轻轻就失去了母亲,怎不令我们痛断肝肠。

　　也许美丽、善良、勤快、孝敬的二姐化身成织女星了吧。也许二姐夫亦深受牛郎织女鹊桥相会的影响,忧心天堂里的二姐孤单,想做个牛郎星去陪伴二姐。2008 年正月,二姐去世后的第三个年头,思念二姐的二姐夫,有些抑郁的二姐夫,竟然撇下儿子追随二姐去了。

　　人的生命只有一次,最重要的是活着。活着才有无限的可能,才能够创造奇迹。人生短暂,活着重要却不容易。所以,能相爱的人,能牵上手的时候,请别只是肩并肩;能拥抱的时候,请别只是手牵手;能在一起的时候,请别轻易分开。工作之人,辛苦了就歇歇,别再透支你的健康和精力;正在为名利拼搏的人啊,更要悠着点,别为了那生不带来死不带去的名和利而你争我夺。记住:活着,该努力的努力,该放下的放下,需包容的包容;活着,别委屈自己,亦不为难他人;活着,更要修身养性,行善积德;活着,就要好好珍惜;活着,就要快乐幸福。

今又七夕,是二姐的忌日。愿二姐和二姐夫在天堂相依相伴,天天鹊桥相会!

今又七夕,是中国的情人节。愿天下有情人终成眷属,一生幸福美满!

（2020 年 8 月）

52 岁生日有感

农历二月初十是我的生日,由于小妹、侄子、侄女、外甥、外甥女都在潍坊工作,因此每年我的生日就成了春节后我们这个大家庭的聚会日。今晚,当我们共同举杯庆祝之时,看到那一张张幸福的笑脸,我禁不住感慨万千……

52 年前的今天,我在母亲的阵痛中来到世界,成了的我们老曾家的四闺女。在父母、爷爷、兄姐的呵护下,我幸福地成长着生活着。时光飞逝,52 年,弹指一挥间,我由不谙世事的孩童走到了知天命的中年。其间,亲爱的爷爷、母亲、二姐相继离开了我,而一个个小辈却茁壮成长起来。虽说人生只是一个过程,生老病死都是必然,但唯有经历失去亲人的痛,才会感到生命的珍贵;唯有迎接新生命,才知道什么是希望。

52 年,我从天真幼稚的总角垂髫,到烂漫纯真的豆蔻及笄;从激情飞扬的青年,到淡然平和的中年。一年年,风雨兼程,一路前行。坎坷道路中上下求索而不倦,鲜花掌声处轻付一笑而不醉,坦然面对逝去的岁月。

52 年,由为人孙、为人女到为人妻、为人母,及至被兄姐的孙辈喊奶奶、姥姥,我始终孝老爱幼尊同辈,善待他人,未敢骄横。52 年,由一名孜孜以求的学生,到勤奋敬业的职员,我始终追求上进,从不奢望。52 年,由一名文学海洋的遥望者,到文学岸边的拾贝者,我始终坚守理想,从不放弃。

52 年,虽说皱纹爬上脸,青丝染白发,窈窕变圆润,但那被岁月漂洗过的心灵却更加丰满,更加坦然从容,笑看花开花落,淡看云卷云舒……

一路走来,痛过、哭过、笑过,希望过、失望过,坚持过、放弃过,棱角磨平,锋芒已匿,唯其本色人生,问心无愧。

52 岁生日,使我更加感恩父母、感恩亲友、感恩生活。祝福亲友,祝福我自己!

(2017 年 3 月)

结婚照

"妈,咱们这周末一起去照化妆照吧?"周六早饭时,闺女说。

"照那干啥?"我问。

"好纪念您和老爸结婚 30 年啊。"闺女认真地回答我。

结婚 30 年? 30 年了? 是啊,从 1987 年到现在,可不是 30 年了嘛。真快啊,一晃,我们结婚 30 年了。难怪我总觉得白头发噌噌长、皱纹密密织呢。

我对爱人说:"咱们应该是农历十月二十六结的婚吧。"爱人说:"好像是。"忙忙碌碌间,不会浪漫过生活的我们竟然连自己的结婚日子都忘差不多了。好在我有日记,放下碗筷,我到书房搬出一查:"1987 年 12 月 16 日,今天是我人生的第三个转折点,我做新娘了……"1987 年 12 月 16 日,农历刚好是十月二十六。抬头看了看墙上显示日历的挂表。噢! 还有四天就是结婚纪念日了,难怪知道我们 1987 年冬天结婚的闺女要给我们庆贺呢。不懂浪漫的爱人不喜欢去照相,而我这个周六、周日因为明年预算编报要加班,只好扫闺女的兴了。

说起结婚照,我结婚时,除了现在被放大挂在卧室墙上的那张登记用的相片,结婚时连张照片都没照。那时不像现在时兴照婚纱照是一个原因,还有一个重要的原因是当伴郎的同学加同事忘带相机了。因为要回临朐老家举办婚礼,路途遥远,我结婚没有回诸城,而是从单位出发的。我记得结婚那天,天气比现在冷,却比现在晴朗。前些时日下的雪没有消融,沙土的公路上不怎么泥泞,田野里却银装素裹,映得阳光分外明媚。那天一早,我穿上爱人花了 65 元钱给我买的红缎面羽绒小袄,在二姐和培玲同学的叮嘱中,在同事花建平和杨国英的陪伴下,坐上爱人单位的面包车,与爱人一起回临朐老家。伴郎分别是爱人和我的同学加同事刘德建和陈光升。就这样,在这个冬日的晴好日子里,原本两个互不相干、没有血缘关系的人走到了一起,组成了家庭。光升同学原本说好带个相机的,走到半路上才想起忘带了,那时相机还是奢侈品,婆家那边也没准备,于是我们结婚也就没能留下张相片,更不可能像现在年轻人结婚时留下录像了。没有结婚照,成了我的一件憾事。

2002 年,我计划出第一本书,当时需要准备张照片,听朋友说东苑公园附近的"浪漫之旅"照相馆照相很美,很多人去照写真集。那时开始时兴照写真集。朋友说,你好不容易出本书,一定要照张美的,能表现出气质的照片放在书中。于是,利用周六的时间,我让爱人开车送我过去。化妆时,我说我还是第一次化妆照相呢。服务员听了,好奇地问:"姐,您结婚没照婚纱照?"服务员知道照婚纱照一定要化妆的,所以这样问。我微笑着摇了摇头。很会做推销的服务员说:"姐,您看您这么美,这么有气质,一定非常上相。好不容易化个妆,别只穿自己的衣服照,也和大哥补照个婚纱照吧。"爱人当然是不听指挥的,他也耐不下心来化妆,我都有些烦那么长的化妆时间呢。折腾了一上午的我,还是被说动了,在照完出书用的照片后,又单独照了张婚纱照。这张照片,可是我50多岁唯一的一张呢。

其实,结婚过日子真不在于 张婚纱照。正如具有质朴性情的爱人说的:"婚纱照只是形式。照片再美再恩爱,但不是也有吵架闹离婚的。两口子,过好日子最重要。"

是啊!夫妻,重要的是一起过好普通平常的日子。结婚过日子,小家庭的和睦、幸福,不在于一张美美的结婚照,而在于家人的相互包容、相互理解、相互关心。居家过日子,哪有锅不碰勺的。再美满的婚姻也会有瑕疵,再恩爱的夫妻也会出现矛盾。夫妻相处久了,最初的爱恋已经被岁月磨平,爱情已经被浓浓的亲情所取代。而这时最重要的是对家庭的责任心,是风雨同舟、相互搀扶,互相包容、理解、体贴。唯有这样,才能放大对方优点、缩小缺点,才能让情感得以升华,才能共同牵手走过风雨人生。

生活,没有十全十美,总是惊喜伴遗憾,希望伴失望。"我问佛:'世间为何有那么多遗憾?'佛曰:'这是一个婆娑世界,婆娑即遗憾,没有遗憾,给你再多幸福也不会体会快乐。'"没有遗憾就体会不到幸福!我们没有结婚照,却有美好的回忆、幸福的生活。人生,何必求圆满。唯顺其自然,坦然接受生活给你的馈赠才是真理。时间如流水般稍纵即逝,短短人生,能有几个30年?风雨人生一起走过,才更懂得珍惜。

日子,柴米油盐酱醋茶,辛苦奔波工作赚钱,平庸而平凡。平凡的日子里,有亲爱的人相伴,就会有阳光般的心态让我们坦然面对红尘。让我们珍惜每一天,在短暂的有生之涯少一些烦恼,多一些快乐,少一些欲求,多一些简单,努力把每个平常日子过成美好时光吧。

（2017 年 12 月）

特殊时期的特别日子

对于我来说,今天是个特别的日子。一个特殊时期的特别日子,我 55 周岁生日。

这个日子,少了满桌丰盛的美味佳肴,少了身边亲人的笑脸祝福(但微信群里不少),少了小辈们的鲜花、蛋糕以及孙辈们绕膝的嬉闹声,少了我们这个大家庭家在潍坊的 30 多口亲人每年春节后第一次团聚的喜庆氛围,却多了一份安宁与温馨。瞧!清晨醒来,依然是每年这个日子所见到的,还冒着热气的 6 个煮鸡蛋。这是结婚 30 多年来每到我生日,我家傅同志不变的节目。这是他们临朐老家的习俗,也寓意一切顺心如意!感谢傅同志,他还不忘给我做一碗长寿面,中午还有一碗自制暖胃的羊肉汤,晚上还要给我包水饺吃。当然,还有家里那些充满生机的美丽花花草草相伴。嘿嘿!这特别的日子,亦挺美!

最令我感动的是好友杨梅,因为我们两人同龄,以前曾经论起过大小,马大哈的我没有记得什么,细心的她却记住了我的生日。令我意想不到又十分感动的是,一大清早就收到了她的祝福,这是我收到的第一条祝福信息,一条似一股暖流充溢我全身的祝福信息。这样的时期,这样的日子,未时常联系的好友能记得我的生日,怎能不令我感动。流年易逝,时光容易把人抛。我感激,红尘中有你——我的好姊妹同行。过些时间,我定与你来个"一生大笑能几回,斗酒相逢须醉倒"。

因特殊时期不能相见,老曾家亲人的祝福在群里却是铺天盖地,热闹非凡的亲人群,让我感到温暖甜蜜。当母亲后,闺女懂得了健康的重要,给我买了维生素 C 片、蜂蜜等。这就是亲情,亲情能滋润心田,使生命之舟洒满阳光。珍惜亲情!珍惜自己拥有的一切,珍惜眼前的风景,珍惜你身边的每一个人!

每年这个日子,我都会感恩父母,因为是慈爱的他们含辛茹苦养育了我;我会感恩亲人,因为是他们给了我无私的关爱和陪护;感恩友人,因为是他们使我的生活更加闪亮美好。这个日子,我亦感谢普通平凡的傻呵呵的自己,感谢自己一直从善如流,一直不断努力,一直热爱生活,一直相信美好,一直守护着自己心中的那一点点诗意……今年的这个日子,将成为我记忆中最难忘的日子。在这特殊时期,唯有珍惜珍重,注重健康,珍爱生命,活得舒心畅意,才能精神饱满地生活和工作,才能享受幸福和美好。拥有健康的身心,不但是自己及家庭的最大幸福,也是为国家作贡献的前提。特殊时期也给了我们沉静下来思考的时间,以前我们总是太匆匆,为了生存为了名利,总是匆匆忙忙不停歇。太匆匆,就会忽略很多,会毁掉很多。所以,有时能停下来,静下来,思考些什么,也挺好。

时光如注,岁月无痕。曾以为岁月漫长,却不想脚步匆匆,我们竟也在不知不觉中告别了一程又一程,迎来了一年又一年。看看一天天更加可爱的外孙的视频,站在镜子前望望头上不断冒出银发、眼角上不断多出皱纹的自己,一直天真地以为自己那颗童心还在的我,觉得自己还没有老的我,不得不苦笑着摇摇头,承认韶华确实不再。好在少根筋的我一直拥有一颗傻呵呵不在乎的心。因为不在乎,容易看开看淡不计较,知足常乐。因为不在乎,凡事都拿得起放得下,生活也就随性而简单,活得亦轻松活泼。所以,无论到哪儿唱歌,朋友们都知道,我最最喜欢唱的歌是《真心真意过一生》,而朋友亦多是欣赏我的纯粹、率真。人就是应该拥有阳光般的心态,唯愿我们无恙、感恩、乐观,一路向暖,把平淡的生活活出诗意。

最后,借用看到的一篇文章中一段比较喜欢的文字结尾:往后余生,愿我们都能在利益得失中活出自己的澄明和坦荡,在浮躁不安中活出自己的沉着和淡定,在纷繁芜杂中活出自己的简单和纯粹。

（2020 年 3 月）

也说名字

这两天，一朋友的小妹说，她两口子正费尽心思给二胎孩子起名字呢。还列出一大片名字，让我给参谋参谋。说起名字，倒使我想起 2014 年的国庆节，央视有一档采访节目——《我的名字叫国庆》，那档节目，曾经引发我感慨了一番在时代光环下诞生的名字。

名字与时代结合的确实很亲密，不信，你可以看看周围人的名字。刚刚解放时，出生了一批"解放"；新中国成立初期，诞生了一群"建国"；"大跃进"时期，催生了一批"跃进"；"文化大革命"时期，又出现了一堆"文革"；八一建军节，出生了很多"建军"；国庆节，又成就了一群"国庆"……

我的父母没什么文化，不会学究似的给我们起名字，也不懂得去找测字的先生给起个有学问的响当当的名字，只是像大多数朴实的农民一样，给孩子起英儿、花儿、云儿的大众名。我这"梅"字，虽然也大众，对于我却特别富有时代背景，因为它得益于革命现代京剧《红灯记》。

当年，刘长瑜扮演的铁梅俊俏美丽，迷倒了无数人，受到了男女老少的追捧。铁梅手握大辫子的挂图，几乎家家墙上都贴着。那时人们喜欢铁梅，绝不亚于今天的年轻人追星周杰伦什么的。因为母亲从小给我留辫子，我脸长得又圆乎乎的，《红灯记》兴起时，村里人见了五六岁的我都好说："瞧！长得多像铁梅啊。"于是，上学第一天，需要起学名，轮到我时，老师说："你辈字为'繁'，就叫曾繁梅吧。"那时农村上学前都是叫乳名，上学时才起学名。于是，"曾繁梅"成了我的名字。

女儿的名字，也缘于我追星。20 世纪八九十年代，流行歌曲刚刚风靡，流行歌星成了人们追捧的对象，像苏小明、程琳、朱明瑛、沈小岑、胡月、杭天琪等，而我那时特别喜欢杭天琪唱的《黄土高坡》等歌曲。女儿出生的第十天，坐月子的我正躺床上闭目倾听杭天琪的歌（磁带录音机），爱人匆匆回来说："人家派出所要求落户口，赶紧给孩子起个名字吧。"马大哈的我们，在女儿出生后只是宝宝、宝宝地叫着，十天了还没正经给孩子起个名字呢。我让爱人起，爱人开玩笑说："听说现在好多家长将父母姓连起来做名字，要不咱叫傅曾吧。"我说："一边去！你还增富呢。好好想想，起个好听点的。"

爱人绞尽脑汁也没想出个好名字，心里有些不耐烦，说："真吵，把录音机关了。"

一说录音机,我灵机一动,笑着说:"有了!"

爱人不解地望着我:"有什么?"

"名字啊!"

"快说说,叫什么?"

"傅天琦!"

"怎么讲?"爱人忙问。

我摇头晃脑老学究似的说:"琦,美玉也。天琦,天下美玉也!"停顿了一下,我一本正经地说:"你们老傅家得了个天下美玉似的宝贝闺女,知足吧。"说完,我笑了。

爱人听了,非常满意,直说:"好! 天琦,就天琦。"

看着爱人满意的样子,我骄傲地自我表扬说:"关键时候还是老婆厉害吧!"

其实,像我们这样给孩子起名字算老土的了。那时有的父母给孩子起名字已经非常讲究了,有些朋友专门找会起名字的先生,按照生辰八字给孩子起名字呢。还有更洋气的,给孩子起四个字的名字呢。我有一对朋友,男的姓马,女的姓李,人家1990年时给女儿起名字就很艺术范儿,叫马李嘉黛。这是我周围第一个给孩子取四个字名字的,而且将父母的姓氏都囊括其中。这几年,我到学校调研,常见这样的四个字的名字了。

其实,我们幸福着呢,无论乳名、学名,都叫着顺而好听。在过去,农村很多孩子叫什么狗剩啊大狗啊二狗啊,难听着呢。可老人说,起这样的名字,孩子好养活。

如今,随着经济社会发展的进步,随着生活和文化水平的提升,无论农村还是城市,无论学历高低,父母给孩子起名字的时候越来越讲究了。起名都希望有着一定的寓意,包含着全家人的美好愿望。所以,孩子还没出生,父母就绞尽脑汁给孩子起名字了,想起一个出自经典、拥有厚重文化积淀的、让人平添几分敬意的好名字。

所以,我对那位小妹说:"起名字也不用太过刻意。我以为,只要你们满意,而且名字让人叫着顺嘴,听着舒服,写着方便,有一定的美好寓意,就是一个好名字。"

（2018 年 2 月）

女儿生日感言

29 年前的今天,妈妈折腾了一个晚上加半个白天,终于生下了你。从此,你来到了我们家,成了我们的宝贵疙瘩。29 年,爸爸妈妈没有一天不惦记着你、念叨着你,有时还要责备你、督促你……一切的一切,都是为了你好。当然,你的到来,也为爸妈为我们这个家乃至亲友家带来了无尽快乐。

天琦,每年的今天,无论你是在外求学,还是在家,我们都会祝你生日快乐。因为你是爸妈唯一的孩子,是爸妈的希望和精神寄托。所以,爸妈希望你健康、幸福、快乐。今天,是你 29 岁的生日,爸妈更是高兴,高兴你不再只有我们疼爱,高兴你不仅拥有了朴实、善良、真诚的小关的疼爱,还多了关爸爸、关妈妈的疼爱。天琦,你是幸福的,因为有这么多人呵护你、疼爱你、关心你。但妈妈仍要叮嘱你,你在享受呵护享受幸福的同时,更要懂得付出,你要爱你的亲人、朋友和同事。诚然,从小你就是个善良懂事和富有爱心的孩子,这些妈妈还不担心。妈妈唯一不放心的是你的吃苦精神和干事创业的恒心,也就是你的事业。因为生长在生活富足的新时代,你做事往往缺乏吃苦精神和恒心,也缺乏耐心。经历是财富。你不像妈妈这代人,我们经历过丰富多样的年代,也经历过物资匮乏的时代。我们这代人,能吃得苦中苦,能忍别人不能忍,更能坚定信心坚持完成一些事情。天琦,自己生命的美好,来自踏踏实实的追求和热爱,来自努力奋斗。所以,妈妈希望你要多学习,向古人学、向伟人学、向身边优秀的人学,充实自己、丰富自己、成就自己。同时,我希望你要努力做好你自己,做快乐的自己。

天琦,所有的经历,都是人生旅途中的足迹,都是生命的过程。妈妈希望你在时光的历练中,雕刻出你迷人的光彩。

俗话说:孩子的生日,是妈妈的受难日。天琦,今天是你的生日,妈妈还是高兴地送上我的祝福——祝你生日快乐! 幸福安康!

(2018 年 8 月)

给天琦的新婚寄语

天琦,穿上婚纱的你真美!

1989 年的 8 月,一声啼哭,你来了,来到了爸妈身边。你是幸福的,因为你独享爸妈的疼爱,生活在温馨的家庭,成长于美好的时代。纯真的你,已经无忧无虑走过了 29 个春秋,快乐地走到了今天,走进了新时代……

2018 年 8 月,热情的美好的 8 月,一本红证,宣布了你快乐单身生活的结束。当你即将开始自己的新生活,妈妈既高兴又担忧,高兴你找到了真心疼爱你的人,又担忧你是否准备好了走进婚姻生活……

金秋风景如画,十月天高云淡;良辰阳光灿烂,吉时热闹非凡。今天,你身着美丽的婚纱,在亲人的目送下,走进了婚姻殿堂,开启了你的婚姻生活。天琦,妈妈祝福你一生幸福!

恋爱容易,婚姻不易! 婚姻是两个人的事,也是两个家庭的事。天琦,你要知道,季节不只有春秋,生活不只有甘甜,而人却都有个性。你们走到一起,就要互相包容,相互尊重,相互爱护,要懂得珍惜,也要善于妥协和解。独生子女的个性要强,不好忍让,因为一点儿小事就容易闹起来。妈妈希望你们在起争执时,要善于妥协、和解。希望你们遇事不要太心急、太焦虑,很多时候,只要等一等、让一让、忍一忍就安全了、过去了、和谐了。

孝,乃为人之本。天琦,你们要好好孝顺父母,要怀着一颗孝心去回报父母的爱。我说的回报,不是要你们给我们多少金钱和时间。我们要的,只是你们的一杯热水,一句感谢的话语和耐心的倾听,仅此足矣。要友善而坦率地对待他人。你待人友善而坦率,他人也会真诚待你。要积极进取,努力成就事业。艺不少学过时悔,希望你们相互促进,相互支持,不断进取。人生只有走出来的精彩,没有等出来的辉煌。习总书记都说:幸福都是奋斗出来的。

天琦,妈妈希望你今后在做好你自己的同时,更要努力学习做个好妻子、好儿媳、好母亲。你要学会生活,更要学会享受生活。姥姥是把困苦的日子过成诗,妈妈是把平常的日子过成诗,唯希望你们用真诚、信任和体贴把踏实美好的日子过得诗意盎然。

最后,希望你们注意保养身体,早日让我们看上健康可爱的下一代。

妈妈曾繁梅

2018 年 10 月 17 日于天琦婚礼之际

今日的忙碌只为你

去年的今日,2018 年农历九月初八,家里忙得不可开交,为明天嫁你的妈妈——我那宝贝闺女天琦而忙;今年的今日,2019 年农历九月初八,仍然忙得不可开交,为迎接你的到来而忙。人生就是忙碌,而这忙碌往往是累并开心着。

下午近 5 点,你来了,我升格为姥姥。亲朋好友都说你这孩子急,急着出来给你父母祝贺结婚纪念日呢。

闺女本只是按医生要求两天去查一次体,一早去例查。一查,发现羊水降到了五点多。医生说,羊水太少,孩子就有缺氧的危险。医生要求闺女马上住院手术,于是为闺女生产担心的我们立即听从医生安排,办理住院等待手术。整个生产过程很顺利。你刚从妈妈肚子里出来时,一个医生让你爸爸进去签字,并告知你妈妈天琦的手术成功,说天琦生了个体重七斤二两的小公主,大人孩子都平安。手术室外边着急等待的我们,你的奶奶、姥姥、舅妈、小姨等一听你爸爸出来讲的好消息,大家都非常高兴,并急切盼望见到你这个急匆匆降临的小家伙。

惊喜的是,天琦被推出手术室,躺在她身边的刚出生的你竟然瞪着一双宝石般的小眼睛好奇地看着迎上去的我们。原本以为刚刚出生的小婴儿是闭着眼睛的,不承想你却精神得很,瞪着乌黑发亮的小眼睛好奇地望着这个陌生的世界和陌生的我们。更令我对你这个细皮嫩肉的小婴儿另眼相看的是,你这个小家伙不但身子长、手脚大,手劲儿也很大,小手很有力地抓我的手指呢。天琦说,手术时她听医生笑着说了句:"看看,这孩子手劲大,用手夺我的剪子呢。"

回到病房,你这个小家伙继续给我制造着惊喜。只见刚出生的你可能累了也饿了,闭着眼一个劲儿地将双手往嘴里塞。我们想给你拿开都费劲。一拿开,你就放开尚不是很洪亮的嗓门哭。于是,把你放在妈妈身边让你吃奶。嘿嘿! 不用教,你吸奶的样子纯正着呢。虽然没有奶水,但你那可爱的急不可待的猛劲小样儿仍然惹得我们开怀大笑……

你来了,我升格为姥姥,也多了忙碌和辛苦,更多了无尽的快乐和幸福……

(2019 年 10 月)

24 小时"见习月嫂"所感

小外孙女出生两周,由于黄疸高,到医院检查,被医生要求留下住院照什么蓝灯,需要住院三至五天。周六,月嫂休班,我去帮忙照顾闺女。

如今,医学发达,理念革新,使我们这些中老年人都有些不跟形势。

我们那时坐月子,就知道吃鸡蛋喝小米粥,外加几顿猪蹄汤、鸡汤什么的,其他的很少吃。诚然,那时物质不丰富也是一大原因。鸡汤、猪蹄汤,这些汤是不放盐的。鸡蛋,一顿吃三四个。记得我因为吃了太多鸡蛋,出月子很久都不愿意听到"鸡蛋"两字。现在,坐月子讲究营养均衡,什么都吃。油腻的食物很少,鸡蛋一天顶多吃三四个。那时我们不能碰的水果,现在照吃不误,蔬菜搭配着吃,粗粮细粮匀着吃,鸡汤等隔两天吃……花样多,营养丰富,吃了还不长胖。

那时,婴儿没出满月我们就喂水,可现在医生、月嫂都说奶粉、母乳里的水分就够了,喝多了对婴儿的肾不好。那时,我们要让孩子能睡出个漂亮头型,出院就让小孩头枕小米枕头或者书本,将头硬给睡个平后脑勺。而今,人家说,这样对孩子大脑发育不好,就这么任其侧睡,后脑勺鼓鼓的。那时,我们都会尽量将孩子的身子顺直,绑得紧紧的,以便孩子的腿长得直溜,而今却不让束缚孩子。那时,我婆婆月子里就教我把孩子尿尿拉便便,后来成了习惯,孩子不把不拉尿。而今,人家不让把孩子,都是使用纸尿裤什么的……我们那时也知道婴儿出黄疸,知道过段时间黄疸就慢慢消退了,不清楚黄疸值高了对孩子有什么不好,更不知道去医院检查一下。现在,在家就买什么仪器自己测,黄疸值过高,就要吃药或住院治疗,还要照什么蓝灯……

岁月不饶人,我们这一代,看来真老了,不跟时代步伐了。孩子们有他们自己的理念、自己的生活,作为老人,看不惯的不看,我们只能帮助他们干点力所能及的。有钱出钱,有力出力。少说话,多干活。这是我的观点,也是我当姥姥的准则。当然,我也时常提醒和教育闺女,不管老人怎样,都要尊重他们,因为他们也是出于对孩子的关心疼爱。

现如今,年轻人更是幸福。生孩子,一般都是两方父母加月嫂无微不至照顾着,自己不用太操心受累。中国的传统,父母往往都好为孩子们操劳。特别是像我们这些独生子女家庭,孩子更是生活无忧。孩子们,你们生活真的非常幸福,真应该知足,更应该懂得感恩。要感恩和平、安宁、富强的国家,要感恩生养又疼爱你们的父母。父母的育儿观与你们的有了不同,做儿女的要体谅,不能抱怨；做父母的，看不惯，也正常，要理解。父母也要理解儿女们，总是两代人。所受的教育不同，理念不同很正常。所以，做父母的要跟上时代的步伐，接受新理念。

人啊，要常怀感恩之心，常念感恩之情。我是女人，知道生育孩子的辛苦。而今我这姥姥，来做了 24 小时的"见习月嫂"，就累得够呛。于是，我更加体会到做父母、做月嫂的不容易。男人们，多疼爱自己的媳妇吧，因为她们十月怀胎不容易，生养孩子更不容易；媳妇们，感知父母的艰辛、长辈的关爱吧，多多关心父母，因为她们生养你们本就不容易，还要无怨无悔辛苦照顾生孩子的你们。我们大家也要感谢月嫂，她们无微不至地照顾产妇和婴儿，付出了辛勤的劳动，值得我们尊重和感激。

（2019 年 10 月）

润可"百岁"感言

润可,今天是你出生一百天的日子,一个你成长过程中值得纪念的日子。今天,我们随风俗给你摆了"百岁"宴,姥姥有些感言要送给你。

润可,你真幸福,生在更加富强安康的新时代,有这么多亲人给你送祝福。你也很给力,不哭不闹,安静躺在小车里玩,玩累了就睡。任谁抱你亲你,你都一视同仁,均瞪着那双黑宝石般的眼睛望着,仿佛在问:"您是谁?"憨憨的萌萌的可爱小模样,惹得这么多爷爷奶奶姥姥姥爷叔叔阿姨开怀大笑……

时光回到 30 年前,润可,你妈妈天琦"百岁"这天,可没像你这么幸福地享受这么多亲人的祝福。因为那时,一则我们周围没有孩子过"百岁"的,姥姥姥爷年轻也不懂摆"百岁"宴;二是亲人们多在老家,工作家务都忙。我们没给你妈过"百岁",但"百岁"两三天后,姥姥还是请了一位同事带着科里的相机来家里给你妈妈拍了几张照片当"百岁"照呢。瞧!后边这两张就是你妈妈的"百岁"照。穿着粉红色小毛衣,瞪着黑溜溜大眼睛,笑眯眯望着我们的天琦,那时如同你现在,一样萌得可爱。那时你妈妈还如同现在的你,现在却已成为母亲。瞧,那时姥姥姥爷多年轻啊,如今已是老头老太太了。岁月不饶人啊!但姥爷姥姥不遗憾,因为姥爷姥姥有你们,觉得无比幸福快乐呢。

润可,你宋姥爷在你的"百岁"宴喝最后一个酒时讲的几句话获得一片掌声。他说:"希望润可结婚宴时咱们再在一起喝,谁不来,我骂谁……"润可,你知道为什么这话获得掌声一片?因为,这是你宋姥爷希望我们这些上年纪的人都健健康康地活着,也希望你幸福健康地长大呢。

润可,你出生一百天了,很快你就 1 岁 2 岁 3 岁 4 岁……很快你就会长成明事理、懂生活、聪慧可爱的俊俏姑娘……今天,你"百岁",姥姥送你"百岁"祝福:希望润可健康快乐成长,更希望润可一生平安幸福!

(2020 年 1 月)

孩童世界，你不懂

外孙女润可刚刚 10 个月大，6 个月大时第一次到姥姥家，她的很多可爱小故事，不得不使我感叹：孩童世界，你不懂。

因为上班时间由奶奶照看，所以润可都是周六一早来到姥姥家，周日傍晚回奶奶家。

初时，她记不住姥姥姥爷，连续四个星期来，一进门我们要抱她，她都不找我们，却牢牢记住了姥姥家的三样东西：进门墙上悬挂的大福字、客厅摆放的毛主席铜像、沙发上带有小哥哥图案的一个靠背。

可能婴幼儿对色彩的敏感度特别高，第一次来，一进门润可眼睛就盯住了冲大门口的大红福字。那是个毛茸茸红布上印制的金色大福字，下面还坠着两条金鱼，金鱼下面是一个黄穗头，很是显眼。所以，润可进门关注到了，而且记忆深刻。从此，周末再来，只要进门，润可的眼睛就先盯着大福字。只要一说大福字，她就知道在哪里，非要去看，而且看到后特开心，还喜欢用小手抚摸福字和金鱼。到现在，她进门先高兴地与大福字来个亲密凝视。上班日，晚上闺女与我视频，润可自得其乐玩得不理我，但只要我一说"润可，大福字"，她会立马笑着看我。我马上把镜头对准大福字，手机那头的润可看到大福字，准会乐得咯咯笑。

第一次到我家，我抱着她玩耍时，指着客厅里的物件一一说名字，希望她能记住，也为锻炼她的记忆力。当抱她到毛主席铜像前时，我指着毛主席铜像说："润可，这是伟大领袖毛主席，向毛爷爷敬礼！"此后，她就记住了。每周六来，只要看到毛主席铜像，润可就微笑着抬起小手敬礼。每次来，她进门先看大福字，再向毛主席铜像敬礼，显得既认真又可爱。

家里沙发那儿放有几个靠背，是临朐的手绣布艺靠背，每个上面绣有一个小孩子，或女或男，还有一个绣着一对女孩。她却对那个绣有小哥哥图案的靠背情有独钟。来姥姥家，她必要那个靠背。让她亲亲姥爷，她只用头碰碰姥爷，但一说亲亲小哥哥，她就将整个头埋进靠背，惹得我们大笑不止。每次来姥姥家，每次先关注这三样，仿佛约定俗成。

她也关注其他东西，比如那大鱼缸，花瓶里的羽毛，小胖猪摆件，等等。但我发现，都不如那三样喜欢。

更可爱是，夏天天热开空调，她竟然一下子就发现了姥姥家的空调与她自己家空调的不同。我们家空调打开后,在右下角处有一个显示温度的小光圈,她家的空调没有。每次进卧室,她必先抬头专心瞧空调,不开空调时没有光圈,不会说话的她就伸着小手,"哼、哼、哼"手指空调,意思是要看那光圈。如果看不到,她还不高兴。

前段时间,我抱她上楼上玩,她忽然关注到了角落里那个憨态的陶瓷招财猫。于是,我只要对她一说"润可,招财猫",她就兴奋地挥动着两只小手,特别萌。

为孩子们玩耍,我们买了个家里玩的小秋千和小滑梯,放在了一楼。来姥姥家后,她时常会伸出小胳膊,支棱个身子使劲用手指着让我们带她到楼下。一到楼下,就"嗯、嗯"地指秋千。一放她上去,就兴奋得不得了。以前她胆小,荡高了有些紧张,也不笑。现在,你不使劲推送,她还"哼、哼、哼"地不乐意。使劲推送,荡得高高的,她则高兴得咯咯笑,开心极了。现在不但要荡得高高的,还要边荡边四处瞧稀罕。可能荡起来瞧的东西很有趣,她边瞧边呵呵笑,挺逗的。

因为每次下楼就教她按灯的开关,以后只要下楼,对她说:"润可,开灯。"她就知道用小手按开关打开楼梯灯,真是个聪明的小家伙。

在一楼,润可不但对书橱里放的泥塑老虎等感兴趣,而且对书橱里的书兴趣满满。但愿润可将来亦是个喜欢读书的"小书虫",姥姥的这些书将来一定会成为润可的精神食粮呢。润可,姥姥期待着。

(2020 年 8 月)

姥姥的寄语

——润可一周岁生日

时光如梭,一年飞逝。去年今日,润可,你来到了我们身边,成为我们这个温暖大家庭的一员。在亲人的呵护关心关爱中,你一周岁了。

仿佛知道你自己一周岁了,今天的你,第一次到饭店吃饭的你,特别兴奋。中午吃饭更是给力,给你照相你高兴,与你合影你微笑配合。吃饭时,你更是乖巧地或坐婴儿座椅上或安静地让我们抱着,一个字,乖! 两个字,可爱! 三个字,萌萌哒!

润可,在你一周岁生日之际,亲人们都给你送上了最美好的祝福,姥姥亦祝你生日快乐! 润可,姥姥知道,我今天说什么,一周岁的你现在都不懂,但姥姥知道有一天你会长大,会懂得,故而想多啰唆几句。润可,姥姥期盼你健康快乐长大,希望你成长为一个聪慧、活泼、美丽、善良、好学上进又富有爱心的女孩子。善良,是给自己积攒的福泽;品正,是给自己开辟的后路。人心向善,才能无祸无灾;品行端正,才能受人敬重。

润可,姥姥希望你将来一定要明白,人生不如意事十之八九。明白人生不可能都一帆风顺,事事如意,总是有一些坎坷、磨难。只有学会从容面对,自我克制、自我调适、自我解脱,保持内心坦然、泰然,你才会活得更加美好,姥姥要你懂得"心悦则物美,心悲则事哀"的道理。

润可,姥姥希望你记住:恩情贵重不能忘,真情稀少不能伤。你要懂得感恩,感恩父母,感恩亲人,感恩你生命旅程中曾给过你关爱、给过你帮助的人。

润可,姥姥希望你好好学习、天天向上,但不期望你非要"才高八斗、学富五车";希望你"无灾无难到公卿",但亦不"惟愿孩儿愚且鲁"。

润可,姥姥愿你做一个心有阳光的温暖的人,一路浅浅笑,轻轻爱,稳稳走,平安幸福健康快乐度一生。

(2020 年 10 月)

曾经年少

2018年正月回老家,高兴地见到了九位六七年乃至三十多年没见的自初中就在一起的老同学。要不是时常微信联系以及已经六七年没见过面的锡斌同学介绍,敦文等三十多年没见的同学,我真的认不出来了。"花有重开日,人无再少年。"弹指一挥间,二四十年飞过,同学们虽然青春不再,容颜已衰,却都拥有一颗童心。

瞧,一见面,没有别的,聊的侃的全是我们上学时的趣事窘事。曾经年少的我们再见面,满屋是开心的笑声。时光流逝,人生实在难少年,可是心态却可以少年常在。

是啊,想当年,我们这些小的十一二岁,大的十三四岁,平时邻村开战的天真顽皮的孩童,因为上联中(即初中),走进了同一所学校,坐在了同一间教室。拿现在的话说,那就是一群只知道玩的小屁孩呢。

20世纪70年代,我们上小学都在本村,初中要到联中上。联中负责相距两三千米远的五六个村子的学生。我们上的吉屯联中,就坐落于我们村东北相邻的吉家屯村西。大后沟、小后沟、丁家庄子、吴家屯、吉屯和我们村六个村子的孩子在此上初中。这是一所不是很大的学校,占地也就十几亩吧,总共有双排四间(一间相当于我们的四间居家房)大瓦房。说它大,是相比于村子里的草坯房来说的,和现在比起来,简陋得很呢。后边两排是初中两个年级学生的教室,一级占一大间;前边那排西边的是教师办公室等,东边是吉屯小学教室。

那时的小学没有多少学生,所以大家基本上合堂。比如我们,上小学时就一个教室两个年级,有时候还三个年级。老师要给这个年级的上课,就让其他年级的写作业。上初中后,我们是一个年级的一个班。我们一个班就囊括了这几个村的学生。因为那时很多孩子上完小学就不上了,有的是家长不让上,有的是自己就不愿意学了。所以,那时上初中的孩子不是很多,上高中的更少。所以,恢复高考初期,能考上大学的是真的凤毛麟角了。

那时,小学上五年,初中上两年。学校没什么重点不重点,也没有什么民办、公办。小学毕业后,都可以去上联中,除非你自己不愿意上。我们上联中时,年龄都不是很大,还是一群只知道玩的小屁孩。特别是男生,更是顽皮捣蛋,不是打架就是吓唬女同学。他们吓唬女同学的方法很多,上、下学路上用妖魔鬼怪来吓唬,上课拿女孩子最害怕的昆虫吓唬,有时欺负得女孩子哭鼻子,为此时常挨老师的罚站。那时，倘若男生和女生是同桌，桌子中间绝对是一条深深的"河界"，那是男生用小刀划的。其实，那时的我们，对于男女之事并不懂，但却男女严格分界，下课后基本上是女孩子一起玩，男孩子一块疯。

我们也有崇拜的对象，就像现在的孩子追星。记得我们女生那时的崇拜对象是郭青老师，她是我们村的青岛知青，由于与我们村的一位万姓青年结婚而留在了农村，后被聘来当了联中教师。她性情温和，笑起来很美，穿着时尚，知识面也广，讲课时说着一口标准的普通话，颇得我们喜欢。曾经我的梦想就是能成为像郭老师这样的有知识、有气质、有修养的人。

那时的人们都很质朴单纯，没有手机电视可以看，课外书籍更少，学校的教学器材、学生的活动器材也很单一。上课听老师单纯讲课本，下课就是满操场上疯玩。只有一两个篮球，男生都抢不过来，女生只能是上体育课时摸一摸。那时，学校里都有试验田，我们学校东边就是联中的试验田，种着各种蔬菜和粮食。除了劳动课，我们几个女孩子下课也喜欢到这里玩耍，或帮住宿的女老师摘蔬菜，或欣赏美丽花儿和绿意生机。

联中两年快毕业时，刚好赶上初中改三年制，于是，我们就去了离我们村5千米外的掘村中学，又去读了一年初中。这一年，应该是我成长的重要一年，也是我人生目标渐渐树立起来的一年。

在吉屯联中上学时，我属于年龄小的孩子，可以说真真是迷迷糊糊学了两年。随着年龄的增长，大脑开启了吸纳知识的热情，我的学习进步很快。重要的是，这一年，因为我的语文老师方老师，她是一位老革命的女儿，我读了杨沫的《青春之歌》等几部优秀作品，给我触动很大。在吉屯联中时，因为姑父是语文老师，我读到了《少年文艺》等刊物，并在姑父的要求下，养成了写读书笔记的好习惯。当然，因为爷爷，那时我在家里已经偷偷拜读了四大名著，只是半文言的书籍好多文字看不懂。在掘村读了几本文学小说后，特别是杨沫的《青春之歌》，刚好又看了电影《青春之歌》，更加激发了我的作家梦。我更加勤奋好学，特别是作文，一直到后来，我的作文基本都被老师当成范文在班上读。

一年后，我们又一起步入解留中学，一周回一次家，来回20多千米的徒步，更加增进了我们的友谊。最美的时光，我们相遇了，一起度过了快乐的少年时。那可真是"少年不识愁滋味，爱上层楼。爱上层楼，为赋新词强说愁"。又似"恰同学少年，风华正茂；书生意气，挥斥方遒。指点江山，激扬文字，粪土当年万户侯"……

解留一别，大家各奔东西，像敦文同学他们，我再未见面，只是偶尔梦里相遇，醒来已是"知天命"。

　　岁月,时光,使那一张张熟悉的稚嫩的面孔变成了陌生的脸。容颜虽已改,那在一起的美好时光,在心灵留下的情愫却挥之不去! 任时光散尽,岁月荏苒,蓦然回首,那一张张纯真的笑脸,那一个个灵动的身影,那一颗颗追光逐影清澈如初的少年心,仍在那里。

（2018 年 2 月）

匆匆又五年

——35 年高中同学聚会有感

时光匆匆,5 年已过。

2013 年 10 月 3 日,高中同学 30 年聚会,曾经感慨万千的我,在聚会的当天晚上写下了《三十载悠悠岁月 酿浓同学情谊——诸城九中十三级毕业生三十年同学聚会有感》,文章的最后这样写道:但愿趁着我们现在健康并快乐着,同学们之间多些联系,多些走动! 我期待 5 年、10 年乃至下一个 30 年的相聚!

那时,我还觉得五年时间很长。谁知一晃,5 年已过。岁月催人老,人生如过客。不知不觉中,我们又走过了五个春夏秋冬。5 年后的今天,2018 年 8 月 19 日,我们再次欢聚在一起,不聊工作,不聊压力,不聊家务,不聊孩子,不聊未来,只为一起怀念那份独属于我们的青春年少的欢乐时光……

每个人心里都住着一颗纯美的青春少年心,那颗十六七岁花样年华的青春年少心。因为那颗心充满了真善美的单纯,所以曾经的我们可以没心没肺地闹,可以无忧无虑地笑,可以不慌不忙地爱……只是我们从来不相信,这样的时光,会一天天被忙碌的世俗乱了心态,会一天天被纷扰的世相惊了心音……当我们真正懂得了人生不易,我们就更加知道了珍惜,珍惜那些曾经拥有的,珍惜那些转瞬即逝的。比如,这弥足珍贵的同学情,这浓浓的师生谊。岁月沉淀,使我们那纯真的同学、师生情谊宛如老酒,愈酿愈香。无论世事如何改变,无论经过多少风雨,永远不变的是我们的同学情和那深似海的师生情啊;永远值得我们珍惜的是同学情、师生情啊。人生短暂,在短暂的人生旅途中,总有人或事让你铭刻在心,难以忘怀。而这同学情、师生谊就是一份难忘的深情啊……

5 年,不长也不短,因为人生没有多少个 5 年,即使你长命百岁,不也就 20 个 5 年吗? 何况百岁只是很小的概率。我们的老师、同学,有的已经与我们永远地再见了。而且有的同学是在三四十岁花样年华的时候,就永远地离开了这个美好的世界,令人扼腕叹息。聚会的同学,有些因为毕业后再未见面,35 年没有见面,一下子都叫不上来名字。时光,真的已不再是高中时光;我们,也不再是那青少年。匆匆间,半百人生已闪过。想想那些永远去了的同学,才更明白什么是最重要的。活着,唯有健康快乐地活着,才是我们这些奔六之人最重要的事情。

人生,往往是浮浮沉沉历尽坎坷,兜兜转转又回到最初,才发现什么都没变,变的只是心境。不知道同学们发现没有,自己生命的美好,来自踏踏实实的追求和热爱。同学们,我们这一生不一定要华丽,却一定要珍惜;不用太精彩,却要有情怀。认真地过,真实地活,活出一个真实的自我。尘世在更迭,生命在往来。天地的规律,总是井然有序地在运行,只有人间的光阴,就像这季节的转换,无论盛情还是恬静,都一样地在收藏着时间的往事,都一样地在编织着岁月的春花秋月。同学们,人生中的每次遇见都是上天的恩赐,我们成为同学,是上天的恩赐,是多么大的缘分啊。相互善待,收获友善和真诚,馨香似水流年,芬芳每寸光阴。让我们把余生的时间还给自己,还给快乐吧!

同学们,一生有多长,只不过 3 万多天。永远有多远,回头看看已走过一半多。这个世界我们可以同学一场,真是难得,珍惜啊!东西南北中,生活繁杂事,老同学们能聚在一起不容易。携风带雨的"温比亚",又怎能阻止匆匆赶来的脚步?瞧!那一个个激动的拥抱,那一张张欢乐的笑脸,那一声声热情的问候……同学们,在今天这美好的日子里,就让我们开怀畅饮,尽情欢唱吧!

（2018 年 8 月）

十八岁那年

五四运动一百周年,央视新闻里有一段"五四海采"节目——《十八岁那年》。听着他们的十八岁那年,我的十八岁那年电影似的浮现眼前……

十八岁那年,正是 1983 年,我还在诸城九中读高中。

十八岁那年,没有电脑,没有平板,有的是宛如校园里那排年轻的白杨般朝气蓬勃在课桌前努力学习的我们;十八岁那年,没有手机,没有朋友圈,却有纯真友善的你、我、他,即使闹点小矛盾,转身就忘了;十八岁那年,没有网购,没有奢侈品,甚至没有一瓶雪花膏,我们依然青春靓丽;十八岁那年,没有培训班、补习班,我们不用被父母逼迫着学这学那,自己就会自觉努力;十八岁那年,老师会倾其所学教授,会有问必答,有惑必解。十八岁那年,我们还在睡冬天如冰窖、夏天似烤房的大通铺;十八岁那年,我们上课时会偷偷读自己喜欢的小说,或者晚上熄灯后再点燃蜡烛继续偷看自己喜欢的文学书籍;十八岁那年,课后我们会在飘荡着欢歌笑语的校园里漫步,也会调皮地翻越低矮的围墙到三里庄水库边静赏一湖碧水;十八岁那年,我们会一起骑车听风,踏雪寻梦;十八岁那年,我们会情窦初开暗恋某个心仪的男孩或女孩;十八岁那年,我们会陪失恋的好友一起流眼泪,一起笑,一起大声喊"天涯何处无芳草";十八岁那年,对历史、地理着迷的我,渴望有一天能到神秘的紫禁城走一走,到秦始皇陵逛一逛,更梦想到巴黎圣母院钟楼眺望塞纳河风光;十八岁那年,我们充满幻想,崇拜英雄,向往跨入大学校门,更向往遥远的首都北京;十八岁那年,我们懂得唯有学习能改变命运,更坚信经过自己的不懈努力,一定能实现自己的理想,使梦想成为现实……所以,我们一直努力!

十八岁那年,周末从学校回家,身披霞光的我会缓步走在乡间小路上,呼吸着原始泥土的芬芳,看炊烟从绿树环绕的村庄袅袅升起……晚上,会与来找我玩耍的发小姐妹,一起或坐在石头上或趴在草垛上看满天星斗,倾听她们的美梦,畅想自己的未来……"青年最富有朝气、最富有梦想。"谁没有梦,十八岁的梦最真最美。

人的一生只有一次青春。现在,青春是用来奋斗的;将来,青春是用来回忆的。是啊,年轻时,我们用青春奋斗。一晃,三四十年风雨走过,现在我们的青春是用来回忆的。努力了,很多十八岁的梦想变成了现实,所以,我们不后悔!

时光已过去,但忘不掉的是那最美好的记忆……

最后,我想用十八岁那时开始喜欢崇拜的作家鲁迅先生在杂文集《热风》中的一段话来纪念"五四"青年节:

愿中国青年都摆脱冷气,只是向上走,不必听自暴自弃者流的话。能做事的做事,能发声的发声。有一分热,发一分光,就令萤火一般,也可以在黑暗里发一点光,不必等候炬火。此后如竟没有炬火:我便是唯一的光。

(2019 年 5 月)

青春窘事

只要与 GG、WY 两位老同学聚在一起,他们必然会笑谈我们那些过去的事情。其中 WY 笑谈的一个故事,我叫它青春窘事,听到他两个说故事的晓宁笑着说:"你们这是将人家美好的青春萌芽扼杀在了摇篮中。"

青春,是啊,所以我称之为青春窘事。这件事,知道的人并不多。在校时,应该就我、同桌好友和 WY 知道。当然,还有那位至今我不认识的小师弟知道吧。今儿聚会,笑侃中,WY 又提起,说他整天给我取信,还替我去吓唬人。我也笑了。其实,这应该是青春时期你也能遇到的事情。当然,可能你的处理方式不像我们这样吧。

那时,潍坊商校一个年级才三个专业,一个专业仅一个班,一个班有四十五六人。一个年级有百十名学生,全校总共有 300 名左右学生。像我们,对上一年级的学生,几乎都不陌生,特别是一个专业的,基本都认识。而对下一年级的小师弟,除了老乡,几乎少有联系,也基本不相识。很多低年级学生可能他们认识我,我却不认识他们。

是这样的,当时,我们下一年级的学生才来不到半年。不知道是因为我好在校报上发表点小"豆腐块",还是学校学生少,我们几位个子高挑点的女生容易被人记住,或者是其他什么原因。要知道,我不是班干部,更不是学生会的,我觉得自己应该没有一点惹人关注的东西。虽然我觉得自己一无是处,但一个早熟的小师弟竟然给我写信表达爱慕之意。当时的我觉得,一是中专不是自己的理想,一心想好好学习,继续圆大学梦;二是觉得高年级或者同级的了解时间长写这样的信不奇怪,你一个低年级的、才入学几天的小毛孩子,更应该心无旁骛地好好学习,怎么能想入非非呢。所以收到信后,我只是笑了笑,没有把这事放在心上,更没有好奇心想到去看看这是个什么样的学生,虽然信上写着名字和班名。

后来,我又收到了一封。我觉得可笑,这师弟还挺有韧劲。我不理会,他还挺坚持,但我仍然一笑了之。在收到第三封时,我有点烦了,就说与好友同桌听。那时,年龄比我们小且我们平时把他当成友好小弟弟似的 WY,时常跟我们两人玩。于是,好友同桌就说,让 WY 去看看那是个什么样的学生,并警告他一声,让他安心学习,别胡思乱想写信烦人。

WY 真去了,他对小学弟说了些啥我不知道,反正从此安静了,再也没有收到信了。嘿嘿！因为不上心，要不是 WY 提起，我都几乎忘了这事了，更想不起那个师弟姓甚名谁了。

是啊，谁没有青春，谁没有青春的故事。青春的校园时光，是一段多么美好的时光。"若不痴情枉少年。"现在看，那位小师弟的信很正常，可那时的我们却觉得很不正常，这或许就是没有规矩，却又丰富多彩的青春啊。

青春就像流沙，不知何时就从指缝间溜走。只有努力，不辜负青春，在流沙的青春岁月亦会沉淀下许多美好，令渐渐老去的我们开心一笑。要知道，笑一笑，十年少呢。

（2020 年 8 月）

遇上你是我的缘

——献给《齐鲁文学》15 年

2012 年,时任史志办主任的傅庭伟知道我喜欢写文章,就跟我说:"《齐鲁文学》是个不错的刊物,我一帮朋友在弄,你再写文章可以发给他们。"并给了我邮箱。从此,我有缘遇上了你——《齐鲁文学》,以及编辑《齐鲁文学》的几位老师。当时,我还不知道《齐鲁文学》的总编是我母校——潍坊商校的张京明老师,故而相见时知道后非常惊喜也特别亲切。后来,我又认识了邓华、马鸣棠、王耀东等老师。很幸运,王耀东老师还给我 2016 年出版的《繁梅疏影》一书欣然写序,为该书增彩不少。

2012—2017 年,遇到你的 6 年时间,不长也不短,对于我却意义非凡。6 年里,因为你,我结识了许多文学前辈,他们的言传身教使我受益匪浅;因为你,我读了许多刊发在你里面的优秀作品,进一步提升了我的文学素养;因为你,更加坚定了我的文学之梦,使我笔耕不辍……

多年来,不善应酬交际的我除了认真工作,业余时间喜欢读书写文章,并在朋友的帮助下,整理出版成了书。书及文章得到了很多朋友的赞赏和鼓励,我却也听到了一些不屑之词,甚至有个别人觉得我不务正业。开始的时候,我的心里未免难过。工作时白天坐班,我认真而努力;有了急事,我就加班加点,毫无怨言;节假日、礼拜天或是晚上挑灯熬夜,快乐耕耘出的文章,不欣赏也不要说三道四吧。后来想想,人哪能十全十美,更不可能不被人说。再说,自己的文字水平跟文学大家就是有差距。于是,我慢慢变得心平气和了。人是需要有一点精神的,想要干成一件自己热爱且又有益的事情,不付出是不可能的,没有不同声音亦是不可能的。走自己的路,让别人说去吧。我要做最好的自己,做自己的文学梦,更要努力成就自己的梦想。只是我的这个自以为平常的、普通的梦想,在有些人看来是另类的罢了。想通了,看开了,倒也坦然了,不再计较了。遇上了你后,我更加融入尘世,不染不争,始终不忘初心。

你是凝结着许多新老文学爱好者思想和智慧的书刊,是一本充满正能量的刊物。里面的每一篇感悟、每一段文字,无不显示出你——《齐鲁文学》引领者的超然气质和编辑人、撰稿人的睿智与精神。你用感恩的情怀,记录下一个个美丽的瞬间,用真情温暖着像我这样的文学爱好者的梦,用牵挂装饰人生的美丽。自强不息怀壮志以长行,厚德载物携梦想而抚凌。有梦想就有奇迹。正因为一群有着梦想的人在为共同的事业奋斗,所以世界记住了你——《齐鲁文学》。

　　人都是平凡的,事情都是琐碎的,正是周围的平凡人、琐碎事给了我许多感动、感慨、感悟。听到了看到了思考到了,我就好用心记用心想用心做用心写,不管别人的褒贬,不论他人赞誉或嘲讽,我只是真心诚意地用文字打发我的业余时间,快乐着自己的快乐。每一篇文章得到赞赏,每一本书得到肯定,我总有种成功的快乐。人生的成功不一定非要功成名就,也不一定要有什么伟业巨绩,我所谓的成功,是说我内心深处所祈望实现的、理想能达到的,是由心而生的欣悦和满足,是名利都不能带来的自信、幸福、祥和和感动。而你总使我有种成功的快乐。

　　生活当中,自己做的事情不一定都是别人认可的,也许这在当时会成为心中的纠结。但是,在经历过后,仔细想想,只有岁月的洗礼才能让自己逐渐走上成熟。这个时候,要感谢那些曾经让自己成长的人和事,是他们让我走向成熟睿智,是他们让我学会感恩,收获别样的人生。

　　鲜花感恩雨露,因为雨露让它成长;鸟儿感恩蓝天,因为蓝天让它飞翔;我感恩你——《齐鲁文学》,因为你更加坚定了我的文学之路。

　　《齐鲁文学》,遇上你是我的缘!

(2017 年 8 月)

《临朐文学》于素见美

因为好友咏梅、红蕾,我与《临朐文学》相识了。每次收到快件,我都急不可待地拆开,翻开散发着淡淡墨香的书刊,认真阅读每一篇文章,愉快地与每一位不相识的作者分享他们的故事。2018年春节刚过,上班第三天,我又收到了《临朐文学》(2017.04 总第 8 期),几篇散文引发我感慨无限……

最难忘《落雪的童年》。喜欢温柔的雪,"仿佛是母亲的手轻轻拂过你的发梢,春风柔柔地撩过你的衣角,没有一点的狂躁"。儿少时,我也如同作者冯天军所描述的,面对圣洁的雪景,"专去踩踏没人走过的地方,仿佛那是对雪的一种占有欲,雪花也许嗔怪人们的狠心,其实那是一个孩子不想重蹈覆辙的好奇心的再现,看到自己的脚印,就一如有了某种成就和自傲"。特别喜欢"千里冰封、万里雪飘"的冬季,喜欢那银装素裹的世界,只遗憾那圣洁的雪,越来越疏远了我们。

对于我们这些远离家乡的人,最是《故土难忘》。从 20 世纪 80 年代出来求学的我,常常梦回故乡,梦回童年。那绿树环绕的村庄,那鱼虾欢快嬉戏的清澈小溪,那散发着泥土芳香的田野,那一望无际的滚滚麦浪,那棉花田上空悠悠飘荡的白云……那偷吃青果的紧张,那粘到知了的快乐,那溜冰、踢毽子、捉迷藏的热闹,那逮不到鸟儿时的沮丧,还有那清晨被从热乎乎的被窝里叫起来推磨的不情愿……岁月流逝,"童年在不知不觉中远去了,随着远去的还有土坯屋、小夹道,渐渐干涸直至消失的南河,漂浮在村庄上空的薄雾和炊烟也成了遥远的记忆"。

"不知什么时候,邻居家那棵老梧桐树的根延伸到我家的地下,又不知是几年前的一天,在积蓄了多年的能量之后,在我家老屋东头墙根下悄悄地发出了嫩芽。""春雨中,它频点着头,好像在感谢大自然给予这样的赐予,风来时,它又摇晃着脑袋,好像风稍大,它就会被连根拔起。"王振千、张国建的《一树淡雅》,使我想起了小时候,我家外墙根处不知不觉生长出的那棵杏树。当我惊喜地发现它时,它已经有婴儿手指般粗,近五六十厘米高了。谁知没过多久,娇嫩的小树竟然被顽皮的孩童折断了,我心疼了好几天。谁知,第二年,它不知不觉中又顽强地生长了。"不管世界能不能看到它,仿佛一切的磨难都与它无关,它来到这个世界的唯一使命就是向上生长。"直至几年后,它开出洁白如雪的花儿,一树淡雅,并奉献出酸甜可口的杏儿。只是不久,由于改建新房,这棵杏树被家人砍了。

20 世纪 70 年代前出生在农村的人，可能都有如刘航洲《油灯的记忆》那般的记忆。煤油灯，留给我这位年过 50 岁的人最深刻的记忆，莫过于小时候漫长寒冷的冬夜，一觉醒来，暗淡的油灯下，母亲边聚精会神地缝制衣服，边用针挑灯芯的模样。慈母手中线，游子身上衣。慈母的那个瞬间，永远烙印在了我的心里……记得我上初一时，曾经有带煤油灯上晚自习的经历，有时不小心还会被煤油灯烧了前额的头发呢。可能我之所以近视，就源于打小在昏暗的煤油灯下看喜欢的书吧。现在的孩子会唱"小老鼠上灯台，偷油吃，下不来"，却不能形象地知道灯台是啥样，小老鼠为什么上灯台偷油吃，应是一大憾事。"油灯，生命过往中的一点零碎，一道印痕，就像身后长河里的一朵浪花，一片涟漪，翻腾过，激滟过；而如今，淡漠了，却也不曾有所忘怀！"

也只有 20 世纪 70 年代前出生的农村人，才有搂草、拾柴的经历。而对于我，小时候最大的乐趣，就是秋天和小伙伴们一起用铁丝穿飘落的杨树叶子了。如张永贵的《拾柴记》中的描述："'呲！呲！呲！'用铁丝朝树叶中心刺去，一会儿工夫，铁丝就穿满了，再用手撸到麻绳上。穿满树叶的麻绳像一条长蛇，孩子们牵着跑在路上，'长蛇'在地上翻滚，发出'沙沙'的响声，扬起阵阵尘土，也留下一路欢笑声。""看着满坡堆积如山的柴草，又没有被合理的利用，我们这些过去曾经'惜柴如命'的老人，怎能不惋惜，怎能不心疼呢！"如今，每年见到那些焚烧的秸秆、乱堆在田野沟壑中的秸秆，我心里就不是滋味。为科技虽然进步，却还没有彻底解决秸秆问题而烦恼。随着乡村振兴战略的实施，我相信乡村环境定会越来越好，秸秆也会真正被利用起来。

"风不吹，雨想下就下，雪愿飘就飘，日子该老就老，这就是岁月。""老娘尚在，六个儿女又会怎样陪伴？天不知，儿女也不知。但老娘在，家总是会在的。儿子自知无法时时陪在娘的身边，女儿也都是开在别处的花。风的头发乱了，樱花开处，满目山川竟是一壶沏了苦菜花的茶的味道。"想起家中的 90 岁的老爸，读着黑熊的这段文字，我泪水悄悄地流下，真是《味道》自知啊。

因为熟悉，更因为热爱，才能将人们眼中最普通的麦子、荞麦当成《可爱的生灵》。因为临朐作者们妙笔写龙山，才使我第一次知道了龙山、了解了龙山，真是"不识龙山真面目，只缘君未龙山行"……

一方文化兴一方人。大美临朐，勤奋的临朐文化人，成就了《临朐文学》。

《临朐文学》，于素见美！

（2018 年 2 月）

《凡梅》一书诞生记

又一次翻出珍藏的《凡梅》,是我最珍视的也是我的第一本书。凝望着封面上赵修道老师画的淡雅素净的梅花,这本书诞生的一幕幕像放电影似的浮现在眼前……

我不是文学科班出身,也没有多少才情,却十分喜欢写作。初中养成的写日记的习惯,一直坚持到今。除了写日记,我还写一些生活感悟、儿时趣事等散文随笔及短篇小说。这些小文章,我很少往外投稿,因为中专毕业的我对自己不自信。没有电脑前,我都是用信纸偷偷地手写。后来有了电脑,我不但用电脑写,还利用业余时间将原来手写的小文章录入电脑打印出来。到2002年初,我已经积累装订了三大本打印的文稿,除了没人时偶尔自己翻一翻,就锁在办公室的抽屉里了。

2002年四五月份的一天,工作不是很忙,我就拿出一篇小文章边看边修改,刚好被来科里找我办业务的法院财务科的张秀祥看到,他问我要过去看。看后说:"写得这么好,还有吗?"有人夸奖,我自然很高兴,就将自己抽屉里的三本打印的文稿拿出来给他看。他粗略看了看,兴奋地说:"曾科长,你写得这么好,这么多,为什么不出本书呢?"

出书?我做梦都不敢想呢。于是,我摇了摇头,笑着说:"就我这水平,人家出版社也看不上啊。"秀祥老弟却说:"你写得真的很好,我爸爸最近才出版了一本书,你如果愿意,他可以帮助你出版。"他离开时,把那些文稿也带走了,说让爸爸看看。

没想到,我的这些小文章得到了张爸爸(潍坊电视台原副台长、高级编辑张明志老师)的赞赏。他热心帮助我联系了山东文艺出版社,还亲自带我一起到山东文艺出版社见了编辑老师。说实话,我第一次踏进出版社的门口,是怀着朝圣的心情的。当然,现在也是。他还帮我进行了版式设计,并帮我参谋书名。倘若没有张老师的帮助,就没有《凡梅》一书。

稿子交到出版社后,编辑老师让我将序及后记发给他们。我希望张老师给我的文稿写个序,张老师却建议我找一下我的领导给写。他觉得我是在机关单位工作的人,业余出书,最好能得到领导的认可。在他的鼓励下,我忐忑地找到当时我们的局长刘伟,跟他说了我计划出本书,希望刘局长支持并给写个序。原本担心领导会以为我不务正业,给我上上课,没想到刘局长一听非常高兴。

他说："小曾，这是好事啊，祝贺你。只是你出的是散文随笔，不是财政业务方面的书，我的文字水平一般，我给你找个人写吧。"

过了几天，王志刚副局长打电话告诉我，刘局长让他给我联系了个给书写序的人，他已经联系好了潍坊市科协副主席、作协副主席、著名作家赵顺年老师，并给了我赵老师的电话，让我直接去找他。我一听很高兴，因为我跟赵老师很熟悉，于是当天我就把《凡梅》书稿送了过去。

热心的赵老师拿到文稿后，用最短的时间浏览并写下了那篇非常精彩、对我激励很大的序。

那时，我们局副局长夏芳晨时常练字，字写得挺好。我在请求刘局长为我写序的同时，去拜托夏芳晨为我的书题名。开始他还很犹豫，说他的字很一般。可经不住我再三请求，三天后，他给了我一张大纸，纸上写满了"凡梅"二字，说他就这个水平了，觉得写的这些还能拿得出手，如果我觉得行，就自己选个最满意的用吧。于是，便有了瘦劲清俊的"凡梅"书名。

说起《凡梅》一书，不得不提到该书的编辑——山东文艺出版社的王玲玲老师。她是那么细致、那么认真，她给编审过的文稿里面一个小小标点符号错误都用红笔修改了过来。记得在第一审的文稿中，满是王老师用红笔修改或写下的建议。王老师的修改及建议，不但对提升我的写作水平起了很大作用，而且她对待工作细致入微的态度也影响了我。像王玲玲老师这样的编辑老师，我以后很少遇到。

《凡梅》一书还得到了当时潍坊市新闻出版局几位朋友的帮助，特别是封面设计，他们给予了很大帮助。

2003 年，《凡梅》一书正式由山东文艺出版社出版。

《凡梅》一书的诞生，圆了我一个深藏心底多年的梦……

（2018 年 12 月）

温情刊物《潍坊电视》

每当看到同事放在我办公桌上的潍坊电视台的快件大信封,我总会急不可待地拆开,因为我知道,这一定是那本温情的刊物——《潍坊电视》(潍坊电视台主办的内部刊物)。

从新年到新春,从"翘首东望,时光隧道中正姗姗走来一个晶亮晶亮的日子,让我们轻轻向它招手:新年,你好!"到"东风收尽余寒,万物复苏萌芽。岁月未曾老,又是一年春光好!"一年又一年,春夏秋冬,信守承诺的潍坊电视人,用他们的勤奋、努力和赤诚,主动作为,积极弘扬主旋律、播种健康智慧、打造道德高地,真正肩负起主流媒体的职责担当。

我不是电视人,不可能了解每一位潍坊电视人的辛苦,也不可能知道他们的工作业绩。但我从《潍坊电视》中,却能看到他们为了揭露真相,为了报道好人好事,为了宣传党的政策等,在一条条泥泞路上跋涉取证录制、在一个个风雨夜晚编辑剪辑制作的身影。"是的,尽管前行的道路依然坎坷,凛冽的寒风依然肆虐呼啸,但为了心中那轮红红的太阳,为了那不灭的希望和美丽的憧憬……"潍坊电视人带着一双双慧眼,像勤劳的蜜蜂一样努力奔波向前。他们是脚踏实地的行动者,正努力用镜头记录下平凡生活中最珍贵的瞬间,正辛勤捕捉着那些奋斗者的精彩以及生命的壮丽。他们不忘初心,不负韶华,默默地"展现屏前的精彩,讲述幕后的故事"。

感谢潍坊电视台赠我的《潍坊电视》刊物,使我及时了解了我们的电视主流媒体新动向和媒体人的新作为。而每期里那几篇构思独特、文笔清新、情感丰富的美文,读之更是一种享受。

在这风和日丽、春暖花开的四月天里,我真诚祝愿:愿潍坊电视人,青春勃发,幸福满满! 愿潍坊电视台,佳播不断,再创辉煌! 愿《潍坊电视》这本温情刊物,越办越精彩!

(2019 年 4 月)

更年之后话更年

俗话说:千人千思想,万人万模样。我觉得,对于女人更年期的样子,亦是千人千样,万人万状。

三十几岁,我才听说更年期,当时年轻,也就没在意。所以,那时更年期对于我来说,只是个名词。后来,有些人对哪个女同志态度不满,就说,这人处于更年期了。于是,我知道性情暴躁可能是更年期的症状。再后来,略微了解了点更年期知识,也仅是以为燥热、出虚汗是更年期女人的症状。瞅瞅身边的中年女同志,没见人家怎么就过了更年期,也没有听姐姐们说什么更年期毛病,于是觉得更年期没什么大不了的,也就没有在意。

四十六七岁那时,我有次忽然头晕呕吐,后来又犯了一两次,到医院看医生,说是美尼尔氏综合征,由于太疲劳引起的。医生让注意休息,不要太累等。再后来没犯,就没有把这病当回事。2015 年 5 月,时隔三四年,在淄博开会时,我又突然头晕呕吐,而且格外厉害,连续折腾了好几天。

因为症状严重,我回来后就到医院看医生。我去潍坊市人民医院、中医院看,大夫几乎都说是由颈椎引起的。因为我不太喜欢运动,而且好长时间坐在计算机前工作或者写作,所以时常肩颈疼痛。我知道颈椎有毛病,住院治疗了两次,却没有见效,仍然隔三岔五就犯,不分场合、不管时间,头晕起来时感觉天旋地转,呕吐起来就好像翻江倒海,特别难受。

折腾得我实在受不了了,经朋友推荐,我又到山东省中医院看专家。专家说可能是神经官能症。我吃了很多中药,那头晕呕吐的症状该来还是来,省中医院的药对它没有效果。我又去了一次省中医院,这次专家好像说我患有抑郁症。我一听,心里就感觉不舒服了。因为我自己知道自己的性情,天生马大哈,没心没肺一人。抑郁? 不可能得呀。

有病乱投医。朋友说针灸好,我又到市中医院针灸治疗,仍然没有效果。而且犯得越发勤,一周犯两三次。自己难受不说,家人还跟着受累,还耽误了工作。

折腾了半年多的时间,搞得我身心疲惫,亲朋好友也跟着担心受累。时常见我犯病难受样子的王姐等人建议我去北京找专家看看,于是小妹陪着我北上来到中国人民解放军总医院。

4 天时间,神经、眩晕、中医三个科室主任给我认真检查、仔细诊断后,做出了结论。神经科和中医科的主任讲："颈椎是主要病因,神经性的也可能。"眩晕科在检查排除耳石等病症后,定论良性眩晕。陪我看专家的在北京工作的金海老同学,在全部专家看完,小妹要去拿药的时候,突然将药单子一把要过去,然后撕碎扔进了垃圾箱。他笑着对蒙了的我们说："没病吃什么药,你开开心心地回去,锻炼身体,饮食调养即可。"我不解地问他："看病时,你不是一个劲地让专家给多开点好药,带回去吃吗?"他笑着说:"那是尊重人家。三个国家顶尖专家都没有看出你有什么大病,就说明你没有病。药又不是什么好东西,没病吃啥药。你啊,安心回去调养一下就好了。"

晕吐着去,晕吐着回,一点儿药都没拿。可想想金海同学的话,觉得非常有道理。再想想培玲等同学朋友说我可能是更年期,过了这个阶段就好了。于是,我将不安的心完全放下,不再过分在意头晕呕吐。我在心里大声对自己说:"折腾吧,我就看看你能折腾到什么时候。"

晕来了,就让它晕;吐来了,就让它吐。折腾完,倒在床上睡一觉,起来就抖擞精神,该干啥干啥。这期间,除了偶尔做推拿按摩,做艾灸,其他的我什么也没有做。渐渐地,我发现自己犯病的间隔时间长了起来。

2016年11月,头晕呕吐的症状在我周末到滨海玩时又来折腾我,使我不得不在滨海住了一夜。因为这阵刚好是我们科工作最忙的时候,预算决算以及准备各种考核材料,加班加点更是家常便饭。可能是太忙的缘故,在这之后,我竟然忘了自己的毛病。忙到人代会召开,预算下达,我忽然发现,头晕呕吐的症状竟然两个月没有出现了。又过了些日子,它们仍然没有出现。虽然这段时间工作忙,但我的身体却明显感觉到了清爽和轻松。两三个月没见面的朋友再见到我时,都惊喜地说我像换了个人,不但脸色红润有光泽,而且走路也非常轻盈。朋友都说,我这一两年被头晕呕吐折磨得无精打采,脸上更是没了血色。瞧!现在多好。于是,2016年11月,与滨海海边的这次亲近,成为头晕呕吐症状与我的告别仪式。

真好!我终于走出了我的更年期。走出后,我才真正确定我头晕呕吐的症状就是我的更年期症状。因为更年期就出现在女人绝经的前后,我是在绝经后4个月犯的病。你想啊,十四五岁来例假,一直非常正常,50岁突然没有了。30多年的身体已经习惯了这样的生存机制,突然发生变化,虽然努力调整了3个月,却还是没能调整过来,于是头晕呕吐的症状来了。折腾了整整一年半的时间,终于使我的身体适应了新机制,开始了一种新的状态。

后来,听朋友、同学说,我这更年期的症状不轻也不重,因为很多女同胞更年期比我厉害,有的真的得抑郁症了,六七年走不出来;有脾气暴躁的,夫妻关系弄得特别紧张,甚至有离婚的;有的得了更年期心脏病、高血压等病。但大多数女同胞仅仅是潮热、潮红、盗汗、心悸、心慌、失眠多梦等。更有那体质好的,没有什么特殊感觉就度过了更年期。

其实,更年期是正常的生理变化过程,是我们必须经历的过程。认识到了这点,不管你是否步入更年期,不管你的更年期症状是严重还是不严重,你都会坦然面对,随遇而安的。

有朋友觉得到了更年期,女人就衰老了,说到了更年期,心情就沮丧得很。其实,衰老也是人生的 个自然过程。花无百日红,人也不可能青春永在。青春永驻,只是理想。理想很丰满,现实却很骨感。青春的容颜不能永驻,但你可以使青春的心态永驻。

人生每个阶段都有它的美丽,姐妹们,让我们尽情享受每个阶段的人生之美吧。

(2017 年 1 月)

感冒之人话感冒

人吃五谷杂粮，没有不生病的。感冒可能是最常见的病了。不论你身体素质有多么好，一生也避免不了得几次感冒吧。身体素质好的，一年两年乃至好多年不感冒一次；体质弱的，比如我，一年怎么也得感冒三四次。

仔细想想，我感冒多是在季节交替或者春节前后。我寻思，因为我的体质自小较弱，我小时候就是个病秧子，嘿嘿！家里及村里老人常常说，看我小时候那个纤弱样，怎么也想不到我能长成高挑俊美的一个大嫚儿呢。因为体质弱，换季时难免身体机能一下子跟不上，调整不过来，所以就容易来场感冒。或许是风寒，或许是风热，或许是病毒性的。反正，每年怎么逃也逃不掉。

感冒了不好受，大家都知道。有时候发低热，浑身骨节酸痛，仿佛不是自己的身体，有时候使你难受得忍不住掉眼泪。即使不发热，也是头痛啊，喉咙痛啊，咳嗽啊，打喷嚏啊，流鼻涕啊，搞得你非常沮丧，心情特别低落。

我只要得了感冒，没个五六天七八天的时间是不会好的。要是咳嗽，有时候甚至能持续半月二十天。记得那年在诸城解留上高中，春节时我得了感冒，咳嗽了一个多月，弄得我晚上睡不好，白天上课还影响别人。于是，我到公社卫生站看医生，医生说只能打针。医生给我肌肉注射青霉素，扎得屁股上满是针眼。那是我记忆中咳嗽最严重的一次。我以前感冒后也咳嗽，但症状轻，时间也短。在家里，只要我咳嗽，母亲一大早就会用铁勺子煎一个香油鸡蛋，叫醒还在睡觉的我趁热吃下，并让我将那些香油喝了，说是治咳嗽。家里六兄妹，唯有我吃母亲做的香油鸡蛋吃得最多。要知道，那时的香油鸡蛋是奢侈品。姐姐们说，这香油鸡蛋几乎是我的专利。谁叫我体质最差劲，娘最疼我呢。一晃几十年过去了，母亲的香油鸡蛋已经深深地铭刻在我心底。成家后，我最喜欢吃的仍然是香油煎鸡蛋，女儿自小跟我吃，连她也最喜欢这口儿。虽然时常吃，但怎么也吃不出母亲煎的味道。我知道，那是因为母亲煎的有浓浓的母爱啊。

我非常纳闷，为什么平时不见丁点儿的鼻涕，感冒了就来了。不说排山倒海，也很是厉害。不知别人感冒如何，我一旦得了感冒，鼻涕是最多来凑热闹者。搞得我很无奈，也很痛苦。因为你不擦鼻涕，鼻子就堵得慌，或者鼻涕不自觉就流出来；时常擦，鼻子都捏破皮。可换位思考，可能这也是帮我排毒吧。你想啊，我这个懒得动弹之人，从来不去健身房锻炼，更懒得跑跑步、跳跳舞活动活动，身上积攒的"毒素"也只有感冒时可以排解了。一个人身体毒素排解不出，积少成多，是很可怕的呢。这样一想，我觉得我还应该感谢使我每年难受三四次的感冒呢。想到这，患重感冒的我竟然心情舒爽了起来，仿佛感觉不到因为感冒而导致的身体不适和郁闷心情了。

　　人啊，其实还是要多多注重身体的保养和锻炼，注重增强体质和抵抗力。身体是革命的本钱，身体好，一切才好！三九严寒之际，希望朋友多到白浪河美丽的湿地边溜达溜达，多喝点临朐美味羊肉汤补补身体，以增强身体抵御寒气，减少感冒的骚扰。

（2017 年 6 月）

挪　移

——办公卡座变动有感

　　人一生有多少次的挪移？我之所以用挪移，而不是用挪动、转移或者迁移，是因为我这次的工作和办公地点的变动。

　　我从农村到城市，完成了学业的挪移。由学校到单位，完成了事业的挪移。工作 32 年，办公地点按大楼整体讲，挪移了三次。1988 年，从现在已荡然无存的老财税大楼，挪移到民生街与潍州路交叉口的人防办二层小楼上；1994 年，从人防办二层小楼挪移到文化路市财政新建大楼；2012 年，又挪移到了集中办公的阳光大厦。按办公桌的挪移，一共八次。八次，可能有些人会笑话我，这么多年，办公桌才挪移了八次。可能是我工作经历太过简单，自己也不够优秀，32 年间，我只在单位挪了两个科室，从事了两项工作：预算外资金管理、教科文资金管理。所以，办公桌挪动得少。

　　1986 年 7 月刚工作，我是在老财税办公楼四楼办公。不久，从四楼挪移到一楼；1988 年，因为设立了国库券转让服务部，我们又挪移到了民生街与潍州路交叉口的人防办二层小楼的二楼上，一待就是 6 年。1994 年，挪移到文化路新办公楼的二楼。仅在这个二楼，我的办公桌就挪动了三次。因为新建办公楼楼层高、房间多，1997 年提副科后，我就享受到了二楼背阴面的一个单间。到教科文科后，我先在二楼阳面一个单间办公，后调到三楼阳面一个单间。2012 年 11 月 5 日，一个值得纪念的日子，原有的办公桌退休了，没退休的我，随机关搬迁大军挪移到了阳光大厦 23 楼东区 51 号卡座。今天，2018 年 10 月 25 日，仍然是个值得纪念的日子，我结束了 13 年的教科文工作，调整到办公室工作，办公卡座由 51 号调到了 80 号。这次挪移令我满意的是，在阳光大厦办公 6 年之后，我终于由"阴"转"阳"，终于可以沐浴明媚的阳光了。

　　没有来过阳光大厦的朋友可能不了解我由"阴"转"阳"满足的原因。大厦一个办公区有 82 个卡座（科级以下办公都集中在此），虽然通透、"阳光"，却唯有最南边的一排卡座能够享受阳光的抚慰，其他卡座则是天天沐浴灯光。说起灯光，就想起电的浪费。可是，你一天到晚不开灯，大厅有些暗淡，确实不利于办公。6 年，除了节假日、礼拜天，除了外出开会、学习、调研的日子，工作日我们几乎天天在卡座上忙碌。阳光，对于我们这些人成了奢侈品。所以，今天，离开教科文科以及教科文科的伙伴们，我是非常不舍；但卡座挪移到最南边，能沐浴透过玻璃窗照射进来的暖暖的阳光,我很知足。

我知道,我的下一次挪移目的地是家,将来还要挪移回归大地。

不管你挪移几次,不管挪移到高处还是低处,不管挪移到新单位还是家,重要的是做好你自己。活着,就要做好自己,于事不执,于心不着,简单自然,尽心随缘。

人生短短几十年,挪也好,移也罢;拼也好,混也罢,都是瞬间。保持最真的情怀、最好的心情,经营最美的生活,活出精彩的自己吧。

(2018 年 10 月)

时光流逝如花

昨天与同事闲聊,原来科里的一位小同事感叹时光飞逝,说起 10 年前的我,总是一大早到办公室,先打开歌曲,再打扫卫生。那些优美动听的歌曲,使同样习惯早来办公室的他感觉是那么温馨、那么舒畅。他说,现在想起来,感觉就在昨天……

那时,我自己有一间办公室,孩子上学住校,早饭后我就会随习惯早走的爱人早到办公室三四十分钟。不会唱歌却特别喜欢听歌的我,下载了很多歌曲放在电脑上,上班前就喜欢听听这些优美舒缓的歌曲。为此,每天清早,只要我到办公室,优美的歌曲很快就会飘荡开来。2012 年 11 月搬到阳光大厦集中办公后,就再也没有这样的情调了。一个容纳 80 多人集中办公的大厅,我没有独处的办公室,也就没有那份心情了。这些年,除了手机上下载的偶尔听听的《放下》《朋友别哭》《一眼千年》《芳华》《谁说梅花没有泪》《红尘情歌》《天耀中华》几首歌曲,慢慢地都忘了曾经下载过的几乎天天听的那些优美的歌曲了。

晚上,坐在电脑前的我,想起昨天小同事的话,立马找出移动硬盘翻找,看看那些歌是否还在,找了半天,竟然被我找到了。曾经保存在 F 盘上的,被拷贝下来的那些 2005 年至 2012 年最喜欢的歌曲,竟有五六十首呢,《红珊瑚》《昨夜星辰》《花好月圆》《千古绝唱》《问自己》《枉凝眉》《你》《求佛》《爱的风雨路》《最浪漫的事》《痛快》《独上西楼》《独角戏》《把我的悲伤留给自己》《套马杆》《云水禅心》《沧海一声笑》……当我再次播放这些歌曲时,听着听着,我已经泪流满面……

"当我闭上双眼,徘徊梦和真实之间。往事一幕幕,一幕幕,像潮水般涌现。有些人,有些事,有些恩,有些怨,东流河水不回,怅然在午夜里梦回……"

时间一晃,搬到阳光大厦办公已经有 6 年了。对于我们步入人生之秋的人,6 年时间,可能失去很多,改变很多,特别是那些浪漫的小情调。但是,对生活的热爱,对美的追求,是改变不了的。

岁月辗转成歌,时光流逝如花。漫漫长路,虽然透着苍凉,却也含着沉香。世间写着沧桑,却也充盈温暖与感动。只要你精神饱满,只要你内心富足,你就是快乐的。听:"沧海一声笑,滔滔两岸潮,浮沉随浪只记今朝。苍天笑,纷纷世上潮,谁负谁胜出天知晓。江山笑,烟雨遥,涛浪淘尽红尘俗世几多娇。清风笑,竟惹寂寥,豪情还剩了一襟晚照。苍生笑,不再寂寥,豪情仍在痴痴笑笑。"

（2018 年 11 月）

活出精彩的你

与朋友小酌，正尽兴时。朋友突然来了句："真想退出江湖。"

可能遇到什么烦忧了，还是 50 岁以后看破红尘了，她竟然来了这么一句。

我哈哈大笑，说："退出江湖？你身就在江湖怎么退？入世就是入江湖，你活在世上，活着就在江湖中。"

朋友也笑了。

是啊，我们不是孙悟空，能上天入地，不高兴了还可翻江倒海。实在耍够了，就回花果山逍遥自在。世事纷杂，江湖险恶，退江湖，唯有心退。陶渊明"采菊东篱下，悠然见南山"，就是有一颗悠然的退隐江湖心。所以，散淡处世就是退隐江湖了。散淡是一种平凡的美丽，是一份超然的宁静，也是一种至高的精神境界。

年华似水，岁月如梭。打拼了三四十年的我们，青春已去，苦乐经历，还有啥看不破看不透的呢？所以，对于我们这些五六十岁的中年人，应知中年之美，而非中年之殇。身在喧嚣的社会中，唯有拥有一颗散淡的心，不以物喜，不以己悲，宠辱皆忘才是最好。应该做到成熟却不世故，依然保持一颗童心；成功却不虚荣，仍然保持一颗平常心。

工作上闲下来了，不等于你就什么都不是了。我觉得，我们的精彩生活才开始呢。想想是不是如此？

忙忙碌碌了三四十年，最早没金钱，后来没时间、没精力去活出你自己。现在，闲下来了，生活无忧，时间充裕，你可以去活出你自己了。可以陪伴老人尽尽孝，可以享天伦帮忙照看孙辈，可以游历青山秀水爽朗心情，可以重回故乡寻觅童年时光，可以约好友喝茶谈天说地，可以研究美食畅饮畅食，可以徜徉书中博览古今……我觉得，这才叫活出你自己呢。

中年朋友，特别是面临退休或者已经退休的朋友，人生的第二段，一定要活出精彩的自己来啊。

（2018 年 12 月）

坚持，才不会错过那么多

看到央视播出江西三清山的画面，我突然想起过去的时光中，因为自己的放弃，竟然错过很多很多……

2012年，我去到被国际风景名家誉为"世界精品、人类瑰宝、精神玉境"的江西三清山，坐索道上到半山腰，再往上走，却因山道是一根根长长的水泥柱顶起的窄窄的栈道而非开辟的山道，恐高的我走了两步，脚就哆嗦了。那种悬空的不踏实感，那陡峭幽深的峡谷，实在使我的小心脏受不了。任同伴们怎么劝说，我就是不敢再往上爬了。只好羡慕嫉妒恨地望着同伴们兴冲冲地往上攀登，而我则独自回到山底，仰望雄险奇秀的山峰，想象着同伴登顶后一览无限风光的喜悦了……

2003年去黄龙，可能因为高原反应，我走到半山腰，腿若灌铅，呼吸也越来越困难。虽然有被其美丽景色迷醉，虽然买了包氧气吸着，虽然有同伴鼓励，但我实在迈不动了，于是没有坚持。登顶归来的伙伴一直可惜我没有坚持上去看看艳丽奇绝的五彩池。要知道，那可是黄龙的经典景点，是个碧透斑斓的彩池，宛如五彩珍珠镶嵌在原始森林中，被誉为"人间瑶池"。我却因为没有坚持，错过了……

2013年去西藏，我也因剧烈的高原反应，没有坚持下来，没能好好领略"世界屋脊"的雄伟壮观、神奇瑰丽，就拖着爱人打道回府了。2016年去马来西亚兰卡威的天空之桥，因为恐高，因为险峻，我没敢走，又错失了一座桥、一道风景……

因为没有坚持，我错失了许多许多美丽的风景。因为没有坚持，我也错失了很多机会。

在职研究生毕业那年，我们班有一个可以免试读博士的名额。因为我是班长，班主任陈老师以及我的论文指导老师、学院的副院长都希望我继续读下去。我却觉得自己都是快奔50岁的人了，学那么多没什么用，而且实在不愿意动脑筋了，就放弃了这次难得的学习机会。现在想想，真不应该放弃。如果自己坚持学下来，不但能提升自己的学识素养，而且能结交一部分高素质、高品位的博士同学，开阔自己的视野。

自己业余特别喜欢文学，可苦于没有经过专业指导，特别渴望听听专业老师的课。前两年因为工作忙而没能请假去参加市文联组织的文学培训班，我觉得非常遗憾。还有很多事情,很多机会,如果自己坚持,结果……因为自己最后都没能坚持下来,这些机会也都失去了。

一路走来,我深深体会到:放弃容易,坚持很难。但坚持,你会得到很多很多……

有句话说得很对:坚持,不一定会让你矗立于山巅之上;可如果不愿意坚持,你连靠近山峰的机会都没有。朋友,特别是年轻的朋友,无论做什么,都要坚持到底啊! 只有坚持到底,你才不会错失那些美丽的风景。

(2018 年 12 月)

如果这一天存在

"如果这一天存在
第 61 分
25 时
星期八
(YS)"

下午上班，我快走到东方路路口时，前边走着一位穿蓝色 T 恤的男子，T 恤背面就是上面这几行字。孤陋寡闻的我第一次看见，觉得这是好有创意的一个想象。因为距离太近，很想拍下来的我还是没敢造次。

是啊，假如有这一天，你想过你将如何度过吗？我想假如有这一天，我将这样度过：

假如这天是休息日，我首先会回诸城或者临朐老家看望老人，与家人一起陪伴那 90 多岁的老爷子或者婆婆乐和乐和；其次会到近处的河边、山林风景幽静处开心玩耍，放松心身；再次就是在家静静地看本自己喜欢的书，抑或在家开怀大吃呢……

假如这天是工作日，我想我会很认真地做好本职工作；晚上，还可能约几位好友，痛快地畅饮畅聊呢……

一天虽然时间不长，但用心却可以做很多有意义的事情。

你会问，假如这一天并不是风平浪静、晴空万里，而是狂风肆虐、雨雪交加呢？我想我这个年纪的人，已经经历风霜雨雪，练就了一颗淡然的心，只会笑看云卷云舒，静观花开花落了。

你们是不是笑我荒唐，将这么一个不存在的事情臆想得如此丰富。其实，我也知道，"这一天"只是一个假想，一个说法而已。我更明白，生活很现实，现实才是生活的常态，人是要活在现实中的。但人总要有梦，如果只是活在现实中，连梦都没有，未免太累太悲哀了吧。所以即使现实再残酷，人也要时而做做美梦，开心一下。

（2018 年 6 月）

2018 年,你经历了怎样的人生?

　　墙上的时钟一分一秒地流逝,日历一页一页地撕掉,今天已经是 2018 年 12 月 28 日,真快,2018 年只剩 3 天了。

　　想起昨天我看到《人民日报》微信公众号有这样一个题目:"2018 年,你经历了怎样的人生"。当时心一动,但并没有太在意。今晚,坐在计算机前的我,看着计算机一角急匆匆闪过的时间,忽然想到了这个题目,想起我 2018 年的经历……

　　2018 年 1 月,市里公务员职级改革试点工作正式启动。1 月 15 日,市财政局开始对局机关公务员、国库集中支付等参公单位人员实施职级改革。几轮投票、谈话程序走下来,我这位老公务员科长,如愿取得了四级调研员资格。这一结果,让我更加坚信,组织是不会让老老实实干工作的人吃亏的。工作了 32 年的我,能力水平可能不及他们副县级干部,但这些年兢兢业业地付出,如今职级的改革,使我的工资待遇也能享受到副县级次,付出终获回报,我又怎能不知足,不感恩。所以,我更加认真努力地做好工作,一如既往地带领科室争先创优……

　　2018 年 10 月 24 日下午,局务会突然宣布部分岗位调整,我离开了工作了 13 年的教科文科。总归是工作了这么多年的岗位,总归是熟悉的工作环境,总归是一起工作了多年的兄弟姐妹,突然离开,那种不舍,那种依恋,真是难以言表……但我知道,世事无恒定;更知道,一切都是最好的安排。所以,我积极响应,并在第二天第一个交接完工作搬到新卡座上。这次调整,最令我高兴的是,在阳光大厦办公的 6 年时间里,我终于由"阴"转"阳"(办公卡座由阴面换到了阳面),终于可以沐浴明媚的阳光了,虽然阳光要透过厚厚的玻璃窗,但我已经感到了暖意。

　　2018 年,最令我难忘的最高兴的经历,不是职级调整使自己涨工资,也不是工作的调整,更不是享受阳光的卡座,而是闺女天琦结束了快乐的单身生活。就在 2018 年风景如画的金秋,在天高云淡的 10 月,在阳光灿烂的 10 月 17 日,我那宝贝闺女天琦,身着美丽的婚纱,在亲人的目送下,走进了婚姻殿堂,开启了她幸福的婚姻生活。目送爱人牵着女儿的手款款前行,并亲手将心爱的宝贝闺女交到那个憨厚质朴的小伙子手里,我心里高兴,眼睛却湿润了……我默默祈祷,女儿一生幸福安康!

　　以上的经历,可以说是我人生的一些重要经历。其实,在 2018 年,我还有很多很多难忘的经历。比如我们兄妹又按照老爷子的心愿,给他找到了称心如意的保姆,免除了我们因老爷子无论如何也不跟我们兄妹一起生活带来的担忧。比如我计划出的书稿终于整理完毕,并交给了出版社。比如我的文集《繁梅疏影》被纳入省泰山文学奖参评公示。比如在庆祝改革开放 40 周年之际,我的一篇小文《我经历的预算外资金管理体制变革》被征文单位采纳,准备编入全市征文文集;另一篇小文《改革开放 40 年看农村变化》于 12 月 14 日在《潍坊日报》第六版头条刊发……

时针已经指向了晚上 11 点,我知道,今天将很快过去,今年也将很快过去。以前经历的酸甜苦辣咸、成败得失,尝尽的千滋百味,都将成为过去。我清楚,人生路漫漫,今后我还会经历许多许多。我明白,人生之美,不在争求,而在静守。所以,我将用积极阳光的态度,送别 2018 年,喜迎 2019 年。正如《人民日报》微信公众号中所说:"人生只能经历,无法过多选择,但可以主动选择的是善良、温暖、积极、向上!"

2019 年,愿我们都选择善良、温暖、积极、向上,都经历人生路上更美的风景!

(2018 年 12 月)

新时代的农村年

结婚 30 年,每年春节都会随爱人回临朐婆家过年。因为婆婆是腊月二十九的生日,所以我们每年腊月二十九回家。30 年,每年回婆家过春节,我都会发现村里的新变化。2018 年,我再次回婆家过年,感受到了新时代农村年的新变化。

2018 年 2 月 14 日(2017 年腊月二十九)

又是腊月二十九,为婆庆生齐聚首。

九十一岁老寿星,健康长寿儿孙福。

临朐人非常注重礼节,也很孝老。老人过生日,往往特别隆重。婆婆是腊月二十九的生日,今年是大进年,前来贺寿的亲朋好友可以从容地坐下边喝边聊了。若遇上小进年,腊月二十九正好是除夕,虽然亲戚们也来祝贺,可是坐不住,匆匆吃点喝点就回家忙年了。婆婆兄弟姊妹五个,侄子、外甥多;婆婆有子女四个,儿孙自然也不少,加上叔伯侄孙们,来为老人祝寿的亲友可谓爆棚。家里摆了三大桌子,坐得满满当当,好不热闹。一脸慈祥,笑起来眼里藏着满满爱意的婆婆,今年过生日有了惊人的变化。一向不喜欢照相的她,今天竟然神采奕奕地与我们合影留念。于是,家人都抢着与老寿星合影,沾沾喜气、福气。婆婆更是高兴地合不拢嘴。我知道,婆婆是看到儿孙都安全归来而高兴呢。

老人最大的心愿是儿女平安幸福,最热切的期盼是阖家团圆。当 91 岁高龄的婆婆看到她的儿孙都幸福平安,过年都奔家团圆,又怎能不高兴? 我们做儿女的,最大的心愿是老人身体康健,最热切的期盼是回家过年。年到了,回家成了一道亮丽的风景。因为家里有眼巴巴盼儿归的爹娘。家是什么? 家是温暖我们这些奔波在外之人心灵的地方。无论如何,过年了,都要收拾行囊回家过年。我们虽然腊月三十才放假,但为了婆婆,我们请假也要赶回来给婆婆祝寿。

我知道,在我们回家过年的时候,有很多人却要坚守在工作岗位上。回家过年的我们,真诚地祝福他们,祝福所有人,更祝福我们繁荣昌盛的祖国!

2018 年 2 月 15 日(2017 年腊月三十)

腊月三十,除夕日。一早,爱人他们兄弟三人带着侄子祭祖上坟去了,他们说好回来贴春联,家里其他活儿弟妹不用我插手。闲暇的我抬头望望,天上祥云朵朵飘,树梢喜鹊喳喳叫,好一个美好的除夕日。

暖暖的阳光,欢歌的鸟儿,吸引我慢慢走出家门。村前村后一圈逛下来,不得不感叹:新时代的农村就是不一样。首先是村容村貌更加整洁干净,无论大街小巷,都很卫生很洁净。村里放了很多垃圾箱,方便村民倒垃圾。定时有人将垃圾箱里的垃圾运到村外靠马路的大垃圾池,以方便环卫车拉。要知道,以前在我们看来,农村最大的问题就是卫生问题。到处脏乱差,很难使人心情爽朗起来。当然,如果能做到垃圾分类就更完美了。其次是通往村的柏油路两边画上了白线,温馨提醒开车者注意路边沟壑。乡村道路,特别是丘陵地带的道路,弯曲很正常,狭窄也很正常。晚上开车,一不小心容易掉沟里出事故。所以说,别小看这两道雪白的线,很温暖司机们的心呢。

最亮丽的风景是临街房子都刷成了黄色,上面不是画上了漂亮的宣传画就是写上了大红字的宣传标语。宣传画有体现社会主义核心价值观的,有宣传敬老爱幼的,有关爱女孩的,更有宣传精准扶贫和乡村振兴的。标语基本上都是宣传党的十九大精神的,比如:"不忘初心、牢记使命!""进行伟大斗争、建设伟大工程、推进伟大事业、实现伟大梦想""永远把人民对美好生活的向往作为奋斗目标"等。这宣传画和标语看着很暖心很信服。最可喜的是,今年村里有了文化广场——"猫林沟文化广场"。广场旁边已经安装多年的健身器材被擦拭一新。旁边还有一个大大的投币自动净水机。广场边的村委墙上是村务公开栏,几张大红纸正公示什么……正如村委对面一户墙上的标语写的:"新时代新思想新目标新征程"。相信乡村振兴战略的实施,农村面貌将更加焕然一新。祝福!祝愿!

临近中午,家家大红灯笼已挂起,大红福字已贴墙上,红红的对联已贴门上,村子里一派喜庆祥和的新年气氛。匆匆赶回家,看到家人正忙活呢。正是:剁肉馅包饺子、收拾鱼顺顺菜、备下酒菜庆新年、欢声笑语满堂彩……

"爆竹声中一岁除,春风送暖入屠苏。千门万户曈曈日,总把新桃换旧符。"除夕夜,春节晚会热闹进行着,新年鞭炮噼啪闹腾着,午夜钟声洪亮响彻着,年夜饭菜香气飘荡着,辞旧迎新美酒交错着,新年祝福祝愿问候着,新年快乐全家幸福着,喜迎美好旭日东升着。

在这辞旧迎新之际,我真诚地发出祝福:过年好!你好我好大家好!一年更比一年好!一年更比一年旺!

2018 年 2 月 16 日(2018 年正月初一)

过年好!

一早跟着妯娌走东家进西家,问一声过年好!道一句新年吉祥!无论我认识的还是不熟悉的,遇到就跟着妯娌亲切地叫着,热情地回答着……这就是农村正月初一的习俗。一年到头,忙忙碌碌的四邻八舍,难得正月初一的清闲,难得正月初一的喜庆,难得正月初一的相见,更难得正月初一的亲热。所以,正月初一一早的村街户屋,充满了难得的欢声笑语,村里一派祥和热闹的氛围。这就是年味浓浓的农村年。

正月初一拜年,最喜欢去的是两位养花的叔叔家,特别喜欢他们养的沂山映山红和迎春花。沂山映山红那粉嫩如绢的淡雅花儿,总是吸引我欣赏很长时间才肯离开。那黄灿灿的迎春,亦美得令人心动。其实,热爱生活的村民都会养点花,虽没有两位叔叔家那些花珍贵,但那些蟹爪莲、芦荟等,亦生机盎然,为家里增加色彩,给春节增添喜庆。

年年拜年,今年最大的感受,是很多五六十岁的人多在外给儿女看孩子,一年不回家,仅过年这几天回来趟。去这些人家拜年,一下子就感觉出冷清来了。再就是年轻人多在城里买房居住,即使不是在城里工作。听嫂子说现在村里年轻人找媳妇,条件之一就是必须在城里买房。初一街上车很多人很多,多是年轻人回来拜年。可我发现村里没有人住或只有老人居住的老旧房子也特别多。听弟妹说,有些在县城居住的年轻人,嫌家里冷,仅三十晚上回来陪年迈的父母吃顿饭就回去了,只留下两位老人守着老屋叹气。当然,也不能说年轻人不孝,他们希望老人去城里一起过年。可是,这些老人就是故土难离,他们不愿意离开自己生活了一辈子的老屋,不愿意离开自己说说笑笑热热闹闹的老邻居。真是矛盾啊!

农村年轻人真的是越来越少。农村如何吸引年轻人,仍然是一个很大的课题。虽然有这些不尽如人意的现象,但近几年农村的变化是有目共睹的,如生活水平的提高,卫生条件的大改观,文体生活的丰富,乡邻的和谐,敬老爱老,等等。相信随着乡村振兴战略的推进,农村不仅将吸引农村的年轻人,更能吸引城里的年轻人。

年,过得安宁祥和喜庆,而且一年更比一年好,一年更比一年旺,得益于国家的强盛,得益于党的好政策,得益于民心所向,得益于每个人的努力和崇善。所以,我们要懂得感恩,要感恩我们的党我们的国家我们的人民,感恩你、我、他的努力。

过年好,赏花心情更好。新时代新年新风貌,为了更加美好的明天,让我们不忘初心,继续努力吧!

(2018 年 2 月)

139

二月,走了

二月,走了,悄悄地走了。当我在笔记本上写下 3 月 1 日这几个字时,忽然明白,2019 年 2 月已经走了。

二月走了,在乍暖还寒春风起时,在草色遥见近却无时,在枝头吐出尖尖芽时,在蜡梅怒放香沁人时,在迎春渐绽鹅黄美时,在红梅含苞正待放时,在莺歌燕舞蝶欲来时,在奋进工作落实年时……悄悄地,悄悄地,不告而别。

二月走了,还没来得及隆重谢幕就走了,匆匆而去。三月来了,没有报幕已然登场,在徐徐展开的姹紫嫣红的烂漫画卷中翩翩而来……

时光匆匆,转眼又一个争奇斗艳的季节。在这美好的季节里,愿我们停一停忙碌的脚步,站在春天里,感受那一路春意盎然。你听,"几处早莺争暖树,谁家新燕啄春泥";你看,"碧玉妆成一树高,万条垂下绿丝绦";你瞧,"儿童散学归来早,忙趁东风放纸鸢";你瞅,"春色满园关不住,一枝红杏出墙来"……真是"等闲识得东风面,万紫千红总是春"啊!

二月,走了;三月,来了。走了的,不留恋,来了的,平和待,一切随缘。任时光流淌,我自怡然于凡尘中,守住内心的风景,并在这美好春光里努力去创造自己的生命价值。

人勤春来早,奋进正当时。莫负春光,莫负自己!

(2019 年 2 月)

整理个人荣誉有感

因为财政志编纂的需要，局里要求个人统一整理荣誉，我也抽空认真找了找，梳理了一下。截至今年，个人局级及以上荣誉不是很多，却也有 40 项呢。虽然没有什么值得特别骄傲的殊荣，但自己却觉得这些荣誉也是对我 30 多年财政工作的肯定吧。

这些荣誉中，虽然有省委省政府表彰的"全省文化体制改革工作先进个人""山东省人口和计划生育先进个人（三等功）""山东省学生助学先进个人"等，有市委市政府表彰的"第十届中国艺术节潍坊市筹办组织工作先进个人（二等功）""第十一届全运会潍坊赛区组织工作（三等功）""潍坊市'三八'红旗手"等，但我最看重的是 2011 年 2 月"全市财政系统先进个人（三等功）"、2015 年"潍坊市推进教育综合改革先进工作者"等。为什么看重？因为我觉得，全市财政系统这个先进，是局里对我从事财政工作成绩的肯定。虽然还有九个年度的"市直机关先进工作者"，但这个是全市财政系统的，是财政系统唯一一年评选系统先进而得，所以我很珍重。"潍坊市推进教育综合改革先进工作者"，我觉得我也实至名归。这不是狂妄自大，因为我以为这是对我从事教科文工作 13 年的认可。不是自吹自擂，为了促进潍坊市教育事业的发展，我真的是比教育系统一些人都尽心尽力。潍坊市很多教育改革事项都是我在教科文科工作特别是在任科长时开展的。比如中小学校长职级制改革、实施自闭症儿童享受全免费教育、学前教育及高中生均经费保障机制、支持学业质量监测和课程改革、民办教育改革等，还有推进学校的建设，如校舍安全工程、全市中小学标准化建设工程、解决大班额等。当然，我知道这些工作都离不开领导和同事们的大力支持。所以，我内心充满感激。

教科文是最大的民生事业，我很庆幸在教科文工作的 13 年。这 13 年，是教科文事业蓬勃发展的 13 年，更是财政教科文资金管理体制重大变革的 13 年。13 年，我幸运地遇到了一个个好领导、好同事、服务单位的好朋友，我更见证了潍坊市财政教科文工作是如何走在了全省的前列，如何获得一个个殊荣的。梳理这些荣誉，我为在教科文工作的 13 年感到自豪和骄傲，也感恩那些支持我帮助我的领导和同志们。

这些荣誉中，还有一些财政部、省财政厅、潍坊市的征文比赛奖以及省、市优秀论文奖、调研报告奖等，比如"2011 年度财政部庆祝建党 90 周年征文二等奖""2013 年度山东省软科学优秀成果奖二等奖""山东省财政厅优秀征文评选三等奖""2016 年度潍坊市政府系统优秀调研成果二等奖""风筝都文学奖"等，也是我十分看重的。因为这是对我文学理论功底的检验，我为自己的这点业余爱好获得肯定而欣慰。一个人工作之余能有点爱好，既能修身养性，又能放松身心，益处颇多矣。

我还很荣幸获得过局里"优秀共产党员"和"优秀党务工作者"荣誉称号。要知道，当 1994 年我举起右手面对党旗宣誓的那一刻，心里便多了一份神圣的承诺，我要时刻以共产党员的标准严格要求自己，以求真务实的作风，积极争先创优。

望着这些名目不一的荣誉称号，我仿佛看到了 30 多年来我走过的路。虽然有风有雨，但更多是阳光和鲜花，不管怎样，都是一种难得的经历。经历是一种收获，是一种累积。累积得越多，人就越成熟；经历得越多，生命就越有厚度。30 多年，虽是我人生的黄金时代，但我知道，我在生命的长河中清洗和锤炼的还很欠缺。人生路漫漫，54 岁的我已退出上半场，我不后悔。下半场，我还是要认真活出自己的精彩。

（2019 年 11 月）

遇见，是最美的风景

晚上，几位朋友小聚，讲好敬酒时都说句诗情画意的话。到我时，忽然想到了曾经看到非常喜欢的一句话：真正的朋友，遇见你们，是我最美丽的意外。于是，我说了句："你们是我人生路上最美的风景。"

是啊，"千金难买是好朋友"。这些都是我非常好的朋友，我这几天因为工作变动，心态没调整好，朋友约我出来聚一聚。正是因为他们是我的好朋友，我才真诚地说了这么句话。

真正的好朋友能够倾听，不仅是听你外在的话语，也能了解你内心的情绪，更使你能安心地做一个真正的你。有朋友相伴，我们才不会孤寂，才更加快乐。所以我才说，真正的朋友是我人生路上最美的风景。

前段时间，我离开了工作十几年的繁忙岗位，离开了那些朝夕相处的兄弟姐妹，虽然心里早有准备，但一下子清闲了下来，还是感到了失落。谁要说这个时候没感觉，那是假的。因为人是感情动物，何况十几年的相处，大家感情已很深。我是个感情充沛且非常敏感的小女子，特别在意曾经以为非常要好的朋友的关心问候。可是，有个别我一直以为是非常要好的朋友，也是我真诚以待、时常吐露心声的朋友，而且是我大力支持的朋友，这时却无声无息了。可能他们只是在默默地关心、关注我吧。像今晚，这几位平常交往没有很在意也没帮助过的朋友，近段时间却对我是关怀备至，使我不觉得孤单失落。这种没有丝毫功利性的友情，令我感动感慨，也使我深深体会到了"真正的朋友，是至简至真的"这句话的深意。

"看一看花花世界，原来像梦一场，有人哭，有人笑，有人输，有人老，到结局还不是一样……人海中难得有几个真正的朋友，这份情请你不要不在乎……"吕方的《朋友别哭》唱得情真意切，唱得感人至深，唱到我热泪盈眶，唱到我心灵深处了。

是啊，真正的朋友，这份情这份爱，又怎么能不在乎？要知道，漫漫人生路，能够遇见真正的朋友，真的是我最美丽的意外。因为你们给了我无限温暖，使我人生路上风光无限好。谢谢你们，我真正的好朋友！

你们可能笑我太计较，我也知道自己仍然没有修炼出一颗平常心。我虽然也淡然处世，也明白人生就是聚聚散散、分分合合，也知道热闹的背后是孤寂，也喜欢独处，享受独处的美好。但感情有时候就是感情，不受大脑支配。忽然的分开和寂静,总是失落。失落时得不到好朋友的关心问候,就难免计较。好在我的计较仅仅是一刹那的事,因为我明白,人生犹如一幅水墨画,总有高高低低,总有浓淡相宜,不必纠结得失,高与低,浓与淡,都是人生恰好的画面。时间在走,人心在变,不变的是我仍然用一颗真诚的心对待他人,不变的是那些真正的好朋友仍然以一颗真诚的心待我,足矣!

"真爱过,才会懂。会寂寞,会回首。终有梦,终有你,在心中。朋友一生一起走,那些日子不再有。一句话,一辈子;一生情,一杯酒……"朋友,愿我们在一片浮华喧嚣中,守好心,走好路,珍惜最真的情感,感受最近的幸福,享受最美的心情,任时光流转,岁月变迁……

(2018 年 11 月)

一段时光一段缘

一程山水一程人，一段时光一段缘。

下午快下班时，我习惯瞅瞅电脑上的时间，刚刚瞅到电脑右下角的日期——2019.10.23，突然想起，明天就是我到办公室一周年的日子。去年的 10 月 24 日下午，我被宣布卸任教科文科长，正式离开工作了 13 年的教科文科，成为局办公室的一员。

时间真快，不知不觉中，我到办公室一年时间了。一年的相处，办公室的同事，这些年轻的小弟弟小妹妹对我这位老同志很是关照。一年的相处，使我感慨：年轻人了得。

瞧！这帮年轻人，他们的学识才华，他们的工作能力和水平，他们无怨无悔的工作态度，他们对文字工作的细致严谨和精益求精，很是令我佩服，更值得我学习。办公室是一个综合的办事部门，在局机关中有承上启下、联络各部门的重要作用，行政事务工作繁杂、多面，且加班加点多，但这些年轻人在工作时很少强调客观理由，总是主动担当，积极奉献。潍坊财政的年轻人，才是潍坊财政的希望所在啊。当然，还有那位比我年长几岁的张哥，他对待工作一丝不苟的态度，亦值得我好好学习。

办公室的工作氛围，亦如我曾经所在的教科文科，温馨又充满激情。他们以年轻人居多，更有活力。我喜欢这样的氛围，为办公室这个大集体点赞！

"逆水行舟，一篙不可放缓；滴水穿石，一滴不可弃滞。"真诚希望办公室的同志们在今后的工作中不忘初心、牢记使命，永远保持谦虚、谨慎、不骄、不躁的作风，推动各项工作攻坚突破，亦期望他们以自己的努力，实现个人进步。

（2019 年 10 月）

春节前后这几日

春节,俗称大年,是中华民族的传统节日,是一年当中最重要的节日。每到春节前后,人们就会忙碌起来,忙着欢欢喜喜过大年呢!

与那些春节期间坚守岗位的人相比,我是幸运的,能提早准备回老家过年。因为婆婆她老人家是腊月二十九的生日,我需要回家给老人祝寿并陪老人一起过年。我很珍惜这些时光,也会在这样的日子里记录一些精彩片段。以下就是2019年春节前后这几日我活动的片段。腊月二十八,把面发。就从腊月二十八也就是阳历2019年2月2日说起吧。

2019年2月2日(2018年腊月二十八)

一早起来,我们"老曾家的那些亲人"微信群就发满了给三姐的生日祝福。今天是三姐的生日。二十八,把面发。小时候,三姐生日这天,她是只能吃馒头、豆包、包子之类的,因为这天父母忙着蒸过年的面食,顾不上给她做碗生日面条呢。

已经腊月二十八了,我却仍然没有感觉到年味。过去,踏入腊月门,那浓浓的年味就会扑面而来。

不说母亲与姐姐们着手为家人准备的新衣、新鞋,单说准备的各种各样吃的,想想就馋得慌。比如,用自家种的辣菜做的辣丝,爽口又开胃;自家做的大豆腐,特别是自己种的大豆做的大豆腐,吃起来真是一种享受。我们家一般是腊月二十二或二十三做,做的那天,按照制作豆腐的进程,我们会先来一碗豆浆,再来一碗豆花,最后再吃热豆腐。那种大豆的浓香,作为吃货的我已经多年没有吃到这个味道了。腊月二十五,把肉煮。这天,煮肉、烤肉的浓香就会弥漫家里,飘荡到街上。腊月二十八,村子里就会弥漫着蒸豆包、馒头的味道。腊月二十九,炒花生、瓜子。那种用大锅细火、砂石炒出来的花生、瓜子,别有一番滋味。现在你买到这样的花生、瓜子了吗?反正我是没有吃到过。除夕,除了贴对联,就是包饺子、准备年夜饭了。

那时过年的一些仪式也很庄重虔诚。小年辞灶、除夕夜请家堂、祭天地,守岁不让说不吉利的话,初一一大早踏雪去拜年,初二一早下水饺上坟,等等。爷爷或父亲做这些仪式时的情景,我至今记忆犹新。

那时的环境更是难以忘怀。那时,可没有什么雾霾,大家也不知道什么是雾霾。那时进入腊月，大雪就封地了。那时没有冰箱，每家庭院里都会有一堆洁白的雪，买来或者现杀的鸡鸭肉鱼往雪堆里一放，比冰箱还保鲜。而那些晶莹剔透的冰凌，宛如给农家春节挂上了水晶珠帘。那些冰凌，顺手摘下吃，甘甜冰爽，胜过现在花钱买的冰激凌。孩子们，玩雪滑冰开心异常……

世事变迁，一年又一年，总觉得年味淡了。可能是年龄原因，不知不觉中，年对于我，渐渐成了回忆……

下午，局里召开一年一度的总结表彰大会。办公室的同志将会场布置得别具新意，特别是那封首开先例的《因为有您 更加精彩——致市财政局全体干部职工家属》的一封信，更是获赞一片。王金祥局长总结了 2018 年全局工作，成绩骄人；部署了 2019 年重点工作，提纲挈领。所以我感慨：2019 年，继续改革创新、争创一流！

晚上准备收拾一下，明天好回家给婆婆祝寿并过年。无意中瞥见了鱼缸上那只可爱的小瓷猪，那可是上一个猪年来我们家的小"佩奇"啊，不知不觉间，它竟然在我家待了 12 年了，怎不令我感慨万千。于是，我写下了下面这些文字分享到朋友圈：

静待岁月，笑着世事。看到这只憨态可掬的小猪，脑子里忽然就冒出了这两句话。

这是 12 年前的春节孩儿她爸带回来的猪年礼物，拿回来，一放就是 12 年。除了打扫卫生时擦擦它，很少再理会它。不管你理不理它，不管你是喜是悲，是乐是烦，不管你家里是高朋满座，还是冷清无人，它就这样憨憨地平和地微笑着，面对一切。

平凡的生活，需要一份平和的心态。百味人生，总有残缺遗憾；知足常乐，才能自在逍遥。时光匆匆，猪年又到，愿我们以一颗平常心对待生活。知足常乐，平安幸福！

2019 年 2 月 3 日（2018 年腊月二十九）

腊月二十九，是婆婆的生日，92 岁生日。无论今天是不是年除夕，我们都会赶回去给老人家祝寿。

婆婆一辈子不容易，经历了新旧社会更替，经历了生活的坎坷和贫困，但她的勤劳、善良、质朴、隐忍、宽宏、平和，使她获得了我们的尊重。

记得我第一次见到婆婆，就感到了一种莫名的亲切。面容慈祥、一双小脚的她，是那么勤快能干。那个家，几乎就是她用一双小脚蹬出来的。婆婆总是为别人着想，比如吃饭，她是绝对不会先吃的，她总是要等到大家都坐下开吃，她才吃;给她买新衣服,她不要,买了也不舍得穿,还责怪我们乱花钱……这么多年,她就是这样。儿女们想让辛苦一辈子的她好好安享晚年,想让她吃好穿好。可她才不听呢。她总是笑笑说:"现在生活这么好。你要吃什么? 穿什么? 我什么也不缺。"她还说:"人就这么一个肚皮,这些吃食,吃一点就饱了。现在的衣服料子这么厚实,穿也穿不破,干吗要乱花钱?"说完这些,还要来一句教育我们的话:"人啊,千万不要碗外找饭吃。"她不让我们乱花钱,我们给她的那点零花钱,她是绝对存不住的。今天这个孩子回去,她摸出来给他200元钱,那个回来,给他300元钱。你不要,她还生气。惹得我们哭笑不得。这不,今天见了孩子们,她又往外摸她的"小金库"了。你阻止她,她生气,还说:"我有钱,国家给我一些钱,我又花不着。"嘿嘿! 我想,她一定是听哥嫂说了国家给她的老年人补贴和库区补贴什么的。

婆婆六七十岁时,她的耳朵就聋了。虽然耳朵聋,而且大字不识,但她却一点也不糊涂。今年92岁的她,仍然非常明白。她知道今天是星期几,是什么节令,更重要的是知道如今社会上的很多事情。她常常教育我们,要对人好,要看人长处,不要得罪人,更不要贪,好好工作就是。对于孩子们的教育,她总是责备我们的教育方式粗暴。她说:"对孩子要有耐心,要好好说教。"在她老人家眼里,人都是好人,事都是美好的事。家里有一口好吃的,她绝对不会忘记邻里,总是跟他们分享。我们回去带给她的好吃的,她每次都会让哥嫂送些给邻居品尝。外人对她的一点点好,她都会记得。

在潍坊,曾经有一位我非常熟悉但不认识婆婆的朋友对我说,你们家有一尊佛。说得我一愣。他微笑着说:"那佛就是你婆婆啊。"是啊,心地善良、无欲无争、知足常乐的婆婆,真的像一位慈祥和善的佛啊。瞧! 今天我们一进家门,特别是看到孙辈们,这位老寿星高兴得合不拢嘴呢。四世同堂合家欢,92岁的老寿星,又怎能不高兴? 看到精神焕发的婆婆,我们也是欢喜异常。老人的健康快乐,就是我们儿孙的福啊!

2019年2月4日(2018年腊月三十)

雄鸡长鸣中醒来,天已经亮了。除夕了! 空气中已经弥漫着浓浓的年味。还是农村过年好,年味更浓。

一早,此起彼伏的鞭炮声响起,这是临朐的习俗,年前祭祖。这是男人们的事。因昨天下午侄子们已贴好部分对联,我们吃完早饭后,嫂子和大哥收拾祭祖用的东西,家里男人们去上坟了。嫂子不让我干什么,闲来没事的我则来了个每年例行之事——村里村外漫步闲逛,观赏新年新变化。何况今天不只是除夕，还是立春，我也算来个乡村踏春。

出门后，先瞧了瞧嫂子家贴的对联，上联是"守信明礼自平安"，下联是"勤劳善良聚瑞祥"，横批是"和气致祥"！

好！是这一大家子的写照。

出大门就是嫂子家的梅园（他们把迎春花称梅花）。这里被大哥栽植了上百株迎春，还有十几棵大樱桃。仔细瞧，迎春有的已绽放开金灿灿的小花喜迎春节，樱桃也长出了毛茸茸的小嫩芽。

喜鹊叽叽喳喳，正在枝头报喜呢。听着喜鹊的叫声，心里就舒畅。不像前几天休假去日本，到处是瘆人的乌鸦声。村里村外的树上有很多喜鹊，只是人一到跟前，它们就扑棱棱飞起。我想给它们拍张靓照晒一晒，它们都不给面子。

沿村里道路向前走，发现沿路村民房墙上的宣传标语已与上年有些不同。特别是一处"清理集体资产账，农民权益有保障"的标语，我觉得特别好。集体的资产就应该让村民明明白白。

一路南行，来到了大队部旁边的文化广场处。大队部南墙上高高悬挂的六个大红字——"听党话、跟党走"，分外耀眼。这应该是今年才挂上的，因为去年的今天，这里只有那幅现在仍然在墙中央的"聚焦十九大　精准扶贫"宣传画。是啊，只有听党的话，紧跟我们的党走，才能齐奔小康，也才能建设好社会主义美丽新农村呢。

文化广场那儿，几个孩童正在体育器材上开心地玩耍。现在的孩子多么幸福啊，我们小时候可找不到这些好玩又锻炼身体的体育器材。我走过去问孩子们："好玩吗？"孩子们嬉闹着说："好玩呢。"我又问："这里放电影、演戏不？"一个大一点的孩子看了看其他孩子，说："放过，好像放过几次。"文化惠民非常必要非常好，但有些文化惠民项目，如"农村每村每月放映一场公益电影""农家书屋"等确实应该好好调研一下效果如何，如何布局更加有效等。

大队部南边，穿过那条水库观光马路，就是冶源水库。因为春未来，水未活，所以水库里的水就那么静静地在那望着天空。若不是周围祭祖的鞭炮声，我想它连涟漪都不想泛起。太阳穿过不很通透的天幕，将淡淡的金光洒向水面，美丽了水库。立春了，小草开始萌芽，水也将活起来……

真好！一个暖融融的除夕！一个难得的立春！于是，我站在寂静的水边，给朋友们送去新春祝福：

在 2019 年春节来临之际，繁梅在临朐猫林沟这个祥和的小村庄，真诚祝大家新春快乐，阖家幸福，猪年大吉！

下午，爱人他们兄弟几个在准备年夜饭，我和侄媳妇一起帮嫂子包饺子。

嫂子擀皮,我们俩人包。不久,我们的新年饺子就包好了! 菠菜豆腐、白菜肉、韭菜鸡蛋、西葫芦鸡蛋、糖,五种馅的饺子,是不是很丰富?

坐在一边看我们干活的婆婆又开始感叹了:"如今社会好啊,现在你要吃什么,喝什么,想啥有啥⋯⋯但我觉得,新年还是饺子好吃。"这可能就是不忘初心吧。

晚上,一桌丰盛的年夜饭上桌了。鸡鸭鱼肉不少,豆腐青菜不缺,更有那热气腾腾的饺子。一家人围坐一起欢聚畅饮,共享天伦之乐,共祝中华盛世年!

2019 年 2 月 5 日(2019 年正月初一)

红红火火大拜年!

在农村过年,热热闹闹的不仅在于那些烦琐的仪式,还在于除夕夜一家人的团圆,还有初一早上开始的大拜年。瞧! 孩子一群,媳妇一堆,爷们一众,走东家进西家,亲切地问候着:"过年好!"

过年好! 一年更比一年好!

瞧! 这干净的街道,这一辆辆汽车,这宽敞的温暖的民房,这美丽娇艳的花儿,这开心的笑声⋯⋯你就能体会到农家人的质朴、知足以及农村的变化了。愿我们的乡村越来越美丽,祝我们的亲人们越来越富足!

给大爷大娘叔叔婶婶拜完年了,再给亲朋好友微信拜个年! 祝新的一年,姐妹们如花般美丽,兄弟们如竹般修伟!

随嫂子拜完年回家,我躲开那些进进出出来给婆婆拜年的人,在嫂子家的南屋静静地翻看着手机。南屋里嫂子给插上了电暖器,静宜而温暖。我翻看着那些祝福的话语,感慨着岁月匆匆:

"白发催年老,青阳逼岁除。"

拜年时望着那一群群认识的不认识的叫我婶子或奶奶的小青年、孩童们,我忽然发现,我在临朐这个小村庄竟然不知不觉间过了 32 个春节了。

一年又一年,真快,仿佛才过了几个年头似的,我已经成奶奶了。岁月不饶人啊! 1987 年,我第一次来婆婆家过春节的情景仿佛放电影似的浮现脑海。那年,第一次离开诸城自己的家,自己的亲人,离开自己熟悉的环境,而且是生活条件比较好的家,来到这个那时是丘陵延绵,还比较贫困的库区小村。吃年夜饭时我哭了,一是想家,而且是特别想家;二是委屈。想家不必多说,谁不想自己的爹娘,何况之前的 22 年我过春节从来没离开过爹娘。委屈则是因为那晚的年夜饭。因为爸爸、哥哥等在外工作,从小我在家过年时都是很丰盛的,吃的喝的从来没缺过,大鱼大肉不说,当时市面上有的东西,过节过年时,我们家也都有。这可能就是那个年代家里有在外工作之人的好处。而在 20 世纪 80 年代的临朐婆婆家,物质还是比较贫乏。不怕人笑话,我打个比方,那时我们家的年夜饭是五星级酒店级别,婆婆家的则只是顿略微好点的饭而已。委屈的还有那时的交通不便,拥挤的公交车、颠簸的公路,以及不睡炕的婆婆家里的寒冷等。虽然有委屈,但婆婆家里人的温和亲切还是使我很快就适应了。再者,我父母教育我,出嫁后就要孝敬公婆,叮嘱我春节一定要回婆婆家陪老人们过年,说这就是最大的孝敬。是啊,爱自己的男人,就要爱他们的家人。于是,一年又一年,我先是挤公交,后是单位派车送,再后是自己开车,高高兴兴地回婆婆家过年。当然,一年又一年,婆婆他们这儿的生活水平也是发生了翻天覆地的变化。吃的自不必说,住的也好了,不但都是宽敞明亮的大房子,而且都有"土暖气"。更重要的是,家庭氛围的温馨和谐,使我越来越感到还是农村过年的年味足。

这几年,过年婆婆家四世同堂,热闹喜庆。特别是看到侄子的小孩给婆婆磕头,婆婆笑得合不拢嘴的乐呵样,我就想起诸城老家与婆婆同龄的 92 岁的老父亲。越想越觉得我愧对自己的父母。做女儿的我自从出嫁后,就没有陪伴自己父母吃顿年夜饭……"君不见,高堂明镜悲白发,朝如青丝暮成雪。"而更难过的是想起我那去世多年的母亲,那可真是"子欲养而亲不待"啊。父母在,人生尚有来去;父母去,人生只剩归途。有条件的朋友,节日期间一定要多陪陪自己的父母啊!世上没有后悔药,千万不要等你想回去陪伴时才发现已经没机会了。

花开花落又一年,一晃,32 个春节过去了,我也由青春美少女变成了中年大妈。岁月的洪流虽然卷走了我的青春,卷走了我的年华,但我不遗憾。因为我见证了国与家日新月异的变化,见证了孩子们的出生、成长,见证了一个又一个红红火火的中国农村年……

时光飞逝,2019 年大年初一已过半,2019 年最终也会匆匆而过。往事无论如烟花般绚丽,还是如波涛般汹涌,都已随风飘散。在流水时光里,我们要更加懂得珍惜,好好珍惜我们现在拥有的一切吧。

"民生在勤,勤则不匮。"相信在我们的共同努力下,一定会实现国富民强的中国梦。努力,2019!逐梦,2019!

2019 年 2 月 6 日(2019 年正月初二)

初二,回娘家!路总是堵,这都是女儿急切的归心所导致的吧。

两个多小时到诸城娘家。瞧!老爷子高兴得嘴都合不拢。是啊,今天女儿们、外甥们呼啦啦都回来了,这个拥抱老爷子,那个询问老爷子好不好,老爷子怎能不高兴？老爷子高兴，我的心里也安慰了许多。要知道，今年的除夕夜，是新的婶子陪伴老爷子过的，我的心里一直愧疚不能回来陪老爷子。

因为早就约定，初二我们姐妹回家看望老爷子，并在家里吃饭。于是，今天我们家的大厨是大姐、妹夫和外甥。大姐一大早就顺好了菜，并一盘盘切好。当然，回本村大女儿家伺候女婿的婶子一早也帮忙收拾了部分菜。掌勺的自然是妹夫了，他做的菜很好吃呢。外甥培林、利勇帮小姨夫打下手。

菜一个接一个端上桌。他们还在忙活，我们两口子就先陪老爷子喝上了。孩子们那桌更是热闹……可是热闹总是短暂的，我们总有自己的小家，固执的老爷子是坚决不到任何子女家住的，也不让我们住下。我这次回家本来计划自己在老家多住两天陪陪老爷子的，却也被老爷子撵走了。我只好含泪答应回去，也许他老人家已经习惯了两位老人一起的生活，不喜欢长时间的闹闹哄哄。下午快4点的时候，我们在老爷子"天快黑了，早回去吧，路上不好走"的催促中回潍坊了。

回来，我们听从了培林外甥的建议，走的高速。你还别说，我们从老家回潍坊，走高速虽然走的是个U字形，但却节省出四五十分钟的时间，也避免了过节路上的拥堵。

晚上，我自然是守在电视机前观看《中国诗词大会》，因为从《潍坊广播电视报》上知道了这个节目，昨晚我们就守在电视机旁看了第一期。这是个非常不错的节目，特别是对于喜欢诗词的我来说更是喜欢。康震、蒙曼等老师的讲解特别吸引我，今晚的节目自然也不能错过。

看完后，我忍不住找出家里那套《诗情画意》（唐诗、宋词、元曲），准备再次好好学习学习，并发了个朋友圈：

人生自有诗意，诗意美在四季。《中国诗词大会》节目，再次引发了我对中国诗词的热爱。看起来，学起来吧！

2019年2月7日（2019年正月初三）

初三了，难得今日清闲。虽然还有在潍坊的亲戚没有去看望，但因爱人值班，女儿在婆家有事，这几天我也因东奔西走而上火了。所以，今天我就想在家好好享享清闲。

窗外蓝天白云，阳光明媚，与昨天灰蒙蒙的天形成了巨大反差。这要归功于冷空气的到来，归功于傍晚的风。这样的好日子，捧一本喜欢的书于书桌前，就是最大的幸福。那就让我继续徜徉于唐诗、宋词中，去体味那如画诗境吧。"兰叶春葳蕤，桂华秋皎洁。欣欣此生意，自尔为佳节。""曾经沧海难为水，除却巫山不是云。""俱怀逸兴壮思飞，欲上青天揽明月。""零落成泥碾作尘，只有香如故。""繁华事散逐香尘，流水无情草自春。"……

这些脍炙人口的诗词，我过去读过，现在也读，但时常记不起来，如同读过的其他很多书。我相信多读书的好处，所以仍然坚持读。读书可以修养性情，读书是一种提升，是一种修炼。三毛曾说过："读书多了，容颜自然改变。在许多时候，自己可能以为许多看过的书籍都成为过眼云烟，不复记忆，其实它们仍是潜在的。在气质里，在谈吐上，在胸襟的无涯。当然，也能显露在生活和文字中。"毛姆也说过："养成读书习惯，也就是给自己营造一个几乎可以逃避生活中一切愁苦的庇护所。有了庇护所，苦闷受伤时才有治愈的地方，才有面对这慌乱世界时的强力后盾。"

十点半多了，窗外的阳光更加灿烂。我也有些乏了，于是决定下楼走走，活动活动筋骨，顺便去欣赏欣赏那片蜡梅花，寻觅家属院之春。

瞧！那片蜡梅开得更加烂漫雅致，那幽幽清香令我一次次做着深呼吸。我无数次欣赏这片蜡梅，发现它们的花儿少昂头挺胸，多默默低首，仿佛在思考什么，又如含羞的清雅女子。可见凌寒独自开的它们是多么谦逊低调。一年一度蜡梅开，"不要人夸好颜色，只留清气满乾坤"，蜡梅花的这些品质，值得我们好好学习呢。

那大片迎春也不甘示弱，绽开点点金色花朵，一抹鹅黄，盈盈浅笑。"浅艳侔莺羽，纤条结兔丝。偏凌早春发，应诮众芳迟。"那片牡丹，一个个吐露红芽，正懒洋洋地沐浴着灿烂阳光呢。欣赏完蜡梅和迎春，我又走进我们楼下那片看上去依然枯枝干条的海棠、樱桃、石榴、山楂林中。知道樱桃是这片林子里最早绽放花朵的树，于是仔细瞅樱桃树，竟然发现已经凸起一个个小嫩蕾呢。海棠、石榴等还没有动静。立春已经三四天了，春天已经悄然而来，"百般红紫斗芳菲"还能迟吗？盼望着，盼望着……

2019 年 2 月 8 日（2019 年正月初四）

去潍柴给姑姑、姑父拜年，看到还在化疗期的姑父，春节期间又被感冒折磨得病恹恹的样子，我心里很不是滋味。

姑姑身体也不好，照顾自己还行，再照顾个病人，真如她说的："难！"

腊月二十六去看望姑父时，他的精神还很好，虽然化疗使他的脸有些水肿。那天，他还微笑着对我说："每天早上醒来，我还活着，我觉得就是最幸福的。"那天姑姑含泪偷偷地告诉我："你姑父打上针，一周难受的样子我都不忍看。他却说，再难受，为了你，我都会坚持。"听了这些话，我心里虽然不好受，但我仍然感叹姑姑与姑父这对相濡以沫几十年的普普通通的老夫妻最简单最真实的爱。

谁知,除夕那天,感冒病毒却找上姑父,连续4天高热不退,虽然输液治疗,但因为身体本就虚弱,抵抗力特别弱,所以到现在感冒还没有痊愈。看到躺在床上需要人照顾的姑父,再看看连自己都有些照顾不了的姑姑,我就感觉很难过。

其实,姑姑、姑父要比我们好。虽然他们及孩子们都在工厂上班,是普通的工人阶层,经济上可能略微逊色于我们。可是姑姑有两个孩子,就相当于有四个儿女,轮流照顾他们老两口儿也方便。假如姑姑只有一个孩子,是独生子女家庭,现在这个情景,那可才是真愁人呢。可想而知,我们这些独生子女家庭将来的情景了。

曾听过这样一句话:"上天给人一份困难,同时也给人一份智慧。"这份智慧是你在直面困难、迎战困难、解决困难的过程中不断激发自己潜力而挖掘出来的,但愿这智慧能帮助解决这些生活中的无助和无奈。

大过年的,不去想这些让人不快乐的事了吧。可是现实又使你不得不面对这些不愉快。所以啊,我们活得别太清醒了,所有快乐和幸福就是烟云。人生,难得糊涂吧!

2019年2月9日(2019年正月初五)

正月初五,喜迎财神!

一早,隐约的鞭炮声传来。这可能是郊区的农民朋友在迎财神或者开市的鞭炮声。因为城区除了初一、十五,不允许放鞭炮。文明过节,好!

初五必须吃饺子。刚好亲家给了些他们包的水饺,省了我的麻烦。下水饺,迎财神,吉祥如意。美好的愿望,美好的年景。电视里正唱着《欢乐中国年》,是啊,这就是欢乐中国年:团圆、和谐、欢乐、吉祥的中国年!

看到侄子带孩子回老家看望老爷子发的照片,看那祖孙乐呵的样子。是啊,自私点说,我们一辈辈熬,不就是想熬个子孙满堂的温馨家庭吗?老爷子四世同堂,他怎么能不高兴呢?

只是遗憾天气预报中要下的雪没有如约而至。我们也只有眼巴巴望着那洁白的雪,越过潍坊大地飘向苏豫皖了。没有杀菌净化空气的雪,也就少了行路难,如此各有利弊吧。

在这个喧嚣的时代,在这个热闹的节日,难得清静。今天除了晚上闺女他们要回来吃饭,别人没有来的。爱人沏好了一壶茶,就去收拾他的鱼缸了,那就让我在优美的音乐和书中闲淡度岁月吧。

2019 年 2 月 10 日（2019 年正月初六）

忽然发现，一盆小花，就在这样不起眼的地方，静静地绽放属于她的美丽与精彩。

去年 10 月，老傅同志将正含苞待放的小花从老爷子那儿搬来，随手放阳台一隅。11 月，她已一枝独秀；12 月，她正花开两枝。忙年的我只关注了那些傲然富丽、雅致娇艳的蜡梅、蝴蝶兰、仙客来等花，竟然忘了她的存在。今天，想起需要浇浇阳台上的芦荟等，忽然见那盆小花正在嫣然中绽放着美丽。不管别人见与不见，不论他人赏与不赏，她不惜胭脂色，独立笑傲冬阳中。一句话：惊艳了时光，温柔了岁月。

浮躁的社会，匆忙的生活，会让很多美好的东西悄然从眼前溜走，等回过神来，往往才后悔怎么错过了那么多的美好！生活中处处蕴含着美，只要你有一颗仁爱之心，有一双善于发现美的眼睛。

三六九，往外走。正月初六了，假期的最后一天，无论你是正在匆匆赶回上班的路上，还是如我一样在家里享受清静的美好时光，都该收收心，准备以最佳精神状态，迎接明天的到来，即 2019 年春节后的第一个工作日。

随着午夜钟声的敲响，2019 年春节前后这几日远去了，成了美好的记忆。这几日，除了温馨的团聚、欢乐的年，还有电视上那一个个激动人心的快闪——同声高唱《我和我的祖国》。正因为有我们伟大的祖国，才有祥和的家，喜庆的年。期望我们的祖国越来越强大，我们的人民越来越幸福！新年新气象，新年新希望，新年新成就！愿美梦成真！

告别 2019

2019 年真的要走了。光阴似箭，谁又能挽留住呢？2019 年走了，即将成为永久的记忆。2020 年要来了，崭新的一年即将开始了。

辞旧迎新，少不了总结和展望，少不了追忆与感怀。各大媒体、各类机关、各个单位，早早就开始了总结与展望。每年这时的我也脱不了俗，总要追忆与感慨一番。2019 年还剩最后 1 个小时了，我静静地坐在电脑边，脑海里却像放电影一样，一年的过往，一幕幕呈现……

人活着，首先是生活。2019 年，我的生活一如往年平平淡淡、安安稳稳、开开心心、甜甜蜜蜜。之所以这么说，是因为我上有康健的老人，下有不用我太操心的孩子，更有相亲相爱的兄弟姐妹，有包容我迁就我的傅同志，而自己仍然长不大似的，想得少，吃得多，睡得香，快乐多。人要快乐，这快乐来自家人的安康和互爱，来自生活的舒心、工作的顺心，还有一部分来自好朋友。好朋友是一如既往关心你，懂得为你考虑，令你相处舒服快乐的人。2019 年，我幸运我仍然有这么几个好朋友。

2019 年，我生活最大的变化有二：变化一，也可以说是一大惊喜，就是我升格成了姥姥。10 月 6 日，喜得可爱的萌嘟嘟的外孙女；变化二，就是乔迁新居。其实，也不能算新居，只是搬到了之前没有居住过的老房子。这是我们成家 32 年的第六次搬迁，也是间隔时间最长的一次。这次搬迁，间隔了 14 年。32 年巨变，14 年亦是翻天覆地。国家愈发强盛，社会愈发和谐，人民生活亦如芝麻开花节节高。我的居住条件也是越来越好，由结婚时的一间 10 平方米的房子，搬到了带院子的大房子。回归了目前最理想的居住环境，就是老了后有个小院，可以养花种菜。

今年最大的遗憾，是没有像往年一样，周末常到河边转转。一是因为自己不会开车，而之前拉我一起逛河边的傅同志，因为机构改革后事务繁多，也不陪我玩了；二是喜欢去的市区那几条河已经今非昔比，各种开发、各类改造，已经使其对我没有了吸引力。2019 年，比较高兴的是，年初和女儿、女婿去了趟日本旅游，领略了异国风光，品尝了他国美食。2019 年，有一点小遗憾，就是前年就计划出的书，因为多种原因，至今还未面世。有时候，遗憾也是一种美好呢。

工作是人生的重要组成部分，何况我们是上班族，工作占据了最多的时间。2019 年，对于我来说，工作比较单一、清静。虽然没有完全达到自己的规划要求,却也小有收获。带领小组四人为会计博物馆财政展厅制订方案、选出资料;牵头成功举办了"庆祝新中国成立 70 周年潍坊财政图片展",获得好评;财政志编写资料收集、走访老干部职工等工作有序展开……只是遗憾因为人手缺乏,加之这样那样的缘故,工作进展仍然不尽如人意。但愿新年后,境况会有大改观。其实,一向执着的我认为,工作,重要的是有一种和谐愉快的氛围,一种向上的凝聚力,共同搭台,才能干出一番事业。但愿新年带来新气象,我亦坚信,只要一齐努力,一定会有满意的结果。

2019 年,幸福快乐的我也有一些困惑,一些事情我也看不清想不透,也时常彷徨。好处是我有大大咧咧的性格,想不透就不想,看不清就不看,堵心了就找朋友聊一聊呵呵一笑。现在想想,自己为那些小事和不值得的人物烦恼苦闷,真是可笑。毕竟自己才是人生的主角,一辈子不长,坦坦荡荡过好自己的生活,足矣!

三毛说,岁月极美,在于它必然的流逝,春花、秋月、夏日、冬雪。岁月极美,却是匆匆催人老。过去的已然过去,最好的总在未来。2019 年最后的时刻,我给我遇见的每个人一个微笑、一份祝福。无论新的一年是否再遇见,也给自己加加油。2020 年,加油!为了梦想的实现,为了美好的生活,为了快乐的自己,加油!

辞旧迎新,追忆感怀,走在岁月里,活在珍惜中。愿大家都好!

(2019 年 12 月)

2020 年春节拾零

人都是平凡的,事情都是琐碎的,正是周围这平凡的人、琐碎的事,给了我许多感动、感慨、感悟。我是习惯写日记的人,每天都会把这些感动、感慨、感悟记下来。因为局里春节前再一次开展"春节回乡见闻"征文活动,于是我将春节假期的日记整理出来,起名《2020 年春节拾零》交付。

2020 年 1 月 23 日(2019 年腊月二十九)

越走越短的是人生,越走越深的是亲情,有亲情才温暖。

小年后,对于我,不仅是忙年、过年,因为除了工作,生活中还有几个重要的日子我已刻在心里。腊月二十四、腊月二十八、腊月二十九,分别是我大姐、三姐和婆婆的生日。

二十四,扫尘日;二十八,把面发。临近春节,记得过去忙年忙的她们几乎没有好好过个生日,我们姊妹更难凑一起祝贺祝贺。好在今年的腊月二十四是周六,休息日。今年的周六,除了惯例每年前抽空回去看看老爷子并给老爷子送点年货,更难得有机会第一次姊妹欢聚一堂给大姐过了个生日。这是大姐的68 岁生日,也是我工作这么多年第一次陪大姐过生日。我们都非常感激大姐,不仅因为大姐从小帮母亲照顾我们这些妹妹,还因为长大成家后兄妹六人,唯大姐留在农村且离父母最近,她时常抽空去看望老人,特别是在母亲病逝后,家里仅有老爷子,大姐常回家看看,使我们更加放心在外工作生活。

过去,腊月二十八,家里忙着发面蒸饽饽、豆包等面食,三姐的生日就是饽饽、豆包、大包子尽着吃,却吃不上饺子、面条。后来工作了,三姐在诸城县城,我与哥哥、小妹在潍坊,三姐的生日在年根下,我们姊妹因为忙年也没陪她过生日。虽然姐姐们的生日我们不能在一起乐和,但心里的祝福从来没有断过。从懂事至今,每到姐姐们的生日,我都一直默默祝她们生日快乐!幸福安康!

腊月二十九,是婆婆的生日。结婚 30 多年,每年的腊月二十九,无论天气如何,路况如何,我们都会赶回老家。虽然婆婆不让我们为她破费,但为这位拥有一颗佛心、质朴善良勤劳的老人,这位获得我们尊敬的老人过生日,我们高兴着呢。今年,是婆婆的 94 岁(农村都说虚岁)生日。瞧!戴上我带回去的大红围巾的婆婆多喜庆,面容里洋溢着安详和幸福。祝婆婆福如东海,寿比南山!也祝福所有老人都福乐绵长!

日子因为快乐,才幸福;因为幸福,才快乐。而这幸福快乐,是因为我们拥有亲情、爱情、友情,拥有一颗感恩的心。愿我们珍惜拥有,用心感受眼前的美好吧。

2020 年 1 月 24 日(2019 年腊月三十)

梁实秋曾写道:"过年须要在家乡里才有味道。"确实,特别是在城里禁放鞭炮,我在临朐冶源水库北临的这个安逸祥和的小村庄,听着噼里啪啦此起彼伏的鞭炮声,望着忙里忙外贴对联挂灯笼的爱人、小叔子和侄子们,看着乐呵呵东扯西拉慈眉善目的婆婆,与弟妹包着饺子的我感受到的是年的味道。

今年的除夕不冷,阳光很暖,微风不燥。临近中午,清闲的我走出家门,在村里转一转,到水库边逛一逛。干净质朴的小村庄,总有不同往年的惊喜与发现……

村子里除了上年在村东头看到的文化广场,在村西头竟然有了一处文化活动中心,其可见临朐作为著名文化之乡一点也不假。村里干净的村容村貌,得益于环卫一体化的发展。不宽的街道上满是车辆,可见过年回家的人之多。村里的人喜欢竹子,家的周边,路的两旁,多种翠竹,人们应该是用竹子来寓意长寿安宁吧。大伯哥家园子里的那片迎春,他们称之为梅花,虽没像我居住的市地税老院里的迎春那样因为高楼遮风暖和已然绽放,却也都在含苞待放。家家户户已贴上春联,挂起灯笼,迎接红红火火的新年……

走出村子,奔水库而来,人还未到水库边,已惊起芦苇荡中三两只野鸡,四五只野鸭。天暖,水未结冰,阳光下,那片水熠熠生辉。雪地里仍然湿漉漉的麦田,青青的小麦苗使人充满了希望……

大姐家外甥利勇发来了他正在帮老爷子贴春联、挂灯笼的照片。因哥哥前几天刚刚做了个小手术,不能回去陪老爷子过年。有大姐他们陪伴老爷子,我们同样安心。老人在,家才在啊。老人安康,我们安心。亲是借不来的,珍惜亲情吧。有时间多陪陪老人,特别是过年。新年了,祝老人们都健康长寿!

什么是最好的幸福?身体健康,无病痛;家人和睦,无纷争;日子平淡,无波澜;知足安逸,无贪念,这才是最好的幸福!这样的幸福,愿你我都有!

2020 年 1 月 25 日(2020 年正月初一)

安静的村庄,没有了往年初一满街欢天喜地拜年的人。

除夕下午 5 点,村书记在大喇叭里传达上级精神,要求村民春节尽量不出门,少出门。

初一,我们严格遵守倡议,计划不出去拜年了。不用像往年那样,一大早起来随着妯娌走东家进西家拜大年,也没有一群群一帮帮来给婆婆拜年的,我可以睡个懒觉了。在嫂子家睡觉的我们,直到早上8点才懒洋洋醒来。洗漱完毕,到弟弟家先给婆婆拜年。街上清冷了很多,路上几乎遇不到人。到了弟弟家,除了有几位近亲的叔叔、婶子来给婆婆拜年,没有以前满屋子人刚走,又来了一屋子,几乎全村人都会来给村里这位德高望重的年长者拜年的场景。清静的氛围,我喜欢。一上午,我们不是陪伴老人说说话,就是观赏家里的花草,玩玩手机发发问候信息。

中午,弟弟弟妹做了一大桌子菜,我们兄弟三家陪老太太,老少又欢聚一堂,喝着小酒,拉着家常。这样的日子,真好!日子如熹光,温柔又安详,真好!

2020年1月26日(2020年正月初二)

初二一早,通过手机向亲友问声好!特殊时期,我们兄妹取消了初二回诸城看老爷子的计划,蜗居家中。我给老爷子打了个电话,听到电话那头老爷子爽朗的话语,就知道他有多精神了。祝愿老人家福寿绵长,健康快乐。

中午1点多,我刚躺下想睡个午觉。手机铃声响起,一看是发小,也是我小学同学秀叶的电话。她问我什么时候回去看老爷子,让我回去时告诉她一声,她回村找我玩。电话中知道她是刚刚和儿媳妇在家中聊天说起我,儿媳妇说认识我,于是她马上打电话过来了。电话中,她说她儿媳妇在诸城财政局工作,和我是同行,不常联系的我还真不知道呢。电话中聊着聊着,才知道秀叶她爱人年前刚刚癌症去世。秀叶说他57岁,从查出病情到去世,仅一年时间。秀叶在电话中说着就哭了,说她爱人这病纯属是生气得来的。

我听了也很难过。57岁,正是好年纪,孩子已经成家立业,打拼了半辈子,正是应该好好享受生活的时候,人却走了。中年丧夫,是一件非常悲哀和痛苦的事情,对秀叶的打击一定很大,何况曾经听我姐姐说他们夫妻关系非常好。想到这儿,我刚想说点安慰她的话,只听电话中平复心情的秀叶说:"人啊,有什么事情千万别生气了。生气只能气自己。"我知道,秀叶想开了,放下了。是啊,生活是要向前看的。

一个人的心态非常重要。拥有良好的心态,生活有规律,适度运动,这样才会健康。是的,生活的天空总会不时飘起冷雨,淋湿了快乐,暗淡了心情。人,总会遇到许许多多意想不到的挫折和困难。只要微笑面对,没有什么过不去的坎。

心态决定一切,愿我们都修身养性。让心更宽更善,让人生更圆满更美好!

2020 年 1 月 27 日(2020 年正月初三)

经不住亲家、女儿的一再相邀,也太想可爱的外孙女了,于是不再闷家里"辟谷",一早随值班的傅同志来了闺女家。以前,早上 8 点左右,那川流不息的车流、人流,令赶着上班的我们有些心烦。今早这点,路上(潍县中路凤凰大街段直到东风街与富华路交叉处)的车辆寥寥无几,人就看见了两三个,公交车没见影儿。市区没有了以往节后的红火热闹,倒也是好事,说明人们都非常自觉响应号召,在家安心过节呢。

下午 2 点多往回走,情景如同早上。唯一不同的是,潍县中路上好几位环卫工人正在清扫卫生;凤凰大街路口有两位特警,正昂首挺胸站立寒风中执勤。为他们点赞!环卫工人、特警,是我看到的坚守岗位者,还有许多许多我虽看不到但我却知道的人,早已牺牲了休假或者根本没有休假,站到了工作第一线。比如我的同事邱腾他们,比如我的医生俫媳妇于红专等,还有那许多许多奋战在不同岗位上的人们。为这些春节仍然坚守岗位的人们、这些积极主动到工作第一线的人们点赞!

"哪有什么岁月静好,不过是有人替你负重前行!"春节,他们依旧坚守在岗,冲锋在前……向他们致敬!

2020 年 1 月 28 日(2020 年正月初四)

能永远保持一颗初心,不讨好,不后悔,不将就,不畏惧,努力向前,才能走过最深的寒冷,遇见最美的春天!

记得一入冬,你就与那盆蟹爪兰一起蹿苔、孕蕾。2019 年 11 月底,蟹爪兰已经渐渐绽放。2020 年元旦未到,娇艳美丽的蟹爪兰已全部凋谢。而你,依然故我,蹿苔育蕾。因为你是五一我从朋友那棵长寿花上掰的一个小枝插的,且我不怎么熟悉你的花儿模样,故而特别期待你的绽放。可你是个慢性子,一冬就这么不急不躁地含苞待放……

今早再去看望你,惊喜!你终于绽开了一朵美丽娇艳的小花,其他花蕾亦要绽开。欣赏着那朵嫣红的美丽的小花,想到就要立春了,我忽然明白,你耐心等待,是为用美丽迎接春天的到来啊!

家里那棵看上去娇弱的长寿花一冬都在努力,今天终于绽放开了,带给我无限惊喜。春节假期除了读读书、看看电视,我最喜欢干的事情,就是欣赏家里的花花草草了。今天,不单有这一惊喜。到小院一溜达,发现用塑料纸罩着的那两棵四季桂,仍然绽放着白中染黄的簇簇花朵,清香怡人。而在院子一个废弃的花盆里,竟然有两棵生机盎然的地菜,一棵还开着白色的小花。这么冷的天,没有任何遮挡,这两棵地菜竟然这么顽强,令我感动。那些牡丹,枯枝残叶处已经有了一个个拇指大的粉红嫩芽。而元旦前爱人撒上的菠菜种子,也长出了一片嫩嫩的芽叶……我抬起头,虽然望见的是不怎么通透的天空和不怎么明亮的冬阳,低头看到的却是顽强的抗争,是萌发的生机,是期盼的春光……

2020 年 1 月 29 日(2020 年正月初五)

忽然发现,这盆兰花,也在静静地等待春风呢。是啊,"若无清风吹,香气为谁发?"

瞧你!默默地在那里,"绿叶阴深半欲遮",却快"一茎嫩玉九枝花"了。你一定是觉得我们在家闷得慌,给"久坐不知香在室"的我们,来个"推窗时有蝶飞来"的惊喜吧。"我爱幽兰异众芳,不将颜色媚春阳。西风寒露深林下,任是无人也自香。"

正月初五了!以前老人说,过了初五就出年了。这个年,是我记事以来最不寻常的年,也是最令我感动的年。和平的年代没有硝烟,但是没有硝烟的战场同样考验着每一个人。

苦尽甘自来,绝处能逢生,柳暗花明的境界就在转角处。只要我们都保持一颗乐观向上的心,只要我们众志成城、砥砺前行,没有什么困难战胜不了。苍天从来不负有心人!坚信!没有任何力量能够阻挡中国人民和中华民族的前进步伐。

2020 年 1 月 30 日(2020 年正月初六)

按惯例,每年正月初二,我们姐妹会一起回诸城老家给老爷子拜年并陪老爷子热闹一番。今年,为了响应号召,初一,我们只能打电话给老爷子拜年并说初二不回去了。老爷子说,他本就想告诉我们,他很好,不用牵挂他,让我们各自在家好好听党的话,老实在家待着过节就好。

我惦记老爷子,初五打电话又问陪伴他的婶子。婶子笑着说,老爷子很好,天天看新闻,每天在屋里散步。

放下电话,我不但更放心了,还为乐观的老爷子,这位 1946 年入党的老党员,点赞!拥有 70 多年党龄的老爷子坚信,只要有中国共产党的领导,就可以战胜任何困难。

为老爷子的乐观精神点赞,为中国人民点赞。

2020 年 1 月 31 日(2020 年正月初七)

重读《苏菲的选择》,这部小说史上里程碑式的作品,我不仅被激情洋溢、悬念丛生,罪与恶、情与爱,天真与烂漫、惊心与动魄,跌宕起伏的故事情节深深吸引、感动,更为作者对人性深刻揭示的勇气而震撼。

再次翻阅,再次思考:活着、人性、罪恶、信仰、生命、情爱、幸福、快乐……

书的倒数第三页上有这么句话:"把你的爱倾注到所有的生命之中。"把爱倾注到所有牛命中,就不可能有罪恶,有战争……扪心自问,如果我们每个人把爱倾注到所有的生命之中,世界将是多么的和谐而美好。

世界不完美,生命不完美,没有什么是完美的。不完美才是人生。我更是特别喜欢作者的结尾部分:

"我脑子里涌出这样的诗句:'在冰冷的沙里我梦见了死亡/但黎明我醒来看见/明亮、闪烁的晨星。'"

"这不是世界末日——而是早晨,美丽而迷人的早晨。"

是啊,没有一个冬天不会结束,没有一个春天不会到来。瞧窗外,阳光,是多么柔和温暖啊。柔和温暖的阳光下,仍然是顽强的抗争,是萌发的生机,是期盼的春光……

2020 年 2 月 1 日(2020 年正月初八)

习近平总书记指出,自古以来,中国人就提倡孝老爱亲,倡导老吾老以及人之老,幼吾幼以及人之幼。我国已经进入老龄化社会。让老年人老有所养、老有所依、老有所乐、老有所安,关系社会和谐稳定。我们要在全社会大力提倡尊敬老人、关爱老人、赡养老人,大力发展老龄事业,让所有老年人都能有一个幸福美满的晚年。

"学习强国",学到这段,忽然想起婆婆生日那天饭后,家人亲友聊天聊到赡养老人一事。养老,特别是在农村,真的仍然是个大问题。

公公 20 年前病逝,婆婆那时身体还硬朗,愿意自己过,谁也不跟。虽然她自己过,在身边的大哥大嫂、弟弟弟妹是不会让她孤独的,轮着照顾。由于老太太不愿意来我们这住,嫌自己聋,什么也听不见;嫌我们都上班,一个人住楼太闷,我们只能时常回家探望,并于物质上多接济兄弟。婆婆年纪渐渐大了,爱人兄弟仁心疼老娘,就商量,按农村也是他们村最常见的养老方式,兄弟轮流照顾,就是让老太太一家待一个月。因为老人不愿意离开老家,不愿意来城里住"文明监狱",大哥、小弟也考虑我们上班,就由他们两家轮流照顾,他们出力,我们出钱。这么多年,我非常感激大哥嫂子、弟弟弟妹,是他们尽心尽力赡养老人,老人幸福安度晚年,我们才能安心工作。他们兄弟的孝顺,在村里也得到了大伙的尊重。

可是,就是在他们村里及周围的村子,也有为赡养老人打得不可开交的兄弟,也有老人一人在家过世了一两天后儿孙才知道的,更有虐待老人的……

一个人如果晚年境遇凄凉苦楚,缺乏关心和赡养,那是晚年人生最大的不幸。要知道,人世间最无私的就是父母的爱,人世间最难以报答的就是父母的恩。父母辛辛苦苦把我们养大,以反哺之心奉敬父母,以感恩之心孝敬父母是我们每个人最基本的孝道。更要知道,善待老人,就是善待明天的自己啊!

的确,有些养老问题,不仅仅是儿孙的问题,还有政府和社会的问题。政府的养老体系建设健全的问题,人力、财力、物力、政策等等,都应该强化。我们的国家已经步入老龄化社会,养老的问题越发突出。特别是我们这些独生子女的父母,即将面临养老问题……不说了,唯希望:所有老年人都能有一个幸福美满的晚年。

2020 年 2 月 2 日(2020 年正月初九)

20200202,是千年一遇的好日子! 刚刚看闺女早上 7 点发来的外孙女起床的视频,看着手舞足蹈开心嬉笑、萌萌的外孙女,又想想自己的懒散,忽然得出个结论,自律难,特别是一些成年人,自律是有些难。要是人人都能严格自律,不做违法违规的事情,世界将会是多么和谐美好啊。

说自律,我们家就两位成年人,假期在家懒散了,前几天还自律,按上班点休息、起床,后来渐渐地放松了,这两天基本是早上 9 点或 10 点才起床。早饭成了午饭,午饭成了晚饭。但我那可爱的外孙女却依然有规律地起床、睡觉,每天早上 7 点多,女儿就将外孙女睡醒后欢天喜地、手舞足蹈的视频发给我。可见孩子很自律,无论发生什么,都是规律地、萌乖地活在自己快乐的纯净世界中。每天看着视频中无忧无虑、无知无畏的外孙,令我羡慕至极。

自律是一种不可或缺的人格力量,没有它,一切纪律都会变得形同虚设。如果人人自律,社会将怎样,不言而喻。而人人不自律,社会将如何,更不用说。所以,我们每一个人都必须遵循法纪,自我约束!

一个优秀的人,往往是一个自律的人。凡成功者,都是自律的人。真正的自律是一种信仰、一种自省、一种自警、一种素质、一种自爱、一种觉悟,它会让你发觉健康之美,感到幸福快乐、淡定从容、内心强大,永远充满积极向上的力量。让我们时刻自律,高要求、高标准要求自己。

第二辑　颖悟梅语

　　她听从内心的召唤，默默地用一双爱的慧眼，洞察万事万物，捕捉敏感的心灵，然后用文字吟唱出生命的多姿多彩。繁华历尽，平淡是真，安闲最美……

　　颖悟:"不向静中参妙理，纵然颖悟也虚浮。"岁月如歌，我们在岁月的冲刷下慢慢成长，从稚嫩到成熟，从年轻到衰老，一路走来，多思善悟，就会更加懂得人生的真谛，明白生活的意义，亦更加感恩这个伟大的时代。不忘初心，"且行且思，且悟且进"……

　　梅语:"故事里的事，说是就是，不是也是；故事里的事，说不是就不是，是也不是。"酸甜苦辣，百味人生，常常有那故事里的事。听朋友诉说，感世间冷暖，于是有了那"假作真时真亦假"的"梅语"人生……

党校姓党

——潍坊党校学习培训所感所悟

有幸来党校学习培训，一周多时间的学习，我对"党校姓党"有了深刻的认识。

当庄严的升国旗、唱国歌、重温入党誓言开学典礼开始，我就感受到了"党校姓党"；当老师带领我们重学《共产党宣言》等经典著作，当我们再次集中学习《中国共产党章程》《习近平总书记系列重要讲话读本》，当我们再学马克思主义理论、毛泽东思想、习近平新时代中国特色社会主义理论体系，我感受到了"党校姓党"；当党校弘扬理论联系实际，引导我们学员紧密结合个人思想和工作实际，分析、研究问题，以提高理论学习的针对性和实效性，提高辩证思维和分析解决实际问题的能力，我感受到了"党校姓党"；当我们集体研讨、交流，观看警示教育片和先进事迹教育展，我感受到了"党校姓党"；当我通过学习培训，进一步增强了党性观点和党员意识，进一步坚定了理想信念，加强了党性修养，树立起了正确的世界观、人生观和价值观，我感受到了"党校姓党"；当老师从严治学、从严施教，当我们学员严守纪律、认真听讲做笔记，积极主动交流发言时，我感受到了"党校姓党"……

"党校姓党"，不仅体现在学习上，还体现在党校的校园里。

当你步入党校大门，迎面是一块巨大的泰山石，它寓意我们的党坚如磐石。向里走需过一座桥，这桥被称为连心桥，寓意党和人民群众心连心。过桥迎面教学楼前，是一片楸树林，寓意党的事业千秋万代。再往前，矗立着党校最主要标志之一的马克思、列宁、毛泽东三位伟人的巨幅石雕头像，令人肃然起敬。校园里的柿树林寓意我们党的"实事求是"思想路线，校园西边的铜牛雕塑寓意我们党提倡的任劳任怨、无私奉献的老黄牛精神。标有"德园""远观"等字样的石头，党校的一草一木，无不时时提醒党校的老师和学员，要始终做到心中有党、心中有民、心中有责、心中有戒……

"芳林新叶催陈叶，流水前波让后波。"党校只有姓党，才能培养出德才兼备、高素质的党员干部队伍，才能为提高党的执政能力和水平提供重要保障。

（2016 年 9 月）

信仰的力量

——临朐淌水崖水库现场教学感悟

信仰是人自身价值观和世界观的体现,有了信仰,人们就有了精神的寄托、行动的指南和奋斗的力量。淌水崖水库的建设者们,正是因为有坚定的信仰,才能在那么艰苦的条件下,"自带吃,不管穿,铺着地,盖着天"。6 年时间,凭着一锤一钎一双手,建成了造福九山人民,被誉为"亚洲第一,天下称奇"的淌水崖水库,也创造了值得我们好好学习的"同心同德、艰苦奋斗、自强不息、开拓创新"的淌水崖精神。

今天,当我再一次来到山清水秀的九山,来到淌水崖水库纪念馆,站在那一幅幅老照片面前,我仿佛站在了那热火朝天的建设工地……飘扬的红旗,豪迈的号子,迸发的石花,你追我赶的身影……我仿佛也成了"不怕流血,不怕流汗,不怕吃苦受累"的青年突击队的一员,成了"风来梳头雨洗脸,高山石场把家安。哪管严寒烈日晒,不怕迷雾来遮掩。降服狡猾石老虎,红灯照俺战顽岩"的女子石匠队的一员……

淌水崖水库于 1973 年组织施工,1979 年竣工,6 年时间共完成工程量 8.6 万立方米,工日 65.4 万个,投资达 210 万元。公社当时的年收入只有 1 万元,启动项目预算 160 万元,160 倍的大项目,最后决算达 210 万元。这需要公社领导多么大的决心和意志啊。连拱坝由十孔变内径不变外径卧式石砌半圆拱组合而成,最大坝高达 35 米,全长达 202 米。坝上 22 曲拱式公路桥贯穿南北,最大泄水量达 670 立方米/秒……

在生活还很贫困的时代,九山干部群众为彻底治理弥河水患,在没有机械、缺乏技术、缺少材料等困难条件下,在地瓜、窝头、煎饼都吃不饱的情况下,冒着严寒酷暑,凭着坚定的理想信念,以"敢教日月换新天"的豪情壮志,齐心协力,用智慧和血汗筑起这座临朐人民为之骄傲的亚洲第一石拱坝水库。淌水崖水库建成后,九山从此不再有雨水灾、旱灾,从此走上了瓜果飘香的富裕之路。实现了当时领导建设淌水崖水库的九山公社书记张彦士所说的"用我们双手和铁肩,改造旧山河,把我们落后的乡村建成繁荣昌盛的家园"。

时光荏苒,沧海桑田。在党的领导下,经过一代又一代九山干部群众的努力,今天的九山,青山悠悠绿水潺潺,富饶而美丽。镇政府驻地最好的建筑是学校、养老院。特别是近两年建成的九山中心幼儿园、诸城小学,无论硬件还是软件,都不亚于城市学校,山里的孩子也能坐在宽敞明亮、冬有暖气夏有凉风的教室里安心学习。九山的文化、娱乐设施应有尽有,文化服务中心、乡镇图书馆等大大丰富了人们的精神生活。九山最美的还是乡村,九山的乡村可真是阡陌间五谷丰登、山坡上瓜果飘香、村落里欢声笑语。优美的生态环境、天然的绿色农产品和勤劳朴实的人们,使九山以其独特的魅力吸引着八方来客。九山镇也被评为"山东省宜居小镇"。

党的十八大报告指出:"对马克思主义的信仰,对社会主义和共产主义的信念,是共产党人的政治灵魂,是共产党人经受住任何考验的精神支柱。"无论历史如何变迁,对信仰的忠诚和实践,始终是共产党人不变的魂。信仰是共产党人的政治灵魂,是共产党人能够经受住任何考验的精神支柱。信仰是一座闪亮的灯塔,偏离、缺失信仰就会举步维艰、误入歧途。一个有信仰的人、一个有信仰的民族,征途上无论遇到大河还是高山,都有理想信念的精神支撑,方能披荆斩棘、一往无前。九山的干部群众就是因为有理想信仰的精神支撑,才能在那么艰苦的环境下,自强不息,无私奉献,创造了淌水崖水库的奇迹。

生命因信仰而崇高,信仰的力量铸就辉煌。虽然淌水崖水库的建设者们不再年轻,有的甚至已经离开了我们,但这远去的建设者身影从未被岁月阻隔。淌水崖精神是攻坚克难的强大思想武器,是实现中华民族伟大复兴中国梦的重要力量源泉。我们每一名党员干部都应该以他们为榜样,坚定理想信念,学习、践行、传承淌水崖精神,提升思想境界,锤炼实干作风,不忘初心,继续前进!

（2016 年 9 月）

牛寨之牛

牛寨是一个远离城市、被群山环绕的山村,位于临朐县九山镇西南角,沂山山脉腹地,地处潍坊、临沂、淄博三市交界处。今天,当我随党校学员来到这里现场教学,我被它的"牛"震撼了。

牛寨之牛,牛在青山牛在绿水,牛在美丽牛在富饶,牛在它是"中国最美休闲乡村",牛在它是"中国乡村旅游模范村"。

车子出九山镇政府向西南方向沿着蜿蜒的山路行驶,我们隔窗兴奋地瞅着满山绿意,垂涎着山坡上红红的苹果和山楂,眼前突然出现了一片错落有致的白墙灰瓦的房子,牛寨到了。

迎面是一堵宣传墙,墙壁上方横书"好客牛寨欢迎您"七个大字,墙面左边是牛寨村地图。通过地图我们了解到,牛寨村面积为 15 平方千米,下辖 8 个自然庄,有 426 户,总人口为 1426 人,分散在三沟五岭的大山深处。地图右面五行黑字很吸引人,分别是"中国最美休闲乡村""中国乡村旅游模范村""好客山东最美乡村""山东旅游特色村""山东省宜居村庄",可见牛寨的牛。

村内地形七沟八壑,溪流九弯十八曲,谷底涧溪清流,怪石林立;谷外丛山叠起,绿树掩映。我们沿着村中干净的道路向上走,路两旁红艳艳的花儿正向我们招手致意。走进一号特色农家乐,小院建设极具南方特色,3 个独立的房间,楼上楼下都能居住,有 Wi-Fi,设施宛如城里五星级宾馆。适合三户三口之家来旅游居住,就是价格贵点,小院一晚的费用是 1280 元,三户平均,一晚就花400 多元,均摊后的价格城里人还能承受。当然,这是村里的五星级农家乐,仅此一家。其他的农家乐都是平房,房间也非常洁净明亮,设施也很齐备,而且院子里还种植着辣椒、茄子等蔬菜,一晚仅需 560 元,也适合三家居住。若三家来住,一家才花 180 多元,很是合算。

村子里保留了几处特色老房子,其中一处墙上有几个圆孔,看介绍才知道那是过去老百姓养蜜蜂的房子。除了村生活馆、农家书屋等,最具特色的当数该村的村史馆了。要不是门口石头墙上的"村史馆"三个大字和房子正南外墙上"望得见山,看得见水,记得住乡愁——习近平"几个大红字,我们还以为这是一户农家呢。村史馆里的内容非常丰富,有图片介绍,有老物件。在这里,我了解到牛寨村有着悠久的历史文化,著名的齐长城从东侧绕过,古代的铜陵关就在谷口。解放战争时期,这里曾经是革命根据地。

牛寨村旅游资源丰富,地形地貌独特,生态环境优美。近些年来,在临朐县委县政府及九山镇党委政府的坚强领导下,牛寨村紧紧围绕"建成一个集自然风光、生态农业观光采摘、民俗风情农家乐为一体的特色乡村"这个目标,着力打造精品旅游小村。依托优美的山区风光、独特的果香、浓郁的民族文化,大力发展旅游业,使旅游业逐渐成为支柱产业之一,带动了全村果品产业的发展。

牛寨的牛,还牛在老百姓的朴实好客。我们随便走进一户开着门的农户,院子里晾晒着刚收获的花生,一位大嫂正在墙角那儿收拾一堆带刺壳的栗子。见我们进来,大嫂站起来,热情地招呼我们,并抓起一把花生让我们吃。大嫂很有生活情趣,墙角有几盆花,最有艺术品位的是她用闲置的提篮栽的韭菜。我们边吃花生边赞扬大嫂有品位。大嫂笑着说,这不算什么,那些才是艺术。原来大嫂指的是门口对面房子墙壁上挂着的四方木盒上种植的海棠花。要不是大嫂提醒,我们只顾往前走,还没注意到它呢。靠路的每家对面的墙上都悬挂着这样的花,海棠花儿红艳艳开着,把村子装点得更加美丽迷人。

吸引人的还有村边那盘石碾和石碾旁的秋千。我们走到石碾那儿时,刚好有位大嫂在碾韭花,韭花的清香吸引着我们,没有见过的几位年轻同学奔过去帮大嫂推碾,几位年龄大的同学却抢着打秋千,可能是想回归童年吧……

牛寨村内有刺槐、黑松等生态林场1.7万亩;苹果、桃、板栗、山楂、樱桃、核桃等果品林0.6万亩,绿地覆盖率90%以上,野生动植物种类有800多种,植被好,环境优美,物产丰富;牛寨的春天鸟语花香,夏天清凉幽静,秋天瓜果遍野,冬天银装素裹。近几年,在政府的扶持下,原先贫穷落后的牛寨村靠发展农家乐、建设采摘园实现了"完美蝶变"。牛寨,正在努力又好又快发展的牛寨,又怎能不牛呢?

(2016 年 9 月)

热土滨海激情人

由于工作原因,在潍坊市 2008 年提出开发滨海建设科教创新园区后,我们几乎每年都到这里几次。每次来,都惊叹它的变化。

2009 年第一次来这里,眼前是一眼望不到边的盐田和滩涂;2010 年来这里,盐田有的已经消失,科教创新园区的部分学校的地基正在开挖,沙土飞扬;2011 年来时,印象最深的是正在崛起的楼房和令人睁不开眼睛的沙尘,那细细的飞沙,不但往你的衣服鞋袜里钻,你的口、鼻、眼、耳,甚至头发里也全是细沙土;后来再来,特别是 2012 年再来,精心栽植的树木已经逐渐见效果,大楼也一座座建起来,风沙明显减少了。

2013 年,潍坊职业学院建成招生,创业大学开始培训学员,这儿活起来了。现在体校、中小学实践基地、公共实训基地的建成使用,山东海洋技术大学的规划建设,更使这儿变化巨大。绿树成荫,鲜花烂漫,流水纵横,贯穿校园里,成千上万的学生在这优美的环境里学知识长技能。特别是体校,自建成后承接了一个又一个全国、全省的比赛、集训,中国青年男子排球队在这儿集训后,参加世界锦标赛并获得了冠军。国家体育总局的领导感叹:潍坊滨海是块宝地啊!因为这是中青男排 16 年的第一个世锦赛冠军啊。

说起开发这片热土,不得不说滨海教育投资公司的辛勤员工,因为科教创新园区近几年的巨变与他们的努力密不可分。

在经济全球化、科学技术日新月异的今天,世界各国的竞争主要体现在科学技术的竞争上,而科学技术的主要基础就是教育。没有教育事业的发展,就没有人才,我们在世界的竞争中就会落伍。所以市委市政府领导高瞻远瞩建设潍坊科教园区,用潍坊市职业教育的优势推动产、学、研一体化。但由于种种原因,有些学校建设滞后或者建到一半建不下去了。为推动科教园区建设,加快突破滨海步伐,2013 年 10 月,市财政局与滨海区政府共同组建了滨海教育投资公司,其目的是建设运营科教创新区里的山东(潍坊)公共实训基地等建设项目,特别在体校等学校建设出现困难时,接手融资建设。公司团队秉承"活力、合力、魅力"的团队建设理念和"创新、创业、创造"的核心价值取向,积极努力,开拓进取,仅用了 3 年时间就完成了体校、中小学实践基地、公共实训基地的一期建设。体校等学校已经有学生入住,公共实训基地一期已投入运营。2016 年6 月,第十二届全国职业院校"新道杯"沙盘模拟经营大赛山东总决赛在公共实训基地举行。财经商贸类跨专业实习实训平台目前已经接纳学生实习实训。滨海教育投资公司的建设运营模式，得到了省、部级领导的充分肯定。

2015 年，滨海教育投资公司升级为潍坊滨海教育投资集团，集团公司总资产已达 22 亿元，流动资金达 8 亿元。作为山东（潍坊）公共实训基地和山东海洋技术大学园两个项目的投资、建设、运营主体，公司团队把工作当事业，勇于担当，扎实真干，围绕建设中国海洋经济应用型人才技能培养基地，服务职业教育创新发展和地方经济转型升级，以公共实训基地为龙头，按照投资、建设、运营、管理"四位一体"的工作思路，构建了充满活力的开发、建设、运营"潍坊模式"。目前，山东海洋技术大学即将开工建设，滨海教育投资集团的同志们即将在滨海这片热土上再创佳绩。

人是要有激情的，无论工作还是生活。正因为在滨海这片热土上，有他们这样的一群有激情的人，他们坚持"激励创新、宽容失败"的工作理念，凭借"激情、高效、和谐"的集团精神和"创新、创业、创造"的工作理念，兢兢业业耕耘在滨海这片热土上，创造着一个又一个辉煌。正如他们集团公司集体创作的诗中描述的："坚如大树源根深，傲似鲲鹏卷风云。产教融合成基业，教育投资前景春。"

"何处寻梦乡，此地景怡心。"这是山东（潍坊）公共实训基地公寓楼前凉亭上的一句诗。在激情的奋斗者眼中，荒凉的盐碱滩，火热的建设工地，汗流浃背的身影，崛起的新城，都是最怡人的风景。今天，当我再次站在滨海新区这片沸腾的热土上，看着日新月异的科教园区，不得不由衷地赞美滨海新区和新区的建设者们。

（2016 年 8 月）

追梦新海人

有梦的人生是精彩的,有梦的企业是优秀的。山东新海软件股份有限公司有一群追梦的年轻人,他们胸怀世界互联、让生活美好的伟大梦想,在智慧系统大潮中,不忘初心,持续创新,追逐梦想,创造着一个个行业佳话。

对于山东新海软件股份有限公司,我了解不多,对于他们的员工认识也不多,但仅因为那不多的了解、不多的认识,我已经被他们的追梦精神,被他们的诚信、激情、爱心、担当、勤奋好学、善于创新、乐观向上和为理想而奋斗的精神折服。特别是当我从王述坤王总手里接过《悦读 越悟》,我不得不为这个有着自己独特文化的优秀企业点赞。

企业文化是企业核心价值观、行为方式的集中体现,是企业精神浓缩后的精华,是企业前进和发展的动力。企业文化有一种极强的凝聚力量,是企业新思想、新观念的最好体现,是发挥员工积极性、智慧力和创造力的最佳选择,是增强企业凝聚力和竞争力,确保企业生存和发展的根本战略。正因为新海领导者明白,文化的管理就是心的管理,是员工在遵循企业价值观下的自我管理,是企业管理的最高层次。所以,他们用优秀的企业文化造就了一批年轻有为并努力推动企业发展的新海人。年轻有为的新海人,又以一颗感恩的心,尽职尽责,争创第一,超越、持续、做强做大着企业,努力使新海成为一家顶级生态互联智慧企业。

《悦读 越悟》是凝结着有梦新海人思想和智慧的书,是新海人自己的书,是一本充满正能量的书。里面的每一篇感悟、每一段文字,无不显示出新海引领者的卓然气质和新海人的睿智与精神。新海人用感恩的情怀,记下一个个美丽的瞬间,用真情温暖着新海的梦境,用牵挂装饰着人生的美丽。正如新海人自己的歌中所唱:"激扬青春的梦想,凝聚创新的力量,乘风破浪时代的大潮上,绽放自强创业的芬芳……"让企业的梦想成为员工的梦想,一群有着梦想的人在为着共同的事业奋斗。新海的优秀企业文化,让新海人更爱新海,也让世界记住了新海。

自强不息怀壮志以长行,厚德载物携梦想而抚凌。有梦想就有奇迹。追梦新海人,正手握手、心连心,一起迈向希望,迈向梦想!只要在路上,就没有到不了的未来。

祝福新海!祝福新海人!

(2017 年 4 月)

一幅画的诉说

又一次见到潍坊市教育局会议室墙上的那幅油画,又一次引发我无限感慨。

那是一幅真实反映了 2000 年前后一所农村小学校舍面貌和学生们课间活动场景的油画。几间低矮的土坯房教室,裸露着土的院子就是学生们的活动场所……听说是一位美术老师画的自己执教的学校,2002 年被到学校调研的时任市教育局局长的李希贵要来挂在了会议室的墙上。2012 年,市教育局搬迁,这幅画继续随迁被挂在了阳光大厦 17 楼北会议室的墙上。它像一面镜子,更像一名解说员,在喃喃地诉说着过去、现在和将来,也诉说着我们这些后来人的权利、义务与责任。

这幅画让我想起了 40 年前我村里的小学,也是低矮的土坯房,课桌凳是用木板和石头垒的。数九寒天,教室里也生着炉子,柴火是学生从家里拿的。一个教室只有一个炉子,那点柴火烧得也不是很旺,即使穿着厚厚的棉裤棉袄,我们仍然冻得手都拿不住笔。在学校的院子里,唯一吸引人的奢侈的活动器械,就是一个用水泥和石头垒成的粗糙的乒乓球台。当然,那是男孩子们课间活动争抢的地方。

2009 年冬,担任潍坊市财政局教科文科科长不久的我,与潍坊市教育局的同志到峡山调研。来到赵戈中学时,我都不敢相信自己的眼睛,那简陋的教室,破旧的课桌凳、讲台、秃毛的黑板擦,这么寒冷的天,每个教室以及老师的办公室,只有一个煤炉子取暖……这一切,仿佛三四十年前我上学时的情景。这么些年,我们对教育的投入规模逐年大幅度增加,怎么仍然有那么简陋的教室。这次调研,我有些心酸,但令我感动的却是那些朴实的乡村教师。即使在这样的条件下,这些教师们仍然对学校的发展充满信心,仍然兢兢业业地教书育人。我问他们:"苦吗?"他们笑着说:"与孩子们在一起,不觉得苦。"他们还表示:"相信会好的。"为激励自己好好工作,也为时刻提醒自己,在力所能及的条件下,多为山区、库区的教育办点实事好事,走时我把他们的一个老师还在用的,已经秃了毛拿不住的黑板擦带了回来,放在办公室里。

2015 年 10 月,我来到临朐县九山镇,九山学校巨大的变化震撼了我。一座能够容纳 1300 名学生的现代化小学——九山诺诚小学坐落在镇政府最好的地段上。塑胶跑道、篮球场、足球场等体育设施、场所一应俱全,有能容纳 900 名学生吃饭的干净卫生的食堂，有硕大的图书室，教室里全部采用太阳能取暖，教室宽敞明亮，黑板是电子白板，各种信息化设备应有尽有。这座九年一贯制学校已经于 2015 年 9 月正式启用。全镇的小学生告别了破旧的校舍，或乘坐校车，或在校住宿，集中于这座家长放心、老师安心的学校，快乐学习、生活。同时，该镇能容纳 500 多名孩子的中心幼儿园也已经建设使用……

临朐，潍坊的国家财政困难县；九山，临朐最偏远的山区。这所学校的建成使用，彰显了潍坊市城乡学校校舍建设的巨大成就，也标志着潍坊市学校建设跨入了新时代。2015 年，潍坊市 12 个县市区全部通过国家义务教育基本均衡县验收。今年，寿光、青州、昌邑、临朐 4 个县市区正在争创国家义务教育优质均衡县，目前已经通过省级验收。如今，潍坊最安全的建筑是学校，最结实的楼房是学校，最美的公园是校园，潍坊的学校已经成为潍坊一道道亮丽的风景。

我们常说：教育是国家大事、家庭大事、个人大事！教育是国计，也是民生；教育是今天，更是明天！多年来，潍坊财政坚持"改革创新、争创一流"的潍坊财政精神，积极改进财政支持方式，优化保障运行机制，为潍坊市教育优先发展提供了强有力的财力支撑。从 2005 年以来，潍坊市财政先后支持完成了城区"解困工程"、农村中小学"一通二热三改"工程、农村中小学教学仪器更新工程、农村中小学信息化工程、校舍安全工程、中小学标准化建设工程、中心城区学校提升工程等等一系列改善学校办学条件的教育重大工程后，2015 年又积极筹集资金推进解决城镇"大班额"问题和农村中小学"全面改薄"工程等。2015—2017 年，全市仅解决城镇"大班额"问题就投入资金达百亿元。2017 年，潍坊市公共财政预算教育支出达 172.46 亿元，占公共财政支出的 25.42%，增长 4.46%。潍坊成为全省唯一一个公共财政教育投入占财政支出比例连续 13 年达到 25% 以上的地市。

倾情倾力地支持推进，为的是真正让潍坊的学生们接受更好更有温度的教育，为的是让潍坊成为名副其实的"教育之城"。愿那幅油画变成一位历史教员，站在新时代的时空中，尽情诉说。

（2017 年 10 月）

"1532"文化产业园

今天,玉玲妹妹带着我参观了一处省级文物,重要的是参观并了解了一个借助历史遗存打造潍坊城市新名片的文化产业园区——潍坊"1532"文化产业园园区,让我感到非常震撼。

潍坊人知道潍坊廿里堡烤烟厂的人很多,但知道烤烟厂里完好保留了很多百年建筑的却不多;了解奎文区政府正在与烤烟厂合作,利用该厂保存完好的大英烟公司旧址,着力打造集特色旅游、文化创意、物流仓储、商务展示、时尚发布于一体的"城市会客厅"的更不多。今天,要不是玉玲妹妹带我来这里,我又将错过这个别具特色的产业园。

5年前,我曾经听潍坊市宣传文化部门的朋友说,要利用潍柴、烟厂等旧厂房,打造文化产业创意园。但以后没见什么动静,自己也就没有放在心上。今天才知道,利用烤烟厂打造文化产业创意园的策划,早在2017年10月就由奎文区政府开始实施了。他们在对历史文化遗迹做好保护性开发利用的同时,坚持文化为魂,突出文创产业、文商旅游融合发展,形成了独具特色的创新创业特色示范区、时尚聚集地和旅游新景区。目前,园区已经初具规模。园区实行边建设边引进政策,目前已引进影视、摄影、雕塑、鼎意智造(山东工业科研中心)、花果VR、北京海印天镜等一批特色重点文化企业落户。园区配备有接待400余人的工作餐厅,60余间房间的宾馆,容纳800余人的美术馆,200余人可举办活动的大型创客空间一处,现已举办各类会展、创业培训、讲座20余次,参加人员数千余人。

1917年,大英烟公司在此设厂,是目前国内建厂最早、规模最大、保存最完整的烟叶复烤厂,总占地面积为340亩,建筑面积为11万平方米。2011年,第三次全国文物普查将此处列为"百大新发现"之一。建设在此的潍坊"1532"文化产业园园区存留了百年前建设的别墅楼两座、华人账房一座、大型烟库4.2万平方米、其他百年建筑物1.2万平方米等,已经被列为省重点文物保护单位。由于有些建筑与我多次参观的坊茨小镇大同小异,所以看后不是很震撼。震撼我的是那个庞大、神秘却又四通八达的地道群。地道连通别墅与廿里堡火车站。据介绍,地道原是英国人挖掘建造的,为有不测时逃生用的。20世纪五六十年代,"深挖洞、广积粮"时又进行了扩挖。地道是用百年前的条石建成,规模庞大,高约为1.8米、宽为1.5米,可容纳两人同行,内有卫生间、地下指挥部等。

墙壁上现存不少用水泥制成的宣传栏,均为红底白字,写着"提高警惕 保卫祖国""毛主席万岁"等标语。地道保护改造后,铺设了石板路面,并设计了环形灯光,走在其中,给人穿越时空隧道的感觉⋯⋯

潍坊"1532"文化产业园园区工程已经被纳入潍坊市政府新旧动能转换十大重点工程,相信在潍坊市委市政府的大力支持下,在奎文区政府和园区建设者的努力下,该园区将成为山东半岛大型文创综合体园区和潍坊亮丽新名片。

上车走时,瞥见在一处保留完好的旧墙处有一句模糊的题字:在最美的年纪遇见你。今天我遇见了你——"1532"文化产业园,虽不在最美的年纪,却也非常感谢你。因为你,使我领略了一段百年历史,更领略了一处文化产业与工业历史建筑保护、文化旅游相结合,建筑价值、历史价值、艺术价值和经济价值相结合的具有美好前景的文化产业园区。

(2018 年 4 月)

爱，由书院延伸

宝德书院，是元旦前听朋友肖说的。初听，我对其没有什么太多感觉，原因是这几年对农家书屋的运行不是怎么看好。今天，当肖陪我来到位于高密经济开发区的冯家庄，来到李济远、单美华夫妇的宝德书院，也是李老师他们的家时，当望到满墙的匾牌，看到满屋的图书，听到孩子们琅琅诵读经典的声音，我被深深地感动了，被李老师夫妻俩的大爱感动……

李老师夫妇都是小学教师，一直秉承先人"人间至宝是有德"的训语，善良仁爱的夫妻俩就想在弘扬文明之路上尽一份绵薄之力。夫妻同心于2013年7月自费在家里办起了以"崇文、敬德、尚礼、弘毅"为宗旨，传扬社会正能量，弘扬传统美德的宝德书院。促成李老师夫妻俩办书院，还有一个原因。冯家庄东邻潍胶路，西边是胶河。2013年，李老师学校里也是村里的一名学生放学后去胶河边玩耍时，不小心掉河里了，虽然抢救了50多天，孩子还是没有救活。活泼可爱的孩子因为放学后没人管去河边玩，人就没了。家长悲痛欲绝，学校师生也非常难过。其他学生家长因此再忙也不敢让孩子独自走着上下学。接送学生给家长造成了很多不方便。孩子的悲剧，家长的不便，坚定了李老师夫妻办书院的决心，也给予了夫妻俩办书院的新思路，就是让放了学没地方去的孩子免费到书院里来，夫妻俩陪孩子们读书、学习、做游戏，让这里成为孩子们放学后和周日的活动乐园。

把自己家的房子倒腾出来，自费办书院，还免费让孩子们去读书学习，帮助照看孩子，傻啊！四邻八舍议论着，用异样的目光瞧着。

村民的不理解没有动摇夫妻俩的决心。书院按部就班地布置着。当年7月，夫妻俩和支持他们的朋友为书院一起编印了《宝德童蒙录》——一本宝德书院的童蒙教材。这是一本取国学诸经之精华，融时代之光辉，独成一家的童蒙教材。夫妻俩在孩子们暑假第一天就敞开大门，欢迎孩子们的到来，但起先仅来了3个孩子。

暑期天热，为了孩子，夫妻俩又花钱安装了空调。说起空调，李老师说，妻子好几年前就想安个空调，他因为喜欢读书，有钱就买书，最后没有舍得给妻子买空调，但为了孩子，他却义无反顾马上安装。起先，来的孩子少，他们将书桌安在南屋。后来，家长们看见李老师夫妻是真心实意为孩子，也都让孩子来书院。南屋坐不下了，李老师他们又把堂屋改造出一个大厅，做了教室和活动室。

起先，书院里的书是李老师夫妻俩自己掏钱买的。当年，宝德书院就被高密市政府纳入农家书屋工程,省、市、县每年给配备部分图书,充实书院。一些爱心人士知道了李老师他们宝德书院的事迹,也不断捐赠图书。目前,书院已有各类图书几万册。现在,每天来书院阅读学习的孩子20多个。周一至周五下午下课后,村里的孩子们由单老师带队,唱着歌一起来书院写作业、练字、读书、玩游戏。李老师夫妇不但组织孩子们一起学习,还利用周日组织孩子们走进敬老院,为敬老院的爷爷奶奶服务,让孩子们从小就了解孝道文化,明白"一孝千金"的深意。他们教育孩子们要懂得感恩,要爱自己的父母、家乡。让孩子们明白只有先爱父母、爱家乡,才能更加爱国、爱人民。他们组织孩子们走进博物馆、非遗馆等,了解高密的历史文化;他们请高密的茂腔、扑灰年画、剪纸、泥塑等非遗传承人来到书院,让高密元素渗透整个书院。他们让孩子们带动影响家长,带动影响整个村子。家长们虽然干一天活很累,但为了给孩子做个好榜样,他们也坚持与孩子一起开展全民阅读、亲子阅读活动,一起学习宣传党的政策,学习党的十九大报告,一起学习中央振兴乡村战略。整个村子因为书院,因为李老师夫妇,村风更加朴实,村民尊老爱幼,乡邻和睦,村子里热心公益的人也越来越多。

李老师夫妇的爱心付出,使农村的孩子们不用花钱就学到了喜欢的书法、绘画、音乐等特长,提升了孩子们的素养,开阔了视野。书院的孩子们在潍坊电视台表演的经典咏读节目获得了大家的好评。好多孩子写的作文被刊物刊载,有的还获得省级征文二等奖。李老师常常鼓励孩子们说:"平凡人一样有梦想,一样能成就梦想。"他给书院孩子们写的口号就是:我快乐! 我自信! 我成功!

因为李老师夫妇的爱心,影响感染了一大批热心人士来到书院。青岛农业大学的一批批大学生志愿者来了,带来了新知识新理念;原先不理解的家人亲友来了,主动过来帮忙,主动给大学生志愿者腾屋子居住;村里的老党员来了,给孩子们讲那些革命故事;各级领导来了,给予了关心和支持……宝德书院,近几年荣获了很多荣誉,最具分量的应该是"全国文明家庭"了,因为这个荣誉,去北京领奖的李老师夫妇受到了习近平总书记的亲切接见。我们在祝贺李老师时,他却说:"一项项荣誉和成绩,实际上满含着社会上许多相识、不相识的热心人士们对于我们的信任和支持,唯有不忘初心,加倍努力,才能真正对得起这一份份沉甸甸的信任!"李老师夫妇正准备与其他村子的农家书屋联合,做有益于更多乡村和乡村孩子们的事情,在乡村践行公益,推广文明,传递正能量,助力实现伟大中国梦!

宝德书院,像一粒爱的种子,正在发芽、开花。爱,正由书院延伸开来……

（2018 年 12 月）

改革开放 40 年看农村变化

今年是改革开放 40 周年,各大媒体都在报道,各个城市都在举办各种改革开放 40 周年成就展。40 年,每一位中国人都能真切地感受到生活翻天覆地的变化。今天,我说说我老家的变化,这应该是改革开放 40 年,农村变化的一个缩影吧。

先说住。40 年前,一家几代居住在低矮的土坯屋里的老人,对孩子们说的梦想就是楼上楼下、电灯电话。

由于老家那里是离县城近的大平原,电灯成了最早实现的梦想。应该在 20 世纪 70 年代末 80 年代初,我们那里就有了电灯。从此,煤油灯成了历史。我们这些 50 多岁出生在农村的人,都有在煤油灯下学习的经历。到现在,我仍然记得母亲在煤油灯下给我们缝补衣裳的样子,那可真是"慈母手中线,游子身上衣"啊。

虽然有了电灯,初期农家人却都不太舍得常用,灯泡没有现在的 LED 灯泡节能、明亮。现在,节能灯普及,农村用电价格也优惠。晚上,不但城里灯火辉煌,农家也是万家灯火。家里亮堂,农家人心亦亮堂。

20 世纪 80 年代末,城里有的人家已经安装了电话,90 年代初城市家庭安装电话已经非常普遍了。但在农村,可能只有大队部才有部电话,那还是条件比较好的大队才有。那时的电话是有线拨号的电话。后来,大哥大、翻盖手机、平板手机、智能手机……农村人紧跟城市变化,电话是日新月异。如今,谁还没有部手机? 而且是更新换代了多次的。像我家 91 岁的老爷子,手机也换了好几部呢。电话缩短了人与人之间的距离,方便了人们之间的沟通和交流。

何止电话,如今我们村,冰箱、彩电都已经普及多年,空调、太阳能热水器等,很多农家也都视为平常家什了。

20 年前,全国大开发,离县城较近的我们村镇成了开发区。随着开发步伐的大踏步前进,近 10 年来,我们相邻的一些村陆续过上了楼上楼下的日子。像我们村,虽然还没有上楼,40 年,房子也都改建了多次。一排排宽敞明亮的大瓦房,冬有暖气,夏有空调。虽然有些上楼了,但对于老一辈的农家人,还是觉得几间平房、一个小院,住着最惬意。

再说行。20 世纪 80 年代前,农村人出门,主要是靠步行。那时,我们上学也都是步行,即使有 10 多千米路程。后来,逐渐有了自行车。三四十年前在农村,能够拥有一辆金鹿牌或者凤凰牌自行车,就如同现在拥有奔驰宝马车。那时,自行车不但要凭票购买,还要和汽车一样挂牌照呢。步行,真是锻炼出一副好腿脚来。到现在,在农村长大的我最不愁的就是抬脚走路。

20世纪90年代中后期,摩托车兴起,农村年轻人多为拥有一辆摩托车而自豪。说实话,对于摩托车,我是敬而远之。因为我村里就有因骑摩托车出车祸而去世的年轻人。这些年,汽车在农村都不是稀罕物了。瞧瞧,谁家门前没有一辆车,只不过车的类型不同、价格各异罢了。但这一两年,我回老家见村里人又多愿意骑电动车,他们觉得方便快捷,还不用担心出去找不到停车位。时常回老家的我还没有见到扫码自行车,否则,满大街一定会是小黄车了。

过去,村里出远门,要步行或骑自行车一两个小时到县城汽车站买票坐车。现在半个小时一趟的环城公交车到村口,一次2元,既方便又便宜。那时的公路都是窄窄的沙土路,公共汽车一般是两截的,车速也很慢,去趟潍坊有时要花上一天时间。现在,不仅宽敞的柏油马路四通八达,而且交通工具也是多种多样。可以自己开车,也可以坐公交,一天两个来回都绰绰有余。假如能通高铁,时间会更短。

满足了基本生活需要的人们,最大的希望就是拥有丰富多彩的文化生活了。文化创造美好,美好需要文化。40年巨变,老家文化生活的变化最大。

过去,老家最重要的文化生活是村里男女老少黑灯瞎火地几个村子追着一部电影看,哪怕夏天蚊虫叮咬、冬天寒冷彻骨。再就是听听有线广播喇叭,或者春节期间看看高跷队。那时,书少得可怜,也买不起。即使买得起,书店也少得可怜。随着改革开放,随着文化的大发展大繁荣,随着各项文化惠民工程的实施,随着一个个农家书屋的建设,农村人不出家门不用花钱就能读到自己喜欢的书籍。农村电影工程的实施,实现了广大农村"一村一月放映一场电影"的目标。农村有线电视的普及,使农村人在家就能天天看电影了。还有农村文化广场的建设,庄户剧团的兴起,送戏下乡等等,更是大大地丰富了广大农村的精神文化生活。而农村广场舞的兴起,使得农村的夜晚不再寂静。瞧,现在的农村,到处欢声笑语歌唱美好新生活呢。

改革开放40年,党的农村好政策以及科技的发展,使农村的变化可以用"日新月异"形容。我们老家还有很多变化,比如文明婚丧嫁娶等等,我就不一一道来了,因为大家都感同身受。坚信在党中央的带领下,经过努力奋斗,我们的乡村将迎来更加美好的明天!

(2018年2月)

我的天安门城楼梦

"我爱北京天安门，天安门上太阳升。伟大领袖毛主席，指引我们向前进……"我记事时，最喜欢唱的歌曲就是这首《我爱北京天安门》了。这首旋律清新、节奏活泼的儿歌，是我们那个年代少儿最喜欢的歌。记得那时我和小伙伴在田野里玩耍或者拔草时，也常常高唱这首歌。每当唱完，我们还会扬起小脑袋，凝视北边很久。因为我曾经听到过北京天安门的父亲说，首都北京和天安门，都在遥远的北边。从此，去北京，去天安门，去看看毛主席登上的城楼，成了我心底的一个梦……

自从知道首都北京，自从知道有个雄伟庄严的天安门，自从知道 1949 年 10 月 1 日伟大领袖毛主席登上天安门城楼向全世界宣告"中国人民从此站起来了"，我就渴望能去北京，能到天安门，能登上天安门城楼……这个梦想从小到大一直在我心底，直到 40 多岁，直到 2007 年 7 月，出差内蒙古时路过北京，使我第一次走进了首都北京。但因为是路过，因为赶时间，也因为是跟外单位的同志一起，我没好意思让他们停一停车。于是，只能匆匆走过长安街，透过车窗，默默地凝望了一会儿天安门。没有停下照张相，更没有圆我的梦，我心里很遗憾。为此，我回来时说与家人听。曾经去过北京的爱人和女儿都笑我虚荣，说我为什么不告诉车里的同志自己没来过，让车停一下，好照个相，满足一下自己。嘿嘿！想想，可能自己真是虚荣，是怕人家笑话自己竟然没有来过北京。

2010 年 1 月 15 日，我再一次匆匆路过北京，这次我圆了自己的一个梦，那就是在雄伟庄严的天安门前照相留影。

那次虽然时间也很紧，但我决心无论如何都要去天安门广场走走看看，并照张相片留作纪念。虽然没带相机，花了 10 元钱让人代照，但仍然圆了我的一个梦想。我终于与天安门来了个亲密合影。那天我异常兴奋，拿着那张立马取的照片看了又看。要知道，这是雄伟壮丽、气势恢宏的天安门啊，是我神往已久的地方啊。这张照片我一直珍藏着，因为这是 45 岁的我第一次在北京天安门前留的影。照片中我的身后是高高飘扬的五星红旗，远处是白雪覆盖下的红砖绿瓦的天安门城楼。那天，虽然高高的天安门城楼对我仍然是那么神秘，但我觉得很幸福。因为我知道，还有很多人不能像我这样，能在首都北京，在天安门前，仰望高高飘扬的五星红旗，仰望那巍峨的天安门城楼。比如那些为新中国诞生而牺牲的先烈们，比如那些偏远山区尚未脱贫的孩子们，比如我那因病早逝的母亲,我曾经一心想抽空带她来北京看看天安门……

时光飞逝,转瞬间,又是 7 年飘过。2017 年 11 月 29 日,因为来北京参加全市财政纪检培训班,这天下午安排参观中国博物馆的"复兴之路"展览。中国博物馆位于天安门旁边,使我在重温我国近代史以及我们党的光辉历程的同时,再次亲近壮丽的天安门。

那天下午,集体参观完,时间刚过下午 4 点。走出博物馆,眼前是宽广的天安门广场,那面高高的五星红旗在迎风飘扬,人民英雄纪念碑庄严肃穆地矗立在广场中……

因为剩余时间可以自由活动,因为天安门广场就在身边,我与马大姐她们四位相约来到广场看看。就在我们往广场中心位置走时,我猛抬头看到天安门城楼上有人,心里一动。经过询问,了解可以买票登城楼,这可把我们几个高兴坏了,匆忙赶过去买票,兴奋地拿着票小跑似的登上了向往已久的天安门城楼。我们四个人都是五六十岁的人,都是第一次追寻伟人的足迹登上天安门城楼,怎能不兴奋? 知道能登上天安门城楼时,我激动得心都要跳出来了。要知道,这可是那个让我魂牵梦绕已久的地方啊!

那天天气格外晴朗,沐浴在阳光下的天安门城楼格外庄严肃穆。登上城楼的我们无不热血沸腾,我们怀着激动而又崇敬的心情,慢慢看仔细瞧。只见,城楼外的国旗旗杆、人民英雄纪念碑、毛主席纪念堂、人民纪念堂、国家博物馆,整个建筑群显得和谐一致、气势磅礴、巍峨壮观。城楼内的展室里有伟大领袖毛主席开国大典时的照片,还有其他国家领导人阅兵时的照片……

那天,站在城楼远眺的我望着那面高高飘扬的五星红旗,望着那座肃穆的人民英雄纪念碑,心中充满无限感慨:沧海桑田,风雨飘摇中,见证了封建王朝兴衰更迭的天安门城楼,更见证了新中国的诞生,见证了新中国成立 68 年的灿烂与辉煌。数风流人物,还看今朝啊! 你瞧身边那些眼里无一不是崇拜和尊敬的各国游人,心中怎能不为自己的祖国骄傲和自豪!

金碧辉煌、高大雄伟、庄严肃穆、气势恢宏的天安门城楼,你不但圆了我少小时的梦,你还将圆中华民族伟大复兴的中国梦!

(2019 年 8 月)

我经历的预算外资金管理体制变革

岁月匆匆,不知不觉间,从潍坊商校毕业的我分配到市财政局工作已经 32 年了。32 年,我工作过两个科室,预算外资金管理科 19 年,再就是教科文科 13 年。在预算外资金管理科工作期间,正是财政管理体制变革的重要时期,许多往事印象深刻。

起因起步

预算外资金的形成、增长,源于改革开放促进经济社会发展的一系列政策。党的十一届三中全会后,特别是改革开放后,国家出台了一系列企事业单位收入留用的制度。比如,1983 年,国家对部分重点企业开始逐步提高折旧率,1985 年,原来国家集中的 30％折旧基金不再上缴中央财政,而是由主管部门、地方集中调剂使用;建立学校基金,校办工厂、农场、招待所等收入留给学校自收自支等,从而使预算外资金收入迅速增加。1986 年,预算外收入占预算收入比重超过 50％,有的地方甚至占到 70％以上。为了加强预算外资金管理,进一步健全预算外资金管理制度,1986 年 4 月国务院发布了《关于加强预算外资金管理的通知》。

我认识"预算外资金",是在参加工作后。1986 年 7 月 19 日,我来到了市财政局预算外资金管理科,与我一同分配来的还有我的同学陈广升。当时,科里除刘伟科长外,还有赵来宝、张仕俭、石淑芳、李元春 4 名同志。我俩的加入,使预算外大家庭一下子增加到了 7 人,这在当时人数不是很多的市财政局来说,应该算业务大科了。1987 年后,科里又增加了李树坤、赵洪亮、丁伟、田民利等同志。由此可见,市财政局对预算外资金管理的重视。其实,我们到科里时,这个科才成立不到 3 年。

国务院发布《关于加强预算外资金管理的通知》,是国务院首个针对预算外资金管理的重要文件,省政府随即印发了加强管理的通知,各地开始贯彻落实文件精神。我刚参加工作,就参与了即将召开的全市预算外资金管理大会筹备工作。8 月 4 日,大会在安丘召开,参加会议的有各县市区分管财政的领导、财政局局长、预算外资金管理科科长等,可见对会议的重视。

说起开会,需要下达会议通知。那时,没有现在的手机、邮箱、微信、腾讯通等先进的通信设备和软件,下达通知主要是通过电报和电话。那时的电话可不是现在的数字电话,那时打电话需要先接通邮政局总机,报本单位付费账号与总机，讲清要接通哪个县哪个单位或者哪个电话，然后放下电话边工作边等待。等待总机接通了哪个，回拨回来，我们再与县里讲话。下发一个会议通知通常需要一天时间。那时无法满足人手一部电话，而是一个科里一部。有的单位几个科室一部，也算正常。

全市大会召开后，我真正开始着手预算外资金管理工作，具体负责预算外资金账务及决算等。那时的预算外资金管理形式是"专户储存，计划管理，财政审批，银行监督"。就是我们常说的"财政代管"。资金所有权不变，财政只是计划管理。各单位要定期上缴财政专户并按照计划向财政申请、专款专用。为使单位预算外资金收入及时上缴财政专户，全市大会召开后，我们又召开了市直相关单位的会议进行了强调。

"财政代管"管理形式，就会在财政专户上形成一定沉淀结余。上级规定，财政可以利用预算外结余资金周转借款扶持企事业发展。于是，就出现了财政预算外周转金。预算外周转金这一特定时期的产物，在当时给潍坊市经济社会事业发展起到了很大的促进作用，也支持了潍坊市的财源建设。比如，四棉是潍坊市规模较大的企业，它的技改项目获得市级财政预算外周转金的支持后效益进一步提升；当时鸢飞大酒店的建设也受益于财政预算外周转金的支持。随着 1994 年分税制改革整顿金融秩序，随着预算外管理制度的规范和逐步纳入预算管理，到 1995 年，预算外周转金结束了其历史使命。

筹资发债

说到预算外资金代管和周转金，就会想起我们因为国库券在外办公的日子。当时，我们科（对外加挂潍坊市国库券推销办公室牌子）还负责国库券的代发行工作。那时的国库券是摊派性质的，由单位代买代扣。每名同志负责几个单位并下达任务指标，有时各自骑自行车到企业上门推销国库券。发行的国库券都是实物券，面值多是 5 元、10 元、50 元。1988 年，国家允许财政成立国库券转让服务部对国库券进行发行、兑付、转让，潍坊市借鉴外地经验也成立了潍坊市国库券转让服务部，挂靠我们科。为了便于开展国库券服务业务，1988 年 8 月 12 日我们搬到了位于潍州路与民生街交叉路口东北角人防办的一个二层小楼上办公，楼下门面房是国库券转让服务部，楼上是我们预算外资金管理科。同时，新增加了 5 名年轻人，专职国库券转让服务部工作。国库券转让服务部于 1988 年 8 月 18 日正式营业。记得那天很热闹，电视台来作了报道。1992 年，各地开始实行住房改革，我们科又增加了住房管理中心的业务。为此，局里调整过来夏芳晨、郭长山、杨国英等同志。住房业务前两年工作开展，主要是到企事业单位调查摸底、宣传有关公积金政策，及时与房管部门对接，讨论制定潍坊市相关住房公积金政策等。1994年住房管理中心从我们科独立并搬出后，我们还开玩笑说："住房管理中心是预算外下的蛋呢。"1994年，市财政局位于文化路的办公楼建成，我们才又搬回局里办公。自1998年开始，我国从新加坡引入新的经济模式撬动民间资本在玉林试运行，当年停止了票面式国库券的发行，潍坊市的国库券转让服务部也结束了它的历史使命，相关业务移交人民银行，工作人员在局里进行了分流。

最初人们对于国库券的转让变现了解不充分，特别是在县区及农村，人们不清楚没有到期的国库券可以到国库券转让服务部转让变现，可以获得本金及一定的利息。于是，就出现了到街道乡村用低价收购国库券，然后来服务部转让赚取差价的人。我们那时都感叹：我们没钱啊，有钱买点国库券就发了。但随着我们宣传力度的进一步加大，这样的行为越来越少。

在外办公的6年间，因为国库券，因为省对国库券发行先进的奖励，我们优先接触到了那时非常先进的一些办公设备。比如，四通打印机、计算机、大哥大以及变速自行车等。特别是那台四通打印机，当时局里都没有，还在手工打印材料。省财政厅奖励市财政局后，局里决定放在我们科和国库券转让服务部使用，于是我们科的同志就掀起了学习五笔打字的热潮。从此，我们科的材料不再需要跑到局里打印。为提高工作效率，便于我们到银行、单位办理业务，局里决定把当时称得上奢侈品的变速自行车，配置给科里工作人员。同时，为扩大宣传国库券，经过局里批准，科里还利用国库券发行经费订购了部分工作包、工具包、工艺靠背垫等宣传品，免费赠送给那些积极购买国库券的单位和个人。宣传力度的加大，大大提升了潍坊市国库券的购买积极性，促进了潍坊市国库券的发行、转让、兑付工作。潍坊市国库券发行量和完成时间总是位居全省前列，每年都得到省财政厅的表彰奖励。

说到筹资，不得不提到潍坊机场。潍坊机场是由军用机场改扩建而成的军民合用机场，1996年正式启用。其中就有我们科的一分力量，因为我们是潍坊机场建设资金的直接筹集管理者。1992年前后，根据市委市政府决策部署，局里决定由我们科具体负责机场建设资金的征集管理使用。机场建设资金的具体名称是"潍坊市重点建设资金"，主要是由交通部门从车辆购置费用中按照一定比例加收后上缴财政专户管理，再由我们按照机场建设进度拨付使用。由于我们在机场建设工作中的突出贡献，1995年飞机试航时，我们科赵来宝、郑民同志荣幸被邀参加，那可是他们首次乘坐飞机，令我们这些不知道坐飞机是啥感觉的人羡慕不已。

规范管理

预算外资金的过快增长及单位自行支配使用,也不可避免地造成了资金的严重分散和乱收费、"小金库"、投资过热等问题。为此,每年的财税大检查,预算外资金都是检查重点。为消除各种乱收费行为,强化预算外资金管理,从1988年起,几乎每年市财政、物价、监察、审计、银行等部门都联合搞预算外资金大检查,每次我都参加。但印象最深的是2003年4—5月,5部门开展的预算外资金集中大检查,刚好遇上"非典"暴发。说起"非典",经历过的人可能还心有余悸。当时的检查地点设在昌潍农校(现潍坊职业学院奎文校区)办公楼,因为"非典",人员进出学校特别严格,单位送、取账簿资料很不方便;因为"非典",特别担心集中的近20名检查人员身染疾病;因为"非典",担心不能按时圆满完成检查任务。虽然人人对"非典"惶恐,但各部门选派的业务骨干及牵头各部门的负责同志都十分敬业,没有一位同志因此提出请假。特别是监察局的孙宝杰主任,物价局的王宝华科长、卫生学校的于萍科长等年龄较大的同志,更是为我们起了很好的带头作用。我们一边每天对工作场所喷洒"84"消毒液,防止病菌交叉感染,一边认真地查阅各自分工负责的单位账簿、凭证、资料,仔细记录、核对、讨论着每一笔可能存在问题的账务。最后,我们圆满完成了检查任务,对查处的截留挪用、坐收坐支等问题,按照有关规定进行了及时处理和通报,进一步规范了预算外资金管理,受到了市领导的好评。

"谁征收,谁所有,谁使用"的预算外资金管理体制,不可避免地造成分配主体的多元化和分配秩序的混乱,突出的社会问题就是"三乱"现象。为进一步规范管理,1993年中共中央办公厅、国务院办公厅转发了财政部《关于对行政性收费、罚没收入实行预算管理的规定》,将83项行政收费项目纳入财政预算;1996年,国家将养路费等13项比较大的基金(收费)纳入财政预算管理,这是继1993年后再一次大范围调整预算外资金口径,使预算外资金规模更加缩小。1996年7月,国务院下发《关于加强预算外资金管理的决定》,这也就是大家最熟悉的国发29号文,文件明确规定"预算外资金是国家财政性资金,不是部门和单位自有资金,必须纳入财政管理"。文件第一次明确了预算外资金的所有权和管理权归属问题,1996年后,预算外资金的管理方式也开始发生重大转变。潍坊市顺应时势,进一步推行预算外资金管理改革,逐步规范预算外资金管理,2005年,预算外资金管理中心成立,与我们科合署办公,预算外资金管理机构进一步加强。

市财政局制定了《潍坊市市级预算外资金管理实施办法》等一系列规范性

文件,逐步健全资金管理、票据管理、账务核算等管理制度。强化措施,推进深化改革,制定收支计划,政府统筹调剂,清理单位银行账户等,堵塞了预算外资金的"跑冒滴漏",为提高潍坊市财政宏观调控能力和促进财政收支平衡发挥了重要作用。

收支统管

1997年,潍坊市开始对纳入财政专户管理的预算外资金按照一定比例调剂纳入预算内。同时,对罚没收入实行超收分成。据统计,1997年,纳入专户管理的预算外资金达47616万元,政府调剂资金完成3102万元,入库3102万元,超收分成69万元;1998年,纳入专户管理预算外资金达46692万元,政府调剂资金完成3487.5万元,入库3458万元,超收分成133.6万元;1999年,纳入专户管理预算外资金达44732万元,政府调剂资金完成4060万元,入库3400万元;2000年,政府调剂资金完成4018.2万元,入库4012万元。

进入21世纪,随着经济的发展,预算外资金也随之增加。2001年,国务院转发财政部《关于深化收支两条线改革 进一步加强财政管理的通知》(国办发〔2001〕93号),要求从2002年开始对预算外资金实行"收支两条线"管理,推行"票款分离"制度,将预算外资金全部纳入预算管理,为真正从源头上、从制度上根治腐败奠定了基础。国办发93号文件,第一次提出了预算外资金"收支脱钩",同时第一次将纳入预算管理的原"预算外资金"称为"非税收入"。"收支脱钩""非税收入"这两个概念的提出,是对预算外资金的革命性变革,将预算外资金管理向前推动了一大步。2002年,预算制度改革,实行综合部门预算,预算外资金纳入综合预算。同时,局里成立了国库科,统一管理财政账户,预算外资金账户调整到国库科集中管理。2004年,财政部印发《关于加强政府非税收入管理的通知》(财综〔2004〕53号),宣告预算外资金管理时期结束,全面进入非税收入管理新时代。随着"预算外资金"一去不复返,我也结束了在预算外资金管理科的工作。2005年,我被调整到教科文科工作。

潍坊市预算外资金管理之所以一直走在全省前列,与市财政规范管理、建立健全监督管理制度分不开,更与市领导的重视分不开。市政府每年都把预算外资金管理工作列入重要议事日程,及时解决管理中出现的问题。市人大定期听取有关预算外资金管理情况的汇报,实施人大监督。市政协也充分发挥监督指导作用。加强领导,统一认识,营造了预算外资金管理的良好氛围。

笔记见证

说到工作笔记,我这个很注重做工作笔记的人就会很无奈地摇头,为那些没有被重视而消失了的笔记本。我从小就养成了写日记的习惯,自然也就有了每天做工作笔记的习惯。2002 年,市财政局搬迁至阳光大厦集中办公,受办公条件所限,1986—2011 年我那大小五六十个本子的工作笔记,与作废文件一起被销毁了,非常遗憾没能保存下来。只有一本笔记是因剪贴了许多我发表的小文章而幸运保留了下来。

在预算外资金管理科工作时,最初的预算外资金管理,特别是纳入财政专户管理后,刚开始单位很不认可,业务又繁杂。记得个别单位"乱收费"、坐收坐支、违规开设账户等问题被检查出来,还振振有词说是他们自己单位的资金,别人管不着。面对困难和压力,我们预算外资金管理科的同志勇挑重担,起早贪黑,加班加点,清理单位账户,制定管理制度,编制收支计划及预算。2004 年 12 月 31 日我的日记中这样写道:"每年的最后一天,电视、报刊等媒体都在总结、回忆和展望,而我却与同事在忙碌中度过。数字、报表、账务、分析,搞得我们头昏脑涨……忙碌也是一种幸福和快乐!"经过我们共同努力和奋斗,在预算外资金管理方面创新性地开展了一系列工作,受到了省、市领导和同志们的肯定以及有关单位的好评。1986—2002 年,我具体负责的全市预算外资金决算(2002年后该业务移交国库科),在全省评比中连续获得一等奖。我离开预算外资金管理科时,那些荣誉证书和奖状还一摞摞码放在科室的书橱里。

说到决算,忘不了我们汇总决算时,加班加点将不同单位或县市区的决算报表,一张张对折,用曲别针两三张一别,再用直尺、算盘(后来才改用计算器)对一行行数字进行累加的情景。那时,部、省、市都召开决算会审会,一开就是一周。如今,设计好程序,鼠标一点,再烦琐的报表也能立马汇总出合计数来。

我在预算外资金管理科工作了 19 年,见证了潍坊市预算外资金管理由分散到规范再到法治管理的过程,也见证了潍坊市在预算外资金管理方面取得的一个又一个成绩。在市财政局工作的 32 年里,我见证了潍坊市统筹推进各项财政改革取得的一个又一个成绩,也看到了我们财政人"改革创新、争创一流"的精神。改革开放 40 周年,经过我们一代代潍坊财政人的努力,潍坊市财政收入由 1986 年的 7.9 亿元增长到 2017 年的 539 亿元。同时,我见证了市财政局获得的一个个荣誉,1998 年获评全国财政系统先进集体,2007 年获评全省先进基层党组织,2009 年获评全国文明单位,2014 年荣获山东省富民兴鲁劳动奖状等。

(2018 年 3 月)

点赞潍坊财政人

2019 年 1 月 1 日清晨,刚登录微信,潍坊财政的新年贺词——"回眸 2018,财政数字可圈可点;展望 2019,改革发展信心满满"就刷爆了我的朋友圈,获得一片点赞。

"走进"新年贺词,一组组数字迎面扑来,传递着一个个令人振奋的好消息:潍坊市一般公共预算收入完成 569.8 亿元,同口径增长 6.5%;全市一般公共预算支出完成 733.5 亿元,增长 8.1%;税收占一般公共预算收入的 80.4%,比 2017 年高 4.8 个百分点;主体税种增幅达 28.4%,比 2017 年高 15.3 个百分点,占一般公共预算收入的 44.5%,为近年最高;民生支出占比连续 3 年保持在 80% 以上……潍坊市的财政工作值得点赞。

以上成绩的取得,离不开市委、市政府的坚强领导,也离不开全市上下的共同努力,更离不开广大财政人的凝心聚力、攻坚克难……所以,更值得点赞的是,潍坊财政人!

多年来,特别是"作风建设年"活动开展以来,潍坊财政战线的广大干部职工在平凡的岗位上,发扬"改革创新、争创一流"的财政精神和敢拼实干的工作作风,积极比担当、比干劲、比能力、比作为,开拓进取、奋发有为,赢得了服务单位的交口称赞和各级领导的广泛好评。一个个潍坊财政人敬业的身影,不仅在办公室的计算机前,在讨论研判的会议室中,在深夜大厦的灯光里,在企业、学校、工程项目的调研现场,在驻村扶贫工作的田间地头,更在争取上级政策的路上、在站南广场的拆迁工地、在高铁北站 PPP 项目论证现场、在抗洪救灾的第一线……

不说为了支持新旧动能转换,在山东省 17 市率先设立预计总规模 600 亿元的新旧动能转换基金,单说成功争取财政部同意综合保税区"一区两片"政策吧。保税区北区是潍坊市开放发展的"桥头堡",但与《海关监管条例》"一区一片"政策相冲突,财政部对关税政策把关严格,在全国没有批复先例。一年多来,市领导带领财政局相关同志先后 30 余次赴北京对接沟通,虽屡屡"碰壁",但依然百折不挠,一周跑两次是常态,一早走、半夜回是惯例,最终靠诚心、耐心争得了财政部批复同意,使"不可能"变为了"可能",让发展机遇稳稳扎根潍坊。这就是坚持锲而不舍、久久为功,在抓落实见成效上担当作为的潍坊财政人!

不说站南广场、高铁新片区综合开发 PPP 项目入库速度创全国之最,单说潍坊市财政局在潍城区城关街道挂职的刘琦同志。她在参与站南广场征迁工作期间，为了全身心投入工作，"狠心"将年幼的孩子委托朋友照顾，一"抛"就是30天，与街道干部连续奋战在拆迁第一线，最终以全片区进度和总量第一名的成绩，率先与302户拆迁居民全部签约，生动诠释了"困难面前有我们、我们面前没困难"的站南精神。担起责任，就意味着牺牲个人生活、牺牲家庭团聚。这就是坚持顾全大局、甘于奉献，在真干事、真为民上担当作为的潍坊财政人！

不说发生历史罕见暴雨洪涝灾害后，潍坊市财政局党组书记、局长王金祥带领有关同志第一时间与国家、省有关部门对接，多方筹集拨付资金26.08亿元，开通资金拨付"绿色通道"，全力保障救灾和重建资金需求。单说原农业科科长李芳文同志，水灾发生时，她马上就要退休，但因为抗洪救灾，因为工作需要，她又加班加点干了一个多月。一个月内，她东奔西走，足迹踏遍了寿光、青州、安丘、昌邑、临朐等多个受灾县市区，白天看现场摸情况，晚上作分析搞测算，将救灾资金迅速拨付到位。腿跑细了、腰累弯了，她不后悔；眼磨痛了、嘴起泡了，她没埋怨。用她的话说："只要我还在岗位上一天，我就要主动担当，站好最后一班岗。"这就是履职尽责、爱岗敬业，在强服务、转作风上担当作为的潍坊财政人！

在其位，谋其政，在岗位上一天，就要认真扎实工作，积极争创一流，这就是主动作为、主动担当、依法作为的每一位潍坊财政人的真实写照，也是积极弘扬新时期潍坊财政"十种精神"的潍坊财政人的真实写照。正如王金祥同志在全局"作风建设年"主题实践活动上的讲话中讲的，"新时期潍坊财政的'十种精神'，既是过去财政文化的总结，也是我们身边优秀同志的写照，更是未来我们工作的遵循"。

"急难面前看担当，大局面前讲奉献"已在潍坊财政人中蔚然成风。潍坊财政人正凭着坚定的政治信仰和过硬的业务素质，凭着勤奋、担当、务实、勇于拼搏的敬业精神，积极争做讲政治、守制度、能担当、重廉洁的标杆。正因为此，我要点赞潍坊财政人！

（2019年1月）

一样的青年节，不一样的见与思

一样的青春，一样的情怀；不一样的春节，不一样的见闻。

放假之际收到《不一样的见闻，不一样的春节——潍坊财政年轻人的见与思》一书，随即带回家，两个晚上静静读完，感动于潍坊财政青年人的不凡，亦改变着我对年轻一代的一些看法。在五四青年节来临之际，将自己读后一点小感悟献给青年们！

2020年这个不一样的春节，慢下来的生活，给了潍坊财政青年人更多的思考和感悟……

邱腾、孟庆浩，在大年初一就被抽调参加了市里督导组，他们在这个特殊的春节的行动本就非常感动人，我想他们对这个春节的感受、感悟绝对不一般吧。是啊，透过他们字句，我就知道这个春节，一定是他们终生难忘的春节……

四年大学时光在武汉度过的杨效伟，对于武汉更是有着不一样的情感。这不一样的情感，使他有了"2020年春节，我们逆风而行、向阳而生"的感悟……

在家过年的薛超对天天必用的水引发了思考，特别是对市政府确定的自来水提标工程财政补贴问题的深度思考……

这本书不厚，读之，确如王金祥局长在寄语中所写的："我们看到了财政青年别样的认识和反思，也听到了对财政的意见和建议，还读到了对家乡的眷顾和热忱，更感受到了年轻人的情怀与抱负。"是啊，通过这本书，我看到了朝气蓬勃的潍坊财政青年人，如韩冰文中最后的诗句"求知若渴，虚心若愚。积极向上，热爱生活"。为积极向上、热爱生活的潍坊财政青年点赞！

陈独秀曾言："青年之于社会，犹新鲜活泼细胞之在人身。"潍坊财政的青年，即是潍财之新鲜活泼细胞，是潍财之希望。祝福潍坊财政的青年们！愿你们不忘初心，坚持理想，努力奋斗，不负韶华！

青年节，祝年轻人和曾经年轻过的人们都快乐安康！

（2020年5月）

查阅市志所见所想

五月初,我又浏览市志,看到记载的 1975 年大事记里有这么句话:"1975 年,本年市区 3900 名青年上山下乡,分赴本地区各县插队落户。"

我忽然想到,就在这 3900 名青年中,应该就有十几位青年到了我们村。这批潍坊知青在村里时间短,总共两三年时间,他们就回去了。也因为我年龄渐大,不太接触,所以这批知青留给我的印象没有之前来村里的青岛知青印象深刻。

1967 年,我们村迎来了第一批下乡知青——青岛知青,好像也是十几名。因为初来时,村里德高望重且厨艺高超的爷爷被指派给青岛知青们做饭,大哥、大姐又与他们年龄相仿,于是他们就成了我们家的常客。我那时年龄小,圆圆的笑脸,有些可爱,所以他们对我特别好,时常带我玩耍,讲一些有趣的故事给我们听。这些有知识有文化有素养的青岛知青,带给我许多新奇的东西,给小小的我留下了深刻的印象。

由于他们这批青年是深信"扎根农村一辈子"的,所以他们来村里后,真的是一心一意与社员一起劳动学习,真正地与贫下中农打成了一片。

记得这些青岛知青,不但能吃苦劳动,冬天农闲时节还时常排练节目。他们在我们村,与我们村的青年一起几乎将革命现代京剧排演了个遍。他们演得非常认真非常棒,总能获得全村人乃至邻村人的喝彩。那时,连我这个小孩子都跟着他们学会了很多样板戏片段呢。那个演杨子荣的宫姓帅哥,不但演得好,性情也好,非常和善,一说话就面带笑容,还特别好逗小孩子玩,村里老老少少都喜欢他。他时常到我们家玩,与爷爷很是能拉上呱。他喜欢坐在炕头上听爷爷讲故事,还喜欢爷爷做的饭。他只要回青岛探亲,回来都给爷爷带好吃的。自从他们回城后,我们就再也没有见过面。后来我们聊起,才听哥姐他们说,小宫是一位外交官的儿子,他下乡到我们村时,他爸爸正任我国驻伊拉克大使呢。这就是那时很多高干子弟的写照,低调质朴有教养。

扎根农村,有些青岛知青真的扎根农村了,与农村青年结婚了。郭老师,一位内秀外柔的青岛女知青,与我们村我称为叔叔的一位万姓青年结了婚,后来被推荐当了老师,成为我小学 4 至 5 年级、初中的数学老师。听说,郭老师是位被打成"右派"的干部子女。郭老师是幸福的,因为万叔叔非常疼爱她。那时,村里都知道,郭老师的头发是万叔叔修剪的,身上的毛衣是万叔叔织的。他们生了一儿一女,小日子过得红红火火。应该是 1975 年左右,上级落实政策,郭老师被安排到诸城城里上班,并将爱人与孩子的户口带出。后来,他们一起调回了青岛。

想起这些,我就想到了王小波的《黄金时代》,想起了电视剧《孽债》,也想到了现在的年轻人的幸福……

（2019 年 7 月）

富有事业心的年轻人

"在年轻人的颈项上，没有什么东西比事业心这颗灿烂的宝珠更迷人的了。"看到这句话，抬头看到对面正努力工作的年轻人，我心想，他不就是一位非常富有事业心的年轻人吗？

2019年12月16日，我一人专心于财政志编纂工作近4个月后，终于又迎来了新生力量。通过这些日子在工作中的相处，我认为他是一位难得的优秀的年轻人。

2019年底，在局里实在抽不出人来，而我一人又实在力不从心的情况下，经过局领导批准，我们编纂办公室借鉴外地单位购买服务的成功经验，迎来了这位姓郑名鑫，山东大学本科毕业，曾经参加过市总工会劳模影像志编纂工作的小伙子。

第一次见面，除了觉得小伙子长得文质彬彬外，令我印象最深的是，这个年轻人，前期他的领导在我面前没有虚夸，他确实是一位工作认真专注、一丝不苟的年轻人。那天，进门后，我的注意力就被他怀抱的几本书吸引过去，《成语大词典》《编辑必备语词规范手册》《图书编辑校对实用手册》等，他来报到时就把这些工作常用的工具书顺手带了过来。这说明，他无论到哪里都是位马上可以专心投入工作的人。

是的，我没有看错。第二天，我将工作内容、一些要求以及前期我们做的工作、财政工作不同于其他工作之处等内容跟他简明扼要地介绍了一遍，他边听边认真地做着笔记。我喜欢及时做笔记，因为人的大脑并不可能记住那么多，所以我也喜欢及时做笔记的人。接着，我让他这几天先协助我将《潍坊财政大事记(1948—2019)》再编辑修改一下。没想到，他马上就投入了工作。可能是做编辑的原因，小伙子工作非常细致，瞧他修改过的稿子，一个标点符号都不放过，笔记做得更是认真，遇到不理解的地方及时询问我们，还时常谦虚地向我们请教。不像有些年轻人，总是自以为是，或者夸夸其谈，或者闷葫芦一个。他话不多，每天只是默默地干好安排的工作。此外，他还非常勤快，每天都提前来办公室打扫卫生，下午下班也是收拾完卫生再走。有急活时，他不是在办公室加班，就是自觉将资料拿回家加班加点干完，并按照我们既定的方案，将科室上报资料等按照志书的模式排版后发给我。

郑鑫的到来，不但减轻了我的工作量，还提高了我们编纂的工作效率和工作质量。以前我们编纂小组，虽然名为"四人小组"，实际是两人在具体干活，而9月底图片展结束后，基本就剩下我一个人在干。好在现在晓宁同志又归来，再加上这位优秀小伙子，以及局办公室这个强有力的后盾，我们的志书编纂工作将会更加高速高效。当然，这高速高效的前提还需各科室给予大力支持。因为我们通知要什么资料，到了上报日期，科室大多数忙业务忙得忘了上报，有的甚至拖拉几个星期。修志工作工程浩大，仅凭一人或两三人之力不可能完成，必须汇聚集体的智慧和力量，举全局之力，精诚合作，才能编纂出一部资料全面、记述严谨、体例完备的精品佳志。

年轻人，不一定要多么有天赋，多么聪明伶俐，多么精明帅气，但一定要诚实稳重、有责任感和上进心。能够把一切平凡的事做好即不平凡，把一切简单的事做好即不简单。我觉得郑鑫就是这样年轻有为、踏实能干的年轻人。在郑鑫和"四人小组"的杨效伟、刘晓宁、任江舟他们这些年轻人身上，我看到了人生最可贵的东西。

我喜欢跟有进取心的人一起工作，希望通过我们的共同努力，早一天将寄予了潍坊老一辈财政人期望、局领导高度重视、全面系统记述潍坊财政历史与现状的资料性文献——《潍坊市财政志》奉献给大家。

（2020 年 3 月）

"丝路绸语"话柳疃

　　几天前,我在微信朋友圈中看到昌邑市财政局原局长、现柳疃镇党委书记许增贤发的有关柳疃丝绸文化博物馆、丝路绸语文化创意园的情况介绍,心里甚是钦佩许书记。这位复旦大学名校毕业、有思路有才华的领导,在昌邑市财政局工作期间就提出修《昌邑财政志》,比潍坊市财政局提出修志还要早。

　　为开拓编写《潍坊市财政志》的思路,学习提升自己,我们决定到昌邑柳疃丝绸文化博物馆和丝路绸语文化创意园参观学习,并向许书记讨教一些修志经验。今天,当我来到柳疃镇,走进柳疃丝绸文化博物馆和丝路绸语文化创意园,我被深深地震撼了。想不到一个乡镇打造的具有本土特色的博物馆竟然设计得这么精巧,藏品这么丰富;想不到他们打造的创意园亦独具匠心,而创意园里那一棵棵粗壮茂盛的白杨树更让我欣喜不已,我已经很少见到没有被破坏的茁壮白杨树了,它们高大挺拔的躯干彰显着其久远的历史……

　　虽然我不是昌邑人,但我很早就知道昌邑的丝绸在历史上很有名,昌邑自古就有丝绸古镇的美誉。20 世纪中叶,昌潍地区的丝绸业非常发达,而其核心区域就是昌邑柳疃。小时候,我曾经在亲戚家见过他们种桑养蚕。"老蚕欲作茧,吐丝净娟娟。周密已变化,去取随人便。"虽然我总是对那些胖胖的蠕动的蚕宝宝们望而生畏,但我却非常敬佩它们的奉献精神。新时代,更需要奉献精神。高考的时候,我的同学就有考上丝绸学校的,一姓周的女同学毕业后被分配到了缫丝厂工作。我清楚地记得,1987 年我第一次去临朐婆婆家,看到漫山遍野都是郁郁葱葱的大桑树。不知何时,这些桑树消失了。今天,在丝路绸语文化创意园,我又一次见到了桑树,听说是去年才栽植的,却新绿萌发,一派盎然生机,有的还缀满桑葚。孤陋寡闻的我听介绍才知道,这桑葚是跟桑叶亲密无间的,长桑叶,就长桑葚呢。

　　工作后,我才真正知道了柳疃丝绸的非凡之处。1915 年,柳疃丝绸在美国旧金山举办的巴拿马—太平洋世界博览会上获得金奖。因为丝绸,昌邑下南洋的人特别多,故而昌邑有"华侨之乡"的美誉。当然,我也曾经穿过昌邑制作的漂亮的丝绸衣服,戴过昌邑产的丝绸纱巾。昌邑丝绸,亦曾经扮靓我的青春……

　　昌邑丝绸看柳疃。一馆一园仔细看下来、认真听下来,我对昌邑丝绸业的发展史有了更深刻的了解,亦钦佩昌邑的丝绸业主为民族企业的振兴、为新中国的成立等所作出的巨大贡献。历史总是在总结中前行,人们也总是从历史中汲取智慧和力量。所以,我很钦佩那些弘扬柳疃丝绸文化的人们,他们为了把柳疃丝绸历史的根脉留住,把它传承发扬下去,让后人世世代代了解这段历史,建设了柳疃丝绸文化博物馆,还利用老丝绸厂精心打造了丝路绸语文化创意园。这些文化亮点工程不仅为市民提供了一个非常有意义的文化、教育、旅游基地,还便于人们了解昌邑丝绸是如何从这里走上"一带一路"的……

听他们介绍,柳疃现在仍然有万亩桑园,柳疃的纺织业也仍然发达。在创意园,一部分厂房里仍然织机轰鸣,虽然隔着墙,那声音仍然使我想起了那首著名的《木兰辞》,让我仿佛看到了"放来灯火多如星,村村户户机杼声"之盛况……

参观完一馆一园,我们又来到青阜农业公社的大数据智控中心,这里可是乡村振兴的典范试点,沃野千里,全部采用机械化运作,那可真是一片希望的田野。

柳疃,正如许增贤书记亲笔题写的:"柳疃,一个把天上的云霞织成多彩丝绸的地方;柳疃,一片孕育文明和希望的浓厚沃土;柳疃,一个看得见海听得见涛声的滨海小镇;柳疃,更是一个盛产辉煌、成就梦想的故乡。"

今天,我有幸来到丝绸之乡柳疃,沿着历史和未来的时光隧道一路走来,进一步了解了昌邑丝绸的前世今生,看到了柳疃镇经济社会日新月异的变化。为此,我由衷地为他们精心打造的这些文化亮点工程点赞!为他们以丝绸做桥梁,促进当地经济文化发展点赞!更为充满生机活力的柳疃点赞!

(2020 年 4 月)

走进潍坊仲裁委

　　走进去，才能真正认识一个地方；走进去，方能品味它独特的文化。

　　这么多年，我这个半吊子，对于"仲裁"的意义，只知其皮毛。对于市仲裁委，我只知道有这么个单位，但没有去过，亦不知其在哪里办公，更不了解其具体业务。前几天，听好友说，潍坊市仲裁委搬到公路事业发展中心那里了，并准备约我一起去看望去年到潍坊市仲裁委任职的高强主任。今天上午，我们相约一起过去。这一去，使我对市仲裁委有了全面的了解和认识，更为他们独具特色的单位文化建设大大点赞！

　　听高主任说，仲裁委原在广文中学附近，办公场所不但狭小破旧，而且没有暖气和中央空调。单位自己安装的空调由于线路老化，时常跳闸，故而冬天不敢开庭，因为太冷。今年搬迁过来后，虽然尚未装修，但公路局的办公楼非常敞亮。为了强化仲裁服务，努力做到程序公正、结果公平、过程便捷、服务上乘，他们首先打造了仲裁厅。高主任带领团队，在提高自身服务能力的同时，精心打造了一系列活力潍仲新品牌，其单位文化颇具新时代特色。

　　瞧！他们自己职工——王聪设计的潍坊仲裁吉祥物维维、筝筝，不但寓意深刻，而且颇具潍坊特色。他们征集的潍坊仲裁委 logo 图案，充分体现出潍坊仲裁的地域特点，同时表现出潍坊仲裁作为现代民商事仲裁机构的国际性特征，拥有面向世界的视野。说到面向世界，他们的仲裁员，其中就有国际知名仲裁员，真正做到了"服务一流、至臻至善、国际接轨"。高主任介绍说，现在精神面貌焕然一新的潍仲人，不但考核名次获得优秀，还将单位创建为市级文明单位。

　　仲裁，作为一种国际通行的解决争议的有效方式，它不仅要满足市场经济条件下多元化的纠纷解决需求，还要承担起服务现代社会的重任，为完善社会机制，改善投资环境，构建和谐社会发挥应有的作用。在我们倾力构建和谐社会的今天，认识仲裁的社会功能，探寻仲裁的价值取向，凸显仲裁的独特作用，显得尤为重要。为此，潍坊仲裁委发挥自己的优势，举办潍仲大讲堂，设立微信公众号，公开聘任万名仲裁联络员，等等。

　　愿潍坊市仲裁委，坚持"阳光活力、亲和包容、专业高效"的服务理念，更加致力于化解矛盾纠纷、维护生活稳定、优化营商环境，为促进潍坊经济社会高质量发展贡献力量。祝福潍仲人！

（2020 年 5 月）

潍坊奇好

潍坊奇好!

因为要接待一位需要了解潍坊的北京客人,我向市委宣传部的孟琦要了他们曾经出版的一本介绍潍坊的书,不想孟琦小妹还另外给了两本《潍坊奇好啊》小册子。送给客人一本,自己珍藏了一本。这是一本 2016 年出版的宣传潍坊城市的小册子,我第一次见到。那天见到它,顺手翻了翻,里面是我们熟悉的风土人情,觉得非常亲切。拿回来放在床头,今又仔细浏览了一遍,再次感叹:潍坊奇好啊!

潍坊奇好! 咱不说"海岱惟青州"的古九州之一的青州,不说世界罕见的保存完整、门类齐全、具有不可替代和重要科学价值的地层古生物化石临朐山旺化石,不说明清闻名遐迩的"二百只红炉,三千铜铁匠,九千绣花女,十万织布机",也不说那数不尽的晏婴、公冶长、贾思勰、赵明诚、张择端、刘墉等潍坊历史名人,咱只说那白垩纪的恐龙,7000 万年前啊,人类尚不知在何处,那恐龙却已经聚集在诸城了。只要到诸城恐龙涧走一走,再到诸城恐龙博物馆、暴龙馆看一看,你就会知道独领风骚的"四大龙王",是如何"引无数游客竞折腰"的了。

潍坊自秦朝便成为京东古道的重要枢纽,是历史上著名的手工业城市,清乾隆年间便有"南苏州、北潍县"之称。新中国成立后,潍坊的机械制造、纺织业等在省内亦独领风骚。如今,更是有中国装备制造业的领军企业潍柴集团、中国电子信息百强企业歌尔集团、全国和山东省纺织骨干企业帛方纺织有限公司等知名企业。

潍坊奇好! 拂去历史尘埃,咱说说今之潍坊。今天的潍坊更是了得,有"全国文明城市""国家卫生城市""国家园林城市""全国科技进步先进市""国家食品安全示范城市""世界风筝都""中国画都""中国民间文艺之乡"等荣誉,还有 2019 年 100 个大中华城市总体宜居性排名(共 20 名),潍坊列第 15 名;2020 年城市商业魅力排行榜三线城市,潍坊排名第一……

潍坊奇好! 山好水好人更好。山,有俊美的沂山、嵩山、云门山、常山、竹山等;水,有潍河、弥河、白浪河等;更有那世界奇迹、亚洲第一浆砌石拱桥——淌水崖水库以及全省最大水库——峡山水库。历史上潍坊就名人辈出,现在就说近、现代吧,也是处处闪耀着潍坊人的身影,有中国共产党的创始人之一、中共"一大"代表王尽美,文学家王愿坚、王统照、臧克家等,被党中央、国务院授予

"改革先锋称号"的好书记王伯祥,心无旁骛专攻主业、打造潍柴"金字品牌"的潍柴董事长谭旭光等。

潍坊奇好!热腾腾的肉火烧、朝天锅、鸡鸭和乐、临朐全羊汤,香喷喷的诸城烧烤、高密炉包、景芝小炒、诸城辣丝、潍县辣皮,还有昌乐西瓜、潍县萝卜……无数美味,保你来了挪不动步。潍坊的酒虽然没有茅台、五粮液珍贵,却也有那名扬天下"难舍最后一滴"的景阳春等佳酿。

潍坊奇好!每个县市区都有响当当的品牌。寿光蔬菜、昌乐宝石、诸城外贸、青州花卉、昌邑园林、安丘蜜桃、临朐奇石、高密"红高粱"等,更有那140多千米富饶的海岸线。

潍坊,一个美丽的地方,你了解它越多,欣喜越多,热爱越多。她从新石器时代走来,留下写不尽的历史繁华;她荟萃了最传统的民俗文化,数百年的古老手工艺在此传承;她拥有着丰富秀美的自然风光,也有着最热情淳朴的人情韵味;她有着典雅传统的古韵,也散发着最时尚摩登的活力……潍坊奇好啊!

相信在中国共产党的领导下,在潍坊人民努力下,潍坊的明天将更加美好!

(2020 年 7 月)

摘药山下"现代隐士"

安丘柘山镇的摘药山,虽然海拔不高,却非常有名气。山顶上有老子庙,北望可见城顶山的书院,山上齐长城遗址隐约可见。相传,我国古代伟大的哲学家、思想家和道家学派创始人老子曾在此山写成《道德经》上篇《道经》。山上树木很多,以刺槐为主,良好的自然资源与悠久的历史文化相融,形成了难得的文化生态旅游胜地。

山下不远处,公路北边丘陵地有一处独具特色、独一无二的门楼,两边是用碎石垒就的两个高高大大的门墩,两扇古色古香的雕花大门。同行的朋友说,这就是刘教授自己设计并建设的家园大门。进入大门,沿山丘小径走几步,又是一个别具风格的石拱门,进入便是还在整修的庭院。庭院虽小,却也小桥流水,雅致得很。继续前行,不远处西山坡有一户用特色石墙围成的民居。门口一棵吐着翠绿嫩芽的垂柳,还有棵不知名的尚未发芽的大树。沿着小径拾级而上,就进到了院子里。这是过去农村常见的房子,正北两间,一间厨房,一间卧室。厨房里垒着锅台,卧室里支着土炕。土炕上是已经很少见的老式炕柜。记得我们家以前炕上也有这样的柜子,如今早不见了踪影。刘教授的三个孩子正坐在炕前围着一台14英寸的电视机看电视,见我们进来,都礼貌地喊叔叔阿姨好。除了两间正房,西边还有两间附房,应该是放杂物的。刘教授说,这是他80多岁的父母居住的房子。他只是在老房子外增加了石墙,设计了别样的门楼,修了台阶,并修缮了老房子。那老房子的东边屋顶上自然生长着一棵树,看上去有些年岁了,可能是风或鸟将种子带上老屋,经过雨水的滋润、阳光的抚慰,就在老屋顶上长成。什么树,我不知道,树形却非常好看,宛如一把扇子,虽然现在仍然是干枯的树枝,但形状却不失优美。

离开老房子,继续前行百米多,眼前的石屋是刘教授夫妻和孩子们的居所了。外观看仍是不规则的石头和干枝搭建,古朴简易,屋里却非常现代。卫生间里洗浴盆、冲水马桶一应俱有;厨房里洁净整齐,卧室床铺都非常新潮时尚。屋里最吸引人的当数那一幅幅画作。那是刘教授的佳作,也有一些是他妻子的作品。画的全是他们园区里的树木花草,还有几张是他孩子的肖像。房子周围和庭院里全是粗大的果树,有杏树、桃树、樱桃树、柿子树等。杏树已含苞,想必再过十天半月就会妖娆绽放。其他树木,因为天冷,还在窝冬呢。房子西边是刘教授开垦的小菜园,东边是刘教授的露天茶室。那露天茶室,是刘教授就房子东山两棵粗大的樱桃树下，安了石桌石凳而成，是平常和妻子喝茶聊天的地方。坐在树下，夫妻俩喝茶聊天，阳光明媚的春日，头顶蓝天白云，远眺翠绿山峦，近观烂漫花海，沁人心脾的幽香……想想就醉了。

刘教授是厦门大学的教授，出生在摘药山下的农家，从小生活在摘药山下，受老子思想影响深远，追求天人合一。3年前，已过不惑之年的他，感悟到世上有比名利更重要的东西，感悟到陪伴父母的重要，也为了追寻根脉，为了心底那份乡愁，他辞职回到了家乡，承包了百亩山地，过起了隐士般的生活。妻子是他的学生，福建人，年轻、漂亮、文静。因为爱他崇拜他，毅然决然从繁华都市来到了幽静的小山村。刘教授自豪地讲，身上的衣服是妻子自己缝的，吃的菜是妻子种的，到镇上购日用生活品，也是妻子忙碌，言谈中充满了对妻子的爱怜和赞赏。刘教授还说，现在孩子们上学，有校车到家门口，非常方便。我们问他依靠什么生活，刘教授说，除了自种自吃，再就是画点画或带学生。朋友说，附近的人家知道他是教授，又会画画，就把那些令父母头疼的顽皮的孩子送来。满腹经纶的温和的刘教授总是能将不爱学习的孩子或顽劣的孩子教育好；而那些喜欢绘画的孩子，家长就送到刘教授这里学习，孩子们进步非常快。所以，刘教授夫妇颇受家长们的爱戴。刘教授笑着说，这个世界，饿不死人的，人生都是百年，就看你如何选择。他很感恩生活，很喜欢现在的生活，因为能陪伴父母，能寻根觅童趣，更能随心而为……

听着刘教授的讲述，看着温柔含笑伴在他左右的刘夫人，我忽然想起曾经看到的一段文字："繁华尽处，寻一无人山谷，建一木制小屋，铺一青石小路，种一片十里桃林，与你晨钟暮鼓，安之若素……"这不就是这对夫妻的写照吗？

（2017年3月）

桃花缘

因为嵩山桃花,我结识了曾庆梅,一位外表风风火火却又干练内秀的女子。

嵩山万亩桃园正桃之夭夭、灼灼其华,我因事来临朐,顺便看望好久没见的咏梅妹。去年她邀我们来赏桃花,谁知周末去了,遗憾桃花因为一场春雨,早已化作春泥。今天,她说什么也要我再上嵩山,说她前天刚去过,桃花正怒放,美不胜收。她知道我这"花痴"对花的迷恋,但她有事走不开,就找了位闺蜜陪我去。她介绍说闺蜜也姓曾,叫庆梅,是我们一家子。盛情难却,我上了庆梅的车,并半认真半开玩笑地说了句:"麻烦姑姑了。"因为"庆"字辈比我的辈分高一辈,所以我得称呼比我小的庆梅为姑姑。长发飘飘,一身黑色宽松长裙,脚蹬一双大红高跟鞋的庆梅却呵呵一笑:"一家子,麻烦啥。上车!"开朗的性情一下子拉近了我们的距离。

庆梅的车是白色奥迪 A4,在县城不豪华却也不普通。她性格泼辣,说笑声音大,路上她还拐弯去铝合金市场那里拉上了一朋友,说这位朋友熟悉嵩山,好让他带路。

半小时车程过后,嵩山已跃入眼帘。远眺,满山仿佛布满紫色云霞;近观,是遍野妖娆盛开的桃花。我激动不已,摇下车窗,边目不转睛地望着窗外美景,边深呼吸清新的空气。谁知庆梅更是个"花痴",忘情地大喊大叫太美太漂亮了,边喊那已经当了驾驶员的朋友停车。车一停,她也不顾脚蹬高跟鞋,就扑入桃花园,一边赞美花之娇艳,一边用手机不停地咔嚓拍照,说这片桃花开得艳,那片桃花照相美,喊朋友快来给我们合影……

那满山的嫣红也使我兴奋不已,一会儿在桃园里赏花拍照,一会儿登高望远,恨不得将嵩山美景揽入怀中,装入心里,带回潍坊。两个"花痴"在嵩山的万亩桃花园里疯玩了一下午,直到夕阳西沉,已经下班在庆梅茶室等着急的咏梅电话催促,我们才恋恋不舍地回县城。

车在一处繁华地段的但我没有看见店名的商铺前停下,庆梅说到了,并热情地推开大门,说带我去看看她的地盘。一进门,我愣住了,好清幽雅致的地方,处处充满了文化气息。一共四层楼,每层的厅廊里布满了奇石、字画、紫砂壶、古筝、茶室、创意室、参禅室应有尽有,真正是优雅、时尚、奢华、臻品共一堂。我从美丽桃花园出来,仿佛一下子进入了艺术珍品之林。一至四楼参观下来,我对庆梅真正刮目相看了。当她笑着对有些发蒙的我说:"一家子,你是不是觉得这些不应该属于疯疯癫癫的我?"被她说中的我有些不好意思,我微笑着对她说了句:"我真的没有想到,您是这么一位有品位、天性自然的人。"当我们在茶室边喝茶边聊天,我进一步了解了她。

庆梅两岁时便没有了母亲,父亲也在她 10 岁时去世了。没有父母的疼爱,使她从小就养成了好强的性格。初中毕业,她就退学闯世界了。她说:"一家子,你知道我是怎么赚到第一桶金的吗?"我微笑着摇摇头。庆梅为我们添上茶,讲起了自己的故事。

初中毕业,庆梅在家晃荡了一年多,给人打过工,也在商品城倒过小商品,但都没有赚到什么钱。她很不服气,人家能行,自己也应该能行。1998 年 12 月,她看到挂历很畅销,就带着借的 1400 元钱,跟人去南方进了些挂历,当年她就赚了些钱。挂历的畅销使她尝到了甜头,她就在县城租了个小店铺,主营挂历。那几年,她连续几年都去南方批发挂历。挂历虽然赚钱,但也有很大缺陷,就是时效性太强,春节前卖不出去,剩下就是废纸一堆。说到这里,庆梅笑着说:"一家子,你想到那时过了春节,我店里来的第一批客户是干什么的吗?"

"干什么的?"

"收废纸的。"说完,她自己都大笑起来,"知道吗? 我最多的一次废纸卖了 5 吨多。"那时每年春节后,她都将没有卖出的挂历当作废纸处理了。

中国是一个非常重视礼尚往来的国家,亲戚之间、朋友之间来往都好带点礼品。随着时代的变迁,人们对于礼品的需求不再是吃的、喝的,而是转向了有品位、有文化内涵和独特创意的文化礼品。有的还专门定制一些独具特色的创意产品。2002 年,已经有一定经营经验和积蓄又常跑南方的庆梅,看到了文化礼品行业的潜力。她倾其所有,注册成立了庆梅文化礼品公司。10 年下来,她的公司由于秉承只做精品的理念,品种不断更新换代,集收藏、实用、欣赏为一体的工艺品产品应有尽有,很受人们欢迎。她的公司成了县城最具实力的专业文化礼品公司。几年后,她不但在最繁华的地段买下了这个四层的门店,还投资了其他业务。

"你太有眼光了,你 10 年前做的就是现在提倡的文创产品啊。"听到这里,我感叹道。

"说实话,我也沾了那些年风气的光。"庆梅很冷静,"所以,2013 年,我开始转变经营理念,还改了公司名字,深入挖掘临朐的传统文化,既做文创产品,又做公益。"

"庆梅很有爱心,很多年前就做公益,资助了很多困难学生和贫困村的老党员,是我们县的慈善达人。你不知道,她的为人正如她的公司精神理念:诚信、激情、自信、爱心、挑战、勇往直前。"一旁的咏梅笑着插话道。

庆梅淡然地笑道："那些小事,不足为道。我说的公益,是说将那些民间的手工老艺人找出来,接到我的逸品堂,让他们带徒弟,资助他们将那些手工艺传下去。当然,我也可以从他们的手工艺中获得灵感,创造出佳品。"

"就像你创意室里的那些盖顶一样,很漂亮,又实用又艺术。"在参观她的创意室时,长桌上放着一些用高粱秸秆制作的盖顶,下边还坠着中国结,很精致美观。

"是的,那些都是我自己设计的,由一位老艺人带着几个徒弟用天然高粱秸秆手工制作的。不但环保、健康、实用,还是民间艺术传承作品。我还亲自给它们起了名字,叫秸秸高,还做了精包装,准备打造这件产品。"庆梅自豪地说,并将手机里自己设计的包装盒照片拿给我们看。一件很普通的家庭常用品被她做成了非常精致的艺术品,确实了不起。

庆梅说:"当我到村里找到这位70多岁的编织老艺人,说明来意后,他激动地抓着我的手说,闺女,你是我的贵人啊。我当时都流泪了。因为一位农村老人,觉得自己没用的老人,突然被认可,不但自己有收入,还可能带动村民致富,他怎么能不激动……"

庆梅自然地讲着,我却从她不时拿出的一件件工艺品中看到了她的睿智和独具匠心。特别是她开发的一系列"临朐印象"特色文化创意产品,将临朐的山山水水、人文传统等体现在作品中,非常有价值。临朐物华天宝,人杰地灵,不但是全国文化模范县和著名的"小戏之乡""书画之乡""奇石之乡",更有大汶口、龙山等多处古文化遗址,还有沂山国家森林公园、山旺国家地质公园、老龙湾等蜚声海内外的旅游景点。做文创产品,就要把这样的临朐文化元素做进去,要产品宣传临朐文化。要让临朐人更爱临朐,让世界记住临朐……

庆梅做到了,正如她公司的发展理念:超越、持续、做强、做大。

庆梅的四楼上有一间禅室,正墙上挂着一幅字"生命和谐之旅"。四周墙上有四个字,分别是"静""净""敬""境"。进入禅室,那种祥和的氛围使心情很自然就平静下来。庆梅说每次自己遇到不顺心的事情、气恼的事情或太兴奋的事情,她都会到禅室静坐会儿,让自己平静下来。她说她也非常喜欢茶道,所以在四楼上设了茶室。她说:"禅茶一味,天人合一。通过沏茶、赏茶、闻茶、饮茶,不但能增进友谊,还能美心修德。喝茶能静心、静神、去杂念,使人清静、恬淡……"坐在茶室里娓娓道来的庆梅,从容于心、淡定于行,令我感动。

她有一套铁丸石作品,人物惟妙惟肖。其中,有件配的文字是:"即使在萧条的枝头上,也能听到花开的声音。"这应该就是庆梅的风格吧。

嵩山桃园春光媚,赏花缘结曾庆梅。
爽朗笑声感染人,扶老助弱献爱心。
宽厚尊重得共赢,集思广益出佳品。
从容于心淡定行,梅花枝头笑东风。

（2017 年 4 月）

豆子师傅

公休假时去贵州游玩,刚开始旅行社告诉我,接我们的司机是个女的,叫豆子师傅。我奇怪怎么叫这么个名字。贵阳机场一见,胖乎乎,圆墩墩,一双有神的大眼睛,圆润小巧的身子,是爱笑、说话直爽的一个女孩。我情不自禁笑了,心想:"豆子师傅,名副其实。"

一路下来,爽快爱说的豆子师傅,使我对她有了新的认识。

她是江苏盐城人,姓王,1983 年出生。中专毕业后,她去了医院,从事救护工作,年收入最高时能有十几万元。不知为何,她得了轻度抑郁症,焦虑、心烦、悲观,情绪低落,不愿见人。后来,家人和朋友劝她出去旅游,慢慢地,她发现旅行不但使她烦躁的心平静了下来,美丽的大自然还赶跑了她的郁闷,使她快乐起来。慢慢地,她走出了抑郁,也找到了自己所要的生活——自驾游。

前年,她用 4 个月的时间自驾游了西藏、新疆,并用 15 天时间徒步环绕纳木措一周。那年,她开的车子还不是现在的别克商务车,是辆铃木天语车。她很自豪地说,开着这辆"小毛驴"从滇藏线入西藏,行驶了 2.5 万千米路程,车竟然没有发生过一次故障,除了她在纳木措时感冒咳嗽了几天。她将西藏美景尽览,体验了很多不一样的西藏人文和景致,也获得了常人难以获得的快乐。

我又佩服又好奇地问:"你自己一个人去的西藏?"

"是啊!"

看我不信,豆子师傅就将手机里的照片翻给我看,那些照片,除了西藏优美独特的自然风光,就是她与藏族群众的合影。豆子边翻看边给我讲她在西藏的故事。

她说:"出去玩的,最怕不能吃苦。"她一般三四天有时五六天才住一回酒店,目的是为洗澡。其他时间都是睡车上或者睡袋睡地上。她打开车的后备厢,睡袋、帐篷、户外气罐、茶具等野外生活用品应有尽有。她笑着说:"我以前学过野外救护,时常训练,对于野外生存还算内行。我爱上自驾游后,车里就时常备着这些东西。"

"西藏山高路远,我还是难以相信,你一个女孩子是怎么度过这 4 个月的?"我仍然不相信地问。

她微笑着说:"没去西藏前,我也没底。去了我才知道,西藏比较安全,那些藏族同胞是非常质朴友善的。"

她说，她一般早起赶路，下午早停。每天傍晚，她尽量找有派出所的地方停下。在派出所附近，她就会很踏实地在睡袋里休息。如果没有赶到派出所附近，她就把车停在当地藏族群众的村子附近，在车上休息。

她讲了个笑话，一天半夜，她在车里睡得正香，突然被"咚咚咚"的敲车窗声惊醒。借着月光往外一看，车子被黑压压的一群人围了起来。她又惊又怕，不知道发生了什么事情。她悄悄将车窗弄出一点儿缝，听到一位五六十岁的老者用不太熟练的汉语问她是干什么的，他说他是村委会主任，让她不要怕，因为她惊扰了村民，所以要她说明情况。

原来这个藏村很偏僻，村民多年过着世外桃源般的生活，少有外界干扰。今晚，突然发现村旁的这辆车，警惕性很高的他们非常惊奇又有些害怕，所以都围了过来。

豆子好不容易听明白了村委会主任的意思，才知道是她惊扰了村民。她马上从车里出来，深深地给村民鞠了个躬，说了声抱歉，然后把自己的情况与村委会主任讲明白。村委会主任用藏语向村民介绍了豆子，原本一脸恐慌和警惕的村民都笑了，并各自散了。

早上豆子醒来后，见到有热心的村民给她送来了酥油茶。她很感动，于是将自己车上备的果蔬拿出一些送给了这位热心的村民。她去西藏前买了很多城市里孩子喜欢吃的小食品和容易储藏的蔬菜，比如洋葱、土豆、辣椒等。遇到藏族同胞，她就友好地给他们这些小礼物，他们也非常友好，邀她喝酥油茶、吃牦牛肉等。

"你怎么解决吃饭问题？"对自驾游不了解的我知道了住对于她不是难事，就又关心起她游西藏时吃的问题了。

"吃，容易啊。遇集我就买上菜和肉，自己做饭。有时也吃来时买下的方便面、火腿肠什么的。偶尔也有好客的藏族同胞邀请我一起吃饭。当然，有时也会到饭店撮一顿。"

"你结婚了吗？家人支持吗？他们放心你自己出游吗？"

我这一连串的问题使她笑了，她说："结了。结婚好几年了，老公很支持我呢。"她告诉我，他们的恋爱当初是被家人反对的，但对她关爱有加的爱人以及质朴的婆家人最后感动了她的家人，支持他们结了婚。

我问她："有孩子吗？"

她说，他们暂时还不想要孩子。因为他们觉得他们不能给予孩子最好的，所以暂时没计划要孩子。

说完，她沉默了好一会儿，深深叹了口气，说："每个人都有自己的生活，我看到的美景不能与他们分享，也感到很遗憾。我多么想带家人一起去旅行，可父母身体不是很好，不能长时间坐车；老公、姐姐、弟弟又是上班又是忙孩子，很难凑一起。爱旅行爱美景爱大自然的我又是那么耐不得寂寞，也沉不下心性，总是急不可待地要出行。因为只有出行在路上，才能领略大自然的美丽，才能有不一般的快乐和惬意。所以，我总是不理解，他们怎么那么忙啊？为什么要这么忙啊？"

"是啊，我们为什么这么忙？为什么要忙得错过很多很多？"听到她说的，我不由自主地问自己。很多时候，你一直在路上奔跑，一直在追逐那个仿佛永远达不到的目标，很累很辛苦。但只要稍微停下来回头看，也许你会发现当初的目标早已在身后了，而前方引诱你的是你不断升级的欲望。欲望就像是一条锁链，一个牵着一个，永远都不可能满足。而真正可悲的是，人们永远都会为自己的欲望找到借口。这可能是我们总是这么忙，总是不能像豆子师傅那样自由随性的原因吧。

"生命不只要有长度，还要有宽度。"这是豆子师傅这几天最常说的一句话，这句话给我很多启迪。

豆子师傅说她是在爱上旅游、抑郁症好了后，毅然决然辞掉工作的。辞掉工作后，她先将周围地方玩了个遍，然后自驾游去了趟西藏。后来听朋友讲，贵州的山水甲天下，贵州最美，她应该去看看。于是，她告别家人，贷款买了这辆别克车，就跑到贵州来了。

她说："人总是要生存，我也不能喝西北风，何况我还有贷款。来贵州后，贵州的朋友给我找了家旅行社挂靠。旅行社租用我的车子时，我就拉客人，不但可以观赏美景，还有收入，同时可以结交天下朋友。"当然，她不会一心赚钱。她说她赚上一阵钱，就外出玩一阵子。来贵州这么久，她不但很快玩遍贵州，还自驾去了新疆、内蒙古和河南等地。她说，去年九月她自驾游内蒙古，额济纳素有"生而不死一千年，死而不倒一千年，倒而不朽一千年"之美誉、被视为植物活化石的胡杨林给她留下了非常难忘的印象。胡杨秋色，树影婆娑，金韵斑斓，奇妙绝伦，那种美只有身临其境且是慢悠悠地而非匆匆地才能领略到。她给我看她在斑斓胡杨林里拍的一张张独特又美丽的照片，我都恨不得马上能飞入那片领尽大漠瀚海风骚的胡杨林中……

豆子师傅自豪地说，她接下来的计划是自驾游国外。今年年前，先用一个多月时间自驾游泰国，明年再挣钱去欧洲。她有一个朋友，也是个小女孩，刚刚自驾游欧洲回来，用时 290 天，令她们小姐妹好一个羡慕呢。

短短的一周相处时间，独具个性、热情快乐的豆子师傅给我留下了深刻印象。她使我想起了一段文字："不要等到无能为力，才选择顺其自然。不要因为心无所恃，才被迫随遇而安。很多人和事，是你必须要路过的驿站，你会尝遍人生百味、世间百态、人情冷暖，爱恨成败、聚散纠缠……终有一天你也会明白，这所有的经历，都是通向觉悟的必经之路，都是帮助你寻找永恒、快乐、真我、清净的良药。"可能年轻的豆子师傅早早就通向了觉悟的必经之路，所以她活得本真而快乐。因为相处的时间太短，我还没有真正认识豆子师傅，但后来我从微信中对她有了更深入的了解，也更加羡慕自由自在快乐生活的她。

此篇文章写完之际，我从微信中得知，豆子师傅又一次自驾上路了。一路向北，奔驰到内蒙古草原上……

（2017 年 6 月）

建云的雅致人生

好久没有见到建云了,当她告诉我她将离开干了 20 多年的财务工作,去新设科室文创科工作时,我为她的领导慧眼识珠而点赞。

认识建云有十几年了。十几年,我们由纯粹的业务关系变成了非常要好的姐妹,得益于建云对于生活高品质的追求和我对她的欣赏。建云人长得漂亮,身材好,穿着时尚大方,生活精致。虽然与枯燥的数字打交道,却一点儿不影响她对生活品位的追求。可能长期在博物馆工作的缘故,她特别喜欢传统文化,喜欢比较传统的东西。她喜欢旗袍,她说旗袍最能体现中国女人的沉稳、高雅和美丽。她知道潍坊哪里的私人定制旗袍品质最高,既能突出个性和体型,又穿着舒适大方。旗袍穿在她身上,真是女人味十足。她不喜欢喧嚣,潍坊的雅致小茶社、咖啡屋、特色小私厨,我们有的连听都没有听过,她却都知道。她说,她喜欢他们的独特、精巧、清幽,喜欢他们的雅致氛围。每隔段时间,她就会叫上我们几个好朋友去她新发现的小屋聚聚。

女儿自小学钢琴,陪孩子学琴的建云逐渐也喜欢上了音乐。特别是她 5 年前第一次听古琴,就被古琴音乐淡静、虚静、深静、幽静、恬静等静态的美深深吸引。但她觉得自己的学识还不具备琴人的条件,学琴的事也一再搁置。3 年前的一个夏天,建云有缘结识了北海琴社的赵梓浩老师,经过老师的悉心讲解,而且觉得现在国家又大力提倡优秀传统文化,有 3000 年历史的古琴应该发扬,从此她便下定决心好好学古琴。她利用业余时间跟老师系统学习,进步非常快。每天晚上,净手焚香,刻苦练习,坐在琴边,轻抚琴弦,一曲《酒狂》,抑或《洞庭秋思》,飘逸的琴音使她进入碧波荡漾、烟雾缭绕的意境,会使她忘却一天的疲惫和一切世事的烦恼,真正体会时光深处,岁月静好。

建云自从爱上古琴,就多次动员我也去学习,有古琴名家来潍坊办讲座,或有古琴演出会,她也邀我参加。我虽然喜欢欣赏那些名曲,但却因为没有热情学习而一次次爽约。她将各种关于古琴的公众号推送给我,让我可以在微信上了解一些古琴知识。她说:"姐啊,古琴是四艺之首,也是文人的风雅事,你喜欢读书写作,我觉得古琴真的很适合你。古琴音乐静神虑,绝尘俗;摄心魂,悦情思;古琴琴声松沉旷远,雪躁静心,让人感发心志,倾泻幽情……这些对于你的写作只能有促进作用。'七弦为益友,两耳是知音。'我觉得,咱俩是好姐妹,你更应该和我一起学。"

建云说得很有道理，虽然我仍然懒惰没有去学，但我从此也关注起古琴来，了解了很多古琴知识，欣赏了很多古琴名曲。

琴、棋、书、画历来被视为文人雅士修身养性的必由之径。古琴因其清、和、淡、雅的音乐品格，寄寓了文人风凌傲骨、超凡脱俗的处世心态，而在音乐、棋术、书法、绘画中居于首位，可见古人对于古琴的喜爱。古琴名曲更是被历代琴家们所推崇而流传。古琴音乐主要受儒家中正平和、温柔敦厚和道家顺应自然、大音希声、清微淡远等思想的影响，音乐风格倾向静态的、简单的、含蓄的、古淡的、阴柔的、抒情的、典雅的美，真正的"美而不艳、哀而不伤、质而能文、辨而不诈、温润调畅、清迥幽奇、忝韵曲折、立声孤秀"。

近几年，建云又迷恋上了书法。她对于书法的热爱一点儿不亚于对古琴的热爱。她说，书法与古琴是相通的。迷上书法，缘于博物馆近几年搞的高规格的"吴昌硕书画展""静谧悠远——黄宾虹水墨艺术特展"等几个展览。自从博物馆免费开放以来，特别是吉树春馆长上任后，博物馆不但积极争取评上了国家一级馆和省级文明单位，而且重视开展群众活动，时常邀请鉴赏、书法、绘画、茶道等名家免费给市民讲座。通过不断的学习，建云了解到更多的传统文化知识，意识到书法之美如同古琴之妙一样，书法也深深吸引了她。她积极参与组织活动，并学习书法，有空就临摹上几个字。现在她写的字有模有样。她说："修养心性，唯书法矣。"

随着文创产品日益成为旅游及文化产业中不可缺少的一环，越来越多美观、时尚、富有创意的产品被推上市场，越来越多的人外出旅游归来的伴手礼首选文创产品。特别是习近平总书记提出"让文物火起来""把博物馆带回家"以来，文创工作便已经成为博物馆的一项重要工作。潍坊历史悠久，文化底蕴深厚，博物馆馆藏文物资源丰富，如何利用馆藏文物展示自己的文化创意实力，博物馆领导思考讨论了很久，最后确定成立文创科。文创科科长的人选自然落到了建云身上。因为领导们知道，做文创产品光有审美天赋不行，还需要有深厚的文化底蕴。他们知道，每一件成功的文创产品背后都深藏着文物故事和文化内涵，是体现传统文化、高雅文化的接地气表达。他们看到了建云身上不一样的东西，知道建云能够发现不一样的美，觉得她会不负众望。

领导们没有看走眼。建云自从到文创科后，边学习边探索，不但自己创新，而且积极寻找合作公司设计制作。她要使他们团队制作的产品与众不同，要有文化，有故事，有内涵，要脱颖而出，就要付出辛勤和时间。他们没有辜负馆领导的期望，仅仅一年时间，他们就设计出了一系列文创产品，在市级、省级文创博览会上获得好评。今年，在山东省组织的文创培训班上，潍坊市博物馆又发起了"齐鲁文创联盟",联合全省各大博物馆及知名设计机构,整合资源,合作共赢,将山东元素、潍坊元素融入产品中,把山东文化推广到全国。

　　工作精益求精认真忘我、生活上追求高品位高质量的建云,还是一位孝敬父母的女儿、儿媳,一个疼爱丈夫和女儿的妻子、母亲。她学古琴,一是因为喜欢,二是为给女儿做个榜样。她与学音乐的女儿一起练琴,一起研究,相互促进,女儿考上大学后,娘俩还用微信切磋呢。爱上古琴,爱上书法,都是得益于丈夫的大力支持。建云说,生活不可能没有烦心事,但只要我们热爱生活,以一颗最为简单的心活着,顺其真心,一切终究会变得纯粹。

　　这就是建云的雅致人生。

(2017 年 6 月)

我钦佩的她

认识她是 2017 年 4 月 17 日,那天约我多次的萍妹,又一次约我一起到她的好朋友的园子玩,还说这位朋友也是位作家,且老早就想认识我。以前我总觉得上班没时间,这次刚好在家休假,就很高兴地去了。

这是一个出乎我意料的大园子,占地 180 亩,里面分了几个区域:有蒙古包、小木屋等居住区,有小剧场等表演区,有火龙果、蔬菜大棚等。寻一方庭院,读书烹茶;独享一方宁静,让心灵沉淀,让思绪飘荡,随心所欲,悠然自得……这是我的梦想。这位朋友的园子,使我真真羡慕起她来。她是位优秀的企业家,是山东圆友集团创始人之一、执行董事。她有雄厚的资金实力,使她能够拥有这么一方美丽幽静的天地。她又是位富有激情和爱心的女作家,晚上在这个宁静安逸的园子里品茗写作,成就了她的长篇小说《半缘君》。

当你真正走近她,你会觉得,她不仅是一位优秀的企业家和才华横溢的作家,而且她的企业做得风生水起,是全国知名企业、山东著名企业、潍坊市重点企业、寒亭区纳税大户;她写的首部反映潍坊工业发展的长篇小说被改编为电视剧《烟雨潍水》,已由中央电视台在 2019 年播出。你真正走近她,你会觉得,她更是一位富有爱心,懂得感恩的人。

汶川地震时,她带物资去慰问,并收养了震区的一位孤儿。这个"女儿",她把她当心肝宝贝,是她家的小公主。在她的朋友圈中,几乎全是女儿的成长记录和她陪女儿练琴、练书法等的生活片段。2018 年 12 月 15 日,当她远途归来,吃着女儿亲手为她做的色香味俱全、暖心又暖胃的面时,她在朋友圈中说:"上天是公平的,所有的辛苦未来都有回甘。"是啊,幸福就是这么简单。

她不仅收养孤儿,还多次参与"春蕾计划""情系儿童 爱心助学"、捐资助教等活动,是一位爱心满满的企业家。

她靠着辛劳、勤奋和拼搏,成就了自己的一片天地,为寒亭的经济社会发展作出了巨大贡献。她更懂得感恩。她说:"我虽然作了一点贡献,寒亭区政府和人民对我却给予了最大的支持。"人要懂得感恩,所以她总是用实际行动回馈社会。潍坊高铁北站建在寒亭,给寒亭带来了难得的发展机遇,也带来了拆迁这个最大难题。在寒亭的拆迁工作中,她努力完成了自己的拆迁任务之后,又主动担当,主动作为,将区里最难拆的一片几百户"老大难"拆迁任务承担起来。她自己掏钱 2000 万元,解决拆迁户的困难。她一次次做着他们的工作,主动让利给他们。她耐心细致地对拆迁的人们讲:"寒亭正在大发展,我们脚下的这片热土也即将进行大改造,短时间内我们面临搬迁、过渡和离开。但这都是暂时的,未来这里将有一座崭新的新城拔地而起,到时会有更好的环境、更大的空间、更多的机会。"她非常感谢这些拆迁者的支持和配合。她的真诚最终感动了他们。元旦后,我再次见到她,她就兴奋地谈着她刚刚完成的拆迁项目。2017年10月,我去寒亭玩,她是从拆迁工地上风尘仆仆赶过来见我的。因为拆迁,她吃了很多苦头,还磕掉了两颗门牙……今天的相聚,她不但谈她完成的最后的拆迁,更谈她快建成的小区和小区里的口袋公园,谈她农场的建设计划等。2018年,她努力完成了既定的事业目标。虽然苦,虽然累,但她没有白付出;她说她最高兴的不是这些,而是用业余时间又完成了一部长篇小说和三部短篇小说;她说,因为有这些经历,才有了这些文字;白天辛苦了一天,晚上坐在电脑前写下那些文字,她才感到轻松快乐。我知道,这些成就源于她的聪慧和优秀,源于她的执着和追求,更源于她做事的专注、坚持和爱心。

她勤奋、热情、正直、睿智、谦逊,平易近人,与她在一起,感到的是轻松愉快。她就是我非常钦佩的潍坊知名女企业家、知名网络作家董兴梅。记得第一次听她讲述她的经历,我想到的是这句诗:"不经一番寒彻骨,怎得梅花扑鼻香。"今天,我看着侃侃而谈的她,脑海里仍然是这句诗。

董兴梅,她不就是在鸢都大地上风雪中怒放的一枝梅吗?

(2018 年 5 月)

写于王姐退休之时

"人生有晚晴，耳顺乐归闲。"虽然 55 岁非耳顺之年，但曾经的黄金搭档——王姐，已年满 55 岁，光荣退休乐归闲。我既为她离开单位恋恋不舍，又为她即将开始一番快乐新征程而高兴。我约上曾经一起共事的兄弟姐妹，为她祝贺。望着王姐，我的心中几多惆怅，几多羡慕，又有几多感慨。那在一起的快乐时光，一幕幕宛如放电影似的不断在脑海展现，仿佛就在眼前。

一起工作的 8 年时间，由于我俩的默契、和谐，被大家誉为"黄金搭档"。这一称号一点儿也不为过。正因为有王姐尽心尽力为科里工作着想，真心真意协助我、配合我、支持我，我们科才创造了那么多那么好的成绩。我们这对"黄金搭档"一起工作的日子，可谓激情燃烧的岁月……

记得王姐来科里时，是在我们科科长快要升迁的时候。当时，她是从另一个科"主持"位置上而来的，局里都传言她是准备来接我们科科长位置的，甚至连我们科科长也这么说。那时，我来局里工作刚好 22 年，提副科已经 11 年，正科虚职也已经 3 年。不想当将军的士兵不是好士兵，同理，不想晋升的公务员也不是优秀的公务员。晋升是工作进步的标志，也是工资增加的基础，更重要的是能获得更多社会认可和提升自信心。诚然，职位是有限的，优秀的人很多，总有这样那样的原因，使一些优秀的人得不到提升机会。像我这样只知道默默干好工作的人，进步慢也很正常。实话实说，对于王姐的突然到来，我心里多少有些不舒服。但仔细想想，我觉得王姐比我善于表达，又有基层工作经验，比我优秀，当科长也理所应当，心里也就不那么计较了。令我没有想到的是，听到这些传言的王姐竟然主动到我办公室，坦诚地对我说，她绝不是冲着科长位置来的，更不会与我竞争，她说她相信我的能力和实力，鼓励我放下包袱努力工作积极争取。这就是王姐，一个坦诚相待的姐姐。在这之前，我们两个并没有什么交情。但在那一刻，我被深深地感动了，感动于王姐的赤诚，更感动于王姐的无私，感动于王姐对我的认可。从此，我们成了知己，成了工作上的"黄金搭档"。

2009 年 5 月，我还是科里的"主持"，我们科就我、王姐和其他两位女同事，成为局里唯一四朵金花的科室。在这期间，由于潍坊市在农村中小学"211 工程"试点工作中成绩突出，省财政厅、教育厅决定将全省"农村中小学'211 工程'试点工作现场会"在潍坊召开，这是由财政牵头的全省大会。以前，局里其他科室遇到这样的大会，都是找办公室来帮助组织会务工作的。曾经在县纪委干过办公室的王姐,勇挑重担,主动承担起会务工作,在局长还有些担心时,她满怀信心地对局长说:"我们自己能行,真的能行。"因为王姐的细致周到,这么大规模的会议,我们仅把办公室管餐饮有经验的张主任借调过来,其他工作全部由王姐总调度,科里人员和教育部门派驻会议人员靠上,在我们齐心协力的努力下,这次会议取得了圆满成功。省财政厅的领导直夸会议承办得好,还对市里及局领导说:"谁说女子不如男!"而我知道,王姐在此期间付出的辛苦有多少。会议期间,王姐都是工作到半夜一两点才休息,清晨又早早起来。每一个会场、每一辆参观用车,每一次接送站,她都亲自查看督促,确保不出任何纰漏。正因为王姐的用心付出,会议才办得出奇好。

2009年9月,我们俩都参加了局里的竞争上岗。经过笔试、面试,结果一出来,我们两个非常高兴,因为我们不但都成为实职科长,而且还是同一个科。那天晚上,我们两个一起吃饭聊天到很晚,聊友情、聊事业、聊科室发展,聊得热火朝天。晚上10点多了,我们仍然兴致很高,又一起去看了场电影。从此,我们更加凝心聚力,带领全科同志齐心合力,推动教科文工作上了一个又一个新台阶。

王姐工作的认真细致非常值得我们学习。她对待每一项工作都一丝不苟,所以她加班最多,工作最扎实,也最辛苦。在她的建议和督促下,我们科的预算及档案管理等各项工作在局里也都首屈一指,获得了局领导和服务单位的高度认可。她坚持原则,对服务单位不符合规定的诉求决不退让,坚持到底。她对年轻人更是关心备至,工作上手把手教导他们,耐心解答他们的询问。她淡泊名利,她做了那么多,局里给她荣誉她总是不要,她不是主动让给年轻人,就是力推给我……8年里,她总是不遗余力地在背后支持我。只要我把工作安排下去,她就毫无怨言地认真配合完成,就是有再大的困难,我们总是有商有量,互相配合共同挺过去。有时候,我漏掉了,她就捡起来;我有想不周全的,她就会提醒我;我气馁了,她就给我打气;我遇事脾气急,她就会和风细雨地开导我。王姐的歌唱得特别棒,堪比歌星。局里庆七一或新年组织歌咏比赛,我们会一起展歌喉唱红歌,快乐大比拼……8年里,我们一起面对工作中的喜怒哀乐,一起分享生活中的酸甜苦辣,宛如自己的亲人一样,心心相印,彼此信任。我是多么庆幸当上科长后,一路上有王姐这样的"黄金搭档"辅佐和配合啊。我以为年纪相差不大的我们能一直搭档到退休,没想到,在我不知情的情况下,2016年局里大轮岗时,王姐竟然提出调离我们科。正在外休假的我听到这个消息时,我哭了,非常非常难过地哭了。相处这么长时间非常信赖的好姊妹,没有事先通个气,就这么无声无息要求调离,我真的一时很难接受。更难过我曾经非常引以为骄傲自豪的团队"吉祥六宝",就这么散了。我们科里有 6 位同志,和谐的团队被同事自豪地称为"吉祥六宝"。

王姐的不告而别,令我难过时也在深深反思,可能就是我做得不够好,所以她才不告而别吧。虽然有些不理解,有些埋怨,但设身处地为她想,也就释然了。记得当时还在马来西亚休假的我冷静后,曾经写下了这么一段文字:"人生分分合合,总有许多遗憾。遗憾也是一种美,人生短暂,光阴易逝,聚散皆因缘。要走的挡不住,要留的不用挽。走与留,都各自珍重。我不完美,却希望别人完美;我很渺小,却期望别人伟大,怎么可能。我善待自己,更善待他人就行了。红尘清浅,每一段遇见,都应该是谢谢的关系。无论如何,我会珍惜每一个与我有缘一起共事的人,会把快乐带给每一位有缘人。愿你、我、他,每天都幸福快乐。每天的夕阳都会有变化,却都奉献出绚烂美丽;每天的心情都会有不同,最终调剂出开心快乐,才是最应该的。"

还好,王姐虽然离开了我们科,但办公就在我们隔壁。我们虽然不再是"黄金搭档",但我们仍然是好姐妹,仍然是穿过风又绕个弯,心还连在一样的好姐妹,是无话不谈的好姐妹。相识本就奇妙,挚爱无法忘掉。所以,我们教科文大家庭仍然视王姐为幸福教科文科的一员。

在一起共事是缘分,我能与王姐一起共事是我们姐妹终身的缘分。所以,王姐光荣退休,我们都特别替她高兴,我们共同举杯,真诚祝福王姐,祝福她幸福快乐安康!也祝福我们教科文科的每一位兄弟姐妹幸福快乐安康!

(2018 年 9 月)

霞明玉映傅彩霞

2005年,我计划出版《凡梅说事》一书,找时任潍坊市广播电视局副局长的刘广顺老师为书写序,经刘老师介绍,认识了性情温和、内敛又颇具才华的傅彩霞。

认识她之前,我就时常读到她在《潍坊日报》等报刊上的文章,对她的文采非常佩服。但由于自己不好交往的性情,后来除了在会上见过两次,就没有再联系。

前几天,一个电话打进来,我一接,她说是傅彩霞。我一听,很是高兴。你想啊,我特别佩服的文采飞扬的傅彩霞主动给我电话,而且还谦逊地说给我送书看,怎能不令我激动。挂断电话后,我们相互加了微信。隔天,她亲自来阳光大厦给我送来了她近两年出版的《方向》《芸窗漫笔》两本书。

拿到书后,当天晚上我就开始看起来。读完《芸窗漫笔》的第一篇《妈妈的心永远与我同在》,我就流泪了,因为我感同身受。彩霞的妈妈是"2009年9月22日下午2点30分,她安详地走完了73年的人生旅途",我的妈妈是2004年7月19日下午2点,突发心脏病,安详地走了,走完了她72年的人生旅途。正如彩霞文中所说:"她安详地告别了世间的千山万水,抛下了挚爱她的亲人,从这个世界走到了那个世界,成了我心头永远的痛。"

我是羡慕彩霞的,因为妈妈生病期间,她能在床前陪护尽孝。妈妈去世时,她能陪伴身边,送妈妈最后一程。而我作为妈妈疼爱的女儿,因为妈妈走得太突然,我没能见到妈妈最后一面。从此以后,如彩霞一样:"我知道有些路只能一个人走,就如没有她陪伴的日子。我把沉重的悲伤伴着潸潸滚落的泪珠,藏匿在文字里。"

彩霞不但深情地书写着《母亲的生日》《父亲的"万里江山"》《我爱的"三个家"》《家书如沉香》等,用她细腻的文笔"清数那一个个透明的日子,回忆亮丽的过往"。她还优雅地于《雨后荷塘花似佛》中,体味生活的精致淘气;于《午后的阳光》,感悟时光的静静流淌;于《人生的"塑料罐"》中,体悟生命之妙趣;于《一轮明月照人生》中,感觉"年轻态"……

因为我一直想如她一样,去听听那些高山仰止的著名文学家的讲座,却只是想想而已。所以,我特别羡慕她敬佩她,坚持"每周六晚,仿佛赶赴一场神圣的艺术盛宴,我会放下一切羁绊灵魂的琐碎,抽身而出,坚持从十几里路外驱车赶往向往已久的高等学府，让世俗裹挟的心在明月的洗礼下，层层剥落，彻头彻尾地净化"。因为那些师友的真知灼见是宝贵的财富，所以我羡慕她坚持《跟着师友学阅读》。而因为我不喜交往的性情，没有主动去交那些师友，也没能跟着师友学阅读；我敬佩她《读书如选妃》，而我却是抓到什么读什么，读书不精不透……好在我也是个《自由自在读闲书》的人，也是个《日记深处续前缘》的人，也时常《带着悔意去看你》，偶尔也有《一次难忘的拜访》……好在我也如她一样敬重每一位"涵泳工夫兴味长"的读书人和写作者，更如她一样拥有一颗慈悲之心，守护着生命的底色和做人的本真。因为这些，我敬重彩霞，视彩霞为帅为友为知音。

《君子如竹流韵律》，彩霞似一株摇曳在文学之林里的修竹，任凭风吹雨打，四季轮换，依然泰然丰沛，昂首挺立。她思路清晰，《方向》明确。她听从内心的召唤，默默地用一双爱的慧眼，洞察万事万物，捕捉敏感的心灵，然后用文字吟唱出生命的多姿多彩。繁华历尽，平淡是真，安闲最美。这就是我所认识的霞明玉映的傅彩霞。

（2018 年 12 月）

晓宁的志情

下班了,有小孩要照顾的晓宁仍然在默默工作,整理查找来的那些资料,使我感动于晓宁的志情。

编纂潍坊财政志书是慰藉前人、启迪后人的光荣工作,更是我们当代财政人创造历史、记载历史、传承历史义不容辞的责任,也是我们老一辈财政人的期望。自从领导宣布由我主抓财政志,虽然知道编纂潍坊财政志对于我们潍坊财政人的重要性,但我心里仍然非常忐忑,总觉得自己确实不能胜任这项工作。一是因为自己没有这方面的经验,二是还因了"文人不修志"这句话。虽然自己不是文人,但喜欢写点散文的我思维太发散。且局里要求的时间紧,相关资料的收集又太难。认真的我觉得既然领导信任,就要把工作干好,于是默默接受并主动工作起来。但孤木难成林,我知道就是我自己再努力,没帮手绝对是不行的。所以积极与局领导反映,虽然王金祥局长非常重视非常支持,说要人给人,要地方给地方,但是要人是一回事,给人或者有人愿意干,又是一回事。

自从春节后王局长让抽调人,我主动联系过一些老同志或者觉得热心的年轻同志,分管的杨德强副局长还亲自推荐了几位年轻同志。可是与他们一沟通,他们不是说不能胜任就是说还有其他工作脱不开,即使找科室领导,他们也多是说科里离不开人,不愿意放人。总之他们用各种理由推辞了,让我很心塞。这时,我想到了晓宁。想到她在我们科里工作时服务过史志办、档案局等,更重要的是想到了她的勤奋和耐心。特别是她的工作态度,一言以蔽之,就是不断挑战自我、追求完美,要做就做到最佳。于是,我找她一谈,没想到,她很痛快地答应了。她说,只要领导同意她来她就干。更没有想到,机关党办的韩主任和姬主任都非常支持。终于,我找到了一位工作支持者。办公室的吕冰主任又积极给找到了另一位年轻的支持者任江舟,加之前期已经开始着手工作的杨效伟同志,到3月份,我们总算成立了四人的编纂小组,并顺利开展起工作来。

由于大厅里面太嘈杂,很不利于财政志的编写,而且容纳一个人就已经满满的格子间太小,资料也难以放置。局领导又大力支持,王局长亲自安排让办公室找地方。5月初,我们有了单独的编纂办公室。可当整理好办公室,需要人来到编纂办一起办公时,结果又抽不出人来了。因为小组成员在科里都是业务骨干,都有自己的工作,当初就是两头兼顾,出大厦集中办公更是抽不开身。

修志工作工程浩大,仅凭个人之力是绝对不可能完成的,必须汇聚集体的智慧和力量,举全局之力,众手成志。我虽然热情高涨,可自己没有帮手也是白搭。于是,我再次与分管的杨局长汇报,争取人员支持。杨局长非常理解也非常支持,同意我将晓宁带出来,还让我最好从企业处等多调几位年轻人一起干。与姬主任一说,他也非常支持,同意让晓宁出来,工作也要两不误,但是其他科室就……

我知道,编纂财政志是项需要耐得住寂寞的清苦工作,在外边默默办公,与人打交道的机会比较少,可能不像在科室方方面面都接触而有利于自己的进步,所以很少有人愿意守这份清苦。而晓宁却非常痛快地跟我出来,而且非常认真地干起来,与小任到档案局、图书馆等地方查资料,对接科室查资料等,并不时加班加点工作而且不耽误自己科室的本职工作。

我相信,有晓宁这样热爱工作的同志,在局领导以及科室的大力支持下,在我们四人编纂小组的努力下,在我和晓宁的坚持下,我们定会早日编纂出一部资料全面、记述严谨、体例完备,有"补史之缺、参史之错、详史之略"功能的精品财政佳志。当这部厚重的志书形成时,我们的自豪感一定远胜于其他。所以我在感激领导们支持的同时,更感激富有情怀的晓宁,使我对财政志工作充满信心。

（2019 年 8 月）

说说美丽

"只要你肯等一等,生活的美好,总在你不经意的时候,盛装莅临。"看到这句话,想到前几天收到文琪发来的信息:"二姥姥,我看到研究生的复试名单了,我进复试啦。"我很为她高兴,立即回她:"好好准备,争取成功。等待好消息。"

文琪是侄女美丽的大女儿,说文琪,其实我是想说说美丽。初中毕业就下来种地的美丽,20岁时嫁给了一山区的青年,后来小两口儿来潍坊打工。美丽最先在郊区一高校边的小路上摆摊卖蔬菜。她生大闺女文琪时,因为是第一胎,没感觉到婆婆重男轻女。可能也觉得农村第一胎是女儿,仍然可以生二胎,还有生孙子的希望,婆婆还愿意伺候月子。第二胎生下来仍然是女孩,重男轻女的婆婆对美丽和孩子就不怎么待见了,月子也不正儿八经伺候了。月子里淋了雨的美丽长了一身疙瘩,多亏哥、嫂跑去精心照料,后来才痊愈了。文琪上学了,美丽小两口儿将文琪托付给姥姥姥爷,在文琪大伯的帮助下,继续来潍坊打拼。懂事的文琪,在姥姥姥爷家所在的乡镇上学,吃住在姥姥家,由姥爷天天接送,精心照料。文琪自己也上进,考上了县重点高中,高考又考入了大学。今年毕业的文琪,研究生考试也进入了复试,我也由衷为孩子的进步高兴。

在潍坊打拼的美丽,经过两口子十几年的努力,在潍坊买上了房子。美丽怀三胎时,在亲戚劝说下,决定将孩子生下来。孩子出生后两口子边辛苦打工边用心培育三个女儿。别看美丽只有初中学历,我最佩服的就是她教育孩子的耐心和用心。她将三个女儿培育得都非常优秀,女儿们不但乖巧、懂事,学习还好。大女儿文琪文静,不用太操心;二女儿宛如男孩子性情,活泼好动,学习上,美丽从小给她立规矩,如果不认真做完作业,就不能玩。如今看,二女儿比文琪学习还好。为了更好地约束二女儿的性情,也为了更好地培养她,上初中时,美丽两口子虽然打工赚钱辛苦,却不惜花钱将二女儿送到了高学费的民办中学。听美丽说,三女儿虽然小,才上小学二年级,但其聪慧不亚于两个姐姐,而且能歌善舞,在幼儿园里就颇受老师称赞。

我曾经夸奖美丽会教育孩子,养了三个好女儿。美丽谦虚地对我说,她因为家庭困难及父母的意识问题,没有能够完成学业。她很是羡慕读书多有文化的人,特别是这些年打工所闻所见,使她更加坚信"知识改变命运"。她不能让孩子们像她没有多少文化,她要尽其所能,让孩子们在学习上得到良好的教育。美丽还说,对孩子的教育,父母非常关键,特别是母亲对孩子的影响真的非常大。她自小对孩子严格要求的同时,严格要求自己。她说她主要做了这些,第一,孩子不能惯,必须立规矩。比如必须先写完作业再玩耍。比如,吃饭时必须安心吃饭,吃完饭再玩。她就是要让孩子们知道,干什么都要专心专注。第二,父母也要跟孩子一起学习进步。美丽送孩子去辅导班,总是要尽可能地让自己多学习多了解一些知识,为能辅导孩子,也为给孩子做个榜样。美丽说,让孩子不看电视、手机,父母自己必须先不看。第三,对孩子要有耐心。要耐心倾听孩子的诉求,耐心回答孩子们的问题,耐心教育孩子等。美丽自豪地说,近几年她在一家"小饭桌"打工,小饭桌的孩子们都喜欢她。因为她对待这些孩子们,就像对待自己的孩子一样耐心周到。第四,让要孩子明白父母的辛苦,懂得感恩。文琪每年都在假期勤工俭学。同时,要让孩子互助友爱,特别是姐姐要帮助母亲关照妹妹,她的三个女儿在这点上做得非常好。

我很喜欢美丽的自信、坚韧,也喜欢她的整洁。她再辛苦忙碌,总是面带微笑,满面春风。她一直保持着良好的心态和体型,谁见到她,都不会想到她是三个孩子的母亲。

一个好母亲,抵得上一百个好老师。一点儿不假。美丽对孩子,不是虎妈,但她身上真的有很多值得年轻父母学习的地方。我亦坚信,她的付出一定会有收获,她的生活一定会更加美好!祝福美丽,愿天下母亲都生活美好,心愿得偿!

(2020 年 5 月)

初识画家马兴瑞

来临朐,好友咏梅说要带我去她朋友的画室看看。临朐,钟灵毓秀,素有"书画之乡""小戏之乡"的美誉,画家自然不少。故而,我也就没问她画家朋友姓甚名啥,是个什么样的人。因为咏梅开会尚未结束,我们按她发的位置导航而来。

一进画室,墙上挂满了一幅幅画作,多为栩栩如生却又素雅美丽的花鸟草虫画。为什么说素雅呢? 对画没有一点研究的我只觉得这些画不似有的画作浓彩重抹,给人热烈却又闹哄哄的感觉。这些画,淡墨素写,给人古朴清幽之感。这些清新素雅又颇富自然美的画作,能沉静人浮躁世俗之心。

人如其画,这些画作的主人亦如他的作品,沉着凝练中透出几分清静儒雅的文人气。谦和厚朴的画作主人话不多,见面互相问了声好,就微笑着带我们来到楼上茶室喝茶。茶室上空的吊顶是用原木小块搭建的,木板上缠绕着绿意盎然的长长的绿萝丝秧。绿萝丝秧上悬挂着大大小小几十个宝葫芦,很别致。不仔细看,还以为那是活葫芦秧呢。我这不会说话之人,又被他这一新颖吊顶装饰吸引,喝了两杯茶了仍不知主人的情况。

当我再抬头浏览墙上的摆设时,我看到了博古架上摆有银面金字的一本书那么大的一个牌子,上面书有"国家一级美术师",下面还有几行小字。认真看过去,我才知道了他叫马兴瑞,是国家一级美术师。我心想,这一定是位在北京的临朐籍著名画家。因为喝茶时,他说他多在北京,今年还没回去。但因我对画界不了解,所以对这个名字亦不熟悉,对他的具体情况仍知之甚少。不久之后咏梅赶来,在咏梅的介绍中,我知道了他的一些过往,立刻对他肃然起敬,特别是他对理想的不懈追求和努力,更是令我佩服至极。

"宝剑锋从磨砺出,梅花香自苦寒来。"1962 年出生的他,20 世纪 80 年代初就职于基层文化站——冶源文化站。热爱绘画艺术的他为了理想,2004 年,已步入不惑之年,毅然决然辞职去北京求学。初去的那几年,他租住在简陋地下室里。用他自己的话说,在黑暗的地下室里,时刻都需亮着灯,常常分不清白天黑夜。尽管条件艰苦,但他依然坚持努力学习。在中央美院学习了 3 年,2007 年,他又努力考取了郭怡琮先生的研究生。后来,他又凭借自己的努力,在北京闯出了一片属于自己的理想天地。

"古之立大事者,不惟有超世之才,亦必有坚忍不拔之志。"正是他的坚忍不拔，为了理想努力奋进的精神，才有他今天的成就。国家一级美术师、现任中国国画艺术研究院常务副院长、文化部全国文化艺术考评专家办公室副主任、中国书画创作基地创作部主任……他的多幅作品被中央美院、中国艺术研究院、中国美术馆、中南海、毛泽东纪念馆等收藏。

　　我们常常仰慕这些成功人士，又常常感叹理想很丰满，现实太骨感。有理想，不去追求，不去经历风雨努力实干，理想只能是骨感的空想、梦想。"天行健，君子以自强不息。"如果我们如马兴瑞那样，坚持理想，自强不息，努力谋其所爱，人生又怎能不充实，怎能不丰满呢？

（2020 年 9 月）

甄梅的一天

她轻轻翻了个身,从枕头底下摸出手表,一瞥,5 点钟。于是,轻轻披衣下床,轻轻走出卧室,轻轻关门,到洗浴间洗漱,然后准备早餐。早餐很简单,一杯牛奶,一个鸡蛋,还有昨天母亲刚刚送来的她最爱吃的豆腐包子。等老公起床时,她已经吃完早餐,温柔地和老公说声:"我先走了。"这是甄梅两年来几乎每天早上的生活。

身为一名管辖 9 万多居民的乡镇长,甄梅几乎每天都是 7 点从家里出发,开车绕乡镇周围村庄转一圈,七点半到办公室处理公务。虽然规定的上班时间是上午八点半,但她所在的乡镇已经形成惯例,早上七点半,班子成员汇报情况,分配今天的任务,八点半人家上班,他们已经该下乡的下乡,该去县里开会的开会,该跑企业的跑企业,该留守乡镇的留守,都各司其职忙碌起来。

一年前,市里争取的高铁站建设落户他们乡镇,给他们乡镇带来了千载难逢的发展机遇,也带来了千辛万苦的拆迁任务。方圆 5 千米,涉及六七个村子几千户人家。经过他们一年来耐心细致地讲解政策和做工作,绝大多数村民理解支持高铁建设,并在动迁工作开始后,很快签署了拆迁协议。但也有部分村民还在抵触、观望,特别是有那么几户村民,无论那些负责拆迁的同志怎么做工作,他们就是不接受,理由只有一个:补偿少了。

补偿政策是根据国家有关规定合理测算的,不是哪个人定的,而是统一的,谁也没有权力给你多给他少。政策是死的,但人是活的,是有感情的。为真实了解群众诉求,原生态听取民意,甄乡长亲自带领负责拆迁的同志,上门与他们拉家常,逐户了解他们的困难,讲解政策,讲解高铁建成对于大家的诸多好处。村民白天很多要出工或到大棚里劳动,好多农户白天没有人在家,甄梅他们只能晚上去做工作。他们有时候很晚才能回家,还可能是通宵,所以他们具体负责拆迁的同志连被褥都带着。这是他们乡镇从书记、乡长到一般同志常有的工作现状。只要有成效,只要村民理解,他们吃再多苦受再多累,也都不觉得辛苦。昨晚 10 点,负责拆迁的辛副乡长兴奋地打电话告诉甄梅今晚又与一户村民签署了拆迁协议,这一协议签署后,没有签署拆迁协议的仅剩四户,甄梅流泪了。从几千户到仅剩四户,这是多么大的成绩啊。她知道他们这些负责拆迁的同志,受了多少委屈,吃了多少苦。更知道他们在没有加班费没有补贴的情况下,仍然毫无怨言,加班加点苦口婆心地做着拆迁村民的工作有多不容易。有时，他们甚至自掏腰包买上水果点心，到那些村民家中做工作，有时还要帮助他们干农活，用行动感化他们。还有那些村里的党员干部，不仅积极带头响应拆迁，还主动配合乡镇的同志做村民的工作。甄梅还知道，他们不但要做好拆迁工作，还要做好安置工作。正是因为他们的主动担当、主动作为，因为他们耐心细致地做工作，关键时刻把握得准、处理得好，这么大规模的拆迁，才进行得这么顺利。前几天，市、县领导来考察调研，听了他们的汇报，还表扬了他们乡镇党员干部顾全大局、服务群众、工作扎实、效率高呢。

甄梅为他们乡镇有这样的党员干部自豪，为他们质朴的工作作风和任劳任怨的工作态度感动。他们乡镇的干部，有些已经在基层干了 20 多年，他们的工资也不是很高，特别是取消了各种补助后。他们跑村多，车改后，有时没有公车，他们不是骑自行车就是开私家车，一旦投入工作，他们都是那么认真负责，那么不辞辛苦。甄梅昨天在"两学一做"班子集体学习结束后向乡镇孙书记汇报拆迁进度时，孙书记说起这阶段拆迁工作的辛苦，说要在完成拆迁时，开会好好表扬一下这些同志。并让甄梅代他多关心他们，帮助这些工作在拆迁一线的同志解决一些家庭困难。

前几天，一直在一线具体负责拆迁的辛副乡长的母亲因阑尾炎住院手术，拆迁正在关键时刻，他匆匆去医院陪母亲做完手术后，就又回到了拆迁现场。母亲住院期间，他没有请假，只是在晚上有时间时，偶尔过去陪伴一会儿。媳妇忙工作、忙孩子上学，又要忙着照顾婆婆，未免有抱怨。甄梅知道后，买了礼品，亲自去看望老人，然后打电话给辛副乡长，放他两天假，回家陪母亲。辛副乡长最后只答应休息半天。半天，对于乡镇的同志，其实也很奢啬。因为周六、周日对于其他公职人员是休息日，但对于在乡镇工作的同志，却仍然是工作日，而且是没有任何加班费的工作日。"白加黑，五加二"，这不是玩笑，而是他们真实的工作写照。这些，甄梅两年来体会很深。为此，她对自己家人也是深有歉意。

女儿上小学二年级，因为她顾不上，上下学接送几乎全靠孩子姥姥姥爷和爸爸。女儿曾经委屈地跟她说："人家多是妈妈开家长会，婷婷却全是爸爸或姥爷开。"幸而老公在县城机关工作，时常在与乡镇工作的同志打交道，了解他们的状况，对她早出晚归也很理解。老公很支持她的工作，让她放心家里和女儿，还让她工作悠着些，别太累。

周末晚上在家吃饭时，老公问："你知道前天夏庄乡因为上访事件免职了两位干部吗？"

"听说了。"

老公又说："听说那两位干部对于被免职还非常高兴，对朋友说解脱了。"

"我能理解。我们有时闲聊,也都感觉乡镇的事情太琐碎,乡镇干部太辛苦,压力很大,而且上升空间小,工资也不高,觉得很没有成就感。"甄梅叹口气又说道,"有时太累了,我也有不想干的念头。可我总觉得,人要凭良心做事。我认真凭良心为乡里的群众做点好事、实事足矣。"说完,甄梅调皮地说:"人生太短,能做点有价值的事情不容易,是不是,老公?"

老公笑了,认真地说了句:"你能这样想,我支持。"

来乡镇前,甄梅十几年一直在县政府工作。县政府的工作虽然也繁忙,但却有条不紊。有什么事情,分配下去,最后要结果即可。对于过程,那是下边的事。到乡镇工作后,她才真正明白,乡镇工作同志的辛苦和不易。乡镇工作,在最基层,直接与群众打交道,突发事情多,从来没有现成的公式随手拿来可用,也不可能按部就班,照本宣科,真正的是要因地制宜。既要讲原则,要公平、公正、有真本事,让老百姓信服;又要怀有一颗大爱之心,做到有情操作。比如拆迁,比如上访,只有面对现实才是唯一解决问题的办法。

本来今天上午甄梅要一起去做最后那四家拆迁工作的,以尽快完成拆迁任务,集中精力做好春耕和绿化工作。但因为县里紧急通知,说这两天上级的环保督察组要来,县里要求无论工厂还是住宅小区,绝对不能冒黑烟,哪个乡镇也不能拖全县后腿。通知非常严肃,谁出了问题谁担责。他们乡镇虽然一直很重视环保问题,但由于资金问题,处在城乡接合部的原大华厂的老旧宿舍院尚未进行棚户区改造。这个小区没有通暖气更没有通煤气、天然气。因为小区房子太旧太小,年轻人都搬城里了,现在居住的几乎全是老年人。面临拆迁,天气冷,没有暖气,没有天然气,这些年老人们取暖、做饭几乎全是用煤炉。去年,与县里签署环保工作军令状后,孙书记与甄梅他们虽然想办法协调厂里出一点、乡里补一点、居民出一点给每户配了液化气和电暖器,以避免煤烟,做饭不冒烟是解决了,但因为是老旧小区,用上电暖器后电压又超负荷,不更新电路,电暖器根本没法用。本来这几天,甄梅他们正在想方设法解决这个问题。但天气冷,老人们又生煤炉了,烟一冒,附近的环境监测器测到,环保局的责令整改通知接着就到了。所以,今天她要亲自督办这件事,于是叮嘱负责拆迁的同志一定要依法办事,要有耐心,就匆匆上车走了。

车一开,她就想起一件事情。前天下午县里开会,遇到上寨乡李乡长,看他灰头土脸的样子,甄梅还与他开玩笑:"挨嫂子整了吧?""唉!你嫂子才不希望我这样见人呢。我这是刚刚从坡里回来,怕耽误会,没来得及捯饬捯饬就赶过来了。"李乡长苦笑着说了他上午的遭遇。

冬春时节,路边、坡里的干草枯树枝不小心很容易着火,哪怕一个小烟头就能点燃。一旦燃烧，就会引燃一大片，而且烟雾很大。如今，农村不像过去柴草缺乏，地里难见柴草，现在没有谁再稀罕这些干草秸秆枯树枝。现在上级特别重视环境保护，今年为了治理人人诟病的雾霾，更是下了死命令，哪里出现了环境问题，一票否定，还要追责。坡里一冒烟，被领导或者环保部门发现，轻则约谈、记过、考核一票否定，重则主管领导免职。于是，有个别对乡镇干部不满的人竟然在路边、地头故意扔烟头，引燃野草起火冒烟。这天上午刚上班，李乡长就接到村联防起火通报，带着消防人员刚熄灭一处，另一地方又燃起，一上午竟然灭了四五起。他饭也没顾上吃，衣服也没顾上换，安排派出所的同志查查是谁在故意放火，也为震慑一下捣乱之人，自己就急匆匆赶过来开会了。

甄梅忽然想起这件事，考虑到现在正处在拆迁的关键时刻，万一有人也这样出来捣乱，拆迁工作会很被动。她立马打电话通知今天要到榆树村督察土地流转工作的小汪，让他处理完工作后，沿路看看有没有起火点，特别关照注意有没有冒烟的地方。她告诉小汪，可以叫上派出所的同志一起下村走一趟。挂掉电话，甄梅想，冬春交替时节，应该在乡镇大集上再组织一下民生政策、科普知识等的宣传，让老百姓更多地了解党和政府的惠民政策，多了解一下科普知识。虽然农家书屋里更新了一批新书，可是百姓没有多少时间坐下来看书。在大集上做一些讲解，在村宣传栏里做一些宣传，集中搞一些有针对性的培训班，效果都很好。去年，他们搞了两次，今年忙于最后的拆迁，这个工作放下了。甄梅是那种说干就干的人，她立马打电话通知文书，要他在今天晚上开会的议题中加上这些内容。

上午，甄梅去了县政府，出来又去了县发改委、财政局等部门，还去了县电力局。她想了解大华厂旧小区的棚户区改造具体什么时间能实施。要知道，大华厂在 20 年前曾经是市里的利税大户，是为市、县作出过突出贡献的。改制后也曾经红火过，可近几年经济效益不好，家属楼房改了也没有人好好管理了。百姓的事无小事。不但要管，还要管理好。可是，县里财政支出紧张，乡镇财政更是窘迫，上学、养老、医疗等民生支出必保，政府运行、重要工程要保障等，这些已经捉襟见肘了。好在该小区被县里列入棚户区改造项目，上级有政策和资金支持，只是尚未具体实施。实施的具体时间定不下来，就需要电力部门帮助解决用电问题。如果能暂时解决小区居民今年冬末初春的取暖问题，不再使小区冒煤烟，对于乡镇来说真是解决了大问题。今天听县里领导介绍，这片小区的改造很可能从秋天开始。

本来下午甄梅要陪县教育局、财政局的同志，检查乡中心学校建设。乡镇中心学校是甄梅来后规划建设的，也是响应上级农村薄弱学校改造和解决城镇中小学大班额工程实施的教育重点工程。学校主体工程建设年前已经完成,但学校操场和塑胶跑道问题还没有解决。他们已经将帮助解决学校操场和塑胶跑道问题的申请上报至县政府,县政府批示县教育局、财政局办理。今天,县教育、财政部门的同志过来调研了解有关情况,以便提出建议。中心学校建设是甄梅亲自抓的项目,也是全乡的重点民生工程,所以她想亲自陪同,以便争取上级最大支持。谁知中午在乡镇食堂吃饭时接到通知,小王庄正在盖的有机葡萄大棚突发倒墙事故,砸伤了两名施工的群众。

安全无小事。安全生产时时讲,在我们日常的安全管理中,仍然会发生大大小小的安全事故。大棚的墙倒了,人员伤的不是很严重,但总是甄梅辖区的安全生产事故,她饭也没吃好,跟财政所的所长和中心学校的校长叮嘱了几句,就奔小王庄而来。

小王庄的土地流转工作做得最好。他们村的王书记是一位外出经商多年的村民,回村后被村民推选为书记。他不但将自己的食品加工厂无偿捐给村集体,还带领村民建设有机蔬菜大棚,创出了品牌,带领村民共同致富。今年,附近村的村民把土地也流转给了他们,希望王书记也带领他们致富。王书记考察后,与村民一起商讨决定建设有机葡萄大棚。可是,建设中不知道什么原因,突然墙倒砸伤了人。

等甄梅他们赶过来,事情已经处理完了。原来是垒墙的那个地方地基出现了塌陷,村民不了解地貌,又急于将墙垒好,才造成倒塌。两名被砸伤的村民只是腿受了轻伤,上乡镇医院处理去了。了解了情况的甄梅才把那颗悬着的心放下,打电话与孙书记把这里的情况简单作了汇报。"安全生产最是无小事,无论是农业生产,还是工业生产,一定要把安全这根弦绷紧。"甄梅临走时特别叮嘱王书记他们。

看这里没事了,甄梅让司机抓紧往回赶,她想赶回去见一见县教育局、财政局来的同志。因为她还想着让他们了解一下乡镇扩建幼儿园的计划。

因为孙书记在县里有活动,所以晚上的集体学习就让甄梅来主持。

每周二、周四晚上学习,这是他们镇"两学一做"活动计划内容。每次集体学习完,还要将明天的工作研究部署下去。散会了,甄梅还要在办公室处理一天的文件。当她将办公桌上那摞文件处理完,抬起手腕一看表,时针已经指向晚上 11 点了。

甄梅站起来,伸了个懒腰,自己告诉自己,时间不早了,赶紧回家休息。因为晚上接到通知,明天要召开全市"作风建设年"活动动员电视大会,要求市、县、乡、村四级干部参加收看。虽然通知已经下去,但孙书记不放心,要求他们明天早来对各自负责的单位和村庄再强调纪律、再严格要求。其实,近几年上上下下已经非常重视作风建设,他们乡要求广大干部工作在一线开展、问题在一线解决、创新在一线体现、成效在一线检验,全乡上下形成了比担当、比干劲、比能力、比作为的新风尚和干事创业、争先创优的浓厚氛围。甄梅想:"作风建设,最重要的应该是,不作为乱作为无为退位、敢作为善作为有为有位,这样才能激励那些敢作为、善作为、会干事、能干事、干成事的干部,而警示那些不谋事、不干事、混日子的干部。那些敢作为、善作为、有作为的党员干部,才真是廉洁从政忠诚履职,一心一意为群众办实事办好事啊! 这样的干部才是应该激励和重用的啊。"

初春的深夜,风有些冷,甄梅不由自主地裹紧了大衣。这时,一阵浓郁的花香随风飘来,使她精神一振。她知道,一定是院子里那株红梅开花了。唯有办公楼前的那株红梅,会在乍暖还寒的初春绽开绚烂笑靥迎接每一位进出大楼的人,只是最近忙得她这位爱花之人顾不上欣赏一下它的美丽罢了……

(2017 年 5 月)

虹妹的元旦之夜

"时间兜兜转转,做梦也没想到,2020 年的元旦竟然是在东邑度过的。更没想到元旦之夜,晚上 9 点后就我们俩人执手漫步清冷幽静的河边,享受这份难得的闲暇惬意,于无人的寒夜,开心地跺跺脚,大声喊出我们的新年心愿……"

虹妹谈笑间讲到了她的元旦之夜,她与爱人在东邑过的第一个元旦之夜,她的轻描淡写,却感动了我。

2020 年元旦,农历初七,虽非三五之夜,悬挂东方的那轮弯弯的月亮一条小船似的,静静地在夜空飘荡。而那淡雅清纯的月光定会滋润着虹妹的心田,使她觉得一切是那么温馨。特别是那清凉的洋河水、静谧的洋河公园,身边相依相伴的爱人,更会使她觉得这一切是那么幸福祥和。想到这儿,我突然想起虹妹曾经给我讲的她刚来东邑的那个可怕的台风之夜……

因为爱人 7 月份刚调任东邑。为更好照顾工作起来常常忘记时间、自己不会照顾自己的爱人,虹妹虽在市里工作,却仍然将家安到了周转房里,自己辛苦上下班开车来回奔波。其实,这几年,她牺牲了很多,一直是跟着爱人工作的变动而"周转",只为更好地照顾爱人,使爱人能专心投入工作。我知道,她的付出都是出于爱。因为她清楚,如果她不在爱人身边,累了一天晚上很晚归来的爱人会囫囵滚个子躺下就睡,早上身穿皱巴巴的衣服上班,饿了时,胃不好的爱人会胡乱吃点什么,又投入工作。而她在,晚上她会烧好洗澡水,让晚归的爱人洗个热水澡,早上喝一碗她煲的汤,穿上她熨好的衣服,精精神神投入工作。虹妹做这些,是出于对爱人的爱,因为她希望爱人能身体健康、精神抖擞地专心工作。

7 月,爱人调来东邑,虹妹休假随其后将在他县的周转房里的东西打包收拾,于 8 月初搬进了东邑的周转房。搬家是繁乱而辛苦的,何况一切都是虹妹在操持。虹妹累得腰酸腿疼,还上了大火,嘴上都起了泡。可是,令虹妹没有想到的是,刚来两天,她还人生地不熟,就遇上了"利奇马"那场可怕的台风。

虹妹说,那天雨下了一夜,爱人一夜未归,她一夜未睡。爱人的电话打不通,爱人同事的电话她一个也不知道。看着手机里因台风受灾的报道,为爱人担心,为东邑忧心的虹妹无助地哭了。去年给鸢都带来灾害的"温比亚"台风过境时,她就听人说过,如果雨下大了,上游水库泄洪不利或出现问题,处在盆地的东邑县城将会被冲平。虹妹说,那夜三更时分,孤独一人在周转房的她揪心地听着外边越下越大的雨,想着曾经听到的那些话,眼泪不由自主地流了下来。她无助地给在鸢都的姐姐打电话,边哭边说着自己的担忧和委屈。虹妹说,那些日子,爱人忙得有时几天不见人,她因着急上火也病了一场……

时间飞快,爱人来东邑5个月了,工作不但步入了正轨,创新性的工作亦卓有成绩。而曾经受过"利奇马"严重破坏的洋河公园,经过整修,山水相映,亭阁相交,更如一幅动人的山水画。静静的元旦之夜,静静的洋河边,那沿河朦朦胧胧的淡淡灯光,与天空里闪烁的星光、弦月交相辉映,使得这元旦之夜更富有诗情画意。虹妹说,这夜,她没有感到一点寒意,反而觉得被温暖包围。她紧紧握着爱人的手,这也是5个月来她难得的一次与忙碌的爱人执手漫步。夜深了,往回走时,虹妹调皮地蹦起来。她松开爱人的手,紧闭双眼,做了个深呼吸,顿感空气中有一股淡淡的特殊的味道,是一种久违的气息,一种温润的香味,还带着甜丝丝的清凉。她笑着说,她好像是很久都没有闻到过这种味道了。她知道,那是一种清凉甘洌的味道,是来自山乡原野清新的气息,也是一种和谐幸福的气息,一种经历了冬天般的寒冷和严酷才会有的收获的喜悦和幸福的气息。

虹妹说,离开河边的那一刻,她抬头遥望深蓝色的夜空,知道这一夜即将逝去,2020元旦之夜即将逝去。她更知道,黎明即将到来,美好的崭新的一天即将到来。就在悦耳的元旦之夜的钟声里,她把祝福的心曲为心爱的人和心爱的土地奏响……

望着仍然沉醉在甜蜜回忆中的虹妹,我似乎已经猜到了虹妹与爱人在河边开心地跺脚大声喊着的新年心愿:努力! 加油! 让山水东邑更美丽,让东邑人民更安康! 让所有相亲相爱的人都幸福!

（2020 年 1 月）

你找到幸福了吗?

每年的今天,8月25日,老祝都会从沂水赶来潍州,到向阳大酒店的2008号房间待上一天。

2008号房间,是向阳大酒店最高一层的一间朝南的临街房,也算潍州这个城市酒店居住房里最高的房间了。站在这个房间的窗前,能一览美丽的白狼河风光和繁华的城市中心区。每次老祝走进20楼的这个房间,都会抑制不住泪流满面。他进房间什么也不干,只是站在窗前默默凝视着窗外,一动不动地凝视着窗外。

2012年8月25日,一个风和日丽的初秋日,却是一个令老祝悲伤、追悔、痛苦一辈子的日子。

那天虽是周六,公司在沂水的老祝由于手头工作繁忙,一大早起来,没有吃早饭,就匆匆离开了潍州的家。潍州的家,老祝平时不回来。因为他在沂水出生长大,公司在沂水,事业在沂水,家也在沂水。潍州的房子,才买了5年。潍州总归是地级市,比县城发展空间大。女儿大了,老祝希望女儿能到潍州发展。于是,在潍州高新区买了套大房子,并进行了精心装修。后来,在潍州经人介绍,老祝认识了他的第二任妻子,并在这套房子里共同生活了两年多。那是一位温柔知性的在机关工作的中年女子,对老祝和孩子都非常好。再婚后,勤快的妻子使一向清冷的家有了温度,有了人气,有了生机。老祝看到被妻子收拾得干干净净的家,觉得自己好有福气,对妻子充满了感激,对妻子倍加疼爱,一有空就从沂水赶回来。回来的车上装的不是沂水的黑山羊就是山上散养的鸡,或是农家自己种植的优质瓜果蔬菜。到家后,他不让妻子动手,自己亲自下厨,炖好了羊或者鸡,还要把多余的冷却装袋,放冰箱里,叮嘱妻子自己取出来加热吃。他对妻子说,多吃这些补身体,说他希望她不再那么瘦弱。可惜好景不长,由于老祝在沂水没有经受住诱惑而把握住自己的下半身,被到沂水出差的妻子撞见。忍受不了爱人出轨的妻子提出了离婚,很快两人和平分手。

自从2011年初离婚后,老祝就不愿意回潍州这个家了。只有在外工作的女儿回潍州时,老祝才回来。女儿祝丽对继母非常认可,继母也非常关心这个女儿,觉得她乖巧懂事。祝丽回家有了可以倾诉的对象,也快乐了很多。祝丽曾经力劝他们别分手,可是没用。性格刚毅,眼里不揉沙子的继母坚决不肯原谅老祝。从此,潍州这个家清冷了,没了生机。祝丽不愿意回沂水,都是来潍州的家。昨天下午,祝丽给老祝打电话说她回来了,说好久没见爸爸,想爸爸了,希望爸爸回潍州一起吃个饭。于是,晚上7点多,老祝从沂水赶了回来。回来时,女儿已经将饭菜做好了。

祝丽是位美丽温婉内向的女孩,清丽秀雅的脸上总是带着微笑。祝丽13岁那年,两天一小吵三天一大吵的老祝夫妻离婚了,妻子只身回到了省城老家。祝丽年纪小,不清楚爸妈为什么老是吵架,更不喜欢妈妈总是挑起战争。爸妈离婚后,家里一下子安静了,这样的生活,祝丽反倒喜欢。祝丽是个懂事的孩子,看到爸爸又要照顾生意又要照顾她,很不容易。所以,她总是悄悄地关爱着爸爸,从不让爸爸操心。不但学习上不让爸爸操心,生活上也非常自立。母亲走后,祝丽就学会了做饭。小小年纪,时常给爸爸变着花样做饭吃。21岁时祝丽专科毕业,老祝托关系,将祝丽安排在了潍州银行工作。那时,祝丽已经有了男朋友,是祝丽的一位大学同学。这位同学上大学后就一直追求她,祝丽感动于男孩的执着和诚意,直到快毕业时才答应做他的女朋友。男孩毕业后按照家里的意愿,报名参了军。祝丽男朋友参军走前,来潍州看望祝丽,老祝还在潍州大酒店热情地招待了他。那是位看上去挺斯文老实的男孩子,老祝第一次见就同意了他们两个处对象。男孩走时,老祝还叮嘱他,让他安心好好在部队工作。

3年后,祝丽的男朋友从外省调到了省城。鸿雁传书、痴心热恋的祝丽为了与男朋友能时常见面,辞掉了干得好好的银行工作,去了省城。祝丽辞职一事,老祝曾大力反对。但他拗不过女儿,何况祝丽来了个先斩后奏。知道工作不好找的老祝,给女儿部分启动资金,让她在省城开了家店铺。祝丽到省城不到一年,她苦苦等候4年的男朋友,曾经口口声声说提干后就与她结婚的男朋友,在一个周日的上午突然来和她说,他要结婚了,但结婚的对象不是祝丽,而是一位部队首长的女儿。男友站在她面前说这些时,祝丽还以为男朋友是逗她玩呢。当那个她苦苦等着的身影绝情地转身远去,祝丽像被棍子猛击了一下似的晕了过去。幸亏店里招聘的小妹及时扶住了她,把她扶到椅子上坐下,又是喊又是掐人中把她弄醒。那天,醒来的她没有哭,只是一动不动地呆坐在椅子上,像个木偶,一坐就是一个下午。晚上,被小妹搀扶回出租屋的祝丽哭了一夜。她仿佛要把所有的委屈让泪水冲去,将这些年的痴情让泪水带走,直到哭干了眼泪。要知道,为了这个男孩,祝丽不但推辞了一个个追求她的优秀青年,还把干的好好的银行工作辞了,远离自己的家和亲人来到男友身边,来圆建立一个幸福小家庭的梦,结果却是梦碎一地。这个男孩家境一般,祝丽每个节日都会买上好吃好喝的,开车去看望男孩的爸妈。男孩家里有什么困难,祝丽二话不说就将钱送到。在如今的社会,有哪个姑娘能像祝丽这样,不但苦苦等候一个男孩4

年多,还全力帮助这个男孩的家庭。4 年时间,已经提干的男孩为了更好的发展,依然做了陈世美。祝丽能不哭吗?

一夜痛哭。第二天,祝丽又和平常一样上班了。直到一个月后,她将店盘出,然后回家。这一个月发生了什么,老祝不知道,因为在省城的祝丽将痛苦深深埋了起来,没有与人说,甚至连最亲的爸爸都没有说。祝丽回家后,老祝看到清瘦又沉默寡言的祝丽,关心地问她为什么这么瘦时,祝丽才苦笑了笑,装出一副无所谓的样子告诉老祝,那个男孩结婚了,但结婚对象不是她。并说她不想再留在省城,她计划去青岛发展,在青岛的几位好同学都希望她过去。

老祝是爸爸,不是妈妈,他虽然很心疼女儿,非常痛恨那个男孩子,但他不会像妈妈那样,好好安抚女儿,好好地与女儿谈谈心,让女儿把心中的幽怨苦闷发泄出来。他像大多数父亲一样,叹了口气后说:"咱不难过,权当咱瞎了眼。这样攀附权势的男人,不要也好。"那天,老祝劝女儿别去青岛了,回来到他公司帮忙。他真的不希望女儿自己在外再受到伤害,他不放心女儿。

祝丽淡淡地笑了,她让爸爸放心,说她不会有什么事的。她喜欢自己干,还开玩笑说,她不喜欢让老祝管着。老祝没有再干涉女儿,随女儿自己做决定。那天,祝丽最后还用嘲讽的口气说了句:"权当被狗咬了一下。"听到这句话,老祝以为祝丽已经看开了放下了。尚在一起生活的老祝的第二任妻子,看出了失恋对祝丽的打击之重,知道祝丽心里的伤痛是不会这么快好的。细心的她把祝丽强留在家里多待了些时日。她说祝丽太瘦,既然要去青岛重新创业,也不急于这一两天,在家多住几天,她多做些好吃的给祝丽补补身子。祝丽很听继母的话,没有急于去青岛。慈爱的继母得空就带她逛商场,外出吃饭,还不时讲一些道理她听,她对祝丽说:"感情的事总是很难说清楚,古人都说人有悲欢离合,月有阴晴圆缺。分手虽然很令人难过,但总是暂时的,会慢慢好起来的。无论如何,活着要往前看,快乐地往前行。人生还很长,谁也无法预知明天,今天你失恋了,那说明他不是你的真爱,也许你的真爱还在下一秒等着你呢。"继母细心开导排解,使祝丽精神不再那么萎靡,心情也开朗起来。祝丽走时,挽着下楼送她的继母的胳膊,真诚地说:"妈,谢谢您!"一声"妈",一个"谢"字,感动得继母热泪盈眶,也使老祝明白,女儿失恋的伤痛经过继母的开解减轻了许多。只可惜半年后,这位关心祝丽的继母,性格刚毅的继母,因为老祝的不检点而离开了他们。假如继母还在,祝丽还能忍心抛下关心她的人吗?只可惜生活从来没有假如。

可能遗传了老祝的聪明,祝丽去了青岛,很快就找到了商机。半年后,她入股与两位朋友合作建设了一个帆船厂,效益非常好。也就是在这时,美丽能干的祝丽,被一位台湾的青年商人看上,并极力追求。这位台湾商人,30多岁,精明能干,长得一表人才,不但生意做得风生水起,人缘也挺好。他与祝丽的合伙人是朋友,于是认识了祝丽,对祝丽可以说是一见钟情。自从认识祝丽,他就对祝丽关心备至,不但天天嘘寒问暖,更是三日两头送花送水果。细心周到的台湾青年,用爱温暖了祝丽那颗受伤孤寂的心,最终获得了祝丽的芳心。那是2011年初夏的一个美丽的夜晚,一轮明月悬挂在空中,习习海风驱走了白天的闷热,两人相依相偎在一起,台湾青年用他那双修长的手爱怜地抚摸着祝丽那一头柔软的长发,发誓要爱祝丽一生一世。这双手宛如爸爸的手,一下子触动了祝丽的心灵。小时候,祝丽被人欺负了,或是受了委屈,老祝就常常用那双又大又温暖的手轻抚着祝丽毛茸茸的小脑袋,说着安慰祝丽的话,祝丽顿时就会笑逐颜开了。就在这个美丽浪漫的夜晚,那位台湾青年承诺,等到明年的中秋节,会带祝丽和祝丽的家人一起到台湾定亲结婚。那时,祝丽因为爱,完全走出了失恋的阴影;因为爱,迷人的笑容又重新挂在了她的脸上。那位台湾青年以其南方人特有的细腻,时时处处关心体贴着祝丽。那时的祝丽,完全成了一个被溺爱的小女子,幸福满满。

2012年的五一小长假,祝丽回来时,满脸幸福地叮嘱老祝,别忘了早点办入台通行证。因为台湾青年说好中秋节前带他们去台湾。那时的祝丽,没有了一年前的沮丧和消沉,全身充溢着少女般的纯情和青春的风采,脸上荡漾着春天般美丽的笑容。老祝看在眼里,乐在心里。要知道,女儿的幸福,是老祝最大的幸福啊。

八月初,当老祝办好入台通行证,打电话告诉祝丽时,祝丽只是淡淡地说了句:"好。我还忙,爸,咱回去再说。"电话就挂了。

老祝当时听出祝丽电话少了以往的快乐,他没有多想,他只是以为祝丽累了。

8月24日下午,在沂水的老祝接到祝丽的电话,说她下午回潍州,说她明天还要赶回青岛,希望爸爸晚上能回来一起吃个饭。

五一见面后,没有再见到女儿的老祝也想女儿了。于是,下午处理完事情,他就匆匆赶了回来。他因为项目正在结尾时期,想反正晚上见了女儿了,再说,祝丽明天也要回青岛,一个月后就是八月十五了,所以老祝计划一早回沂水把工程快干完。

晚上,祝丽和老祝说了很多,说了她的生意,她的合伙人,但没有说台湾青年。老祝没问,以为台湾青年出发去外地了。平常老祝不问,祝丽也不说,老祝也习惯了。晚饭期间,祝丽和往常爷俩见面一样,说得最多的仍然是:"爸,你的白头发又多了,别再那么忙了。"她说:"钱不重要,重要的是身体,老爸你要多保重身体啊。"

那晚,老祝还对女儿说,这么久没回来了,多住几天吧。祝丽说她也忙,而且已经买了第二天上午10点回青岛的动车票,并把票拿给老祝看。

这些年,老祝时常恨自己那晚怎么就那么粗心,怎么就没有看出女儿的异样,怎么就没有和女儿多说说话,怎么就没有好好问问她的现状……如果他不是心里挂记着项目,不是他开车回来太累,不是他第二天要早回去,女儿也许会和他多聊聊,将心中的郁闷倾吐出来……

第二天一早,也就是2012年8月25日,早上刚6点,惦记着沂水项目的老祝就起来准备开车走。他轻轻地起床,怕惊动隔壁房间的女儿,他希望女儿可以多睡会儿。他昨晚见到女儿,以为女儿忙业务忙得又有些消瘦了。他还想,再回来时买只黑山羊和散养鸡炖给女儿吃,给她补补身子。他小心地推开大门,不想祝丽从自己卧室出来,说了句:"爸,您这就走吗?不吃早饭了?"老祝说:"我还是早赶回去吧。你再睡会儿,天还早。"说完,老祝就走了。老祝做梦都没有想到,他这一走,竟然是与女儿的永别。

十点半,刚赶回沂水不久的老祝,接到了一个潍州的电话,电话里说是潍州公安局的,问他是不是祝丽的爸爸。老祝说是。那边又说,祝丽有点小事情,希望他能马上来潍州向阳酒店一趟。老祝感到奇怪,祝丽10点的动车,现在应该在去青岛的动车上,怎么会在潍州,还是公安局的事情。他马上给祝丽打电话,电话打不通。老祝打了四五遍,祝丽的手机仍然处于关机状态。他心里疑惑,马上交代了一下工作,开车就往回赶。往回走的路上,他又拨打祝丽的手机,仍然是关机。老祝心里有些忐忑不安起来,但他又觉得不会有什么大事,因为祝丽是个乖孩子,从来不会惹是生非。再说,向阳酒店在潍州市的西部,与潍州市东部的家隔着那么远,祝丽从来没有来过这里,也没听她说与这个酒店有生意往来。老祝甩甩头,想把那些不好的念头甩去。当他快到向阳酒店时,远远地看到酒店前围起的警戒线,看到警戒线外面满满的围观者,他的心"咯噔"一下子揪了起来。他急三火四地停下车,拉住旁边一位路人问:"出什么事了?"路人说:"好像有人跳楼了。"他忙问:"是什么人?""好像是个姑娘。"一听是个姑娘,老祝脑子"嗡"的一声,身子晃了晃,差点摔倒。因为他想起了公安的电话,觉出了异样,身上一下子冰凉,腿都不听使唤了。这位路人一看脸色煞白、站立不稳的老祝,忙问:"同志,你怎么了?不要紧吧。"老祝声音颤抖着说:"老兄,能麻烦你扶我过去看看吗?"这位路人,边牵扶着老祝往里走,边喊着:"让一让,让一让。"老祝来到一位公安民警面前说:"我是祝丽的爸爸,是你们找我吗?"一位年纪稍大一些的公安民警用关切的目光看了一眼老祝,然后将一张写满文字的信纸交到他手里，并指了指地上已经被盖上白布的那个人。没等那位公安民警说话，老祝踉踉跄跄扑到那团白布边，急切地掀开那块白布。仅仅掀开了一个角，老祝已经放声大哭起来，因为他看到了满脸是血已经没有任何气息的祝丽。老祝边哭边喊："丽丽，丽丽，你怎么了？爸爸来了……"那撕心裂肺的哭喊声，使周围的人不忍再看下去。那位公安同志和那位好心路人把老祝好说歹说连拉带拽，扶起到了酒店大堂椅子上。酒店的服务人员给老祝端来了热水，直到老祝平静下来，他们才慢慢地讲了事情的经过。

上午 9 点多，向阳酒店来了位姑娘。这位姑娘身材高挑，披肩秀发，长得美丽，穿着优雅时尚，说话很柔和。在前台登记时，她微笑着说她要住宿，还说她怕吵，希望要个最高层的房间。刚好 2008 号房间的客人退房，前台就给了她2008 号房间的钥匙。因为身份证，他们知道了这位姑娘名叫祝丽。服务员说，10 点多时，他们听到外面有人吵吵，说高楼上有个人好像要跳楼。当时，他们还想，酒店高层房间的窗户都是封闭的，应该不会吧。但他们还是跑出来看了看，才知道是客人将窗子砸破了。没等他们上来阻止，祝丽已经毫不犹豫地跳出了窗子。下边有人看到，祝丽在跳的那一瞬间，还会心地微笑着，仿佛是微笑着去赴一个美丽的约会……

老祝边听边流泪，边流泪边看祝丽留的那封遗书。看到女儿的遗书，老祝才知道，祝丽心里的痛苦有多深；才明白，爸爸妈妈的离婚对孩子造成的伤害有多重；才清楚，抑郁症已经折磨了女儿好几个月了；才后悔，自己这个爸爸当的多么不合格……

从信中，老祝才知道，祝丽五一节回去后不久，知道了那位信誓旦旦爱他一辈子的台湾青年，实际在台湾有老婆和一个女儿。虽然他说他与妻子是家庭联姻，没有感情，说他这一生唯一真爱的只有祝丽，但祝丽不是别人，不是爱慕虚荣的女子，她不可能与外人分享自己的爱人。何况，她恋爱要的就是一个结果，走进婚姻，建立一个温馨的家。祝丽希望那个口口声声说爱她的台湾青年离婚，然后与她结婚。可是那位青年说，他家里是不会同意离婚的，因为他的事业是依赖妻子家的。那位青年说，只要祝丽不在乎名分，他可以在青岛给祝丽一个温馨的家。祝丽不是这样的女人，所以，当她知道了真相，她的心又一次被深深地划伤了。她一晚上一晚上地睡不着觉，头发大把大把地掉。6 年，芳华正茂的 6 年，渴望美好爱情的祝丽满怀希望，倾心付出，耗尽美好青春，却不是遇到负心汉就是遇上欺骗自己的人。回头再看看自己父母的婚姻……27 岁的祝丽，蕙质兰心的祝丽，对爱情彻底失望了。随着对爱情的失望，她对生活、对人生也彻底失望了。失望至极的她，觉得只有纵身一跃，才能看到美丽的世界……

　　每个人都只被赋予了一次生命，有生命，便有希望。如果祝丽明白一朵花的凋零荒芜不了整个春天，一次挫折也荒废不了整个人生；如果在祝丽爱情遇到挫折的时候，她能对人倾诉，她能听到父母的开导和安慰，倾听朋友的劝慰和开解，她心中的忧伤或许能得到排解。可是，在她需要这些的时候，她没有得到。因为母亲早早抛弃了她，唯一的亲人父亲，忙公司而且粗心，没有及时发现这些，更没有发现女儿已经抑郁了。性情内向的她，是不愿意主动倾诉的。日积月累，祝丽的心堵了，渐渐地死了。可能祝丽觉得唯有高处一跃，一切忧郁悲伤才都会随风飘逝吧。可她怎知，她这一跃，却给亲人留下了无尽的悲伤。

　　那天，平静下来的老祝让服务员带他去了2008号房间。公安人员、服务员怕他也想不开，几个人一起陪着他。他苦笑了笑，说："放心吧，我没有女儿那么傻。我只是想让自己静静地待一会儿。"

　　备受打击的老祝在朋友的陪伴下，处理完女儿的后事，就回到了沂水。刚回到沂水，老祝就病了。两个多月，老祝没有缓过神来，仿佛魂被女儿带走了。女儿是他唯一的亲人啊，女儿走了，他的精神一下子垮了，他有时都想随女儿去了，一了百了。好在亲朋好友陪伴劝说，最后他战胜了自己，决定坚强地活下去，不为别人，为自己，也为女儿信中最后那句话："爸爸，我走了，找我的幸福去了。您一定要好好的啊。"

　　好起来的老祝，先托朋友将潍州的房子卖了。潍州成了他的伤心之地，但每年的8月25日这一天，老祝都会赶来向阳酒店，到他提前预订的2008号房间，站在窗前默默地待上一上午。他用这种方式来陪陪女儿，来诉说他对女儿的思念……每次来，他凝望窗外，想着6年前有围观的人说的，看到女儿是微笑着跳的楼。他站在那儿，心里默默地问女儿："丽丽，纵身一跃时你笑了，是不是找到了幸福？"每次他在心里默默问女儿时，眼前总会出现宛如飞天仙女般的女儿，微笑着翩翩飞舞在远处，仿佛在告慰老祝：她找到幸福了……

（2017年11月）

怀旧情结

怀旧情结,可能是步入中年之人的通病。喜欢上网淘宝的瑛,周末闲来无事又上网了。她刚进入一个名为"怀旧情结"的成衣店,这个介绍中说是将新衣故意做旧的店里,一件呢子花格半大衣深深地吸引了她的眼球。

15年前,时兴呢子花格半大衣。刚刚结婚的瑛很喜欢,但她知道,因为买房子他们贷了款,两人的工资还利息后仅够生活费,为此,她与老公讲好,现有的衣服够穿的,一两年不再买新衣服,除给两家老人买的外。他们想多积攒些钱,使未来的小宝宝生活好些。所以她虽然非常喜欢,虽然自己没有件像样的大衣,却没有与老公提起,逛商场她总是避开买时尚大衣的柜台。虽然刻意避开,细心的老公还是从她的眼神中看出来了。那年的国庆节,放假的前一天傍晚,老公手里提着个大纸袋回来,进门把纸袋放书房里就吃饭了。瑛当时以为是老公为第二天回老家买的东西,也没在意。

吃完饭,老公让瑛坐下,把眼睛闭上,神秘兮兮地说要给她个惊喜。当瑛睁开眼睛,站在她面前老公双手撑着一件非常漂亮的花格呢子半大衣,微笑着看着她。瑛惊喜地用双手捂住了嘴,没有使自己大叫起来。看到瑛惊喜的样子,老公含笑说:"喜欢不? 穿上试试合身不?"瑛真是太喜欢了,老公的眼光真不错,选的衣服颜色和样式都是她最喜欢的。虽然喜欢,她还是娇嗔地责怪老公乱花钱。老公轻描淡写地说:"今天发了奖金。因为业绩好,今年的奖金特别多。几位同事中午约去商场为家人买东西,也拖了我去。那些女同事在大衣柜台前自己挑选大衣,还鼓捣我们男同事买了讨老婆欢心。我想你也没有件像样的大衣,就让她们帮忙给你选了件……"没等老公说完,瑛眼里盈泪扑到老公怀里……

这件大衣,瑛一连穿了六七年,直到小姐妹都说穿着确实很不时尚了,她才收起来。这些年,小两口儿经过努力,都升了职,涨了工资,不但还上了贷款,银行也有了一定数额的存款。去年,他们卖掉了住了多年的70平方米的小房子,买了套150平方米的大房子。在搬家收拾房子时,瑛把那些不再穿的旧衣服连同那件一直没有舍得送人或扔掉的大衣放到了家属院里的旧衣服回收箱,因为那是爱心志愿者组织设立的,瑛放进去的时候,心里还为自己又献了点爱心而兴奋呢。大衣送出去的晚上,瑛做了个梦,梦见一位贫困山区的姑娘,穿上了那件大衣,高兴地舞蹈起来……

今天,网上"怀旧情结"成衣店吸引瑛的,就是这件与她送出去的非常相似的大衣。看到这件衣服,一下子勾起了瑛的怀旧情结,她有了想买的冲动。她看了看衣服尺寸,很适合她。又看了看价格,680元,不是很贵。要知道,现在一件衣服少则一两千元,多则五六千元,680元,对于瑛她们这些中年职业女性来说,确实不贵。贵贱还是次之,瑛想买的重要原因,是想穿上给老公来个惊喜,因为这些年两口子忙于打拼事业,忙于孩子和家务,好久没有感受过当初老公买大衣回来时那样的惊喜、浪漫和激动了。瑛点了购买。

第三天,瑛就收到了快寄包裹。瑛计划等老公回来,她穿着这件大衣给老公开门,给老公一个意想不到的惊喜。趁老公没有回家,瑛赶紧打开包裹,当她抖开大衣,刚想往身上披,猛然看见袖口处的那朵小花,瑛愣住了……

那是老公买大衣第二年,一次外出不小心,衣袖处被什么剐了个小洞。手巧的瑛回家,就在那个小洞处绣上了一朵小小的梅花。因为配色很精巧,又在底面,几乎没有人注意到。即使引起注意,外人还以为是为了更好地点缀衣服原来就有的呢。这个秘密,只有瑛两口子知道。因为绣好后,老公还半开玩笑半认真地夸自己一不小心找了个绣娘媳妇呢。

今天,瑛又见到了那朵再熟悉不过的小花,那朵她相信世上仅有的这朵小花,瑛的心仿佛被绣花针猛刺了一下,很疼很疼……

(2017 年 12 月)

那也就叫活着吧

好久没见的一位朋友的表妹兰来我这里玩,我问起她的姐姐,好多年没见的莲。兰深深地叹了口气,说了句:"她啊,活着。"

"什么话,谁不活着。"我有些生气地责备了兰一句。

记得第一次见莲,是20多年前,那是我去朋友家玩,刚好莲姊妹两个都在。那时她才十八九岁,一米七的个子,长着一张美丽的脸,说话时面带笑容,给我留下了很深的印象。性格有些内向、不很善谈的莲高中毕业后,到了离家很近的县地毯厂工作。父亲落实政策,在农村的莲姐们俩被转为城镇户口。莲被安排到位于他们乡镇的沂水县地毯厂当工人,妹妹兰后来技校毕业分配到潍坊一家国有企业。第一次见莲,她才工作不久。时隔3年,我又见到莲,她刚结婚不久,一脸的新婚幸福样。后来没有再见过,只是听朋友说,莲离了婚,后来又结了婚,但不幸福。

我正想着以前见到莲的情景,沉默的兰突然长叹一声:"唉!她那也就叫活着吧。"

从兰的叙述中,我明白了,兰为什么说她的姐姐"那也就叫活着吧"。

窈窕淑女,君子好逑。美丽且性情温和的莲进地毯厂工作,很快就引起了厂里年轻小伙子们的注意。其中一个叫元杰的机修工对莲特别关照,总是暗暗地帮助莲、关心莲。下雨了,莲忘带伞,元杰就会偷偷地将一把伞塞到下班的莲手里;下夜班,莲刚走出厂门口,元杰已经等在门口,一路默默地送她回家。一次次,一天天,终于元杰打动了莲,他们恋爱了。虽然了解到元杰的家在山区,家庭状况不是很好,期望女儿幸福的父母也没有阻止。因为他们觉得这个小伙子看上去比较忠厚老实,是个值得托付的人。于是,相处两年后,莲与元杰步入了婚姻殿堂。

刚结婚时,小两口儿恩恩爱爱,夫唱妇随,非常幸福。莲父母的家就在工厂附近的村子,父母身边就这么一个孩子,所以这小两口儿备受父母关照。做什么好吃的,就叫他们去吃。厂里盖房子,在元杰家拿不出钱来时,父母及妹妹兰一起凑钱,帮莲买下了那套房改房。

幸福的时日总是那么短暂。恩爱的生活过了一年多,元杰看到人家结婚一年的夫妻不是怀孕了就是生下小孩了,而莲的肚子没有一点儿动静,特别是元杰父母时常唠叨是不是莲有什么毛病时,元杰开始没什么,以为是还没到时候。

可是,时间一长,亲戚朋友见面就问怎么还不要孩子?元杰心里就很不舒服了。其实,莲也着急,时常怀疑是不是自己有什么毛病。小两口儿都有心事,生活就不那么恩爱了。

开枝散叶对于一个女人,特别是生长在一个思想观念尚比较落后地方的女人是多么重要。莲结婚一年,肚子没有动静,以为是时候还未到;两年,肚子仍没有动静,莲就有些着急了;三年仍然没有动静,两口子就有些郁闷了。为此,莲着急,父母也着急,到处弄偏方给莲。吃了很多母亲弄的偏方,莲仍然没有怀孕的迹象。因为结婚这么久还没有孩子,莲觉得愧对元杰,家务一点儿也不让元杰操心。哪怕上班再累,下了班她也不休息,给元杰做他喜欢吃的,元杰可以说是过着饭来张口、衣来伸手的生活。元杰前一两年还知道疼爱莲,后来竟然觉得莲做这些是应该的,觉得是莲亏欠他的,还时常责备莲这不好那不对,也便忘了追求莲时发誓不管遇到什么都要对莲好的话了。以为"不孝有三,无后为大"的元杰开始嫌弃莲了,而莲的负罪感也助长了元杰的脾气。慢慢地,家成了元杰的旅馆,再后来,元杰竟然夜不归宿了。

我问兰:"为什么他们两个没有去正规医院看医生呢?"

兰说:"那个年代,我们那儿,结婚很久没有孩子,一般都以为是女人的事,没有谁好意思去看医生。女的只是背地里弄偏方吃。"正因为当时莲觉得是自己的原因,父母及兰也认为是她的原因,所以没有去看医生,只是乱吃偏方。

由于莲的愧疚和愚钝纵容了元杰,元杰竟然在外面有了女人。

最初知道元杰外面有了女人,莲哭过,求过元杰。可是当她有次哀求元杰回家好好过日子时,元杰的一句"我不能搂着个不下蛋的鸡过一辈子吧",彻底伤透了莲的心,在元杰再次提出离婚时,她同意了。

兰说离婚对于莲的打击很大,但她虽然难过,仍然替元杰说话。不许家人说元杰的不是。因为她觉得是她不能生孩子,对不起元杰在先,所以元杰才出去找女人,才要离婚的。

"听你讲,他们俩应该是有感情基础的。离婚,你们没有好好劝和劝和?"我问。

"我父母那时一则生气元杰有了外遇,二来也觉得莲不能生育有些抬不起头了。莲又非常坚决同意离婚,他们也劝不了啊。我劝也没有用,我姐姐的脾气拗得很。"

离婚那年,莲才29岁。五六年时间里,明明是元杰有了外遇对不起她,她却愚蠢地以为是自己不能生孩子,是自己对不起元杰。她一度非常郁闷,时常流泪说是自己对不起元杰,没能生孩子;对不起父母,让父母为她操心受累。好在父母及兰开导安慰，她才慢慢从失败的婚姻中走出来，心情逐渐开朗起来。

女人三十一枝花。何况莲还不到30岁。她除了时常流露出的不自信，除了更加不愿意与人交往，容貌仍然秀丽，身材仍然苗条。可是，她再美丽也是个离过婚的女人。那时，女人不能生孩子，仍然是被人瞧不起的。可想而知，这对于莲的打击有多大，她的心理压力有多大。但性格内向的她心里再苦，也不愿意与外人说，哪怕是自己的父母和妹妹。莲离婚后，妹妹兰曾经劝她辞掉工作来潍坊，离开那个环境，对她也好。那时，兰已经在潍坊结婚。可莲以为自己没有特长，没有什么技能，在潍坊难找工作，来潍坊还会给妹妹添麻烦，还不能照顾父母，就没有辞职。

兰说，倘若那时莲能听她的话，辞职来潍坊，可能就是另外一番天地了。

离婚不长时间，就有热心的人给她介绍了一名妻子病故、自己带着儿子生活的36岁的建筑工人。这名建筑工人接触莲后，觉得莲性情温和，对莲十分中意。再者，这人觉得莲不能生育，对自己的儿子会更亲更好。父母及兰见过这个建筑工人，觉得这人憨厚，是个会对莲好的人。父母打听过，这人不但名声很好，很能干，家庭经济方面也不错，除了个子一米五六，有些矮，长得显老外，其他条件都挺好。他们觉得莲与其结婚，不会受委屈。所以，父母大力撮合，希望莲能够与其结婚。但莲嫌人家个子矮，长得丑，就是看不上眼。怎么劝也没用，莲就是对那人没感觉，说什么也不愿意跟人家谈。

兰说，父母亲友后来又给张罗了几个，我们觉得很好，莲却都没有中意的。谁知两年后，她自己领回来一位，也就是兰说的现在的混蛋姐夫文革。

兰说，莲领回来让父母和她看时，他们没有一个看上的。这人一眼看上去就不是个善茬，长得五大三粗，酒糟鼻子，皮笑肉不笑的。后来听说这个人好喝酒，酒后还耍酒疯。听说他前妻就是被他打跑的。父母苦口婆心劝莲，说她要跟着这样的人是不会有好日子过的。可是，莲不听，就是觉得他好。兰说，莲不知道被他灌了什么迷魂汤，还是鬼迷心窍了，一心认定了文革，任谁劝也不听。并且两人还偷偷去领了结婚证。登记后，莲竟然被文革鼓捣着把她的房子卖了，用钱还了文革家的债。为此，气得母亲生了一场大病。

说来也怪，与文革结婚不久，莲竟然怀孕了。这是莲做梦都没有想到的，也是兰和父母没有想到的。这下压在莲心头那块不能生孩子的巨石终于碎了。莲高兴极了，幸福极了。因为她再也不是"不能下蛋的鸡"了，她能生孩子，能做母亲，她再也不用被人瞧不起了。

正在莲沉醉在怀孕的激动与兴奋中时，文革不但不高兴，还有些恼火，并给莲当头一瓢冷水，劝莲去打掉孩子。

莲哭着问为什么,要知道这个孩子对于莲来说,比什么都重要。

文革说,因为没有钱交超生罚款。

原来文革与前妻已经有了一双儿女,前妻走时,孩子一个也不要,都留给了他。再生这个,就是超生,是要被罚款的。那时的计划生育政策很严格,超生是要罚很多钱的。依着他们的经济状况,砸锅卖铁也交不起。而且,莲还有可能被工厂开除。所以,知道莲怀孕了,文革竟然劝莲打掉孩子。

莲怎么能失去这个好不容易怀上的孩子,她死活不同意。为此,文革时常喝闷酒,酒后就耍酒疯。莲常常被文革打得鼻青脸肿。父母知道莲怀上了孩子,也都替莲高兴。当知道文革逼着莲打掉这个好不容易怀上的孩子时,父母找文革谈过,并说要交超生罚款他们帮着筹集。因此,文革才不逼莲了,但是文革酒后耍酒疯却是越来越严重。莲为了孩子,总是默默地忍受着。这些莲从来不告诉外人,甚至自己的父母、妹妹。

十月怀胎,一朝分娩,莲有了自己的儿子。为了逃避超生罚款,更为了减少莲他们的经济压力,为了莲的幸福,父亲通过各种关系,费尽心力找到了一位朋友,将莲孩子的户口落户。生下孩子没挨罚,文革压力减少,表现得比往常好多了,但酒却是戒不了了。

兰说:"不喝酒的时候,文革还能算是个人,也知道帮莲干点家务。一喝酒,特别是一喝多点,文革就成了魔鬼。父母和我后来知道了,父亲找文革谈过。文革当时答应不再喝酒,回家后却照旧喝,真是死不改悔。我们也曾经力劝莲离开文革,带着孩子自己过都比这样过强。可是莲不同意,还说这是她的命,命该如此,她就应该受着。"

说到这里,兰长叹一声,说:"唉!自己不改变,老天爷也没辙啊。"

也许生孩子时没能得到良好的照顾,也许是莲的体质问题,也许是莲心里太苦太憋屈。第一次婚姻是因为不能生孩子而失败,这次又因生孩子使自己受委屈,心里能不苦吗?生孩子后,莲的身体越来越虚弱。孩子5岁那年,莲查体检查出得了糖尿病,文革也没有好好给莲治疗,莲自己也没有太在意。逐渐地,病情越来越严重,莲的眼睛都开始模糊起来。

这个时候,兰的母亲得了重病,父亲和兰照顾母亲,顾不上莲。母亲去世后,父亲身体也不好起来。兰照顾父亲,还要照顾上学的儿子,但她仍然牵挂着姐姐。当她抽空回去看望姐姐时,她震惊了。

莲的眼睛只能迷迷糊糊看东西,做什么都几乎摸索着,身体消瘦得很。即使这样,文革也不会关照她一点。该喝酒喝酒,该耍酒疯耍酒疯。孩子也因得不到好的家庭教育,虽然10多岁了,却一点儿也不听话,更不懂得照顾妈妈,不但不好好学习，还逃课，打架，老师都头痛。

兰说："看到姐姐过着这样的生活，我都哭了。"

她希望文革带莲到医院好好治治，文革竟然轻巧地说："糖尿病又不是什么大病，吃点药就行了。再说家里也没钱，看不起大医院。"

莲自己也说没什么，吃点药就行。

"唉！莲有公费医疗啊。虽然到大城市可能不报销，可在县医院可以啊。文革也不陪她好好看看，只顾自己在外边胡混。"兰生气地说。

心疼姐姐的兰，那次回去将莲带到了潍坊，自己掏钱给姐姐住院治疗了十几天，眼睛好些了，又亲自送莲回去。为此，兰不但没得到文革的感激，竟然说她多管闲事。

莲也让兰少管他们家的事，因为这样莲会更加招致文革的不满，甚至拳打脚踢。

母亲去世后，兰和父亲看到可怜的莲，劝说文革没有效果，对文革失望的他们也曾再三劝莲，不行就带孩子自己过。可是莲不听，还让他们别为她操心，她会管好自己的。

兰的父亲在母亲去世的第三年也得了重病，不久去世。兰说父母的病逝，应该说与莲有很大关系。她太让父母操心了。谁的父母能忍心看着自己女儿过这样的生活。他们怎么能不着急上火？怎么能心情好？兰说："父母去世时，都是拉着兰的手，再三叮嘱兰多多照顾这个不争气不听话命苦的姐姐。"

可是，兰也是有心无力。父母生病，这个照顾自己都困难的姐姐指望不上。兰不但要照顾父母，还要照顾公婆和上学的儿子。兰说，幸亏公婆身体好，而且通情达理，儿子上进学习好。要不，他们两口子这么多年也要累趴下了。照顾父母时，她实在没多少精力顾及姐姐。两三年她也没有回去看望莲。父亲去世后，儿子也考上了大学。前年，她专程回去看望姐姐，并带去很多好吃的。

一进门，她难过地哭了。她看到宛如60多岁老太太似的瘦弱憔悴的莲，身上脏兮兮的莲，正佝偻着身子摸索着在做饭。这是那个曾经美丽温柔的莲吗？是49岁的人吗？

听到声音，莲抬起头，一脸茫然地问："谁啊？"

兰说，莲的眼睛看来是一点儿也看不见了。那天中午她没有见到文革和外甥，就问姐姐："他们人呢？"莲沉默了好久，才说："文革几乎不回家，我也不知道他忙什么。本该上初三的儿子，叛逆得整天不见人，我也管不了，这个逆子不但不听我管，还嫌弃我……"说着，莲的眼里流下来浑浊的泪……

那天，兰劝姐姐，他们既然不管你，你又何必管他们。兰动员姐姐到养老院去。她知道，姐姐病退后现在也有 2000 多元的退休金，而且还不断增长。这些钱在县城或者乡镇找所好点的养老院照顾自己，应该没什么问题。可是，姐姐竟然说，她的工资卡一直由文革拿着，再说，她也不能不管孩子啊。

兰说："我能怎样？她又不听劝，我婆婆身体也不好，需要人，所以我也没精力管她了。"那天，兰走时塞给姐姐 2000 元钱，叮嘱她想吃什么自己出去买着吃，但这钱不能给孩子。兰说："我知道我说这些也是白说。因为莲是一位母亲。估计这钱不被文革鼓捣去，很快就会被不长进的外甥拿去挥霍了。"

"从那以后你没再回去？"我问。

"回去？上年回去，又是一肚子气。"

原来，上年夏天，莲感冒后加重了病情，昏迷不醒。文革打电话告诉兰，说莲不行了。

兰说她接到这个电话时，身体都抖成了一团。文革说"莲不行了"，她怎么能不紧张不难过，于是赶紧通知上班的老公请假开车就奔了沂水。

当我们赶到时，莲已经被文革他们送到了乡镇医院。一见已经被穿上寿衣的莲，兰放声痛哭。兰摸着莲的手，哭着苦命的姐姐。姐姐的手竟然动了，兰一阵惊喜，忙摸了摸姐姐的脉搏，很平稳。马上兰就火了，朝着文革及他的亲戚怒吼道："我姐姐没死，你们竟然不给她治了，你们怎么能这样？我姐姐还有退休金，还有公费医疗，还花不着你们多少钱，她还活着你们就不治了……"

文革的二叔可能觉得他们做的也不是个事，忙打圆场说："他姨，你别急，我们这不来医院了嘛。医生说没治了，我们才给穿的寿衣。听你的，你说咋办？"

兰说："马上去县医院啊。这里不能治，还有医疗条件好的县医院啊。马上上县医院。"

莲送县医院，治疗了一周多，病情就好转了，现在又能摸索着干点什么了……

听着兰的叙述，我为莲难过。当听到兰感叹这就是她的命时，我脑海里突然冒出了鲁迅先生的名言："哀其不幸，怒其不争。"这不就是说的莲吗？

（2018 年 2 月）

如此婆婆

上班路上，遇到两位谈兴很浓的遛狗的五六十岁的大姐。擦身而过时，只听其中一位操着一口胶东腔，可能说到激动处，她大嗓门高声说："俺还要这张脸呢，她怀孕、生孩子，我尽着她……"飘入耳朵的这几句话，我猜这位可能是婆婆，说的应该是儿媳。如果是，这婆婆可不太友善。我边走边想，这位也使我想起了邵莉那重男轻女的婆婆。

邵莉的婆婆是位桃李满天下的高中教师，邵莉生女儿时就是由婆婆的学生接生的，邵莉说，这也是婆婆亲自安排的。我听邵莉说这些时，还羡慕地说："邵莉，你多幸福，有这么位知书达理的好婆婆。"

"幸福？真幸福！"邵莉苦笑着回我。看我茫然不解的样子，邵莉给我讲起了她婆婆的一些故事，使我认识了她这位知识分子婆婆是如何重男轻女的。

邵莉家在胶东，因为与大学同学恋爱，毕业后来到男朋友的家乡潍坊就业并结婚，所以生孩子时是婆婆在身边照顾她。邵莉说："姐，你能想到吗？孩子一生出来，医生说是个女孩，我那当老师的婆婆竟然不顾自己的学生在身边，在产房里放声大哭。"她一哭，医生护士慌得忙去安慰她们的老师，竟然没有人管尚在流血的邵莉。那时她的心真是凉透了，独自躺在产房里默默流泪。邵莉说："幸亏我找了个好男人，我丈夫一看他妈这么不像话，这么重男轻女，立马将他妈搀扶出去，将原本在他妈这里坐月子的计划取消。"邵莉出院后，丈夫将她拉回了他们自己的小家，并打电话通知丈母娘赶来帮忙照顾。儿子坚决不让母亲来照顾媳妇，一心希望要个孙子的婆婆也懒得来看孙女。邵莉说，虽然婆婆因为想孙子对孙女不待见，女儿一直由姥姥照顾，但邵莉要求逐渐懂事的女儿一定要和爱姥姥一样爱奶奶。女儿因为从小由姥姥带大，加上婆婆对没有孙子耿耿于怀，邵莉感觉女儿对奶奶也是敬而远之。女儿上学，当教师已经退休的奶奶也没有辅导过一次。邵莉说："虽然过节过生日，我都给婆婆买东西，但从来没有改变她的态度。她就觉得我没有给他们家生儿子，觉得我欠他们的。我再孝顺，女儿再乖，几乎难得婆婆笑脸。"

前年，公公病逝，邵莉觉得婆婆自己在家孤单，就让丈夫将婆婆接来住。可是，来到她这儿的婆婆总是说这不好那不行，时时刻刻挑邵莉毛病，最后连她儿子都受不了，只好在不远的地方给她买了套小点的房子，让她自己住，也便于就近照顾她。

邵莉说:"我说的这些,姐你可能不相信,再怎么重男轻女,也不能在产房哭啊,可人家就是这样做了。你不知道,我婆婆她奇葩成什么样。今年我女儿考上了重点大学,我们都高兴,孩子没有辜负我们的期望。女儿的姥姥姥爷也高兴,当场给了女儿15000元现金,说是给他们的宝贝外甥的学费和零花钱。"婆婆这时也来祝贺了,给了女儿一张存单。我笑着说:"孙女考上大学,你婆婆高兴啊,一定是大大奖励了。她是退休教师,工资又不低。"邵莉笑着说:"可真是大大的奖励。那天,婆婆走了,女儿扮着鬼脸将存单给我时,我才看到,那张存单上写的是婆婆的名字,金额2000元。"

"姐,我不是稀罕那钱。我是觉得婆婆做得有些过分。孙女考上了重点本科,钱要不你不给,我们又不缺,也不会介意;要给就给点现金,就是给存单,你也应该用孙女的名字啊,她用着也方便。所以,我们想还是留给婆婆自己用吧。第二天,我与丈夫将那2000元的存单还给了婆婆。人家竟然什么也没说,就收起来了。"

邵莉初和我说起她婆婆的事情,我还不相信,心里还觉得她也太贬低自己的婆婆了。她见我不信,说:"姐,这些都是真的。我知道,你没遇到不会相信。我虽然是独生子女,可我不是那些不通情达理的媳妇,实在是婆婆做得太过分。"后来我把邵莉的遭遇说给一位朋友听,她说确实有这样的奇葩婆婆。她说:"我们的老领导,还是位县级干部,儿媳第一胎生的是孙女,老两口儿就不高兴,整天哭丧着脸。儿媳生二胎时,老两口儿到医院去,刚到产房门口,一听又生了个女孩,转身就走了。"她还说,她单位一位同事,因为一胎生了女儿,不受婆婆待见。当二胎生了儿子后,正好自己也没有奶,儿子出满月后,她就将儿子放在婆婆家,自己很少管。她对朋友说:"他们不是重男轻女吗?不是喜欢孙子吗?好说,我给他们生了。"现在儿子都3岁了,一切都由她婆婆公公照顾,睡觉也在婆婆家,她只是偶尔过去看看,真是为婆婆生的似的。当然,人家婆婆高兴着呢,累也愿意,因为有孙子。

你遇到过如此的婆婆没?

(2018年6月)

有家真好

　　久违的一位朋友，一位不安分的朋友。七八年前，他自以为爱上了比他女儿大不了几岁的女学生，于是便离开了曾经相濡以沫的妻子和可爱的女儿，与那位学生去了厦门。漂泊在外这些年，他和那个女学生虽然也成了家，也在厦门创立了自己的事业，但他始终找不到家的感觉。没有共同的经历，加之年龄上的差异，对女儿的思念，使他们之间越来越没有共同语言，越来越充满隔阂。去年，他与女孩走到了尽头，离婚了。他心里渴望回家，但他不敢也没有勇气回来，因为是他对不起妻子和女儿，是他伤害了曾经那么爱他的妻子和女儿。他继续在外飘着，就算已经大学毕业工作了的女儿恳求他回来，他也觉得无颜见江东父老。

　　今年四月，他开始咳嗽。起初，他以为是普通感冒，就没有在意。后来，咳嗽越发厉害，他就到医院找朋友看。片子一出来，显示他的肺上有个鸟蛋大小的阴影，朋友约几个主任看了，都断言他得了肺癌，吓得他当场就晕倒了。第二天，他就发起了高热，而且呼吸困难。女儿得知后，立马飞了过去。看到病床上憔悴消瘦的父亲，女儿都不敢认了。还在高热的他见到女儿，泪都掉了下来。自从见到女儿那一刻，他忽然明白，家对于他的重要，亲人对他的重要，一下子坚定了他要回家的信念。他说："我要回家，死也要死在家里。"那时，走都走不了的他，将自己辛苦创办的培训学校以及学校里的二十几架钢琴全部送给了朋友，只让朋友给他买了个轮椅和回家的车票，送他和女儿到车站。他说，他是被朋友和女儿用轮椅推上车的，那时他身体虚弱而且呼吸困难，仅仅坐了不到 3 个小时的动车就再也坐不了了。于是，半路他和女儿下了动车，改乘卧铺车回家。

　　他说，现在的人们真好。当女儿推他到车站服务处一说情况，车站的人马上给调整了车次，志愿者们更是让他难忘。他们不但给他爷俩送吃的喝的，而且将他抬上了卧铺。当他颠簸回来，住到市人民医院，他立马上了呼吸机。看他的样子，医生都不相信他竟然是没有戴着氧气瓶或者呼吸机回来的。他说，回到潍坊的他，自己都不敢相信自己回家了。他说一路上仿佛感觉不到病痛，因为他满脑子里只有一个念头：回家！回家！回家！就是回家的信念支撑着他。鸟儿高飞，最终的眷恋是森林；帆船远去，最后的终点是港湾；行人来去匆匆，最大的愿望是回家。他说，那时的他最大的愿望就是回家。他说就是死也要看上一眼日思夜想的家。

可能是上天对他不安分的惩罚，又对迷途知返的他加以奖赏吧。在人民医院休养了一周后，在前妻和女儿的精心照顾下，身体微微好转的他再做检查，最后竟然排除了癌症一说。癌症排除，精神负担一下子没了，加上妻子、女儿的谅解以及无微不至的关怀照顾，他的重度肺炎很快就好了。虽然经过这一折腾，他的身体有些消瘦，但精神特别好。今天，10多年没见的我们两家一起聚了聚。他讲了他这些年的感受，特别是他对于家、对于夫妻的理解和认识，让我改变了对他的看法。因为知道他那么不负责任地抛下妻子和女儿，与自己的学生远走高飞时，我对他很是不齿，虽然听他那善良的妻子说是那个女学生迷恋他，引诱他。但今天，当他忏悔般地讲述，深深地反思，看到他妻子、女儿那么谅解地、那么宽容地微笑着听他讲述，我又为这一家子的团聚而高兴。

他说这些年自己的这一顿折腾，推卸责任地说是命中注定，其实是他自己的骄傲自满和责任心淡漠。明明自己只能喝半杯子水，却非要喝一杯子，觉得自己的本事比天大，有人崇拜，就禁不住诱惑，耐不得寂寞……现在他总算醒悟了，明白了，回家了，觉得自己的脚总算落地了。他说，有家真好，每天看见家和家人，心里顿时充满了快乐与幸福。所以他由衷地感叹：有家真好！

（2018 年 9 月）

"丁克"小故事

也许我们这儿是小城市,也许我对于丁克的认识晚,理解度也差。以前仅是听说,但没在意。近几年,特别是步入中年,身边因有子女做丁克族而苦恼的朋友,于是我开始关注起了"丁克"之事。瞧老徐这一家子,因为儿子儿媳坚决做丁克族,正闹腾着呢。

老徐两口子一直以儿子为骄傲。儿子聪明,在家属院同龄孩子中学习成绩最优秀。高中毕业时,家属院有好几个孩子高考,唯有他儿子考入北京重点大学。大学毕业后,儿子顺利应聘到位于青岛的一家央企,拿着高年薪,还买了房子。那时在家属院,老徐与丽萍两口子因为这个出类拔萃的儿子,走路都抬头挺胸。直到儿子恋爱结婚,特别是与老徐一般年龄的人在院子里与孙辈快乐地嬉戏时,老徐两口子再也抬不起头了。儿子成了老徐两口子的心病。

老徐本来对儿子找了个比儿子大四岁的媳妇就不是很满意,特别是丽萍,很是反对。为此,老徐专门找儿子谈过心。可儿子就是觉得自己处的对象好,儿子说:"小吴虽然比我大,相貌不出众,但脾气好,很温厚,知冷知热,时时处处为我着想,关心我体贴我,使我能够安心工作的同时,享受到家庭的温馨。"儿子说他找到了幸福。还反驳老徐:"大媳妇知道疼人,不像你找了我妈这个小媳妇,整天被我妈呼来喝去。我看着都难受。"

一句话,戳到了老徐的痛处。

是啊,年轻时,自己觉得找了个小6岁的漂亮媳妇,美得不得了。可是,小媳妇有小媳妇的烦恼。争强好胜的媳妇,不但不知道心疼自己,还嫌老徐这不行那不中,整天呼来喝去不给老徐留情面,即使在孩子面前。"难道我们已经习以为常的生活习惯影响了孩子?"老徐痛心地想。唉!儿子有自己的生活,再说儿媳脾气性情还好,对儿子好,对他们老两口儿也比较尊重。最后,老徐说服丽萍,对于儿子的婚姻就没有再说什么。

儿子结婚一年,两年,老徐两口子见儿媳肚子没动静,有些着急。加上亲戚朋友见面好问"还没抱孙子",特别是老徐两口子退休后,闲得没事,更是想抱孙子。老徐老家里还有老母亲,老母亲因为不愿意离开农村老家,一直住在老家弟弟那儿。弟弟生了两个女孩,老徐家第三代就儿子这一个男丁,全家人都拿着当宝贝,更是老徐家传承希望的源泉。老母亲在家也是眼巴巴盼着重孙子呢。就是老母亲不念叨,老徐两口子也是急盼孙子。

　　儿子结婚 3 年了,对于孩子,小两口仍然没事人似的,仿佛要不要孩子是别人的事,与他们不相干。催他们时,他们就说:"我们还没玩够呢。"三十好几的人,还没玩够,老徐两口子心里特别生气。

　　一天,老徐儿子出差刚好路过潍坊,因为怕爸爸妈妈唠叨孩子一事,小两口儿已经很久没有回家了。觉得有些对不起爸妈的儿子,这次顺路回家看看爸妈。老徐一见儿子,心里虽然生气,但觉得儿子自己回来是个机会,决定平心静气地好好和儿子谈谈。于是说:"儿啊,你们年龄都不小了,也应该要个孩子了,无论男女,我和你妈都盼着呢。儿啊,是不是你媳妇身体有毛病?有毛病不怕,咱好好治疗就是了。"

　　儿子说:"我们没病,有病的是你们,你们整天就是孩子长孩子短的,烦人不?"

　　"烦人?要孩子就烦人了?我们不要孩子,能有你吗?"老徐气呼呼地说。

　　"那是你们的事。我们反正不想要孩子,我们要做丁克。"儿子嘟囔道。

　　"丁克?"明白丁克是啥意思的老徐一听,生气地问,"你媳妇的意思?"

　　"我们两个的意思。结婚时我们就商量好了。"儿子满不在乎地说。

　　"你们商量好了,你们商量我和你妈了吗?"老徐气得浑身发抖,一边安慰一旁已经气哭出声来的丽萍,一边质问儿子。

　　"要不要孩子是我们的事,我们为什么要商量你们?"儿子还挺有理。

　　"为什么要商量我们?因为我们生养了你,因为我们是你的爸妈。"老徐黑着脸说。

　　"儿子,我们养你这么大,你成人了,也结婚了,我们高兴。我和你爸现在也都退休了,我们盼望个啥?不就是盼望有个孙子或者孙女吗?丁克?这么大的事情,你们两个孩子也不跟我们说,你们眼里还有爸妈吗?"丽萍已经泣不成声,说不下去了。

　　过了片刻,丽萍边哭边哀求道:"儿啊,你要能体谅爸妈的心,就回去与媳妇商量一下,要个孩子。你们不愿意生两个,生一个就好。趁我们身体还行,帮你们带大。行吗,儿?"

　　看到伤心的父母,儿子没有回答行或不行,只是默默地离开了。老徐两口子以为说动儿子了,心里暗自高兴呢。可是,儿子回去后,仍然没有改变主意。那年春节,老徐两口子继续做工作,搞得人家小两口儿,特别是儿媳竟然不愿意回来了,甚至过年都不回。气得丽萍大病了一场。老徐也觉得没脸,特别是看到人家与儿子差不多大的青年,小孩子都上幼儿园了,有的甚至上小学了,他既心急又气恼。

　　老徐两口子开始以为是儿媳妇的事,本就对儿媳不是很满意,儿子再回来,老徐两口子竟然动员起儿子离婚来。因为他刚刚获悉,曾经一起在市政府共事过且已经退休的老李,因为儿媳要丁克,被老李夫妇劝离了婚。

老李的儿子博士毕业后在西安工作,结婚半年,还没要孩子。老李两口子着急,催促老大不小的儿子儿媳抓紧时间要个孩子。谁知儿子说,媳妇想做丁克,不想要孩子。老李两口子一听,急忙买上飞机票就飞到了西安,在儿子家一住就是半年。了解做丁克只是儿媳妇的意思,老李两口子就做儿媳的思想工作。半年时间,善于做思想工作的老李也没有改变儿媳坚决做丁克的决心。三代单传的老李生气了,他问儿子:"你想要不想要孩子?"儿子闷头说:"我无所谓,您老想要就要。"老李说:"不是我让你要你才要。儿啊,我们老李家三代单传。爸爸不是非要你生个儿子,但我和你妈是希望有个孙辈。有个孩子也是为你们好,有个孩子,你才能真正体会到什么是做人。我们老了,你的孩子就是你的亲人。"老李叹了口气,继续语重心长地说:"儿啊,上次你回老家,你还羡慕你舅家表弟都有孩子了,说明你喜欢孩子。你如果不想做丁克,不想让爸妈伤心,如果做不通你媳妇的工作,我希望你们离婚。"老李两口子来时就商量好了,假如儿媳坚决要丁克,那就动员儿子离婚。最后,因为儿媳的坚持,老李做通了儿媳的工作,与儿子离婚。这对"鸳鸯"终于让老李拆散。

老徐也想学老李,动员儿子离婚。谁知,人家小两口儿恩爱得很,思想更是绝对统一。儿子根本不理会爸妈的说教,老徐两口子心里特别生气。丽萍原是家属院里数一数二的漂亮媳妇,现在因为快40岁的儿子儿媳丁克一事想不开,搞得心情非常糟糕,一脸憔悴。特别是看到人家祖孙在院子里玩耍,要强的丽萍都不愿意见人了。收拾了老家父母的房子,直接回农村静养了。儿子、儿媳因为回来就遇爸妈的冷脸,也不愿意回来了。这两年,老徐两口子打电话哀求他们回来过春节,儿子唯一的条件就是不许提要孩子的事。

今年春节,因为老太太身体愈来愈不好,非常想见孙子。老徐好说歹说将儿子儿媳请回来过春节。回到老家,因为老太太忍不住提孩子,委屈的老徐两口子又与孩子叨叨起来。埋怨儿媳,儿媳说:"丁克是您儿子的主意,找您儿子。"找儿子,儿子却说:"丁克是我们自己的事,我们都快40岁了,是成年人了,自己的事情自己做主。"

"你们也太自私了。你们只想着要不要孩子是自己的事情,你们心里有爸爸妈妈吗?你们能体谅爸妈的心情吗?"老徐铁青着脸手拍着桌子说。

见气得脸发青的老徐和哭泣的母亲,儿子嘟囔道:"我就不明白,为什么你们要操那么多闲心?要不要孩子是我们的事,你们能不能安心度你们的晚年,能不能别活得这么累,别操那么多心,别老想着要个孩子。要孩子,你们能照顾他一辈子？没有孩子，你们多么清静多么省心。我们不只为我们，我们也为你们着想才不要的。看人家王伯伯家，宏伟哥丁克，王伯伯多么通情达理。"

王伯伯？老徐知道儿子说的是曾经的邻居，比老徐大十几岁的老王。老王儿子博士毕业后留在了上海，对象是他的博士同学。两个医学博士结婚后，非常坚决地做起了丁克之家。老徐知道"丁克"一词，就是缘于老王儿子、儿媳。老徐知道，老王心里其实也不得劲，曾经流露出对孙辈的渴望。但人家老王有两个孩子，除了坚决做丁克的儿子，还有个懂事的女儿。留在身边的女儿40多岁适逢放开二胎，积极响应国家政策，现在也儿女双全。虽然是两个外孙，但老王总是有孙辈绕膝，总能享天伦之乐。想到这，老徐含泪望着儿子，长叹一声，说："唉！是啊，王伯伯通情达理，可我没有王伯伯的福分，人家还有个听话的女儿，还有两个可爱的外孙。"

刚好也在那里的舅舅家当教师的表弟也劝表哥："选择不要孩子，你们可能是实现了某些方面的洒脱与自由，但你们想过没有，不要孩子，你们也失去了人类内在的快乐与充实，体验不到为人父母的感受，更感受不到人之为人的诸多含义和情怀。表哥，为什么不要个孩子，体验一下真正的人生呢？"

"生孩子，你就要对其负责，我们觉得要孩子可能会教育不好他，一旦教育不好，还不如不要。再说，我们学习、工作够辛苦的，自己都累得够呛，何苦再自己找累，生个孩子。人生太短，我们就是不想对不起孩子，更不想苦了自己才不生的。再说，世界上又不缺我们这个孩子。"

看到油盐不进的儿子，丽萍哭着生气地大声对儿子说："我们不需要清静，也不怕受累，你们生下来，我们给养。"

没想到儿子竟然回了她一句："那你们自己去弄吧，反正我们是不会要孩子的。"说完，竟然与媳妇开车走了。

就这样，老徐小徐谁也说服不了谁。如果是儿媳的原因，可能还好做工作，现在是儿子固执己见，可能还是儿子儿媳共结联盟，老徐两口子毫无办法。

萝卜青菜，各有所爱。按说子女婚后要不要孩子，做不做丁克，是他们自己的事。但是，我们总是处在比较传统的社会，总有比较传统的父母。作为长辈，希望自己的生命得以延续而抱孙心切，无可厚非；作为年轻人，不愿以牺牲个人的幸福、快乐和轻松为代价去换取被他们称为"身外之物"的传宗接代，亦无可厚非。以我愚见，重要的是沟通谅解。年轻人与父母沟通好，皆大欢喜；沟通不好，人皆苦恼，像老徐一家。

望着儿子儿媳远去的身影，老徐两口子眼里满是眼泪，心里更是五味杂陈……

（2019 年 1 月）

水　灵

　　雪,漫天飞舞,仿佛要把混沌的天地湮灭。

　　水灵又冷又饿,不到 3 岁的女儿慧慧又饿又冷,小脸冻得通红,一声不出,只是僵直地木偶般跟着妈妈,偶尔抬头睁开那双宝石般的小眼睛,看着前面憔悴不堪的妈妈。腿如灌铅,再也迈不动步子的水灵,不知道走了多远,更不知走到了什么地方。她欲哭无泪,绝望地抬头望了望白茫茫的天。

　　四周静悄悄的,连只鸟儿都没有。突然,她看到不远处有一个大大的雪包,隐隐约约能看到露出的麦秸。一定是个被雪覆盖的麦秸垛,水灵想。她仿佛看到了希望,急急赶过去,用手狠劲抠了抠麦秸,抠出一个洞,她蜷着身子,抱着女儿钻了进去。

　　风雪仿佛停了,水灵觉得僵硬的身子慢慢有了知觉,也感到了双手火辣辣的痛。她知道,这是刚才猛劲抠麦秸时被麦秸刺的。慧慧可能太累了,也可能感觉到暖和了,竟然在水灵怀里睡着了。水灵把脸放在女儿冻得红红的小脸上,任泪水恣意流淌……

　　水灵看到娘迈着一双小脚,手里端着一碗热气腾腾的面,正慈祥地微笑着向她走来。她大声喊娘,喉咙却像被什么堵着,怎么也喊不出声音来。她想站起来扑到娘怀里,哭诉自己的委屈,腿却怎么也站不起来。她急得只是一个劲地流眼泪……"闺女,闺女,醒醒,醒醒。"水灵被推醒了,迷迷糊糊地睁开眼睛,一位像娘一样和蔼的农村大娘正伸进手来紧张地使劲地摇晃着她们。

　　见她睁开眼睛,大娘长长地舒了口气,说:"闺女,你可醒了,吓死我了。"说完笑了笑,又疑惑地问:"闺女,你从哪里来? 怎么在这里睡着了? 这样会被冻坏的,你看孩子都被冻成什么样了?"没等水灵回答,大娘又爱怜地看了一眼水灵怀里熟睡的孩子,说:"多招人喜欢的孩子。闺女,天黑了。看你们娘俩怪可怜的,你若不嫌弃,快到我家暖和暖和身子吧。"说完,大娘将孩子接过去抱在了自己怀里。

　　水灵迈着冻僵的双腿,感激地跟大娘来到了老人家里。从草垛里出来时,雪已经停了。清醒了的水灵又一次环顾了一下四周,看到不远处就是一个小村庄。村庄不大,也就三四十户人家的样子。大娘的家就位于庄外,是两间茅草屋,离这个草垛最近。原来,大娘见雪停了,家里的柴草不多了,出来准备拿些干草。这个草垛就是她家的。远远地,大娘看到地上散落的麦秸草,还以为谁这么没出息，竟然雪天来偷她这孤老婆子的柴草呢。当她走近草垛，惊讶地发现了在草垛里沉沉睡着的水灵母女。虽然水灵在雪地里行走时摔了几个跟头，身上满是湿泥，有些埋汰，而且眼睛哭得红肿，但却掩盖不了她秀气的脸庞。大娘心想，草垛里怎么有个俊闺女？瞅着可怜兮兮的不像坏人，一定是大雪天迷路了，要在这里待一夜，那还不得冻成冰棍。大娘本就心善，于是赶紧把水灵摇晃醒了。

进屋后，大娘踮着小脚忙往锅底添了些柴草，然后拿起一块姜，麻利地用刀一拍，剁了两下，然后放进一个外表掉了瓷、油腻腻的大茶缸子里。转身摸出一个小纸包，小心翼翼地打开，里面是少量的红糖。大娘用手捏了两撮，放入茶缸子里。放入的同时，她没忘将捏红糖的手指迅速放进嘴里舔了舔，然后掀开冒着热气的锅盖，从锅里舀了两勺子刚刚烧开的滚水倒进茶缸，搅拌了几下，将一大缸子热气腾腾的姜糖水端到了水灵面前。

水灵含泪感激地望着忙碌的大娘，仿佛看着自己的娘亲在忙碌。大娘的热心关照，仿佛一扇透着阳光、吹进春风的小窗，温暖着水灵那颗冰凉麻木的心，让水灵觉得这世上还有像娘一样的亲人在关心着她。

水灵哽咽着说："大娘，您真好，谢谢您！"

炕上本就热乎乎的，旺火使得屋里更加暖和。慧慧已经醒来，喝了些姜糖水，正坐在热炕头上瞪着一双漂亮的小眼睛环视这个陌生的屋子。看见大娘过来，慧慧奶声奶气地笑着叫了声"奶奶"，大娘喜欢得不得了，一把就把她抱起来，一个劲地亲她。

"当娘的谁不把孩子当成心肝宝贝，你这闺女怎么这么狠心？这样的天，竟然领着孩子乱窜，是回家迷路了吗？"老太太抱着孩子问水灵。

坐在炕沿上的水灵低着头，没有说话，眼泪吧嗒吧嗒地滴在地上。

大娘赶忙将孩子放炕上，从棉衣口袋里拿出一条黑乎乎的手帕递给水灵，说："闺女，可别哭了，眼睛都哭肿了。"水灵也没嫌弃手帕脏，拿过来擦了擦眼泪，看到天真无邪的女儿正一脸无辜地望着她，水灵心一疼，将女儿揽在怀里，然后用祈求的目光看着大娘，说了声："大娘，可以在您老这借宿一晚吗？"

"甭说一晚，几晚都行。只要你不嫌弃我这里埋汰就行。"她知道水灵现在不想说什么，就去拾掇做晚饭了。

水灵几乎没吃饭，她没有心思吃。慧慧喝了碗粥，可能太累，又睡着了。水灵帮大娘收拾好，一起关门上了炕。

大娘疑惑地问："闺女，你们娘俩这大雪天出来，家里人不担心？"一句话，又勾起了水灵的伤心往事……

水灵是龙城西关大姨的女儿,大姨仅养活了表哥和水灵两人,水灵又比表哥小10岁。大姨、姨夫虽然目不识丁,但心灵手巧,姨夫的脑子更活泛,除了干着家里的一点农活,空闲时还带着表哥做点小买卖,家里日子过得顺风顺水。水灵,因为长得特别水灵,全家人喜欢得不得了,故起名水灵。水灵不但是爹娘的心肝宝贝,哥哥也特别喜欢这个小嘴甜甜的妹妹。虽然姨夫在水灵13岁那年病逝了,但哥哥仍然宠着这个妹妹。所以,水灵自小没吃过什么苦,更没有受过什么累。因为娇惯,水灵从小就任性,不愿意学习,小学没读完就不上了。她喜欢看戏,一心想找一个像张生那样的英俊书生。

因为长得好,水灵十四五岁时,就有男孩追。不过水灵才瞧不上他们呢,水灵说他们粗俗。水灵18岁那年,西关中学分配来了一位青年教师,名叫张磊,师范专科毕业,文文弱弱、清清爽爽的一个书生。小伙子家在龙城邻县凤城西南乡的一个村庄。由于自小好学,考学出来。张磊到西关中学一报到,西关那片的姑娘们就纷纷喜欢上了他。20世纪60年代,那时人们找对象并不像现在,特别重视吃公家饭。张磊之所以引起姑娘们的好感,主要是因为长得清隽文弱,又是教书先生,有文化。因为哥哥有一手好木匠手艺,西关学校桌椅板凳的修修补补主要靠他,所以与学校的人非常熟悉。水灵有次跟哥哥到学校玩,偶遇张磊。见到张磊的第一眼,水灵惊讶地张着嘴半天没回过神来,她心想:"这不就是我梦中的张生吗?"

回家后,水灵就像丢了魂儿似的,大姨让她拿这,她给拿那;让她干这,她却干那。从来没有骂过水灵的大姨气得不得了,骂她:"你干什么都不中用,总是笨手笨脚的,我看你将来怎么嫁人。"聪明伶俐的哥哥看出了妹妹的心思后,通过学校的朋友牵线,介绍张磊和水灵认识。

大姨知道了这事坚决不同意,因为张磊的家在外县,又是偏远的农村。大姨一心想让水灵在身边,即使找个对象也要家在附近的,所以她坚决不同意水灵与张磊处对象。哥哥对张磊印象不错,觉得他有文化,人也质朴。哥哥认为人好就行,家远近无所谓。他劝大姨:"张磊既然是正式教师,又在自家门口的学校里工作,老家离着远,也就过年过节才回趟老家,这不就等于水灵在身边吗?"水灵呢,是非张磊不嫁,所以在张磊对水灵也一见钟情的情况下,大姨最终同意了这门婚事。

很快,水灵和张磊就结婚了。这对被人们羡慕的新人,甜甜蜜蜜地开始了自己的生活。

好景不长,结婚两年后,由于张磊被划入了走"白专道路"那一类,只好回到了农村老家。这时候,他们的女儿才刚满1岁。娇生惯养的水灵,怀揣美好生活愿望的水灵,怎么也没有想到,有一天要到婆婆家这个贫穷落后的小村庄生活。但为了张磊,她很不情愿地跟着张磊回到了凤城西南乡的那个偏远小村庄。

张磊父母生养了他们姐弟三个,父亲常年有病,在张磊考上学那年就去世了。家里缺乏壮劳力,挣得工分就少。加上他们这儿都是丘陵薄地,是凤城最贫瘠的地方,可想他们家是什么状况了。张磊是独子,自小父母就没有让他干过重活,姐姐们也都宠着弟弟。张磊回到家乡后,看着那四间破草房,曾经和母亲说赚了工资就回家盖房子的他,想想自己不但再也拿不到工资,还要通过劳动去挣那少得可怜的工分,心里十分郁闷难受。离开自己心爱的教师岗位,不能与喜欢的学生们在一起,而且干农活不行,还惹得村里人笑话,张磊的脾气自然也大了起来。这个时候。他是多么希望水灵能安慰他,而水灵不但不懂得安慰他,还总是哭哭啼啼、怨天尤人。张磊的母亲、姐姐时常在他面前说他娶了个花瓶,好看不中用,不但嫌弃水灵不会干活,还嫌弃她生了个女孩,使张磊更加心烦郁闷。

在娘家娇生惯养的水灵,没有受过委屈的水灵,被婆婆、大姑子挖苦责骂,就向丈夫哭诉,想得到丈夫的安慰。谁知,那时心情郁闷的张磊不但不安慰她,还责备她,责备她没有跟母亲、姐姐搞好关系,责备她手无缚鸡之力,什么也干不好。后来,张磊竟然也如同母亲一样对水灵怒吼。时常受气的水灵感到很委屈很痛苦,在春节回娘家时,她向娘诉说,并希望在娘家多住些时日。娘心疼闺女,但恪守妇道的娘仍然劝闺女早些回家,劝她回家后要孝敬婆婆,善待大姑姐。娘说:"男人是天,天不能塌。"娘要水灵多关照张磊,好好与张磊过日子。哥哥也劝水灵,见识长远的哥哥说:"张磊是个有文化的人,不可能在田地里滚一辈子,将来总有好的时候。"哥哥希望妹妹多开导多体贴妹夫,多学着帮婆婆干活。

水灵哪里受过这样的委屈,更没有受过这样的累。她不知道生活坏到一定程度就会好起来的道理,更领会不到许多事情坚持一下就会挺过来。"心悦则物美,心悲则事哀。"没有多大文化的她,又怎么能明白这个道理。见识短的她,总觉得自己掉到了无底洞,看不到一点儿光明和希望。她觉得世上只有她是个倒霉蛋,嫁给了这样的一户人家。婆婆、大姑姐不是责骂她是丧门星,就是指责她这不会干那干不好,有时回家晚了甚至不给她留饭,使劳动了一天的她饿肚子。丈夫更是没有了以前的温存,不是喝闷酒,就是唉声叹气,不但不听水灵的哭诉,更谈不上安慰。水灵越来越觉得这个家像冰窟,她感受不到一点儿温暖。为此,她跑回娘家,娘和哥哥竟然责备她不懂事,不知道心疼丈夫,不懂得好好过日子。哥哥又把她送了回来,这使得婆婆和大姑姐更加不待见她。

水灵觉得自己特别孤独,觉得自己是一个没人疼没人爱的多余人。她曾经想到死,但看看自己可爱的女儿,便打消了这个念头,她不能让女儿也在这样像冰窖一样的家庭生活。婆婆重男轻女,水灵就决定带孩子离开。当她坚定了离开这个家的信念,她提出了离婚,但张磊坚决不同意,娘和哥哥也坚决不支持。就这样,又僵持了近一年的时间。就在水灵离家出走的那天中午,大姑子回娘家,水灵不知道为什么,婆婆和大姑子又一次无辜甩脸子并责骂她。忍无可忍的水灵第一次高声回骂了她们一句,却被张磊狠狠打了一巴掌。这一巴掌彻底把水灵的心伤透了,她抱起女儿,拔腿就走。虽然大雪纷飞,虽然水灵抱着女儿,张磊却没有像以往一样追出来。心如枯木的水灵,就这样漫无目的地牵着女儿的小手在雪地里走着,直到遇上了好心的大娘。

水灵泣不成声地讲着,大娘流着泪听着。见水灵不再说话,大娘凝望了水灵很久,问:"闺女,你跑出来也不是个办法。孩子这么小,天又这么冷,你明天还是回去吧,这儿离你们家也就十几里地。"

"回去?"水灵狠劲擦了擦眼泪,说,"我再也不想回到那个无情无义的家了。"

"那你回龙城娘家待些日子,闺女是娘的心头肉啊。你一个小媳妇还带着这么小的孩子,在外面也不安全啊。"

一听大娘让她回娘家,水灵眼泪又不由自主地流了下来。她说:"回去也要被娘逼着回来,我不想回去。"

"闺女,那你想怎么办?"大娘替水灵着急,问道。

沉默了好一会儿,只见水灵抬起头,甩了甩头发,仿佛要把过去的一切甩掉似的。她瞪着那双水汪汪的眼睛望着大娘,任性决绝地说:"我想好了,我哪儿也不去。谁能帮我离婚,我就跟谁过日子。"

大娘吃惊地望着水灵,说:"闺女,离婚可不是闹着玩的,特别是女人,会很苦的。"

"大娘,还能比我现在过的日子苦吗?"水灵倔强地说。

正在给水灵添水的大娘,忽然想起什么似的,手里的暖瓶还没有放下,回头望了望水灵,说:"闺女,你真心不想回婆家,也不想回娘家? 真心想离婚?"

"离!"水灵坚决地说。

大娘有些不相信似的又问:"你刚才说,谁能帮你离婚,你就跟谁过日子,是真的吗?"

"真的!"水灵使劲点点头。

大娘放下暖瓶，转身对水灵说："我这孤老婆子，就喜欢管闲事，看不得像你这样的孩子受委屈。你说谁能帮你离婚，你就跟谁过日子，倒是使我想起我们村的光棍李。别看他是光棍，可他有亲戚在县法院，一准儿能帮你。唉！这个孩子也是命苦，爹娘死得早，30多岁了也没有娶上个媳妇。但他心眼好，能干活，常常帮助我。"停了一会儿，大娘像是征求水灵意见似的，说："你若愿意，我去找找他，看他能否帮你。"

看水灵没有反对，大娘推门出去，身影很快消失在雪夜里。

个把钟头工夫，老太太满脸兴奋地回来了，她一边扶门框一边跺脚上的雪，一边对水灵说："闺女，光棍李说他明天一早就进城去找他在法院的亲戚，你就在我这里安心住下吧。"

哀莫大于心死。极度消沉的张磊，对水灵漠不关心的张磊，令水灵越来越失望；整天对水灵挑刺甚至责骂的婆婆令水灵越来越失望；这个家越来越令水灵感觉不到温暖，水灵的心也就渐渐死了。心死的水灵，望着漫天飞舞大雪的水灵，觉得唯有尽快离开整天阴郁着脸的张磊，离开整天黑着脸、重男轻女的婆婆，才是解脱。于是，水灵下决心在大娘这里住下，等待光棍李的好消息。

第二天傍晚，从城里赶回来的光棍李就给大娘和水灵带来了好消息。法院的亲戚已经答应，只要水灵提出诉讼，这几天就给水灵办离婚。最后，光棍李还羞涩地说了句："俺姨夫还说，完事后要来喝俺们的喜酒呢。"

光棍李的亲戚是他的一个表姨夫，他也希望爹娘早逝的光棍李能早成家立业。所以，在了解到水灵坚决要离婚后，法院出面，很快就帮水灵与张磊办妥了离婚手续。

张磊面对残酷的生活，经不起这种折腾的他也决定放手，给水灵自由。所以，他们的离婚没有再起什么波澜。

光棍李做梦都没想到天上会掉下个"林妹妹"。水灵虽然有些憔悴，虽然已经是一个孩子的妈妈，而且有些郁郁寡欢，但她仍然窈窕美丽。所以，当他第一次见到水灵时，他呆了半天没有反应过神来。何况，水灵与他结婚，不要一分钱的彩礼，唯一的要求是光棍李要好好善待她和女儿慧慧。那天，光棍李在大娘家，当着大娘的面答应水灵，不但会好好待水灵，还会好好待水灵的女儿，会把慧慧当成自己的女儿心疼。结婚后，光棍李也确实履行了自己的诺言。

就这样，水灵成了光棍李的媳妇。而这些，在龙城的娘与哥哥尚蒙在鼓里。春节后，水灵与光棍李一起回了龙城娘家。知道真相的娘差一点儿气挺了，哥哥更是恨妹妹做事草率和任性。奈何木已成舟，何况水灵比在张家时脸上红润了，有了笑容。哥哥只好劝母亲："既然是她自己选的路，就让她自己走吧。"哥嫂觉得水灵也不容易,就收拾房子留他们三口儿多住了好几天。水灵回去时,还在生气的母亲在屋里没有出来。哥哥对水灵说:"既然已经走到这一步,哥也不好说什么,只希望你回去好好跟小李过日子。我看小李人还憨厚,只是家庭条件很一般。将来你们的日子可能会很苦,希望你别后悔。"哥哥又单独叮嘱了小李几句,临走时又偷塞了点钱给水灵。

日子一天天熬着。好在光棍李有一身蛮力气,干活不愁,也知道疼媳妇和孩子,不但不让水灵干重活,对女儿慧慧也特别好。聪慧伶俐、小嘴很甜的慧慧刚开始还对光棍李有戒心,总是远远地躲着。后来,看到他对妈妈、对自己没有一点儿不好,就逐渐亲昵起来。这给了水灵很大的心灵慰藉。3年后,女儿慧慧已经6岁并上学了,水灵又生了个儿子。日子虽然很艰辛,但有光棍李的呵护,水灵过得也比较知足。

好景不长。儿子5岁那年,光棍李在帮村里邻居砍树盖房时,不小心被大树砸中,不治身亡。听到消息时,水灵感觉天塌了,恨不得随光棍李去了。悲痛欲绝的水灵,看着两个未成年的孩子,只好咬咬牙,强撑着看着光棍李入土为安。得到信儿的哥哥赶来,想接水灵娘仨回龙城,水灵却坚决不回去。她说已经习惯了这里的生活,也会将两个孩子好好带大。

张磊在与水灵离婚两年后,努力克服了生活的焦虑和沮丧,逐渐走出了阴郁,重新振作了起来。不再自暴自弃的张磊,在村里当了小学老师。4年后,也就是光棍李去世的前两年,他因为业务能力强而被调到了凤城重点高中教学,并在县城重新建立了家庭。他曾经去找过水灵,想让女儿跟他到县城读书。但水灵舍不得女儿,慧慧也不愿意离开母亲,张磊也就没有再强求。

光棍李去世后,水灵虽然强打精神,可那本就柔弱的身体,又受了这么严重的打击,更是虚弱。虽然有村里的接济,有哥哥的接济,但水灵还是病倒了。在光棍李去世的第四年,一个大雪纷飞的下午,水灵撇下心爱的孩子们走了,离开了这个给她快乐亦给她痛苦的人世间。不知道水灵走时,是否记起了那年的那场大雪……

水灵应该感到安慰的是,张磊得知水灵病逝不久,说服爱人,将两个孩子都接到了身边,照顾他们的学习生活……

(2019年3月)

陌生电话的困扰

被电话诈骗啊电话推销啊搞得人都神经兮兮，陌生电话，我一般不敢接。

爱人周末在家接了个陌生电话，因是本地号码，以为是熟人，一接是推销贷款的，爱人客气回复对方我们不办贷款，说完便扣了电话。谁知那电话又打过来，不接，再打，一遍一遍，很执着。爱人以为她没听清，于是不听我们拉黑那电话的建议，又接了。接通尚未开口说话，电话那头一女子就恶狠狠地骂开了，特别没素养。哭笑不得的爱人这才拉黑那电话。其实，爱人曾经经历过诈骗电话，还差一点被蒙住。那是女儿去马来西亚上学的第二年，正在上班的爱人突然接到一个陌生电话，一接就吓蒙了。电话里的男子非常着急地问老公："你是傅天琦的爸爸吗？"爱人一听他说女儿的名字，忙问："有事吗？"没等我爱人说完，电话里那人很着急地说："你女儿被车撞了。"老公一听就吓坏了，当时脑子一片空白，声音都发抖，问他："你说我女儿怎么了？""你女儿被车撞了，很严重，已经送第一人民医院了。"爸爸心疼女儿，一听说女儿被车撞了，急坏了，脑子也不灵活了。又着急地问："哪个医院？"那人大声说了一句："广州第一人民医院，你们需要先交住院费。"

"人民医院？"这次我爱人被这四个字惊醒，想起了女儿在国外，"人民医院"应该是国内的称呼，人家国外哪来的人民医院。恍然大悟的爱人知道自己可能遇上了骗子，忙说："好好，等会儿再联系。"立马挂断了电话。爱人也犹豫，这人怎么这么清楚他是傅天琦的爸爸，而且知道他的手机号码。他很不放心，立马给女儿打电话。电话很长时间才接通，把爱人好一个紧张，原来女儿正在上课呢。

假如女儿在国内上学，爱人很可能就被骗了。爱人说，他真的当真了，如果女儿在国内，他真的会上当。这帮可恶的骗子，用这种方法使很多家长上当受骗了吧。爱人疑惑地问："他们怎么知道的信息？ 他们竟然知道孩子在外地上学，家长是谁，电话多少。"我说："你傻啊，这还用想，一定是高考报名信息外泄了呗。"

我也时常收到陌生电话，担心是换手机的熟人或者服务单位的人有什么急事，一般就接，除非电话号码下电信部门标注的"广告电话……"接了，往往后悔，因为很少是正儿八经的电话。

今晚八点半，我手机上一个东营座机电话打过来。我一看不熟，闺女一听我嘟囔东营的，非常肯定地说一定是诈骗的，坚决不让我接。于是，我按下没接。当时我心头还一闪，可不能是东营财政的吧。心有灵犀，一个短信过来，是东营财政局教科文科石海英科长。原来加班的她用办公室电话打过来想请教一些职业教育的事情，见我按下没接，想是不熟我不接，故发了信息。我打过去，笑着说了不接的原因。石科长也很有同感，并在电话中讲了前几天他们局长遇到的一件事。

他们宣传部门办了个培训班，邀请他们局长去讲财政方面的知识，三天后讲。第三天，一个潍坊的陌生号码发信息给那局长，意思是要卡号打讲课费。局长对陌生电话警惕性很高，心想这骗子真了不得，讲课这事才定下三天他们就知道。本不想回复，但出于逗骗子玩的心理，回了信息："我不要讲课费。"谁知对方立马发信息说："讲课的都是按上级规定给讲课费，但要求必须打卡上。"还回复说："这是符合要求的，符合要求纪委也不能管。"那局长一看把纪委都搬来了，心想这骗子够厉害，骗他的银行卡号，怕他不上钩，连纪委都搬出来了。刚好石科长去局长办公室有事汇报，局长就玩笑似的与她说这骗子的厉害。知道明天局长要讲课，还为局长准备过一些资料的石科长心里一动，问局长要了那个电话，说她打打试试，看是否真是骗子。她一打，才弄明白，这个电话还真不是骗子。原来是他们宣传部不久前从潍坊遴选过去的一位青年，电话还没换成东营的，那青年是按照部里统一要求要卡号的，只是这位青年年轻，工作经验少，没有讲清楚说明白事由，所以才闹得局长以为遇上了骗子。

你是不是也为陌生电话困扰过？

（2018 年 6 月）

城里邻居

不知道你有没有这样的感觉,现如今的城里,高楼大厦林立,人口居住密集,人情味却淡了。许多人对门住着,却不认识自己的邻居,更不用说来往了。

记得二三十年前,那真是远亲不如近邻,近邻不如对门。邻里之间那个亲啊,家里有什么事都相互帮办。做什么好吃的了,相互送过去品尝。这家借个酱油,那家借个醋啊,孩子们到谁家都像在自家,到饭点坐下就吃,都很平常。平时串门聊天,亲人似的热络。记得1990年,我家对门孩子病重住院,孩子爸爸出差在外,家里只有孩子的妈妈和姥姥。孩子生病,慌了妈妈和姥姥,我们就过去安慰帮忙。老公下班后就急急赶到医院去替换她们陪护孩子,让她们回家休息休息,直到孩子爸爸三天后回来。而我们有事,孩子就放对门照顾。那时,楼上楼下也都很亲近,相互串门聊天很正常。就因过去的邻里关系,现在虽不在一起住了,偶尔遇见了还格外亲切。如今,楼越建越高,房子越住越大,信息越来越发达,人与人之间却越来越陌生,邻里之间几乎不见面。人人蜗居在自家小窝,把门一关,加上上下班可能不是一个点,碰面更难。我家的对门邻居,也是难得碰见一次。寒亭有一朋友曾经讲过他与邻居的故事。他说,他和他对门两口子一年几乎碰不上几次面。前段时间出国到澳大利亚,在一个饭店吃饭时,竟然和对门的男主人碰在了一起,使他感慨不已。

朋友桂霞也曾经感叹过现在的邻居。20世纪80年代,她家住在工厂家属院,那是一溜几排平房,一家两间。虽然简陋,邻居间却和谐如一家人。下班后,一进家属院,在家做饭的邻居们就会热情地打招呼。这个刚刚烙的饼,热乎乎就往你手里塞;那家包了饺子,盛上一碗非让你端着。她说,更让她怀念的是,礼拜天晚上邻居们的聚会,特别是夏天,几家桌子一对,一家一两个菜,喝酒聊天热闹到深夜。她感慨,那时的聚会,没有现在的功利,是纯粹的友谊。

过去请客几乎少有在外吃的,基本都是在家里,即使县里单位来人,也会请到家里吃个便饭。记得我结婚成家的头几年,就请老家过来公干的同学朋友来家吃过几次饭。那时,过春节邻居们都会相互在家聚聚。你家请,他家会带个菜过去,一帮邻居宛如一个大家庭,亲亲热热。而今,这些基本都远去了……

有一天朋友聚会,聊起如今的邻居,朋友们都深有感触。好友君说,她曾经居住的楼上是对小青年,可能还在磨合期吧,半夜时常进行"全武行",不但噼里啪啦乱响,还吵骂哭叫得厉害,也不管楼下的我们是否休息。女的有时回来很晚,也不注意影响,穿着高跟鞋就在家里走来走去。君说,儿子在复习考高中,一听到就烦得要命。君实在忍不住,曾经过去好言相劝,不但没有得到半句抱歉的话,而且以后遇到了还和仇人似的,走照面你好心跟她打招呼,她却没看见似的黑着脸就过去了。君说,幸亏她老公单位有集体团购房,她搬离了这样没有素质的邻居。如今多是一个单位的人住,还比较好相处。素云说:"你邻居这样,我们的邻居也很特别。怕影响楼下邻居,我总是叮嘱家里人,咱楼上住着,一定要注意少出动静,无论走路搬东西都很注意。为此,家里的小板凳都包上了皮子。因为我知道,楼上一点儿动静,楼下听着声音就很大。就是这样,偶尔孩子没注意,搞出了点动静,楼下那女邻居就用棍子捣楼板。跟这样没有包容心的邻居住着,也很窝心。"萍说:"我们那对门,总是把垃圾废品放在门口,也不及时清理,仿佛楼道是他们家似的……"我说:"我回农村老家,看到邻居们还是那么亲热,那么友爱,令我这城里居住者羡慕不已。每次回去看老爷子,邻居们都会告诉我,你家老爷子好着呢,我们没事就过来看看,你们姊妹也不用太担心。"老爷子会说,这菜是西邻谁送来的,那是东邻谁拿过来的。我们拿回家的好吃的,老爷子也会分给邻居们品尝。回婆婆家也是,邻居们也都相互关照相互帮助,真暖心呢。

为什么现在城里和睦相处的邻居少了呢?是一道道厚实的防盗门把亲热的邻居防之千里?还是城里人没有以前淳朴了吗?现在房子自由买卖,不再是一个单位住一个家属院,可能这也是使人陌生、邻里不亲不认识的原因之一吧。但我觉得,还有我们没有主动热情招呼他人、善待帮助他人之故。新时代要有新气象,期望我们的邻里关系更加和睦亲近。

(2017 年 2 月)

情人节幽默

今天是 2 月 14 日，朋友圈里有情人节的祝福。在基层挂职锻炼的我突发奇想，问几个遇到的人，了解一下他们是怎样过情人节的。

"奶奶，您过回情人节没？"

"呵呵，还有'请人节'啊，我活了 90 岁了，只知道端午节、春节什么的，可不知还有请人的节。请谁啊？谁请啊？"

"没谁请，没谁请。"嘿嘿！快跑，别让老奶奶逮着我请客。

"大娘，您过回情人节没？"

"我过春节、端午节、中秋节，没有过回情人节呢。"

"大娘，那您听说过情人节吗？"

"好像听说过，但没过回。"

"没过情人节，你觉得幸福吗？"

"当然幸福。家里什么也不缺，孩子们都有自己的工作，工资也不少，还在城里买了大房子。瞧！我的孙子都上幼儿园了。老头子和我都 60 多岁了，终于熬出来了。对了，幸福不幸福与过不过情人节有关系吗？"

"没关系，没关系。"嘿嘿！快跑，别让大娘拖住我过情人节。

"大嫂，您过情人节吗？"

"没过，活儿都忙不过来，哪有闲工夫过那闲节。"

"没过情人节，你觉得幸福吗？"

"过情人节就幸福吗？你看我们前邻的那对小青年，前几年刚结婚时，每到情人节，男的就会买一大束玫瑰花回来，可最后俩人还是离婚了。幸福不幸福，不在于一个情人节吧。两口子，有情有爱地好好过日子，即使一口粗茶淡饭也能品出幸福来。谁家锅勺不碰锅沿，像俺两口子，有时也吵嘴，但总是床头吵了床尾和。俺也没过回情人节，却也觉得很知足很幸福。你难道不幸福？"

"幸福，幸福。"嘿嘿！快跑，别让大嫂没完没了地给我上幸福课了。

归来，我没有再和以往一样买 8 元一枝的玫瑰花，而是早早回家，准备了一桌老婆爱吃的饭菜，等老婆下班回家……

（2018 年 2 月）

第三辑　游记学得

　　我们如果只是活着,今天和明天没什么两样;但我们是在生活,那变化将是日新月异。所以,我们都要好好生活。工作时认真干,闲暇时开心玩。适时走出去,带着清心寡欲吸收山川灵气;褪去伪装面具礼拜古圣先贤。走出去,去阅读天地万物,去领悟生命的神奇……

　　游记:有人说,要么读书,要么旅行,身体和灵魂总有一个要在路上。我说,读书再多,不如走出去见见世面,增加自己的知识、阅历,开阔视野,还能将心中俗世里的尘浊脱去。古人云:读万卷书不如行千里路。走出去,并记录下那些所见所闻所感……

　　学得:学习力就是竞争力,培训就是生产力。现代社会,知识更新快,学习、培训则是提高业务知识最有效的手段。抓住难得的一次次学习、培训机会,使自己的知识得到更新,理念得到升华,思想得到净化,能力得到提高。学无止境,学有所得……

全家游大马

因女儿在马来西亚学习,我们曾经利用公休假来看望过女儿。如今,女儿研究生毕业,我们一家人又一次开启了马来西亚游的行程。

4月22日　出发

青岛机场早8点15分的飞机。我们早上4点多起床,5点出门,7点赶到机场。按照有经验的女儿的教导,托运行李时要选个靠逃生出口的座位,说能伸开腿,坐着舒服。到办理托运处和服务人员一说,人家一看记录,告知我们是头等舱的票,需到头等舱办理托运并拿登机牌,这时我们才明白为什么女儿这次买票那么贵了。

女儿在马来西亚留学6年,以前上学来回都是自己按照课程安排,提前两三个月买好票,加上来回不是旅游旺季,因此每次来回才花三四千元钱。这次由于种种原因,导致出行的日子晚了。最后定下去的日期,告诉旅行社,旅行社联系了一天后来通知说,由于4月20日临近五一小长假,去马来西亚的人特别多,那里的机票和酒店都很难预订了。

旅行社说考虑再三,如果我们同意,他们就给订经韩国飞吉隆坡的,价格便宜,来回不到5000元,但是晚上飞,并说其他路线的机票太贵。一向乘坐南航,习惯了南航那个时间起飞和到达的女儿,坚决不同意坐大韩航空,她说晚上坐飞机不安全。她还说自己都工作赚钱了,让我们不要太抠,而且这是最后一次去马来西亚,还是为庆祝她的毕业典礼,多花点钱是应该的。于是,和以往一样,她自己电话订了南航机票。4月18日,她提前去的时候就剩一张最便宜的机票,6100多元,需要早回去的闺女立马订购了;再问4月22日的机票,只剩三四张了,价格上仅有一张6900多元的,其余几张价格为7700多元。再问4月23日的机票,价格已飙升到了9000多元了。可能临近五一小长假,出游的人太多,导致机票价格飞涨。女儿见实在没有再便宜的,而且再不订,可能连这机票也没了,于是就上网订了。她订时自己知道是头等舱,但忙活得忘记告诉我们了,而且她又早回去了,我们也就不明就里。

被告知是头等舱,我立马想到那年因公去新疆,回来从乌鲁木齐飞济南,一行10个人,不知怎的,有一位同志的票竟由经济舱变成了头等舱。到济南下飞机后,我们都争相询问他感受如何。他笑道:"比你们只多了杯咖啡,多了双一次性拖鞋。"于是,没有享受过头等舱待遇的我,脑子里就印上了那位同人的话。爱人更是对头等舱待遇一无所知。

把行李托运后,没吃早饭的我们肚子也饿了。一看时间还宽裕,没安检,我们先到机场拉面馆,一人来了一碗拉面。一碗 68 元,很贵,你吃不吃就是这个价,谁叫人家在机场里面呢。吃完,安检进来,告知飞机晚点。好在安检时被告知头等舱乘客可以进休息室休息。于是,我们边咨询边寻找,来到了二楼南航休息室。进来才知道我们有多"土鳖",才明白头等舱票贵是有道理的。因为人家机场免费为头等舱的客人提供了温馨舒适的休息室,休息室里方便面、各种饼干等小吃,牛奶、咖啡等各种饮料应有尽有。

其实,我们刚进休息室,并不知道人家免费提供小吃和饮料。我们费劲找到休息室,我进来坐下,爱人和外甥让我看包,他们就出去溜达了。我坐下拿出带着的书来看。过了会儿,抬头看到在座的人不时有起来到台子那儿拿点心、饮料的。看到他们并没有掏钱买,而是直接拿来食用。但我还没有确定,是不是都可以免费吃喝。等爱人他们回来,我也口渴了,我就悄悄告诉他们,台子上那些东西好像可以免费吃喝。爱人不好意思,就让外甥去问问服务员。一问才知道,那各种小吃啊饮料啊,头等舱的客人可以随便吃喝。看着那些花花绿绿好吃的,禁不住心疼起我那 68 元一碗的大拉面已经填饱了我们的肚皮,那些好东西已经吃不下了。

花钱买享受,很对。多花了钱,也是享受优质服务了。这次虽然多花了钱,却享受了头等舱的服务。上飞机时,头等舱的客人由小车单独接送,优先上飞机;头等舱的座椅大而宽敞又舒适,特别是远途好睡觉的我躺在头等舱座椅上,睡得特别香;飞行中有单独服务生服务,水果、饮料、饭菜时时提供,质量也好于经济舱。特别是在广州转机时,在广州机场的休息室里,无论饭菜,还是果蔬,都特别好。上下飞机时,也有专人引导头等舱客人。

一路下来,我们宛如刘姥姥进大观园。正如女儿说我们的,真真是"土鳖"。嘿嘿! 这也是我这位"土鳖"老妈的头等舱经历。

4 月 23 日 吉隆坡

昨晚一下飞机,吉隆坡的天空灰蒙蒙的,接机师傅说,这样的天气从周四才开始的,印尼一烧荒,大马就遭殃。难怪周二来的闺女发的照片还是蓝天白云。师傅说,这是近两三年才开始的,以前空气特别好,几乎天天都是蓝天白云。是啊,记得那年春节我们来看女儿,那蓝天白云那清新空气那优美环境特别吸引我们。

双子塔,我又一次站在了你的身旁。来吉隆坡,几个主要景点,如双子塔、独立广场、旧国家皇宫、国家清真寺等必须看看,何况一起来玩的外甥是第一次来。我们重游这些地方,犹如第一次来时的清新愉悦,到处有美丽的鲜花、葱茏的树木和悠然的行人。

4月24日 毕业盛典

女儿终于学有所成,拿到了硕士毕业证。休公休假来参加女儿毕业典礼的我,坐在下面非常激动,亦颇多感慨。虽然女儿一人在外求学辛苦,但锻炼了她的自立,也使她更加懂得父母的不易,知道心疼我们。孩子的成长成熟,是我们父母最欣慰的。祝福女儿!

瞧,硕士毕业典礼,又隆重又热闹。

4月25日 兰卡威

静静地躺在沙滩椅上,抬头遥望苍穹,繁星闪烁;远处海岛上、游船上,霓虹点点;耳边是海浪轻拍岸的哗哗声音,偶尔夹杂着几声闲散游客的欢笑声。海风徐徐吹来,赶走了白天的炎热,清凉舒爽。清新的空气中弥漫着不知名的花香……

上午飞过来,我已被这里的蓝天白云碧海沙滩和各种不知名的鲜花以及悠闲安详的氛围吸引。中午,饱餐一顿特色海鲜,那鲜美滋味,令人回味无穷;午休后,在洁净的泳池畅游了一下午,舒展了身心。游泳,这是我许多年没有的活动了。晚上,于海边静静地躺在沙滩椅上,更是别有一番风情……兰卡威,美丽的地方,我对你一见钟情。

4月26日 观海听涛

享受假日休闲游,你可以悠然览风景名胜,观山川江河,赏风花雪月,看日出日落,听风听雨听涛声,抑或什么也不做,就那么在树荫下沙滩上静静地坐着或躺着,任轻柔的风吹拂,任沁人花香扑鼻,任清新空气入肺腑……只为享受繁杂生活中难得的那份宁静、淡然、舒心……

不赶时间,才有悠闲。这几天美丽岛城兰卡威的行程,给我悠然、舒畅、怡人、迷醉的感觉。

人口密度小,决定了兰卡威的清悠。加上炎热,紫外线强,人们一般晚上睡得晚,早上起得晚,中午又少活动。于是,今天的我们,早八九点起床,九点半左右吃早餐,10点乘车外出玩了几个著名景点,中午找了家比较好的餐馆饱餐海鲜。这里的海鲜不是很贵,做的味道也绝佳。下午 2 点多回来午休,6 点起来泳池畅游,晚上 8 点到附近特色酒吧小酌,当地人喝冰啤,我们来杯冰鲜榨果汁,品着小吃,听着音乐;晚餐后,沙滩躺椅上吹海风,闻涛声……优哉游哉! 这样的日子,往往短暂,所以更珍惜。

我们的生活是普通平凡的,正因为如此,我们才要时常添点浪花,增加些快乐!

4月27日　雨后清爽

昨晚下了一场雨,今天凉快了不少。受热带海洋性气候影响,这里植被茂盛,靠近沙滩的地方也长有粗壮的大树。这些树的树冠茂密而硕大,躺在树荫下的沙滩椅上,凉爽舒适。酒店二楼阳台也被大树覆盖,今早站在阳台赏景,竟见树上一只大大的蜥蜴,身长有尺余,吓得我尖叫一声,赶紧跑屋里关上阳台门。爱人看了,笑我说:"多么难得一见的好东西,还没有好好观赏一下,被你一咋呼跑掉了。"是啊,这里人与大自然和谐相处的景象处处可见,松鼠、鸟儿一点也不怕人。昨天,我们去巨鹰广场和红树林的山路上,很多猴子就在马路边玩耍呢。我们所在的酒店餐厅,客人在吃饭,鸟儿也来觅食,一点也不怕人。

这次我们选择了真正的休闲游,就在这美丽小岛待上 5 天,随意而为。想睡睡,想吃吃,看看海,玩玩水,自得其乐。

此刻,我就这样静静地躺在树荫下,看灿烂阳光照耀得这片著名的白沙滩熠熠生辉。强阳光晒得你睁不开眼,大树下却凉风习习。不怕晒的老公早跑海里洗海澡去了,我却悠然自得躺在树荫下,享受海风吹拂,欣赏浪花朵朵。

4月28日　恼人的风

观海、听涛、捉螃蟹,白云、沙滩、日光浴,这样的生活真舒畅。

傍晚,突然知道了科里人员变动,我哭了,仿佛受了非常大的委屈。同时,我觉得自己这个科长当得非常非常失败。一则走的人没有告知我一声,特别是我平时自以为科里凝聚力强,团结友爱得很,更有那我深信姐妹情深的王姐,也不告而别;二则科里人员变动,局里人事科也没有告知我这个当科长的。被这阵恼人的风一吹,我的心情很不好,饭也没吃,就躺在酒店床上流泪。

爱人和女儿却都笑我傻,说人员变动很正常,去留是人家的自由,是领导的决策。你左右不了的事情,干吗自己生气? 再说,谁干不是干,说不定换个人,新人新气象,氛围更好,工作更好干了呢。

虽然他们这样劝我,但我仍然很郁闷。特别是自己相处这么长时间非常信赖的好姊妹,没有事先通个气,就这么无声无息地调离,我真的一时想不开,非常难以接受。更难过我曾经非常骄傲自豪的团队"吉祥六宝",就这么散了。躺在床上,我也反思,可能我就是做得不够好,所以他们才不告而别吧。

折腾了一宿,想了很多很多……

人生分分合合,总有许多遗憾。遗憾也是一种美。人生短暂,光阴易逝,聚散皆因缘。要走的挡不住,要留的不用挽。走与留,都各自珍重。我不完美,却希望别人完美;我很渺小,却期望别人伟大,怎么可能?我善待自己,更善待他人就行了。

红尘清浅,每一段遇见,都应该是谢谢的关系。无论如何,我会珍惜每一个与我有缘一起共事的人,会把快乐带给每一位有缘人。愿你、我、他每天都幸福快乐。

每天的夕阳都会有变化,却都奉献出绚烂美丽;每天的心情都会有不同,最终调剂出开心快乐,这才是最应该的。冲冲脸,甩甩发,忘掉那些不愉快,开心完成自己难得的休假吧。

4月29日 天空之桥

昨晚雷阵雨,上午仍有些阴。我们一起去参观了险峻的天空之桥,路上得到许多猴子"家族"的欢迎。可能昨晚自己折腾自己没有休息好,可能天气闷热,可能恐高,可能坐缆车,体质一般的我回来后又难受得吐了。身体难受,心却想开了,不再郁闷。

其实,很有挑战性的天空之桥,因为离地面特别高,而且又窄,所以要想穿过它,需要很大的勇气和胆识。胆小、恐高的我并没有上去。只能远远地看着那些勇敢的爱好冒险的游人以及爱人他们,在上面饱览无限风光了。人生总有这样那样的缺憾吧。

明天一早就要离开这个美丽祥和静谧的小岛了,很是不舍。傍晚,再来海滩,脚下仍然是那柔软如面的白沙,面前仍然是碧水蓝天。波涛轻轻地拍打着岸边,宛如轻轻敲打我那颗依恋的心……晚上8点,清澈的泳池中仍有和我们一样眷恋的游客在畅游。霓虹灯下,波涛声中,夜如梦幻般美丽。我多看几眼,在分别之际,多将美好收眼底铭心里……兰卡威,一个很值得来的地方。

4月30日 告别兰卡威

五一节,愿朋友都拥有快乐心情!无论在家无论出游无论加班,都有好心情!五一节来临之际,我在吉隆坡遥祝朋友们节日快乐!

人生苦短,别让人生输给了心情。心情不是人生的全部,有好心情,一切皆好! 我们都要以美好的心欣赏周遭的事物,以真诚的心对待每一个人,以负责的心做好分内的事,以谦虚的心检讨自己的错误,以不变的心坚持正确的理念,以宽阔的心包容对不起你的人,以感恩的心感谢所拥有的,以平常的心接受已发生的事实,以放下的心面对最难的割舍……

今早飞回吉隆坡,准备明天从这儿飞青岛。一到吉隆坡,那雨下得真大啊。望着酒店外的瓢泼大雨,我就想,这雨要是下我们那地儿该多好啊,缓解旱情又洗涤尘土。只可惜,愿望常常只是美好的愿望。

5 月 1 日　归来

回家真好!

休闲度假好,回家更好。休闲度假,去山清水秀碧海蓝天的地方,身心得以休养生息。愉快回家,以更加饱满的精神去生活、工作。惬意旅行真好,可以放下一切,轻松玩乐。去哪儿玩不重要,重要的是保持一颗毫无挂碍满是欢喜的心。

爽爽的贵州

——2017 年公休假贵州游记

干着紧张忙碌的工作,生活在钢筋水泥般的城市,这样的环境中,时间一久,人是非常疲惫的。公休假给了我舒缓身心的时间,所以我特别珍惜这难得的公休假。每年公休假,只要爱人也能够休假,我们都要选择一处美丽之地去游玩。因为在美丽山水处,不但能放松身心,开阔眼界,洗涤心境,了解异地风土人情,更能使我感悟人生。读万卷书不如行万里路,行万里路不如阅人无数。今年的公休假,我们选择了大美贵州。

4 月 24 日　星期一

山之美,在于巍峨高耸,在于俊秀圆润;水之美,在于气势浩瀚,在于清流潺潺……有山无水,有水无山,无美可言。山和水的融合,是静和动的搭配,单调与精彩的结合,山水相依组成了最美的风景。置身青山绿水间,那种身心的放松,那种美妙的感觉,难以用语言形容。

"珠帘钩不卷,飞练挂遥峰。"之前来过一次黄果树瀑布景区,这是第二次来,感觉一次有一次的雄伟,一次有一次的气魄,一次有一次美。水雾缭绕,鲜花妖娆,美不胜收的景区景色,让人忘却疲惫。一天下来,登山下坡、穿水帘过云雾,我在景区里走了两万多步,秀丽景色竟然使我没有感觉累。

4 月 25 日　星期二

水是流动的音符,是大山的温柔情人,山有多高,水就有多长。俊美青山,定会缠绵着清丽幽柔之秀水……

今天游览了位于贵州省荔波县的小七孔风景区,一进入景区,我就被景区中山水特有的奇、俊、秀、古、雄等自然美景深深地吸引着。特别是水,应该是这里的灵魂。那柔美恬静的涵碧潭、飞流狂泻的瀑布、林溪穿插的水上森林、密林镶嵌的鸳鸯湖、幽蓝深邃的卧龙潭,已经令人沉醉。贯穿了整个风景区妩媚迷人的响水河,静如娴花照水,动似蛟龙出海,更是令人惊奇和叹服。绿光幽幽的碧水,微波粼粼的湖面,显得十分恬静,置身其中,宛如到了人间仙境。景区里的植被茂密葱茏,负氧离子丰富,每呼吸一下都是清新的空气,特别舒爽。

在小七孔风景区,任选没人处,或坐或站,就这样静静地欣赏着满眼的美景,静静地聆听着溪水潺潺或瀑水鸣响,抬头是刚刚雨过天晴的湛蓝天空,低头是碧水绿树鲜花,心身是那么轻柔,那么恬静。在这里,你不用选择,随手一拍照,就是怡人美景。

来到这里,你绝对会干干净净放下所有的心情,一心观赏那美不胜收的景色……

4月26日 星期三

爽爽贵州,天无三日晴!从上周日过来,就没见到太阳。前几天,早晚都下着小雨,欣赏美景时雨就停了,让我在清爽的山林中,在碧绿的秀水中,从容领略大自然的瑰丽。今天竟然下了一天雨,上午竟然下了两个多小时的中雨。这雨一个劲地下,也不觉得累,一下就是两个多小时。我在潍坊那儿可是好多年没见过这样的雨了。雨中的我一个劲地祈祷将这雨下到干旱的我们那儿些。雨中观苗寨,却也别具风情……

千户苗寨依山而建,层层叠叠,好大阵势!雨雾中,层峦叠嶂中,绿意浓郁中,苗寨宛如云中楼阁又似人间仙境。寨中小巷,曲径通幽,远处不时传来鸡鸣和犬吠,不时还能闻到一阵沁鼻幽香的米酒香味,牵着你不断往寨子的深处走去……

选一处吊脚楼,来一盆苗家特有的酸汤鱼,点上几个小菜,听着苗家姑娘热情优美的劝酒歌和巷子里滴答的雨声,生活的美妙还用去别处寻觅吗?

4月27日 星期四

云雾缭绕的梵天净土,行走其中宛若置身仙境。登高远望,因为雨雾,一片混沌,但近观却是生机无限。山下更是植被茂密葱茏原始,溪流清澈飞瀑晶莹……一天下来,是洗脸洗头又洗身,净脑净肺又净心。因为山上雾大,仿佛下毛毛雨,使我们浑身潮湿,清爽的山林却是润肺清心。

梵净山是贵州最独特的一个地标,是黔南灵山,是生态王国,是风景胜地,是一方净土,是一个返璞归真、颐养身心、令人遐思神往的人间仙境和天然氧吧!著名诗人王心鉴《过梵净山》诗云:"近山褪俗念,唯有竹声喧。栖心皈净土,推云步梵天。禅雾入幽谷,佛光上苍岩。海内循道者,多来续仙缘。"印证了梵净山风景优美,让人忘却尘世烦恼的魅力景色。

世间事很难圆满。由于前天和昨夜的阴雨,今天的梵净山浓雾弥漫。山顶能见度也就一两米,可能我与它缘分浅吧。浓雾中,我无缘见到红云金顶和佛光幻影,但仍然领略到了梵净山的秀美和清幽。

世间事很难公平。上山的路上,遇到两位抬滑竿和一位坐滑竿的。两位抬者年纪50多岁,瘦瘦的黑黑的;坐者三四十岁,白白的胖胖的。抬者,大口喘着粗气吃力地前行;坐者,优哉地玩着手机。我站在一边看看他们,心里想着,你有你的出身有你的际遇有你的活法,他有他的出身他的际遇他的活法,很多时候你无法左右无法改变,即使努力再努力,所以只能随缘。谁能说辛苦抬滑竿的他们内心不比坐滑竿的人内心充实呢。

烟雨迷蒙中,我竟然想起了林清玄说的一段话:回到最单纯的初心,在最空的地方安坐,让世界的吵闹去喧嚣它们自己吧!让湖光山色去清香它们吧!让人群从远处走开或者自身边擦过去吧!我们只顾心怀清欢,以清净心看世界,以欢喜心过生活,以平常心生情味,以柔软心除挂碍。

4月28日　星期五

一周下来,才知道公休假来贵州游玩是多么正确的选择。

贵州山水之神奇灵秀、清寂绮丽,那种"清水出芙蓉"般的韵味是那么令人沉醉,真是醉美忘返。黄果树、大小七孔、梵净山、亚木沟、铜仁大峡谷……即使行走在路上,满眼亦是俊美山水。

天无三日晴,雨水的丰沛使贵州的植被长得特别茂盛,没有山不被浓郁的树木覆盖,更不乏梵净山这样的原始森林。重峦叠嶂,茂密植被,涵养了那飘逸灵动的碧水。贵州的山因水而俊美秀丽,水因山而灵动清丽。贵州山水秀美风光旖旎,还应得益于山多人少、发展缓慢、名气远扬晚于桂林等地吧。置身贵州的山水中,感叹山水甲天下真不为过。唯有山水的融合才能交织出世间最美的景色,贵州就是山和水最佳地融合在一起的胜地了吧。

本以为这周在这青山秀水中很难见到蓝天白云了,因为从到达贵州那天起,天天下小雨或阴天。今天,游玩的最后一天,总算给了我见见贵州蓝天的机会。虽说太阳仍然不情愿露露笑脸,仍然不希望晒黑我,天空却在下午四五点时晴朗起来了……

世事无圆满,这次来贵州,几乎全是阴雨天(只今天下午天开晴了)。雨雾大,我只观赏了梵净山的四大奇观之一的禅雾,未能领略原始洪荒的人间仙境梵净山的全部魅力。四季不同的景色,贵州春之烂漫(处处金黄油菜花、毕节百里杜鹃花等),夏之凉爽(没有酷暑),秋之斑斓(满山秋叶),又怎能不吸引喜山水爱花草的我再来呢?

一周流连于贵州山水间,不但养眼清肺净心,更可喜的是,我的过敏性鼻炎也好了,真是舒爽!连爱人都兴奋地说:"这次来贵州来对了,贵州,不是小美,是大美!"

这时的贵州,处在旅游淡季,游人少,景区里少了分喧嚣,多了分幽静,使人能够静心品味那份奇丽的独特的美。烟雨缥缈中,云雾缭绕的山,更多了分神秘,多了分新奇,多了分若有若无的美妙。细雨漂洗后,山更翠绿秀美,水更清丽飘逸,花儿更娇艳美丽,空气更湿润清新……青山绵延,秀水穿行,山与水的绝妙融合,造就了秀美多彩之贵州。这里是生态王国,是风景胜地,是一方净土,是一个返璞归真、颐养身心、令人遐思神往的人间仙境和天然氧吧。在这里,你能摸索到山之深邃、水之温柔,能体味静美与灵动,享受大自然之纯净……

明早就要告别贵州,有些恋恋不舍。爽爽的醉美的贵州,那俊美秀丽的山水,那清新温润的空气,那质朴人文、酸辣美食……有时间我还要再来的。

4 月 29 日　星期六

归来! 贵州的旅行结束,今天乘飞机返回,两周的公休假也在轻松愉快中结束了。

休假就是要清清心,尽情享受生活的乐趣。我是一点也不敢辜负这难得的公休假,因为好多友情之邀要补,好多未办之事要办,重要的是美丽大自然一直在召唤我。于是,我充分利用这难得的公休假会知友聚同学,喝喝小酒品品茶,话友情忆青春拉家常侃趣闻聊诗文,说说笑笑开心闹;读读书码码字,看小说觅散文诵诗歌写感悟理文章,疯疯癫癫痴情笑;飞贵州走湖南,旅旅游爽爽心,登名山赏秀水游古城览奇观品美食,欢欢喜喜乐逍遥……

休假,就要尽情尽兴游玩。要"闲来静处,且将诗酒猖狂。唱一曲归来未晚,歌一调湖海茫茫。逢时遇景,拾翠寻芳,约几个知心密友,到野外溪旁"。

回归工作,就要尽职尽责。要热情投入,扎实认真,创优争先。要有"老黄牛的品格,千里马的气势"。

人生至善,就是要对生活乐观,对工作愉快,对事业兴奋。

这就是我——一个简单、快乐又执着、认真的"老小女子"。

八天小长假

遇见,很美,很奇妙,无论遇见的是人,还是事。2017 年的中秋节遇见国庆小长假,于是我们有了难得的美好的八天小长假。

10 月 1 日 第一天

堵、绕、拐,一上午总算到家了。不管怎样,仍然祝朋友国庆快乐!

人活着不容易,老人更不容易。老人最不希望的是给子女添麻烦。我们子女更应该多多关心、体贴、孝敬老人,更要顺着老人。

婶子生病住院,老爷子自己在家,虽然大姐一天两三趟过来照顾,但我们仍担心他一人在家孤单。哥一直要接他来潍坊,他坚持自己能照顾自己,非要自己在家,说什么家不能扔着就走,这不能扔着那不能扔着,好像家里有万贯财产似的。总之五个字——哪儿也不去。我们怎能放心他,特别是过中秋。所以今天我们兄妹相约回家看望并计划劝说老爷子去潍坊。我与老爷子说:"你不去哥那儿,我们八月十五就在家陪你。"我早上来时已与爱人商量好,假如老爷子不跟哥走,我就住下,让爱人与女儿回临朐老家过中秋节。这么多年,中秋节都是在婆婆家过,我也应该尽一下为女儿的孝心,陪陪老爷子了。洗漱的东西我也都带了。

高兴的是,我们兄妹最后还是做通了老爷子的工作,先带他去黄岛看望住院的婶子,然后来潍坊。婶子有恩于我们,这些年多亏她与老爷子为伴,互相关照,老爷子才不用我们操心。她生病住院我们没时间陪床,由她三个女儿陪护,她们出力,我们兄妹出钱,也是互为照应。

潍坊回诸城近两个小时,诸城到黄岛才一个小时。难怪诸城、高密的人愿意跑青岛也不愿意跑潍坊,路上太耗时间。黄岛回潍坊时,导航把我们导到了胶州湾跨海大桥上。虽又多跑了很多路,可也吹了海风,赏了风景,权当我们兄妹带 90 岁的老爷子旅游看海了。

回到潍坊,已经晚上七点半多了,我们带老爷子到东方大酒店板桥食府吃了顿潍县菜。饭菜可口,老爷子吃得高兴,吃了不少。哭笑不得的是,刚刚吃完饭,说好在这过中秋节的老爷子就变卦了,说什么也要回诸城,讨价似的说最晚八月十四回,中秋节绝对不在外过。老爷子现在也有些讲究了,中秋节、春节不能离开家,还让我们必须回婆家。老爷子说:"你们不送我回去,我自己坐公交车回去。"我们开玩笑说："现在给您钱，您老晚上打的回吧。"老爷子笑了，说："我有钱，打的也行。"我们说："的哥想挣钱把您拉北京去。"老爷子说："拉北京我再打飞的飞回来……"唉！对这样顽固的老人，还是顺着他吧，以免他着急上火。顺也是孝啊！所以我们答应他，明天带他看看潍坊的新变化，后天就送他回去。

国庆第一天，就这样匆匆过去了……

10 月 2 日　第二天

"强加于人的幸福，是痛苦。"不善言辞的爱人说了句很有哲理的话，使我心轻松下来。

一大早，大哥来电话说，老爷子不到 5 点就起来吆喝他别睡了，让大哥送他回去。大哥说，看来老爷子是一晚没睡踏实。昨晚说的八月十四回去已成泡影，他说什么也要回去，还责备我们强拉他来潍坊，扔着家不管……我们兄妹不敢再惹他着急上火，一大早就由清闲的小妹开车送他回诸城了。

可能我们真不理解老人，我们觉得这样是对老爷子好，对他孝敬，殊不知他已经习惯了他的生活，觉得他那样的生活自在快活，所以我们还是依了他的要求。假如我们回去陪他，他还不自在了。这一想，我理解了老爷子，知道为什么我们每次回去看望他，他会兴奋地忙着准备好吃好喝的，因为他盼望我们常回家。但是，中午吃完饭，还没聊多长时间，他就会瞅瞅表，然后赶我们走了，说晚了路上不好走。我想他可能是喜欢热闹一时，时间长了有点嫌吵闹呢。因为他已经习惯了清闲的生活。

"老姥爷没回来俺也不高兴，老姥爷回来了，俺也高兴极了。开大门，热烈欢迎老姥爷回家。"小妹到家发了张大姐一岁半的孙女小忆蒙站在老爷子大门口欢天喜地咧开小嘴大笑的图片和一张咕嘟着小嘴不高兴的照片。我根据照片写了以上文字。

大姐在电话中说，老爷子一进门，不但老爷子开心了，早早等在家的小忆蒙亦高兴得不得了，站在大门口，看到老姥爷回家，高兴得手舞足蹈。我开玩笑，让她们问问老姥爷，他的家丢了没？钱少了没？门还在不？还没说完，电话里已经传来一片开心的大笑。

老爷子高兴，我也把心放下了，也可以按老爷子的指示，准备回临朐陪婆婆过中秋了。嘿嘿！谁叫咱是人家媳妇呢，做媳妇就要有做媳妇的样子。

下午 3 点起来收拾准备，直到下午 5 点多才收拾好东西开车上路。选择晚点走，是觉得晚走车少，可上路才知道路上车一点儿也不少。社会发展，生活富裕,车成了普通平常的家庭日用品。路越修越宽,越修越长,却仍然觉得堵。20年前,傍晚路上少有车;10年前,路上车也不多;现在,无论早晚,出门先见车流滚滚……

临朐给人的感觉就是亲切,不仅质朴的乡村人家、秀丽的景致令人亲切,为行人着想的道路更使人亲切。出潍坊城区,潍城、昌乐两地的道路两边黑洞洞一片,对面的车基本都开着大灯,晃得眼睛难受。一到临朐界,两边亮晶晶的路灯照得人心里暖融融的。灯明路亮,车也就不用开远光大灯。其实,每次白天走临朐段,路两边的花儿亦很温馨。

晚上七点半多赶进门,还没见到里屋的奶奶,闺女先被嫂子院子里那两个"大葫芦娃"吸引,调皮地抱着非比比她脸长还是那葫芦长,惹得听到动静从里屋出来的奶奶合不拢嘴……

"哎呀,这梨怎么长的?比那碗还大!"晚饭后,老太太一见天琦给她洗的铁皮大梨,来了一句感慨,把我们都逗笑了……

国庆第二天,又愉快地过去了。

10月3日 第三天

冒细雨,避喧嚣,我们驱车驶进幽静俊美的山林。山不高,却起伏延绵望不到尽头;水不深,却碧池银波溪流声潺潺。山上树木茂盛,多为松树与槐树,难怪山林中有石题字"松槐恋"。"松槐恋",妙哉!想必每年五月,抬头是缀满枝丫的串串如玉槐花,扑鼻是沁人心脾的阵阵淡雅清香,满眼是翠绿叶儿摇曳舞蹈……想想就醉了。也许此处还不出名未开发,也许今天细雨飘飞阻了游人兴致,蜿蜒的山路几乎没有行人和车辆。偶遇质朴小村庄,除两三位在玉米地里掰棒子的五六十岁的村民以及在村里剥玉米皮的几位老人,再就是几只可爱的小狗在路上悠然溜达了。可能青年人都进城了或外出打工尚未归来,村里几乎少见年轻人。村边山坡上时见一小片生机勃勃的小菜园,或一片缀满"红玛瑙"的山楂树,或一两棵挂满"小灯笼"的柿子树。村民爱美,门前、墙外不是盛开的鲜艳月季花就是嫣红的地瓜花或粉红的小菊花,绚丽迷人。倒使我想起看到的一句话:"总有一些花开,芬芳了流年,美丽了相遇。"山村亦如山林,格外宁静安逸祥和。一上午,我们行走在这样美丽幽静的山林乡村,自然而然心就清静下来,仿佛超然出俗步入仙境了……

身边就有这青山秀水如水墨画卷,有那曲径通幽世外桃源处,我们却往往忽视、错过……

今天,由于下午爱人的中学同学毕业38年聚会,他们在潍坊工作的几位同学共四家,相约上午一起到辛寨镇的凤凰山玩耍。他们其中一位百度后,了解到老家有这么一处正在开发的好地方。虽然在自己的老家,他们却都没有去过,这地方离县城也近,所以选择一起去玩。我们因为昨晚就回来了,一早在约好的相会地点——大山路口处等他们,驱车导航奔辛寨镇西南边的凤凰山而来。这是个相对原始的地方。进入山里,先见一水库,水很清澈,边上立石刻一温馨的名字"如意湖"。天上飘着"麻秆雨",望着湖面,真是"大珠小珠落玉盘"。气温低,山里有些凉,我们在湖边玩了一会儿,驱车继续上山。在山顶俯瞰,层层梯田,叠叠山林,红瓦小村,环绕着碧水悠悠……一路玩下来才知道,我们假日避开喧嚣、拥堵,来到这么幽静美丽的山林游玩是多么正确的选择啊。

10月4日 第四天

在酒店的院子里,看到那累累海棠果子非常迷人,于是走近想拍几张照片。走近才发现,竟然有几个枝杈上开着几朵美丽鲜艳的海棠花儿。初时,我以为是假的,跳起来,将其中一个枝杈拉低仔细瞧,哇!真的是正在怒放的粉红的海棠花呢,枝上还有一两朵含苞待放的骨朵呢。中秋时节,五彩果儿来祝贺,不想娇艳绚丽海棠花儿竟然陪伴玛瑙似的果儿一起来祝贺朋友中秋快乐呢。

回家我把粉红娇艳的海棠花儿照片给90岁的婆婆看,婆婆仔细瞅了瞅手机中的照片,高兴地说了句:"喜庆!"

是啊,中秋佳节,又逢国庆,怎能不喜庆?一家团聚,欢乐过中秋,怎能不喜庆?喜庆的还有老爷子,还有大姐的孙女小忆蒙呢。外甥媳妇陈英在我们"幸福一家人"微信群发的小视频中,只见一老一少正在快乐地玩拉大锯呢。

老爷子因为嫂子才去世不久,坚决不让哥哥回家陪他,他让哥哥与孩子们在自己家里安稳过中秋,他则答应了大姐的要求,到同村的大姐家过中秋。电话中,大姐让我们放心,说老爷子在她家很开心,特别是有忆蒙这个小可爱陪着。中秋节,人人开心快乐,怎能不喜庆?

中秋佳节,也有辛苦的加班者。当我们阖家团聚时,他们却坚守在自己的岗位上,为他们点个赞。军人、警察以及交通、电力等行业人员节日加班非常普遍,只是我没有想到,我发祝福给山东省厅教科文处董苏彭处长,才知道中秋节他仍然在加班。十一那天我们聊天,我知道他在加班,不想今天他仍然在加班。从他发的图片看,他的中午饭竟然是快餐肯德基。他说:"没舍得骚扰你,就折腾了泰安的李思臣。"我给董处长发祝福的同时,深深道一声辛苦了,并给泰安财政局教科文科科长李思臣道了声辛苦。同时,我预感到,十一假期一上班我们可能会更加忙碌。也是,现在教科文科涉及民生事情太多,特别是第一民生的教育,薄弱学校改造、解决大班额问题,涉及投入太大。学校建设、师资队伍建设等需要财力支持,而地方财政财力有限,举债又非常严格、困难……事业发展与财政投入永远是一对突出矛盾啊。再矛盾,也要培植好财源,增加收入,保障支出,特别是民生支出。

总归是假日,我着实不愿意被这些工作的事情扰了自己心境,于是甩甩长发,不去想它们了。平静心境,快乐地享受假日吧。

今天白天有些阴天,晚上出现了云遮月。八月十五云遮月,正月十五雪打灯。一轮冰轮,皎洁明亮,美! 云遮月,朦胧神秘,亦美! 重要的是,云遮月预示明年正月十五可能有美丽的雪花飞舞呢。

望着那轮若隐若现的神秘美丽的月亮,我不禁感叹:"明月几时有,何必把酒问青天? 心里纯净,明月天天有。"

中秋快乐! 朋友们,愿我们心中皎月永存!

10月5日　第五天

小长假一晃已过五天。五天的时间,感觉很充实、快乐。陪了老人,会了姊妹,游了山,玩了水,吃了团圆饭,睡了囫囵觉,没折腾,没挨挤,悠然,随心,随性,随缘。人啊,工作时认真勤奋,该辛苦就辛苦,假日里则要尽情尽兴,怡然自得。人生短暂,活着不易。不要只知道工作啊赚钱啊上台阶啊,更要知道清风明月润肺养心利于健康呢。

人生苦短,何不淡然。要明白,看透的人,处处是生机;看不透的人,处处是困境。拿得起的人,处处是担当;拿不起的人,处处是疏忽。放得下的人,处处是大道;放不下的人,处处是迷途。

苦乐年华自在过。不埋怨谁,不嘲笑谁,也不羡慕谁。阳光下灿烂,风雨中奔跑,做自己的梦,走自己的路……

今天,我就安静地在家,快乐地做自己的梦吧。

10月6日　第六天

昌邑大陆村的梨枣又熟了,又一次吸引特别喜欢它的我们来到满坡累累红枣的大陆村,来到村民的枣园。虽然这里秋雨迷离湿衣,地里泥泞沾鞋,我们仍然不顾一切扑向那一串串又大又红又诱人的梨枣……

认识大陆村的梨枣,有五六年时间了。梨枣,顾名思义宛如梨的枣。名副其实,那梨枣个头大,水分多,特别脆,特别甜。对它,我可是一见钟情。估计你们见到也会如此。认识它们时,它们已经在昌邑大陆村落户好多年了。听说是一村民从陕西引进,于 1998 年开始推广种植。当时,村里想推广种植,村民还不同意。后来发现这种枣不像我们普通的枣子产量低、难以存储、不好销售,就开始大面积种植。虽然 5 年后才能结果,但结果后一年一亩地收获梨枣能达2500 多千克。1 千克梨枣,好时卖到十五六元甚至二十几元,最差时也能卖到三四元,村民年均收入万元以上。枣子成熟季,不用枣农自己推销卖,那些买家就已经大车小车从四面八方涌到地头。梨枣在我们这里是"冷门"水果,在潍坊没有见到卖的,因为他们都批发了,而且主要是被商家做了深加工,不用零售。除非你到大陆村或枣园,否则,你是没口福的。

大陆村因为梨枣成了远近闻名的富裕村,村民安居乐业,村居幸福和谐。大陆村还是全国文明村,是社会主义新农村的代表之一。

在枣园里吃了一肚子梨枣,解了馋,又摘了满满几袋子带回送亲友。看看时间还早,雨也有了停的意思,为满足闺女看天鹅的愿望,我们又驱车来到位于潍河岸边的"青山秀水"。这是金宝集团在昌邑石埠投资开发的一个旅游度假区,占地两三千亩。这个地方原是河岸的丘陵、沟壑、矿坑、果园等,金宝集团利用其独特资源优势,打造了集生态观光、休闲度假、养生保健、文化体验于一体的旅游度假区。目前一期工程已经初具规模。里面除了大片采摘园、青青竹林、五彩鲜花园等,更有孩子们喜欢的动物园。斑马、长尾猴、长颈鹿、天鹅等悠然地生活在这里。今天最高兴的是,见到长颈鹿撒欢竞跑了。

我们刚来时,长颈鹿还在它们的屋子里不愿意见人。朋友说,长颈鹿很娇贵,很怕冷。天一冷,园区工作人员就要给它们屋子加暖气。今天下雨天凉,它们又躲到屋里了。闺女走到它们屋子边,对着长颈鹿喊:"鹿鹿,出来玩玩吧。"我们本以为它们不会出来的,谁知闺女友好地喊了几声,两只长颈鹿竟然从屋子里出来了。不但出来,还高兴地在围栏里你追我赶赛起跑来。它们跑起来那高大优美的身姿,吸引着在别处玩耍的游客纷纷跑到这边来观赏。人越多,那长颈鹿越兴奋,跑得越欢。直到累了,它们才慢下来悠然地踱起步来。朋友说,他在石埠镇工作两年,时常过来,还是第一次见到长颈鹿这么兴奋地跑呢。闺女调皮地说:"这就叫魅力。"

不是我们多有魅力,而是"青山秀水"魅力十足。

10 月 7 日　第七天

爱美使女人容易花钱买累,比如烫发。为了拾掇拾掇头发,我坐了一下午,折腾得我头皮疼腰也疼,赚得爱人说我花钱买罪受。受点累倒是次之,我有些心疼那三四个小时。因为三四个小时的时间,我可以看完一本喜欢的书,可以写出一篇精彩的文章,可以在北辰或洺河怡然漫步欣赏美丽秋景舒爽身心呢。人往往这样,有些事做过了又后悔。幸而烫发,我一年就这么一次。当然,折腾一下午,也为给自己一个改变,一种调整,一种美丽。

女人对美丽有最大的欲望和追求。祝福女人,都会说永远年轻永远美丽。像今晚我们高中四位要好的女同学家庭聚会,培兰家那口子举杯祝我们四位永远年轻美丽。培兰回他道:"我们永远年轻需要银子,需要你们多做家务,我们多开心地玩耍。"嘿嘿!确实,女人的美丽也需要男人的呵护。

人总会随时间慢慢变老,青春靓丽的容颜不可能永驻,你再沉鱼落雁,再闭月羞花,也抵挡不了时间的侵蚀。但美丽,即善良的品德、纯美的心灵、优雅的气质等,却可以永驻,这美丽不是"money"能买来的,更不是美容整形啊乱捯饬能有的。美容整形乱捯饬,我以为那可真正是花钱买罪受呢。女人的美丽源于对生活的自信,源于平和的心态,源于开心快乐……所以说,培兰说的开心快乐非常对。所以说,男士们应该多给予老婆关心关爱,多带给老婆开心快乐。女人呢,自己要想开看开,让自己平凡、简单、从容、开心地去活着,活出自己的美丽与精彩。

季节辗转,摇曳岁月深处的冷暖,掬一抹秋日暖阳,温润时光;拾一枚岁月的浅笑,于平淡的日子里静守内心安然;那些随着秋叶飘落的情怀,便是这一季最美的眷恋。祝福所有女士朋友,美丽幸福快乐!

10月8日 第八天

走遍世界,也不过是为了找到一条走回内心的路。

小长假最后一天,爱人值班,闺女趴在自己的电脑前备课。家安静下来,喜欢这幽静的我收拾完家务,到里屋书桌前,来一杯咖啡,一本书,在电脑前写点生活小感慨,重温假日小快乐,悠然自得陶醉在自己的思绪中……

花谢芳不败,心静人自在。越有故事的人越沉静简单,越肤浅单薄的人越浮躁不安。群处守住嘴,独处守住心。真正的平静,并非避开车马喧嚣,而是在心中留一方净土……

难得中秋遇上国庆,使我们有了八天小长假。

国庆小长假,不管你是坚守岗位,还是悠然家中;不管你在天涯海角听惊涛拍岸,还是在东北深山观丛林尽染;不管你在领略异国风情,还是回归故里漫步田园;不管你是沉迷书里画中,还是被堵在路上……应该都是充实的,愉悦的。因为一切皆风景,没有虚度的小长假。毛主席有诗云:"踏遍青山人未老,风景这边独好。"

朋友,你的小长假,风景如何?

走进神农架

清代张潮在《幽梦影》中说："闲则能读书,闲则能游名胜,闲则能交益友,闲则能饮酒,闲则能著书。天下之乐,孰大于是?"

是啊,有了闲情逸致,才能修身养性,才能获得有温度的、真实的、快乐的人生。飞速变化的时代,使人有透不过气的感觉。整天工作,难得休公休假,难得有那短暂的闲情逸致,我也能读读闲书游游名山,心情畅快着呢。

人不能只有事业,只知赚钱,也要追求一种诗意的、从容的、雅致的、快乐的生活!

今天看到朋友分享的中国画节及文展会标志物,好可爱的两个"胖娃",休2018年公休假的我和爱人就计划带着它们进到楚地神农架了。

4月19日　星期四

这次休假出游神农架,仍从济南机场出发。3年时间没来,遥墙机场扩建得宽敞大气了,而且仍然有因为各种原因造成多个航班延误的通知。我们这班济南飞宜昌、贵阳的航班没通知,却也延误了20分钟。

可能是航道原因,一路上不像以往乘坐飞机,机窗外是似马儿奔腾般的滚滚白云,而是山峦河流田园一直朦胧可见。我坐在靠窗座位,一路望下去,那起伏的山峦、绿意的田野、密集的城市自不必说,先见黄河奔涌,后见长江宛如飘带镶嵌在祖国大地上,蜿蜒向前。历经两个小时,下午7点到达宜昌三峡机场时,天还没有完全黑。宜昌,我1996年时来过,记得那次是到恩施学习预算外资金管理,路过宜昌,后从宜昌坐船到重庆,顺便游览了三峡。那时三峡大坝还未建成,正在规划建设阶段。记得在张飞庙等地方,当地人说:"你们现在还能见到,等将来大坝建成后,这里你们就见不到了。"因为匆匆而来,20多年了,我早已忘了宜昌是什么样子了。所以这次过来,我感觉宜昌是挺干净挺美的一座城市。是啊,宜昌现在是中国优秀旅游城市,境内有四处国家AAAAA级旅游景区,数量居全国城市前列;是湖北省唯一的国家环境保护模范城市,同时享有全国文明城市、国家园林城市、国家卫生城市、国家森林城市、中国钢琴之城等美誉。听接我们的旅游公司师傅说,宜昌的房价均价在七八千元,不是很贵,这里是比较适宜居住的城市。

宜昌到神农架还要3个小时的车程,明早8点就需要出发。所以,我们到住处后也就没有出来观赏一下宜昌的美丽夜景,而是抓紧时间洗漱休息了。

4月20日　星期五

车驶出宜昌城,上高速,一路上风光无限,使我目不暇接。瞧!这高速建的,都是悬在半山腰上,而且有很多隧道,几乎刚钻出这个,又进了那个。出来就是云雾缭绕的葱茏山体,景色迷人极了。走到一半路程时,到了昭君故里。师傅指着路边水澄澈的一条江说:"昭君出塞就是沿着这江走的。"瞬间,我眼前仿佛出现了这样一幕:江里一条小船,船头站着一位绝代佳人,泪眼迷离地回头望着渐行渐远的故乡……

行驶在"中国最美水上公路"上,在蓝天白云的映衬下,山、水、江边山坡上的房子,是那么相得益彰。我们在一处开满鲜花的江边停车休息。路对面是农家果园,有两个卖橙子的妇女,橙子是刚刚从树上摘的,我们买了些吃,橙子很甜呢。师傅告诉我们,这里的橙子还不是最好吃的,屈原故里秭归的橙子是最好吃的呢,让我们有机会买些尝一尝。

中午时分,我们终于到了神往已久的神农架景区。天上飘起了毛毛雨,我们计划先在景区外吃饭,后再进入景区。来到路边的"神农味道",这是一家干净的本地餐馆。餐馆的面积不是很大,却收拾得很干净。来此吃饭的人不少,都是到神农架的游客。我们点了些特色菜,味道很好,价格不贵,吃得非常满意。老板娘背篓里的小娃娃,也就四五个月大,长得胖乎乎白净净,挺漂亮的。最可爱的是,谁逗她都朝你开心地笑。老板娘背着她忙里忙外,她在背篓里优哉游哉开心玩着。餐馆里的客人都很喜欢逗她,一逗她就咯咯地笑,一点儿没有陌生感。还有很多客人喜欢给她拍照,可能这个小可爱已经习以为常了,只要有人给她拍照,她就给个笑脸。

雨没有停的意思,司机师傅说,今天上山顶可能看不到景致了。果不其然,半山腰就已经雨雾蒙蒙,山顶更是能见度只有五六米的样子。这使我想起了去年到梵净山山顶的情景,不得不再一次感叹,我与这些神山山顶景致无缘啊。

蒙蒙细雨一直下,什么也看不见,还冻得慌,爱人还想要继续看看,我却不再留恋,拖他上车匆匆下山。车到半路,雨下小了,下面能见度也好,我们让师傅将车停下,俩人老顽童似的痛快地在山林中玩了很久。那些原始的树木,那些盛开的杜鹃,那些水汪汪的野花、绿草,那清新的空气,无不使我迷醉……

4月21日　星期六

昨晚,我们居住在山下的木鱼镇,一个山里不大却很有特色的美丽小镇。

这个小镇可能是为旅游而生的吧，小镇上的人以游客居多。小镇小巷里满是风味小吃。我们居住的酒店后边就是山坡，晚上飘雨看不出模样。一早起来，推开窗子，天晴了，湛蓝的天上涌动着大片洁白的云朵。山坡上满是洁白的槐花、紫红色的杜鹃花，阵阵花香从窗外飘来，沁人心脾。

早饭后，我们继续进山。师傅说："要是今天去山顶就好了。"是啊，今天是晴朗之日，立身于峰顶，俯视四野，万千景象尽收眼底呢。我们也感叹与神农顶的景色无缘。因为按照安排，我们来不及再去神农顶。师傅很会说话，说："这也是让你们有时间再来呢。再说，今天这天，去天生桥景区也是非常美的。"

从木鱼镇到天生桥景区，走的是209国道，这应该是国内最美的国道了吧。在神农架国家森林公园中穿行，宛如在画中游走。

雨雾初晴，碧空如洗。洁白的云团千姿百态，变化万千，在天空追逐着跳跃着捉迷藏。而那清澈、碧绿的水，才是天生桥景区的魅力所在。天生桥是一个以奇洞、奇桥、奇瀑、奇潭为特点的休闲、探险、览胜的旅游区。在这里有风情万种的飞瀑，有鬼斧神工的天然石桥，香飘万里的兰花山，有险峻陡峭的石壁栈道等，它们组成了一幅绚丽多彩的山水画卷，美不胜收。

这令人迷醉的景致，使我不断地拍照发与好朋友分享，并写上："钢筋水泥里待久了，偶尔出来，到这碧水蓝天花美鸟欢树葱茏的森林里吸吸氧洗洗肺，回去绝对一年身心轻松。"

孙哥看到后回复道："夫妻携手下江南，梦回风华正茂年。山色空蒙情似漆，一年能得几日闲。祝旅途平安，吃好喝好，玩得开心！"

谢谢兄弟姐妹的祝福！

4月22日　星期日

去恩施大峡谷，一路上江水清澈，山林云雾缭绕。去的路上已经一步一景，惊喜得我们时常让师傅停车观赏。到了景区，那景致就更不用说了。峡谷中的百里绝壁、千丈瀑布、傲啸独峰、原始森林、远古村寨等景点美不胜收。正如我在朋友圈中说的：烟雾绕山林，绝壁环峰丛，飞瀑从天降，移步景异奇。

走到"云龙地缝"景点时，因为地缝狭窄，游人又多，有些拥挤。因为恐高，我们也就没有去走"绝壁长廊"。倒也不遗憾，因为我们已经领略了可与美洲的科罗拉多大峡谷相媲美的世界地质奇观，喀斯特地形地貌天然博物馆、国家AAAAA级旅游景区——恩施大峡谷的魅力。

下午3点多出峡谷，还有点儿时间，我们又匆匆赶到恩施土司城——全国唯一一座规模最大、工程最宏伟、风格最独特、景观最亮丽的土家族地区土司文化标志性工程处参观,了解这一远古巴人后裔的土家族的历史。游此处最喜欢的一副楹联是:学融今古才方敏,思入风云气自华。

晚上,看朋友纷纷赞潍坊下的雨,真好! 谷雨后得雨,润鸢都万物,真好! 若能像神农架、恩施这些地儿,雨时而下,时而晴,总有雨儿常滋润。雨一停,则碧空美如幻,山林烟雾升腾,更好! 在这些青山秀水绝美处,由于没有进行大开发,多仍保持着质朴原生态,于是吸引了成千上万的旅客前来观赏。正如习总书记说的:"绿水青山就是金山银山。"

4月23日　星期一

> 清江清又清,白云绕山中。
>
> 船儿江中游,人若画中行。
>
> 峭壁悬玉帘,鹭鸟嬉峡中。
>
> 碧波泛涟漪,绿丛点彩妆。

一早,我们来到恩施清江蝴蝶崖风景区。这是八百里清江最深、最美、最具原生态的河段。峡谷深邃、石屏垂立、壁画神奇、瀑布飘逸、土家风情是景区的五大特色。百里江流,澄澈碧绿;万簇奇峰,嵯峨玲珑。红花淌石林、沙地、大岩洞瀑布、千瀑峡、景阳峡谷、五花寨、笑面睡佛、清江石屏、蝴蝶崖、步步高升、五兄弟峰、神女石、水布垭大坝等,无不如画般美丽。真是船行碧波上,人在画中游……

一天坐船游清江,美,醉美。

晚上,忽然记起今天是世界读书日。复旦大学教授张新颖在《读书这么好的事》中说:"谁不追求精神和心灵空间的扩展呢? 可是怎样才能达到这种扩展? 怎样才能使个人的狭窄的心逐渐变大,变得丰富多彩,变成一个大的心灵宇宙? 读书是特别重要的一条途径。"

读书,来丰富自己吧。你读过的书,会铺成你脚下的路。丰富自己,胜过取悦任何人。

4月24日　星期二

这是一棵千年(有说3000年了)的古杉树,一棵经历了千年岁月沧桑的杉树,一棵依然枝叶茂盛、生命力顽强的古杉树。千年岁月,多少朝代更替,多少帝王不再,多少生灵化灰烬,多少世事成历史。站在神农架这棵千年古杉树下,站在这葱茏的千年树冠下,凝望那粗壮的千年树干,敬畏之心油然而生。同样是生命,它让自己默默地扎根于大地并伸出枝叶去拥抱天空,尽得天地风云之气,尽沐雨露阳光之爱。

　　这棵千年古树,默默地生长于寂静的山林里,静待岁月匆匆。而在我们潍县中路潍坊学院附近的那棵大槐树,我虽不知它有多少年历史了,瞧那沧桑的年轮雕琢着岁月的痕迹,也是有几百年历史的古树了吧。它虽处在喧嚣的地方,却仍然静静地植根于大地、枝叶伸展于空中,笑对风霜雨雪……

　　仰望古树,我想到了近期读到的一段文字:"生命的美,不在于它的绚烂,而在于平和;生命的动人,不在它的激情,而在它的平静。唯平和,才见生命的广大;唯平静,才见生命的深远。"

　　在功利的世界,人人都在为生存而奔波,忙忙碌碌,去拼搏实现自己的梦想和希望。生活的压力和紧绷的心弦,让人无法释怀那份轻松的心情,很难平静那颗浮躁的心,何谈宁静致远。在这浮躁的世界,我们渴望心静、心安、心清的状态,好似水中捞月;祈盼远离尘嚣,回归自然的愿景,恰如海市蜃楼……

　　好在我们清楚,活着就是一种修行,修行就是修心。愿我们修得一颗宁静之心。不管何时、何地、何境,保持一颗宁静的心都是一种美好的生活状态,静是一种品格,可以沉淀浮躁,可以随时快乐,随处幸福。

　　人来到这个世界,就活一回,活得累了就看看这棵大树吧,它一定会给你一些启迪和感悟。

　　这次休假亲近神农架归来的路上,我再次想起那棵大树,再次感慨万千。

日本印象

2019年1月18日,我休假与孩子们选择了来日本旅游。虽然6天时间非常短暂,我们仅在日本本州岛活动,但也收获满满。除了观人家的风土人情,品异国美食,赏异域山水,还体会了日本的国情和特色。

第一,环境好。蓝天白云、清新空气自不必说,单说人家的垃圾分类处理就非常值得我们学习。我们去的东京、箱根、名古屋、京都、奈良、大阪,城乡都非常洁净,我几乎没有见到垃圾桶,仅在机场和高速路的服务区见到过。那是一溜10个小箱组合成的外边非常干净的垃圾箱。每个小垃圾箱都贴有标签放什么。即使一个饮料桶,你喝完往垃圾桶里放时,也要分三部分放三个桶里,即瓶盖放一个桶,瓶上的商标纸放一个桶,瓶身放一个桶。

听导游讲,日本的垃圾分类做得这么好,不是日本人素质多么高,而是严格管理出来的结果。日本居民如果第一次没有分类就将垃圾拿出,如咱们的居委会这样的组织就会通过垃圾里留的线索找上门来,将垃圾退给你,并批评教育一番。第二次再发现,直接带领警察来你家……就是在这样的严格管理下,日本的垃圾分类如同杭州的礼让行人一样,成了习惯。所以说,高素质也需要严格培养。日本人从小教育孩子,国家资源少,要节约。他们的理念,垃圾扔对地方是资源,反之资源也成垃圾。

日本公共场所的厕所非常干净,是因为工作人员尽心尽力打扫。在一处厕所,我就见到环卫工人跪在地上擦呢。听说,他们这些人的工资挺高,高工资激励干事尽心尽力。

第二,工匠精神。工匠精神就是追求卓越的创造精神、精益求精的品质精神、用户至上的服务精神。据媒体报道,日本的百年企业有两万多家,生产的产品物美价廉。

第三,交通。东京的人口密度比上海大,但我发现东京的车辆很少,道路也不拥堵。在东京那天,也许是星期天的缘故,行人也很少。有骑自行车的,却没见到骑电动车和摩托车的。我知道日本生产的铃木等摩托车很有名,于是好奇地问导游为什么没有见到摩托车。导游说,日本对于摩托车的要求挺高。一是要有驾照,二是停车有严格规定,三是东京的地下交通非常发达,又有新干线等,所以在城市里骑摩托车的很少。

6天时间,我们在路上几乎没有遇到堵车,唯一的一次还是1月20日去御殿场奥特莱斯的路上。因为是星期天，日本家庭去的人也多，故有点儿堵车，但一会儿就好了。日本的公路没有我们的宽敞，车辆也不少，却不堵车。非常重要的一点就是他们驾驶车辆非常自觉，没有加塞的。不自觉的抢道或加塞，才乱了我们的交通。

第四，老龄化、低生育问题。难怪媒体时常报道日本老龄化问题严重，六七十岁的老人工作很正常。瞧机场里、大街上随处可见工作岗位上的六七十岁的人，而大巴车司机多是老年人。接我们团的司机是一位六七十岁的矮胖的日本人。别看是位老人，人家却是认真地把我们的行李一件件摆放在大巴车的行李舱中，到站再一件件拿出来。我们团8个家庭共21个人，箱子不少。导游只是让我们将行李拉杆放好，放在车边上车即可，其他的全部由司机完成。

财富是人创造人。日本人觉得，人越多越创造价值，所以一直鼓励生育。但日本年轻人，如我们的年轻人，不愿意多生。为此，日本虽然激励生育政策很多，但仍然是个低生育率的国家。战后，他们很重视保健，所以日本人很长寿，其突出问题，就是老龄化、低生育。

我们虽然先后放了二胎三胎，但很多年轻人仍然不愿意生或者不敢生，主要原因还是生育成本过高。当然国家正出台鼓励生育的一系列民生政策，解除年轻人的后顾之忧。

第五，鞠躬。在奈良一早上车走时，酒店老板早早在路边高举"您好！一路平安"的牌子，微笑着鞠躬送我们，即使我们走远了，他还在鞠躬。这是我这几天第一次遇到酒店老板这样。

日本人认为，打招呼是人与人心灵沟通的最佳方式，所以他们见面都是非常友好地鞠躬问好。日本导游刚接上我们就讲，日本人非常热情，一见面就深深鞠躬打招呼。这点我们都感受到了。导游说："陌生人友好地打个招呼，距离一下子就拉近了。比如你搬到一个新小区，第一次见到邻居就主动热情地打招呼，是不是你们很快就熟络了。而你总是与邻居擦肩而过，谁也不理会谁，以后也会感觉非常陌生。"日本人礼貌的鞠躬，虽然让人觉得非常尊重人，但读过辜鸿铭的《中国人的精神》一书，就会赞同他说的，中国人的"礼貌""尊重"是内化于心的，而非形式。

第六，"冷文化"。日本人喜欢喝冰水，这大冷的天，人家还是喝，而且有的还加冰块。水仙花，这季节就在外边长着，盛开着淡雅的小花。这大冷天，日本的女学生上面穿着厚衣服围着围巾，下面却光腿穿裙子，也不知道她们得不得关节炎。

日本有一点我不太喜欢，那就是乌鸦。日本的乌鸦比我们这儿的喜鹊还多,宛如我们这儿的麻雀,一群群的。乌鸦反哺的故事,我们从小就学过。但因为我们老家总把乌鸦当作非吉祥之鸟,老人总说,乌鸦叫就会有不好的事情发生,所以乌鸦被人厌恶。从小我就听不得乌鸦叫,乌鸦的叫声也确实不怎么好听。日本人却因为乌鸦反哺而比较尊重乌鸦。我发现他们很多住房的大门口有小的乌鸦雕像,而且很多旅游景点有卖乌鸦小玩具。

无论如何,匆匆日本六日游,还是给我留下了许多美好的记忆。

到知天命的年纪,我们就应该知道什么是活着,什么是生活。我们如果只是活着,今天和明天就没什么两样;但我们是在生活,那变化将是日新月异。所以,我们都要好好生活。工作时认真干,闲暇时开心玩。适时走出去,带着清心寡欲吸收山川灵气;褪去伪装面具礼拜古圣先贤。走出去,去阅读天地万物,去领悟生命的神奇。人间没有永恒的风景,但却有不同的风景等你领略欣赏……

文化场馆建设学习记

潍坊市文化馆被鉴定为 C 级危房多年,潍坊市文化部门已经与奎文区政府达成协议,借奎文区规划建设文化场馆之际,市区共建文化馆。于是,经过分管市领导同意,市区两级文化、财政部门于 2015 年 3 月 15 日动身,利用一周时间,到外地学习先进地区的文化场馆建设经验,以便扬长避短,建设好潍坊市文化馆。

3 月 15 日　星期日

动车一路飞驰,出山东进江苏,渐现水乡景致。春风已将柳叶剪出,白玉兰满树缀着美丽洁白的花儿,点缀在片片翠绿中。黄灿灿的油菜花已经绽放,映衬得麦苗儿更绿更生机盎然。只是天公不作美,有点阴天,好像要下雨却又不情愿似的。预计上海应该飘雨了吧。

不出所料,下午近 4 点时到达上海,刚下车,毛毛细雨真就飘洒起来。其实,低洼处还有雨水,听司机师傅讲,那是昨天的雨水。春节过后,上海几乎天天下雨。

唉!人家是烦雨天多,我们是愁没雨。什么时候我们这里也来几场透地雨啊。

3 月 16 日　星期一

一夜春雨迷离,清晨仍然淅沥飘洒。虽然湿润清新却迷蒙阴沉,使人不甚爽朗。这儿前天才下了大雨,地还潮湿泥泞,今又飘雨。为什么不缺雨的地方老天爷却要硬送,干燥缺雨的地方他就是不理会?是老天爷太任性,还是我们哪儿得罪了他呢?管他是什么,我还是在这难得的清新早晨,到驻地隔壁的上海财大校园转一转,踏青赏花,重温一下校园生活吧。

我们那里还萧条着呢,这里却已鲜花烂漫。"独放早春枝,与梅战风雪。岂徒丹砂红,千古英雄血。""似有浓妆出绛纱,行充一道映朝霞。飘香送艳春多少,犹见真红耐久花。"瞧!那怒放的茶花,最是博人眼球。一朵朵红彤彤的花朵从茂密的叶子中间冒出来,鲜艳欲滴,花瓣上还沾着柔滑的雨珠。远远的,香气已经扑鼻而来。小雨使校园绿色更浓,花儿更艳,空气更清新。若不是还有公干,真想就这么一直徜徉在美丽的校园中。

上海嘉定文化馆、图书馆是建设在一起的建筑，虽然分两个区域，但有连廊相通，并有很多共享区域，比如报告厅、大剧院、会议室等。共建共享，节约空间和资源。外观建设非常有风格，很符合当地文化特色。圆形黑砖砌出美丽外形，很复古很典雅，内设很温馨，既方便群众，又便于开展工作。

创意无限，一点不假。

下午，随文化部门的领导到上海理工大学参观他们的陶艺并洽谈有关业务。最吸引我的，还不是那些制作新颖的陶艺作品，而是上海理工大学艺术院的老师学生们用三个集装箱搭建而成的"创意设计实践基地"。走进里面，杂而不乱的工作室更是丰富，陶艺、动漫、影像等应有尽有。就是在这样的工作室里，他们研究创造了很多新东西。

天黑时到达我们预订的住宿旅馆，刚下车，我就被旅馆门口的一幅作品吸引。那应该是靠旅馆影背墙的方位，深绿色不通透的玻璃墙中间有三朵兰花，非常美丽。我们都以为是刻在玻璃墙上的，用手一摸，才知道我们都错了。原来是镂空出的兰花样式，里面就是普通的红砖墙，然后通过灯光映射出来的，别致、典雅、美丽。不光吸引了我们，还吸引了其他住宿客人驻足观看、拍照。

住下了，肚子也饿扁了，我们就到附近一个商场的四楼大排档，准备选点可口的小吃。如同我们这里的商场，四楼琳琅满目的是各色小吃店。转了一圈，最终吸引我们的是一个叫作"小老头"的饭馆。吸引我们的不是饭菜，而是它独特的装饰。该饭馆内墙和外墙均用一般大小的算盘装饰，另类、新潮、美观还古朴、典雅。那一个个算盘，特别令人怀旧，更使我忆起了上中专时天天晨起练珠算的情景……

3月17日　星期二

"读书是一种享受！"当恋恋不舍地参观完杭州图书馆，我对接待我们的馆长说的这句话有了更深刻的认识。

杭州图书馆总建筑面积为4.38万余平方米，有400万册藏书，地上四层，地下一层，阅览座位有2300余个。设计中引入"以人为本"和绿色管理理念，通过大开间、软分隔、三重灯光等别具一格的空间设计，营造出独树一帜的家居式阅览环境，被誉为国内公共图书馆新馆建设的样板和典范。该馆遵循"平等、免费、无障碍"的办馆理念，以"平民图书馆、市民大书房"为办馆目标，努力打造市民最想去、最愿意去的公共文化空间。

走进杭州图书馆，就被一种温馨氛围笼罩。没有其他图书馆里的励志语，没有强制的仪表要求，不管你是谁，一律平等进出。布局注重细节，不在外观花钱,而是注重内设。书架分低、中、高,很有层次感,以低矮书架为主,没有压抑感。灯光明暗不同,标示色彩分明,垃圾桶灯都非常独特。走廊全部铺有地毯,以减少走路声响,不影响读者。里面有书桌,也有沙发,有大开间连排的书桌椅,也有居家式沙发处,可坐可躺。很多来休息睡觉的,图书馆工作人员也不管。角落里的沙发上,我们就见有许多睡着的人,这些人看上去像是农民工,有些是复习累了的学生。坐在那里看书的人很多,很安静。该图书馆每年读者有300多万人。音乐室有耳机,有很多碟片,你可任选自己喜欢的碟片安静地听。这么温馨舒适的氛围,使我们这些参观者脚步轻轻再轻轻,说话小声再小声,生怕打扰了读者。

听馆长介绍,杭州图书馆给读者提供的不仅是图书,还有其他文化活动。活动与老百姓生活有关,每年举办很多场。图书馆活动空间很大,时常与读者互动。他们开展的市民学堂,活动更是丰富多彩。

他们建设了部分专业图书分馆,以前是横向发展,现在是纵向发展,地县总馆分管乡村,但都能实现统借统还。他们还与企业、学校联合建设图书馆。一家开发商想在其开发的一座楼下建一个图书馆,与他们联系,他们觉得非常好,就一起联合办了。他们仅派出一两名专业人员去指导工作。售楼处有图书馆,既现代又文雅,对他们企业的发展很有益。目前,杭州图书馆有生活主体馆(与一个县图书馆合办),体育运动活动馆(与企业、房地产商合办),科技分馆(与学校合作),电影主体馆等,都是与县图书馆、单位馆、企业馆、学校馆合作建设,实现双赢。同时,他们调研发现,几乎没有一个盲人来图书馆看书。于是,他们在图书馆里没有投资建设专门的盲人馆,以免造成资源浪费,而是将盲人馆直接建在了杭州盲校,馆里派人过去,与学校一起办馆,以发挥其最大效益。他们这些做法真的非常值得我们学习借鉴。

国外没有文化馆,只有图书馆,文化活动都是在图书馆中进行的。杭州图书馆就是集市民阅读、活动、娱乐于一体的,与国际接轨的图书馆。馆长介绍,他们举办的文化活动比杭州文化馆举办的都多。

杭州财力雄厚,每年给予的购书费就达 1700 万元。杭州图书馆采购的原则是以用为主,采购的书主要供读者阅读,仅有极少的书用来收藏,90％以上对外开放。馆长讲:"省馆以收藏为主,地方馆一定要以用为主。"

杭州图书馆的发展,读书氛围的造就,除文化部门的管理、财政的支持外,还有一个原因,就是他们有"杭州图书基金会",这个基金会对杭州图书事业的发展,起到了助推的作用。

杭州图书馆,一个可以让读者在此放松、消遣、学习、交流、思考的地方,一个能够为平凡生活增添意义的地方,一个具有独特魅力、给人们启迪的地方。这样的图书馆,怎么能不吸引读者?

参观学习完已近傍晚,车子路过西湖,我们停车在西湖的边上站了片刻。只见淡淡的水雾升腾,西湖宛如披上了薄纱的仙女,淡雅恬静。悬挂西边慢慢下落的夕阳,将余晖抛下一条金线于湖里。游船轻摇,涟漪四起,那金线亦跳跃波动,波光粼粼,美丽炫目,十分抢眼。岸边垂柳依依,玉兰花儿静静绽放,把西湖装点得更加迷人。就那么匆匆一瞥,我已沉醉其中……

3月18日　星期三

早起,匆匆赶赴厦门。

厦门艺术馆、美术馆、图书馆由一个闲置厂房改造,位于艺术中心的中心位置。这个工厂当时投资6亿元建设厂房,由于在市中心,最后市领导决定置换改建成艺术中心。艺术中心还有科技馆、青少年活动中心、电影院等。艺术中心除艺术馆、美术馆、图书馆、科技馆为公益单位,其他均为经营单位。地下部分全部被大润发租赁。

艺术中心资产管理单位为厦门市财政局,该局派出一个处级单位专门管理经营。艺术馆等公益性单位的运行、物业等费用全部由资产管理处管理,他们只实施免费开放,干自己的工作即可。但经营单位必须上缴租赁使用费。听艺术馆、图书馆的负责人讲,他们这个艺术中心的财政运营是有盈利的。

厦门艺术中心总建筑面积达13万平方米,我们的总建筑面积31万平方米。人家能运营得这么好,是不是非常值得我们学习借鉴呢?

3月19日　星期四

因为潍坊市文化馆还有一些非遗管理的重要工作,为此,这次考察学习其中一个内容就是学习人家的非遗管理经验。今天要去看世界文化遗产龙岩土楼,参观考察人家非遗项目的管理,我有些兴奋。我从电视上看过介绍土楼的节目,觉得很神奇,很想有机会亲眼看看。今天总算如愿。

天有些热,路不是很好走,两边树木茂盛,使人不感旅途疲劳。到达龙岩市永定区湖坑镇洪坑村已临近中午,草草吃了点饭,冒着酷暑我们兴致勃勃地赶到被称为"世界上独一无二的神话般的山区土楼建筑"、有"东方建筑明珠"之称的振成楼。

真是奇特巧妙的建筑设计,振成楼是最富丽堂皇的客家土楼,是客家土楼的精品,被称为"土楼王子"。该楼建于1912年,按八卦图结构建造,卦与卦之间设有防火墙,内有花园、学堂等。楼内构造精巧,雕龙刻凤,装修华丽,居住在里面非常舒适。圆楼外高内低,楼内有楼,环环相套,最具特色,其通风采光、防台风、抗地震、防卫功能均比方楼好。特别是那夯土,不像我们这里过去盖房的夯土,我们是生土掺上麦秧,他们则是以生土作为主要建筑材料,掺上细沙、石灰、糯米饭、红糖、竹片、木条等,经过反复揉、舂、压建造而成,用这样的土夯的墙又厚又结实,那大门也是用厚厚的铁板做成的。

福建土楼产生于宋元,成熟于明末、清代和民国时期。主要是客家人为了躲避战乱而建的,同时起到了抵御自然灾害的作用,体现了客家人的聪明才智。一个土楼就是一个大家族,所以这里的土楼比较密集,大大小小的土楼群随处可见,就像地下冒出来的"蘑菇",又如同自天而降的"飞碟",难怪福建土楼曾被西方国家误认为是我国的核反应堆呢。

3 月 20 日　星期五

1998 年 9 月,我第一次出省,就是来的厦门,并在美丽的鼓浪屿住了两晚。那时,鼓浪屿上游人很少,天气虽然潮湿炎热,徜徉在绿树成荫花团锦簇的别致小巷,欣赏着五彩缤纷、风格迥异的各国建筑,领略着"海上花园"独有的清静浪漫,心中是一份宁静恬淡安逸美好。夕照时,海边更是少有人在。我与同伴好友青妹漫步海边,徐徐海风吹拂,长发飘飘,好不畅快。我们赤脚走在沙滩上,海水起起落落,不断亲吻着我们的脚丫,凉凉的痒痒的。我们伸展双臂,尽情享受那份美好那份舒爽那份静怡。夕阳将余晖抛洒,鼓浪屿沐浴在晚霞中,美丽怡人。那海浪烟波深处,那霞光云影深处,藏着几多醉人的画意,蕴含着几多梦幻诗情,令人遐想,使人忘我……

鼓浪屿上小吃颇多,是我这第一次到南方之人罕见的。在那儿的那两天,朋友热情地带我们吃各色美味小吃,品尝那时难得一见的各种热带水果,直把我们的肚皮撑得圆圆的。

后来,我到过不少地方,几乎没有一个地方像鼓浪屿那样给我的感觉是浪漫、温柔、幽雅、迷人又内敛,令人陶醉,令人留恋。难怪舒婷说:"我很幸运,生长在这样一个南方岛屿,春夏秋冬,日日夜夜,与绿树鲜花呼吸与共。"

鼓浪屿最适合的是随意转转,看看老房子,赏赏鸟语花香,听听涛声,最适合的是怀着闲适情怀,沉淀下来细细体味。而今天,当我再次踏上这个神往已久的美丽小岛,却是满怀失落。现在岛上,到处人头攒动,到处人声鼎沸,没了过去那种静谧安详,也就少了韵味。于是,匆匆赶来,不再留恋,匆匆离开。

3月21日　星期六

　　春姑娘步履匆匆，上周日走时，我们这儿的柳树刚刚萌芽，玉兰樱桃等早开的花儿也仅含苞欲放。一周归来，却是柳树已被春天剪出嫩绿的叶子，家属院那片樱桃花已过了最烂漫的时候。我却仍然喜欢得不得了，放下行李，跑到树下，观赏良久。只见那花儿簇拥在一起，展开美丽娇嫩的笑脸。风吹拂，翩翩起舞，宛如粉纱少女随风舞动。玉兰花正应时从容地绽放它高雅莹洁的花朵，饱满的花儿不妖娆却艳丽，如云似雪，幽香远溢，真是"素面粉黛浓，玉盏擎碧空，何须琼浆液，醉倒赏花翁"。

　　归来，就有这些美丽花儿迎接，疲惫顿消。外面的风景再美，怎比能让疲惫的心灵清净休养的家好啊。

美国、加拿大八日行

工作 30 年，难得有一次因公出国学习考察的机会，赴美国、加拿大对潍坊市在美国硅谷科技孵化器情况进行绩效评估，通过孵化器进行科技项目对接，并参观考察美国、加拿大一些科技项目和研发中心等。时间来回 8 天，2016 年 5 月 19 日至 27 日。于是，我第一次有了审视美国的机会，虽然是在匆匆间，却也收获颇丰。

第一天

就要启程经历漫长的飞行，有些紧张，有些兴奋。紧张的是身体，以前时常犯的头晕呕吐毛病，虽然这段时间犯得不那么勤了，但我仍然对这次长途飞行担心，担心一累再犯病，不但自己难受，还要拖累队友。兴奋的是心情，51 岁，有一次被美国拒签经历的我，今天就要踏上美国的土地，就要亲眼去看看以前只能从电视报刊和朋友口中了解的美利坚合众国，要与它来个近距离接触。

飞行是枯燥而辛苦的，幸而我是个"睡神"，飞机一发动，机器一轰鸣，身体一摇动，瞌睡虫就来了，我也就睡迷糊了。十几个小时的飞行，多谢一同前往的姜总，他知道我时常犯头晕，在飞行了一半时间时，他将自己的公务舱座位让给了我，使我这个睡神在身心疲惫的时候，得以舒展身体大睡特睡。因为休息得好，旧金山时间上午九点半到达旧金山机场时，我竟然感觉不是很疲惫。

下飞机，取行李，过海关，出机场，上了接我们的车，就已经 11 点了。时间忒紧，任务忒多，来不及休息，我们就奔旧金山而来。因为公务活动安排在下午，而且接近中午了，离吃饭还有点时间，我们就先来到了金门大桥。

我这个对美国了解不多的人，自然对金门大桥了解甚少，再者来前也没有做做功课。当我来到它的身边，特别是站在那个留下为后人展览的钢缆（相连塔的顶端两根直径各为 92.7 厘米、重 2.45 万吨的钢缆的一部分）面前时，我被震撼了。要知道，那是建造于 20 世纪 30 年代的大桥，从那根钢缆就能清楚这座桥有多么坚固了。这座桥的震撼人之处还在于大桥桥体凭借桥两侧两根钢缆所产生的巨大拉力高悬在半空之中。钢塔之间的大桥跨度达 1280 米，为世界所建大桥中少见的单孔长跨距大吊桥之一。从海面到桥中心部的高度约为 60 米，又宽又高，即使涨潮时，大型船只也能畅通无阻。

中午，我们在渔人码头吃了饭，就匆匆赶往第一站——斯坦福大学。因为我们有一项活动,是去参观斯坦福大学的实验室,并与这里的几位中国博士洽谈事情。此外,去潍坊(美国)硅谷孵化器,是要经过这里的。

司机指着路边宛如森林的地方说,这就是斯坦福大学了。这怎么是大学,这不是一片森林吗? 孵化器的刘总微笑着说:"斯坦福就是森林大学,有着著名的棕榈大道,是世界著名大学之一。"是啊,不是著名学校,怎么能培养出众多高科技产品的领导者及创业精神的人才? 听说共有 58 位诺贝尔奖得主现在或曾于该校学习或工作。

由于过了预约时间,车不能进入,我们只能步行前往。沿着美丽的棕榈大道走了很长时间,才看见那片黄砖红瓦的建筑,那就是大学校园的中心地带。你可能想象不到,奠基并创建了著名的美国硅谷的顶尖级的斯坦福大学的校门竟然没有任何牌匾,更没有围栏,斯坦福大学的理念是"你应该认识我",多么开放、包容、亲切。美丽温馨的校园,在古典与现代的交映中充满了浓浓的文化与学术气息……能有机会亲临象征着美国 21 世纪科技精神的斯坦福大学参观,可谓我人生中的一大幸事。

由于我们要赶到潍坊(美国)硅谷孵化器,参加路演演示活动,并对其进行绩效评价,我们不得不急匆匆告别斯坦福大学。

高科技的发展,高端人才的聚集,上千家风投公司的入驻,使得斯坦福周围的房子成为全美最贵的房子。其实,有着名的大学,优美的环境,即使房子贵些,人们也愿意来。由于硅谷发展于 20 世纪中期,所以这里的房子多为 20 世纪六七十年前建造,也有 100 多年前建造的。房子都是我们说的别墅房。一路过来,看到房子没有一家有防盗网。

跨过一座桥,潍坊(美国)硅谷孵化器所在地就到了。

由于路上耽误了一些时间,海外路演的美国企业、金融机构等代表已经在路演室等候。这次我们赴美的一项重要内容就是带领潍坊优质企业赴美国硅谷举办首场海外路演,寻求合作。在路演室,与潍坊金融控股集团的领导同人以及潍坊的一些企业代表隔空对话,非常有意义。更有意义的是,双方企业相互介绍,增进了解,促进了科技合作。

第二天

上午,我们到了农场,这是一个集培养、栽植、生产、深加工、销售于一体的美国西部最大的农场。听刘总介绍,其主人自从听说了我们潍坊有中国食品谷,就一直寻求与我们合作的机会。昨天他听说潍坊的科技团来旧金山,就热情邀请我们去看看他的农场、深加工厂以及直销店。正值草莓采摘的季节,那又红又大的草莓令人垂涎三尺。而他们的苹果,很少卖原果,大部分采摘后,立即深加工成了苹果汁,玻璃瓶装,保质期非常长,口感特好,纯天然,不加任何添加剂,婴幼儿都可以喝。销路非常好,价格可观。那些好喝的苹果汁吸引了队友王总,他爱人是搞网店和国外代销的,我们去参观其他地方了,他仍然驻足那里与销售人员深谈。我们如果将他们的这些成果或做法学回去,相信对我们的农副产品的发展会有很好的促进作用。

听刘总讲,在农场采摘的那些人,都是墨西哥人,每到收获季节,美国农场主就会雇用墨西哥人来收割,因为墨西哥人工费便宜。

下午,我们路过卡梅尔小镇,美国西岸众所皆知的一座人文荟萃、艺术家聚集、充满波希米亚风味的小城镇。虽然匆匆路过,但我已经被小镇优美的自然环境、祥和温馨的生活气息和优雅的艺术氛围深深吸引。心中暗想,将来有时间,一定与家人一起来小镇住上一段时间。

第三天

早上 4 点起床,6 点多的飞机,飞了 5 个多小时,一路颠簸,终于到达纽约。

休息不好,飞机一颠簸,我的胃就受不了了,幸亏坐在第 38 排,也是最后排,我赶紧起来,边走边指着洗手间的门让乘务员开门。虽然飞机刚刚起飞,还不让上洗手间,但那服务员很聪明,看我那样子,可能明白我要吐,马上打开了洗手间的门。我跑进去,一吐为快。回到座位后,我吃了两片西比灵(当医生的侄媳妇让我带着这个药,让我头晕呕吐时吃),可能药物的作用,也可能太累了,我总算睡着了。

一睁眼,世界金融中心——纽约就在眼前了。纽约执行夏时制,出航站楼时已是下午 3 点多。我们匆匆赶往 49 号街,浏览一下纽约市中心和华尔街。

匆匆半天纽约行,没能领略它的全貌。我觉得纽约的警察很和蔼。在铜牛那里,两个维持秩序的警察小帅哥,竟然成了游人与之合影的模特。无论人们提出什么要求,他们两个都面带微笑地配合,使好多游人不去与铜牛合影,而是抢着与帅哥合影呢。

第四天

相比纽约的高大上,我更喜欢华盛顿的简约洁净。楼几乎没有高大的,多是方正的低矮的,道路洁净而不拥堵。

乘车冒雨奔波几个小时,天快黑时进入华盛顿市区。我一下子就喜欢上了它的幽静和简洁。听说华盛顿市里居住的人很少,一下班或者周末人们都回城外了,里面自然清静。

晚上,几位山东潍坊籍贯的华人朋友热情招待了我们。我们与他们对接,特别是与在美国金融局工作的一位老乡对接,也是这次出访任务的一部分。一是了解有关科技金融合作方面的情况,二是希望他们能为潍坊市企业科技合作作出贡献。异国他乡,见到老家人,他们很激动,我们也是。人在哪里都需要自己的努力打拼,才能有自己的一片天地。

曾经朋友的孩子留学美国,问一年多少钱,说二三十万元。今晚在华盛顿,刚好中微光电子张总也在,他女儿在英国读的本科,现在华盛顿读研。张总说在英国留学的费用,一年要花 70 万元左右,在美国也要 50 万元左右。如果没钱,还真不敢来英美留学。当然,那些努力拿到奖学金的或者公派学习的除外。

第五天

利用上午有限的时间,在白宫附近匆匆游览了一番。由于有外事活动,我们不能近距离接触。

美国的研究和开发总投资约占国民生产总值的 3%,是当今世界的最高水平。从科技成果看,美国的高科技成果总量占世界的 40% 左右。美国的专利申请数量也处于世界领先地位。美国是拥有诺贝尔奖获得者人数最多的国家,拥有博士学位授予机构最多,是每年授予博士学位最多的国家,还是拥有高等学校和科研机构数量最多,是各类高层次人才储备最丰富的国家……这一切都得益于美国政府对教育、培训的重视和积极鼓励科技人才脱颖而出的政策以及吸引外国人才集聚的良好环境。

第六天

渥太华以其独特的文化个性、优美的城市风光、闲适的生活情调,不仅受到加拿大人民的钟情,而且成为世界人民旅游观光向往的城市之一。

从飞机上俯瞰渥太华,宛如森林一样,真正来到渥太华,仍然如森林花园般碧绿青葱、姹紫嫣红。正是郁金香盛开的时节,公园里、路两旁到处是五彩缤纷的郁金香。空气清新、风光旖旎、安静的渥太华给我留下了很深的印象。

位于国会大厦前方草坪的"永恒的火焰"是一处非常有名的景观,以此铭记 1967 年加拿大终于成为今日完整的国家。这一把橘色的火焰近看似从水中冒出来,非常特别。池子的中间有水流出,而火焰却又和水交织在一起,象征着包容与和谐,非常有意义。这把火是在 1967 年点燃的,至今没有熄灭过,与国会大厦正中央那个尖塔和平塔相呼应。

归来

在加拿大准备往回飞的路上,看微信才知道,令人尊敬的杨绛先生真的"回家"了。"我得洗净这一百年沾染的污秽回家。我没有'登泰山而小天下'之感,只在自己的小天地里过平静的生活。细想至此,我心静如水,我该平和地迎接每一天,准备回家。"喜欢杨绛先生,喜欢她的《一百岁感言》。每次读那些文字都触动心灵。杨绛老人一路走好!

时光飞逝,再经历长时间的飞行(中间上海入关转机),终于归来。

走时楼前蔷薇炫,回来院里石榴艳。外面世界很精彩,潍坊小城亦美丽。美国资源太雄厚,管理理念亦超前。优质大学名专业,吸纳全球高才生。高端人才高科技,云集硅谷创新城。技术革命日日新,成果转化需对接。硅谷设立孵化器,培育引进项目多。研发吸纳带创新,国人智慧亦了得。

匆匆美、加行,走马观花中,仍然感受颇多。

这次有幸参观斯坦福大学、多伦多大学,我个人以为,除了北大,斯坦福大学应该是最美丽最温馨的大学了。那片森林,那棕榈大道,那柔软草地,那浓厚学术氛围,无一不令人记忆深刻。

有了优美而强大高质量的大学,必然吸引优秀高才生,而优厚的资源又将高层次人才留住,于是有了高新技术的层出不穷,更有了高端人才技术集聚的硅谷。相信我们的大学也会再优化机制,强化管理,提升教学质量,培养更多优秀人才,将我们的创新创业环境再优化提升,吸引、留住更多人才,为我们的科技发展、社会进步,为早日实现中华民族伟大复兴的"中国梦"服务。

这次出行要赶时间时,晚上只能有三四个小时的休息时间,如旧金山最后一夜;不着急赶时间时,有 5 个多小时的休息时间。可能是时差原因,睡三四个小时,我就再也睡不着了,特别难受。这倒也磨炼了我,虽偶尔头有不适,也偶有呕吐,但我坚持下来了,坚持下来就是胜利!感谢自己的坚持和队友的关爱,感谢张局长一路鼓励。特别是队友述坤老弟,知道我颈椎不好导致头不舒服,有空闲就为我揉揉肩颈,更有姜总,把自己的商务舱让给我坐。一路有这些好队友快乐相伴,我心情舒畅,身体也就特别能扛,反而减轻了不适感。

匆匆美、加行,浅浅体会矣。

独墅湖边好读书

因建设滨海科技园区,特别是计划建设山东海洋技术大学,潍坊市成立滨海教育投资公司。可能成立时间晚些,已经建设了一半的学校由他们接过来建设,交接的双方总有很多认识不一致、意见不统一处。我们作为财政部门,要时常与他们各方协调沟通,故而增加了很多工作量,消耗了很多"脑细胞"。海洋技术大学自一开始就由滨海教育投资公司负责,建设运营都决定由他们做,我们的工作少了很多麻烦。潍坊市出台了招院引校政策,成果显著,招来了北大建设现代农业研究院。计划建设的北京大学现代农业研究院,其建设运营等正在研究拿方案……

下午领导突然通知,让我明天与教育、峡山财政一起到苏州去学习人家的先进经验做法。也好,学习一下,我们也能长长见识,擦出火花,提出好的建设方案来。

2016 年 7 月 14 日　星期四

"姑苏城外弦歌起,独墅湖边好读书。"颠簸一天,下午 4 点多到苏州独墅湖科教区时,我就被其浓郁的文化气息和葱茏的绿色吸引。正处暑假期间,学生放假,人流减少,使这里很清幽。天阴沉沉的,小雨时而飘洒时而停,虽是炎热的夏季,倒是不晒。趁天未黑,我们走出入住的人大校区里的敬斋酒店,到四周看看。西行两个路口,就到了湖边。人大校区西邻是中科大的研究院以及所属纳米科技学院和软件学院两个学院的校区,中科大对面是地主苏州大学的庞大校区,邻湖就是苏州独墅湖图书馆。走了那么点路,我发现人家名牌大学在这里建有研究院,同时都设有分院。如人大的国际学院、科技大的纳米科技学院等。看公共汽车站牌,知道往东有西安交大等校区。这么多学校在,人气自然在。难怪在从火车站坐出租车来的路上,我问司机师傅,这里的房价多少? 他说两三万元呢。其可见这里的优势。

上午在动车上观看窗外的景致变化,我发了朋友圈:"一过长江,车窗外满眼是水草丰盈的景象,茂盛的植被,郁郁葱葱一片,一汪汪池水摇曳着荷,仿佛那幽幽荷香透过车窗扑面而来,满眼江南韵味十足。"刚发出去没多久,就有几位好友问:"又去哪儿美去了?"我心里苦笑,这样的桑拿天,我这时常头晕的身体,要不是被派来学习,我才不出来呢。于是,我回复道:"被赶出来取经了。"另一朋友说:"我还以为你要去抗洪呢。"是啊,电视上时常播放南方水灾呢。

2016 年 7 月 15 日　星期五

很不喜欢江南的夏天,闷热潮湿。室外如桑拿,室内或车里若冷库。一冷一热间,我的身体受不了了,不但两个太阳穴疼痛难耐,连颈椎也抗议了,一早起来又晕又吐。但为了任务,我仍坚持了下来。

这次来还是值得的。看看人家苏州的科教园,听听人家科教园区管理委员会的人介绍,才知道什么是有魄力和抓机遇。

苏州科教园 2002 年计划开建,十几年工夫,吸引了 27 所高等院校、5 个科研院所落户。高等院校以"985"院校为主,如人大、科技大、西安交大、山大等,同时引入诸多国外名校,如牛津大学、利物浦大学、加州大学、东京大学等。在校学生 7 万多人,其中研究生以上超过 2 万人,留学生达 1823 人。设计专业 360 个,其中与主导产业相关的专业有 300 个以上,学生达 5.8 万人,各类教职工达 5809 人,外籍教师 500 多人。大学生实习基地有 300 多个,培训机构有 50 家。由于名校聚集效应,孵化带动了相关科技产业的发展,园区年产值达 600 亿元。以前是筑巢引凤,现在是很多学校和科研院所,自己找园区想带资金来建设、运营,由于土地紧张等因素,园区现在只能是选择性洽谈入驻。

这里的大学校区是独立的,也是开放的,没有围墙和栅栏。校区都不小,全是教学办公楼等。学生公寓、食堂、图书馆、体育馆等能够共享的后勤设施由苏州国企教投公司建设,公共资源共享,市场化运营,集约使用,实行学校租赁使用。这样一是利于减轻学校负担,使其安心办学;二则避免重复建设,节约资金。但我观察后发现,学生安全是一大问题,因为这儿树木多,除公寓那儿人流多比较热闹,其他地方都很冷清,傍晚时人很少。当然,也许因为是假期的缘故。再则,他们这儿公交车非常密集,每个校区门口都有公交车站,5 分钟一趟车,非常方便。

2016 年 7 月 16 日　星期六

再见了独墅湖,再见了苏州!"姑苏城外寒山寺,夜半钟声到客船。"匆匆苏州行,没见寒山寺,未听到钟声,也没见客船,却见识了它的发展。独墅湖科教园区自不必说,前天从苏州站到独墅湖,今早从独墅湖到苏州北站的 40 多分钟车程,就能感到苏州的发展。这次买火车票才知道苏州共有 3 个火车站:苏州站、苏州北站、苏州园区站。有 3 个火车站,说明人流多、城市大,苏州人口有 1000 多万,外来人口 600 多万。当然,这儿是著名旅游城市,也是其原因。

一路瞥见苏州城四周湖泊特别多,路网也密集,高架、地铁均有,只是地铁还没修到独墅湖。要修到,我们去可就又方便又省钱了。车里瞥见苏州市里有些旧,旧是因为多古老建筑。旧的保护好很不容易,能保存留下老祖宗的东西更不容易。

上有天堂,下有苏杭,可见苏州的美丽。苏州园林最佳,只是没有时间去观赏,有些遗憾。

上车,回家了!虽然又要颠簸五六个小时,还是很兴奋。别了,姑苏城!别了,苏州!

回来的动车上,我们几位热烈讨论着独墅湖科教园区的优势,讨论着潍坊尚在筹建中的北大农业研究院。因为,我们都期望潍坊能建设得越来越好……

吉林大学培训记

"非学无以广才，非志无以成学。"如今，知识更新快，如果不学习，就跟不上时代发展的步伐。所以，培训使我们这些工作之人，能再次坐在教室里，认真聆听专家的讲座，提升自己，受益匪浅。何况文化产业培训，观摩学习文化产业做得好的地方，对我们做好这方面的工作也非常有启发。因为服务宣传文化部门，2016 年 9 月 4 日至 10 日，我有幸参加了潍坊市文化产业培训班，来到了美丽的吉林大学。

9 月 4 日　星期日

出山海关，过四平，广播说下一站是长春，心里有些激动——总算快到了。北上长春，9 个小时动车，宛如飞了趟德国，太累了。6 年前去了趟德国，飞了 9 个多小时。虽然一路风景很美，特别是过锦州时，观车窗外风光亦恍若到了西欧，人烟稀少，山峦起伏，绿野一片。可是坐动车 9 个小时，真是累得腰酸背痛。不可想象，过去人们去东北两三天挤火车的辛苦。所以，为祖国高铁事业的发展点赞。同时，想到即将来长春学知识、结朋友、开眼界，又挺兴奋的。

第一印象，初秋的长春城挺美。不冷不热，不温不燥，温润的空气很舒服很惬意。第一次来这里，我来到向往已久的城市，学习之余争取好好看看这座历史名城，哪怕走马观花。

到达住处，先打开电视，因为今天直播 G20 杭州峰会开幕，我想一瞻各国第一夫人的风采呢。"人间天堂"的杭州，今天真是不一般。G20 杭州峰会不一般，正如习近平总书记强调的："我们汇聚杭州，承载着各国人民的厚望和期待。我们为了共同的使命而来，要构建创新、活力、联动、包容的世界经济，引领新一轮强劲增长。"

张艺谋不愧为大家，为 G20 杭州峰会导演的主题为"最忆是杭州"的文艺晚会，那可真是惊艳世界。精心打造的节目，既经典又富有意义。

月色下的西湖，波光粼粼的湖水倒映着流光溢彩的夜灯，经典乐曲婉转抒情，摇曳身影翩翩起舞……整台晚会借助灯光水影，亦真亦幻，精彩纷呈，高潮迭起，赢得阵阵掌声。连我这个在房间看电视直播的，都情不自禁地为这精彩节目鼓掌呢。

江南忆，最忆是杭州，这个命名显然非常有意义。中国希望通过这样一场演出，给 G20 峰会的与会来宾留下美好印象。其实，美丽杭州，强盛中国，又怎么能不给世界留下美好印象呢?

9 月 5 日　星期一

一周的学生生活开始了,重回校园,仿佛返回青春年少时了。

第一次来吉林,来吉大,给我的印象非常好。我喜欢学校,特别是生机勃勃的大学校园,可能缘于我没有考上大学的遗憾吧。虽然后来努力通过自考取得了专科、本科、研究生学历,但是那些都是业余的。所以一进大学门口我就兴奋,就能激发我学习的热情。

学习使人进步,学习使人充实。感谢宣传部门组织的这次文化产业培训班,感谢局领导安排我参加,我可要好好珍惜这难能可贵的一周时间。

开班学习。老师对文化产业现状及问题分析得透彻,提出的促进文化产业发展的建议也很有指导性。是啊,支持文化产业的政策,中央、地方都出台了不少,但重要的在于落地。何况我们的文化产业发展还处于比较低的水平,更应该大力支持。发达国家的文化产业产值占 GDP 的比重都远远高于我国。好在我国文化产业已经迎来一个快速发展的机遇期,新一轮文化投资的高潮即将到来。潍坊市也应该从政策、人才、环境各个维度支持全市文化产业的发展。

9 月 6 日　星期二

一天多的学习,加深了我对"文化力"的理解,对现在核心竞争是文化竞争的认识更深入,更加清楚文化对于一个城市乃至一个国家的重要性,更加明白了创意是文化产业的内核、资本是文化产业的放大器、人才是文化产业的根本。发达国家的发展进程也告诉我们,文化力特别重要,文化的复兴可以推动经济、科学的整个振兴和繁荣。

不得不承认,新媒体、大数据的发展,改变了我们的生活和思维方式……

老师讲,很多年轻老师家中,几乎没有买电视的,他们每人一个 iPad,想看什么就看什么,想怎么看就怎么看,互不干扰。年轻人购物买菜,现在几乎不出门……唉!我那闺女也是几乎不逛商场,全是网购。看来,我是落伍了。

课间漫步校园,我被那烂漫花儿吸引,美丽花儿也是校园文化的一部分吧。

9 月 7 日　星期三

用人之道,待人之理,有时亦如云之变化。以诚相待,有时不得诚;从善如流,有时无善终。

上午的国学讲座之体会。

奋斗创造历史,实干成就未来。人民,也只有人民,才是历史的缔造者。20 世纪 50 年代,长春一汽人凭借双手、锤子等造出了第一辆红旗汽车。毛主席高兴地说:"终于坐上自己造的车了。"邓小平讲:"红旗比吉姆还高级,你们可以多生产,油不够可以烧酒精,反正做酒精的红薯干有的是,只要不烧茅台酒就行。"一汽人那种创业创新精神,确实值得我们好好学习。下午现场教学,参观一汽,很震撼。

9 月 8 日　星期四

可能奔波累的原因,没休息缓过劲来,今早起又犯头晕呕吐的老毛病了。吐了一通,迷糊睡了一觉,这才舒服了。想起这几天女同学聊的更年期,于是写了点感慨。

人都有生、老、病、死,都会经历婴幼儿、青年、中年、老年,夭折早逝者除外,这是自然规律,女人经历更年期亦是。更年期是女人从丰盈成熟的中年向自在老年过渡的必经阶段。更年期年龄会因人而异。因为每个人的更年期开始时间都会受到遗传、体质、地域、气候、种族、营养等因素的影响。说起更年期,便想起昨晚之事。昨天身体本来就有些乏,晚饭吃了一点,胃就不舒服。一起散步的田妹说自己也是不舒服,并来了句:"这次竟来了些'更年期'。"说得我们都大笑不止。这次来培训的女学友确实多是 50 岁左右,这部分姐妹课间聊起,每人多多少少都有更年期症状。但年龄最大、坚持锻炼 10 年、每天早上跑 1 万米的孙姐却没有什么感觉。时常一阵阵虚汗、怕热或怕冷、心烦躁者居多。而像我这样,隔三岔五来个头晕呕吐的还真没有。苦啊!为什么我是这样?这可能是老天惩罚我的懒惰不活动吧。应该学习孙姐,可为什么我总是行动的矮子,心里想活动,身子却沉重动不起来?为什么我的更年期与众不同,这么折腾人?同学对抱怨的我说:"你够幸运的了。"她朋友中有又哭又闹要自杀的,有患抑郁症的更年期的呢。真吓人!

地球照转,日子照过,更年期不可怕,可怕的是没有平常心待之。头晕呕吐不就那么一阵子,休息休息就过去了;更年期不就那么几年,忍耐一下也就过去了。过去了,咱就开开心心、快快乐乐地工作、生活、吃喝、游玩。当然,重要的是锻炼身体,增强体质,做好安度幸福晚年的准备。

耽误了一上午课,而且是参观长春电影厂现场的教学课,很是遗憾。下午,抖擞精神,继续学习听课去。

长春是一座文化氛围浓郁的美丽城市,还是一座雕塑城。下午下课后,我们几位匆匆打的赶去雕塑展,想一览那些中外艺术家倾心打造的别具风格的雕塑。只可惜我们赶到那时,人家已经到点关门谢客了。我们只能透过栏杆,远远眺望那些在室外的雕塑了。

9月9日　星期五

今天听课高度精神了,班长开玩笑说:"高颜值真的非常提神。"培训的最后一天,大家突然眼前一亮,一个很漂亮很有气质的小美女教师,顿时令人精神一振。别看人家年轻,美女老师的"'互联网＋文化'的融合与发展"讲得非常好,我们听得也特别认真。

时间飞逝,愉悦的一周时间即将过去。

秋雨霏霏,飘飘洒洒。如丝,如绢,如雾,如烟。在这秋雨缥缈中,我们结束了在吉林大学一周的学习。学习就有收获,我们收获了友谊,收获了知识,收获了许多许多……

相见恨晚,别离不舍。人恋恋不舍,花儿亦俯首含泪。能有机会重回校园,享受安静的教室,跟老师交流,与学生共餐,仿佛又回到青春年少时……步入中年,容易怀旧,特别是怀念烂漫的学生时代。漫步校园林荫道,流连花丛中,油然生出一种幸福感——当学生的幸福感。

祝福吉林大学! 祝福同学们!

今天是伟大领袖毛主席的忌日,重读毛主席的经典诗词,仍然被他诗词的气魄折服。"北国风光,千里冰封,万里雪飘……"多么阳刚恢宏,多么气势磅礴,多么高远壮阔,向毛主席致敬!

9月10日　星期六

今天教师节,祝我的老师、你的老师、他的老师,所有为人师表的老师,节日快乐!

一早,匆匆离开吉大,奔火车站而来。又要开启9个小时的动车之旅。别了吉大! 别了长春!

长春至山海关,车窗外是湛蓝的天和洁白的云;往东出山海关到天津,却是灰蒙蒙的天空,没有一点儿蓝天和一丁点儿白云;再往东南,仍是灰不溜秋,使人提不起精神。东北地区的生态环境真好,这几天在长春,空气清爽不说,单说那雨,说下就下,说停就停。雨一停,蓝天白云立马显现。

"中国起步时,你是历史走廊;中国辉煌时,你是半个大唐;中国蒙难时,你是冰雪战场。完成了这一切,突然发现,你还是全世界最稀缺的生态天堂。"这是余秋雨在6月27日吉林省政协举行的长白山文化发展论坛上即兴吟诵的他为长白山创作的一首小诗,足以说明长春的生态环境之好。

第一次浙江大学培训记

2017年3月，第一次来到慕名已久的浙江大学（华家池校区）培训，有些兴奋，因为"天堂"杭州的美誉，也因为全国著名顶级学府之一的浙大的声望……

3月13日　星期一

和风细雨说国学，激情洋溢话自贸。

我是首次参加浙大的培训。潍坊市财税体制改革暨综合知识培训班开班第一天，我就领略了浙大的魅力和授课老师的风采。

成教院骆主任开班时，一句"贵人出门多雨水"，一下子拉近了我们与开放、大气、精致、和谐的杭州浙大的距离。她对浙大的介绍，更加深了我对这座高等学府的认识。正如浙大校歌中所唱的"念哉典学，思睿观通。有文有质，有农有工。兼总条贯，知至知终。成章乃达，若金之在熔，尚亨于野，无吝于宗。树我邦国，天下来同"。

第一课讲的是"中国传统文化与创新管理"。知识渊博的计老教授娓娓道来而又不乏激情，将传统文化用浅显通俗的语言讲述。中国传统文化，如同中国的水墨画，是永远有生命力的。中国的传统文化，主要指儒、佛、道的文化。讲到传统文化中的忠孝节义如何智慧地用于现代管理，比如"忠"，传统文化的忠主要指忠君，而现代我们讲的忠则指忠于党、忠于祖国、忠于人民、忠于事业。治国理政、政治规矩等，都是传统文化的智慧——大道至简，计老教授的传统文化课，使我受益匪浅……

下午，张鸿教授讲的自贸区战略与区域经济一体化，不但使我们对上海自贸区以及天津等其他3个自贸区有了更深的了解，而且明白30年前搞特区建设，是为了吸引外资，而现今搞自贸区则是为了开放倒逼改革提速。更使我们明白，搞好自贸区或搞好经济一体化，在靠人才的同时也要靠制度。

为什么上学难、看病难？资源流动不起来，服务贸易没有开放是重要原因。张教授还讲了自贸区取得的成绩，使我们看到了希望，很振奋人心呢。

在这么美丽的校园里，聆听这么高水平老师的讲课，我们是幸运的。学有所悟，学有所感，学有所用，学有提升。让我们撸起袖子加油学吧！

3月14日　星期二

春光明媚日，教室求知时。

财政的职能是促进社会资源的最优效率配置和保证经济稳定发展。金融的目的是通过资金的融通促进和支持实体经济。支持金融的财政政策可以促进金融产业的发展，为实体经济发展提供活力，帮助财政达成提高资源配置效率和促进经济增长的职能……所以，财政干部学习了解金融知识非常重要。特别是现在财政创新资金使用，很多专项资金由无偿改为有偿，更有很多项目实行PPP模式建设，这就要求我们要了解资本运作，要用金融知识来丰富财政工作。如我们的PPP项目，实施前，我们就应了解项目的收入能否与投入匹配，要看项目未来成长性和财政承受能力，要分析风险有多大等。再如，我们支持企业做大做强，就要鼓励企业通过资本市场来融资。资本市场虽然风险大，但发展机会更大，让出一定收益，更能做大自己。金融市场就是发现价值、提升价值、实现价值……

今天上午浙江省国际金融学会执行秘书长、杭州市金融办副主任钱朝霞老师，这位知识渊博、工作经验丰富、信息量大的老师讲的"金融体系功能升级发展与创新型地区建设"，使我对金融有了更深的认识。而这些知识，无论对工作还是对我们个人理财都很有益处。

金融必须为实体经济服务，这是根本。百业兴，则金融兴；百业稳，则金融稳。现今我们银行的钱，为了规避风险，很大一部分在做理财等表外业务，而没有很好地投入需要扶持的实体经济中。金融是血液，实体经济是肌肤，血液只有在体内流动，肌肤才能健壮。金融应服务资本、人才聚集型企业，为使金融在新常态下更好地发展，财政应主动作为，支持地方金融机构提升综合实力，支持发展直接融资，支持发展非银行金融体系等。大数据改变生活和世界，互联网金融将成为服务所有群体的普惠银行……

钱老师讲到杭州金融发展现状和借助金融发展特色小镇时说："山东的发展，济南为金融中心，青岛为财富中心，淄博为交易中心，我觉得潍坊风筝等文化底蕴深厚，应借助金融力量发展文化创意产业。"

好思路！却也要有好的规划好的实施。

一个地方的发展，要有一个好领导和好班子的长远谋划以及按规划扎实的推进。杭州人一开口就提他们的王国平书记，钱江新城、西溪湿地、西湖免费、阿里巴巴、G20杭州峰会、国际会展中心、特色小镇建设，等等，在王书记的带领下，在领导班子的布局和实干下，才有了今天的杭州。一个西湖免费少收入5000万元，却带来120亿元的收入；一个G20杭州峰会，连习总书记都称之为登峰造极……

下午，参观中国财政博物馆，更震撼了我这财政人。

博物馆财富中国、中国古代财税历史、中国近现代财税历史、中国当代财税历史、中国会计历史 5 个展厅和摇钱树与理财家展区,图文实物并茂,详细介绍了古今财税历史。陈列以财政收入和支出为主线展开,使我很详尽地了解了我国财政发展历史。劳动创造财富,财富服务民生!

最令我欣喜的是见到了久违了的 20 世纪 80 年代的国库券。一参加工作,我所在的科室就与国库券打交道,打了 10 多年。我的第一、第二辆自行车,还是国库券奖励品呢。今再见到,觉得很亲切呢。

走出来就开阔视野,学习就有所收获。这个世界一天一变,思路不变就要落伍。多学习提升,才能有好的思路谋划。

3月15日 星期三

春光明媚天仍寒,垂柳摇曳湖水边;
茶花娇艳依绿丛,三两挑花俏松间;
江南风光校园览,身心舒爽学习安。

这时节,辽阔的千里江南春景美如画,莺歌燕舞绿叶映衬鲜艳红花,令人沉醉。这时节,来浙大学习,享受知识熏陶,也享受校园美景。江南春日,我喜欢春光明媚,更喜欢其烟雨蒙蒙。

可能因为 30 多年的工作经历,我对财政比较熟悉,对一般的财税知识和改革进程比较了解,如果平铺直叙讲中国财税改革,感觉太常态。特别是老教授坐在那儿不温不火地老学究似的讲解,又讲不出太多有新意的热点东西,更觉有些平平。当然,学点就有收获,重温下一财税知识和财政从计划财政到建立现代财政制度的改革经历也非常好。财税的每一次改革,如分税制、营改增等,都倾注了财政人的心血。

3月16日 星期四

一早到学校,见到的是校园里一批批培训的团队。我们培训的这座四层楼上,就有成都青羊区高端人才培训班、河南审计培训班、柳州财税干部培训班、黔南科技项目管理培训班,还有司法培训班等。其他楼上还有某某培训班。学校住的地方满,学校附近宾馆住的也满。听老师讲,来浙大培训的都有住到西城那边的,坐车来上课还要半个多小时。这仅仅是浙大华家池校区,其他校区也有培训的呢。真不知有多少班多少人正在浙大培训学习,但我知道浙大每年培训的全国、省、市、县干部远远超过 10 万人。学校越好,收入越多;收入越多,越能吸引人才,提升品质,发展越快。这是良性循环。我觉得,潍坊当地的大学,如何提高水平,抓好地方培训,真应仔细研究一下。

宁静心品味投资,平常心笑看成功。上午的政府投融资与风险控制讲课,我最大受益是:高科技企业的融资模式,应找风险投资家,银行贷款只为辅。政府应利用引导资金支持高新科技项目,而不是事无巨细地进行项目支持。政府应拿出更多资金奖励技术,而不是奖励规模。PPP 模式的核心,是建立利益调整机制,即怎么约束高收益,怎么补偿低收益。这是政府应该做的……

下午的新常态下产业转型升级的路径课被郑健壮教授讲得既通俗易懂又风趣幽默,是一堂非常精彩的课。

产业转型升级政府应做的:一是资源的保障,如吸引人才,建设好教育、医疗等公益事业;二是发挥龙头企业的带动作用。现在都在招商引资。应充分考虑地方的产业,要招没有的产业或延长产业链的企业,也就是说要招建链、补链、延链的产业,这样才能对一个地方的发展有益。所以选产业非常重要,要选高技术产业或传统产业中的高技术含量的部分,而不是人家淘汰的污染产业。发展这样的产业,技术是关键,更重要的是技术人才。所以,谁有人才资源,谁就有了发展的生命力。

讲到特色小镇时,郑教授说:"特色小镇是产业转型,而不是行政上的小镇。只有产城共融,产业和生活交织在一起,小镇才有生命。"郑老师的讲课还启发了我一点,科技奖补资金的分配,重要的指标应考虑企业研发投入比例、获专利情况、硕士博士人才占比等因素。

晚上,孙谦老师讲的智慧城市和智慧经济,让我多少了解了智慧城市到底是什么以及人工智能的厉害之处,知道了智慧城市必须结合产业,更了解了智慧城市建设必须从整个城市的高度进行规划,深耕细作特色领域去做,清楚了对政府投入有哪些量化绩效指标。这些知识,对我们如何支持正在准备做的智慧教育有一定指导作用。讲到杭州市的互联网小镇、梦想小镇时,孙老师也讲道:"特色小镇一定不是行政建制镇,而是产业的镇,是'主题方向明确、人才资金密集、文化韵味独特、建设精致宜人'的特点的小镇,从而实现'小空间、大产业'的发展模式。"

现在的年轻人了不得,下午郑教授介绍的微宏动力系统有限公司——全球领先的快充锂电领导者,其公司科研人员占比超过了80%,而且几乎全是中外名牌大学毕业的年轻人。互联网领域更是年轻人居多,我们真有被淘汰的感觉……

由于调了一节课,我们去参观了浙大之根——美丽而富有历史底蕴的之江校区,把课调到了今天晚上。晚饭后,沿着葱郁而不乏生机、美丽的校园湖畔走走,真是一种享受。

3月17日　星期五

讲到当前反腐倡廉的形势和任务,杨老师从习总书记的"反腐败斗争取得重大胜利""反腐败斗争形势依然严峻复杂""反腐败任务仍然比较艰巨"三句话为引言展开,从世情、国情、党情、社情、案情切入,分析讲解反腐倡廉的形势、特点、任务。他讲道:"坚决遏制和预防腐败的关键,是保持高压态势、坚持标本兼治。"特别是列举的一个个查处的例子,触目惊心。分析这些人,多是因为缺失信仰、办事不出于公心或者制度不健全失去监督,等等。这就提醒我们,在筑牢思想道德防线的同时,一定做到慎始、慎微、慎言、慎行、慎好、慎独、慎终。

习总书记给青年人的励志话:勤学、修德、明辨、笃实!虽是对青年人说的,也是对我们说的。

下午5点,一周的浙大培训正式结业了!有些不舍,有些留恋。

沐春光浴春雨享春寒,学知识转理念开视野,一周时间,匆匆而过……

美丽杭州,名校浙大,期待再见。

3月18日　星期六

时间静静地流淌,学习结束,一大早出发,回归潍坊。

杭州,我曾三度光顾,却都来去匆匆,未能慢慢品味其厚重的历史和今朝的创新。但就那匆匆间,我已看到了杭州的崛起与大气,领略到杭州的包容与活力。西湖,我与其更是缘浅,三次走近都没能欣赏西子姑娘的妖娆全貌。但就那身边一站,那仰慕一望,已惊艳于她的静雅她的美丽她的风韵。名校浙大,我向往已久的学府,在我50多岁的年纪,终于步入了它静美的校园,坐在了它温馨的教室,聆听那满腹经纶的专家或风趣幽默或一板一眼的讲座,增长着知识,开阔着视野,提升着自己……

时间,静静地流淌,我们已在回家的路上了。浙大再见!杭州再见!

潍坊越来越近了,期盼潍坊亦如杭州一样,越来越美好!

终于到家了!

就这么短短一周时间,家属院换了芳容。

那片绢秀幽香的蜡梅花儿,已凋零,有些已化作春泥。在蜡梅旁边,一片嫣红取代了那片金黄,那是艳丽绽放的红梅花儿。尚未走近它,幽幽清香扑面而来,沁人心脾。红梅春景,暗香疏影,"桃李莫相妒,夭姿元不同"啊。

金灿灿的迎春凋谢了,那片樱桃树花开了。一朵两朵千万朵,淡粉色花儿,清纯、绚烂、娇艳而不张扬,美得超凡脱俗。那满枝繁花,恰似"嫣然欲笑媚东墙,绰约终疑胜海棠"。

那片海棠,虽大多含苞待放,但有那一两朵不甘心者也绽开了娇小嫣红的花儿争艳来了。瞧那两朵"虽艳无俗姿"的海棠花儿优美地并蒂开着,像一对憨态可掬的小妮子。

牡丹园里的牡丹花苞仍在"蜗牛式"地膨胀着,叶子却长得茂密起来。那满地的绿色小植物,开满了星星点点的蓝色小花,不显眼,不争艳,却令人心动。流连在绚烂多姿的梅花、樱桃花、海棠花丛中的我,不得不时时欣赏它们并用爱怜的眼神多看它们几眼……

"轻烟冉冉绛初匀,斗艳争妍着意春。自是东皇妆点巧,无端忙煞看花人。"下午一点半进家门,吃饭、收拾、休息,4点多起床,被楼下花儿吸引,下楼在院子里花丛流连了很久,真是"无端忙煞看花人"呢。

广通街的樱花仍然静悄悄地含苞待放,我是希望而去失望归。

还是家属院里春意闹得欢,姹紫嫣红醉人心。瞧!把那小蜜蜂们忙得上下飞舞不得闲,辛苦得令人心痛。

"万物复苏韵悠长,银枝玉叶着淡妆。春暖花开乐融融,生机盎然写华章。"

朋友看我喜欢花,不顾劳累赏花忙,还分享朋友圈,于是赠了我一首诗。真是好诗!

"文化名市"外出学习笔记

"文化名市"建设是潍坊市第十二次党代会提出的"一三四七"目标任务之一，是加快新旧动能转换、推进供给侧结构性改革的重要举措。为积极推进"文化名市"建设，2017 年 9 月 12 日至 16 日，市委宣传部牵头组织有关部门到郑州、武汉等地学习。我有幸来参加。

9 月 12 日　星期二

一大早，惊闻嫂子病逝了，我心里既难过，又有种超脱的轻松感。因为要外出学习，中午 12 点多的动车，一早我们便匆匆赶到中医院，匆匆与嫂子遗体作了告别。在动车上，我写下了两段文字："2002 年，你突发非常严重的脑出血，院长、医生都劝我们放弃治疗，但哥哥却哭求医生无论花多少钱，用什么方法也要抢救。哥哥的哭求感动了医生，也感动了你，在重症监护室抢救了 20 多天，你终于醒了，却从此离不开人伺候。16 年了，哥哥辞掉了工作，在家几乎不离身边地照顾，来回抱你活动，哥哥也落下了严重的腰疼腿疼的毛病，累得腰也弯了。记得当时在医院抢救时，连帮忙的任红大姐都眼含泪水，被哥哥感动，因为多少人家遇上这样的事情就放弃了，哪还有以后。而曾经也为生活吵吵闹闹的你们，关键时绝不言放弃，让我知道了什么是夫妻，什么叫真情。

今天你走了，应该无牵无挂无遗憾了。因为当时的不放弃，16 年，你见证了儿女成家立业，见证了孙辈苗壮成长。哥哥的善行使你们得到了一个好儿媳、一个好女婿，也得到了两个好孙辈。所以你应该知足。刚才和你告别，泪眼中我看到你的脸，就知道你走的有多么安详了。一路走好，嫂子！希望你在天堂保佑哥哥身体健康，保佑孩子们平安顺利！"

颠簸迷糊了五个半小时，终于到了历史文化名城郑州。从小学习地理，知道郑州是全国重要的交通枢纽，不曾想从山东潍坊到河南郑州，坐动车需要这么长的时间，看来动车还是需要提速呢。

出火车站奔住处，又是一个小时。这一个小时，我透过车窗粗粗领略了一下第一次光顾的这个中原大都市的市容，倒是有些喜欢这个初识的城市。郑州的绿化好，特别是新区，道路与两边楼房隔着不像我们那儿那么近，之间多绿树，看着就敞亮。非机动车道挺宽，路上多是骑电动摩托车的。我想，电动摩托车多，可能是经济原因，抑或便捷吧。到住处，发现住的酒店挺新，只是隔音太差。房间靠近高架,车流多,噪声太大。好在太累,估计再吵也能入睡。高兴的是,一进房间,知道同屋竟然是老乡——诸城宣传部副部长郭箐。在外见老乡,格外亲切。热络一聊,更亲近了,因为她与我最要好的高中同学是好闺蜜呢。

郑州作为五朝定都地,是中原文化发祥地的一部分,"文化名市"建设来取经学习,应该收获满满吧。好好休息,明天好好学习……

9月13日   星期三

上午,马不停蹄地参观了郑州"四个中心"建设工地、文化产创园建设工地、建业·华谊兄弟影视城建设工地等,为郑州热火朝天大干的精神所感动,只是感觉个别建设工地缺乏人气,比如建业·华谊兄弟影视城,我为其建成后的利用率担心起来。但郑州"四个中心"的集约、科学高效,利用地上地下的规划设计,非常值得我们学习借鉴。

郑州的"四个中心"建设是指:奥体中心、文博艺术中心、市民活动中心和现代传媒中心。这里面集中规划设计博物馆、美术馆、艺术馆、科技馆、大剧院、体育馆等各种文化体育科技类场馆,建筑面积共计150多万平方米,其中地上80.93万平方米,地下75.08万平方米;计划投资300亿元,已投入50多亿元。其建设模式由郑州市四个国有平台公司总揽,规划由平台公司招投标,项目实施总承包制,建成后实行商业运营,政府实行购买服务支持。

"四个中心"集聚一起,有些资源共享,也能聚集人气,充分发挥效益。他们规划设计时就充分考虑了运营问题,一些商业设施规划设计其中,为将来实施"政府+市场"运营打下了良好基础。

下午参观完郑东新区,不得不为其高品质科学领先的规划设计和一张蓝图建设到底而点赞!格局存高远,产业顺势兴,城市有取舍,舍急功近利,注重民意的规划建设,加上16年来每届领导班子都认真按照既有规划建设,16年时间,投资达3700亿元,于是才有了今天初成规模、高端大气的国际化现代新城。城市规划建设早早就融入了海绵城市、智慧城市等先进理念。这座中原崛起的美丽新城,科学高端规划,得益于时任省长的李克强总理,使规划设计一张图建到底,并发展壮大。李克强总理2015年凭栏远眺看到当年由自己决策并被"一张蓝图绘到底"的郑东新区,一定感慨万千吧。在郑州会展中心58楼上,有一处标有"总理凭栏处",介绍了2015年9月25日,李克强总理曾在此处凭栏,远眺中原大地。

郑东新区是河南省的重点工程,新区虽初具规模,但还有许多规划未开工建设或正在建设。听郑州市委宣传部的同志讲,省政府往东发展,所以有了郑东新区;郑州市政府往西发展,所以规划建设郑州新区,现先规划建设了"四个中心"。

9月14日　星期四

在车上迷糊了一觉,车窗外那一望无际的大粮田变成了山影水田,我知道是出了中原大地奔江南了。郑州作为中原大地上的重要枢纽城市,美丽的郑东新区,我还没真正走近你深入了解你,就匆匆告别了。

在路上,人生不就是在路上吗?在路上,就有惊喜有遗憾。在路上总要向前,向前就有希望,就有更加美丽的风景。

"万里长江横渡。"上午近11点,我们也横渡了长江,是坐动车跨桥横渡的,横渡到了楚地武汉。坐上接站的车,一个多小时奔往住地,路过了武汉大学、华东农业大学、武汉职业学院等,其可见武汉大学之多。据悉,截至2015年,武汉拥有高校88所,仅次于北京,居全国第二;教育部直属全国重点大学数量仅次于北京和上海,居全国第三;在校大学生、研究生总数为100多万人。重点大学聚集,年轻人就多,城市发展活力就大。高等学校多,人才也多,为武汉的文创园区发展壮大增添了活力。瞧,武汉文化创意产业园几乎是年轻人的天下。

"文化名市"学习,到郑州学的看的多为在建项目。今下午到武汉不再看工地,而是去参观考察了运营中的文化创意产业园。运营模式和政策扶持与我们大同小异,但他们建设规模大,里面有创意街、孵化器、众创空间等,管理运用的智慧云等。建设中的项目给人希望和期待,因为能使更多人享受到文化公共服务;产业园里创新创业,亦给人希望和期待,因为能成就一个、两个乃至更多企业和一批优秀的年轻人。

在参观坐落于文创园中的美术馆时,最令人震撼的是柯明的《人民的币画》,即用销毁的人民币碎渣制作的画。作者求购了销毁的3000亿元1999年版人民币碎渣,制作了一系列作品。作者希望通过对金钱的否定、再肯定,告诉人们追求的财富最后都会成灰,希望人们应更多地去关注生命中有意义的事情。

常言道:"钱不是万能的,没钱却也万万不能。"钱多了,却也就不叫钱了,所以说钱够用的就行了。钱买不来亲情、幸福、自由。我很喜欢观后留言纸上的一句话:"愿岁月赐予你丰盈的灵魂、清瘦的欲望吧。"

9月15日　星期五

下午1点多吃完午饭奔机场,近6点飞到青岛,在路边吃了点饭,就匆匆往市委党校赶。晚上 9 点 20 分终于进校了。因为还有一天的党校学习讨论,这是市委组织部的新要求。过家门而不入,精神可嘉,作风建设见实效呢。

昨晚,由于身体太累太乏,我没有跟室友她们去欣赏武汉的夜景,特别是黄鹤楼、长江大桥、汉正街的夜景,就早早睡了,室友晚上 12 点多逛回来时我都没有听到。真是羡慕她们的体力和精神头,也提醒自己真的需要锻炼身体,提高身体素质了。

今天吃完早餐后,我们坐大客再次横渡长江到汉口。一上午我们参观学习了汉口江城壹号文创园。这是一个由老旧厂房改造的非常成功的文化创意产业园区。项目选址是原武汉轻型汽车厂,迁出后由市土地储备中心收储后交由硚口区委托运营管理。区政府将这个国有旧厂房的一部分土地出让,一部分(一百多亩)招标建了文化产业园。上海一上市公司中标,区政府和运营单位签订了 15 年加 10 年的租赁运营协议,以每亩 6 万元的价格租用这一百多亩土地,政府利用争取的 1700 万元老旧厂房改造资金补贴他们,又帮助引入产业基金扶持。目前,产业园里共有 43 家企业,其中生产类企业 16 家,文化服务类企业 27 家。产业园里面有非遗馆、孵化器等,同时引入了很多商家,开展了许多品牌活动。孵化器——微果青年创业孵化器里实行先收租金后返还,从而激励青年创新创业。入驻微果青年创业孵化器的条件有三:一是大学生,二是法人代表,三是必须占股份的 60%。这里面还出了全国创业大赛的第一名呢。

武汉利用老旧厂房改造文化产业创意园的成功经验,非常值得我们学习借鉴。因为潍坊也有这样的老旧厂房,如潍柴老厂、潍坊烤烟厂等,这些国有老旧厂房本身就承载着一定的历史,将它们改造成文创园,进行国际化规划设计,在保留历史空间记忆的同时增加时尚符号和人文功能,并且将园区全面打造成开放式环境布局,让人们能感受到历史的片段和接受时代的信息。同时,给大学生们创新创业提供一个很好的平台。

这次"文化名市"建设外出学习,不是坐车就是走路,确实很累,却也确实学到了人家文化建设中好的经验做法。累点值!

9 月 16 日　星期六

潍坊市委党校的秋日清晨,依然那么醉人。

为了再一次领略党校迷人的秋日早晨,我把闹钟调到 6 点,逼自己早起来。清新的空气、绚丽的秋花、金黄的柿子、池中惊起的白鹭……一圈转下来,党校校园美丽的景致依然令我流连忘返……

上午的座谈讨论特热烈,20 多人没完全展开就开到了十二点半,可见考察学习后每个人都收获多多感慨多多。由于都要发言,我也从以下几点谈了考察学习的不成熟认识和对"文化名市"建设的想法。

1. 超前:超前科学的规划设计,结合国家战略和本地区域特点,高起点谋划各种文化活动、会展。在惠民的同时,要带动社会经济发展。

2. 集约:规划建设文化场馆要集约,避免碎片化。东一个场馆西一个中心,既不方便民众又无法形成合力,还增加运营成本。要学习郑州"四个中心"建设模式。

3. 统筹:统筹资源。学习江城壹号,充分利用现有旧厂房发展文创园;统筹县市区"文化名市"建设资源,避免没有自己特色的"大一统"和"一窝蜂";统筹现有资金,做好"文化名市"宣传提升等。

4. 持续:文化场馆的规划建设要充分考虑持续发展,规划建设时就要考虑到政府引导、市场化运营。像以前我去学的厦门艺术中心,人家地下商业的运营收入不但能维护整个艺术中心的设施设备,满足运营公司经费支出,还能上缴财政一部分收入,减少了财政对地上公益场馆的保障压力。郑州"四个中心"、武汉的产业园区亦是主要靠市场运营,而非依赖政府投入。

5. 创新:创新财政支持模式。在上级严控地方举债的情况下,采取 PPP 等模式支持场馆建设的同时,创新文化产业扶持政策,利用文化基金、知识产权质押贷款等予以扶持,对当年新入园的文化企业一次性奖励等。支持对现有场馆改造提升,切实做好公共文化的保障工作。"文化名市"建设,绝对不能只靠政府⋯⋯

入门 PPP

——潍坊市财政局 PPP 业务培训班学习有感

PPP，即政府和社会资本合作，是公共基础设施中的一种项目运作模式。在该模式下，鼓励私营企业、民营资本与政府进行合作，参与公共基础设施建设。近几年，国家为加快新型城镇化建设、提升国家治理能力、构建现代财政制度，立足国内实际，借鉴国际成功经验，推广运用 PPP，即政府和社会资本合作模式。这是国家确定的重大经济改革任务。顺势而为，局里经过潍坊市政府批准，设立了 PPP 中心。2017 年 10 月 19 日至 20 日，局里在富华会议中心组织为期两天的 PPP 业务培训班，由于我们教科文科有学校、文体场馆建设可能涉及 PPP，故而我被通知来学习培训。

10 月 19 日　第一天

可能政策性的东西比较枯燥，可能台下没有很多受众，可能没有令人兴奋的氛围，上午这位老师在台上讲得认真，出口也成章，但我却感觉不太动听，听得许多人打哈欠……

无论如何，学就有所获，一上午的认真听课，我了解了为什么我们的 PPP 可以国企进入，这是中国特色 PPP 模式；知道了垃圾处理、污水处理项目国家"强制"使用 PPP 模式的原因，因为这些项目有稳定的现金流和运营条件；也使我进一步了解了 PPP 的许多政策，如财政预算管理、政府采购管理、项目资产负债管理以及如何重点引导民营资本参与等。同时，对 PPP 操作流程也有了更多了解。如国企和融资平台不可以作为签约主体，未剥离政府债务和融资功能的本地融资平台公司不得作为社会资本方等，风险的评估监控以及合理分担机制建立的重要性，等等。现在的项目，政府和社会资本各方往往只关注项目建设，而不重视后期运营效果和运营收入。我们的 PPP 项目要特别注意社会资本方赚走了建设利润后，将运营风险全部扔给政府和金融机构等问题。

有实践又有理论的人，讲起课来绝对生动，不但引人入胜，更使听的人真正明白政策依据有哪些，如何做，可能的结果等。下午这位年轻老师把枯燥的文件条款深入浅出，讲解得津津有味，生动的讲解使人兴奋，为其点赞！

我们以前只知道有 PPP 文件，知道很多，却不知道多到多少个，也不知道哪几个最重要，具体讲的什么。下午的讲解，使我知道了 200 多个有关 PPP 文件，哪几个最重要,哪个规范的是采购流程,哪个规范的是预算管理,哪个规范的是环节衔接等。明白了做PPP应注意哪些点,实施方案规定的关注重点在哪里,政府采购应注意哪些方面,方案编制项目筛选重点在哪里。

财政部门应严把项目识别关,考虑项目的需要性和必要性,考虑当前政策支持力度大不大、市场接受的意愿足不足、财政支付的空间足不足等。

把握好实施方案的决策顺序,要先有可行性研究报告再确定方案,方案定了再评估财政承受力等。回报机制,可行性缺口补助,首先要鼓励资源补偿与期限补偿,即开发商业项目或延长收费补偿,以减少财政直补压力。

采购遴选应注意规避风险,如政府不能直接指定自己的企业干等;评审不能只看报价,更要重视融资方案,否则容易出现中标了却融不来资、开不了工等问题。

一天下来,使我这个PPP门外汉摸着门了,一只脚也已抬起来了。

10月20日　第二天

律师是严谨的,考虑问题是多方面的细致的,义务、责任、风险等充分梳理,做什么都要找到法律依据……我们应向他们学习,真正做到依法行政。

2013年,国家开始规范,要求先论证项目,根据可行性研究报告再决定项目是否上马。所以鼓励使用的PPP模式被称为改变国家治理结构、公共服务供给机制的重大创新,这也是行政的重大转变。项目建设采用PPP模式是为弥补公共产品的短板,是为满足人民不断增长的公共需要。最基本的公共服务,如义务教育、基本医疗保险等必须由政府公共财政保障,不断增长的公共需求,如污水处理、高速、地铁等,则可吸引社会资本建设。

PPP项目不是单纯的PPP项目,项目要有前瞻性,要明确责任,依法承担责任。不能随便说由一个企业来承担政府应承担的责任。要充分考虑风险,建立风险分担机制;要明白政府项目本身的规划权和监管权是绝对不能交出去的,也不能交给政府出资人代表。政府出资人只是看好政府出资的部分,如土地等国有资产不流失,资金不挪用,等等。

上午,因科里有业务急需办理,我没能来学习。处理完工作,下午过来听了王卫东律师的讲课,很长知识。

台湾八日

因为多年服务教育,也为今后更好地服务教育,有幸到我国台湾参加第十届鲁台职业教育交流与合作研讨会。2017年10月31日审批通过。我就要去祖国宝岛台湾了,有些激动。

第一天　到达

对宝岛台湾的第一认象,很平朴。可能没我们那么"高大上"建筑的缘故,而且我们从桃园机场一下飞机就奔了台中,路上多是普通村庄,少见城市,且桃园机场有些陈旧。一路上,葱茏绿色是主色调。南方嘛,不像我们这个季节的斑斓多姿,但这里花儿多,满眼是美丽绚烂、五彩缤纷的花儿。这些美丽花儿,一下子就赶跑了我的疲劳。精神了的我两眼一直望向车窗外,想好好看看祖国的宝岛容颜。

因为台湾旅游车事故多发,一上车,司机先放乘车安全片给我们看,主要介绍如何在事故中,特别是火灾中逃生。片子看完,负责接待我们的阿肆又认真介绍了一遍,这一点他们做得很好,很细致。

晚饭是在去台中的半路上吃的,天有些暗,又处在乡村路边,我没有看清吃饭的地方是什么样的一个地方。听阿肆告诉我们,这是一个很洁净的农庄。确实很不错,灯光下的院子里开满了鲜花,花香袭人。饭菜很清新可口,可能都有些饿了,上了那么多菜,大家全部吃光了。

进入台中市,才有了些繁华热闹。台中的公交站点设计得很别致。市里摩托车特别多。阿肆讲这是因为坡路多,摩托车比汽车更方便快捷。可能没有限速,摩托车都开得风驰电掣。轰轰的摩托车驶过,空气中弥漫着汽油味,让人感觉不太爽。

酒店的住宿条件还可以,两人的标间很宽敞。累了一天,我本就不想活动,同伴说才晚上9点,时间还早,非约我到距离酒店百米远的商场转一转。这是台中最大的商场,里面商品不少,人却挺少,有些空旷。买东西退税,我看好了件毛衣外套,正好在空调车上可以披一披,就买下来了。想起来台中的路上,刘主任应台协会的路姐所求,给她带了点山东大蒜,我才知道台湾的大蒜非常贵。

第二天　参观学习

今天安排参观两所学校。早饭后,我们就上路奔学校而去了。

汽车行驶在路上，初来的我发现台湾很少有在建的工程，更少见忙碌的人流，有些沉寂，缺少生机。可能我初来乍到的缘故，还没有深入了解台湾，但它表象给我的感觉的确如此。这应该也说明其发展滞后了吧。

路上，阿珺介绍说台湾的大学比较好考。他们中职考大学、研究生、博士也不是很难。中职也争生源，他们努力将学校办出自己的特色，来吸引学生的到来。

上午参观考察的学校名为虎尾高级农工学校，是一所公办学校。学校面积不大，校舍不是很新，在校生有 1362 人，教师 106 人，其中硕士及以上 70 人。我们来时，学校里农林科的学生们有的在栽植他们自己培育的花草，有的在菜地里种菜，有位女学生正认真地开着拖拉机在犁地，还有一位女学生在细心地用手扶的可能是打埂机的机器在打种什么的垄埂。听校长介绍，这两位女同学是准备参加技能大赛的选手。还有一部分学生在学习修补自行车轮胎。校长讲，这些是他们特教班的学生们。对于特教班的学生，教师教授给他们的是最基本的谋生技能。

虎尾农工参观下来，我感受最深的是学生们扎实认真的学习态度和学校以培养学生良好的品德以及务实致用为主的教学理念。学校主要教学生动手做强技能，提高学生多元化能力。这些学生为学一技之长都扑下身子扎实学的态度，很令我敬佩。

下午的员林家事商科学校给我更深刻的印象。温馨、细致、和谐，校训为"忠信礼勤"。学校每一个角落都布置得特色周到。礼堂的座椅下边有放包的网格，走廊里、大树下有小桌椅方便学生或老师或来客坐下；中央大道两边有两排仅容两人并肩走的木栈道，一是为老师和学生谈心，二是为服装设计专业学生练走台。学校的图书馆更有创意，片段式的布局宛如不同的学习展览。有学生们创作的佳品区，称之为"艺术走廊"。沿艺术走廊上二楼，一面墙上有"阅读当起点，旅行做延伸"的标语，下面是一些地理或地图或旅游方面的书。还有新书摆放处，等等。真是文化点灯，创意无限。

我详细了解了政府支持学校的情况。对公立学校而言，政府日常主要是保障教职工工资，他们的工资比我们的高一点儿，硕士生毕业工资 4 万多元新台币，折合人民币约 9000 元，讲课有课时费。到主任级别工资能到 8 万多元新台币，折合人民币约 18000 元。项目经费支持也是非常严格，必须先做预案，再申报，经过评审等程序。

参观的这两所学校面积不是很大，楼舍不很高也不怎么新。南方绿树花草多，校园里到处绿意盎然、鲜花烂漫，很是精致。

学校的教育理念就是忠诚,是实实在在地教学生们技能,培养学生务实的态度。

第三天　会议交流

今天在台北师范大学开了一天的职业教育论坛会。大会上的交流发言,无论是台湾的,还是山东省校长们的精彩发言,使我学到了不少东西。他们的一些话使我很感慨。

"教育是良心事业。"

"教育是学生本位,而非教师本位。"

"与企业实务研究计划,到企业去学习,提升学生的实用能力。"

"课程规划很重要,课堂经营更重要,让学生愿意听你的课才是根本。"

"没有错误,只有去做。"

……

今天的大会很紧凑,时间紧,交流发言、探讨多,为节省时间,参会人员中午在会场吃的盒饭。这是我开会第一次在会场吃盒饭呢。

台湾的传统文化承传得非常好,如台北师范大学的红砖楼房,如他们的谦和、礼让……他们还非常注重用自制小礼物来宣传自己,每到一个学校,学校都准备一份学生自己制作的有创意的小礼物,比如自制的小杯子或自制糕点或自制面膜、小U盘等,既显示了自己学校的教学水平,又以礼相待来宾,还宣传了自己。对这样的礼物,他们送出不觉得轻,我们收到不觉得重,心里却感觉他们重情重义。

由于今天的会在台北开,我们昨晚从台中赶回了台北。路上,我们从阿肄那里了解到,台北市房子均价每平方米4万多元新台币,不算很贵。但土地私有,每年需上缴增长税。因为土地私有,城市建设虽然不会有满城的大拆大建,但却也大大减缓了城市的发展。台北看上去拥挤而陈旧,缺乏生机,这样也许能留下点旧的老的东西吧。

台湾的学校大都非常注重内涵发展,注重提升教学成效。

台湾地区的人口出生率很低,学校生源不足问题是困扰台湾教育发展的一个难点。

第四天　学校参观

来时查天气预报,预报台北这几天全是雨,我想起喜欢的一首歌《冬季到台北来看雨》。

10月31日到时下飞机,我看到地上有点儿湿,想必一早下了点雨。我们到了后就阳光普照了。难怪阿肆讲,台湾这些年雨也金贵着呢。好在今早飘了点毛毛雨,算是见到了台北的雨了。上午到穀保家商学校参观交流。这所学校建校已有50多年的历史,原为初中,后改为家商高级学校,设有时尚造型科、多媒体设计科、餐饮管理科、观光事业科、商业经营科、资料处理科、普通科体育班7个专业科。学校专注于培育英才,奉献地方,秉持以学生为本、进德修业、务实求精的教育理念。学校课程规划循序渐进,丰富多元,理论与实务并重,升学与就业并行,专业随市场变化调整,如现在有宠物饲养医生等专业。

台湾学生初中毕业后,一部分进入高中,一部分进入职业学校,一部分上五校(五年制学校)。职业教育升学与就业并重。公立职业学校的升学率为80%以上,私立在60%以上,升的都是科技大学类工科学院等。学校就业率也很高,因为学校非常注重技能教育。

当我们一位校长问他们如何管理学生,特别是上课玩手机的学生时,对方校长说:"教育学生,老师是关键。先教育老师,老师要有耐心,不能说侮辱人格的话,要讲情理。"学校教室前面放有手机袋,上课时学生们的手机都必须放手机袋里,除下课与课间时可以用手机外,连午睡时手机都要放在手机袋中。

台湾的学校走下来,发现学校面积都不大,占地不是很多,却很集约,可能与学生人数少有关系。今天下午参观的台北市立内湖高级职工学校设计得非常好,值得我们学习。

学校的教学办公楼宇相连成一个"回"字,中间有镂空天井,种着树木,不出楼就能把整个学校转遍。

因为下午去的学校要路过士林官邸,中午我们利用有限的空闲时间匆匆游览了士林官邸的花园。该花园以前是蒋介石和宋美龄的私人花园,不对外开放,现在对大众全面开放。整个花园古树参天,群花竞秀,景色清幽,是休闲游憩的绝佳场所。特别是各种兰花和玫瑰,美丽娇艳,令人迷醉!听说这些花是宋美龄的最爱。只是遗憾时间太紧,我们没能到官邸内去参观。

官邸仍然在,却已人去楼空,不复兴盛荣景;兰花、玫瑰等一年年怒放,却是"庭树不知人去尽,春来还发旧时花"了……

第五天 台北"故宫"

上午会议安排参观台北"故宫博物院",使我们能够近距离观赏我们祖先留下的被国民党偷运到台湾,不能回归北京故宫的那些文物。只是参观人太多,太拥挤,我们时间又紧,实在是不能很好地仔细地欣赏那些精品,有些遗憾。

下午我们又从台北赶往台中,因为还要到位于台中的学校参观交流。于是,我又一次匆匆远眺台北的 101 大楼、园林饭店等代表性建筑。

今天的路上,我发现台北河边两岸不是树木或高楼,而是开出一片片绿地。绿地隔成一个个足球活动场等,很多孩子和大人在那里踢足球。难怪我到的学校没有足球场呢,真是集约发展啊。

今天下午从台北往台中的高速路上,我见到了美丽夕阳下的绚烂云霞,那叫一个炫、一个美。因为上午飘小雨,后起大风,天上原是厚厚的阴云,被风撕得散落开来。太阳使劲从云缝中钻出,露了露脸,又很快被拥挤的云朵遮挡了。随着风的劲吹,云被吹得薄了柔了,云朵空隙间露出湛蓝湛蓝的一片片天。时间在飞,车在奔驰,太阳也玩到了西半天,由黄白色变成了橙色。飘荡的云朵继续与美丽的夕阳嬉戏,玩着捉迷藏,整个西半天绚丽起来,最绚的还是色彩斑斓的云霞,一会儿百合色,一会儿金黄色,一会儿半紫半黄,一会儿灰红色,随着夕阳变幻着。云霞飘飞,时而露出一片片蓝天,蓝天彩云绘成了一幅美丽而迷人的画卷,醉了车里的我们。队友们纷纷拿出手机隔窗抢拍……

天空变幻着色彩,也变幻着形态。只见随着夕阳西沉,西边天际慢慢地出现了一条澄澈的天河,将云冲出上下两层。夕阳的余晖渐渐消失,云越来越黑,渐渐地将那条天河掩遮,车还在飞奔,天却暗了下来……

第六天　体验教学

因为是周日,今天没有学校的交流,而是现场体验。上午安排参观埔里纸产业文化馆,这也是蔡伦造纸术的一个文化保留地,传承传统文化,也是教育工作者必须了解并践行的,更是台湾学生们常来体验的场所。

埔里位于台湾地区南投县的一个山区小镇,车停下,我们步行爬上一个小山坡,来到了名为"广兴纸寮"的纸产业文化馆。这里的手工制纸运用了约两千年前的古老造纸技法,向人们展示从一棵树到纸张的"蜕变"过程,以期让这种传统而又不污染环境的技艺能得到更好传承。来这里参观体验的,有大人,也有孩子,来者都饶有兴趣地跟着学习制作,我们也不例外。先听讲解,知道了手工造纸的主要工序有泡料、煮料、洗料、晒白、打料、捞纸、榨干、焙纸等。了解造纸的原料主要是楮树、桑树等几种树的树皮以及茭白皮、麻等,然后我们就跟着师傅们学习起造纸来。

我们先从打料的步骤做起,看似简单的捞纸其实有一定技巧和水准,我们这些生手捞得很不匀称,不是厚了,就是皱了。我做了几次终于捞好了,只是太厚,把我摆放里面的干花都遮得看不清了。然后是榨干、焙纸。最后按照师傅教的方法,我们又各自选了一个自己喜欢的模板,用自己制作的那张纸做了一个小小的手工纸制品。一上午时间,我们只制作了一张纸,但都很开心,因为我们知道了一张好纸的故事……

带着我自己造纸并制作的"惜福"纸工艺品,12点多我们离开了那个集参观、教学、体验于一体的纸文化馆。这里的纸张,爱好绘画、书法的朋友一定特别喜欢,张大千就是用这里造的纸画画的。只是不方便携带,要不我就带几张赠送给爱好书法的朋友了。

匆匆吃过午饭,我们去了向往已久的台湾日月潭。从小对于台湾最早最深的印象,应该就是日月潭了。小学课本的《日月潭》,我一直记忆犹新。

曾经来过的一位校长讲,日月潭,不来后悔,来了也后悔,还没峡山水库大,没什么好看的。当我面对它时,我完全否定了这个说法。因为日月潭的澄碧湖水和美丽风情,因为环绕四周云雾缭绕的神秘山体,因为小学背过的课文凝成某种"念念不忘"的情结。日月潭真的让人一见倾心。置身碧水粼粼的日月潭,遥望朦胧远山,宛如置身童话中的仙境,只是游人太多,扰了宁静,但却不妨碍我对它的欣赏和爱恋……

醉翁之意不在酒,在乎山水之间也。醉美日月潭!

第七天 学习管理

大一新生必须打扫卫生,每年可节省600多万元新台币,学校出资1000万元新台币,补贴机票让优秀学生外出交流学习,回来后再做交流研讨……这是我们上午一走进美丽洁净的朝阳科技大学校园,听迎接我们的校长介绍的。学校给入校新生的卫生理念是辛苦一年,幸福三年。接着校长向我们介绍了学校的智慧节能设施,这是学校科技研发中心自主研发的,非常实用。校长在介绍了学校的基本情况和教学师资情况后,带我们参观了学校的心理辅导室、图书室等。最有意思的是,学校的图书室有一处游戏室,我们进去时有学生在打扑克,有的在打游戏。见我们疑惑,校长介绍,这是引导好玩的学生一起做有意义的游戏,增强他们的合作意识。这里面的游戏室有规定,不是任何游戏都能玩。这真是一座细致入微、美丽绿色、节能环保、处处有生活创意的学校。

朝阳科技大学是台湾五所科技大学中唯一的私立学校,在校生达17000人,专任教师达400人,其中博士占90%以上。虽然学校占地面积不到300亩,但学校排名却进入了世界前1000名大学排行。创意、创新、创业的"三创人才"培育是学校人才培育的重要目标。

第八天　归来

上午,从台北飞青岛。一日经夏入冬!

台北之行,我们学习了先进的职业教育理念,参观了生机勃勃的校园,也见识了他们的优质服务。

就在我们到台湾的第一天,在台中,晚上我们去逛商场,坐直梯时,我被那位直梯服务员,一名十七八岁小伙子的服务感动了。这是我第一次遇到这样认真细致的服务。

我们是乘自动扶梯上的三楼,我买了件毛衣外套,售货员说要到七楼办理退税,并说有直梯可达。我和室友韶丽妹就找到直梯那儿。不一会儿,直梯到达,一开门,一个小伙子一步迈出,边走边鞠躬说:"三楼到了,欢迎乘坐电梯。"说完,又退回电梯,并用手摁着电梯待我们上去。当时,他一出电梯,又是大声说话,还吓了我们一跳呢。谁知,我们上电梯后,他把往上楼层的按键都摁上,每到一层,他都走出、退回、说着,不管有没有人坐电梯。我们下来时,他仍然如机器人似的面带微笑做着这些,让我们既惊讶又感慨。我想,这个小伙子能够这么认真地做好这件事情,其他事情还能做不好吗?

第二天参观学校时,我曾经就这事问台湾一学校的校长:"这个青年是你们的学生吗? 你们培养这样的学生吗?"校长说:"应该是。"学校培养学生不管做什么工作都要认真和有耐心。这个孩子,很可能是先干这个磨炼自己呢。

在回家的车上,看手机看到这么一段话:"人生旅途中,大家都在忙着认识各种人,以为这是在丰富生命。可最有价值的遇见,是在某一瞬间,重遇了有良心的自己,那一刻你才会懂——走遍世界,也不过是为了找到一条走回内心的路。"是啊,走遍世界,也不过是为了找到一条走回内心的路。

潍坊市财政系统纪检监察培训班学得

潍坊市财政局这次培训,是局党建工作的重要一部分,也是局首次举办纪检监察培训。局里要求各党支部书记参加,因为我们党支部书记李立东是预算科科长,在年末岁尾忙于预算的紧张时刻,他是脱不了身的。于是我这个支部委员,有幸被安排代替他来到了慕名已久的中国政法大学……

11 月 27 日　星期一

一天下来,虽然来回乘车需两个多小时,虽然下午 1 点上课,我有些累,但听了两位老师的课却受益匪浅。特别是对于像我这样的业务人员,平时关注业务知识、关注财政政策多,纪检监察这些方面关注少,很值得学习。

上午,中国政法大学社会学院副院长、犯罪心理学教授马皑老师的"职务犯罪心理分析",用生动的事例,从人格、社会因素等方面分析了职务犯罪的原因、心理特点等。

人格一般在 12 岁时就形成了,基因虽很重要,但家庭、社会在孩子少小时的影响对其人格的形成更重要。马老师讲到,认知不能出偏差,因为认知决定行为。如社会比较容易引发价值观的变化,能上不能下的观念影响对组织用人的看法,为民到为己的转变导致以权谋私,人情容易引发资源交换,这些都可能造成职务犯罪。社会因素,如道德、法律、信仰等对人的影响也是巨大的。没有信仰的人是可怕的,而缺乏道德的人亦是非常可怕的。马老师讲到台湾的学校都是把"礼、义、廉、耻"几个字挂墙上,我前段时间到台湾深有感触。

李本刚老师不愧是位老纪检,不用课件资料,就那么娓娓道来,下午 1 点开讲,听得我不但不瞌睡,还听入了神。他从全面从严治党成效显著、反腐形势依然严峻复杂、新时代党的建设新要求、反腐败斗争新部署新要求、加强党风廉政建设必须从自身做起五大方面讲解了党的十九大反腐败新思想、新部署、新举措,有理论有实例有分析,深刻震撼,令人深思。

社会是复杂的,充满诱惑和陷阱,一不小心就会犯错乃至犯罪。很多领导干部走上了犯罪之路,是因为没有坚定的理想信念,没有把好用权这个关键,没有守住纪律这个底线,没有夯实道德这个基础。所以,不管在哪个岗位,都要加强自身建设,处理问题要全面不能简单,做什么都要有一个度。要培养修炼自己的品性,注重自身修养。李老师讲,无论大小官员犯罪,进去后都追悔莫及,可惜世上没有后悔药。法国兰塞姆牧师的墓志铭上写着:"如果时光可以倒流,世上将有一半的人成为伟人。"可惜时光不能倒流。

11月28日　星期二

部门法规大都缺失惩罚条款,缺乏对违规的威慑,运动型的严苛查处会产生不知所措的社会恐慌心理或逆向选择表现,所以需要科学的制度来约束。制度是为了降低交易成本而产生和存在的。制度的有效实施应该表现为理性常态,要对职务犯罪的惩罚措施进行科学设计等。上午,王老师从经济学角度,阐述防范职务犯罪的制度理性。不仅使我们重温了马歇尔、罗纳德·科斯等的经济学理论,还阐述了科学理性设计好职务犯罪制度的重要性。王老师讲,公务员仅仅是一个普通劳动者,不是政治家。是劳动者就要适应劳动法。不能只让他们加班加点付出劳动,而没有任何报酬。当付出成本与收获不符时,周围又充满诱惑,结果可能是经不起诱惑或对工作应付偷懒……是啊,这些就需要有好的制度规范。

乡镇等基层的工作人员,五加二,白加黑,是工作常态,即使在市级机关,加班加点也是平常事。如何激励干事者,制度真的很关键。

下午,田教授引古论今讲领导者素质能力与方法艺术,课程很生动。领导干部要具备五大素质:思想素质、道德素质、科学素质、文化素质、身心健康素质。要具备六大能力:决策运筹能力、组织协调能力、知人善任能力、吸收借鉴与转化超越能力、口头与文字表达能力、生理与心理能力。领导艺术就是抓中心环节、弹钢琴艺术、运用时间艺术、处理人际关系艺术、授权的艺术、掌握界限的艺术……都是好的理论,真正做到经验共享、智能互补的确不容易。所以,田教授讲,当官要学曾国藩,因为他廉洁、干练、谨慎;从商要学胡雪岩,因为他名牌、两利、让利。

今天两位老师都引用了习近平总书记视察政法大学时的一句讲话:"要克服浮躁之气,静下来多读经典,多知其所以然。"真的,我们真的应静下来多读点经典了。

11月29日　星期三

突发事件的应急处理总感觉离我们很远,但今天上午的学习中我却学到了很多以前不了解的知识,特别是老师讲的应急事件中的痕迹管理的重要性,对我很有启发。重特大事故的追责,其中之一要求发现问题及时上报信息,而这上报一定要是书面化的东西,这是重要依据。这如同我们财政财务的资金管理,领导的签批件、单位申请等重要支付依据一定要留好保存好,以备检查,也就是原始档案的管理很重要。

下午参观中国博物馆的"复兴之路"展览,再一次重温我国近现代史,那被列强侵略瓜分的屈辱历史,那奋起抗争的英烈,我们党的光辉历程等,无不震撼着我们。"法之本,在于育人才;人才之兴,在开学校;学校之立,在变科举。而一切要其大成,在变官制。"梁启超上书说明人才的重要。"苟利国家生死以,岂因祸福避趋之。"这是一切以国家、以人民为重的林则徐发出的铮铮誓言。1949年3月,毛泽东在七届二中全会的报告中就指出"夺取全国胜利,这只是万里长征走完了第一步。务必使同志们继续地保持谦虚、谨慎、不骄、不躁的作风,务必使同志们继续地保持艰苦奋斗的作风"。进入新时代的今天,让我们为伟大祖国之复兴,为实现伟大的中国梦而不忘初心、努力奋斗吧。

走出博物馆,眼前是宽阔的天安门广场,那面高高的五星红旗在迎风飘扬,人民英雄纪念碑庄严肃穆矗立在广场中……

刚刚4点多,还有点时间,我们可以自由活动。因就在天安门广场附近,我与马姐等4人相约来到广场玩。看到天安门城楼上有人,又听说可以买票登城楼,我们匆忙跑过去买票兴奋地登上了神往已久的天安门城楼。几位都是50多岁的人,都是第一次追寻伟人的足迹登上天安门城楼,能不兴奋吗?晚上近7点我们乘地铁回住处。先是坐4号线到军事博物馆站,再转乘9号线到七里庄站。地铁上很挤,4号线好不容易一次挤进,在转乘9号线时,第一次后边人猛往前挤我们,我们也没挤进去,直到第二趟才挤进去。在地铁里,人挤人,几乎没空隙。我在这样的环境中,感到有些憋闷恶心,很是难受。可车厢很多人,特别是年轻人,在这么拥挤的情况下,在有些晃动的车厢里,仍然淡定地站着聚精会神看手机,实在令我佩服不已。

住丰台,早上七点半多往位于海淀区的政法大学培训处赶,一个多小时到;下午1点上课,4点多结束,5点多回到住处。几天下来,我发现北京的道路没有以前来时堵。可能是我们避开高峰的缘故,可能是北京有单位已往外迁的缘故,可能是北京几百条公交线路的缘故……

11月30日　星期四

党的十九大报告讲到了保护人民的人身权、财产权、人格权,也讲到了加强社会心理服务体系建设,培育自尊自信、心理平和、积极向上的社会心态。这是从"美丽中国"到"健康中国"的重大转变。上午讲心理健康与激励机制的老师,从个体心理讲到组织心理特征,讲到现在心理疾病的高发。据统计,目前全国有 9000 万人患抑郁症,全世界有 9.5 亿人患抑郁症。我们真的应该关注人的心理健康了。人也要自己调整心态,心有多大世界就有多大,要豁达大度。知识不如能力,能力不如素质,素质不如觉悟。我们要学会适应环境,适应社会,保持阳光心态;学会欣赏赞扬,与人为善,宽容大量;学会享受生活,培养兴趣。尊重人格尊严,发挥人的潜能,让人人"共同享有人生出彩的机会"。

老师讲,科技大学资助学生时,为尊重贫困学生人格尊严,助学金由明补改为暗补,不再让学校公示贫困证明等,而是看饭卡,对生活费每月低于 200 元的学生补助。

老师讲濮存昕给结婚的女儿送灭火器一事,使我感受到一位父亲的用苦良心。独生子女大都个性要强,不好忍让,因为一点小事就容易闹起来。濮存昕送女儿灭火器,希望他们夫妻在起争执时,看到灭火器能消火妥协。善于妥协、和解也是一种健康心理。讲到学会表扬鼓励时,老师讲美国有一篇谈表扬孩子的文章着重讲了如何表扬:表扬努力、表扬毅力、表扬态度、表扬细节、表扬创意、表扬合作、表扬友爱、表扬责任、表扬勇气、表扬助人、表扬自立、表扬信用、表扬主见⋯⋯对于我们教育孩子很有帮助,好孩子是赞扬出来的!

下午的"当前党风廉政建设与反腐败斗争形势解读专题",使我进一步加深了对杜甫"新松恨不高千尺,恶竹应须斩万竿"这句诗的认识。公权力的私用,就是腐败。加强制度建设,增强监督制约是关键。新时期党员干部要自觉做到"五个不":不居功自傲,做到"修身、齐家、治国、平天下";不因小失大,做到慎独、慎微;不以身试法,不触碰高压线;不脱离群众,做到务实为民;不丧失警惕,坚持做到"权为民所用、情为民所系、利为民所谋"。

12 月 1 日 星期五

今天老师讲监督监察体制改革创新,讲监察委的构成、职责等等,也许讲得太深奥,加上这位老师的西安话,听得我有些懵懂有些迷糊,思想就开起了小差。想起昨天老师讲个性差异,讲到气质、能力、兴趣、性格等要素时,讲到西方学者认为:人的成功 15% 靠智商,85% 靠情商⋯⋯

我也时常听到人生 20% 靠智商,80% 靠情商等,这也是让我感受最深的话之一。因为我就是个情商太低的人,以至于连某些领导都说我什么都好就是情商低。我知道自己智商也不高,情商更是低,也明白他们说的这情商低的意思。因为自己只知道好好干好工作,好好生活,性格率直,不会刻意奉迎⋯⋯情商高也罢低也罢,人就一辈子。忘了哪本书里有句话:"我们终其一生,就是为了摆脱他人的期待,找到真正的自己。"这个真正的自己,就是不撒谎、不做作、不违背良心、率心性而行的真实的自己。人世喧嚣，名利来往，放下浮躁，心静自安。让我们保留一份真，活好一颗心吧！

有人说，到北京一定要沾"四气"：故宫的大气、长城的霸气、恭王府的福气、雍和宫的灵气。前些年来北京时，故宫、长城、恭王府三个地方都去过，唯有雍和宫还没机会去参观过。下午有点时间，我邀了三个伙伴儿坐地铁匆匆赶过去，走了走看了看。

雍和宫是雍亲王府，雍正为皇帝时改为皇家行宫，其建筑风格非常独特，融汉、满、蒙等各民族建筑艺术于一体。乾隆当皇帝后改为藏传佛教寺庙，成为皇家寺庙。沿中路进去，有牌楼院、昭泰门、天王殿、雍和宫殿、永佑殿、法轮殿、万福阁等，里面供奉着各路神仙。最令我震撼的是，最北边万福阁内供奉的迈达拉佛竟然由一整棵白檀木雕刻而成，地上 18 米、地下 8 米，总高 26 米。听讲解人员说，这棵檀木用了 3 年时间才从尼泊尔运来。据说乾隆为雕刻大佛，用银达 8 万余两，这尊大佛也是雍和宫木雕三绝之一，还有一尊木雕在万佛阁前东配殿照佛楼内，名金丝楠木佛龛，采用透雕手法，共有 99 条云龙，条条栩栩如生。雍和宫里国家重点文物很多。瞧！200 多年前，乾隆的母亲与宫女们用碎丝绸贴的佛像图都那么生动逼真。乾隆出生三天时沐浴用的金丝楠木盒，已被人们投入的满满纸币掩盖。下午 4 点多了，虽然游人仍然不少，但宫里每个角落都显得很宁静。信众们虔诚礼佛、燃香、转经，从他们静静的祈愿中和幸福的笑脸上，我可以看出他们对生活的满足和对未来充满着信心与希望。

一进雍和宫，是两排已经落光叶子的粗壮银杏树。倘若一个月前来，这棵银杏树一定满树金黄。里面的古槐树，春夏时节一定是绿意盎然吧。那棵石榴树上的石榴，虽然被冻得有些干瘪，却依然坚守树枝，坚守那份历史沧桑，微笑迎接着一位位虔诚的参观者和礼佛者……

12 月 2 日　星期六

寒潮袭来疑叶落，惊喜犹有待我赏。一周时间，家属院里那排枫树金黄的叶子，虽再经历寒潮袭击，仍稀疏斑斓，美丽异常，令人舒爽。傍晚，那轮圆月又一次升起，农历十月十五了，难怪月儿又圆。

外出学习，收获总是颇丰。特别是这次，学的知识主要是做财政具体业务工作的我以前接触很少的纪检监察政策理论、党的十九大反腐败形势分析、突发事件应对等内容。对以前很多模糊的认识，一些觉得事不关己的东西，通过学习，我完全改变了认识，有的讲解对我还有醍醐灌顶之效。所以，我很感谢局党委安排这样的学习培训，感谢我们支部安排我去参加，更感谢局领导批准我去。特别有意义的是,这次我们去中国博物馆参观复兴之路展览的日子,竟然是习近平总书记5年前参观复兴之路展览并提出"中国梦"的日子。中华民族是一个非常讲究个人修养的民族,自古以来就把修身养性作为治国平天下的先决条件,认为"自天子以至于庶人,壹是皆以修身为本",有"若安天下,必须先正其身"的至理名言,崇尚"静以修身,俭以养德,非淡泊无以明志,非宁静无以致远"的人格形象。我们肩负着实现伟大中国梦的重任,每一名党员干部都应该按照习总书记的要求,明大义,讲政治,加强党性锻炼和党性修养,防微杜渐,增强自律意识和自我约束能力,做到心正、身正、行正……

这次学习还有其他收获,一是到的第一天我就面谢了前年带我到301医院看病的老同学金海。前年9月,他热情地陪我跑了三天301医院的三个科室,而我晕晕乎乎难受得没顾上谢谢他。二是利用空隙时间,有幸登临天安门城楼,参观了雍和宫。要知道小时候会唱的第一首歌,就是《我爱北京天安门》,天安门在我们稚嫩的心里是神圣之地。后来去北京,到了天安门,却只能仰望城楼。这次登城楼,圆了自己一个梦。游览雍和宫,其宁静祥和的氛围,使我想起雍正皇帝。他一心想造福于民,兢兢业业、一心为公,却层层受阻。套用他自己的话讲,正所谓"做事易、成事难;成事易、守事难;得名易、保名难;保名易、全名难"。

人生有涯,官位有止,事业无尽。平平常常才是真,从从容容才能远!

广州一日

加快新旧动能转换,是我们山东省在决胜全面建成小康社会、开启全面建设社会主义现代化国家新征程中走在前列的重要战略部署。全市上下都在认真贯彻落实上级新旧动能转换有关文件精神,加快推进潍坊市新旧动能转换重大工程,全面提升发展质量和效益。为积极适应经济发展新常态,市财政局组织了一周的"新旧动能转换"培训班,培训地点在中山大学,局里要求科长等科室主要负责人尽量参加。于是,我于2018年3月28日一早动身。

3月28日 星期三

下午6点多,一出机场,我就看到红艳美丽的木棉花,真好。广州,我来了!

路过广州有六次,都是在机场转机。今天,到中山大学学习培训一周,我可要利用课余时间,将广州这个南方大都市好好认识一下。

接我们的大巴来的有些晚,但没有影响我心情。喜欢花的我一路兴奋地欣赏着路两边盛开得姹紫嫣红的花儿和绿油油的树木。花城,广州,满眼是叫上名字或不知道名字的花草树木,南方特有的湿热气候,养育了特有的花儿树儿,相信我这次来一定会欣赏到不一样的美丽。

最喜欢的是那些高大挺拔的木棉树,顶天立地的姿态,英雄般的壮观,而那一朵朵红艳又不媚俗的花朵,红得犹如壮士的风骨,令人肃然起敬。难怪木棉花被誉为"英雄花",瞧它色彩极鲜艳,蓬勃向上,给人以坚定、凝重、朴实的感觉。

嘿嘿!来广州还有一点点私心,就是抽空可以看望两个外甥。大姐家的丽萍、利勇姐弟俩都在广州打拼多年,特别是外甥女丽萍已经在广州成家立业,孩子都上小学二年级了。她一直邀我们有空来玩,我这四姨还没来过呢,这次可以好好聚聚了。

3月29日 星期四

昨儿,一早在春如四季的潍坊,看花红柳绿;晚上已在四季如春的广州,观霓虹绚烂。今儿,一早还在花城恋赏木棉花红紫荆花艳,晚上已观鸢都夜色、樱花别有洞天。两天时间,3900多千米,我竟然没累趴下,嘿嘿!说明我这身体还挺禁得住折腾呢。

广州,花城,我与它就是缘浅!

以前几次均是路过,从未出过机场,昨天,高高兴兴地来参加市财政局组织的到中山大学的学习班,总算出了机场,来到广州这一南方大都市、改革开放的前沿城市。早上 7 点 50 分离家集合,8 点 20 分从潍坊出发,晚上七点半到位于中山大学西门的方洁银都酒店住下,潍坊—青岛—广州,汽车—飞机—汽车,一天折腾,有些辛苦,更多的是兴奋。谁知晚上近 9 点时,还在与外甥吃饭的我突然接到局办公室电话,通知必须赶回参加周五下午也就是后天的支部民主生活会。因为市领导都必须联系参加一个基层支部的民主生活会,市长李宽端选择了分管的财政局二支部,即我们的支部。所以,我不得不按时赶回潍坊。

幸而,昨晚上在广州工作的外甥丽萍和利勇姐弟俩来接我出去,品味了一顿正宗粤菜,饱了口福;路过珠江,隔车窗望了珠江美丽的夜景,特别是远远观望了著名的"小蛮腰",也算不枉此行。更谢谢俩外甥,一早请我吃早茶又送我去机场,使独自往回赶的我不觉孤单。有亲人在,真好!

广州一日把时间都浪费在路上了,有些遗憾。而不能在南方这所百年老校学习一番,听一听有关改革开放前沿方面的专家的讲授,更是遗憾。好在难得参加市领导莅临的支部民主生活会,能面对面听听市领导对我们支部党建工作的指导,也非常有意义。

再进浙江大学

——深化财税改革推进财源建设专题培训班学得

由于 3 月中山大学的新旧动能转换培训班遗憾没能参加成，于是 5 月参加了这次组织部门与财政合办的深化财税改革推进财源建设专题培训班，使我有幸再进浙江大学。

5 月 30 日　星期三

第一次踏入浙江大学玉泉校区，有些兴奋和激动。步入大门，一直走到后边的上课地点图书馆。一路走来，虽然只是匆匆扫视了一下校园，却喜欢上了树木葱郁、鲜花烂漫的美丽校园。该校抗战时期曾经被英国著名学者李约翰称为"东方剑桥"，我没有去过剑桥，但有幸到过斯坦福大学，觉得该校园可与斯坦福大学的校园媲美。其实，何止校园可与世界名校媲美，如今浙大的教学、科研等水平，也正在赶超世界名校呢。浙江大学整体师资队伍力量雄厚，有中国科学院院士 21 人、中国工程院院士 20 人、人文资深教授 9 人、国家"千人计划"入选者 237 人、"长江学者"101 人、国家杰出青年科学基金获得者 129 人。高水平的教师队伍和良好的科研实验条件，既为开展高水平的教学、科研打下了坚实的基础，也为迈向世界一流大学打下了良好的基础。同时，一所优秀大学对于当地经济社会科技的发展也有着巨大的推动作用。

开班仪式上，曾经的浙大学子王金祥局长满怀深情地讲："睹物思人，感触很多。与其说是来学习，不如说是来分享。来分享杭州的发展理念，分享浙大的办学经验。难得有这样的机会来浙大学习培训，所以要提高认识，好好珍惜这次难得的学习机会，认真学习，不断提高专业素养和业务能力，切实担负起深化财税改革、推进财源建设的任务。"

上午张旭光老师讲的是"价值互联网时代的区块链应用"，对于互联网时代的区块链专业的技术知识，虽然我听不太懂，但张老师的很多观点让我很受启发。

不是科技落后，而是认知落后；大多数人是被技术被动地推着走，而不是去主动思考未来该怎么走；大趋势就是工业化异化的人性回归；互联网精神是无中生有、无边界的以人为本的创新；新生事物跟过去的经验是有冲突的，等等。所以，要学习，要提高。对于新生事物要先以开放的心态接受它，一分为二地看待它;先知先觉的人是机会者,后知后觉的人是行业者,不知不觉的人是消费者。犹豫者失去机会,观望者没有机会,等待者永无机会。新思维决定新思路,新机会决定新未来;生态,即无中生有、系统生长、生生不息,也就是你中有我、我中有你、伴生而长……

说到底,今天的创新思维、创新理念、互联网思维,根基来源于我们的传统文化的哲学思想,来源于2000多年前的老子、庄子的思想。所以说未来10年,是科技、文化、万物互联的10年。所以,好好学一学传统文化,特别是《道德经》等,对于提高我们的认知,开拓我们的思路,提升我们的服务水平非常有益。正如张老师讲的:"未来,我们可以通过整合、借势、学习、变革等手段,充分把握智慧经济环境下先进技术为转型升级带来的发展契机。"

张老师推荐了凯文·凯利的《失控》一书,一本被称为互联网圣经的书,也是一部哲学书、科学书,我回去后一定买来好好读读,以提高自己对于互联网的认识,提高自己的认知。自己到现在支付宝什么的都没有用过,很是落伍,认知的落伍。同时,看书学习也为增加一些科学知识。

下午是现场教学课,我们到玉皇山南基金小镇,学习金融产业聚集特色小镇的打造,听取了锦泉九鼎基金公司薛总的讲解。小镇于2015年挂牌,到2017年底已经累计入驻金融公司2361家,总资产管理规模达1万多亿元,投向实体经济3300多亿元,成功扶持98家公司上市。2017年,小镇共实现税收20多亿元。薛总讲到基金小镇发展得益于四个方面:高速度集聚特色产业——大企业的税收效应显现,高效率提供精准服务——"最多跑一次"原则,提升起点国际化水平——金融人才逾4000名、海归人才400多名,高质量实施空间拓展——变"仓库"为"金库"。最触动我的是高效率提供精准服务——"最多跑一次"原则,这是杭州政府的服务理念体现。来小镇的公司,只要把材料准备好,其他一切都由政府给办理,不用一趟一趟跑。薛总讲,他们私募基金公司,因为涉及工商变更多,因为项目不等人、钱不等人,就怕效率低,而政府却用非常高效、快捷的服务打消了他们的担忧。杭州的政府真正是"小政府、大市场",政府只是搭建平台、进行引导,从不干扰企业的正常运营。

还有一点就是人家建设多是充分利用旧址。基金小镇上的房子,基本是过去凌乱的旧厂房、旧仓库、旧民居进行改造、加固后修建的。锦泉九鼎基金公司的办公楼,就是由旧厂房改造的。

当被问到政府的优惠政策是多少时,薛总讲,杭州的优惠政策其实与其他地方没有多大差别,吸引他们从外地过来的主要原因是这里的环境,生活环境、人文环境、创业环境等。是啊,杭州的环境怎能不吸引人?本身就是"人间天堂",风景秀丽,非常宜居,还有美丽西湖这颗明珠,有"最多跑一次"的高效快捷服务的政府,还有著名的浙江大学等。

杭州,这座独具魅力的城市,真的有很多值得我们好好学习借鉴的东西。学习不是照搬照抄,而是取长补短,要结合自己的地方特色,发展自己,成就自己。

5 月 31 日　星期四

来杭州两天,都是阴天,昨晚终于开始飘雨。一早,细雨还在继续。匆匆吃过早饭,我独自提早赶往校园,只为欣赏浙大校园之美丽,以弥补昨天的匆匆一瞥之憾。

烟雨中的校园温馨、恬静、美丽而又充满青春活力。校园里那一排排苍翠挺拔的大树,古朴简约的楼宇,清新烂漫的花儿,芳华正茂的学子,无不彰显学校历史的厚重感和优美的读书治学环境。虽然我没有这些莘莘学子的幸运和才气,能够考入这所享誉国内外的大学学习,但在这"求是创新""勤学、修德、明辨、笃定"的大学培训学习,在这依山傍水、环境幽静、花木繁茂、碧草如茵、景色宜人的美丽校园漫步,心满意足矣!

上午钱朝霞老师的"政府投融资创新与政府投资基金支持地方经济发展"课程,讲得生动、实在。

讲到投融资,讲到基金,必然讲到金融。邓小平曾经说过:"金融很重要,是现代经济的核心。金融搞好了,一着棋活,全盘皆活。"李克强总理曾经要求我们的领导干部要懂点金融知识。懂点金融,就是要把金融工具与机制体制的创新结合起来,就是要着力提高学习金融理论、分析金融问题、谋划金融工作的金融意识和金融本领,着力提升运用金融规律把握宏观经济形势、推动科学发展的金融素质和金融水平。所以说,不只领导干部,我们做财政工作的每一名同志都应该学点金融知识。

政府服务实体经济,就要提高政府投资基金直接投资的比重。目前债务风险的管控,使得举债越来越难,越来越规范。现在要想发展,就必须吸引社会资本。资本是追逐最大利益的,是流向未来收益好的项目的。过去以政府财政收入做担保的发债必须转为以好的项目为担保的发债。所以,引进项目非常重要。有了好项目,人才、资本都会跟进。钱老师讲,前些年地方债项目,浙江多是民生项目,而山东等地方债大户往往是未来不可预见的项目,这也是债务大的一个原因之一。说到这里,钱老师说起她 2016 年到潍坊高新区的印象。她说她不明白为什么潍坊高新区要新建学校,新建一所学校不但投资大,而且品牌效益短时间很难显现。而如果将市区内的老学校或整体或一个系搬迁过去，既提升了新区的人气、拉动了经济，老城区的地块也升值，为政府创造更多收益。她说梦想小镇就是这样做的，杭州市很多学校搬迁过去，人才聚集，产业也起来了，效果非常好。

项目物有所值的考核、财政承受能力对于PPP项目非常重要，而这些工作必须是专业人士做。如同政府投资基金的投资，应该由投资决策委员会决定，这个决策委员会不是政府，而应该是由各方面的专家组成。专业人士做专业的事。政府做什么？政府就是搭建平台，提供服务等。"政府＋行业自治主体"的两元管理模式和"产业链＋资本＋人才"三轮驱动发展机制，是政府投资基金投融资创新与政府投资基金管理的重要方式。

正如钱老师讲的，山东的新旧动能转换，重要的是理念的转变、观念的转变。政府投融资创新，关键也是理念的创新。

政府投资基金的特点是基金筹集多元化、基金管理规范化、基金运作市场化和基金投向精准化。政府投资基金如何支持经济发展？钱老师以杭州政府投资基金的运转为例进行了讲解。主要是：早期跟投，即招标合作伙伴，也就是发挥政府投资基金的作用，撬动社会资本；阶段性投资，融资担保，转贷引导基金等。转贷引导基金非常好，能够帮助企业解决贷款间隙资金不足问题。

上午这课还有一点非常感动我，那就是钱老师的讲课方式，她不但一上午站着授课，还不时在黑板上书写着。为钱老师的敬业精神点赞。

下午，陆敏老师的"加快新旧动能转换增强发展新动力"讲得也非常好，既有理论深度，又有实践经验。

陆老师讲，新旧动能转换，重要的是人才问题。而他的人才观点触动颠覆了我以前对人才的看法，我觉得他的分析很有道理。他认为能够给地区持续带来财税的人才是人才。出台人才政策，应该学习北京、四川，人家吸引的是收入高出北京平均收入八至十倍的人。这些人是高技能高收入的人，来了就能创造价值。同时，要支持当地存量行业上的"二次创业"，这样也能很快见效益。以前我认为，只要有人就行，招人来，城市就有了希望，经济就有了支撑。当然，我们这些二、三线城市，还是有人有年轻人为上。

谈到招商引资，陆老师说，招商引资一定是让企业觉得这个地方可来，觉得来这个地方有实实在在的发展前途或有利可图。地方的政策环境能使企业找上门来，而不是地方毫无目的地乱跑搞轰轰烈烈的招商。政府要把有限的资金放在打造营商环境上，通过平台打出差异化的招商力度，打造营商、惠商环境。

陆老师讲到了科技创新推动经济发展的重要，讲到了产业国际化的重要，讲到了转型升级的重要,更讲到了理念创新的重要。管理创新首先是理念的创新,而新旧动能转换重要的是理念的创新。

6月1日　星期五

可能天气也因为六一儿童节的到来而开心了,晴朗了。一早起来,阳光明媚,温度适宜。不但天气好,今天上午的"地方政府债务管理及风险防控"课,楼迎军老师讲得尤其棒。不但理论结合实际＋感受,更是生动幽默风趣＋激情,台下的我都没有听够就到时间了。这次培训才三天,我个人感觉却比以前参加的培训好,不仅选课选得好,切题、实用,更重要的是讲课老师一个比一个棒,把原本枯燥的经济、财政、金融、互联网等知识讲得生动易懂,特别是那些理论联系实践的实例,拓宽了我们的工作思路,对我们谋划工作有很大的启发。

楼老师先从债务发生的背景讲起,经济货币化,货币一定债务化。债务,本质是高赤字之下的主权信用危机。世界上国家几乎都有债务,只不过多少的问题。所以,债务永远会存在,风险问题也永远会有,如同人身体里的癌细胞。所以,我们要理性看待政府的资产负债问题,要以资产束缚债务。楼老师讲到政策要能够推动以资产弥补跨部门债务,比如以央企资产弥补养老金缺口时,因为养老金问题,我感慨道:"以后,孝心是奢侈品啊!"

很赞同楼老师讲的,体制上的改革是解决债务问题的关键。首先应注重扩大内需,要培育新的消费增长点,减少对外需的依赖。杭州就非常值得我们学习,高科技、文化创意等发展迅速,目前已经占到GDP的30％以上。其次,实施"一带一路"倡议,向历史要资源,向战略要发展,向共享要空间。同时,对于企业债务,应该推动债务性融资向股权融资格局的转变,缓解企业的资本结构错配风险。正如习总书记说的:"金融活,经济活;金融稳,经济稳。"

地方债务问题,说穿了是政府流官制问题。债务真正的风险来自人性本身,以及缺乏创新的渴望。所以我们的党中央对地方债务需求进行了严格控制,要求严格监管问责,地方政府债务终身问责。我们国家最有效的方法就是管人。我们要运用党纪国法来严肃经济秩序。要从根本上解决地方政府债务问题,还需要推行财政体制改革,深化预算管理制度改革。同时,改变现行体制对地方官员片面追求经济增长的激励,使地方政府真正成为公共服务型政府。

6月2日　星期六

所有产品、技术,体验最重要。今天晚上,我又感受了互联网的魅力。我们今天在听兰建平老师讲"构建现代产业体系 打造浙江产业竞争新优势"时,他讲到第三次工业革命的代表就是计算机、信息化时,讲到杭州的信息化、大数据,说在杭州坐地铁,不但可用支付宝,还可以用银行卡。于是,我们几个晚上就去体验了一把。一个字,棒!两个字,超棒!这也彻底颠覆了我对互联网的认知。这次学习改变了我的看法,回去我就要全用上这些先进东西,这也是我学习后的收获之一。

以前,我总是怀疑网络的安全,觉得只有手上拿着实实在在的那张纸才是钱。2016年出国才明白银行卡的重要,因为落伍的我还拿着兑付的美元,而人家就带一张信用卡。从此,出门我不再带一摞纸币。谁知现如今在外,人家连银行卡都不用带,只带一部手机一切OK,而我支付宝、手机导航定位、手机银行等都不会用,再这样下去,我真的就要被社会淘汰了。

互联网、信息化是一次工业革命,过不了互联网信息化这一关,不但工作做不好,生活也会过不好呢。兰老师讲:"流量就是经济,过程就是财富。"一点儿也不假,现如今,无论个人、企业,不论国家、地区,谁掌握了大数据,谁就是最大的赢家。现在都在产业转型,推进企业转型升级不是政府开会发文就能行的,而是要引导企业在数据中找到发展转型途径,在市场中找到发展轨迹。将来一定是ABCD+,就是人工智能、区块链、云计算、大数据+基础设施。世界变化太快,科技创新、技术进步……所以,我们要学会看世界、看经济、看技术,大处着眼,小处着手。要解放思想,提高认识,千万不能输在理念上。

没有最好,只有更好!坚信潍坊未来会更好,也坚信中国未来会更好!

一直未能观赏杭州灯光秀的我与初妹等几位学友,晚上体验着支付宝、银行卡坐地铁的同时,跑到了钱江新城观看灯光秀。只见那灿烂霓虹,流光溢彩,炫美了钱江两岸,显现了杭州高大上的气质。西湖的恬淡雅致与这里的繁华现代,使杭州恰如一座独具韵味的美丽华贵的人间天堂……

6月3日　星期日

杭州植物园就在我们住的百合花酒店附近,浙大到住的地方,偏一点点走,就走过植物园。植物园有片竹林,修直的竹子非常美丽。几次走过竹林,都是晚饭后。欣赏白天的修竹之美,并看看晚上潺潺流水的模样,几天来一直在心里计划着。早上起不来,也就没能实现清晨观赏的机会。今天是培训的最后一天,为不留遗憾,我中午去植物园转了一圈。

走进竹林,我就被那片修长的竹子吸引。那一棵棵生机盎然的竹子,挺拔如伟岸的男儿,给人一种坚强的、无所畏惧的美。漫步竹林小径,我不时停下脚步,抬头仰望那一棵棵昂扬向上的竹子,想到了清代郑燮的诗:"一节复一节,千枝攒万叶。我自不开花,免撩蜂与蝶。"竹子不为尘世所扰,它清高又纯朴的气质、清丽又脱俗的风韵、清幽又雅致的意境、清新又自在的悠闲,令我敬慕。

"曲径通幽处,禅房花木深。"穿过竹林,虽然没有禅房,却是一棵棵我叫不上名的枝繁叶茂的大树和翠绿的草地以及知名的不知名的花儿。正是绣球花盛开的时节,那五彩缤纷大大小小的绣球花,吸引了很多周末到植物园游玩的人,而那潺潺的清澈小溪,遇石堆泛起浪花朵朵,想必与艳丽的绣球花竞比美呢。十几分钟时间,我就走到了植物园入口外的十字路口。从路口左拐到曙光路上,再走 10 分钟就到住处了。直行过路口就是曲院风荷,来的那天下午,去西湖的我已经领略过"西湖烟水茫茫,百顷风潭,十里荷香"的美了。

准备过马路的我,见路口有一老者抛下包双手合十对着路口花坛就是深深三鞠躬,如同拜佛,非常虔诚。我匆匆过马路,才看到花坛簇拥着邓小平的画像宣传牌,明白了老人是拜他老人家。我微笑着向老人竖起了大拇指。老人看到后,拾起包,一脸虔诚地和我说,他不拜神,就拜邓小平他老人家,因为是他让他们家富起来的。吃水不忘挖井人,勤劳善良是中国人民的品格。

一路走回住处,欣赏那美竹秀水,呼吸着清新空气,更感叹杭州的生态环境之好。下午刘老师讲课时说的建立生态补偿机制的重要,让我明白了习总书记讲的"保护生态环境就是保护生产力,改善生态环境就是发展生产力"的意义。真是绿水青山就是金山银山啊。

6 月 4 日 星期一

"世上的路有千万条,回家的路只有一条。"

浙大一周学习结束往回返,在杭州火车站下电梯上车时,匆匆间瞥见楼道一灯光宣传牌上的这句话,一句曾经熟悉却未在意的话,心里不由得一热。西湖很美,美在其如诗如画的湖光山色,美在湖山与人文的浑然相融,美在"西湖烟水茫茫,百顷风潭,十里荷香",美在"欲把西湖比西子,淡妆浓抹总相宜"。浙大很美,苍翠挺拔的大树,古朴简约的楼宇,清新烂漫的花儿,芳华正茂的学子,无不彰显学校历史的厚重感和读书治学环境的优美。这座温馨、恬静、美丽而又充满青春活力的著名大学,被誉为"东方剑桥",你说能不美?杭州很美,把现代文明和古代文明结合得如此融洽,风景秀丽,恰如一座独具韵味的美丽华贵的人间天堂……美,真的美。

鸟儿高飞,最终的眷恋是森林;帆船远去,最后的终点是港湾;行人来去匆匆,最大的愿望是回家。回家的那条路是最熟悉最温馨的,是永远走不错的。因为家最温暖最有情最有爱,家门前的阳光最明媚,家床前的月光最皎洁,家里的饭菜最有味道,在家里人最随意心最宁静。林语堂说:"幸福,一是睡在自家的床上,二是吃父母做的饭菜,三是听爱人给你说情话,四是跟孩子做游戏。"原来,幸福就是这么简单,家就是这么简单。家是什么? 家是温暖我们这些奔波在外之人心灵的地方。

时光荏苒,岁月如梭。匆匆间,一周飞逝,一年飞逝,一生也会飞逝。时光流逝,春已逝,夏已至,花儿依然绚烂;车轮滚滚,美丽杭州已经远去,温暖的家却近了……

岁月里,就让我们怀一颗朴素的心,守一树清风,掬一缕花香,携一窗暖阳,安享家里安然踏实的日子吧。

归来,惊喜院中那片石榴花儿依然嫣然。进门,老公在家也给我留了"惊喜"呢。那给我留的地瓜,已经发芽长叶生机盎然呢,我喜欢。

走进四川大学"文化发展培训班"

多元文化和深厚的文化底蕴以及文化产业的发展,使成都成为西部文创中心和世界文化名城。今年潍坊市宣传部组织的文化发展培训班选在了四川大学举办,使我有幸再次来到"中国最具幸福感城市"成都,第一次走进百年名校、被誉为西部第一学府的四川大学。这是我在教科文科的最后一次培训,值得珍惜的一次培训。

11 月 4 日　星期日

一天在路上,下午 5 点平安抵达蓉城。出机场看到成都机场的熊猫标志,那只就那样一动不动的熊猫雕像,我用手机拍了张照片,并写了句感慨发朋友圈:"人生不过是一场旅行,你来我往,我来你走,你路过我,我路过你,然后各自向前,各自修行。"

成都是我曾经去过的城市中印象最好的一座城市之一,不仅因为我这吃货对它的各色小吃吃不够,更重要的是对这个城市文化内涵的认可和赞赏。很高兴,我将在这里待一周的时间。学习之余,我一定好好领略一番它的风光。

11 月 5 日　星期一

可能初换地方,可能第一次来川大学习兴奋,一向睡觉似猪的我却是一夜迷迷糊糊没睡好。窗外不间断的沉闷的呼呼声,更是让我难以入眠。我本以为真是如天气预报说的降温变天刮北风了呢。凌晨四五点,实在躺不住的我起来撩开窗帘一瞅,我才晓得为什么有这么大的噪声了。原来窗外是成都二环人南立交桥,交叉的四五条公路上行驶的车辆太多,呼呼的声音是车辆行驶的声音。

四川大学,一座有着 122 年历史文化底蕴的高校,我能来此参加文化发展培训班,"论高悟道,化成天下",真的很荣幸。

上午,陈睿教授的"文化产业集群与文化产业经济"课不但精彩,而且知识量大,对我的启发也大。我国的文化资源非常之多,潍坊亦是,可文化资源本身并不能创造价值,文化创意才能使文化产生价值。所以,重视培养挖掘创意人才及创意企业家非常重要。创意能带来经济效益,也能创造社会效益。

陈老师讲到小米的创意,雷军这位洞察力很强的企业家,没花广告费,没耗费人力物力搞市场调研,没费时费力跑项目审批立项,却成就了小米手机。

互联网条件下的文化创意产业，是技术与艺术密切结合的产业，体现了文化、技术与经济要素的融合。文化产业是阶梯状价值倍增的产业，文化产业无论对国家还是地区，都是非常重要的经济发展手段和增强综合力、凝聚力的重要手段，真的应好好重视。

下午，侯伦教授的"创新科技与新兴产业发展"，我最大的收获不是再次回顾科技发展史，再次了解科技对经济社会的作用以及人工智能的发展，而是学到了很多手机实用知识。真是没有做不到的，只有想不到的……

晚上，我们到锦里古街逛了逛。

传说锦里曾是西蜀历史上最古老、最具商业气息的街道之一，早在秦汉、三国时期便闻名全国。现在，锦里被打造成以三国文化与成都民俗作内涵，集旅游购物、休闲娱乐为一体的文化街。今晚匆匆一览，我被其精致、丰富、热闹而吸引。打造精致，是觉得这古街古朴而紧凑，不像某些古城总觉得是新造的。内容丰富，各色小吃、各种工艺品，主题会所、主题餐饮、主题商店等，时尚的、民俗的、古朴的，应有尽有。加上小桥流水，水波灯影，别有一番意境。灯光闪烁，如织游人，热闹非凡。不奇怪它被誉为"成都版清明上河图"了，也不愧为"国家文化产业示范基地"。

11 月 6 日　星期二

已是凌晨两点多了，窗外的车依旧穿梭，我的睡意依旧没来。以为今晚习惯了能睡好，谁知又将是一个休息不好的夜晚。真后悔没有听朋友的话换个房间。今天一早，说什么也要换个对面的房间。

细节决定成败！这几天，我发现四川本就多雨，空气湿润，修路都是密集喷雾降尘，空气中没有飞扬的尘土。而另一个细节，更看出成都这座城市的文明程度和锦里吸引游人所在。昨晚在锦里热闹的文化街，洗手间洁净如五星级宾馆，里面有卫生纸和擦手纸。而换成其他地方的旅游景点，这样的洗手间少之又少。

今天的现场教学，一处是集艺术粮仓、艺术街区、歌舞剧院、创意工坊以及客家文化等为一体的洛带古镇，一处是以音乐公园为核心的老旧厂房改造而成的东郊记忆园区。参观学习后，感触最大的是，无论古镇古街还是文化创意园区建设，切忌千篇一律，没有地域特色。而其建设，只靠政府或只依企业都不行，而应政府与社会资本结合，共同打造，并实现双赢。

成都这些文化产业项目，都是政府与社会资本合作而成，而且社会资本多来自上市公司，因为实力强大，能支撑。

11 月 7 日　星期三

幸福莫过于夜里能沉稳地睡,梦里能甜美地笑,醒来能身心舒畅,快乐地享受又一天的清新与美好。世界很美,生活很美,幸福就这么简单。

昨晚,我换了个房间,睡了个舒服觉。一早起来,好一个感慨。

阳光沐浴下的川大校园,真美!用心观察,享受美好。

三天没有享受明媚阳光的抚慰了,今日立冬,阳光终于出来了,暖暖的,柔柔的。课后,于斑斓的校园,怀揣一份悠然心,静听叶落的声音,真好!

学无止境。今天的课对于我来说,有些"脑洞大开"的感觉,因为我以前很少接触关于商业营销方面的讲座。

上午的"创新创业环境下的整合经营新模式",身为高级营销顾问的黄老师讲的重点,两个字——"营销",即如何找出差异高效销售;如何望、闻、问、切挖掘客户需求;做品牌,不是要用钱,而是要用脑,等等。这位老师的课使我更加明白,为什么很多人会倒在那些具有超强洞察力、非常会说的人的嘴巴下,比如传销、比如买不必要的保险等。我虽然没被传销或骗子击败过,却没有抵挡住能说会道的保险推销员,于是时常被爱人责骂糊涂蛋。

黄老师讲到跨界与整合时,讲到人才时说:"高级人才,能用就行,不要非拉过来成为你的人。"这对我们招院引校、招才引智工作很有启迪。黄老师讲课中间才知道或是忽然想起我们多是机关人员,于是讲了个在机关如何"营销"的例子,虽然像笑话,但有一定道理。因为作为领导,不能把自己的思想"销售"给下属,又怎有成就感? 下属不能把自己的能力"销售"给领导,又怎能被重视从而获得提升? 所以,这课创业的或就职的年轻人学会更受益。

下午何教授的"大数据时代的商业模式创新",再次使我了解了大数据的产生、发展,也了解了如何在大数据下寻找最佳营销方式等内容。在互联网、大数据下,真是没有买不到的,只有想不到的。像我连余额宝、支付宝等没鼓捣过,真是老土了,跟不上时代发展潮流了。

虽然我不是做企业的,但作为公务员了解一些营销新知识,启迪一下思维,对于工作、生活益处也多多呢。

11 月 8 日　星期四

上午这节"国内宏观经济形势与政策分析"课,对于从事财政工作的我来说非常受益。钟教授首先带我们回顾了 40 年中外宏观经济发展脉络,又一起探讨了我国 2018 年宏观经济形势和今后发展趋势,并用翔实的数字对比,分析了我国经济当前面临的问题。同时，分析了我国经济发展的优势：人口多、市场发展空间大等。讲解了供给侧结构改革的含义和重要性，以及如何改等，讲了工业制造的"两去、两新"，经济存在的风险以及如何化解风险等内容。

上午课间休息，我又匆匆游览了校园，又有新发现呢。看到学校里的几栋别致的古建筑，分别书有"江姐纪念馆""道志""中华文化研究所"。江姐纪念馆里正在维修，没能进去参观一下。而"道志"的院子，大门闭着，但从两边门框上的对联"一生二二生三三生万物、地法天天法道道法自然"看，应该是研究老子《道德经》的吧。中华文化研究所大门开着，从大门望进去，院子里有几位老者坐在竹椅上悠然地喝茶聊天呢。

下午是现场课，参观青蓉汇文化文创基地（郫县）。这个基地做得非常大，模式为"政府搭台、科研支撑、企业主体、市场运作"，孵化器、众创空间等应有尽有，致力打造校地协同创新制高点……基地的人介绍得很好，里面注册备案的公司也很多。

二十四城芙蓉花，锦城古来自繁华。另一个现场点是四川丝绸博物馆。作为"四大名绣"之一的蜀绣，真美，那可真是"看不尽，三春芳色"……

11月9日　星期五

我来过成都两次，都没能看看他们的特色文化街区。这次文化发展培训，我不但在课堂上学到了一些新知识，更有幸现场教学参观了洛带古镇、郫县创新创业园和四川丝绸博物馆，即锦门丝绸商贸旅游小镇。同时，我利用晚上等业余时间，逛了锦里和宽窄巷子、建川博物馆等。仅仅看了这些，我就知道成都文化发展是如何兴盛的了。

抛开成都是国家历史文化名城、古蜀文明发祥地、中国十大古都之一不说，抛开金沙遗址、都江堰、武侯祠、杜甫草堂等众多名胜古迹不说，抛开麻辣火锅、夫妻肺片、血肠、担担面等美食不说，单说人家这些古镇街精致、集约的设计，丰富多样的内容，各具特色的布局，新颖的创意，细致入微的服务，还有那洁净独特的卫生间（锦里等人流密集的卫生间都比我们办公大厦的卫生间干净卫生，听课余时间去杜甫草堂的朋友说，那儿的卫生间不但干净卫生，设计建设如那里的古建筑一样，古朴典雅，别具特色），就够我们好好学一大阵子的。

锦里是以明末清初川西民居作外衣，三国文化与成都民俗作内涵，集旅游购物、休闲娱乐为一体的古街。宽窄巷子是以旅游休闲为主、具有鲜明地域特色和浓郁巴蜀文化氛围的复合型文化商业街。这两条古街白天的景色如何我不知道，因为上课没能去。晚上则是灯火辉煌，游人如织，热闹非凡。锦里那里不但有吸引人的美味小吃,有皮影、变脸、掏耳朵等,还有结义酒摊。一碗酒 5 元,一坛 20 元,朋友一起喝了就可像桃园三结义的几位一样,将碗或坛摔了……而同是明清建筑的锦门,虽然比锦里、宽窄巷子少了几分游人如织的喧嚣,却增添了别样的闲情逸致。瞧!阳光下,围在牌桌上的人们,草地上玩耍的孩子,坐在古香古色门楼里喝茶的以及悠然行走在古街上观赏古建筑的游人,无不给人一种舒服感。四川丝绸博物馆,使我们了解了蜀锦的历史以及蜀锦与"一带一路"的渊源,更见识到了蚕茧是如何织就漂亮的锦缎的。在洛带古街,我们主要参观了画廊等文化艺术区,感受了艺术文化的魅力。在看了建川博物馆(只看了一部分,因为太大,听说细看三天也看不完)后,佩服辞官办博物馆的樊建川,同时正如他说的:"沧桑文物会说话:让历史告诉未来吧!"

11 月 10 日　星期六

再见成都!

用女人形容成都,我觉得她一定是一位含蓄、委婉、丰满、美丽、知性的少妇。因为我感觉她不像少女那般率性张扬,更没有老气横秋。

成都,虽然你的美丽令我迷恋,但我那温馨的家、最亲的人在等我,所以,我要与你说再见!

回眸一望,脑海中飘出一句歌词:"成都,带不走的,只有你。"

登机前,在候机的我感慨成都这座城市,于是写下了上面的文字。

晚上,吃着家人为我准备的晚餐,我感慨道:"外边的世界再精彩,也不如家里踏实温馨。成都的美食再好吃,也不如爱人的排骨豆腐炖白菜和大葱烧鲅鱼……"

印象南通

南通,隶属江苏省,位于江苏东南部,长江三角洲北翼,简称"通",别称静海、崇州、崇川、紫琅、北上海,古称通州……知道南通,是在地理课本上。到南通,我却是第一次。因为局里与新华社的一个调研,涉及我们对标的南通。于是,我有幸与南通来了次亲密接触。虽然时间匆匆,却给我留下了深刻的印象。

南通市临海,在产业方面,机械、化工、纺织、建筑等领先,与潍坊有相同之处。南通市面积为 0.85 万平方千米,截至 2018 年末,南通市户籍人口为 762 万人,一般公共预算收入达 606 亿元,GDP 达 8427 亿元,人均 GDP 达 11.5 万元。潍坊市面积达 1.58 万平方千米,户籍人口 914 万人(常住人口 937 万人),市一般公共预算收入达 569 亿元,GDP 达 6156 亿元,人均 GDP 达 6.5 万元……一对比这些数字,就发现了差距。再看,南通高架通车多年,地铁 1 号、2 号线正在建设中;南通与潍坊一样,职业教育学校不多,但人家有南通大学,一所拥有博士点的一本大学。由于建设了南通与上海的跨江大桥,南通到上海只需一个半小时。于是,南通的房价不断上涨,均价已经超过每平方米 2 万元,好的地段已经达到 3 万元。

第二天上午,南通宣传部的同志先带我们参观了南通的中央创新区。一圈下来,中央创新区的规划建设令我震撼,震撼其规划的超前国际范儿,震撼其建设的高速度。

三年前才规划建设,独具国际视野,全部使用国际著名设计师,现在已建雏形,其中会展中心十月份将承办国家森林旅游节。科创中心、文创中心、医学中心也都快建成。其中,医学中心更是引进了上海知名医院联合办院。高端医疗人才和设备的入驻,必将带动更多的人才和企业加入,也为南通市民享受高端医疗服务提供了方便。

中央创新区中间是一湖一园。湖水清澈,园林花木葱郁,环境非常优美。询问得知,这一湖一园总投资 15 亿元,利用一年半的时间建成,现已成为人们休闲游玩的好去处。晚上到白沙岸玩的孩子和家长成千上万。那个人造白沙滩里的白沙据说是花巨资从山东烟台运来的。

创新区交通四通八达,非常便利。高架早已通到这里,正在建设的 1 号、2 号地铁也都规划到达这里。

创新区四角规划有居住区,更规划建设有四所学校,其中一所高端的国际化的学校可以满足高端人才的子女上学需求……中央创新区都会采用庄重大气的新古典主义建筑风格，项目将打造成紫琅湖、名校旁、都会系生态住区。这些将大大提升创新区的城市品位。难怪这里规划建设的住房，房价高达每平方米2.8万元，而且必须是先预交100万元买个号这么抢手呢。

参观完中央创新区，我们来到南通市政务服务大厅。我觉得这里最大的优点是进门的服务导引台和他们的办公电脑都隐身桌面下，以及"不见面办理"的方式。一进大厅，首先看见如医院那样的服务导引台，有服务人员引导你去办事区域，很是方便群众。大厅中工作人员的电脑全在桌子里面，这样使桌面整洁，也方便坐对面的办事群众交流沟通。再者，办事群众的座椅是能自动归位的那种。一位起身走了，椅子可以自动归位，不需要后来者手动归位。从这些不起眼的小细节，可以看出他们的服务水平和效能。同时，他们办公大厅的单位比较集中，税务、公积金等全在这里，方便群众集中办理业务。

政府机关办公，大楼放不下就置换日报等国企大楼的一部分，为此，除了市委市政府大楼，还有图书馆、南通日报两座大楼中有市直机关办公。其中，财政局就在日报大楼里。

南通实行绩效奖，没有文明单位奖。他们宣传部的同志笑说，你们搞文明单位奖，你们的文明办忙着了。

下午，南通的同志带我们参观了3个上市企业，全为民营企业。

罗莱家纺，是一家专业经营家用纺织品，集研发、设计、生产、销售于一体的纺织品上市企业。我们参观的车间主要做羽绒被。在其展室，我们见识了价值11.8万元的羽绒被。我觉得他们那些1万元、3万元的已经够贵了，真没有想到还有超10万元的。据介绍，这么贵的产品也订制卖出去了，买主主要是艺人和富商。与他们交流，我们也自豪地说起我们高密市的孚日家纺。他们觉得孚日家纺的毛巾非常好，他们的毛巾很多是委托孚日定做的呢。

中天科技，可是响当当的上市大企业。不来不知道，这么一个国内五百强企业，竟然是1992年由乡镇砖瓦厂转型发展起来的。先以光纤通信起家，现在中天科技已经形成信息通信、智能电网、新能源、海洋系统、精工装备、新材料等多元产业格局。中天科技依靠精细制造、智能制造，产品技术水平部分与国际"并行"甚至"领跑"，主营的四个产品全球市场份额占比很高。听介绍，该企业发展得益于领导有眼光、重人才和技术创新。他们充分利用校企合作，与重点高校合作，并重金聘请专家人才，才使企业有了今天的成就。

南通通富微电子，专业从事集成电路封装、测试。这个企业的介绍人介绍的一些高新产品我没有太听懂，但介绍人介绍的这点，我是听得真真的，就是这个企业使用的设备有多么贵。从6万美元、100万美元到300万美元一台的都有,而且不是一两台,而是满车间都是。于是,我感叹,何时我们的科技也可以创新出这样的设备,那样就不用花大价钱买外国的了。

据介绍,目前南通上市公司共有 33 家,潍坊好像也是 33 家,旗鼓相当。

企业发展主要靠人才技术和科技创新。如何吸引并留住人才,如何鼓励支持科技创新才是最关键的,值得好好研究。当然,人的思想观念的转变,特别是领导者的理念,以及大家干事创业的激情和效率,也非常关键。

南通"双招双引"的优惠力度也很大。询问创新区科技中心的招引政策,一副主任介绍,对于那些高端科技人才和技术人才以及公司,只要来,几年内给资金、给房、给很多支持等,也不用现在就必须缴税在这,但有一条很明确,即成果转化时必须在南通区域。他们的眼光放得很长远。

南通是建筑之乡,大量的建筑企业独立或跟随央企走南闯北,源源不断的资金汇回南通,长期以来建筑业是支撑南通经济的基础。以前,制造业和金融业态并不活跃,近年来,南通开始大力促进高端制造业发展,成效开始显现。尤其是南通新机场成为上海第三机场,经济增长的想象空间很大,实际空间也大。

我一路看一路想,对标南通,学南通。对标什么?学什么?真的值得思考。希望我们潍坊乃至山东以新旧动能转换为契机,转理念,抓落实,努力打造区域协调发展新高地。

第三天上午,我们奔如皋参观考察新能源汽车。如皋,听说过这个名字,从来没有在意过。到这里,我才知道很是了得。如皋新能源汽车的发展,特别是氢燃料的新能源汽车发展更是了得,占地近千亩的赛麟新能源汽车厂更是令人震撼。该厂全部投产后,产能将达 15 万辆。

截至 2018 年底,如皋落户 6 家主机厂,产能达到 26 万辆。产值达 200 亿元,实现销售 120 多亿元。真正是"氢"风劲吹,崛起特色新能源产业群!如皋已建有氢燃料汽车小镇,成为"国际氢能与燃料电池汽车大会"的举办地,已举办三届大会,今年为第四届,即将举办。瞧!如皋的汽车文化馆,里面内容丰富,为如皋增色不少。

中午在如皋匆匆吃过午饭,我们立马返回南通,参观南通城市博物馆,进一步了解了南通这座城市的前世今生。因为回潍坊的乘机时间是下午 6 点,为赶时间,我们又坐车匆匆看了看南通仍然在建设的沿江国家森林公园。南通为了保护生态环境,真是大手笔、大投入。南通这个森林公园也是近年整顿规划建设的。为注重生态保护、规划先行、建设超速、踏步前进的南通点赞!

三天,很短;收获,颇丰!

长江滚滚东去,我们也将回归。下午六点半,在南通老机场,与南通说再见!

后 记

2019年2月18日夜晚,洁白的雪,在去年一冬的期待中,终于飘洒起来。一早,我没有顾上跟爱人下楼扫雪,而是先跑到家属院那片傲雪绽放的蜡梅前,再一次驻足欣赏傲视群芳、凌寒留香的蜡梅花儿。阵阵幽香袭来,那些深藏心底的超级喜欢的赞美梅花的诗句脱口而出:"不要人夸好颜色,只留清气满乾坤""疏影横斜水清浅,暗香浮动月黄昏""一从春案题香雪,墨里移来气也清"……

喜欢梅花,喜欢它的暗香浮动,喜欢它的清风疏影,喜欢它的清韵之气……暗香浮动、清风疏影、高标清韵,正在为今年将出的书琢磨书名的我,一下子兴奋起来。前两本散文随笔集分别名为《繁梅幽香》《繁梅疏影》,这本何不继续借用梅花的清韵,就用"清韵"二字,叫《繁梅清韵》吧。

我虽为"60"后,却仍然自觉阅历浅,见识短;又因是"双鱼座",虽已是知天命的年纪,却还天真烂漫,多"情"善感。我的多情,是多情于花草树木、四季风光,多情于亲人朋友,多情于真善美……我的善感,就更不用说了,只要您读过我的文字就明白了。

说到文字,知识储备少、水平不很高的我却喜欢写点东西。日常生活中的一点触动、一点感悟,我就要写出来,这已经成了习惯。如果不写出来,我的心里就憋得慌。我还喜欢分享,时常与朋友分享自己的感慨与感动,因为难得喜欢。

时光如梭,四季更替,漫漫人生路,只要稍微留意,你会发现许多美好,受到很多启迪。这几年,点点滴滴的感动感悟汇集,于是就有了这些也许能给您一点感动感悟的文字。

2019年10月,我拜托中国作家协会会员、中国散文学会理事、山东省作家协会副主席、第五届冰心散文奖获得者、第七届鲁迅文学奖获得者许晨老师为拙作写序,因为许老师日常太繁忙,今年5月才收到,也因此使我书中多了几篇今年的文章。

非常感谢许晨老师,能得到他的认可,是我的荣幸。文稿发给许老师后,我的心里很忐忑。因为自己的文字水平，担心像许老师这样的大作家会笑话。高兴的是，许老师没有嫌弃我这个写作水平一般的文学爱好者，他不但认真阅读文稿，还给我写了精彩的序言。为他扶持像我这样的文学爱好者，点赞！亦感谢中国海洋大学出版社，他们对书中文字一丝不苟编审的态度值得我学习。更感谢读者朋友们，你们的喜欢，是对我最好的支持。一句话：真诚感谢所有帮助我支持我的朋友！

书出了，里面难免会有一些不足之处，希望见到此书的朋友不吝赐教，敬请斧正。

曾繁梅

2020 年 10 月